张培忠 蒋述卓 / 总主编

贺仲明 / 主编

第四卷
（1949—1977）

广东文学通史

人民文学出版社

图书在版编目（CIP）数据

广东文学通史. 第四卷，当代：1949—1977/张培忠，蒋述卓总主编；贺仲明主编. —北京：人民文学出版社，2023
ISBN 978-7-02-017987-9

Ⅰ.①广… Ⅱ.①张…②蒋…③贺… Ⅲ.①地方文学史—广东—1949—1977 Ⅳ.①I209.965

中国国家版本馆 CIP 数据核字(2023)第 079796 号

责任编辑　付如初
装帧设计　李思安
责任印制　宋佳月

出版发行　人民文学出版社
社　　址　北京市朝内大街 166 号
邮政编码　100705

印　　刷　涿州市京南印刷厂
经　　销　全国新华书店等

字　　数　467 千字
开　　本　710 毫米×1000 毫米　1/16
印　　张　29　插页 1
版　　次　2023 年 5 月北京第 1 版
印　　次　2023 年 5 月第 1 次印刷

书　　号　978-7-02-017987-9
定　　价　96.00 元

如有印装质量问题，请与本社图书销售中心调换。电话：010-65233595

第四卷 当代（1949—1977）

编委会（以姓氏笔画为序）

江　冰　　刘晓明　　刘　春　　纪德君　　张培忠　　陈　希
陈　志　　陈　昆　　陈永正　　陈春声　　陈剑晖　　陈桥生
苏　毅　　林　岗　　贺仲明　　饶芃子　　郭小东　　黄天骥
黄仕忠　　黄伟宗　　黄修己　　黄树森　　康保成　　彭玉平
谢有顺　　蒋述卓　　程国赋　　戴伟华

学术顾问

陈春声　　黄天骥　　刘斯奋　　陈永正

总主编

张培忠　　蒋述卓

执行主编

彭玉平　　林　岗　　陈剑晖

本卷主编

贺仲明

本卷撰写人员

贺仲明　　龙其林　　杜　昆　　黄　勇

·本书由霍英东基金会资助出版

总　序

一

广东称粤,北枕五岭,南临南海。粤在岭之南,故又属岭南。发源于云贵高原和岭南山脉南侧的西江、东江和北江,汇流于旧称番禺的广州,形成了约六万平方公里的低矮丘陵和冲积平原,今称粤港澳大湾区。由于岭南山脉的天然屏障作用,广东与黄河、长江流域的经济与文化融合长期受到阻隔。荒古以来虽有路可通,然须穿过崎岖陡峭的山间丛莽,甚为不便。春秋战国时期的史籍记载,岭南不与,踪迹难觅,被视为化外炎荒之地,社会发展程度与中原相去甚远,或处于部落社会的阶段。待到秦灭六国混一中原之后又七年(前214)秦征南越,新建南海、桂林、象三郡,岭南才归并中原版图,由此粤地社会和文化的发展跃上了崭新的台阶。自古以来,广东形成了多方言、不同民系的人民共同生活的格局。珠三角和粤西以广府民系为主,粤东以潮汕民系为主,粤东北以客家民系为主。这三大民系构成了活跃于这片岭南土地的三大方言区。三大民系加上粤北与粤西地区的壮、瑶、畲等少数民族,构成了广东丰富而多样的人民生活。

将广东人文地理环境与社会生产力发展联系在一起观察,就可以发现其优劣并存。大约以元明之际的十四世纪为分界线,之前五岭为屏障,之后海疆为通途。中国海疆辽阔,而广东海岸线为各省之冠,达四千余公里,且以广东距南洋、西洋近且便利,于是全球大航海时代到来之时,那种便利甚至独占鳌头的地理位置优势就逐渐突显了出来。然而在大航海到来之前的内河航运时代,广东面临南海的位置优势却无从发挥。其时陆路交通占据绝对重要的位置,而海路交通的重要性几乎可以忽略不计。于是跨越五岭的陆路是广东唯一的通道。唐前以联通漓江与湘江的湘桂走廊为主,其后则以溯北江而上跨越大庾岭连通赣江的通道为主。宋代余靖《韶州真水馆记》:"凡广东西之通道有三:出零陵下漓水者由桂州；出豫章下真水者由韶州；出桂阳下武水者亦由韶州。无虑之官峤南自京都沿汴绝淮，由堰道入漕渠溯大江渡梅岭下真水至南海之东西者，唯岭道九十里为马上之役，余皆篙工楫人之劳。全家坐而至万里，故之峤南虽三道，下真水者十七八焉。"①路途崎岖且遥远，更兼必须水陆转运，越岭的不便就成为制约广东社会经济文化发展的重要因素。然而元明之际造船与航海技术的积累臻于成熟，与东南亚、阿拉伯乃至西洋的航海贸易迎来了大发展，造就了大繁荣。于是广东的经济文化发展一脱旧貌，换了新颜，巨大的地理位置优势逐渐显露出来。广州成为朝廷与外洋贸易的重要口岸。明代是口岸之一，清代则是全国唯一的外洋贸易口岸。不仅民间财富由此而迅速积累，更重要的是，广州口岸事实上变成了中国与外洋世界发生关联的枢纽。至明清两朝，广东的经济文化发展程度除稍逊于富庶的江南外，与全国大多数地方相比已经位居前列，曾经存在的南北经济文化差异消弭殆尽，尤其是垄断外洋贸易的十三行时代，广州富甲一方，全国其他城市并无其匹。大体上，广东的经济和文化发展至明清时期，已经实现了与华夏中原的全国一盘棋。外洋贸易与海外拓殖不仅提升了经济发展的程度，累积了财富，它还对文化发展产生了深远影响。

　　1582年利玛窦在澳门舍舟登岸，昭示了西风东渐的大戏在广东揭幕开启。由此而形成的文化风暴日后在广东上空积聚，广东顺理成章做了西洋文化在中国登陆的桥头堡。果然又过了两个半世纪，英国列强挟坚船利炮，从珠江口虎门敲开了清朝的大门。五口通商，丧权辱国。中国从此进入半封建半殖民的状态，中国人民也开始反抗列强、反抗腐朽垂死的封建统治的浴血奋斗。这部历史既是中国人民可歌可泣的奋斗史，又是中国文化悲壮的裂变史，它的第一页毫无疑问写在了广东大地上。西洋的力量及文化登陆了广东这个桥头堡，又从这个桥头堡源源不断地向全国四面八方辐射。中国人民的反抗勇气和新文明进步的文化科学技术使得这片土壤孕育出一批又一批开眼看世界的中国人。他们带着新的思想、新的观念和新的救国方案，从广东出发，开枝散叶，撒播全国各地。新文明的种子从此在中国大地茁壮成长。我们不知道广东在中国社会大转型时代的这种角色算不算命中注定，但时代和历史既然赋予了广东这样的角色，广东儿女也只有不辱使命。岭南粤地这两千多年的变迁史，从比岭北远为迟滞、未开化和落后的状态，短时间一跃而成为全国经济文化发展的领风骚之地，它在全国格局之内独特的位置肯定是我们观察这部广东文化演变史必不可缺的窗口。

---

　　① （宋）余靖：《韶州真水馆记》，《武溪集》卷五，北京：商务印书馆1946年影印本。

迈越两千年绵延不绝，广东文学史在这个独特的地理人文空间展开。一方面广东文学与岭北中原的文学演变纽带相连，息息相关。它是全国大格局中的一部分，另一方面它又带有自身演变发展的脉络和特点。以水系为喻，它是全国的一条支流。这条支流既不是任何其他山脉丘陵发育出来的支流，也不是总汇的干流，但这条支流终究要汇流到干流中去。广东文学史终究是中国文学史的一部分。故此，一部区域文学史的价值便不在于将它写成显微版的全国文学史。把区域的文学材料按照国家文学史的模式来放大书写，不是我们的目标。我们的期待和目标是运用这些区域文学材料来描绘和辨识这条支流的轮廓面貌和它的特点。于是全国和地方这两种不同的视角必然会汇聚于地方文学材料的论述。正如清初屈大均《广东新语自序》写到他著作的目标时说："不出乎广东之内，有以见乎广东之外。"[1]就像一滴水可以照见太阳一样，以一滴水见一滴水不是我们的目标，照见这一滴水和蕴含在它之内的普遍性才是我们所追求的。同样的道理，《广东文学通史》采用的文学材料固然不出乎广东，但通史写作所追求的却是——"有以见乎广东之外"。

通史分为五卷：古代卷、近代卷、现代卷、当代上卷和当代下卷。考虑到广东文学演变发展的自身特点和文学材料逐渐繁复增多的事实，故有此划分。从整体看，从古至今广东文学史经历了类似三级跳这样的演变发展历程。每一跃都是一大步。虽然这样的跳跃在时间上难以截然断定划分，前步与后步的连接混沌而模糊，但我们依然可以清晰地看到那条划分不同演变历程的轨迹。这种三级跳现象，不仅与时间因素有关，也与它特定时空在全国文学格局之内所处的位置有关。这三级跳是我们对广东文学演变史走过的轨迹和性质的认知。第一跃发生在古代时期，广东文学完成了从接纳受容华夏中原文学的滋润哺育到自成一格的历程。以元明易代为界，之前以接纳受容岭北南渐的中原文学为主调，之后则带着对地域文化的认同和自豪，卓然自立而自成格调。第二跃发生在近代时期，这是一个中国社会政治和文化大转折的时期。广东以其人才辈出，以其新颖观念独领风骚，反哺中原，充当了全国文学及其观念大转变的推动者和领先者的角色。第三跃发生在现当代时期，广东文学带着不无先锋的敏锐和成熟稳健的步伐，加入全国文学的大合唱。时而领唱，先声夺人；时而和声，同鸣共奏。正是在这样一个有声有色的文学发展历程里，形成了广东文学的地域特质。这种地域特质随时代社会的发展而逐渐沉淀，累积为可供清晰辨识的岭南特性。

---

[1] （清）屈大均：《广东新语自序》，《广东新语》上册，北京：中华书局1985年版。

二

珠江自西而东横穿广州，北岸的越秀、荔湾两区从未称"河北"，独南岸的海珠区至今俗称"河南"。得名来自东汉番禺人杨孚，他被誉为"岭南诗祖"，是岭南北上中州为官又留下诗的第一人。相传他辞官南归之际，携回洛阳松柏，树植于珠江南岸今下渡头村的大宅前，借此睹物思昔，铭记宦游的美好岁月。因之珠江南岸地就俗称"河南"。① 这个历史细节透露出长久以来岭南人对开化文明程度远在自己之上的中原的向往。这与韩愈被贬潮州为官不足一载而获"三启南云"的美誉，如出一辙。封闭的环境和后进的文化有时导致"夜郎自大"的狭隘，但岭南人恰好相反，地理的阻隔与文化发展的迟滞，却孕育了岭南人虚怀向化的开阔心胸。用三百多年前番禺人屈大均的话说："粤处炎荒，去古帝皇都会最远，固声教不能先及者也。乃其士君子向学之初，即知颂法孔子，服习春秋。"②岭南人正是以此胸怀受容来自岭北的文化南渐，于是文化学术和文学的南渐，相当长时期内成了广东文学史演变的主调。

在并不复杂的早期广东文学发展史中，唐代张九龄出现前，粤地作家寥寥可数，分量更是不登大雅之堂，大量的是逾岭南来的文人和作家。他们的南来，事出有因。或者奉遣为官，驻守地方；或者贬谪流放，异地为人；或者躲避战火，流寓居粤。这些中原人物当中，不乏名重当时文化学术界的显赫角色、称雄一时的大文士。东汉《易》学大家虞翻贬徙期间，传道讲学；东汉牟子在交州期间写出渗透岭南精神的佛学名作《理惑论》；写下道教名著《抱朴子》的葛洪，在罗浮山亲尝百草，炼丹修道；山水诗的始祖东晋名士谢灵运，流放并殒命于广州。他的世袭雅名"康乐"留痕于今。中山大学校园称康乐园，周边有康乐村。进入超过一个半世纪的南朝时期，中原南北对峙，兵燹丧乱。这份南渐士人的名单不可避免地拉得更长，举其中大者，如写出《南越志》的沈怀远，贡献《海赋》的张融，写下最早一首吟咏岭南风物诗《三枫亭饮水赋诗》的范云，著《神灭论》的范缜，诗人阴铿、沈伯阳，还有写下《贞女峡赋》的江总等，皆是文坛一时之雄。他们为文学的南渐播下种苗、树立样板，做出了不可磨灭的贡献。

广东古代文学发展历程不是平稳均衡地逐渐积累前行的，而是更像波浪一

---

① （清）屈大均：《广东新语》上册，北京：中华书局1985年版，第42—43页。
② （清）屈大均：《广东新语》上册，北京：中华书局1985年版，第321页。

样小高潮小低潮叠加那样逐渐推进。这现象颇值得关注。由于古代一治一乱局面的交替出现,丛莽崎岖、交通阻隔的岭南,反倒成了中原战乱之时可以避乱偏安的好地方。大庾岭下的南雄珠玑巷,见证了历代移民迁徙入粤的传奇。广东珠三角地区民间皆以为自身家族发源于山西洪洞大槐树,随之散迁各地,最后汇迁至珠玑巷,在珠玑巷盘整再南迁至珠三角落地生根。传说真假参半,但道出了岭南人源于历代南迁的历史事实和以中原为祖根的深厚情感。人口的大规模迁徙是造就广东文化学术渐次演进的基础。例如南朝时期,尤其至梁陈之际,发生侯景之乱,江左富庶之地生灵涂炭,经济文化遭受严重破坏,导致大批门阀士族、文人和流民南迁入粤。其中之有地位者依附当时广州刺史萧勃以及欧阳颁、欧阳纥父子,由此广州更成为一时文化学术的中心。又如唐末五代十国时期,中原丧乱,南海王刘龑割据称帝,是为南汉国。与中原兵戈不息不同,南汉小朝廷偏安一隅,"五十年来,岭表无事"[1],带来了活跃的商业贸易,史称"刘龑总百越之众,通珠贝之利"[2]。又雅好艺文风骚,常与文士谈论诗赋,"每逢群臣文字奏进,必厚颁赏赉"[3]。期间效仿中原王朝开科取士,一时文人荟萃,艺事盛于岭表。还有一种情形就是朝代更迭,广东或成为朝廷残部最后的抵抗之地,由此引发大批官宦、士人和民夫过岭南来。如宋元之际,南宋政权且战且退,抵抗至珠江口崖山一役,悲壮告终。明清之际,南明小朝廷且战且逃,其中永历帝就在肇庆登基。战乱一面是生灵的涂炭,但另一面又是民族精神的激发。如文天祥诗《过零丁洋》,脍炙人口,且千古不可磨灭。

通观广东文学史,南宋之后,每当易代,由宋入元,由元入明,由明入清,广东文学即勃发大生机。为人称道的诗人佳作,往往出现在兵凶战危、国家多难的时期。如宋元之际的袁玠、张镇孙、赵必㻞;元明之际的孙蕡;明清之际的"岭南三家"屈大均、陈恭尹、梁佩兰。他们的诗作郁勃沉雄、精悍激扬,是元明清广东文学的高峰,代表了其时广东文学的最高水准。有此成就,与他们论诗自有手眼密不可分。屈大均以易道论写诗之当求变化,曾说:"《易》以变化为道,诗亦然。"[4]陈恭尹反对盲目崇古拟古,提倡:"只写性情流纸上,莫将唐宋滞胸中。"[5]后人以雄直概论岭

---

[1] (宋)路振:《九国志》卷九《邵廷琄》,《九国志》(下),上海:上海进步书局影印本。
[2] (宋)王钦若编纂:《册府元龟》卷二百一十九《僭伪部》总序,《册府元龟》(第3册),北京:中华书局1960年版。
[3] (清)梁廷枏:《南汉书》,林梓宗校点,卷十一,广州:广东人民出版社1981年版。
[4] (清)屈大均:《粤游杂咏序》,欧初、王贯忧主编:《屈大均全集》第三册,北京:人民文学出版社1996年版,第79页。
[5] (清)陈恭尹:《次韵答徐紫凝》,陈荆鸿笺释,陈永正补订,李永新点校合编:《陈恭尹诗笺校》下册,广州:广东人民出版社2015年版,第1083页。

南诗风。盖雄直诗风的形成,既与岭南民风耿介亢直、地域文化认同强固深厚有关,又与易代之际家国遭难,故土兵燹涂炭而激发出浩然的民族大义密不可分。正如清初山东新城人王士禛论有明一代粤诗,广东"人才最盛,正以僻在岭海,不为中原江左习气熏染,故尚存古风耳"①。江苏阳湖人洪亮吉称道"岭南三家"诗:"尚得昔贤雄直气,岭南犹似胜江南"②,亦可为此下一注脚。此前粤诗坛未受辞藻绮丽之风熏习,遭逢家国危难之际,乡邦意识、家国情怀化作淋漓元气喷薄而出,铸成与江南诗人完全不同的诗风格调,为明清诗史刻下了鲜明的岭南印记。

　　明前广东文学以人的成长为喻,虽时见英姿,但尚未长成堂堂汉子,处于接纳受容岭北中原文学为主的时期。屈大均认为,广东文坛"始燃于汉,炽于唐于宋,至有明乃照于四方焉"③。炽于唐宋,若限于广东尚可成立,但以全国格局来说,似乎有过。唐宋年代的广东文坛,难以说"炽",更像皓月当空,只有几点暗亮的星辰,点缀于文坛。至于后句"至有明乃照于四方焉",就毫无夸张,符合事实。清人陈遇夫《岭海诗见序》:"有明三百年,吾粤诗最盛,比于中州,殆过之无不及者。"④地域文学的成熟是存在客观标杆的,它体现在诗人诗作里面。这就是对地域文化的认同和洋溢在字里行间的乡邦自豪感。有此认同和情感,才能自具面目,自有眼光,自成风格。屈大均用"照于四方",陈遇夫用"比于中州,殆过之无不及"来形容有明之后的广东诗坛,说的当不仅是诗人诗作的数量。两人都意识到,自明之后粤诗已经具备自身的素质,不再泯然众人,即使置于全国诗坛格局之中,粤诗一样能有过人之处,能照于他人。致使粤诗自元明之际达到如此境界的内在要素,不仅在于诗歌语言和修辞艺术,亦在于岭南文化自身已经生长到成熟的状态,于是能以自身的面目出现在华夏中原一体的诗歌舞台。

　　从诗赋对景物的写照中较易看出作者地域认同的有无和成熟程度。疏离、静观和蕴含深情,写出来的句子是不同的。粤地诗赋从南北朝至元明之际,作者的写景很明显看出从景物的疏离感到满怀欣喜赞赏之情的变化过程。试比较谢灵运、余靖与孙蕡同是写景物的诗赋,看看地域认同感是如何随着文学的发展逐

---

① (清)王士禛:《池北偶谈》上册,北京:中华书局1982年版,第251页。
② (清)洪亮吉:《道中无事,偶作论诗截句二十首》其五。《更生斋诗》卷二,刘德权点校:《洪亮吉集》(第3册),北京:中华书局2001年版,第1244页。
③ (清)屈大均:《广东新语》上册,北京:中华书局1985年版,第316页。
④ (清)陈遇夫:《岭海诗见序》,《涉需堂集》,光绪六年(1880)刻本,第7a—7b页。

渐生长的。南朝诗人谢灵运《岭表赋》前三句:"若乃长山款跨,外内乖隔。下无伏流,上无夷迹。麋鹿望冈而旋归,鸿雁睹峰而返翮。"①仅此三句,岭南的蛮荒可畏跃然纸上。当然如此景物,与他贬谪流放的沮丧心情也是高度配合的。是由疏离的感情看出蛮荒的景象,还是由蛮荒的景象衬托出疏离的情感,大概互为因果吧。总之,在大诗人谢灵运眼里,这是陌生而疏离的土地。他只是被命运抛掷到这里而已。此地并非乡邦,并无挂碍。宋代余靖五言诗《山馆》所写是家乡景色:②"野馆萧条晚,凭轩对竹扉。树藏秋色老,禽带夕阳归。远岫穿云翠,畲田得雨肥。渊明谁送酒?残菊绕庭菲。"③"野馆"和"畲田",衬托出荒凉而人迹罕至,但所在山馆并非无可取之处。深秋景致,飞鸟带着斜阳余晖返归巢穴,足供凭轩独赏。然余靖诗的重点不是景致如何,而是以此景色荒远表露自身清高绝俗的品格。这是古代中原诗人每当呈现其林泉高致时的一般套路。我们太熟悉那个为庄老传统塑造出来的诗中之"我"。这并非有什么不妥,但从入乎广东之内的眼光看,显然还缺少些什么。待到元明之际的诗人孙蕡出来才弥补了这个缺陷。孙蕡的《广州歌》里洋溢着信心满满的乡邦自豪感:"广州富庶天下闻,四时风气长如春。长城百雉白云里,城下一带春江水。""峨峨大舶映云日,贾家千家万家室。春风列屋艳神仙,夜月满江闻管弦。"④此诗当写于明初,孙蕡回忆元末广州盛况。历经易代的浩劫,繁华不再。如同杜甫回忆开元盛世,或有夸张之辞,但问题不在于是否夸张,而在于诗中流露出的地域认同感和自豪感。广州建城两千年,珠江从广州城下东流,亘古不变,然而要有粤诗人赞美它为"春江水",却不是一蹴而就,必得经历漫长的演变。当广东古代文学完成了这个地方文化认同的蜕变,它就进入了明清星汉灿烂般发展的时期。

三

来到近代,中国社会在西风西潮和列强敲门的强烈冲击下,不可避免进入从农耕生产方式向现代生产方式的漫长转型阶段。这种根本性、全盘性的社会转

---

① (宋)谢灵运:《岭表赋》,(清)严可均辑,苑育新审订:《全宋文》,北京:商务印书馆1999年版,第287页。
② 诗语有"畲田",为刀耕火种需要轮耕之田。诗人家乡粤北始兴县,较为符合所写。
③ (宋)余靖:《山馆》,《武溪集》卷一,北京:商务印书馆1946年影印本。
④ (明)孙蕡:《广州歌》,梁守中点校:《南园前五先生诗》,广州:中山大学出版社1990年版,第48页。

型引起了政治、经济、文化等一系列急剧转变。这些转变有时表现为渐进式的变法，有时表现为暴力革命。身处动荡潮流里的那几代人，其实并未能从认知上把握社会转型的实质意味，他们只是感知到局势与"天不变，道亦不变"的过往大不同了。用李鸿章流传甚广的表述："此三千余年一大变局也。"①他的话说于1872年，即同治十一年，可实际的大变局早在三十多年前朝廷吞下战败的苦果之时就已开启，清廷荒腔走板的应对可以为证。作为识见在群僚之上的大员，李鸿章此言虽警醒一时，但已经算不上对天下大势有深切洞明的认识，可见晚清大变局的时代，明察先机，洞识大势是多么不容易的事情。既然不能指望肉食者引领国家应对大变局来临的挑战，那么身处南疆前沿而得风气之先，与西潮有最为广泛接触的诸"岭海下士"②在思想文化和文学变革上，乘势走进晚清大变局时代舞台的中央，扮演引领全国潮流的角色就是顺理成章的事情。

从人文地理的视角看，晚清政治文化舞台分别活跃着三地的官员和士大夫：首先是湖湘人物，曾国藩、左宗棠为代表；其次江南文士，李善兰、王韬为代表；然后是粤人，康梁为代表。曾左一流人物，主要承袭清初王船山所提倡的儒家"经世致用"观念，意图寻出政治和文化的切实方法，在凝固僵化之世振衰起敝。同光年间洋务自强虽鼓舞一时，然究其实他们思想文化的新意不多。甲午战败湖湘人物便逐渐式微。而随着五口通商，传教士将上海作为深入中国腹地的大本营，使之成为西学新潮的重镇，由此吸引了那些科举无门或志不在仕途的知识人汇聚沪上，切磋新学。他们和传教士合作，翻译西书、传播科学，有强烈的启蒙和变革意识。但阴差阳错，因为未从科举正途出身，只是中西之间的边缘人，名既不正，言便不彰。秉大才而得小用，是这批江南籍口岸知识人的普遍命运。例如王韬实在不满守旧因循的官场气氛，一腔热血，在朝廷眼皮底下的上海无从施展，于同治末年跑到香港，自办《循环日报》，评论时政、提倡变革，成就一时的舆论。

环顾同光年间的中国，上海和广东是两个距离西学新潮最近的地方，上海甚至比广东更有文化渊源深厚的优势。由此看来，执这股日渐浩荡的文化变革潮流的牛耳，江南文士和粤籍人物皆有可能。然而历史给出的答案众所周知，晚清改良和革命的大旗皆由粤籍人物树立，江南人物的贡献要等到民国初年新文化

---

① （清）李鸿章：《筹议制造轮船未可裁撤折》，唐小轩主编：《李鸿章全集》（第2册），吉林：时代文艺出版社1998年版，第874页。

② 康有为自称用语。康有为：《敬谢天恩并统筹全局折》，陈永正编注：《康有为诗文选》，广州：广东人民出版社1983年版，第558页。

运动之时才拔头筹。粤籍人物在清末思想文化舞台上成为倡导变革的时代领先者,一时风头无两,显然包含值得细察的人文地理含义。首先广东比上海离京师更远,不受朝廷猜忌而得来的施展空间自然就比上海为大,有道是"山高皇帝远"。上述王韬的例子可以印证这一点。其次广东接触西洋时长面宽,尤其民间对外来文化的了解度和接受度,均比江南广泛而深厚,可以说广东的"群众基础"胜过江南。

中国国土虽辽阔,但有如此优势的地方却并不多。这长处不仅在近代史上发挥作用,在现当代史上同样持续地起作用。同治年间派学童留学美国一事,最能说明广东长期面向外洋航海、商贸、文化往来所形成开放的社会基础和民间心态,在国家需要改弦更张的时代自然而然就会比与外洋接触历史短暂的地方能够"先行一步"。同治九年(1870)起,清朝前后派出120名学童赴美,是为中国官派留学之始。学童之中,粤籍84人,超过总数的2/3。苏浙籍是29人,而徽闽鲁合共7人。① 过埠留洋为破天荒之举,国人视为畏途,学童家人需与官府签"生死状"才可允准。招生的大本营设在上海,却在广东招到最多学童;而且首批两位带队的官员容闳与陈兰彬恰好均为粤籍。朝廷留美的"壮举"原定15年,仅进行4年即半途而废。力主裁撤的新任监督吴子登冥顽不化,是山西籍。人文地理的因素显然在其中起了作用。大变局的年代,眼光决定了格局,而格局却是漫长生活经验累积的结果。学童赴美一事透露出新的时代需要和新的人生机会,在广东比在其他地方更多地被意识到、关注到和捕捉到。这揭示了其时的社会文化氛围正在发生深刻的裂变,粤人不知不觉走在了全国的前面。

需要变革的初始时刻,变革的旗号往往比变革的实际措施来得重要。因为变革的措施是在变革气氛中试错进行的,正所谓"摸着石头过河"。但这样做要有一个前提:变革必须取得作为旗帜的正当性。在晚清站出来为变法树立正当性的第一人毫无疑问是康有为。鸦片战争前一年,龚自珍于时局悲愤无奈中,寄望于天公重抖擞,再降人才。② 他的愿望应验在约半个世纪之后的康有为身上。康有为一面从儒家正统的学术文化脉络中搬出孔子,将孔子塑造成古已有之的改制家;另一面用"公羊三世说"与西来学说之一的进化论嫁接,创出人道三世之变的历史观——由据乱世入小康、由小康入大同的天下通义,从而为变法开出正当性。康有为的石破天惊之论无意中为日后浩荡的思想文化变革潮流打开了第

---

① 章开沅、余子侠主编:《中国人留学史》,北京:社会科学文献出版社2013年版,第40页。
② (清)龚自珍:《己亥杂诗》,《龚自珍全集》,上海:上海人民出版社1975年版,第521页。

一道闸门。钱基博论康有为《孔子改制考》的意义时说,"数千年共认神圣不可侵犯之经典,于是根本发生疑问,引起学者之怀疑批评,而国人之学术思想,于是发生一大变化"①。实际的变法虽然流血告终,但思想文化变革的大门一旦开启,洪流便从此不可阻挡。

梁启超亡命日本之后,自办《清议报》《新民丛报》。他自认为"新思想界之陈涉",要掀起思想文化启蒙的潮流。梁启超把"新民"作为启蒙的总纲,在这个宏伟的启蒙构想之下,文学修辞的巨大力量自然在这个设想中得到重视和运用。恰好梁启超是文坛巨擘、舆论骄子。梁比乃师康有为晚生十五年,却比康早四年得中举人。八岁学文,九岁即能日缀千言。在横滨,梁一人办两报。白天应付琐事,夜晚奋笔疾书可达万言是寻常事。他自道"夙不喜桐城古文",多年报刊为文的实践,使他自创出思想新锐、饱含情感而又文气疏朗、平易畅达的"新文体"。新文体的成功向其时天下宗奉的桐城古文发起了强烈的挑战。梁氏的报章文字是晚清文体和语言的一次解放。梁启超事后自陈:"自解放,务为平易畅达,时杂俚语、韵语及外国语法,纵笔所至不检束,学者竞效之,号'新文体'。老辈则痛恨,诋为野狐。然其文条理明晰,笔锋常带感情,对于读者,别有一种魔力焉。"②晚清文坛除了桐城为代表的古文派外,康有为、谭嗣同等维新人物都写出了个性鲜明的风格,但不得不说他们的新民意识逊于梁启超。梁之所以能达到"自通都大邑,下至僻壤穷陬,无不知有新会梁氏者"③的风靡境地,在于他能笔锋自带激情,把启蒙意识和文章修辞依据时代的节拍融汇汇一炉。

梁启超能文能诗,虽不以诗名世,但清末"诗界革命"四个大字却出自梁的手笔。他通过推崇晚清诗坛公认成就最高的黄遵宪树立"诗界革命"的大旗。梁启超贡献诗革新的观念,黄遵宪贡献诗革新的实践。这两位广东人合成了"同光体"流行的晚清诗坛之外新气象的双璧。当然,我们不能把黄遵宪自道"新派诗"的实践看成是"诗界革命"的直接成果。黄遵宪诗心博大,诗才甚高。他随着出使海外经历的累积,见闻日广、体悟日深而自觉摸索旧诗的出路。他尝试过多途径革新旧诗的写法:比如偏向"我手写我口"的歌行体诗;"以旧格调运新理想"④,即所谓旧瓶装新酒,不用生硬翻译词描摹外海事物的古体诗;大量用典,旧瓶装旧酒,传递出使海外而产生的复杂经验和体悟的近体诗。黄遵宪的"新派

---

① 钱基博:《现代中国文学史》,上海:上海古籍出版社2011年版,第241页。
② 梁启超:《清代学术概论》,朱维铮校订,北京:中华书局2011年版,第128页。
③ 胡思敬:《戊戌履霜录》卷四《党人列传》,南昌退庐1913年仲夏刊本。
④ 何藻翔编纂:《岭南诗存》,"何氏至乐楼丛书"第四十种1997年版。

诗"存在多个探索的向度,梁启超誉之为"独辟境界,卓然自立于二十世纪诗界中"①,是名副其实的。"诗界革命"之外,梁启超还创办《新小说》杂志,倡议"小说界革命"。他著名的文章《小说与群治之关系》就发表在该刊的创刊号上。梁还效仿日本政治小说,撰写了五回(未完)展望六十年后中国盛况的《新中国未来记》。此外,梁启超还是晚清"戏剧界改良"的首倡者。由于康梁师徒的努力,彻底扭转了晚清思想和文学沉闷守旧的精神氛围。他们之所以站立时代的潮头,独领风骚,大约有两个原因:第一他们成长在与西洋接触根基最为深厚的广东,变革的潮流领会得更早。文明开化的诉求,不仅应该是国家政治的大目标,也是他们个体人生的小目标;第二他们既有天下兴亡的胸怀又循正途出世,身负功名,与支配中国社会的士大夫同体共运,故有公信力。讲到对变法的见解,康梁早不及王韬;系统周详不及《盛世危言》的作者香山人郑观应。但王郑二人的公信力、号召力远远不逮康梁。王依附于传教士,郑商人出身。他们处于士大夫主导的社会的边缘,地位不如康梁,欲扭转观念、传播新知,当然做不到像康梁那样一呼百应了。

广东作家对晚清文坛的贡献是多方面的。文数康有为、梁启超;诗数黄遵宪、丘逢甲;谴责小说数吴趼人《二十年目睹之怪现状》;文言小说数苏曼殊《断鸿零雁记》;革命派小说数黄世仲《洪秀全演义》。他们作品的思想性和艺术性放在那个时代同类型作品中都在最前列的位置。他们的写作表现出如下鲜明特点:其一,思想新锐,追步时代新潮,其中不乏惊世骇俗、振聋发聩之论;其二,以救世的观念统合为文赋诗,使创作呼应时代社会变革的需求,罕写无病呻吟之作;其三,心态开放,不固守、不排外,拥抱有益的外来文学艺术,并以此为创新艺术的法门。在晚清全国文坛的格局里,广东籍作家的文学贡献确实当得起"无出其右"四字。这里面的道理其实并不复杂:非常之世有待于非常之人,而非常之人产出于非常之地。广东在近代社会大转型时代,恰好处于其他区域无法比拟的非常之地,因此才有了一时文学人才勃起的兴盛局面。

四

广东作家在清末文坛大放异彩,来到新文学运动时期却忽然偃旗息鼓。《新

---

① 梁启超著,郭绍虞、罗根泽主编:《饮冰室诗话》,北京:人民文学出版社1959年版,第24页。

青年》同人中没有广东人物的身影,新文学第一个十年文学史上能见到的作家也罕见广东籍。他们似乎从再一次思想文化观念变革的浪潮中集体隐身了。这是怎么回事儿?其实道理就隐藏在清末民初文坛人物的代际更替和年轻一代海外留学目的地的变化中。引导清末思想文化变革如康梁等人物,他们的西学新知大都得自于与传教士相关而设在上海的翻译机构,如墨海书馆、江南制造局翻译馆和傅兰雅创办的科普杂志《格致汇编》等出版物,但他们没有海外留学经历,不通外文。然而紧接着登上思想文化变革舞台的下一代就完全不一样了,清末民初持续的官派和民间自费留学造就了对西学有更健全认识的一代人。可惜在这波留学大潮中广东的运气似乎欠佳。首先是清末自甲午战败开启了"以日为师"的时期,张之洞《劝学篇》推崇"游学之国,西洋不如东洋"①,特别是庚子事变之后,绝大多数留学生选择去了日本。于是苏浙沪鲁以及长江沿线城市由此占了先机,广东反而偏远有隔、便捷不如。其次清末留学特别依赖地方大员的推动,像张之洞、端方主政两江、两湖期间均大力推动官派和民间出洋留学,而那时广东则缺乏此种思想开明、办事干练的官员。以留日高潮期1904年一份留日生分省统计为例:湖南363人,四川321人,江苏280人,浙江191人,广东175人。②即便是1909年庚款留学欧美的人数,广东也不及江苏和四川。③ 与留学目的地和人数密切相关的另一问题是,中国思想文化变革酝酿和相互交锋的舞台也由戊戌前的国内转移到戊戌后的国外,尤其是日本——关于保皇改良与排满革命之间的大论战发生在日本,周氏兄弟译介欧洲最新文艺思潮和翻译实践也是在日本,胡适的白话诗探讨和尝试则发生在北美校园里。这些思想观念变革在海外的酝酿既然鲜少广东人物参与,那由其中先觉者归国后发动的新文化运动也少见粤人身影便是可以理解的事情了。

然而广东却以自己的步伐重回思想文化变革的前线,并为全国文坛贡献新鲜活泼的文学经验。经过新文化运动洗礼,年轻一代精神面貌焕然一新,轰轰烈烈的救亡运动在全国掀起,广东成为国民革命的策源地。自1923年中共三大在广州召开,确定国共合作、共同推动打倒列强除军阀的国民革命后,全国的格局里就形成了以上海为舆论中心,而广东为实行根据地的局面。农民运动首先从广东海陆丰兴起。当国民党右翼背叛革命后,海陆丰农民在共产党领导下发动多次起义,建立政权。从严酷战争环境中走出来的海陆丰作家丘东平,笔下带着

---

① (清)张之洞:《劝学篇》外篇《游学第二》,上海:上海书店出版社2002年版,第39页。
② 章开沅、余子侠主编:《中国人留学史》,北京:社会科学文献出版社2013年版,第89页。
③ 章开沅、余子侠主编:《中国人留学史》,北京:社会科学文献出版社2013年版,第120页。

战争的血腥和人性深度，为左翼文学书写吹来一股清新的气息。郭沫若读了他出道的新作说："在他的作品中发现了一个新世代的先影。"①我们知道，现代文学史经历了一个从"文学革命"到"革命文学"的转变。转变的背景是大革命失败，一些受大革命感召但实则并未深度参与，尤其未经历严酷战争淬炼的作家深感人生的幻灭，树立"革命文学"的旗号只为积聚火种。这些左翼作家写出来的"革命文学"，大多停留在革命加恋爱或"打打！杀杀！血血！"的层次。生活积累既缺乏，对革命的理解又不深，此类革命文学的实绩实际上是缺乏说服力的。与此相对，丘东平成长于"炸弹满空、血肉横飞"的战争环境，他笔下的人物粗犷，状物叙事生活气息浓郁，所写战争与人性笔笔到肉，字字见血，是同时代左翼作家里的翘楚。广东大革命的气氛浓重，奋笔为旗的作家涌现不少。"左联五烈士"有两位是潮汕籍：洪灵菲与冯铿；"左联"最后一任党团书记戴平万也是潮汕人。今天可以查到在册的"左联"作家有280人，其中广东籍有31人。大部分加入"左联"的广东籍作家能传承前辈的血性和真性情。人的才情固有不同，但他们皆是"以血打稿子，以墨写在纸上"。特别是全民抗战兴起之后，延安革命文艺进入了探索革命激情与民族形式怎样结合的新阶段，来自广东的作家冼星海、阮章竞等人带着自己成长地域的艺术经验，加入延安文艺激情奋发的大合唱。我们在冼星海《民族解放交响曲》里分明见得岭南民间"狮子舞""龙船舞"的激昂旋律的影子；阮章竞《漳河水》等新诗语言则尽显民谣本色，追求节奏感、音乐美，叙写人物景致形象鲜活，这与他早年在中山乡村做画匠学徒，习得民谣小调的经历密不可分。

　　文学演变到了现代，中西的融会汇通也进入了更成熟的阶段。如果晚清、"五四"的中西文学汇通处于"拿来主义"的阶段，视启蒙救亡需要什么就大声疾呼引进什么的状态，那"五四"过后如何借鉴西方文学至少又增加了一种方式：在诗人写作实践里有意识地将西方文学要素融合进汉语的表达形式。这时的西方文学已经不是"拿来"的对象，而是已经作为诗人精神世界的一部分交融在诗人的感知世界里。待笔之于书时，其诗其文已是不中不西又亦中亦西了。能达到这种融合境界的诗人多属留洋饱学之士，刚好现代广东产生了两位这方面的诗人。前者李金发，后者梁宗岱。李诗才有限，固然不算现代诗史第一流大家，但他却是象征主义新诗的鼻祖。李本无意做诗人，怎奈留法期间人生孤独、精神苦闷，原有旧文学的根底不错，又读了一堆波德莱尔等颓废派文学，于是借笔抒写

---

① 郭沫若：《东平的眉目》，见罗飞编：《丘东平文存》，银川：宁夏人民出版社2009年版。

自家苦闷，遂为早期新诗的百花园添了一株异葩。梁宗岱则诗才横溢，辩才无碍。他的翻译要比他的诗文来得更受世人称道。尤其是《莎士比亚十四行诗》的翻译，将传统旧诗的节奏、韵味乃至意象融进译文，西诗译出了中诗的味道，被誉为"中国翻译史上的丰碑"。

自延安时代以来，文艺探索革命和建设的大主题与民间形式、民间习俗和方言相融合已经成为大潮流，这个潮流一直延续到新中国成立后十七年时期。如山西有山药蛋派，河北有荷花淀派等。地域特色的文学呈现蓬勃发展的生机，广东也在此潮流下名家辈出，尤其长篇小说领域，名作迭出。即使放在全国，它们也毫不逊色。广东作家贡献了最有地域特色的文学作品，广东文学由此也进入了一个难得的兴盛时期。这个广东文学史上的小高潮在这个时期出现是有缘由的。广府民俗与其他地域最为不同的是它的方言。而方言写作晚清就大行其道，但那是生搬粤语发音硬套汉字的方言写作，不仅异乡人无从释读，就是识字略少的本地人也无所措手足，照此旧套路写作显然是行不通的。这个时期广东作家的贡献正在于他们在如何借用方言习语与通行表达相结合的方面，探索出了具体的途径，走出了各自的路子。换言之，通行语与方言表达之间分寸拿捏得恰到好处，成为这方面的一代经典。黄谷柳的《虾球传》、欧阳山的《三家巷》和陈残云的《香飘四季》是其中的佼佼者。三部长篇由于表达意图和题材的不同，呈现出的方言和地域文化特色既有共同之处，也有各自不同的优长。尤其是它们的不同，体现了作家艺术探索的艰难努力以及达到的境界。比如黄谷柳擅长采撷市井乃至黑道粤语词略加改造而活用，写人状物地道贴切，语言与人物事件密接无缝，场景的真实感扑面而来。欧阳山则致力于化用活用粤语词，将它们嫁接在流畅的通行语里面，创造出有诗化色彩又有地域文化特点的语言表达。《三家巷》语言优美流畅，极富南国气息，与人物性格、情感匹配得天衣无缝。《香飘四季》是农村题材，长期蹲守乡村深入生活让作者走进了南国水乡民俗的广阔天地，用水乡人的语言把他们的生活表现得活灵活现。这三位作家的努力代表了二十世纪五六十年代方言和富有地域特色的广东小说的高度。另外该时期广东文学除了诗稍弱外，散文和批评也涌现大家。秦牧耕耘散文一生，形成语言凝练优美、知识丰富而且立意高远的风格。他以散文为主而兼擅杂文，抒情与理致两道并行。如《花城》等散文集在全国享有盛誉，与散文家杨朔并称"南秦北杨"。批评家萧殷亦获得该时期全国性的声誉，新中国成立初兼主《文艺报》，极大地帮助了新晋作家王蒙等人的成长；六十年代主持《作品》，做到"每稿必读，每信必复"，做作家的知音，是当之无愧的广东批评界的先驱，著有《萧殷自选集》。十七年时期全国文坛生气蓬勃,作家探索呈现多样化面貌,广东作家以自身的擅长,挖掘地域文化特色,形成鲜明的集体风格,是全国文坛交响曲强有力的音符。

七十年代末,笼罩中国的迷雾散去,万象更新。思想解放、改革开放吹来强劲东风,将广东经济文化发展又推到了全国的最前沿。国家首先设立的四个经济特区有三个在广东,再一次突显了广东面临新一轮经济文化变革时的地理和文化的优势。社会大转折的关键时期广东棋先一着的机运再一次降临到这片得天独厚的岭南沃土。当然这一次棋先一着不似清末康梁振臂一呼天下景从。因为思想解放和改革开放是当代中国有序的思想和社会变革。广东文学所以能领先一步,完全离不开全国改革开放的精神氛围。没有中央统一布置和支持的一系列经济、文化的变革措施,广东文学也无法实现这一时期的突破。比如改革开放蓬勃发展的八十年代,全国各地乡土青年纷纷南下广东沿海经济带打工,由此催生在全国文坛独秀一方的文学新景观——打工文学。广东出现了《佛山文艺》《江门文艺》和深圳的《大鹏湾》三大打工文学刊发阵地。前者九十年代中期的发行量达五十万份,而《大鹏湾》光在珠三角地区的发行量也达十二三万份。流水线上的劳动者拿起了笔,抒写着新生活的悲欢,在火热的年代创造了属于自己的文学奇观。进入九十年代,科技突飞猛进,网络构筑的虚拟空间又成为可以驰骋的写作新天地,广东因此又成为全国网络文学最早的温床。全国第一部在虚拟空间上线的网络小说在广东出现,随后网络写作如雨后春笋般涌现,至今广东都是最为活跃的网络写作大省,为此还创办了全国唯一的《网络文学评论》杂志。改革开放催生了新的社会现象,文学如何表现,一时成为问题。如市民发家致富成了"万元户",如何定位这类草根人物,正面乎?反面乎?新中国文学史尚无先例可循。章以武的《雅马哈鱼档》开了头炮。他用诙谐的喜剧笔法,回避了社会尚存的价值歧见,将靠自己双手勤劳致富的鱼档老板写成了新时代的"草莽英雄",实质上给予了正面的价值肯定,从而引领了改革开放时代文学创作的新潮流。与此有异曲同工之妙的还有作家陈国凯的《大风起兮》,正面叙写深圳蛇口工业区的改革历程。题材虽不是先着,但他用风俗化、人情化和诙谐的笔法来处理向来严肃的题材,把时代的惊涛化为舒缓的对话,也算写得别开生面。这一时期广东文坛最重要的收获当数刘斯奋的历史小说《白门柳》三部曲。这部历十四年伏案写就、叙写明清易代之际江浙才子佳人沧桑悲欢的小说,看似题材远离现实,实际渗透着改开时代特有的现代精神。明清易代题材多供时人寄托所谓兴亡遗恨,供人逐味其中的所谓风流韵事,但刘斯奋则关注其中的先觉者对专制弊政的批判,发掘远去时代民主意识的思想火花;也因为作者拥有现代思想意识的武装,才能看出才子佳人缠绵悱恻背后的性别不平等,赞美自强女性并对不幸者寄予同情。本来,岭南人写江南非所长,然刘斯奋反其道而行之,以深厚的历史知识和古诗文涵养融化、提升和改进当代白话文,使小说的语言之美跻身一流文学的行列。岭南人笔下的江南比江南人的江南别具一格,另有韵味。

  改革开放以来广东经历了空前规模的人口流动。当代广东既是历史悠久的岭南,也是全国各地语言文化汇聚一堂的大熔炉,岭南文化正在经历着新的建构。人口迁徙自然包括全国各地作家和写作人的南迁入粤,作家籍贯在区域文学构成中的意义也由此逐渐衰减,"好汉不问来处"的观念日渐普遍。由人口迁徙带来的地域文化融合,既给创作带来寻找突破路向的不确定性,也孕育着一旦融合成新形态便喷薄而出的可能性。新的文学前景当然是可以期待的。新时代以来我们看见好些更积极乐观的变化。比如70后、80后甚至更年轻的新晋作家,带着更现代的意识和更丰富的表现手法走向写作的大舞台;广东作协也用比以往更大的力度扶持作家创作。2020年创刊了《粤港澳大湾区文学评论》,整体上提升了"粤派批评"在全国的影响力。古与今的融合,岭南文化与全国其他地域文化的融合,正在如火如荼地进行中。我们有足够乐观的理由相信,经由这两大融合产生的广东文学一定能开创更美好的未来。

五

  粗线条勾勒过广东文学演变史的轮廓后,地域文学史研究的核心问题就自然呈现出来:产生于这片岭南大地的文学究竟渗透着什么样的文学精神?由其历史文化演变熔铸出来的广东文学究竟有什么样的文学气质?换言之,它存在怎样的岭南特色?这特色是怎样表现出来的?这些问题其实不是新问题,但却是地域文学研究必须触碰和探究的核心。它们曾被岭南文化研究的前辈不同程度地关注过、探讨过,趁此机会在这里也添补一些见解。

  广东文学如果不算长达超过千年的萌芽孕育期,能呈现自身文学主体性的历史并不长,比起中原和江南可以说瞠乎其后。然而当人们深入广东文学脉搏跳动的内部,就会发现它成长的特殊之处。广东文学多焕发于国家危难、兵凶战危之世,而少彪炳于太平安逸、歌舞升平之时。以全国文学的变迁来说,普遍的情况是乱世不乏诗人的悲吟,治世也有升平的颂声。广东文学的演变与这个一般的节奏是不大合拍的。可能地处僻远,文教的根底又远逊于中原和江南,所以太平岁月较之汉唐盛世诗人声沉音哑,追步不上,而独国难当头危亡之际才得以发扬蹈厉,激扬文字。危难之时的文学精彩,全在诗人、作家及其创作中充盈的浩然大义,这种精神气质构成为古今历代广东文学的鲜明特色。所谓浩然大义实质就是民族大义和爱国情怀,它抒发自岭南诗人、作家的心声,表现于岭南大地。无以名之,姑称之为"岭南大义"。它在不同历史时期存在不同的表现形态。明清时期岭南诗雄直的诗风,散文质朴的文风,其底色底蕴正是易代之际忠君爱国的情感使然;降及晚清康梁登高振臂,期望由文学入手一扫颓风,其奥论主张和笔锋常带感情的文风,莫不渗透着忧国忧民之情;现代左翼文学运动兴起,广东作家又以笔为旗,叙写战争年代惨烈的对敌斗争,乃至为此献出生命,更显舍身成仁的大义;改革开放时期,广东作家有胆气先人一步,突破艺术创作的条条框框,自擅胜场。总而言之,广东诗人、作家的优秀者其人其文无不以渗透这种"岭南大义"为其根本气质和精神品格。我们这样分析,并无任何自褒自扬广东诗人、作家之意,也无暗示其他地域作家不如岭南的意思,而是意图通过揭示广东文学的文学精神真义所在,透视出它与岭南历史演变进程之间的关系。在广东文学的演变史上,它确实较多地与国家的危难发生深度的关联,而较少地与盛世太平发生关联。中原汉唐盛世的时候,岭南文教才开始萌发,雍容风雅的气度自然无从效法。等到文教扎根,诗人从容发而为词章的时候,却是为国家危难所刺激。古代时期朝代更迭的战乱自不待言,晚清更是天崩地裂式的危机,这刺激事实上极大地助力于广东文学更上台阶。古人有"多难兴邦"之论,在岭南则是"多难兴文"。明末"广东三忠"之一,东莞人张家玉曾说:"我辈做人,正于患难处做好题目,正于患难处见好文章。譬之雪里梅花,愈香愈瘦,愈瘦愈香。譬之霜林松叶,愈茂愈寒,愈寒愈茂。"①张家玉的话道出了岭南优秀作家的人生和写作态度。因历史之故广东作家多感于国家危难之"物"而少感于国家升平之"物",故起兴歌咏抒写之诗文,多具浩然大义,风格雄直精悍。正所谓独特的文学演变历程造就了独特的文学品质。

广东文学另一个特色是它兼容并包的特色。岭南文化及其性格形成于北来迁徙入粤的移居史,形成于中原文化的南渐史。历代各地人口迁入层累地沉淀为岭南人开放包容的民性:虚怀,但不盲从权威;有定见,但不排外。自古以来,广府、潮汕和客家三大方言一面相互交流、相互影响,另一面又各自发展出如广

---

① (明)张家玉:《与杨司农书》,杨宝霖点校:《张家玉集》,广州:广东高等教育出版社1992年版,第87页。

府的粤剧、潮汕的潮剧、嘉应的汉剧等民间艺术形式。此种地域方言文化的并生助益广东作家免于固步自封而兼采众长,尤其是晚清以来产生了一个从未遇见的更为广阔的文学天地,先是照单拿来,后是借鉴创新。对那些见所未见的文学艺术形式和修辞手法,在自己的生活世界里当作自家东西就这样圆融无间地加以运用。广东文坛从来都是广纳各方人与物。南来北往,自西徂东,在这片土地上鲜有阻挡与排斥。这与岭南文化的开放性和包容性是一致的。当然,有容乃大是中国文化传统的信念,包容性也是中国文化的根本特性。这里探讨的广东文学的开放性、包容性在根本上与中国文化的这一特性是一致的,但广东文学所表现出来的岭南开放性和包容性更多地源于与中原多少有些差异的地域生活经验和历史。广东文化最底层的底色当是百越先民的文化,其文化沉淀至今依然略有留痕。秦征南越之后,中原文化南渐成为主流,为岭南奠定深厚农耕文化的基础。然而广东又是航海发达的地方,成熟早、规模大。其人其地的文化性格不可避免打上深深的航海文化的印记。在岭南文化的演变史上,虽然以农耕文化为主干,但多重来源构成的杂多性也占有相当地位。正因为如此,它的地域文化具有相当程度的可辨识性。刘斯奋将孕育成长于岭南的文化性格概括为"不拘一格,不定一尊,不守一隅"[1],十分精当。我们很难说这"三不"所构成的岭南文化性格到底是百越文化、中原农耕文化,还是海洋文化。只能说这"三不"所体现的就是岭南的开放性与包容性。岭南文学和文化的开放和包容的品质并非停留在语辞的表面,而是深嵌于岭南成长的历史里。全国沿海岸线各地,航海活动开展甚早,但标志着海洋文化成熟的海神却最早出现在广东。同为中国的海神,南海神比妈祖神树立更早。南海神庙始建于隋代广州黄埔,天后宫要到宋代才出现于福建莆田。盖岭南先民此种面向陌生海洋的开放勇闯心态是为其生活经验所促使,不得不历风险,不得不摆脱农耕一隅的束缚,由心态开放而见识增长,由见识增长而容人所长,最终成此开放包容的怀抱。

与广东文学和岭南文化的开放包容品质相联系的另一种品质,毫无疑问就是它们创新求变的特质。创新求变绝不仅仅是一种主观的欲求,更重要的它是环境的产物。仅有此欲求而环境不支持,创出来的"新",求出来的"变",很可能缺乏价值与意义,只是一时臆想的产物。创新求变作为地域文化的品质,很重要的一点,是它实质上为环境所催生,为环境所成就。从这种观点看,开放包容和

---

[1] 刘斯奋:《互联网时代做与众不同的"独一个"》,《刘斯奋集》,广州:广东人民出版社2018年版,第322页。

创新求变其实是一体两面的。有开放包容的气度与生活方式,有机会接触各式各样的新鲜事物,才能从中选择、为我所用,创造出前所未有的新东西。广东文学自晚清以降,屡屡表现出强大的创新求变的能力。无论观念还是艺术形式和手法,或者全国领先,或者站在前列。这与其一贯的开放包容营造出来的思维方式、文化气氛和生活经验存在密切相关。如果合并考虑其他艺术形式乃至民间工艺,广东清代以来所创造的多个全国第一,那简直不胜枚举。如晚清十三行时期图案中西合璧的外销瓷、西洋画法与民俗风相结合的通草画;清末民初又有引入透视原理和油画技术的水墨画——岭南画派;民乐加西洋乐器合成的广东音乐;引入西洋教堂彩绘玻璃马赛克元素的中式园林——岭南园林等。至于引进西方文艺表现形式的多个第一人,也出现在广东,如油画第一人、摄影第一人、电影第一人等等。广东文艺家的创新与古代在单一传统之下"穷则变"是有所不同的。它不是走在原本轨道上的"穷",而是拜有幸遇见一个更大世界所赐,所以是未穷而变。广东文艺家的创新更多地出于周遭环境和自身的生活经验,由此才实现了脚踏实地的创新。正如康有为诗句所说,"新世瑰奇异境生,更搜欧亚造新声"[①]。文艺家能意识到生活的世界已经是与以往不同的"新世",才能在艺术的天地里想象出别开生面的"异境";要先知晓世上存在欧亚"新声",才能在创作的时候主动去搜求有用的文艺元素和表现手法。岭南的地理环境与历史为文艺的创新求变营造了远远优胜于其他地域的文化条件和精神氛围。这用"得天独厚"来形容都不为过。广东文艺能在创新求变方面表现出色,并形成稳定的精神特质,同样是植根于它的历史文化土壤之中。铭记历史,面向未来,因而也是广东文学发展的必由之路。

[①] 康有为:《与菽园论诗兼寄任公、孺博、曼宣》三首之二,陈永正编注:《康有为诗文选》,广州:广东人民出版社1983年版,第331页。

目　　录

绪论 ··· 1

第一编　新中国发端的广东文学(1949—1961)

概述 ··· 3
第一章　历史与现实融合中的小说创作 ·· 5
　　第一节　苦难与牺牲:革命历史的叙述 ·· 6
　　第二节　乡村与工业:新中国的时代讴歌 ··· 10
第二章　欧阳山 ·· 21
　　第一节　城市的革命传奇:"一代风流"之《三家巷》《苦斗》 ·· 23
　　第二节　革命英雄与乡村新人的赞歌 ··· 37
　　第三节　欧阳山新时期的文学创作 ··· 46
第三章　于逢 ·· 53
　　第一节　于逢在建国前的创作 ··· 54
　　第二节　合作化运动的多棱镜:《金沙洲》 ··· 62
　　第三节　争鸣和淡忘:文学批评史视域中的《金沙洲》 ··· 77
第四章　战争、现实与旧体诗词 ·· 84
　　第一节　抗美援朝新诗 ··· 84
　　第二节　张永枚《骑马挂枪走天下》 ··· 89
　　第三节　陈寅恪、詹安泰的旧体诗词 ··· 94
第五章　展现新中国风貌的散文和报告文学 ··· 114
　　第一节　现实散文:新时代的讴歌 ·· 114
　　第二节　异国见闻和游记散文 ·· 122
第六章　话剧与地方戏剧 ·· 128
　　第一节　广东戏剧活动 ·· 128

第二节　话剧 ………………………………………………………… 131
　　第三节　山歌剧、潮州歌册等讲唱文学 …………………………… 136
　　第四节　广东汉剧、潮剧与粤剧 …………………………………… 141

第七章　初露锋芒的电影文学 …………………………………………… 147
　　第一节　新中国成立后的广东电影 ………………………………… 147
　　第二节　具有地域特色的历史题材电影 …………………………… 152
　　第三节　现实斗争题材电影 ………………………………………… 156

第八章　初有收获的文学评论 …………………………………………… 161
　　第一节　黄药眠的文学理论 ………………………………………… 161
　　第二节　梁宗岱的诗论 ……………………………………………… 168
　　第三节　欧阳山的文论 ……………………………………………… 172

第九章　萧殷：广东文学评论先驱者 …………………………………… 177
　　第一节　萧殷的文艺思想和实践 …………………………………… 178
　　第二节　文学典型论与创作规律论 ………………………………… 184
　　第三节　萧殷对广东文学的贡献和影响 …………………………… 199

第二编　"广州会议"后的广东文学（1962—1976）

概述 …………………………………………………………………………… 205

第十章　小说创作的兴盛和发展 ………………………………………… 207
　　第一节　历史小说的再度勃兴 ……………………………………… 208
　　第二节　现实变革的丰富记录 ……………………………………… 217

第十一章　陈残云 ………………………………………………………… 225
　　第一节　陈残云在建国前的文学创作 ……………………………… 226
　　第二节　新社会的颂歌：《山村的早晨》《喜讯》等中短篇小说 …… 232
　　第三节　"三面红旗"照耀南国画卷：长篇小说《香飘四季》 ……… 239
　　第四节　电影文学剧本与散文创作 ………………………………… 254

第十二章　吴有恒与王杏元 ……………………………………………… 260
　　第一节　吴有恒《山乡风云录》 ……………………………………… 260
　　第二节　王杏元《绿竹村风云》 ……………………………………… 268

第十三章　金敬迈和《欧阳海之歌》 ……………………………………… 274
　　第一节　发现·创造·修改：《欧阳海之歌》是如何写成的 ……… 275

第二节　当代英雄是如何炼成的:欧阳海形象的塑造与意义……279
　　第三节　《欧阳海之歌》的艺术特色……289

第十四章　诗歌的兴盛……297
　　第一节　政治与现实诗歌……298
　　第二节　地方山歌和"大跃进"民歌……318

第十五章　散文和报告文学……326
　　第一节　杂文及其他散文……327
　　第二节　报告文学:回顾革命历史,歌唱新的生活……331

第十六章　秦牧……339
　　第一节　秦牧散文的言近旨远、丰富知识与思想锋芒……340
　　第二节　《艺海拾贝》与秦牧的文学理论……352
　　第三节　秦牧的儿童文学及其他……357

第十七章　梁信的剧作……363
　　第一节　《红色娘子军》……364
　　第二节　其他剧作和电影文学……375

第十八章　文学评论的多元繁荣……381
　　第一节　黄秋耘的文论……381
　　第二节　楼栖等人的文论……389

第十九章　艰难时代的文学生存……402
　　第一节　萧条的文学时代……403
　　第二节　张永枚《西沙之战》及其他诗歌……406
　　第三节　小说与"革命小戏"……409

敢为人先唱大风
　　——《广东文学通史》后记……417

绪　　论

一

本卷内容为1949年至1976年的广东文学。

这是中华人民共和国成立到"文革"结束的时间。起点和终点都是重要的政治事件，这也就自然决定了这时期文学一个重要的特点，就是受政治影响较深，政治色彩较强。

从其起点来说，中华人民共和国的建立，毫无疑问对中国社会是一件非常重大的事件，一个新生国家，一种崭新的社会面貌。从社会精神方面说，新生的共和国充满积极向上的热情和朝气，呈现出明朗、乐观的社会氛围。从社会政治角度看，新生国家有其复杂而艰难的国际形势和国内环境，有重要的整顿、改造和建设任务。这些方面，都必然对此时期的文学创作产生重要影响。

体现在广东文学方面，最显著的是文学体制的建立和完善，它对广东作家队伍的建设、对文学顺利发展起到了重要作用。建国前，作家生活没有保障，绝大多数的作家创作都是业余的，建国后，建立了专门的作家机构和专业的作家队伍，作家有单位组织，生活更为稳定。也有越来越多的文学爱好者投身到文学创作当中来，这是作家积极投身创作、文学事业得到发展的重要前提。

体制建设对广东文学形成创作合力，特别是作家之间的交流沟通，也具有非常积极的作用。建国前，作家们都是各自为战，相互之间只有私人关系，缺乏集体的凝聚力和号召力，创作难以形成相互的呼应、交流和促进。作协机构的成立，有助于整合和团结作家，也有利于号召和发动作家，促进文学创作的健康发展。

体制建设对于扩大广东文学的影响力也有积极作用。广东地处南方边陲，距离政治文化中心北京和经济中心上海都很远，这对广东文学在全国的影响力形成了一定的客观限制。建国后，随着文学体制的完善，广东文学被纳入到全国文学一盘棋当中，接受了全国统一的文学机构领导，既促进了广东文学与其他地区文学的交流，也增加了广东文学进入全国文学舞台的机会，扩大了广东文学的影响。

1950年，华南文学艺术工作者第一次代表大会在广州召开，华南文学艺术界联合会正式成立。1953年5月23日，广州作家协会成立。这一协会以"广州命名"，但包括范围是当时的"华南地区"行政区域，即广东、广西、香港、澳门四个地区。协会选举广东作家欧阳山任主席，杨骚、周国瑾任副主席。1955年2月，广州作家协会改名中国作家协会广东分会，欧阳山仍然担任主席。作协内部机构进一步完善，成立了创作委员会、研究委员会、普及工作委员会及《作品》编辑部。

与此同时，作协还逐渐创办了一些文学刊物。1950年10月《华南文艺》创刊。1955年5月，《作品》杂志创刊。《作品》杂志由作协主办，在创刊的近70年中，培养和造就了大批广东作家，是众多广东作家成长的摇篮。此外，其他有利于文学发展的相关机构也逐渐成立和完善。如1951年4月，华南人民出版社成立。1956年，改名为"广东人民出版社"，出版了不少文艺作品和学术专著。

新中国的成立，扩大了广东的作家队伍，让多个地区的作家汇聚到一起，使广东文学更多元化，也更有整体感。建国初期，广东就汇聚了从解放区、国统区、香港、国外等多个地方过来的作家。如陈残云、黄谷柳等都是从香港回到广州。欧阳山、萧殷是参加过延安整风运动的解放区作家。秦牧、于逢等都是从国统区或香港过来的作家。在后来的发展中，作家队伍的构成更为多元，一批有丰富革命和基层生活经验的作家加入广东文学队伍中。比如，吴有恒是资历很深的革命干部，梁信、张永枚、金敬迈等人都来自解放军部队，王杏元则来自农村基层第一线。

广东文学界与国内其他地区的交流也更多。一些外地作家成为广东文学界的重要力量，也有一些广东作家走向全国，产生全国性影响。如欧阳山、司马文森等都是从外地来广州工作。黄药眠在建国后就离开广东，到北京师范大学任教。萧殷也曾经有一段时间在中国作家协会工作，后来才回到广东。司马文森、韩北屏则是从广东文坛走向国内其他地区。

文学体制的建立和完善，很好地促进了作家与现实社会的关联，促进了广东文学对生活的关注和书写。

文学与现实生活是密不可分的。特别是处于战争和动荡中的现代文学时期，绝大多数广东作家都来自现实一线。如浴着战争之火的丘东平，如直接投身中国农村变革的欧阳山，如书写底层大众生活的黄谷柳，如最早书写工业文学的草明，等等。但是，共和国成立后，随着体制的完善，作家生活条件有了较好的改善，一些作家逐渐远离基层生活，创作也陷入停滞。在这种情况下，广东作家协会采取针对性措施，鼓动作家深入生活，关注现实。

1949年12月，广州文艺界在新亚酒店7楼"七重天"召开青年文艺讲座会，欧阳山第一次在会上提出了"新文艺应该为人民服务，首先为工农兵服务"的尖锐问题。

此后,广东文学界以多种方式促进作家与基层生活的联系。如1953年,欧阳山到南海县,黄谷柳、于逢、陈残云多位作家也分别到农村、工厂深入生活。1955年11月,作协广州分会理事会做出《关于华南文学创作应积极反映农业合作化运动的决议》,号召作家投身合作化运动。

正是在时代的感召和激励下,广东文学进入到一个初步繁荣的时期。作家们创作出了许多感应时代变化、具有鲜明时代气息的作品,新生共和国的一些重大社会、政治事件,都在作家们的笔下得到了充分的反映。

二

1959年到1961年的自然灾害给全国人民带来了严重的生活困难。从1961年开始,国民经济进入调整时期,人民生活有所好转。在这一背景下,全国文学艺术界的环境也有了较大改善。

广东作家较早表现出对时代风潮的敏锐感受,其典型标志是1961年开始的关于逢长篇小说《金沙洲》的讨论。这部作品反映农业合作化运动,但它不是简单的时代颂歌,而是既充分表达对运动的支持,同时又不回避问题,揭示了运动的复杂性,批评了其中的一些缺点。

广东文学界及时进行了关注。1961年3月,广东作协召开"百家争鸣问题座谈会"。4月,萧殷在《羊城晚报》副刊《文学评论》上主持对《金沙洲》的讨论专栏。8月和9月,《文艺报》分别转载具有总结性的文章《典型形象——熟悉的陌生人》《文艺批评的歧路》,还发表了题为《一次引人深思的讨论》的综述。年底,广东作协又召开了"创作问题座谈会"。

这是一次持续时间长、内容也很深入的讨论。讨论成为当年全国文艺界的重大事件之一。值得肯定的是,虽然讨论对象《金沙洲》与现实关系密切,具有一定敏感性,但讨论始终在正常的学术范围内进行,没有上纲上线。特别是如当年萧殷所判断:"小说《金沙洲》的讨论,是广东文学界的一件大事。这次讨论所显示出来的问题,已经远远超越了《金沙洲》这部作品的范围,而涉及文艺理论与批评上一系列原则性问题。"[①]这次讨论对文学创作与批评中的一些重要问题和不良倾向展开了比较深入的探讨,对于公正地看待《金沙洲》,对于广东文坛贯彻"双百方针",对于抵制文艺批评中的不良倾向,都起到了重要的推动作用。

这一时期,声势更大,也具有更广泛和持续影响的,是1962年初的"全国话剧、歌

---

① 中国作家协会广东分会理论研究组:《论〈金沙洲〉》,《羊城晚报》1961年10月12日。

剧、儿童剧创作座谈会"。这个会议在广州羊城宾馆召开，史称"广州会议"。

会议一开始，国务院总理周恩来做了《论知识分子问题》的报告，提出为知识分子解放思想的问题。之后，国务院副总理陈毅又向会议转达并进一步阐释了周恩来的意见，明确提出要为知识分子"脱帽加冕"。广东省委书记陶铸也发表讲话《对繁荣创作的意见》，明确指出"绝大多数知识分子现在已经是属于劳动人民的知识分子，应该给脱下资产阶级知识分子的帽子"。广州会议极大地改善了党和知识分子的关系，知识分子的工作积极性高涨，文学艺术界也创作出一大批优秀文艺作品。

虽然从1962年的"广州会议"到1966年"文革"爆发，时间间隔不很长，会议的影响力也没有得到很充分的发挥，但是，它在当时有相当大的影响力。它改变了从1957年以来知识分子在社会中受排斥的情况和边缘化的地位，也激发了作家和艺术家们的创作热情，改善了相当一段时间内文学艺术界比较停滞和受冷落的局面。

对广东文学来说，这次会议具有很重要的意义。一方面，这是建国以来广东地区内发生的、对全国文学产生重要影响的事件；另一方面，在会议精神的感召下，广东文学也发生了阶段性的发展，焕发出新的面貌。基于以上考虑，我们认为，本时期广东文学适合以广州会议为界，划分为两个阶段。

遗憾的是，随着1963年重新提出"以阶级斗争为纲"的最高指示，全国文化界又很快进入到有强烈斗争色彩的时期，此后数年这个色彩愈来愈浓，久未散去。与全国其他地方一样，"文革"对广东的文化生产构成了巨大破坏，很多损失永远都无法挽回和弥补。

首先是大批作家受到迫害，被剥夺了创作的权利，甚至被剥夺生命。"文革"期间广东发生多次针对文化人士的批斗运动，也出现一些简单粗暴的政策，极大地伤害了作家们的身心。比如1968年冬天，广东作家协会的全部作家和职工被迫下放到劳改农场去"接受再教育"，不少作家陷入生活困境中。

其次是文学阵地遭到毁灭性打击。如同全国其他地方一样，"文革"前几年，《作品》等所有的文学期刊都被迫停刊，也没有出版任何一部新文学作品。1972年以后，情况略有改观。1973年，《广州文艺》月刊正式创刊；《作品》也以其他刊名出版。

直到1976年10月"文革"结束，中国社会进入到新的阶段，广东文学才进入到一个新的发展时期。

三

作为共和国文学的第一个30年，广东文学在这期间的创作总的来说是发展期和丰收期。它不只是涌现出许多具有全国知名度的优秀作家和作品，而且还形成了鲜

明的地方色彩和文学个性。具体说,此时期广东文学呈现出以下几个特点:

其一,激情、欢快的时代色彩。

这是同一时期全国文学的共同特点,也是广东文学与此前所有阶段构成显著差异的重要特点。处在一个新生共和国的初生时期,整个国家充满着对未来的憧憬和希望,人们也满怀热情对待自己的生活和工作,社会文化充盈着积极、热情、欢快的氛围和色彩。这些时代氛围投射到文学创作中,就形成了重要的时代特征。

与时代同行、热情讴歌时代,是其重要表现之一。当时中国既在进行大规模的社会变革运动,如土地改革、农业合作化运动等;也在兴起新的社会建设。包括国家多领域的工业建设、科技建设等。作家们普遍以饱满的热情书写时代的变革和发展。跟随时代、服务时代,是作家们共同的创作志向,他们的作品也呈现出积极向上、富于理想色彩的精神特征。这是一个时代的共性。它可能具有某些模式单调、深度匮乏的缺陷,但如果充分结合时代,我们既应该看到它存在的必然性,也要看到它的价值意义。

与时代精神相一致,这时期创作的艺术风格大体呈现出轻松欢快、热烈活泼的特征。这一点,在现实生活题材中体现得最为明确。如抗美援朝诗歌,尽管战争生活艰苦卓绝,但诗歌基调没有丝毫的低沉阴郁,都是乐观高亢,体现了时代的乐观主义风貌。再如以秦牧为代表的散文创作,主题内涵基本上都集中在歌颂祖国的悠久历史、壮丽山河和杰出人物,艺术表现明亮轻快、富有激情。

艺术表现也与时代精神相对应,质朴简单是基本特点。艺术表现的繁复往往关联着多样性的思想情感,简单的艺术表现则更适应单纯的思想。30年广东文学创作当然会有逸出时代特征的作家,但总的来说,这个时代的精神个性是热情单纯,文学艺术表现特征也是简单和质朴。具体表现如语言生活化、口语化,情节故事化,诗歌、散文意象明了化,等等。

其二,强烈的地方文化气息。

广东地处岭南,自然地理具有独特性,生活文化习惯也是如此。最突出的一点,由于距离政治文化中心较远,因此,广东民风中政治色彩相对较弱,生活气息更为浓郁。老百姓重视家族文化,热爱饮食文化,比较讲究生活的仪式感和日常细节。在现代文学时期,由于国家动荡,生活不稳定,广东作家对这一特点的展示不是很充分。进入到共和国时期,人们生活安定,也更为富足,作家们的创作落脚于日常生活,就很自然展现出丰富而具有特色的广东地方生活,既充满烟火气息,又富有地方色彩。

这一点,在以写实为主要特点的小说作品中体现最为突出。最有代表性的,欧阳山《三家巷》对广州市民生活的再现精致周密,对多种民俗生活进行了充分的再现,被一些评论家认为具有《红楼梦》的日常书写特点。同样,陈残云《香飘四季》对珠江文化的表现平和务实,在家长里短的日常生活中传达出老百姓的人情内涵,地方精神文化特征非常突出。于逢《金沙洲》也如此。作品对乡村端午节龙舟竞渡的场景描写,以及夜晚青年男女们聚集广场玩乐谈笑的场景,富有独特的珠江地区地方风情,给读者以审美上的享受。

　　散文创作也充分展现了优美的岭南风光,特别是具有特色的历史和文化。秦牧的《花城》《古战场春晓》、陈残云《沙田水秀》、杜埃《丛林曲》《乡情曲》、林遐《风雷小记》等作品,或者记述广东的悠久文化历史,或者展现当代广东人民日常生活,或者表达作者的时代抒情,都描画了富有地方色彩的广东地理画和风情画。这些作品为广东文学赢得了广泛的读者,也为广东的地域特色增添了新的光彩。

　　广东文学的地方色彩,相当重要的方面在于广东方言的运用。广东方言包括粤方言、潮汕方言和客家方言等多种,它们是中国方言中富有特色的一部分。不少广东作家的作品,如欧阳山、陈残云、于逢、吴有恒、王杏元等,都不同程度地运用了广东方言。这些方言的运用,增强了作品的生活气息和人物形象的鲜活度,也使地域色彩明显增强。

　　在方言运用中,陈残云最具有探索意识,也非常成功。他的《香飘四季》运用了很多广东地方的方言土语,还引用珠三角地区群众的口头语,而且,他不是生硬简单地使用,而是在充分考虑读者阅读理解的前提下,对方言运用做了多方面的改造和探索。还在理论上进行了深入思考和认真总结。可以说,方言的巧妙和广泛应用,是《香飘四季》获得成功的重要因素。陈残云的经验也值得后来的作家们借鉴和学习。

　　王杏元《绿竹村风云》则注重对地方文艺形式的借鉴。作品充分运用地方方言和民间文艺形式,将二者巧妙地结合在日常生活描摹中,因此,这部反映潮汕地区乡村生活的作品"通俗生动、质朴浅显、节奏明快、行文简洁、乡土气息浓郁"①,赢得了众多读者的赞誉。

　　在作品内容和艺术表现之外,地方色彩还体现在作品题材和文体形式中。题材方面的典型是华侨题材文学。广东是中国的著名侨乡,多个地方有大量华侨生活,也有悠久的诸如"侨批"等侨乡文化。就此时期的广东作家来说,也有多位著名作家本身就是华侨。如黄谷柳、于逢都出生于越南华侨家庭,秦牧、司马文森等都有海外生活经历。这使华侨题材文学成为广东文学中富有特色的一部分。代表作品如秦牧《黄金海岸》,它书写了华侨漂泊异地的苦难生活与抗争历史;陈残云《孤岛新囚》写一些华人去异国谋生,遭受屈辱检查的过程;司马文森《风雨桐江》叙述苏区时期红军北上长征抗日后,东南沿海侨乡人民生活和斗争的故事。这些作品都洋溢着浓郁

---

① 郑明标:《论王杏元长篇小说〈绿竹村风云〉》,《粤港澳大湾区文学评论》2022年第5期。

的侨乡文化气息。

广东地方戏剧和民歌则以独特的文体形式为广东文学的地方性增添了色彩。广东地处岭南，有深厚而独特的文化，也孕育了强烈的带有地方色彩的艺术形式，比如粤剧、潮剧、汉剧、采茶剧等一些地方戏剧和潮州歌册、客家山歌、雷州歌等地方民歌。在地方文化政策的鼓励下，作家们在不同地方戏剧领域创作出了一些优秀作品，它们既拓展了广东文学的领域范围，也增添了广东文学的地方风貌。

第三，个性精神的初步形成。

广东文化的特色既包括其独特地方风习，更在于其有特色的个性精神。广东文化以质朴实在为重要特征。不尚浮华，追求实干，是广东人重要的文化品格。此时期广东文学尽管具有鲜明的时代性特点，但并不掩盖其个性特点。或者准确地说，广东文学努力将时代性与独立精神个性相结合，初步但是深刻地呈现出独特的文化精神。

表现之一是思想上的个性化，也就是不简单跟随时代，而是表现出一定的独立思考精神。

这时期的中国经历了多次比较复杂而激烈的政治运动，时代对文学与政治关系的要求也比较高。广东文学虽然没有完全脱离这些要求，但却具有一定的个性特征，对文学个性有一定的坚持。

比如当时的乡村社会正在进行土地改革和农业合作化运动，广东作家做了很广泛的书写，其中绝大多数作品都立足于客观生活，大体上符合真实性要求，很少有"大跃进"的浮夸。典型作品如于逢的《金沙洲》。这是一部在国内同时期相同题材小说中很突出的作品。当时国内书写合作化运动的作品难以计数，但很少有作品像《金沙洲》一样，不回避运动中存在的问题，特别是对基层干部的官僚主义进行揭示和批评，也不简单否定那些发起"退社风潮"的落后农民，在对生活真实而全面的展示中揭示出合作化运动的艰难与困境。正因此，小说在出版前后都引起较多争议。时过境迁后看，《金沙洲》显然是一部具有充分积极意义的作品，于逢也是一个具有独立思考精神的优秀作家。他在多年后谈到这部作品时的一段话，充分体现出一个坚持真理、忠于生活的作家的勇气："为什么揭露社会主义社会中还存在着的某些阴暗面就成为大逆不道呢？难道我们粉饰现实就能推动历史的前进吗？一个作家到生活中去，难道只许他们袖手旁观，而不能进行干预吗？……"[①]

散文家秦牧也很有独立思想。他的散文对祖国山河、历史和人民进行赞颂，善于发现现实的美好，却很少做纯粹的颂歌。他常常将对时代的讴歌隐藏于客观的事实中，同时将更多的笔墨放在对自然风景、地方文化的细致书写中。因此，知识性、趣味

[①] 于逢：《历史将会最后判明》，见《于逢自选集》，广州：花城出版社1992年版，第723页。

性成为秦牧散文最重要的特点,他的这些作品也因此具有了超越时代的更大价值。散文之外,秦牧的《艺海拾贝》也是如此。作品虽然不能说是纯文学角度,但却能将重心充分置于文学,立足于文学创作自身角度来讨论文学创作。在当时的时代背景下,是需要一定勇气的,也是非常有意义的。

广东的文学批评也显示出强烈的个性化特征。萧殷、黄秋耘、梁宗岱等广东批评家都具有深刻的文学见解,更有独立的精神人格。比如萧殷,在《文艺报》工作时,就很好地保护了杨朔《三千里江山》和王蒙《组织部新来的青年人》等优秀作品。针对批评者们的种种责难,他大胆进行辩护,并明确对"左"倾教条主义和庸俗社会学进行了明确否定,充分体现出一个文学批评家的责任感和担当意识。黄秋耘也很典型。"黄秋耘的文学评论追求敢于直面坚硬的现实、勇于批评有违常识的言行,他在对于真相的发掘、对于社会责任的承担中将批评家的良知、勇气体现得淋漓尽致。……他的文学评论充满批评的勇气,敢于揭示文艺领域内的各种问题,始终坚持批评的专业精神和道德良知,这使其文学评论具有超越时代语境的恒久价值。"(第二编第九章)

这些批评家的品格,保证了此时期广东文学批评氛围的相对平和。与同时期国内很多文学批评活动剑拔弩张、充满政治打击和攻讦不同,这30年的广东文学界都能够保持理性、平和。特别是60年代初期由萧殷主持的关于《金沙洲》的讨论,不但没有对作品进行政治和人身上的攻击,而且还批评了一些形而上学和庸俗社会学方法,维护了文学创作的独立性。

表现之二是艺术上的独立性,作家们敢于追求自己的个性化特征,从生活化和人性化角度来书写生活。

最典型的是欧阳山的《三家巷》。这是一部革命文学作品,结合真实革命历史事件,歌颂革命英雄人物。但作品的书写方面不同于同时期大多数作品。首先,它没有让英雄形象高大全,而是具有充分的人性化特征。主人公周炳是一个铁匠儿子出身的革命者,作品没有写他的完美,相反却表现他不少性格弱点。这其实无损于人物品格,反而使人物更真实立体,更有文学魅力。其次,作品书写了很多人物感情,特别是周炳与陈文婷、区桃等女孩之间的情感纠葛。这非常符合人物的年龄、身份,也增添了作品生活气息,地域文化色彩也更浓郁。这些特点使《三家巷》在"文革"前夕受到一些人的批评,认为它宣扬了资产阶级爱情观,夸大了爱情在革命斗争中的力量。[①]"把爱情写成了一条龙,把政治写成了一条虫。"[②]但正是这些个性色彩赋予了作品深广的艺术魅力。当时读者喜爱这部作品,今天这部作品依然有生命力,最重要的原因

---

① 陆一帆:《〈三家巷〉和〈苦斗〉的错误思想倾向》,《文学评论》1964年第5期。
② 陆一帆:《〈三家巷〉和〈苦斗〉的错误思想倾向》,《文学评论》1964年第5期。

就是这种人性化书写。

此外,像《香飘四季》中的许火照、《金沙洲》中的刘柏、《山乡风云录》中的刘琴,也都是真正立足于生活的人物形象。这些人物都表现出普通人的思想内涵,都具有朴实的性格和强烈生活气息。在这些朴实真切文学形象的背后,蕴含的是作家们不随时俗、坚持个性的精神和勇气。

以上方面,构成了1949年中华人民共和国成立到1976年30多年间广东文学独特而突出的形象特征,也使广东文学成为中国当代文学中成就突出、富有个性特色的重要一部分。

四

30年中,广东文学出现了欧阳山《三家巷》、陈残云《香飘四季》、秦牧《花城》《艺海拾贝》等优秀作家作品,广东文学在全国的影响力也日益增大。作家作品赢得广泛赞誉,也赢得广泛的读者大众。

欧阳山《三家巷》是其中最突出的一部。该作品于1959年7月脱稿,8月3日开始在《羊城晚报》连载,9月由广东人民出版社出版,在广州引起轰动,产生"满城争说《三家巷》"的盛况,在华南地区可谓家喻户晓,在全国也产生了热烈反响。进入新时期后,"《三家巷》热"依然未消。1982年,著名导演王为一将其改编成同名电影,1985年又被改编成连环画。二十一世纪以来,又多次被改编成同名粤剧、舞剧和广播剧。作品于2019年被列入"新中国70年70部长篇小说典藏"丛书。2022年,又被改编成电视剧《三家巷往事》。是具有持续而深远影响的当代文学优秀作品。

陈残云《香飘四季》也具有很大影响力。作品出版后一再加印,又被改编为电影和话剧[①];以至有不少读者来信要求到东莞落户或参观,"足见这是一部广受读者欢迎的小说,成功地建构了对岭南新农村的文学想象"(第二编第二章)。进入1990年代后,作品影响力进一步扩大。1991年召开了陈残云作品研讨会,两年后出版了《文海风涛——陈残云作品研讨会文集》。2003年,东莞麻涌镇文化广场立起了一尊陈残云半身雕像。2008年,在《香飘四季》由花城出版社再版的同时,大型组歌《香飘四季》举行专场演出,以"音舞诗画"的形式向名作致敬。2009年,《香飘四季》入选"新中国60年广东文学精选丛书",由广东人民出版社再版。

秦牧也是一位具有全国影响力的优秀散文家,与杨朔、刘白羽齐名,被誉为"十

---

① 20世纪80年代初,广州青年业余话剧团和东山区业余话剧团联合排演的《香飘四季》,让陈残云几次落泪,在东莞演出时盛况空前,反响强烈。见《喜看话剧〈香飘四季〉》,收录于《陈残云文集(十)》,天津:百花文艺出版社1994年版,第453—454页。

七年文学"中的"散文三大家"。他的《土地》《社稷坛抒情》《花城》《古战场春晓》等名篇被选进各种中小学教材,在全国读者中广泛流传,产生了非常大的影响。他的散文风格也影响了一个时代的众多散文作家。

秦牧的《艺海拾贝》更是享誉一时的优秀作品。"《艺海拾贝》出版后受到读者相当程度的欢迎,数年之间,印刷了好几次,除上海外,新疆也印了一版。总计起来,销行了约莫十万册,和我原来预期的状况差不多。还有好些大、中学校,把它作为学生补充的学习教材。"1978年,《艺海拾贝》在上海文艺出版社增订再版:"它在上海文艺出版社印刷了两次,一共四十万册;浙江租了纸型,也印行了三万册。它们都迅速售罄。……现在,上海文艺出版社决定在一九八一年再印行十万册,如果连同从前海内外印刷的一起统计在内,那么,它的总印数就将近是七十万册了。"(第二编第七章)

具有全国影响力的作品还有金敬迈的《欧阳海之歌》。作品于1965年6月在《解放军文艺》杂志上选载,7月发表于《收获》杂志,并由郭沫若题写书名,在解放军文艺出版社出版。[①] 1979年以来,新的修订版由解放军文艺出版社、花城出版社、人民文学出版社多次再版。据不完全统计,《欧阳海之歌》是新中国成立以来发行量最大的小说之一,印数大约达到三千万册。而且,小说曾被《人民日报》《光明日报》《解放军报》《解放军文艺》《人民文学》等众多报刊选载或评论,被改编成连环画、话剧、广播剧、电视剧和电影等文艺作品,影响巨大。(第二编第五章)

与此同时,广东文学还通过与电影艺术相结合的方式,进一步扩大了自己的影响力。

梁信编剧的《红色娘子军》是具有全国广泛影响力的优秀电影作品,在1962年第一届电影百花奖评选中,它一举囊括最佳故事片、最佳导演、最佳女演员和最佳配角4项大奖。此外,陈残云的《珠江泪》《羊城暗哨》《南海潮》等也有较大影响力。其中,《珠江泪》被誉为"南派电影"的代表作品,曾获文化部1949—1955年优秀影片荣誉奖。秦牧的《黄金海岸》(又名《远洋归客》)被香港电影制片厂改编为电影《少小离家老大回》。

吴有恒《山乡风云录》也在1965年被改编为粤剧《山乡风云》,由著名粤剧表演艺术家红线女领衔主演,在北京公演后产生强烈反响,时称"北有《红灯记》,南有《山乡风云》"。此外,于逢《金沙洲》也被改编为话剧《珠江风雷》在北京等地演出;新时期王杏元《绿竹村风云》被改编成电影《天赐》,司马文森《风雨桐江》被改编为同名电影,都具有一定的社会影响。

---

① 冯锡刚:《郭沫若与〈欧阳海之歌〉》,《红岩春秋》1996年第5期。

从中华人民共和国成立到 1976 年的 30 多年间,广东文学改变了以往的面貌,更取得了巨大的成就。无论是作家作品的数量,还是在全国的影响力,都大大超过了此前阶段,而且还形成了自己的显著个性特色。可以说,从这个阶段开始,广东文学,与岭南画派、岭南音乐一道,成了中国文学艺术中具有独特风貌的璀璨一部分。

第一编　新中国发端的广东文学

（1949—1961）

概　　述

　　共和国成立之初，广东社会各个领域都有重要活动，文学创作也很自然地密切了与现实关联。关注现实、讴歌现实成为这阶段文学创作的最主要内容。

　　抗美援朝是建国初期最重要的战争，涌现出了许多可歌可泣的英雄事迹。广东作家以多种文体形式对此进行了书写。诗歌领域成就最突出。张永枚《骑马挎枪走天下》内容包含海防战士的见闻感想、平凡乡村及其改革变迁故事、朝鲜战场和志愿军的英勇事迹。此外，黄宁婴、柯原等人也都表达了对志愿军战士为国奉献和牺牲精神的赞颂。

　　乡村社会在进行轰轰烈烈的土地改革和农业合作化运动，广东作家也投身运动中，以文学方式做了表现。土改题材中，梵杨《罗屋村》、楼栖《枫树林村第一朵花》、韩北屏的《高山大坳》影响较大。农业合作化运动小说创作成就更高，中短篇小说创作数量更多。陈残云有多篇中短篇小说反映合作化运动中的新人新事，歌颂共产党领导下的乡村建设。此外，欧阳山《乡下奇人》《金牛和笑女》、司马文森《汪汉国的故事》、萧殷《月夜》等也是有较大影响的作品。

　　黄谷柳《渔港新事》则聚焦于船工和渔民生活，展示新中国对渔业生产的改革。于逢《螺丝钉》则讲述了一家国营企业掀起劳动竞赛的过程，是典型的新中国工业题材文学。

　　现实变革也促动了文体形式的发展。在时代变革感召下，一些更切合时代发展的文学体裁得到了迅速发展，这就是通讯特写和报告文学。其中，反映抗美援朝战争的作品最为突出。黄谷柳《战友的爱——朝鲜通讯报告集》、林元《访战后朝鲜》、黄药眠《朝鲜——英雄底国度》是其中的杰出代表。此外，司马文森《新中国的十月》、杜埃《沸腾的乡村》、吴紫风《写在泥地上的诗》、草明《鞍山的人》等作品，或者致力于表现初生共和国的"新人物、新作风"，或者书写变革时代出现的崭新面貌和英雄人物，是文学与时代最密切的结合。这些作品也开创了广东报告文学创作的优秀传统。

　　散文领域同样洋溢着时代激情。秦牧《土地》《社稷坛抒情》、陶铸《松树的风格》、杨应彬《山颂》等作品，或以抒情笔调讴歌现实，或通过对历史的追忆和对比，赞颂共和国的强大和自信，或借物言志，歌颂奉献自我的共产主义精神。随着中外交流增加，异国见闻和游记散文也得到了发展。司马文森《彩蝶：新中国外交官的海外散记》、周国瑾《伏尔加河畔》《我们到了莫斯科》等，都产生了较大影响。

作为新生的共和国，书写革命历史是最重要的任务之一。通过歌颂革命历史中的英雄人物，展示革命的艰辛与奋斗，能够很好地激励人们的现实热情，也能充分证明历史选择的合理性。所以，这时期广东文学，特别是小说创作领域，革命历史小说的成就很突出。

其中成就最高、影响最大的作品，是欧阳山系列长篇小说《一代风流》的第一部《三家巷》。作品以1890年至1927年的广州历史为原型，特别聚焦于省港大罢工、广州起义等重大历史事件，歌颂了英勇的革命先行者，也揭示了革命过程的艰难复杂，是历史与人性的有机结合。

除了小说，还有一些革命历史亲历者，以纪实与虚构相结合的方式，对革命历史做了文学展示。代表作如何香凝的《回忆廖仲恺》、冯白驹《红旗不倒》、侯枫《海陆丰农民运动的领导者彭湃》、刘达潮《回忆香港大罢工前后》等，它们都从不同角度展示了广东人民的光荣革命历史。

戏剧方面，最值得提出的是广东地方戏。在1950年代传统剧目现代革新的背景下，广东地方戏和民歌整理都取得了很好的成绩。

此外，此时期广东的旧体诗词创作成就也相当突出。陈寅恪的学术研究享有盛誉，詹安泰是学者兼诗人，两人以传统诗词书写时代和表达心迹，具有较大社会影响。

第一章　历史与现实融合中的小说创作

新中国成立后，社会与文化环境发生巨大变化，毛泽东的《在延安文艺座谈会上的讲话》得到全面宣传、推崇，其权威性不言而喻，"为政治服务，为工农兵服务"成为文艺的方向。作家们大多接受中共领导和影响下的左翼文学、延安文学所形成的文学规范。总体来看，文学创作的内容和风格由多元化向"一体化"转变，讴歌中国共产党领导的革命历史，以及积极反映土改、合作化运动等重大现实政治，成为文学主潮。革命历史题材与农村题材是备受重视的重大题材，其规模和影响都远超过其他题材，在表现中国革命和现实变革的必然性、合理性方面发挥了重要作用。当代广东文学属于社会主义文学中的一部分，在文学理念、方法和风格、评价标准等方面与其他地区的文学具有相似性，反映了社会主义文学事业的繁荣和发展。当然，广东特定的历史文化底蕴、地理环境与风俗人情，让广东文学面貌在当代文学格局中具有一定的独特性。

就小说领域而言，欧阳山、秦牧、陈残云、于逢、易巩、司马文森、韩北屏、梵杨等一大批曾经从事革命文艺工作的人，成为1950年代广东小说界的主力军，他们在表现革命历史和现实变革的同时，呈现了时代精神和岭南地方特色。值得注意的是，虚构的小说与纪实作品，共同构成了对革命历史的记叙。何香凝、冯白驹、侯枫等人发表在《红旗飘飘》丛书的革命回忆录，情节生动，文笔流畅，具有较强的真实性与文学性，可以视为关于革命历史的纪实性小说。

这一时期的农村题材小说比较兴盛，主要有欧阳山的《前途似锦》《慧眼》《乡下奇人》《金牛和笑女》，陈残云的《乡村新景》《山村的早晨》《喜讯》《深圳河畔》《异地同心》《鸭寮纪事》，于逢的《返老还童》，梵杨的《罗屋村》，司马文森的《在区委会里》《汪汉国的故事》，韩北屏的《高山大垌》，萧殷的《月夜》《天旱的时候》，楼栖的《枫树林村第一朵花》和杨嘉的《鹿影泉声》等。工业题材小说相对较少，主要有黄谷柳的《渔港新事》，韩北屏的《战斗的航程》，紫风的《艇家姑娘》，易巩的《在风雪到来之前》，于逢的《返老还童》《螺丝钉》等。

第一节　苦难与牺牲：革命历史的叙述

在崇尚革命的时代中，中国青年出版社自1957年开始策划出版《红旗飘飘》丛书，至1961年共出版16集。1979年丛书复刊，至1993年断断续续总共出版了32集。丛书发行量较大，专门发表描写英雄人物和革命斗争的作品，内容主要是传记和回忆录，也有一些纪实故事、小说和诗词，题材不定，长短皆有。"它刊载的内容既有革命领袖、革命先烈、著名英雄人物及重大历史事件，也有无名英雄及革命斗争中各方面生活的文章。它的作者来源大多是老革命干部、领导同志、作家，如董必武、林伯渠、吴玉章、邓中夏、刘伯坚、何香凝、葛振林、罗广斌等，也有不少是经过腥风血雨的普通革命者，覆盖了很广的作者面。"①《红旗飘飘》是20世纪50、60年代影响较大的爱国主义教育丛书之一，②对于引导青少年读者敬仰革命先烈、继承并发扬老一辈革命精神起到了教育作用。这种纪实文体，"连同作者的身份，在读者的阅读心理上，加强了历史叙述的可信性和权威性"③。

何香凝④的《回忆廖仲恺》记叙了廖仲恺一生的重要事迹，实为一份简略的廖仲恺传记。何香凝把廖仲恺爱国思想的起源，追随孙中山革命的艰难历程，被捕和遭暗杀的过程，及其勤劳廉洁、光明磊落的为人处世的风格，皆叙述得平实而隐忍，在看似平淡的文字中寄托着对亡夫的深情怀念。文中偶尔穿插廖仲恺作的几首旧诗词和几篇演说稿，彰显了一代政坛英杰的文学才华和高尚的爱国情操。廖仲恺是孙中山的学生和战友，一个有血有肉、有才华有胆识的革命者形象在这篇回忆录中呼之欲出。此外，作者陈述了自己在丈夫遇害之后从悲伤到感奋的情感转变，因为她看见廖仲恺的精神不死，"在每个追悼会上，在每一个人的脸上，总都是充满着悲愤之情与坚毅果敢之气"；她深深感觉到廖仲恺所流的赤血，"已经变成了革命的火花"。⑤ 廖仲恺是民主革命的著名先驱，作为国民党左派领袖，在团结国民党左派执行"联俄、联共、扶助农工"政策上做出了重要贡献。何香凝的回忆录留下了关于廖仲恺生平和思想

---

① 李磊：《萧也牧与〈红旗飘飘〉》，《出版科学》2006年第5期。
② 《红旗飘飘》与人民文学出版社出版的《星火燎原》都是大型红色读物，二者具有纽带关系，部分内容有重复，但《星火燎原》要求文稿必须真实，排除文艺性。见马榕：《〈红旗飘飘〉和〈星火燎原〉割不断的关联》，《中华读书报》2014年1月15日。
③ 洪子诚：《中国当代文学史》（修订版），北京：北京大学出版社2007年版，第143页。
④ 何香凝(1878—1972)，广东南海人，中国国民党左派的杰出代表、著名政治活动家、女权运动先驱，中国民主革命先驱廖仲恺的夫人。
⑤ 何香凝：《回忆廖仲恺》，见《红旗飘飘》第1集，北京：中国青年出版社1957年版，第86—87页。

的史料,对历史研究的意义自不待言。何香凝在回忆录的结尾,认为中国在毛主席和中国共产党的领导下已经站立起来,已经实现并超越了孙中山先生的理想,这种政治表态表明作者已经掌握了回忆"革命历史"的基本范式,即回忆是革命历史故事的结构框架,需要超越感伤的情感基调而给读者以信心和教育。

冯白驹①的《红旗不倒》讲述了1930年代前期海南岛琼崖红军艰苦卓绝的反"围剿"斗争。革命战士们被长期困在母瑞山,遭受饥饿、寒冷、疾病和追杀的多重生死考验,但是始终坚强抗争,千方百计保存革命的火种,充满着革命乐观主义精神,终于成功突围,又扩大了红军力量。"这支小小的队伍,紧紧支撑着革命的红旗,度过了海南革命史上最艰苦的时期,迎接着新的革命高潮——全国规模的抗日战争。"②这篇回忆录时而叙述战斗场面,时而写景抒情,既描写了同志和弟兄之间的友爱之情,又突出了红军战士英勇忠诚的革命精神,可读性很强,生动地塑造了冯白驹、符明经、王业喜、李月凤等革命将士英勇顽强的形象,也诠释了"红旗不倒"的精神内涵。血雨腥风卷孤岛,琼崖红军有忠魂。实际上,冯白驹等领导的琼崖革命武装力量后来在抗日战争和解放战争中都立下了不朽的功勋。2022年,海南省琼剧院在此基础上创作演出了现代琼剧《红旗不倒》,再现了一段波澜壮阔的革命历史。

侯枫③的《海陆丰农民运动的领导者彭湃》讲述了农民大王彭湃可歌可泣的一些故事片段,共有"敲掉林统领的鼻子""爱与教育""'赤化'大游行""从地主家庭叛变出来""建立苏维埃政权""为党的事业献出宝贵生命"六个部分,按时序勾勒了彭湃叛离大地主家庭走上革命道路的历程。回忆录并不讳言彭湃向农民宣传革命道理时的尴尬和烦恼,使英雄形象显得更加立体和真实。比如他一开始戴着一顶西式遮阳帽,穿着白斜纹的学生服和一双胶底鞋,去下乡从事农民动员,被误认为是下乡勒索苛捐杂税的官儿,受到农民的戒备和冷遇。"彭湃想了很久,终于发现了问题,像他这样的服饰和文雅的言谈,是无法取得农民信任的。于是,他就改穿着旧粗布衣服,

---

① 冯白驹(1903—1973),海南琼山人,琼崖革命武装和根据地创建人,被周恩来誉为"琼崖人民的一面旗帜",曾任广东省副省长等职。
② 冯白驹口述,吴之整理:《红旗不倒》,《红旗飘飘》第3集,北京:中国青年出版社1957年版,第42页。
③ 侯枫(1909—1981),原名侯传稷,又名侯廉生,广东澄海人。1929年,侯枫由彭湃介绍加入中国共产党。在1930年代积极参加上海左翼文化运动,先后主编《东方文艺》《今代文艺》《战时演剧》,创作有多部抗战戏剧。1940年代主编《戏剧战线》,在四川从事戏剧教学和管理工作。建国后先后在四川、广西工作,导演了《关汉卿》《百鸟衣》《江姐》等戏曲,出版了《彭湃传》《彭湃的故事》等,并为有关部门撰写、提供了一批革命回忆录。1978年调回广东,曾任广东剧协副主席,广东潮剧院副院长。

戴着小斗笠,赤着脚,拿着一支旱烟筒,装束得和农民一模一样。"①彭湃一开始向农民宣传地主残酷压榨农民的道理,鼓励农民应该团结起来反抗,追求幸福自由的生活,但是没有得到响应。经过青年农民的解释,彭湃改进了工作,由熟人带路介绍来接近农民,想方设法获得农民们的信任和支持。"彭湃要把他所有的土地契约送给农民,农民有顾虑,不敢接受。于是,他就在大门口,将全部的土地契约当众烧毁,并且对围观的群众,做了一番演说,这是多么动人的场面啊!"②除了烧契约之外,彭湃还通过帮助农民干活、编写红色歌谣、组建"济丧会"、设立"农民医务所"、排解农民纠纷、举办农民学校等,得到了农民的拥护,扩建了农会。在中国共产党的领导下,彭湃等人经过不屈不挠的努力,在1923年元旦成立了拥有会员十万人的"海丰县总农会",开创了中国农民运动的先河。在彭湃的策划下,1927年建立了中国第一个苏维埃政权,有力地打击了封建统治秩序。1933年,因叛徒告密,彭湃被捕后英勇就义。侯枫所讲述的革命先烈故事,不溢美,不虚饰,文字朴实,把彭湃为人民的利益、为崇高的理想而出生入死、无私奉献写得非常庄严而感人。在1959和1980年,他先后出版了《彭湃烈士传略》《彭湃的故事》。侯枫晚年归乡后,参加潮剧《彭湃》剧本的创作,并担任潮剧《彭湃》的顾问。作为革命文人,他反复著述缅怀彭湃,敬仰之情真挚而长久。

  刘达潮的《回忆香港大罢工前后》③记叙了他当海员期间先是发动海员与包工头斗争并取得了胜利,维护了海员的利益,后来领导工人参加了香港海员大罢工的故事。刘达潮还讲述了他去拜访香港海员大罢工的实际领导人苏兆征的场景,突显了苏兆征克己勤勉、正直无私的品格和杰出的领导能力。刘达潮作为香港海员大罢工的亲历者,由于个人视角的原因,他所讲述的故事并不完整,但具有很强的纪实性,与欧阳山的小说《三家巷》中的省港工人罢工事件形成互补和对照。此外,萧殷的《桃子又熟了——忆仓夷》回忆了记者仓夷④在1946年牺牲前后的故事。这批革命回忆录提供了其他文学作品看不到的材料,文风朴实,细节生动,作者都是革命历史斗争的亲历者和见证人,读来具有亲切感人的效果。它们与《红旗飘飘》《星火燎原》中的其他作品一样,对进一步建构革命认同和人民认同具有重要功效,堪称是融记忆与历

---

① 侯枫:《海陆丰农民运动的领导者彭湃》,见《红旗飘飘》第5集,北京:中国青年出版社1957年版,第47页。
② 侯枫:《海陆丰农民运动的领导者彭湃》,见《红旗飘飘》第5集,北京:中国青年出版社1957年版,第49页。
③ 刘达潮口述,国涌记录整理:《回忆香港大罢工前后》,见《红旗飘飘》第8集,北京:中国青年出版社1958年版。
④ 仓夷(1921—1946),原名郑贻进,福建省福清市人,新加坡归侨。曾任《救国报》《晋察冀日报》记者,主要有报告文学《纪念连》等作品。1946年在对"安平事件"进行采访途中被杀害。

史为一体的红色"史诗性"作品。

与纪实文学不同,虚构的革命历史小说更少束缚于史实,作家在情节和人物的构思上具有更多的自由,其语言风格也具有更高的辨识度。比如,在采访史实和文学加工的基础上产生的《红色娘子军》不断在改编中被"赋魅",成为几代人的集体记忆,产生了非常深广的影响。① 黄子平认为:20 世纪 50—70 年代发表的革命历史小说都具有"既定"的性质,"这些作品在既定的意识形态的规限内讲述既定的历史题材,以达成既定的意识形态目的:它们承担了将刚刚过去的'革命历史'经典化的功能,讲述革命的起源神话、英雄传奇和终极承诺,以此维系当代国人的大希望与大恐惧,证明当代现实的合理性,通过全国范围内的讲述与阅读实践,建构国人在这革命所建立的新秩序中的主体意识。"② 当然,从作家视角来看,他们或是战争的亲历者,或是出身贫苦的革命者,在建国之后更有资格带着胜利者和主人翁姿态来谱写革命历史,完成对历史"本质"的规范化叙述,自然地表现战争的胜利和喜悦,充满着革命浪漫主义精神。

新中国成立至"广州会议"这一时期,广东文坛的革命历史小说创作逐渐增多。1954 年,欧阳山出版了他在解放后的第一部文学作品中篇小说《英雄三生》,以海南岛从 1930 年代到 1950 年初二十余年的斗争为故事背景,描述了主人公琼从小红军成长为解放军团长的革命历程。1955 年,秦牧的中篇小说《黄金海岸》单行本由华南人民出版社出版。1957 年 9 月,陈残云的《孤岛新囚》在《文艺月报》发表。1957年 12 月,欧阳山的《红花冈畔》发表,讲述 1927 年广州起义前后的故事,具有纪实色彩,成为长篇小说《三家巷》部分章节的前奏。1959 年,《三家巷》开始连载并出版单行本,同年吴有恒也写出了具有一定纪实性的《山乡风云录》的部分初稿。1962 年初,陈残云发表了具有自传色彩的短篇小说《广州之夜》,讲述了地下共产党员方钧和民主人士骆文华相互配合,冒险而机智地穿越敌占区,传递党中央的指示和电台联络密码的故事。

在广东众多历史小说中,《孤岛新囚》《黄金海岸》比较特殊,南洋异域经验的融入使其具有独特的海岛风情。《孤岛新囚》夹叙夹议,写的是 1941 年秋,杜青松、亚秀、符文娟等一群中国旅客坐轮船去新加坡的场景,他们像囚犯一样挤在统舱里,遭

---

① 1955—1957 年,李秉义参与编写的关于女兵连的琼剧已经在海南连演多场,先后定名为《琼花》《红色娘子军》。1957 年 8 月,刘文韶的报告文学《红色娘子军》发表于《解放军文艺》。从 1959年 5 月 7 日开始,吴之参与集体创作的琼剧《红色娘子军》剧本在《海南日报》连载,同年 9 月,由海南人民出版社出版单行本。1959 年,梁信写成电影剧本《琼岛英雄花》,后改名为《红色娘子军》连载于《上海文学》1961 年第 1—2 期,谢晋导演的电影同年公映。参见孔庆东:《〈红色娘子军〉的版本》,《学术界》2014 年第 5 期。

② 黄子平:《"灰阑"中的叙述·序言》,上海:上海文艺出版社 2001 年版,第 2 页。

受闷热和歧视,然后在硫磺岛上接受裸体检查和消毒。在国弱民穷的时代,许多贫穷的华人带着屈辱和痛苦,也带着各种愿望和理想远赴重洋谋生。这篇小说后来成为1983年出版的长篇小说《热带惊涛录》的第一章,之后主要讲述太平洋战争爆发后杜青松等人在南洋的苦难生活和顽强抗战。《黄金海岸》描写了一出海外华工"少小离家老大回"悲喜剧,含有丰富的岭南历史文化底蕴。珠江三角洲的农民李灶发被拐卖到美国夏威夷岛上长达五十几年,他最后在1951年幸存回国,发现故乡已经物是人非,好在受到众多乡亲的同情和优待。《黄金海岸》共有12节,主体部分是讲述李灶发等华工在岛上的悲惨生活,他们长期被奴役和剥削,屡次抗争失败之后只能在穷困和思念中慢慢老去。小说前两节是写他怎样被逼无奈成为"卖猪仔",最后两节叙述他还乡之后的见闻,感受到祖国母亲的温暖和强盛;在前后社会环境鲜明的对比中,突显了讴歌新时代的主题。

第二节　乡村与工业:新中国的时代讴歌

欧阳山、陈残云、于逢、韩北屏等一大批作家响应党的号召,都亲自参加了1950年代前期火热的土改或农业合作化运动。作家下乡直接促进他们了解乡村现实的变革,为之后农村题材小说的繁荣打下了坚实的生活基础。社会转型所产生的民生改善,以及作家所切实体验到的历史进步,使农村题材小说自然而然地具有明丽的色彩,呈现出农村苦尽甘来、欣欣向荣的一面,讴歌社会主义新农村的变化和发展成就。从风格来看,众多小说都运用了现实主义创作方法,写实性较强,通常插叙往日的苦难生活来衬托出主人公的翻身和解放,即采用前后对比的故事结构来表达"忆苦思甜"颂党恩的主旨。

一、农村题材小说

梵杨(1930—2016),原名梁铭钢,广东四会人,中共党员,1948年毕业于广东省立勷勤大学。1948年冬开始从事地下革命工作,1949年后历任南海、佛山基层干部,在广东人民出版社、广东省文联等单位从事编辑工作,后任《南国》杂志主编。主要有诗集《婚事》和长篇叙事诗《不落的星辰》、散文集《水静河飞》、长篇小说《瑶家寨》,以及小说《罗屋村》《瑶寨三月三》《映山红》等。其中《映山红》《旅伴》被译成多种外文。1997年,在广州召开梵杨作品研讨会。

梵杨的中篇小说《罗屋村》写成于1950年9月,发表于《华南文艺》1951年第1

期,包括"恶人先告状""含冤再受辱""造谣兼破坏""小冯受欺骗""狗腿当委员""瞒田施诡计""一场小风波""双方暗较量""明退暗不退""怒火暗里烧""老史来调查""合力打匪霸""共同订计策""一网全打尽""农民得翻身"共十五个小节,主要讲述建国初期珠江岸边的罗屋村清匪反霸的故事。在日据和国民党统治时期,恶霸地主连登勾结保长五振和土匪鉴洪一直欺压罗屋村的贫苦群众,解放后他们利用共产党工作队驻村干部小冯的工作失误在农会安插亲信,窃取了农村基层政权权力,在土改过程中瞒田勒索,搬弄是非,试图多捞钱财后潜逃。工作队领导老史通过细心走访群众发现实情,及时纠正了小冯的工作失误,带领火生、有昌等正义群众迅速抓捕、公审了反动头目。在小说结尾,罗屋村组建了新农会,真正实现了政治翻身,并迎来丰收而幸福的牛景。农民协会是土地改革队伍的主要组织形式和执行机关,而清匪反霸是广东土改运动的前期工作。作者不回避解放初期地方政权鱼龙混杂的情况,反映了个别村干部不走群众路线的官僚作风,在新旧对比中歌颂了共产党带领群众实现了翻身解放的历史巨变。小说反复穿插地主恶霸的作恶行为,旨在揭示清匪反霸工作的必要性和正义性。《罗屋村》暴露和批评了农村基层干部的问题,导致农会成立初期被坏分子窃取了权力,这与赵树理的《李有才板话》有一定的相似性,既表明农村阶级斗争的复杂性,又显示出梵杨书写农村问题的敏锐和勇敢。

楼栖(1912—1997),原名邹冠群,广东梅县人。少时家贫,高中辍学后到新加坡谋生。1930年回到广州,考进中山大学预科师范部,之后转入文学院,与蒲特、江穆、杜埃等人创办进步文艺刊物《天王星》。曾任中山大学中文系教授、广东作家协会副主席等职,主要有客方言长诗《鸳鸯子》等文学作品。楼栖的中篇小说《枫树林村第一朵花》,与赵树理的《登记》相似,是为配合宣传新婚姻法而作,表现了人民对自由和幸福生活的美好追求。小说中的"花"是指"恋爱自由的花",结尾借乡长在婚礼上的讲话直接点题。小说以土改前后的枫树林村为背景,围绕两对青年男女(温林和谷香、二石头和兰英)的爱情故事,批判旧思想对自由婚姻的阻挠,歌颂共产党的《婚姻法》给青年男女自由恋爱提供了保障。小说主线是温林和谷香在劳动中互生情愫,并想尽办法反抗谷香母亲的阻挠而终成眷属;副线则是兰英和二石头的爱情故事,他们在参加完温林的婚礼后,互相表达了爱慕之情和依法结合的强烈愿望。小说中的人物设置颇具特色,同类人物中往往同中有异,异中有同。如谷香的母亲二姆和兰英的母亲洪伯婆都是旧思想的代言人,但后者比前者更加开明;兰英和谷香是两位敢于反抗旧式婚姻的农村新女性,但后者遇到阻挠伊始,对旧式婚姻的反抗就更加坚决、彻底;温林和二石头同是土改过程中追求自由恋爱的年轻男子,温林语言表达能力不及二石头,但在生产、劳动方面更高一筹。小说语言生动活泼,多处运用歇后语、谚语和比喻手法,如"骑马扶棍子——老成又老成""媒人钱,子孙饭,一世媒人三世冤""好比凿石头,得一锤一锤地来""和尚庵的蟾蜍,听得经多也会变佛"等,使作品通俗易懂,富有生活气息。作者不时借人物之口歌颂共产党实行土改、颁布《婚姻法》给农民带来的恩惠以及农民受益后对共产党的感激之情,反映了土改前后农民婚恋观念的变化,展现出农村新人崭新的精神风貌。

与其他省文坛相似,广东土改题材小说远远没有合作化题材小说繁荣,最直接的原因是随之而来的土地政策变化,让作家反映农民获得土地的喜悦显得不合时宜。韩北屏的长篇小说《高山大峒》①1955年由作家出版社出版,与陈残云新时期的长篇小说《山谷风烟》②彼此映照,都是以粤西南山区的土改运动为原型,是作家亲自参加土改运动之后的重要收获③。《高山大峒》《山谷风烟》皆被学界长期忽视,但在共和国土改题材乃至乡土文学史上应有一席之地。

司马文森的中篇小说《汪汉国的故事》1955年由华南人民出版社出版,共有"艰苦的岁月""入党""为社会主义事业""战斗中""在前进的道路上"五节,具有很强的纪实性,叙述了汪汉国在党的领导下,团结群众、改善精英管理工作,终于实现增产增收的计划。实际上,汪汉国成立潮汕地区的第一个农业互助组,种植水稻获得丰产,获全国水稻丰产模范称号,也是潮汕地区第一位全国劳模。司马文森在调查采访的基础上写成小说,再现了一个坚定勇敢、勤勤恳恳的农村干部形象。短篇小说《在区委会里》描写了区委书记黄德光和电话员小谢在暴风雨之夜工作的场景。屋外台风肆虐,河堤两岸是很多未收割的农作物,办公室内时而寂静,时而是战斗的气氛。黄德光负责全区联络和指挥工作,部署人力抗洪抢险,同时也给各乡负责人鼓劲和施压。在故事后半段,黄德光冒雨下乡到抗洪前线视察,还通过电话员的心理和梦境来表现黄德光此行的风险。在小说结尾,小谢在电话里得知黄书记及时赶到了小湾村,和群众一起堵住了河堤缺口。得到捷报时,恰逢天色变亮,风雨减弱,小谢感到高兴和轻松。"她站在窗边,面对着窗外雨景。风带着雨丝从户外呼啸着,打在她面上,打在她的短发上,她呼吸着早晨的润湿、清新的空气,感到无比的幸福,愉快。……"④作品成功塑造了一个冷静而坚定的南下干部形象,文中有很多激烈的电话对白,俨然是一篇对话体小说。

萧殷的短篇小说《月夜》发表于《作品》1956年第8期,揭示农村合作社的官僚主

---

① 《高山大峒》1955年由华南人民出版社出版和广东人民出版社出版,1956年由作家出版社出版,曾被广东人民出版社多次重印,1997年收录于《韩北屏文集》,2021年由北京联合出版公司再版。
② 《山谷风烟》发表于《作品》1978年第10—12期,1979年由上海文艺出版社出版单行本。
③ 1950年3月,华南人民文学艺术学院成立,校址在广州市光孝寺内,陈残云、韩北屏、杜埃、华嘉、黄秋耘、易巩、于逢、楼栖、黄宁婴等广东知名作家皆是学院教授。从1950年11月开始,学院师生分批到广东宝安、云浮、罗定等地参加土改。
④ 司马文森:《在区委会里》,《作品》1955年第4期。

义问题,属于干预生活的作品。小说具有较高的艺术性,采用插叙结构和第一人称视角来叙述故事,人物形象和风景描写都含有象征意义。作者以"我"的还乡见闻为线索,叙述了区委书记黄狄与副书记叶道民之间的冲突。农业社增产之后,叶道民主张改善社员们的生活,但是黄狄不顾有些社员缺少粮食的情况,硬是让人把一部分口粮当余粮卖了,导致社员们生产情绪低落。叶道民认为需要增加收入,才能使社员坚定地走合作化道路,才能提高生产热情去支援工业建设。黄狄却批评叶道民思想落后,增加个人收入的思想就是唯利是图的资产阶级的思想。黄狄过分自信,在争论中咄咄逼人,不时用"资本主义""尾巴主义""经验主义"等名词对叶道民进行上纲上线的批评。叶道民没有文化,不擅长争辩,在下乡时还遭到村民的误解和谩骂。叶道民感到上下为难、苦恼不安,他私下找"我"谈心,通过"我"念报纸了解到省委关于合作社的指示,决定去县委会要个说法。萧殷憧憬理想的新社会,但并不盲从文学主流,《月夜》描写了两个区委领导之间的分歧,比较犀利地批判了不顾群众实际情况瞎指挥的官僚作风,表达了他对现实的反思和忧虑。1956年,广东一些地区合作社内部矛盾集中爆发,掀起了"退社"风潮。《月夜》所揭示的问题只是现实的冰山一角,却彰显了萧殷介入现实生活的勇气,小说有锋芒有深度,与此前他的短篇小说《五月间》彼此呼应,是当代文坛较早反映合作化运动"左"倾现象的现实主义力作。

杨嘉(1917—1995),原名杨家驹,祖籍辽宁,生长于广州。1936年肄业于广东勤勤大学工学院。曾为星洲文化界抗日工作团成员、星洲实验话剧团演员、东江游击区教导营干部。解放后历任《联合报》《影剧周刊》主编、暨南大学中文系教授。合著有琼剧《红色娘子军》《海瑞回朝》等多个剧本,出版有散文短篇集《鹿影泉声》和《杨嘉剧作选》等。杨嘉的短篇小说《鹿影泉声》以马斯荣一家为中心叙述海南五指山区建设农业社和人民公社的曲折过程,歌颂了社会主义制度的优越性。小说追叙了国民党对苗族、黎族的迫害,1942年国民党对近千个苗民实施了一场惨绝人寰的屠杀,而苗民马斯荣因为受伤侥幸存活,后被张哥鲁和黎族人王老拔所救。马斯荣后来娶了救命恩人张哥鲁的女儿,一家人在荒山野林中流亡迁徙,生活十分惨苦。1950年春天,海南岛全部解放。"这时才应了民歌所唱的,黎族苗族人民真个翻身作主了,太阳照进了山区,五指山上现红云,山地全变换了样子!"[①]1954年,苗族黎族自治州经过土改并且组织起来互助组,许多同胞下山定居耕种。在区委书记王老拔的动员下,马斯荣的岳父张哥鲁也下山参加农业社。马斯荣带着妻女仍然坚持在山林中打猎为生,但房屋和庄稼被暴风雨毁掉,孩子患恶性疟疾死掉了,随后夫妻感情变冷,生活十

[①] 杨嘉:《鹿影泉声》,见《1949—1979广东中、短篇小说选》(第二集),广州:广东人民出版社1979年版,第10页。

分困苦。马斯荣在月夜带病打猎昏倒,幸亏被上山找水源的王老拔一行人所救,后来心甘情愿加入农业社,并且带动了好些苗民迁回故乡一起劳动。1958年,黎、苗、汉三族共同建成了中平人民公社,马斯荣对即将发生的巨变感到"忧戚疑虑",但县委书记带领工作队及时开展了社会主义教育运动,群众于是普遍相信共产党一直是五指山人民的指路明灯,是救命的恩人。小说结尾还简述了人民公社成立一年后的丰收景象以及欣欣向荣的集体生活。"人民公社这艘大船,在这山区的绿色的海洋上,正乘着社会主义的东风,一往直前地破浪前进!"①《鹿影泉声》描写海南岛少数民族近二十年的命运变化,讴歌共产党领导的革命和建设给人民带来了美好生活,行文充满了浪漫气息和乐观色彩。

二、工业题材小说

黄谷柳的《渔港新事》1950年10月21日发表于《南方日报》,单行本1951年1月由华南文艺出版社出版,这是他在新中国成立后发表的第一部小说,叙述了雷州半岛渔民在共产党领导下团结互助过上新生活的故事。1950年5月初,海南岛解放战争胜利结束之后,百业待兴,最要紧的事情就是安定秩序、恢复生产。之前负责支援战争前线工作的张一得和刘金,又受命负责战争善后工作,包括救济饥荒、抚恤伤亡、还船、赔船、修船、造船、处理船权纠纷、安定社会秩序等事情。小说主要讲述了干部刘金和张一得如何实事求是、了解民情,合理解决船老板和船工的船权纠纷,以及派发救济粮的故事。船老板王恩富过去剥削船工,在战争前夕把船贱卖给林桂生等船工,让林桂生代他服役,并立下契约说明人船伤亡、两不相干。因为有"驶者有其船"的做法和"船归原主"的临时政策,同时有谣言说共产党要来村上抓丁封船,立约卖船无效,通通归还原主等,导致富人穷人都对前途绝望,不愿意开工生产。是船主得船,还是船工得船?张一得和刘金面临困难的选择,为了维护政府的诺言和信誉,同时为了提高船主们造船的积极性,不耽误鱼汛期,他们耐心走访和安抚群众,听取群众意见发放了救济粮;然后,二人向船主和船工反复说明人民政府需要大家齐心协力尽快恢复生产。干部不通过强制命令和包办代替来解决问题,而是晓之以理、动之以情,结合群众的眼前和长久利益来执行政策,终于让林桂生心甘情愿地放弃船权,当众检讨自己的私欲,决定以国家利益为重,团结船主王恩富一起恢复渔业生产。《渔港新事》刻画的共产党干部、船工和船老板形象显得比较平实,貌似没有溢美和丑化

---

① 杨嘉:《鹿影泉声》,见《1949—1979广东中、短篇小说选》(第二集),广州:广东人民出版社1979年版,第22页。

笔法。不过,小说中"渔改"过程中的阶级压迫和斗争并不激烈,显然不足以为同类题材所效仿。

韩北屏的中篇小说《战斗的航程》和紫风的短篇小说《艇家姑娘》也是渔民题材。韩北屏在土改之后,多次到沿海渔区体验生活,有一次在珠海随船出海中遭遇风暴,情况非常危险。渔船基本被毁,随风漂流九天到达文昌海域才被当地驻军救起。《战斗的航程》以此历险事件为底本,歌颂了渔民英勇顽强的精神和爱护集体财产的高尚品质。

紫风(1919—2011),原名吴月娟,广东台山人,秦牧的夫人。1940年毕业于中山大学哲学系。历任《广西日报》《中国工人》《广州日报》《作品》等报刊编辑。解放后主要有《瑶寨情歌》《绿色的小王国》等散文名篇,另出版有《紫风自选集》三卷本:《锦绣山河赋》《船家姑娘》《我和秦牧》。紫风的短篇小说《艇家姑娘》是当代文学较早讲述疍家渔民命运变化的作品,塑造了一个泼辣结实的疍家姑娘刘金形象。刘金母女在旧社会遭受日本鬼子和国民党的盘剥,后来广州解放,其"贱民"命运才得到改变。"小艇是多么狭小,外面的世界是多么宽广啊!"[①]刘金穿鞋上岸,参加国庆游行,学习文化知识,在搞卫生、扭秧歌、义务劳动等工作中表现积极。在珠江岸也大炼钢铁的时候,刘金去机械厂报名当了一名炉前工,不怕苦累,成为厂内的先进生产者,她颇有"铁姑娘"的风范。小说还穿插讲述了刘金和另一个邻居陈水根的恋爱故事,以演绎渔家姑娘在生产中收获爱情的美好生活。疍家渔民的故事在当代文学史别具一格,同时,小说还反映出"妇女解放""劳动光荣"等时代精神。

易巩的中篇小说《在风雪到来之前》发表于《作品》1955年第6期,1956年由中国青年出版社出版了单行本,主要是写1954年冬一群广东技术工人在内蒙古石灰窑工地上安装机器设备的故事。小说塑造了沈崇光、林发、陈主任等一组工人群像,他们冒着零下二十多度的低温,争取在风雪到来之前的短时间内完成繁重的任务。这群工人以参加新中国的工业建设为荣,具有强烈的主人翁意识和责任感,他们互相鼓励,一起为吊装设备献策献力,在社会主义工业建设中表现出很强的积极性和创造性。易巩曾随广东工程队到内蒙古草原体验生活,因而作品中的一些工地术语和场景描写比较细腻,让小说具有很强的真实感。

于逢因为长期在糖厂体验生活,是广东文坛创作工业题材小说最多的作家。短篇小说《返老还童》1954年8月22日发表于《南方日报》,塑造了一个爱厂如家、敬业负责的糖厂工人形象,展现了普通劳动者建设社会主义的责任感和激情。冯九在旧社会是糖厂的临时工,生活没有保障,解放后做了煮炼车间的一个小组长,对共产党

---

① 紫风:《艇家姑娘》,《作品》1959年第10期。

满怀感激之情。"痛苦的日子永远过去了,他如今活着倒像个青年。""他乘着几分酒意,低声哼起几句古老的粤曲来,而且蹦跳了几下,好像要开始跳舞。在这一瞬间,他突然觉得自己好像孩子一样要跳,要叫,要闹。"①冯九延迟退休,而且忙于参加劳动竞赛,浑身充满了主人翁的工作激情,在解决了厂间的弄虚作假问题之后,他更是感觉充满活力。《返老还童》中的新工人形象,显然是社会进步的一个标志。

中篇小说《螺丝钉》1956年由中国青年出版社出版,以国家第一个"五年计划"为背景,讲述国营凤州糖厂掀起劳动竞赛的热潮期间产生的思想斗争和生产斗争。在劳动竞赛中,一方面以麦添为代表的技工,因为思想觉悟不高,总是想着多挣钱补贴家用,有时心不在焉、爱发牢骚,不能了解自己生产队对国家经济的责任;另一方面以车间工会主席杨佳为代表,具有高度的主人翁责任感,忠于职守,十分重视糖厂的生产情况。麦添因为疏忽引发了严重的生产事故,并没有受到严厉处罚,他后来受伤住院还得到糖厂众多领导的关爱,随后思想发生转变。小说提出了"社会主义竞赛"还是"资本主义竞争"的问题,是较早书写个人名利思想与国家利益之间的冲突的作品。杨佳在学习党课之后对自己的落后思想做了检讨:"现在才知道,社会主义竞赛和资本主义竞争完全不一样。资本主义竞争是大家你争我夺,要压倒别人;社会主义竞赛是大家相帮相助,要共同前进。我们展开劳动竞赛,是为了建设社会主义,积累资金。一点一滴积累!所以谁给国家积累资金多,谁就对国家贡献大。"②在小说结尾,麦添的"奖金思想""锦标思想"也转变为"螺丝钉"思想,他认为自己只是一颗螺丝钉,与其他职工一样感到劳动是光荣和幸福的,充满着对阶级弟兄、全新的历史时代和伟大的共产党的感激之情。

三、韩北屏与《高山大峒》

韩北屏(1914—1970),原名韩立,江苏扬州人。20世纪三四十年代在《诗志》《桂林前线》《广西日报》《扫荡报》等报刊从事编辑和宣传工作,1950年由香港回到广州,任华南人民文学艺术学院文学部教授。1961年调至中国作家协会,负责对外联络工作。主要有长篇小说《高山大峒》、诗集《人民之歌》《和平的长城》《夜鼓》、散文集《非洲夜会》、电影文学《南海历险记》等作品。

《高山大峒》讲述了新中国成立之初粤西南土地改革运动的故事,生动地反映了

---

① 于逄:《返老还童》,转引自《1949—1979广东中、短篇小说选》(第一集),广州:广东人民出版社1979年版,第151、155页。花城出版社出版的《于逄作品选萃》《于逄自选集》均把《返老还童》归入"特写"一类。

② 于逄:《于逄自选集》,广州:花城出版社1992年版,第464页。

南方农民翻身解放的重大历史,讴歌了历史的巨变。小说以韩北屏经历的土改故事为原型,情节曲折而酣畅淋漓,文风质朴而感人,堪能媲美周立波的《暴风骤雨》。《高山大峒》中的人物众多,塑造了欧明、许学苏、赵晓等土改干部形象,以及申晚嫂、金石二嫂、四婶、梁树、梁七、麦炳等积极配合土改的农民形象。

(一)粤西南的土改故事

故事从一个极度穷困的农民申晚嫂讲起。她从小被卖给地主家当"妹仔"(丫环),过着又苦又累的生活,后几经转卖,终于嫁给了一个好人刘申。丈夫却因给地主多年做长工累坏了身体,最终被地主逼迫、残害致死。为了给丈夫看病,女儿也被押给了地主。在失去丈夫和女儿的双重悲痛中,申晚嫂终于奋起反抗,但因势单力薄而失败,后来变得失魂落魄。与此同时,大峒乡的村民们在地主的欺压下朝不保夕,艰难度日。幸运的是,共产党领导的革命活动动摇了地主阶级统治的根基。大地主刘德厚为躲避打击,与其他地主密谋反共。他们一边佯装配合共产党工作和政策方针,以作缓兵之计;另一边向群众赠送东西、分田送地、还婢女、辞长工等,试图以钱财和权力优势收买人心。同时,这些地主还利用农民没有文化,将共产党的政策反向恶搞,使农民对政策产生误解和抵触。在这样的复杂环境下,王前之、宋良中、赵晓、欧明、许学苏一行五人组成的土改小组来到了大峒乡,在群众中引起了轰动,村民们带着欢欣、疑惑、期待观望着这些土改组的干部们。

小说也揭示了土改初期基层权力的复杂情况。由于王前之的刚愎自用和缺乏对群众深入全面的了解,致使与地主勾结的女二流子"绣花鞋"混进到贫雇农小组,在群众头上耍威风,引起了群众的不满和激愤。同时,地主们策划着新的阴谋,虎牙村暗流涌动。土改队队长欧明及时整肃土改队伍,让王前之在会场向群众做检讨,并将负责虎牙村土改工作的干部换为许学苏和赵晓。许、赵二人访贫问苦,扎根群众,与贫困农民同吃、同住、同劳动,很快获得了村民的信任和敬佩,与村民建立了深厚的感情。申晚嫂和梁七在许学苏和赵晓的引领下认识到自己被压迫、被剥削的不公命运,提高了思想觉悟和反抗意识,随后团结其他村民形成了新的贫雇农主席团。土改工作逐步统一了思想和方法,在土改干部的带领下,乡亲们团结互助,批斗地主,共商讨同进退,大峒乡呈现出一派生机。

当土改运动准备大跨步向前迈进的时候,地主阶级的打击报复将土改推进到最为严峻的形势。申晚嫂受伤,梁树牺牲,但这更激发了乡民们的阶级愤恨。在队长欧明的带领下,乡民们与土改干部们一起进山,经过反复周旋和激烈搏斗,成功俘获了地主刘德厚和蛇仔春。随后,地主们被拉到会台上接受批斗,被地主迫害、凌辱、压迫的众多农民怀着满腔的激愤对地主及其小老婆进行揭露、斥骂。乡亲们个个苦大仇深,积郁内心多年的仇恨终于得到宣泄。这不仅是土地的改革,更是农民灵魂的自由解放。在共产党的带领下,农民真正翻身做了主人,预备着向合作化新生活和美好的社会主义新时代共同迈进。

(二)土改人物的形象荟萃

小说围绕申晚嫂这一中心人物展开,塑造了土改运动的干部群像,如老练睿智的欧明、沉稳随和的许学苏、积极勇敢的赵晓。此外,还塑造了一些有血有肉的群众形象,如热心直肠的金石、粗中有细的梁树、老成忠厚的梁七、伶俐善良的巧英、仗义勇猛的麦炳等。他们各具特点,光彩照人。小说中的人物形象大致分为以下几类:

一是在土改的洗礼中成长起来的农村妇女形象。如申晚嫂,她是个备受地主压迫的贫苦农民,高大健壮,吃苦耐劳,一直处于地主的压迫之中,面对夫亡子散,她彻底爆发,对着搜刮的地主们破口大骂,并一次次寻机复仇,终因势单力薄而失败,陷入绝望,由热情开朗变得沉默寡言。她单纯朴实的心灵萌发了对现实生活的怀疑,想不通为什么终日勤作的人还是遭到了家破人亡的命运。然而,她并未放弃翻身的信念,热切期盼着共产党的到来。土改小组上山后,她时刻关注改革的动向,积极参会学习,勇敢抗争二流子的诬蔑;在与土改干部许学苏的相处中逐渐变得开朗,恢复了对生活的热爱。申晚嫂不断向许学苏学习革命文化,了解土改工作的目的和意义,接受革命思想的启蒙后,她更加坚定、勇敢、热情,参加逮捕地主的任务,逐渐成长为一个执着坚韧的女干部。这是作者成功塑造的由普通群众变为英雄人物的形象。"我们从作品中看到,就是这样有着强烈的阶级仇恨的申晚嫂,一旦得到革命思想的武装她就会迅速成长起来。""通过作品的描写,我们看见急剧的动荡的生活影响着、推动着人物性格的发展;而日渐成长、茁壮起来的人民中的先进人物,也成为推动生活发展的力量。"[①]

二是农民出身的土改干部形象。许学苏的童年命运和申晚嫂是一样的,也是被卖给地主家当婢女,后逃离苦海,加入共产党参加革命斗争。她真诚善良,当金石二嫂的孩子木星生病发高烧时,她关切询问,并主动拿出土改队的药救人,把农民的事当作自己的一样热心。许学苏随和有耐心,给申晚嫂讲共产党的政策,讲社会主义,循循善诱,在无数个夜晚给申晚嫂以思想启蒙。因为是农民出身,她更了解乡民们的所思所想,虚心听取民众意见,走近群众、深入群众、依靠群众,视群众为朋友、为家人、为战友。

三是老练睿智的土改领导者形象。如欧明,他是当过兵的土改队队长,对事情的

---

① 马白:《读"高山大峒"》,《文艺报》1955年第14期。

整体方向有着准确的判断,当土改工作遇到障碍后,他及时察觉出负责人王前之的以自我为中心的小资产阶级作风,马上给予纠正并做出相应的人员调整,使得土改工作重新向好的态势发展。在寻找梁树被害的线索时,他凭着丰富的作战经验,从桐油绳子和被磨的树枝查出了谋害梁树的凶手,并确定了大地主刘德厚的藏身之处,得以彻底铲除了土改工作的敌人,展现了一个锐利机敏的领导者形象。

四是在土地改革中顽强斗争却不幸牺牲的青年农民形象。梁树是个热情积极的青年农民,他面对土改干部的工作错误敢于直言,勇于为申晚嫂伸张正义。他性格直爽却又粗中有细,在开完地主训话会之后,提醒纠察队员注意地主会后行踪,避免其聚头密谋坏事。另外,村里老人在山间受伤,当大家将其救回,都在讨论为其送谷子时,他还想到了请村里师傅为老人接骨,被乡民夸赞为"张飞绣花"。作为纠察队队长,梁树晚晚巡夜,尽心尽力,最后不幸被地主暗中谋害。这是一个具有青春活力和革命热情的积极青年。梁树之死,让村民们对地主的愤怒燃烧到了极点,成了彻底清算地主罪恶行动的导火索。

(三)土改书写中的"真"与"美"

土地改革可以说是中国现代史上的重要篇章,翻天覆地,矛盾重重,政策多变,加上合作化运动兴起之后作家不宜再渲染农民获得土地的欢乐,因而土改题材本身存在相当难度。韩北屏的《高山大垌》更多地借鉴了周立波《暴风骤雨》的艺术构思,主要书写土改运动的必要性和曲折过程,并不讳言土改过程中的阶级仇恨和暴力现象,这一点与王西彦的长篇小说《春回地暖》(1963)等土改题材作品存在较大差别,更迥异于新时期张炜《古船》等作品对土改的反思。

"《高山大垌》以一个农村妇女申晚嫂在解放前后几年内的生活遭遇为主线,反映了华南人民在土地改革运动前后的两种极为不同的生活,和他们怎样在党的领导下,推翻了受苦受难的根源的地主制度,开始了新的幸福的劳动生活。"①小说中地主与农民、土改队的矛盾,成为情节发展的推动力。地主阶级的残酷压榨和阴谋反抗,在小说中得到细致的描写,让故事显得跌宕起伏、惊心动魄。同时,读者也感受到作者对农民生活与精神世界的熟悉,对民心所向的深刻领悟,对山乡巨变的倾心赞颂。作家在单纯痛快的土改叙事中,表现出一个党员作家对社会主义事业的忠诚和真诚。

比如小说开头描写了地主压迫农民的很多细节,作者用大量的笔墨展现了农民在地主的统治之下所遭受的苦难和屈辱,申晚嫂的走投无路,刘申的悲惨弱小,金石二嫂的绝望凄凉,等等;而在这苦难和屈辱之上,是地主刘德厚的阴险毒辣、蛇仔春的

---

① 马白:《读"高山大垌"》,《文艺报》1955年第14期。

狰狞面孔、冯氏的蛇蝎之心,农民与地主的矛盾就在这样的刻画中昭然若揭。夜半三更盼天明,正是严酷的阶级矛盾的存在,农民非常急切地盼望共产党和土改队的到来,以能够实现翻身的愿望。随后,大峒乡农民配合土改队工作,揭露地主、控诉地主、消灭地主的精彩情节也得以展开;而面对即将到来的覆灭,地主们本能地扰乱、破坏土改队工作。韩北屏早年曾从事过抗战文艺宣传,解放后亲身经历了清匪反霸和土改运动,这一代革命文人对国富民强、理想生活的憧憬尤为深挚,在建国之后自然地讴歌着新中国的蜕变和成长。韩北屏在参加土改过程中就开始写《高山大峒》,边写边念给老乡听,并征求他们的意见,因而故事真切通俗。小说结尾让申晚嫂和她失散多年的女儿团聚,这个结尾虽然有些牵强,却体现出作者对农民翻身之后过上幸福生活的憧憬。无论世事如何转变,小说中的土改故事,以及蕴藏在故事背后的家国情怀,显然都具有经得起历史检验的"真实性"。

其次,作者对大峒乡自然风光和山乡环境的描绘体现了故事环境的"真"与"美"。作家韩北屏是土改运动的讲述者,同时也是粤西南土改运动的参与者和见证者。作者以真实所见的土改事件为素材,将故事设置在岭南山区特殊的地域环境中,草木山水,方言俗语,皆富有南国特色,可谓塑造了典型环境中的典型人物。比如,描写申晚嫂的丈夫去山上守夜的情景:"天,黑漆漆的,伸手不见五指。风呼呼响着,猛烈摇动树枝,仿佛要拔起它们似的。雨哗哗地下着,简直像天漏了,直冲下来。一个闪电,照着山坡、树林,照着远远近近的山峰和天上的云块,在黑暗中一闪,好像有许多怪物蹲在四周,随时要跳起扑过来。有时闪电如同一条鞭子,发出耀眼的青光,朝着湿淋淋的大树直栽过去,跟着一个响雷,就在身旁爆炸。"[1]这段描写极富象征意味,表现出大峒乡气氛的压抑和恐惧,以及阶级斗争的酷烈。又如对村子环境的描写,在表现地主们的惊慌和恐惧时,作者多次写到夜里村子的狗叫声。"时不时有一两声狗吠,打破这凝固的静寂。""外面狗吠得厉害,一声接一声,一只传一只,全村的狗都吠起来了。"[2]狗吠不安,衬托出地主的狼狈之相,也暗示着他们压榨农民、高枕无忧的日子行将结束。此外,小说中反复出现的"黄连树上挂猪胆"和"一条黄麻孤零零,十条黄麻搓成绳"等谚语增添了作品语言的乡土气韵。总之,小说中的这些"真"与"美",使作品具有较强的艺术感染力。

---

[1] 韩北屏:《韩北屏文集》下卷,广州:花城出版社1997年版,第567页。
[2] 韩北屏:《韩北屏文集》下卷,广州:花城出版社1997年版,第592页。

第二章　欧阳山

欧阳山(1908—2000),原名杨凤岐,出生于湖北荆州一个城市贫民家庭,后由落籍广东的八旗汉兵杨鹤俦抚养,从小随养父四处流浪。1926年初,因参加学生运动被广州市立师范学校开除;之后创办《广州文学》周刊,通过郭沫若介绍进入中山大学当旁听生,在中大期间结识鲁迅。在上海参加左联,从职业小说家成长为革命文艺工作者,后主编《广州文艺》,探索广州方言写作。早期创作受鸳鸯蝴蝶派和创造社的影响,多写"革命加恋爱"类的小说,表现青年人的爱情和苦闷生活,随后转写底层民众的苦难和反抗,风格由浪漫抒情变为讽喻式的社会批判。20世纪二三十年代的代表作有中篇小说《玫瑰残了》、短篇小说《七年忌》《鬼巢》等。在鲁迅葬礼上,欧阳山和蒋牧良在队伍前共同举着"鲁迅先生殡仪"的白幡。1940年7月,由沙汀和周恩来介绍加入中国共产党。[1] 1941年4月由重庆到延安。曾担任中央研究院文艺研究室主任,受到毛泽东多次约见,参加延安文艺座谈会。1948年出版了首部反映解放区合作社生活的长篇小说《高干大》,这是欧阳山创作上的"新的里程碑","真正体现了文学与革命的结合"[2],文风质朴明朗,"运用了清新、生动、人民喜闻乐见的群众化语言,完全改变了作家原有的追求欧化的语言风格,从而进一步凸显了作品的人民性和民族的艺术品格"[3]。同年,主编《华北文艺》。新中国成立后,曾担任华南文学艺术界联合会主席、华南人民文学艺术学院院长、中国作协广东分会主席、广东省文联主席、中国作协副主席等,创办《华南文艺》《广东文艺》《作品》等杂志。主要创作有长篇小说《一代风流》(《三家巷》《苦斗》《柳暗花明》《圣地》《万年春》)[4],力图叙述1919年至1949年"中国革命的来龙去脉"[5]。其中,《三家巷》影响最大,成就最高,

---

[1] 欧阳代娜编著:《欧阳山访谈录》,北京:中国文史出版社2008年版,第189页。
[2] 林默涵:《写什么和为什么而写——祝欧阳山同志文学创作65年》,袁向东主编:《欧阳山研究文集》,北京:中国文史出版社2008年版,第44页。
[3] 贺敬之:《总序》,袁向东主编:《欧阳山研究文集》,北京:中国文史出版社2008年版,第2页。
[4] 《一代风流》起初构思于延安,先后拟用"革命与反革命""庄严与无耻"为全书的总称,出书时采用《一代风流》作总书名,1996年被欧阳山改为《三家巷》;二者有高雅和通俗之别。见欧阳代娜编著《欧阳山访谈录》,北京:中国文史出版社2008年版,第195—196页。
[5] 欧阳山:《谈〈三家巷〉》,《羊城晚报》1959年12月5日。

它对城市生活及其地下斗争的书写,在革命战争小说史上具有独特的艺术风貌,成为"三红一创、青山保林"之外的"红色经典"。欧阳山另外发表有表现革命战争的《英雄三生》《红花冈畔》,以及表现社会主义新农村建设的《前途似锦》《慧眼》《乡下奇人》《金牛和笑女》等短篇小说。

"文革"前夕,广东率先开展了对《三家巷》的争论和批判,如有论者认为它存在"美化小资产阶级思想感情"的倾向①。"文革"初期,欧阳山被抄家、批斗、关押、监督劳动,《一代风流》被批判为"为错误路线树碑立传的反动作品"②。"文革"结束后,欧阳山为恢复和坚持革命现实主义传统做出了较大贡献,曾公开指出:"现在粉碎了'四人帮'已经一年了,但我们还未能撕掉他们贴上的封条,怕这怕那。当然,这不是广东一个省的问题。但我们广东对此也没有什么行动,也没有什么议论。一年来,被封禁的电影、戏曲、图书、音乐、绘画已解放了一些,但距离广大群众的需要很远,的确是行动慢,步子小。"③1989年1月开始创作《广语丝》系列杂文,理直气壮地坚持马列文艺观和毛泽东文艺思想,反对资产阶级自由化思潮,反对文艺上的现代主义和拜金主义,在文坛产生较大的争议,受到一些批评④。

第三部《柳暗花明》创作于1963年1月至1965年10月,后在"文革"初期因被抄走而丢失⑤,但前五章已连载于1964年3月9日至4月18日的《羊城晚报》。1979年9月从第86章开始口述续写《柳暗花明》,1981年5月修改完毕,8月由人民文学出版社出版。1981年7月至1983年3月,口述创作并修改《圣地》。1983年,《圣地》由花城出版社和人民文学出版社先后出版。1983年5月至1984年8月,口述创作并修改《万年春》。1985年,《万年春》由花城出版社和人民文学出版社先后出版。1985年12月,在广州参加《一代风流》研讨会。1988年,《欧阳山文集》(共10卷)由花城出版社出版。1989年12月,参加在广州召开的"庆贺欧阳山同志从事文学创作65周年暨《欧阳山文集》研讨会"。1990年10月,《广语丝》单行本由光明日报出版社出版。1991年3月,广东省文联在广州召开"欧阳山《广语丝》座谈会"。1995年12月,参加在广州召开的"《一代风流》典型性格座谈会"。2000年1月被授予"中国文

---

① 饶芃子、吴世枫:《美化小资产阶级思想感情的作品——略评〈三家巷〉〈苦斗〉的创作倾向》,《学术研究》1964年第Z1期。
② 上海革命大批判写作小组:《为错误路线树碑立传的反动作品——评欧阳山的〈一代风流〉及其"来龙去脉"》,《红旗》1969年11月。
③ 欧阳山:《关于繁荣文艺创作的一些意见》,《欧阳山文集》(第十卷),广州:花城出版社1988年版,第3894页。
④ 欧阳山:《在庆贺欧阳山同志从事文学创作65周年暨〈欧阳山文集〉研讨会上的三次发言》,见欧阳代娜编著《欧阳山访谈录》,北京:中国文史出版社2008年版,第383页。
⑤ 《一代风流》共五部200章,每部40章,约150万字,"文革"爆发前已经写出140章,"文革"中丢失55章。见欧阳山:《〈三家巷〉、〈苦斗〉再版前记》,《广东文艺》1978年第5期。

联荣誉委员"金质奖章。

第一节 城市的革命传奇:"一代风流"之《三家巷》《苦斗》

《三家巷》第一部于1957年2月开始创作,1959年7月脱稿,8月3日开始在《羊城晚报》连载,9月由广东人民出版社出版,在广州引起轰动,产生"满城争说《三家巷》"的盛况,在华南地区可谓家喻户晓,在全国也产生了热烈的反响。第二部《苦斗》始写于1960年1月,1962年9月脱稿,12月由广东人民出版社出版。《三家巷》在1982年被著名导演王为一改编成同名电影;1985年,被改编成连环画;新世纪以来,反复被改编成同名粤剧、舞剧和广播剧。2019年,被人民文学出版社等10家权威出版机构列入"新中国70年70部长篇小说典藏"丛书。2022年,被改编成电视剧《三家巷往事》。

小说从家族视角切入历史叙述,通过讲述广州周、陈、何三个家庭之间错综复杂的关系,侧面描述了大革命前后广东的革命形势,形象地描写了民国时期南方城市的风俗民情。"从城市生活,尤其是市民的日常生活入手,来表现革命的风云变幻,这在新中国革命历史小说中尚不多见……小说的深刻和生动之处正在于革命的到来和斗争的激化如何改变了市民的日常生活,如何瓦解了世俗的人际关系,使人伦情感不再浪漫。"[1]从创作历程来看,欧阳山早期小说"写惯岭南风情和恋爱心理"[2],《三家巷》采用现实主义创作方法,继续描摹岭南各种民俗风情,具有浓郁的地方文化色彩;小说文笔细腻多彩,刚柔并济,受到《红楼梦》等中国言情小说传统的影响,也是其之前"革命加恋爱"小说叙述模式的一个总结和升华。洪子诚认为:"那种'革命加恋爱'的人物关系和情节类型,传统'才子佳人'言情小说的叙述方式和语言格调,在他的小说中多有泄露。"[3]"作品围绕周炳的生活道路这条主线所展现的社会生活相当广阔,不仅有都市下层人民生活的写照,还有农村贫苦农民的痛苦呻吟;更有对上层社会荒淫无耻、反动腐朽生活的无情揭露。"[4]小说主人公周炳的形象曾在文艺界引起过热烈的争论,对买办资产阶级典型代表陈文雄形象的塑造,也比较成功。

---

[1] 王庆生、王又平主编:《中国当代文学》上卷(第二版),武汉:华中师范大学出版社2011年版,第113页。
[2] 杨义:《中国现代小说史》(第二卷),北京:人民文学出版社2005年版,第327页。
[3] 洪子诚:《中国当代文学史》(修订版),北京:北京大学出版社2007年版,第121页。
[4] 袁向东主编:《欧阳山研究文集》,北京:中国文史出版社2008年版,第174页。

一、城市中的家族、革命、爱情与生活

《三家巷》第一部的故事发生在1890年至1927年的广州，第二部的故事主要发生在1927年至1931年的上海和广州郊区震南村。两部都有重大历史事件发生，诸如省港大罢工、广州起义等，构成人物命运变迁的历史背景。欧阳山最初意在探讨"中国革命的来龙去脉"，多年之后，他认为："尽管我的本意是要反映一个新的中华民族的诞生——一个以无产阶级为核心的新的中华民族的诞生，但是我不敢说，我到底写出来没有。"作品的大背景、大脉络、大骨干、大关节是："全书描写了广州三家巷三代人的许多男男女女典型性格，以及他们在30年中国新民主主义革命的风风雨雨中的悲欢离合。"[1]作者一方面有志于革命起源性叙事，另一方面又在"大背景"下书写了许许多多的"悲欢离合"，这让宏大的革命故事变得通俗耐读，却构成了文本结构上的内在矛盾。加上小说曾遭遇十多年的严厉批判，所以作者并不确信作品实现了其创作初衷。比如，有论者认为在《三家巷》《苦斗》中，"阶级斗争被写成了阶级调和，小资产阶级的人物被当作无产阶级革命英雄来歌颂"[2]。从故事的主要内容来看，《三家巷》不同于《红旗谱》《青春之歌》等革命历史小说，是家族故事、革命传奇、男女婚恋、风俗民情等多种话语混杂的系统。

小说叙述的侧重点不是家族兴衰，而是革命历史，不过其中的革命话语、情爱话语、日常生活叙事始终交织在一起。《三家巷》《苦斗》着重讲述了周、陈、何三家，以及与他们沾亲带故的鞋匠区家、中医杨家。五家刚开始起点相似，但经商做官的陈、何二家逐渐成为富贵人家，与其他普通市民家庭拉大了差距。陈、周、区三家第一代是连襟，第二代又有婚恋关系，如陈文雄娶周泉，陈文娣先嫁周榕后嫁何守仁，区桃、陈文婷、胡柳、胡杏、何守礼皆与周炳有情感纠葛，在《万年春》结尾胡杏与周炳终于结婚。描写几个大家庭内部的日常生活，以及表兄妹之间复杂的婚恋，很容易让人联想到《红楼梦》。比如，夏志清就认为："欧阳山似乎着力于模仿《红楼梦》的模式"，"《三家巷》是一部编年史式的姻亲家族故事"。[3] 此外，有论者认为："若拣最为主要

---

[1] 欧阳山：《校改全书〈三家巷〉序》，《文艺理论与批评》1997年第6期。
[2] 中文系鲁迅文艺小组：《反对文学批评中的不良倾向——谈〈三家巷〉〈苦斗〉某些评论中的几个问题》，《中山大学学报》1964年第4期。
[3] 夏志清认为："英俊潇洒的周炳，就是无产阶级的贾宝玉，聪慧、率直而有几分呆气，害得两个迷恋他的漂亮表姊妹终日昏头昏脑。"但周炳到第二部《苦斗》中，"他作为无产阶级的贾宝玉的原有气质，就消弭于无形了"。夏志清又说：区桃对应晴雯，陈文婷有些像薛宝钗和袭人。见《中国现代小说史》附录一：1958年来中国大陆的文学，刘绍铭等译，桂林：广西师范大学出版社2014年版，第369—370页。

的因素和主要的特征而言,《三家巷》在主型上是'革命历史小说'与'姻亲家族故事'的结合体,是两种不同话语的交叉与互渗。"①

小说中的家族关系实际上是交织着姻亲关系的阶级关系,作者借家族叙事演绎革命进程,使人物命运打上了时代、文化和人性的烙印。几个家庭的孩子们自幼关系密切,他们还曾换帖发誓"永远互相提携,为祖国富强而献身"②,洋溢着年轻人的单纯和理想主义。然而,在时代风云的影响下,这批年轻人随着身份和人生阅历的变化,其思想和政治立场随之产生分歧,三家巷青年发生激烈争辩,终于决裂分化,他们的命运也发生了不可逆转的变化。其中,工人家庭出身的周氏兄弟从朦胧反抗走向阶级斗争,终于走上革命道路。特别是周炳,原来是一个英俊、可爱、正直的孩子,后来他积极地投身革命,在经受沙基惨案、省港大罢工、广州起义等革命运动的考验之后,终于蜕变为一位勇猛坚定的革命者,成为家族里挑战传统社会秩序的远行人。他们的成长经历组成了世俗的、多元的城市生活。"五个家庭盘根错节,既勾连起历史,也勾连起广州社会不同层面,形成纵横交错立体交叉的一种网状人际关系。"③小说通过描写几个家庭之间错综复杂的关系,及其各自地位、命运的变化,形象地概括了广东的革命形势和政治舞台的风云变幻。当然,历史真实与虚构叙事之间会存在种种矛盾和缝隙。十七年时期,有论者质疑《三家巷》并未写出时代主流,新世纪则有论者质疑小说远未写出中国革命的来龙去脉。比如,有论者认为:"如果,《三家巷》中的血缘/人情关系是真实的存在,那么,《三家巷》以浓厚的阶级对立关系结构人物关系就是不真实的,是一种激进主义政治原则虚构。"④

《三家巷》并不急于描写革命的起源和过程,而是较多地叙述年轻人的爱情生活,同时浓墨重彩地描写了20世纪二三十年代的风俗民情。第一部除了周炳亲自参加的广州起义的部分,其他革命运动没有被设置为叙述的重点,而周炳与区桃的恋爱写得有声有色。第二部有较多篇幅讲述周炳在震南村领导赤卫队斗争,但周炳与胡柳的爱情依然给读者以深刻印象。比如,第一部第16章《永远的记忆》写周炳去祭奠在游行中牺牲的区桃:

---

① 孙先科:《〈三家巷〉:一个复杂的话语场》,《信阳师范学院学报》2008年第4期。
② 欧阳山:《欧阳山文集》(第　卷),广州:花城出版社1988年版,第1795页。
③ 陈万利家有陈文英(1898)、陈文雄(1901)、陈文娣(1904)、陈文婕(1906)、陈文婷(1908)共儿四女;周铁有周金(190?)、周榕(1901)、周泉(1903)、周炳(1907)共三儿一女;何应元家有何守仁(1902)、何守礼(1910)、何守义(1912)共两儿一女;三姨区华家两男两女,区苏(1905)、区桃(1907)、区细(1909)、区卓(1914);中医杨志朴是主人公周炳的舅舅,有杨承辉(1905)、杨承荣(1915)两个儿子。参见于爱成:《欧阳山〈三家巷〉:青春叙事,以及现代广州的童年》,《南方文坛》2022年第2期。
④ 蓝爱国:《解构十七年》,上海:华东师范大学出版社2003年版,第195页。

"桃表姐,你听见我跟你说话么?你怎么这样狠心,连告别的话都不跟我说一句?我对你说了一千句话,一万句话,你都听得见么?你为什么一句话都不回答我?"

这时候,东边的太阳忽然从厚厚的云层里钻了出来,阳光直射在那新坟的深红色的地堂上,把那红土照得逐渐透明起来。透过这层深红的土壤,他仿佛看见了区桃的脸孔。她还像活着的时候一样地鲜明,一样地秀丽,在那覆盖着整个前额的刘海下面,露出那妩媚的微笑。她的神气跟那张画像一模一样,就是只笑着,不说话。周炳对着她呆呆地看了足足有一个钟头。他不敢动,不敢说话,甚至不敢用力呼吸,就那么一声不响地看着。——后来,乌黑的云层又遮蔽了太阳,区桃的笑脸也逐渐变成愁惨的面容,并且逐渐暗淡,逐渐消失,一直到完全看不见。墓地上仍然是一层又冷又厚的深红色的山土。他望望天空,天空虽然那样广阔,那样宏伟,但是阴森愁惨,空无一物。他望望四周,四周是重叠拥挤的坟墓,寂静荒凉,没有牛羊,没有雀鸟,没有任何生物的踪影。他望望下面的山谷和山谷以外的平川,山谷和平川的秧田和菜地虽然都是一片新绿,但大片的禾田却没插秧,现在也灰暗无光,静悄悄地没有人迹。他再望望那远处的珠江,只见一片灰蒙蒙的烟雾,慢慢蠕动,又象上升,又象下降,又象往前奔,又象往后退,看来十分空洞,十分臃肿。他无可奈何地叹了一口长气,捂着脸对坟墓说……

恋人区桃不幸去世,让周炳异常悲伤和痴狂,这两段描写了他在墓前凭吊时的幻觉和视觉,足见其情之深挚,也为其报仇——做出了革命的选择提供了令人信服的依据。区桃貌美多才又温柔善良,是一个堪称完美的南国靓女形象。有读者惋惜作者设置区桃之死过早,①也有论者指责周炳没有处理好爱情与革命的关系,爱情成为他参加革命的主要动力。"他从事革命的动力是爱情,爱情的得失成了他革命情绪高低的标尺:爱情顺利,革命情绪就高涨,脑袋顶着了天;失去了爱情,情绪就一落千丈,陷于绝望而不能自拔。"②

前两部的情爱话语在小说中占比较大,以至于当时有不少读者批评欧阳山宣扬了资产阶级爱情观,夸大了爱情在革命斗争中的力量。比如,在描写省港大罢工时,"示威游行是以区桃和周炳的爱情活动为中心的,他们在游行时的互相吸引和周炳

---

① 关于读者惋惜区桃早死,欧阳山说:"这种心情是可以理解的。不过我以为,和帝国主义斗争,总不能不牺牲一些人,甚至会牺牲一些有价值的、美丽的人,因为帝国主义是非常残暴的,它会将我们民族最好、最美的东西加以破坏。我想通过区桃之死,引起读者对帝国主义的仇恨。"见欧阳山:《欧阳山文集》(第十卷),广州:花城出版社1988年版,第4118页。

② 萧新如:《一部歪曲革命历史、抹煞阶级斗争、宣扬资产阶级思想的作品——批判〈三家巷〉〈苦斗〉》,《吉林师大学报》1965年第1期。

在区桃死后的痛不欲生成了这一运动的主要内容"。此外，作品着力去写罢工委员里的"游艺部""交际部"，"写周炳和买办女儿陈文婷在里面演戏作乐、谈情说爱……"①又如，指责《三家巷》"把爱情写成了一条龙，把政治写成了一条虫"。② 批判者们显然十分反感作品中过多的爱情描写，认为这削弱了党的领导力量和群众的革命力量。实际上，主人公周炳的情感纠葛虽然比较复杂，以致其成长过程显得缓慢，但小说中情爱描写的尺度仅限于拥抱接吻，并不过火，况且作者有意识地在革命与爱情之间保持一定的张力。比如，第二部第79章写胡柳在临终之际与周炳告别的场面：

> 周炳俯下身去，把胡柳搂在怀中，就着昏黄的灯光仔细地看她那眼尾很长，下巴尖尖，颜色黑里泛红的圆脸。看得出来，周炳的心正感觉到一阵紧似一阵的绞痛。他使力咬紧两边牙巴骨子，止住那浑身的颤抖，把声音压得很低，很低，说：
>
> "阿柳，你醒一醒，你望一望我。你太勇敢了！人们会把你的名字编在歌子里面唱，人们会把你的行为一直唱五百年！睁一睁眼，望一望我，哪怕………"
>
> 人世间没有见过的奇迹出现了。胡柳当真睁开了眼睛。那眼神还是那样纯洁，多情，看来象冷，实在是热，和三年前他们重逢的时候一模一样。她恬静地指指自己那叫鲜血染红了的心，又指指周炳那阵阵绞痛的心。随后，又拿手指在周炳的掌心里画了一个无形的铁锤，又画了一把无形的镰刀。画完之后，周炳点头，表示会意，她就痴痴地望着周炳，望了好一会，脸上似乎浮起了微笑。周炳在她的唇上，眼上，脸上，额头上，头发上不停地，热烈地吻着。过了一会儿，她又在周炳手心里写了一个无形的，端端正正的"杏"字，嘴唇一动一动地，好象在叫着："炳……炳……炳……"
>
> 就这样，胡柳在周炳的怀里断了气。震南村这么有名的人物，竟在生命最美好、最绚烂的时刻当中凋谢了。周炳哭不出来，只使唤干枯的尖声嚎叫着。③

胡柳是与周炳正式相恋的女性，她在临终之际有三个主要动作：指心示爱、画铁锤与镰刀表忠心、写"杏"字托付妹妹，完成了自己在周炳人生历程中的角色。这些描写既为后文胡杏与周炳的婚恋做了铺垫，又表明作者在描写爱情时不忘革命。区桃、胡柳两位美人的死亡场景描写，详略侧重各不相同，但都推动了周炳走向革命道

---

① 萧新如：《一部歪曲革命历史、抹煞阶级斗争、宣扬资产阶级思想的作品——批判〈三家巷〉〈苦斗〉》，《吉林师大学报》1965年第1期。
② 陆一帆：《〈三家巷〉和〈苦斗〉的错误思想倾向》，《文学评论》1964年第5期。
③ 欧阳山：《欧阳山文集》（第六卷），广州：花城出版社1988年版，第2542—2543页。

路。在《三家巷》面世的时期,爱情在文学中的空间极其逼仄,往往被当作资产阶级人性论而受到批判,《三家巷》《青春之歌》也摆脱不了这种命运。"文革"之后,依然有论者认为《三家巷》《苦斗》过多地渲染了周炳的缠绵的爱情。比如:"对人物间的爱情描写,尤其是对周炳前后几次爱情的描写,用墨太多,近滥,过于儿女情长、缠绵悱恻。"①事实上,较多的爱情叙事既是争鸣的焦点,也正是作品吸引众多读者的奥秘所在,蕴含着人性的丰富性和复杂性。

广州的端阳节、乞巧节、中秋节、重阳节、除夕、人日,以及逛花市、乘游船、婚丧嫁娶、特色饮食等各种民间习俗和生活得到细致绵密的叙述,它们连同存在于日常生活中的亲情、爱情描写,不仅与宏大的革命话语互为参照,而且成为区别于其他红色经典的主要审美特征。换言之,《三家巷》写城市日常生活以及市民儿女的革命历程,这在写乡村革命历史为主的"十七年"时期显得十分独特。

比如第一部第3章《鲁莽的学徒》写周炳恰好在端午节来到区家做学徒,区家那天停工过节。周炳吃粽子、点眉心,然后吃了丰盛的饭菜,饭后又一起出门看龙船、看演戏,开心地在三姨家过了一个端午节。作者简略叙述了广州端午习俗,同时写到周炳酒醉酣睡时,区苏、区桃两个表姐妹都没事装有事地在他跟前走来走去,偷偷地把他看了又看,再次突出了周炳的美貌。这些极具生活气息的细节,体现了广州市民的风俗人情,又把少男少女的憨萌描写得十分有趣。在端午节之后,作者很快又描述了七月七日的"乞巧节",略写区桃的外貌美,着重写她的心灵手巧和精明手艺。

那天,区桃歇了一天工,大清早起,打扮得素净悠闲,轻手轻脚地在拨弄什么东西。神厅前面正中的地方,放着一张擦得干干净净的八仙桌子,桌上摆着三盘用稻谷发起来的禾苗。每盘禾苗都用红纸剪的通花彩带围着,禾苗当中用小碟子倒扣着,压出一个圆圆的空心,准备晚上拜七姐的时候点灯用的。这七月初七是女儿的节日,所有的女孩子家都要独出心裁,做出一些奇妙精致的巧活儿,在七月初六晚上拿出来乞巧。

到天黑掌灯的时候,八仙桌上的禾苗盘子也点上了小油盏,掩映通明。区桃把她的细巧供物一件一件摆出来。有丁方不到一寸的钉金绣花裙褂,有一粒谷子般大小的各种绣花软缎高底鞋、平底鞋、木底鞋、拖鞋、凉鞋和五颜六色的袜子,有珍珑轻飘的罗帐、被单、窗帘、桌围,有指甲般大小的各种扇子、手帕,还有式样齐全的梳妆用具,胭脂花粉,真是看得大家眼花缭乱,赞不绝口。此外又有四盆香花,更加珍贵。那四盆花都只有酒杯大小,一盆莲花,一盆茉莉,一盆玫瑰,一盆夜合,每盆有花两朵,清香四溢。区桃告诉大家,每盆之中,都有一朵真

---

① 金汉:《中国当代小说艺术演变史》,杭州:浙江大学出版社2000年版,第143页。

的,一朵假的。可是任凭大家尽看尽猜,也分不出哪朵是真的,哪朵是假的。只见区桃穿了雪白布衫,衬着那窄窄的眼眉,乌黑的头发,在这些供物中间飘来飘去,好像她本人就是下凡的织女。摆设停当,那看乞巧的人就来了。依照广州的风俗,这天晚上姑娘们摆出巧物来,就得任人观赏,任人品评。哪家看的人多,哪家的姑娘就体面。①

相比端午节的风俗描写,作者更加细致地描写了乞巧节的情况,毫不掩饰对区桃的赞赏。真花假花难以区分,花容月貌交相辉映,人间尤物宛若天成,此段描写虚实相生,给人以无穷的遐想。区桃被美化成"下凡的织女"的工笔细描,自然为后来被众人选成"人日皇后"做了酝酿,同时隐约流露出"此女只能天上有"的悲剧气息。区桃越是被惊为天人,越能使其死亡给周炳造成深刻的悲痛,给读者带来强烈的震撼。这是欧阳山善于使用的情节突转所具有的悲剧效果。

此外,《三家巷》还描写了周、陈、何、杨、区等几家亲朋好友在"人日"结伴郊游赏花,聊天唱歌,小伙子们英姿勃发,姑娘们花枝招展,最后一起兴致勃勃地攀登凤凰山。一群人像选美一样推选区桃为"人日皇后",支持登山活动,可见民国时期广州市民对"人日"的重视程度。这是他们在亲密关系破裂前最迷人的岁月。又如,《苦斗》第56章写胡柳花样剪纸,第63章描写胡杏水底捞簪,等等,状物写人,融合于广州本地的风俗民情之中。小说中关于各种节日礼俗的描写,都是一幅幅优美的南方风俗画,如同一篇篇充满诗情画意的散文,具有浓郁的市民生活气息与鲜明独特的审美魅力。正如有论者所说:"从整体来看,小说中正面斗争描写,只有少数章节写得有声有色;而写人情世态,却处处妙笔生花,色彩缤纷。有不少章节的描写,简直可与《红楼梦》中最精致的描写媲美。"②比较来看,《三家巷》的审美格调远不如《红旗谱》《林海雪原》等革命历史小说所体现出来的豪迈粗犷,而是富有岭南的温情浪漫、绮丽婉约之美。在偏爱阳刚悲壮的时代,《三家巷》散发出独特的美学光芒和文学价值。

二、众星拱月:《三家巷》《苦斗》中的周炳形象

《三家巷》《苦斗》中的周炳是一个备受争议的人物,在建国以来优秀长篇小说的主人公中,他是独特而罕见的艺术典型,具有精神世界的复杂性、感情的丰富性和浓

---

① 欧阳山:《欧阳山文集》(第五卷),广州:花城出版社1988年版,第1753页。
② 谢望新:《欧阳山及其创作断论》,袁向东主编:《欧阳山研究文集》,北京:中国文史出版社2008年版,第361页。

烈的人情味,在"红色经典"中散发着独特的艺术光芒。欧阳山对周炳的成长历程和精神世界作了多方面的开掘,对他的塑造是非常成功的。"周炳形象是作家数十年艺术道路(特别是人物形象创造上)的长河的产物,又是他'奇人'家族这座艺术大厦中的一个主要的、具有顶峰意义的成员。"①

周炳作为一个出身于铁匠家庭的美男子,他善良正直、向往光明,敢于向旧世界宣战,同时又是一个富于幻想、幼稚多情的人,对革命的艰苦性和复杂性缺乏认识,对敌对阶级也存在着不切实际的幻想。因此,当他情场得意时就豪情满怀,恋人惨遭杀害时就坠入痛苦的深渊,情不自禁地表现出悲观虚无的情绪。应该说,周炳起伏不定的心理状态,符合一个思想不成熟、不坚定的人的性格特征,是真实可信的。欧阳山说:"周炳就是这样一种人,他一方面有手工业工人的思想意识和感情,因此生活上和各行各业的工人接近,但是他又有知识分子的气味,例如要求个性解放,想通过读书向上爬等。周炳就是那种有两种内在因素在矛盾斗争中发展着的人物。"②"作者既没有把他当作英雄,更没有把他当作理想,既说不到歌颂,也是还有些非议,但作者是同意他继续革命,把整个改造过程走完的。"③周炳作为被着力塑造的人物,欧阳山在前两部作品中把他当作中心人物,但没有把他当作理想化的英雄人物来塑造,而是倾向于让他在变化中继续革命。"反右"运动扩大化之后,文坛越来越流行"写中心",塑造"高、大、全"式的英雄人物,但欧阳山在创作中力图避开公式化、概念化的创作模式,塑造了一个有血有肉的周炳形象。

周炳少年时期曾被陈家认作干儿子,当过剪刀铺、鞋匠铺、草药铺的学徒,后来还在农村当过放牛娃,干过不少农活儿,最后又复学念书,成为一个小知识分子。由于参加革命活动,周炳被学校开除,后来又参加了一系列的革命活动。周炳从一个天真可爱的孩子蜕化为城市日常生活中的边缘人和脱序者,复杂的经历和模糊的身份,为他走上革命道路提供了可能性,也为他被读者大众认可提供了更多的合法性。有论者认为:"从'俄狄浦斯情结'的角度看周炳的革命,我们发现,周炳的革命也是一个文化原型的复叙。周炳一出生就不被父亲喜欢,所以周炳的游荡实际上就是被放逐,在放逐生活中,周炳形成了他的弑父性格。家庭中的'弑父'就是使父亲在家庭中的权威作用全面消失(在文本中,除前面少数章节,父亲的形象基本处于消失的处境),社会中的'弑父'就是使传统文化规则全面失去合法性,就是革命!"④周炳越来越成为旧社会秩序的挑战者,在广州起义中表现得英勇顽强,在震南村组建赤卫队又表现

---

① 黄伟宗:《周炳形象和欧阳山的"奇人家族"》,《文艺理论与批评》1987年第3期。
② 欧阳山:《谈〈三家巷〉》,《羊城晚报》1959年12月5日。
③ 欧阳山:《〈三家巷〉再版前记》,人民文学出版社1979年版。
④ 蓝爱国:《解构十七年》,上海:华东师范大学出版社2003年版,第204页。

得有组织、有纪律,政治觉悟不断提高。这样的人生经历,一方面让周炳结识了很多底层劳动人民,培养了朴素的同情心和正义感,也得到了他们的鼓励和帮助,终于成为一个自觉的无产阶级战士。比如,周炳初到农村时,想方设法接济生活困难的胡家,和胡家结下了深情厚谊;周炳在区桃牺牲后,一时醉生梦死、极度悲伤,是年轻的工人陶华及时批评教育了他,给他灌输爱国主义思想,使他逐步振作起来。后来在胡柳被杀害之后,周炳在愤恨中远走上海去寻找革命组织,更像是"寻父"的象征之旅。①

另一方面,周炳受到亲属邻居和学校教育的影响,一开始崇尚个人奋斗,表现出知识分子的容易幻想动摇、感情脆弱的习性。比如他起初钦佩"五四"青年陈文雄的风度和才华,把他当作人生偶像。应该说,陈文雄在五四运动之后所发表的救国救民的宣言,是一代青年富有理想主义精神的真实体现:"咱们有能力,有青春,有朝气,那是锐不可当,无坚不摧的!咱们看三十年之后吧!到了一千九百五十一年,也就是到了后半个二十世纪,那时候,三家巷,官塘街,惠爱路,整个广州,中国,世界,都会变样子的!那时候,你看看咱们的威力吧!世界会对咱们鞠躬,迎接它的新主人!"②在兵荒马乱的时代,一群年轻人慷慨陈词、指点江山,抒发改造旧社会、救国救民的豪情和憧憬,具有富国强民的理想和斗争精神,自然能够吸引涉世未深的周炳。又如,周炳受到资产阶级家庭出身的娇美少女陈文婷的诱惑,在避难期间不听警告寄信给她,终于暴露了地址酿成大祸,造成了哥哥周金的被捕牺牲。虽然周金之死是因为当时国民党清党屠杀造成的,但周炳在革命与反革命处于生死搏斗的紧张形势之中,还陷在爱情的泥淖中不能自拔,局限在个人主义的思想藩篱中,显得特别幼稚单纯。

从情感生活来看,周炳是一个先后与多个女性有情感纠葛的俊美的男人。欧阳山曾说:"巴尔扎克将资产阶级的人物塑造得很美,今天我们为什么不可以将工农群众写得很美呢?"③《三家巷》《苦斗》多次描写周炳英俊迷人的外表,写他在众多表姐妹中受到宠爱,这与十七年小说中众多浓眉大眼、英姿飒爽的男主人公形象构成了鲜明对比。比如,少年周炳由于痴傻憨直,被人看作是"废料"和"秃尾龙",但还是得到众多女性的青睐。下面是周炳初到区家做学徒,在端午节醉眠的情景:

这时候,他的两边脸蛋红通通的,鼻子显得更高,更英俊,嘴唇微弯着,显得

---

① 欧阳山曾说自己一辈子觉得最痛苦的一件事,就是他最尊敬、最爱戴的毛泽东同志晚年犯了大错误。见欧阳代娜:《欧阳山访谈录》,北京:中国文史出版社2008年版,第179页。在一定程度上讲,毛泽东是欧阳山等革命者的精神之父。
② 欧阳山:《欧阳山文集》(第五卷),广州:花城出版社1988年版,第1790页。
③ 欧阳山:《小说·散文·浪漫主义精神》,《欧阳山文集》(第十卷),广州:花城出版社1988年版,第4080页。

更加甜蜜,更加纯洁。他的身躯本来长得高大,这时候显得更高大,也更安静。初夏的阳光轻轻地盖着他,好像他盖着一张金黄的锦被,那锦被的一角斜斜地掉在地上。姑娘们都没事装有事地在他跟前走来走去,用眼睛偷偷地把他看了又看。①

这段直接描写和侧面烘托相结合,描写了周炳的外貌美。周炳的美是天然的,甚至是野性的,他有"宽阔明亮的圆脸","自信而粗野的鼻子"和像"雄马一样的颈脖",令一群表姐妹着迷。小说着力写周炳的美貌,以及他与区桃、陈文婷、胡柳等人的情感纠葛,既体现了周炳对纯朴、美好生活的向往,为其一步步走上革命道路增加必要的动力,又使小说具有浓郁的生活气息与言情小说的模式,容易为读者所接受。这正是小说在《羊城晚报》连载时,广受市民读者欢迎的重要原因。

但周炳有一度被批判是"一个带有不少弱点的小资产阶级的人物",作品对周炳的外形美描写得过多,"在关于他的爱情生活的描写中,宣泄得更多的却是人物不健康的思想感情。比如外貌俊美的互相吸引,在他们的恋爱中就占着很重要的位置。虽然外貌的俊美能够引起男女互相的爱悦,但是这毕竟不是最基本的方面"。② 即使是强调周炳不属于资产阶级人物形象的评论者,也认为:"周炳在爱情生活中确实流露了一些不健康的情调,而作者对这些缺点不仅批判得不够,往往还有些欣赏、溺爱,这是作品一个很大的缺陷。"③可见其时书写革命英雄人物的情爱生活是触碰禁区的,周炳与主流意识形态所要求的革命英雄形象还有很大的差距。与其他红色经典中主人公的性格比较单一和成熟不同,周炳的性格比较复杂多变,不仅确实散发出许多不合时宜的小资情调,而且让读者感觉到他是一个具有七情六欲的活生生的人。周炳缺乏《红旗谱》《林海雪原》中革命英雄的豪爽坚强,也比《青春之歌》中的林道静更加复杂。"较之林道静,周炳这个人物更多地承继了'现代文学'中青年知识分子的血脉,个性解放的意识、通过读书来改变自身从而改变社会的理想、对革命所持的浪漫想象和狂热冲动,尤其是多愁善感不可自抑的气质和缠绵悱恻不能自拔的爱情,都具有'五四'以来小知识分子的典型特征。"④

在纷繁的人际关系中,除了革命事件之外,年轻人的情爱纠葛成为引人注目的线索,其中包括陈文雄与周泉、陈文娣与周榕及何守仁、陈文英与张子豪、周炳与区桃和陈文婷及胡柳的婚恋关系。作者在写他们的情感生活时,有意在个人——家庭——

---

① 欧阳山:《欧阳山文集》(第五卷),广州:花城出版社1988年版,第1749页。
② 蔡葵:《周炳形象及其他》,《文学评论》1964年第2期。
③ 缪俊杰、卢祖品、周修强:《关于周炳形象的评价问题》,《文学评论》1964年第4期。
④ 王庆生、王又平主编:《中国当代文学》上卷(第二版),武汉:华中师范大学出版社2011年版,第114页。

革命的多重向度中表现家族文化、革命形势如何影响他们的抉择和变化，同时刻画了一些让人印象深刻的青年形象。比如美丽聪慧、善良勇敢的区桃和胡柳，热情任性而又骄横的陈文婷，都被描绘得活灵活现。此外，陈文雄也是作者着墨较多的一个人物，他看起来有风度有涵养且精明强干，实际上见风使舵、专横阴险，代表了"五四"一代青年学生堕落为圆滑自私的资本家形象。比较来看，欧阳山对以周炳为代表的城市平民阶层显然充满了温情和关爱，对以陈、何为代表的城市富贵人家则给予了批判和嘲讽，这与作者鲜明的无产阶级立场有关。出于政治修辞的需要，作者借周铁之口说陈、何两家是发死人财致富的，流露出党员作家对革命对象的道德批判，却在一定程度上抹煞了现代城市经济发展的合理性和复杂性。有论者认为："《三家巷》和《苦斗》最突出的成就，是比较成功地塑造了几个反面人物的形象，陈文雄就是写得最出色的一个。"①小说中那些与周氏兄弟一起盟誓过的陈文雄、李民魁、张子豪、何守仁等曾受"五四"新文化运动影响的青年，后来一步步蜕变为守旧力量，同时成为周炳光辉形象的陪衬。

三、"古今中外法，东西南北调"：《三家巷》《苦斗》的语言特色

《三家巷》《苦斗》在文学高度政治化、组织化的年代里，讲述革命者的成长历程，同时坚持讲述美好的人性，并以老百姓所喜闻乐见的传奇故事的讲法而引人入胜。语言是文学的第一要素，汪曾祺曾说写小说就是写语言。《三家巷》之所以成为五卷中成就最高、影响最大的一部作品，与它写了革命和爱情有关，与它在描绘风俗民情图画时所展现的审美魅力有关，更与作品杰出的语言艺术密不可分。换言之，《三家巷》《苦斗》中浓厚的岭南人文色彩与栩栩如生的人物形象，是通过高度个性化、审美化的语言彰显出来的。《三家巷》是其语言风格成熟的标志，在一定程度上可以说，欧阳山是与赵树理、周立波媲美的语言艺术大师，他经过长期实践而开辟出来的"古今中外法，东西南北调"的语言新路，在红色文学经典中独树一帜。

1926年，欧阳山发起创办《广州文学》，倡导广州作家用国语写文学作品，尝试改变广东新文学运动落后于全国的状况。1932年，欧阳山发起创办、主编《广州文艺》，与龚明、赵慕鸿、草明、伍乃茵、易准等一批志同道合者掀起了长达一年的粤语文学运动。欧阳山开始用广州方言创作"大众文学"，试图使新文艺在短时期内与人民大众，尤其是和工农大众结合起来。此外，欧阳山还发表了《粤语文学底根据和目的》《一周总答复》等理论文章，回应当时因为提倡粤语写作而引起的争议。1945至1946

---

① 张钟、洪子诚等编著：《当代中国文学概观》，北京：北京大学出版社1986年版，第444页。

年,在创作《高干大》时,欧阳山则吸纳了许多陕北方言,简洁凝练的叙述语言与生动活泼的人物对白相得益彰,标志着他在文学语言民族化、通俗化的探索上迈出了非常重要的一步。从早期比较"欧化"的语言,到粤语方言,再到夹杂使用陕北方言和普通话进行写作,欧阳山不断地探索,一直自觉地根据读者不同而使用不同的语言,对理想的读者有明确的定位。新中国成立后,欧阳山的文学创作主要是以普通话为基础,不断地对它们加以选择、改造、提炼。

欧阳山有极高的语言天赋,从童年起就走南闯北,每到一个地方就能很快熟悉,很快会说当地的方言。① 丰厚的生活积累,加上长期的文学实践和自觉的思考,欧阳山终于总结出明确的语言艺术主张。关于如何丰富、扩大、改造普通话以造成有魅力的文学语言,欧阳山在1962年认为需要采用"古今中外法,东西南北调"。

什么叫"古今中外法,东西南北调"呢?

我们的普通话(民族共同语),正处在形成过程中,还是不够丰富的。用来说明一般的问题还可以,讲到复杂的问题,讲到跟生活联系比较密切的事物,就显得不够用了。特别是和工农群众交谈,有时候就常常找不到词儿了。我常常感到,和熟朋友在一起,想把话谈得生动活泼,普通话就觉得很不够。我想,现代普通话很需要继续丰富、扩大与改造。用什么办法呢?就是我前面说过的"古今中外法,东西南北调"。

所谓"古今中外法",意思是说,学习文学语言要善于吸收古今中外的语言精华。毛泽东的文章就是善于吸收古今中外的语言精华的典范。古今中外,当然应以中今为主,但同时,过去的民族传统的语言,外国好的语言也要吸收。事实上,平常说话有很多就是过去传统的文学语言和外来语。特别是广东话,民族语言、外国语言都用得很多,已经变成了我们的日常用语。但是,对于过去的传统的民族语言和外国语言,有意识地作为文学语言来加以选择、吸收、提炼,还做得很少。"五四"以后,很长时期有意识地避开吸收民族语言,特别是对古典文学名著中的语言,认为一用就是陈词滥调。……

再说"东西南北调",意思是指,学习文学语言首先要从群众,从本民族中吸收和选择语言,要东西南北各个地区都吸收。我们的文学语言是以普通话为基础的,但是光有这个基础还不够;所以作家都很注意吸收方言。如柳青同志运用陕西方言,赵树理同志运用山西方言,周立波同志运用湖南方言等等。他们的作

---

① 胡子明:《欧阳山全传》,广州:花城出版社2022年版,第234页。

品,因语言的光彩,也给了读者以特殊的魅力。……①

文学语言需要善于吸收古今中外的语言精华,吸收东西南北各地的群众语言。这种文学语言观实际是一种"拿来主义",不论民族语言、外来语言,还是各地群众的方言土语,都可以吸收、糅合起来,以造成一种丰富多彩的,群众喜闻乐见的现代文学语言。这种兼容并包、"来料加工"的语言观,是务实、灵活、创新的珠江文化的体现。

《三家巷》《苦斗》在描写市民生活和风俗人情等方面具有浓郁的岭南特色,时而热烈诙谐,时而诗意盎然;在谋篇布局、人物塑造上,借鉴了《红楼梦》等传统小说的艺术手法,讲究情节的渲染铺陈和结构的连贯性及完整性;多用白描手法写人状物,用情节的发展与人物的个性化语言和行动去刻画人物性格,较少孤立地描写人物的心理世界。"在语言运用上,注意将古人语言、地方方言和普通话糅合起来,从而增强了小说语言的表现力和生动性,形成了流畅细腻、清新脱俗的语言。"②因而,小说中大量的日常生活细节变得鲜活亲切起来,能让来自不同地域文化背景的读者都能产生身临其境的代入感,增强了小说的生活气息、地方色彩与民族特色。

具体来说,"东西南北调"在人物语言中体现得更为明显,而"古今中外法"在叙述语言中表现更佳。小说总体是以规范的普通话为主体,但也夹杂着一些北方和浙江口语。比如第39节,周泉回陈家去了之后,周炳在门口枇杷树下,又遇见了何家的小姑娘何守礼。她去了一次香港,竟也沾染了一身东洋气:那服装打扮,简直像个洋娃娃一样,还学会了几句骂人的洋话,像"葛·担·腰","猜那·僻格",等等。她一看见周炳,就像去年在罢工委员会演《雨过天晴》的时候一般亲热,走过来,拿身体挨着他,尽缠着问他道:"告诉我,告诉我,炳哥!你又没去香港,你又不是没手没脚,你为什么不参加暴动?要是我,碰到这么好玩儿的事情,我非参加不可!"③这两句骂人洋泾浜,应该是指咒骂对方"你去死""中国猪"。寥寥几笔,句式简洁,就把少女何守礼的天真、洋气、可爱又无知的情态描摹出来。

又如,贵妇人陈文英空虚寂寞,希望得到周炳的爱情。

> 陈文英连忙睁开眼睛,见周炳那高大雄壮的身躯象一座山似地竖在她的头上,仿佛高不可攀,刚才那些想象中的形形色色的外国绅士和外国骑士,竟没有一个及得上他——象这没有教养的年轻人那般可爱。她的眼睛送周炳出了容

---

① 欧阳山:《关于文学语言》,《欧阳山文集》(第十卷),广州:花城出版社1988年版,第4075—4077页。
② 金汉、冯云青、李新宇:《新编中国当代文学发展史》,杭州:杭州大学出版社1997年版,第234—235页。
③ 欧阳山:《欧阳山文集》(第五卷),广州:花城出版社1988年版,第2111页。

片,耳朵送周炳一直上了三楼,才长长地叹了一口气道:"你的野心倒是大!可惜你的胆子却太小,只要你双手把我抱起来,我整个儿就一塌括子都属于你的了!"①

这段描写,长短句错落有致,听觉、视觉和感觉融合在一起,一个憧憬爱情而又失望的少妇形象跃然纸上。不过,"一塌括子"是浙东口语,鲁迅和茅盾都曾使用过,这里让它出现在土生土长的广州人陈文英口中,虽然显得生动,但是不够贴切。正如论者所说:"作品的叙述语言较人物语言更好,有些人物语言不符合人物的个性,有些句式、词汇太像古代白话小说的语言,显得不太调和。"②有些不协调还体现在南人北语上,比如曾有论者认为《三家巷》中冯敬义说周炳"怎么陡起来了"以及"大不列"等北方口语,不符合南方人物身份。③

实际上,广东口语与北方口语差别极大,经常出现有音无字的情况,纯粹使用粤语来创作对大多数读者来说是难以接受的。这就使得包括欧阳山在内的众多广州作家在写人物语言时,如同翻译,确实存在远离"原生态"的现象,造成岭南作家在人物对白方面普遍不够贴切传神。对于这种现象,黄伟宗解释说:"所谓'东西南北',实际上是为了要求民族性与地方性的辩证统一,是既以普通话为实体,又突破这实体而吸收各地方言;既吸收各地方言的实体,又超越每种方言的实体。""它的内涵和实质是实体性与超越性的辩证统一。"也就是说,欧阳山在刻画人物时,并未局限于某地实体方言,而是采用"拿来主义",灵活地博采众长,为我所用。这种语言策略导致《三家巷》的语言风格并不统一,显得驳杂灵动,气象万千,富有变化。小说中的叙述语言不再赘述,如论者所说:"在艺术方法上也富有变化:既有浓墨重彩舒展战争风云,又有惟妙惟肖地描写人情世态;既有色彩斑斓的风俗画描绘,又有细腻纤巧的心理刻画;还有烘托、对比、象征等手法运用等等。如对白兰花的描写,就具有丰富的象征意义,《三家巷》中写了三次,《苦斗》中写了十次,每次都有独特的象征内涵。"④

总之,《三家巷》《苦斗》是具有史诗性追求的,它的社会历史画面宏阔而细腻,语言驳杂洗练、生动活泼而又讲究文采,凝聚了欧阳山的才华和多年心血,是继《高干大》之后,在民族化、大众化的道路上的又一座丰碑;具有高度的思想艺术价值和持久的艺术生命力。

---

① 欧阳山:《欧阳山文集》(第六卷),广州:花城出版社1988年版,第2158页。
② 张钟、洪子诚等编著:《当代中国文学概观》,北京:北京大学出版社1986年版,第447页。
③ 高义:《洗练而精粹的语言》,《作品》1960年第2期。
④ 蔡运桂:《〈一代风流〉漫论》,转引自《欧阳山研究文集》,北京:中国文史出版社2008年版,第374页。

第二节 革命英雄与乡村新人的赞歌

欧阳山在1950年代的文艺思想和行动与当时的政治要求保持一致,发表了《斯大林的教导》《改造自己,教育人民,是作家的天职》等表态文章,倡导文学服务于政治,表达对现实政策的拥护。他带头深入生活,1953年5月至8月到海南访问,1954年4月至1955年4月到南海县下乡,分别掌握了革命战争和农村建设素材,后来运用现实主义方法创作了革命历史小说《英雄三生》《红花冈畔》,以及农村题材小说《前途似锦》和《慧眼》《乡下奇人》《金牛和笑女》等。他这个时期的文学创作,一方面歌颂英雄和乡村新人,加入时代的大合唱中;另一方面,其创作风格又具有一定的传奇和寓言色彩,追求大众化与个性化的平衡。

一、革命英雄的赞歌:《英雄三生》《红花冈畔》

中篇小说《英雄三生》包括《虎口余生》《死里求生》《险处逢生》三个部分,1955年4月由作家出版社出版[1]。这是欧阳山在新中国发表的第一部小说,讲述了主人公符琼从穷苦孩子成长为革命英雄的历程,他在与地主、日寇、国民党军队的斗争中,锻炼成为一个刚毅顽强的英雄。《虎口余生》讲述了一个少年受难、脱险、参军的故事。1932年,符琼十岁时从树上摔下来砸坏了地主何九畴屋檐上的几桁瓦片,遭到毒打晕死过去,后来被善良的村民救活。少年符琼勇敢倔强,不畏惧地主权势,幻想参加红军报仇,将来与邻家姑娘刘梅英过上好日子。在小说结尾,符琼终于实现了参军的愿望,被红军联络员刘秋菊带走。《死里求生》写的是十年之后的故事,海南岛已经沦陷,符琼成为琼崖抗日游击队的排长,屡建奇功,威震四方。有一次,符琼带人化装成送柴民夫去偷袭日本人据点,大获全胜,后来在伏击日本人汽车时也取得了胜利。不料,国民党保安队趁机背后放枪,使符琼受了重伤。游击队缺医少药,周围都是敌人,如何救治符琼成为难题。符琼被部队冒险安置在国民党势力范围内,意外遇到成为卫生员的刘梅英。刘梅英起初并未认出陷入昏迷的符琼,得知就是他时又惊又喜。接下来的一段描写非常精彩:

---

[1]《死里求生》曾发表于《作品》1955年第7期。《险处逢生》中的主体部分曾以《会师》为题,于1956年9月由通俗读物出版社出版,列为"语文补充读物",讲述符琼领导的游击队和渡江解放海南岛的大部队的胜利大会师,最后活捉了伪县长何九畴,并从监狱里解救了一批险遭屠杀的同志。

"哎哟,天哪!"梅英不觉尖着嗓子叫了起来。一面鼻子一酸,眼泪从眼眶里直往外挤。她快步跑回符琼的房间,偷偷抓起衣摆朝眼睛按了两按,再仔细瞧一瞧那个伤员:奇怪,怎么不是呢?那整个儿就是符琼!她不明白刚才怎么竟会认不出他来。这时已是黄昏时分,她就点上了海桐油灯,在他脸上晃来晃去地照了又照。……①

这样的场面描写非常具有戏剧性。挑灯看望,分别十年的心上人已经变成大英雄,刘梅英内心是激动、高兴而难过的。接下来为了让符琼安心静养,她却故意冷淡对待还没认出自己的符琼。两人互认之后,热情拉手叙旧。刘梅讲述了许多故乡的变故,接着全知的叙述者讲述了故乡三个妇女、一个儿童以及一些士兵的英勇故事。和十年前一样,符琼这次依靠刘梅英等乡亲救助才得以养伤脱险。作者十分擅长运用情节的突转和延宕,在叙述战斗、养伤的过程中,还能穿插讲述这一对恋人叙旧定情,只是不时出现的大段的人物对白有很强的话剧感。

《险处逢生》讲述的是1950年的海南解放战争。符琼已经升职为团长,转战回到家乡却得知刘梅英被捕入狱,凶多吉少,英勇倔强的他不禁失声痛哭,尽显铁骨柔肠。摧枯拉朽的解放战争被作者叙述得豪迈轻快,牵引读者注意力的是刘梅英能否生还。在小说结尾,大军解放海口,及时攻占了监狱,解救了一大批犯人同志,符琼和刘梅英幸运地重逢。伪县长何九畴垂死顽抗,开枪击中了符琼和刘梅英,但三个月后,他们的枪伤都完全治好了。"他们就结了婚,过着紧张愉快的,美丽的生活。"②经历生死离别,以及战争和岁月的洗礼,主人公再次脱险,终于获得了幸福的结局。

总的来看,《英雄三生》与十七年时期众多革命历史小说一样,歌颂了革命英雄英勇忠诚的崇高品格,洋溢着革命乐观主义精神。小说语言通俗化,以普通话为主,较之《高干大》大大减弱了"欧化"味,"传统的民族故事与传奇风味增强了,以传奇性的故事和传统的白描手法为多"③。欧阳山以说书人的口吻,勾勒了主人公符琼生活和战斗的几个片段,把一个年轻英雄的成长史讲述得富有传奇色彩,很生动地表现了符琼倔强、勇敢、嫉恶如仇的性格。另外,符琼与江姐、吴琼花等文学史中的著名英雄人物一样,始终坚定相信革命必胜、共产党必胜,具有很高的思想政治觉悟。不过,与众多革命历史小说回避英雄的情爱生活不同,《英雄三生》的三部分都描写了符琼与刘梅英的真挚感情,从两小无猜到受伤定情再到舍命相救,二人的情感线索成为小说不可分割的一部分。这样的英雄颂歌,显示欧阳山仍然在坚持早期文学创作中"革

---

① 欧阳山:《欧阳山文集》(第三卷),广州:花城出版社1988年版,第905页。
② 欧阳山:《欧阳山文集》(第三卷),广州:花城出版社1988年,第986页。
③ 黄伟宗:《欧阳山评传》,石家庄:花山文艺出版社1993年版,第277页。

命加恋爱"的一些路数,使符琼形象显得更加立体化。在大众化、个性化之间,欧阳山尝试让自己的文学创作能取得一定的平衡。《英雄三生》是欧阳山第一次写正面革命战争以及战场上的英雄人物,小说以人物为中心对海南岛革命史的书写,"显示了革命斗争的地方特点,填补了整个反映中国革命战争历史题材的空缺,并对这种题材的创作'重北轻南'的倾斜现象起到一点斡旋作用"①。

《红花冈畔》是纪实性小说,更像一篇夹叙夹议的报告文学②,以1927年12月11日的广州武装起义事件为中心,描述了革命起义从酝酿、爆发到撤退的过程,重点讲述了攻打广州公安局的战斗,塑造张太雷、叶挺、叶剑英、周文雍等一批英勇无畏的将士群像。作品把战争场面、军事部署、政治宣传等叙述得简洁明快,充满了革命的豪情壮志。作品的语言具有政论色彩,比如结尾:"这次起义的失败,证明了中国革命的长期性和残酷性;证明了中国民主革命的主要形式不能采取和平的形式,必须是武装斗争;也证明了中国革命必须首先在农村建立根据地。因为当时还很强大的帝国主义及其在中国的走狗,总是长期地占据着中国的中心城市,如果革命队伍要积蓄和锻炼革命力量,要顽强地和敌人斗争下去,那就必须把落后的农村造成先进的、巩固的根据地,并逐步加以扩大,造成军事上、政治上、经济上和文化上的伟大阵地,以便逐步发展革命力量,扩大革命斗争,然后包围城市,取得城市,最后取得全国的革命胜利。"③《红花冈畔》的文学性不强,强烈的纪实性使其更具有认识革命历史的价值。从欧阳山的整个创作历程来看,《红花冈畔》与之前侧面写革命战争的《七年忌》《鬼巢》在风格上明显不同。"如果说《七年忌》是以表现情感的方式折射人们对省港大罢工的思念之情,那么,中篇小说《鬼巢》,则是以更为曲折的方法表现广州起义的英勇气概和引起的巨大震动的。"④《七年忌》《鬼巢》是广州革命运动的曲折反映,是革命的哀歌和悲愤的象征,富有现代主义色彩;而《红花冈畔》则是革命的正气歌,属于革命现实主义的,为反映广州革命历史的《三家巷》做了准备。

二、新农村建设的思考:《前途似锦》《慧眼》 《乡下奇人》《金牛和笑女》

农业合作化运动是二十世纪五六十年代农村题材创作的中心事件,作家大多围绕入社来组织情节、论证社会主义道路的优越性。1954年4月至1955年4月,欧阳

---

① 黄伟宗:《欧阳山评传》,石家庄:花山文艺出版社1993年版,第275—276页。
② 《红花冈畔》收入《欧阳山文集》(第三卷),该卷是中短篇小说。
③ 欧阳山:《欧阳山文集》(第三卷),广州:花城出版社1988年,第1194—1195页。
④ 黄伟宗:《欧阳山评传》,石家庄:花山文艺出版社1993年版,第165页。

山在广东省南海县东二乡南新村深入生活,担任合作社的助理会计。在这段生活经验的基础上,欧阳山发表了中篇小说《前途似锦》和具有寓言色彩的短篇小说《慧眼》及其续篇《亲疏》《比赛》《信任》。1960年至1962年,欧阳山又发表了短篇小说《乡下奇人》《在软席卧车里》《骄傲的姑娘》《金牛和笑女》。比较来看,欧阳山的乡村叙事绕开了常见的入社与否的矛盾,而是直接写合作社内部的生产、生活情况,显示了不流于俗的叙事眼光。作者叙事冷静,大多采用平实的语言和白描的手法来写新人新事,注重表现作品的思想意蕴,作品基调与主流提倡的革命浪漫主义有较大差距。这些小说选取的角度和讲述的重点各不相同,表现出作者对现实生活的辩证思考。"值得注意的是,这些小说的描写,正面表现办合作化后的农村,生活如何光明、工作如何伟大、景象如何美好等等,用的笔墨和篇幅不多,更多是描写这些人们受到的困难挫折,写他们如何战胜困难和挫折,取得胜利,反而取得了更好地反映出以光明为主的现实和现实发展的结果。"①

《前途似锦》写成于1954年的秋天,1955年3月由华南人民出版社出版。写的是1954年朝阳村光荣农业生产合作社的故事,表达了对农村建设美好生活的信心。小说以社长梁树坚为中心人物,讲述了他如何处理家里社里碰到的困难,最终说服群众相信集体,超额完成水稻"小科密植"的任务。也就是说,小说中的矛盾冲突并不是入社,而是群众不够团结齐心,不相信"小科密植"能够增产丰收。在讲述梁树坚与叔父和妻子等人在公与私、守旧与创新等问题上的矛盾过程中,欧阳山表现出描写新人新事的独特性。让人印象深刻的是,其一,"梁树坚是一个自幼乐于助人的实干而倔强的人物,理想化的因素较少"②。梁树坚拥护党的号召,但并不像梁生宝一样对合作建设充满强烈的历史使命感,也不赞同把反对"小科密植"的人视为阶级斗争的对象,而是主张耐心说服教育。这是一个比较中庸的符合生活实际的村干部形象。其二,作者对农村春荒的真实叙述,社员们连温饱问题都没有解决,需要从银行贷款过日子。比如梁树坚家的早餐连稀粥都不够吃,他在不知情的情况下喝完了整锅粥,还觉得不够饱,后来才知道妻女还饿着肚子。"农闲的时候,或者不开工的时候,农民们只吃两顿饭。要饿着肚子等到吃晚饭,还得好长一段时间。"③合作社成立初期,农民在春荒时节需要借粮借贷,《前途似锦》与《创业史》都对此作了真实的描写。其三,作品真实地反映了当时广东农村中的两条道路的斗争,两种思想的斗争,"但对

---

① 黄伟宗:《欧阳山创作论》,广州:花城出版社1989年版,第52页。
② 黄伟宗:《欧阳山评传》,石家庄:花山文艺出版社1993年版,第279页。
③ 欧阳山:《欧阳山文集》(第三卷),广州:花城出版社1988年,第997页。

于隐藏在思想后面的经济利益因素似乎具体表现较少"①。其四,作者抨击了反革命分子、富农、特务对合作社的破坏,试图唤起读者对他们的厌恶。在小说结尾,特务神医的真面目被揭露,合作社增加了新成员,社员们快活地在秧田劳动,展现出了生机勃勃的图画,呼应了小说的标题。

> 在大涌尾那块田里,第一生产队的劳动妇女中间,有一个十五六岁的小女孩子叫了梁树坚一声,大家就停住手,直起腰杆歇一歇。那是梁满的妹妹。她说她不会插小科密植,要社长插给大家看。大家笑着,高声嚷着。梁树坚把竹帽一扔,跳进田里,带头插起来。大家跟着他插,转眼就插了一大片。大地上好像铺了一层美妙的、巧夺天工的、花花绿绿的纸锦,把梁树坚和那些妇女们都织到花纹里面去了。②

结尾的这段描写给整篇小说增添了不少诗意,使小说缺乏的浪漫色彩得到弥补。总之,《前途似锦》的矛盾冲突不够激烈,人物不够理想化,几乎不用珠江地区的方言俗语;从"小科密植"这个主要事件来看,传达出相信集体、相信群众、相信科学的思想,这都是欧阳山处理合作化题材的特点和才华之处。同时,这部作品是欧阳山"既要力求配合政治任务,又要保持自己创作特点"的产物,未能充分施展创作才华;从小说的中心事件来看,作者对农业合作社的性质和农民内部的分歧有所回避,"对生活的矛盾与人物的把握都显示出一种未及消化的迷惘的状态,表明作者对所写的生活与人物有认识和艺术把握的距离"③。

《冤家路窄》写成于1957年6月,发表于同年《人民文学》第9期。小说以农业合作化运动为背景,主要讲述了两个高级社的农民冰释前嫌的故事。所谓冤家路窄,就是队长李炮曾经多次批评过社员余反咬,两人关系因此闹僵,后来李炮爱人难产急需小船送医,恰逢队里其他船只都外出运输石灰了,只有余反咬家里有只小船。众人担心余反咬不肯借船,但他出人意料地把小船送到李家门口。小说情节并不复杂,巧在以两个归乡参加生产的复员军人的见闻为线索,清楚交代了两个农民之间的矛盾和讲和。小说的立意显然并不是歌颂"集体生产有前途,社会主义的优越性",作者反而借人物之口说:"一年增产一点,不算快,只不过每年都有点增加就是了。"④小说中的叙述者并未直接评论人情是非,对合作社内部的评分不公、懒散自私现象只是让

---

① 于逢:《读〈前途似锦〉》,袁向东主编:《欧阳山研究文集》,北京:中国文史出版社2008年,第238页。
② 欧阳山:《欧阳山文集》(第三卷),广州:花城出版社1988年,第1064页。
③ 黄伟宗:《欧阳山评传》,石家庄:花山文艺出版社1993年版,第280—281页。
④ 欧阳山:《欧阳山文集》(第三卷),广州:花城出版社1988年,第1133页。

当事人自己简单地转述,而在结尾余反咬慷慨借船,打破了众人对他的成见。情节的反转,表明余反咬即使具有自私的秉性,他也具有传统农民的淳朴和善良,而这类农民在不少合作化小说中则是阶级斗争的对象。可见,作者在塑造人物时注意贴近农村实际情况,注意到了人性的复杂性,避开把人物脸谱化;另外,作者设置两个离乡多年的复员军人当视点人物,其目的也是为了更加客观地展现农村,试图不露声色地揭示农村伦理关系的变化与恒常。

《慧眼》系列共有四个短篇小说,续篇分别是《亲疏》《比赛》《信任》,分别发表于《作品》1956年第1、12期,1957年第3、4期。从发表时间来看,此系列小说是在全国开展反右派斗争之前的作品,其中的三个续篇产生于"双百方针"实施期间,政治氛围相对宽松。1956年9月至1957年6月,《文艺报》《作品》等刊物曾有文章争议这些小说是否是童话,其中束沛德、贺宜、陈伯吹等对小说皆有批评。从文体特征来看,《慧眼》系列明显与流行的合作化小说不同,不围绕是否入社来设计情节,也不论证合作化的优越性,而是围绕一个儿童有无透视人心颜色的特异功能,来揭示合作社中的问题以及生活的哲理,具有较强的寓言性。小说中的主人公周邦自幼便有一个特殊的本领,可以透视人心颜色来判断对方是否撒谎,心脏红色是真话,黑色则是假话。但是,周邦的特异功能会在特定条件下失灵。比如,当对方夸奖自己时,对方提前拿红纸红布遮住其心脏时,对方和自己过于亲近时,对方不是故意说谎时,周邦便不能准确判断。当周邦输掉比赛后,他变得不自信,说话有时特别谨慎,有时"随大流"不分好歹,以致"口卦"频频失灵惹祸。他后来变得整天游荡,不好好学习和劳动。为了摆脱不顺当的尴尬境遇,周邦去求神拜佛、寻医问药,不过仍然无济于事。最后,周邦去找到社主任李树寻求帮助,受到李树的批评教育,才认识到"随大流"的危害性,以及信任爱护合作社的人的重要性。

有论者认为:周邦后来逐渐懂得社会生活的复杂性,其眼睛的特异功能消退了,"恨人讲假话的秉性发展为对随大流的'警惕性'"。[①] 不过,换一个角度来看,周邦的慧眼是在接受李树主任的教育之后才消失的。而李树教育周邦的诀窍是:"以后凡是爱合作社、拥护合作社的人,你就可以相信他,专看他的长处;凡是那自私自利的,老想占合作社的便宜的人,你就不要相信他,专看他的短处。这不就得了么?"[②] 周邦信任了李树,其"慧眼"功能就消失了,但是,"他第一次觉得世界是这么漂亮,做人是这么有味道。"[③]李树所讲的道理,具有特殊的医治功能,让周邦重新变得聪明可爱起来。与众多童话故事的结局一样,主人公得到教训,从此过上了幸福快乐的生

---

① 黄伟宗:《欧阳山创作论》,广州:花城出版社1989年版,第55—56页。
② 欧阳山:《欧阳山文集》(第三卷),广州:花城出版社1988年,第1125页。
③ 欧阳山:《欧阳山文集》(第三卷),广州:花城出版社1988年,第1126页。

活。小说最后借李树之口所讲述的道理可以视为《慧眼》系列的主题,即相信合作化,就有好日子。故事结尾的寓意似乎比较简单。不过,故事也可以有其他解读方式。比如,社主任告诫周邦不能"随大流",否则会冒犯好人,这透露了合作化运动并不广受农民欢迎的事实。又如,作者为何设置一个儿童拥有又失去"慧眼"?童言无忌是否触及了现实生活的一些真相?儿童被地方政治权威人物训诫之后便彻底失去能窥视真假的超能力,这是喜剧还是悲剧呢?如今看来,社主任李树的经验之谈显然是以公私、善恶对立的观念为前提,他解决了神佛医术都无法救治的难题,具有高高在上的政治与道德优势,他才拥有判断是非善恶的真正的"慧眼"。换言之,欧阳山充分肯定新的权威人物(政治力量)对乡村社会的改造和凝聚作用。从这个意义上来讲,《慧眼》以迂回的辩证的讲述方式汇入了歌颂农业合作化的文学主潮。由于小说寓言色彩浓厚,作者的立场比较含混难辨,导致小说产生了难懂的阅读效果。"这是欧阳山在建国后第一篇最能充分展现他的艺术风格和艺术才华的作品","从欧阳山的创作道路来看,这是一篇具有承前启后意义的重要作品,又是一篇貌似浅白、实则寓含深意的"谜一样的小说。①

"党的八大形成的正确路线未能完全坚持下去,先后出现'大跃进'运动、人民公社化运动等错误,反右派斗争也被严重扩大化。"②尤其是"大跃进"运动违背了经济发展的规律,过分夸大了人的主观意志的作用,给农村经济带来较大的破坏。欧阳山在创作《苦斗》的间隙,连续发表了《乡下奇人》《在软席卧车里》《骄傲的姑娘》《金牛和笑女》四篇针砭时弊、敢于批判的短篇力作。其中,《乡下奇人》《金牛和笑女》这两篇农村题材小说,反映了"大跃进"时期农民的生活和精神面貌。

《乡下奇人》原名《天下奇人》,编辑部认为"天下"一词过于刺眼,发表时改为现名。③它脱稿于1960年9月,同年12月发表于《人民文学》。《乡下奇人》以1959至1960年人民公社为背景,讲述了桥头公社新沙大队下面的一个小组长赵奇在包产计划中坚持实干的故事。小说情节缺乏戏剧性,吸引读者的一个悬念是赵奇为何被称为"奇人",以及作者如何描写"大跃进"期间的粮食产量。赵奇是一个勤劳认真的农民,常跟生长队长王水养和县下派干部徐清抬杠,当年在制定水稻亩产指标时,他仅仅提出增产到450斤的计划,远远达不到上级主张的600斤的指标。赵奇后来带领全队人掀起了生产热潮,他自己更是起早摸黑,拼命地干,在晚稻收割时达到了亩产量451斤,这是全公社最高的产量。当队长王水养来告知喜讯时,赵奇却质问他有没有做检讨,而队长反过来质问他:"为什么要做检讨?检讨什么?"接下来的一段对话

---

① 黄伟宗:《欧阳山评传》,石家庄:花山文艺出版社1993年版,第84页。
② 《中共中央关于党的百年奋斗重大成就和历史经验的决议》,中国政府网,2021年11月16日。
③ 胡子明:《欧阳山全传》,广州:花城出版社2022年版,第311页。

再次显示赵奇之"奇":

> 赵奇坚持道:"怎么你把包产计划都忘记了?生产计划完不成,咱们都得检讨。"
>
> 王水养开头只当他开玩笑,后来看见他正正经经地在说着话,就倒抽了一口凉气,说:"看,看,你又来了。你这才真是没话找话说。人家订生产计划的时候,你却不赞成;人家现在都不提那笔账了,你却要把它挖出来讲!"他说完了这两句话,就愤愤然坐在一张小靠背竹椅上。赵奇端过一张矮凳子,紧靠他身边坐下,用手指划着自己的掌心,说:"我今天不打算跟你吵嘴,可是你也要听一听我的话呀。"王水养说:"我几时不听你的话?可是咱们增产了,这是事实。这,你自己也看得见。"赵奇竭力把自己装扮得轻松一点,说:"自从订了包产计划之后,你是逍遥自在的,我可没有睡过一天好觉。我把它当成了真事,你可是一点不在乎。你现在想把包产计划宣布不算数,我可不能赞成。群众的热情本来可以更高,产量本来可以超过四百五十一斤,可是你却满足了!"①

赵奇作为一个认真踏实的农民,他在意的是真包产,不能把包产计划当作儿戏,而是要认真计算,挖掘所有的潜力,最后超过计划要奖励,完不成计划要受罚,以达到多增产的目的。第二年,赵奇主张的亩产量是 480 斤,仍然落后于全公社的平均指标。众所周知,"大跃进"运动期间,全国各地盛行"浮夸风",虚报粮食产量现象屡见不鲜。小说中的赵奇屡次被县下派干部批评为"有保守思想",即反映了讲真话的人在现实生活的遭遇。《乡下奇人》通过塑造一个认真务实的农民形象,批判了"大跃进"期间的浮夸现象和主观主义。欧阳山以夸张而讽刺的语言将下乡干部徐清置于赵奇的对立面,用漫画的手法描写他的言行如何不受群众欢迎。比如,徐清爱作指示和结论,官僚气十足,他一出场,群众就说"工作组来了";他帮助村民插秧却插得十分难看,赵奇又去水田里补救一番。读者看到徐清插秧作秀失败,会不禁莞尔。茅盾曾评议:"在赵奇这个人物身上,体现了鼓足干劲和实事求是相结合的思想作风,而通过徐清(赵奇的对立面),作者相当尖锐地批判了浮夸作风和命令主义。"②

1960 年 11 月 3 日,中共中央发出《关于农村人民公社当前政策问题的紧急指示信》(简称《十二条》),要求全党用最大努力来坚决纠正"共产风"等"左"的偏差。1961 年 1 月,八届九中全会正式决定对国民经济实行"调整、巩固、充实、提高"的八字方针。给国民经济造成严重后果的三年"大跃进"运动实际上已被停止,恢复实事求是的优良传统得到中央的强调。从创作时间来看,《乡下奇人》对农业生产中务实

---

① 欧阳山:《欧阳山文集》(第三卷),广州:花城出版社 1988 年,第 1201 页。
② 茅盾:《一九六〇年短篇小说漫评》,《文艺报》1961 年第 4 期。

作风的肯定,是领先于中央政策的,这表明欧阳山不但熟悉农业生产的常识,而且敢于及时通过作品呼吁要尊重常识,重视群众所向往的求真务实作风。之所以要揭露现实生活中令人憎恶的东西,是为了批判它、消灭它,让生活变得更美好。欧阳山曾说:"不管歌颂或批判,都是为了把我们的生活引向美满幸福的前途。"①从文学创作道路来看,《乡下奇人》在思想上继承了《高干大》,赵奇和高生亮两个实干家形成了前后呼应。于1948年出版的《高干大》反映陕甘宁边区合作社的新生活,表现了主人公高生亮实事求是、尊重群众意见、为群众服务的优秀品质。一贯坚持农民立场的赵树理曾评价:这本小说的中心主题是反主观主义和官僚主义。② 1960年3月,欧阳山在《再版序言》中这样评论高干大:"他是一个真实的人,一个可爱可敬的人,一个从贫瘠的土壤生长起来的英雄人物。他的关心群众、联系群众、处处为群众打算的思想性格是永远不会过时的,永远不会成为历史的陈迹的。"③重要的是讲述高干大的时间,欧阳山当时不只是对高干大进行评价,还是借机委婉地表达对现实生活的感受。短篇小说《乡下奇人》是在创作《三家巷》的间隙中完成的,说明欧阳山有迫不及待的创作热情,反映出他对现实生活的敏锐观察,及其鲜明的思想性和战斗性。

刊发于《人民文学》1961年第10期的《在软席卧车里》,写火车上几个萍水相逢的人物争论"有志者事竟成",以曲折的方式,讽刺当时"人有多大胆,地有多高产"的主观意志夸大狂。④"这些作品,既是以不同角度反映和批评现实生活的黑暗面,又同时反映和歌领了现实的光明和发展,同样体现了欧阳山辩证把握现实和注重生活实际与整体性的特色,体现了他的胆识和抵制'左'倾逆流的勇气。"⑤比较来看,相对于"反右"运动之后的许多粉饰现实、图解政策的农村题材作品,欧阳山的这些短篇小说,与赵树理在1960年代初期发表的短篇小说《套不住的手》《实干家潘永福》的思想意蕴有异曲同工之妙,是杰出的现实主义小说,传达了他们对现实问题的忧患意识,值得钦敬。

《金牛和笑女》于1962年5月发表在《人民文学》,以对比手法描写了历史变迁中的两个人物的命运,通过书写邝牛和凌笑二人从青梅竹马到分道扬镳的命运简史,赞颂了共产党、新社会给穷苦人带来了政治翻身与幸福的生活。作品看起来是一篇歌颂之作,不过作者借笑女之口,委婉地流露出对农村现实的微词:"你们都是奇怪

---

① 欧阳山:《创作短小形式作品的重大意义》,《欧阳山文集》(第十卷),广州:花城出版社1988年,第3874页。
② 赵树理:《介绍一本好小说——〈高干大〉》,《人民日报》,1948年10月7日。
③ 欧阳山:《再版序言》,见《高干大》,北京:人民文学出版社1960年版,第1页。
④ 黄伟宗认为:《在软席卧车里》曲折地讽喻了当时在文艺领域以至其他领域中某些不自量力的步尘者。见《题材·讽刺·风趣——兼谈欧阳山的短篇小说》,《羊城晚报》1962年4月12日。
⑤ 黄伟宗:《欧阳山创作论》,广州:花城出版社1989年版,第62页。

的人哪！你们只顾大跃进，自己也不吃点好的，也不穿点好的？"①这与小说结尾金牛和笑女两年后即过着"美满幸福"的生活形成了对比，农村生活的转变显得突兀，应该有弦外之音。此外，作者在情节安排上，"匠心独运地采用了十年一进的跳跃式表现手法"，截取了1929、1939、1949、1959四个历史横断面，展现了主人公的命运动向，增强了故事的吸引力。②

第三节 欧阳山新时期的文学创作

一、续写辉煌：《柳暗花明》《圣地》《万年春》

《柳暗花明》《圣地》《万年春》是欧阳山在新时期复出之后的代表作，他先口述录音，然后由助手谭方明根据录音整理成文字，再经他本人修改定稿。欧阳山具有惊人的记忆力，以及丰富的创作经验，加上构思酝酿时间很长，这三部作品依然足见其文学功底之深厚。桑榆非晚，欧阳山受到新时期思想解放潮流的影响，对抗日战争、延安整风和土改运动的讲述体现出他在思想和艺术观念上勇于创新、实事求是的追求。

1981年，《柳暗花明》由人民文学出版社和花城出版社同时出版，翌年被评选为全国畅销书之一，并获得广东省鲁迅文学奖。故事讲述周炳在震南村起义失败后退回广州，恰逢1931年"九·一八"事变爆发，一直到1938年10月的广州沦陷，让《圣地》中的几个主要人物准备奔赴延安。周炳回城后在陈家三小姐陈文捷创办的振华纺织工厂当采购员，但是他并不信奉"劳资合作、实业救国"的理念。周炳与工友们积极参加抗日活动，罢工演戏、游行请愿、抄烧日货，在带人进击振华厂烧日货时，遭到宪兵司令部武力镇压。周炳被捕入狱，受到严刑拷打和威逼利诱，得到狱中地下党领导人金端的鼓励和教育，后来经金端的介绍入党。周炳在狱中反思、检讨自己的个人英雄主义，深感痛悔自责，在与以陈文雄为代表的敌对势力的斗争中，逐步提高了政治觉悟。后来由亲属筹钱，周炳被营救出狱。五年后，周炳与陈文婷彻底决裂，陈文婷由喜怒无常变得疯狂绝望，后来沉江自尽。1936年"双十二"事变之后，社会掀起抗日救亡高潮，何守礼、李为淑、张纪文、张纪贞等中学生背叛家庭，参加抗日救亡

---

① 欧阳山：《欧阳山文集》（第三卷），广州：花城出版社1988年版，第1237页。
② 谭志图、钟逸人：《漫话〈金牛和笑女〉》，《羊城晚报》1962年9月13日。

活动,后来与胡杏等人一起被党组织派往延安去学习。广州沦陷之际,周炳等人参加了游击队小组,亲历了国民党军队的溃败与社会各界人士仓促逃难。

"柳暗花明"的象征意义,是指中国革命道路和社会发展经历了黑暗转向光明的艰难历程,也意味着周炳的成长道路。他由一个追求革命的热血青年,历经曲折磨难和生死考验,终于成长为一个比较成熟的听党指挥的战士,踏上了新的革命征程。当然,周炳性格中憨直的一面并未完全泯灭,比如他奉命撤退并传送文件,却难以按捺住内心的怀疑和矛盾,视活着看见敌人占领自己的家乡为奇耻大辱,不能愉快地理解持久抗战的意义,不能顺利地把组织的意志变成个人的意志。又如,周炳强忍住内心对胡杏的真情,不是与她发展男女爱情关系,而是出人意料地与她结拜为兄妹,这使得周炳形象显得有些矛盾和做作。比较来看,陈文婷之死相当充分而深刻地表现了资产阶级少奶奶的歇斯底里和穷途末路。她具有极强的占有欲和好胜心,是一个极端的个人主义者和享乐主义者,试图用爱情俘虏周炳,失败后将长相酷似周炳的区细当作玩偶来满足一己之私,生活糜烂,精神空虚,是一个刻画得相对成功的女性形象。尤其是第一百〇二节《知名知情和知心》中的陈文婷三次致信周炳,试图挽回爱情,言辞深情绮丽,十分贴近人物的身份和思想,把一个没落中的多情女人塑造得惟妙惟肖。

总的来说,《柳暗花明》比《三家巷》《苦斗》逊色:"主要表现在对生活的表现不如前两卷的丰富多彩,对日常生活投影式的描绘减弱,激烈斗争的描写显著加浓;人物的描绘和语言的运用,不如前二卷精细、生动、多姿;整卷的环境构成虽有前二卷不同的特色(这是必要的),但显得浮动性过大(也许是由于这段生活正值流动的缘故),每个具体环境(包括三家巷、振华纺织厂、监狱、培贤中学、广州巷战、粤北征途)都写得欠深,有浮光掠影之感。"[①]

《圣地》创作于1981年7月至1983年3月,前五章曾发表于《昆仑》1982年第1期,1983年9月由人民文学出版社和花城出版社同时出版。小说主要讲述了周炳在重庆八路军办事处做副官和在延安参加整风和战斗等的经历,展现了国统区和解放区不同的社会面貌,并揭示了三家巷第二代人物陈文雄、何守仁、李民魁、张子豪等,以及第三代人物何守礼、胡杏、张纪文、张纪贞、李文淑等各自的生活图景和命运遭际。作者以"皖南事变"等重大事件为背景,选取日常生活中的一些小事情,比如周炳车队返回延安途中再三遭到阻挡,陈家兄妹在别墅花天酒地的生活,反映了国民党真反共、假抗日的真相。值得注意的是,小说对延安整风运动的描写,蕴含了对当时"抢救运动"的一些"左"的做法的反思,在文学史上具有不可替代意义。"在此之前

---

① 黄伟宗:《欧阳山评传》,石家庄:花山文艺出版社1993年版,第361页。

的所有写及延安解放区生活的文艺作品,几乎都有意回避写这时的整风运动,即使写到也是虚晃一下,提及而已,对其中'抢救'运动的错误更是避之三舍,不敢问津;非文艺作品谈这场运动,也只是歌功颂德,不敢提及其中的偏误和曲折。"①正如论者所说:"作品正面描写了'抢救运动'的发生、发展和被纠正的过程,为反映新民主主义革命历史题材的小说补上了空白。"②当然,欧阳山写到整风运动中的错误,并不是否定整风运动,而是实事求是地表现历史,通过表现党组织及时纠正错误去歌颂这场运动,突出它对抗战胜利和革命进程的重大影响。此外,描写整风运动时的猜忌批斗,与小说开篇革命青年初到延安时把延安看作极乐世界的单纯浪漫构成了鲜明对比,写出了革命青年在延安的幸福感和烦恼,再现了"圣地"生活的复杂性,这在文学史上具有独到的探索性。

《圣地》中的周炳是一个坚定成熟的革命战士,在面对调往晋察冀前线时,他做到了不考虑个人利益;在延安整风的"抢救运动"过程中,他顾全大局,有很高的政治觉悟,同时也爱护同志,有灵活的工作方法;与陈文雄斗智斗勇的过程中,他表现出沉着机智、果断有谋略的一面,这些是继《三家巷》《苦斗》《柳暗花明》在思想上的发展和成熟,体现出延安这个革命熔炉对他的锻炼和教育作用。在《圣地》中,三家巷第二代主要人物的结局都有所交代,比如陈文雄因为投机买卖失败破产后自杀而死,何守仁、李民魁、张子豪等在延安反攻的战役中被八路军俘虏,从此在小说中集体退场。而何守礼和胡杏是本卷中着墨较多的主要人物,何守礼的刁蛮任性、自私自利、争风吃醋,与胡杏的宽容大度、耐心热情和不计较个人荣辱构成了鲜明对比,二人与周炳的情感纠葛构成了吸引读者的关键悬念。从《圣地》开始,欧阳山较多地讲述三家巷第三代人物的故事。在塑造第三代人物时,作者多采用白描手法简写他们的言行来刻画其内心世界。比如在第一百四十六节《不吉祥的洛川》中,张纪文、张纪贞兄妹接到父亲张子豪从洛川寄来的家信,这对处于"抢救运动"中有特务嫌疑的子女来说很不"吉祥"。叙述者重点讲述了兄妹俩争吵如何处理信件,写出了二人的惊慌失措和左右顾虑,不过并未深化父亲来信对两位青年产生的感情冲突。换言之,对亲情伦理的淡化,对政治斗争的渲染,使得第三代人物形象不够鲜活和立体化。

简化人物内心情感这种特点在《万年春》中一再出现,比如在《下场》一节中,写周炳、胡杏等人在丈量麦地,偶然遇到一批过路的国民党俘虏,其中有李民魁、张子豪、何守仁三人。胡杏于是接连通知不远处的李为淑、何守礼和张纪文跟张纪贞兄妹来认亲。"一眨眼工夫,李为淑首先认出来了,左边起第六个,是她的爸爸李民魁。

---

① 黄伟宗:《欧阳山评传》,石家庄:花山文艺出版社1993年版,第364页。
② 蔡运桂:《〈一代风流〉漫论》,见《欧阳山研究文集》,北京:中国文史出版社2008年版,第375页。

接着,何守礼也认出来了,左边起第九个,是她的哥哥何守仁。最后,张纪文跟张纪贞也认出来了,右边起第七个,是他们的爸爸张子豪。这些年轻人都曾经想跳出去,和那几个俘虏见见面,说上几句话。可是,他们没有这样做。他们只是目定口呆地望着,望着,慢慢地从眼睛里淌出了眼泪。"①叙述者十分节制地描写了几个年轻人的反应,接着让他们讨论了中国历史的发展道路的问题。其中,李为淑说历史是无情的,她并不为爸爸的结局感到难过;张纪贞说她犹如在梦中,难以相信自己看见了不值一文的爸爸,承认世界换了主人是历史注定要发生的。青年一代面对被俘的父兄,只是流了一点眼泪,表示认同阶级敌人必然走向灭亡,这样的描写不能说没有人情味,但是在突出政治理念的传达时,与《三家巷》相比,未能充分表现人情世态的丰富性。比较来看,"土改专家"何守礼在工作上犯了主观主义错误,在感情生活上则像是一个骄傲的不理性的公主。何守礼多次对周炳暗示爱情,甚至痴狂地直率表白,却遭到周炳的故意冷淡和装糊涂,最后答应了杨承荣的追求。作者在《圣地》《万年春》中,对何守礼进行了多角度、多层次的描写,使她的性格结构显得复杂而有立体感,成为"个性最鲜明、缺点较多的女党员",她那富于个性化的、生动的、精彩的对话常常令人击节叹赏。②

《万年春》是欧阳山讲述中国新民主主义革命的压卷之作,主要反映的是1947至1948年华北平原进行的土改运动,来自三家巷的众多青年组成工作队,从延安出发抵达河北沁县,被汇集在土改运动这个历史舞台上。与《暴风骤雨》《太阳照在桑干河上》等土改小说相比,欧阳山反映的土改运动具有不拘一格的历史面貌。比如,《万年春》不是重点讲述地主和农民之间的斗争,而是以土改工作组"怎么做"为中心内容,重点描写来自三家巷的第二、三代的青年人物。周炳、胡杏通过访贫串联、挖浮财等方法,查出大地主王大善人倒卖地、私藏地契和钱财的真实情况,揭开了他"冬天施粥、夏天施药"的伪善面具。欧阳山满怀热情地集中表现了周炳的思想觉悟、工作作风和优秀品质,在王庄的土改运动中,他深入细致地调查,坚持实事求是,不做表面文章,不迎合上级口味,不隐瞒存在的问题和缺点,表现出襟怀坦荡、无私无畏的崇高品质。③ 此外,《万年春》讲述了土改运动中时左时右的作风,划错了阶级成分,使土改工作一再误入歧途。"这样淋漓尽致地深刻揭露土改工作中的严重错误,在过去所有反映土改的作品中是从未见过的。但它却真实地反映了王庄土改阶级斗争的复杂性和曲折性,展示了当年解放区土地改革的时代特点和风貌,揭示了土改运动的

---

① 欧阳山:《欧阳山文集》第九卷,广州:花城出版社1988年版,第3775页。
② 李天平:《欧阳山创作散论》,北京:中国文史出版社2008年版,第184页。
③ 赵士聪、邝邦洪:《万年春里处处春——评〈一代风流〉第五卷〈万年春〉》,见《欧阳山研究文集》,北京:中国文史出版社2008年版,第397—398页。

本质和规律。这充分显示了作家概括生活、驾驭题材的卓越才能和胆识。"①1949年10月,广州解放,周炳、胡杏等一群人随南下工作团回到广州,与众多亲友欢聚一堂,与他们在《柳暗花明》离开广州形成照应。何守礼与杨承荣、周炳与胡杏两对终于结婚,全部故事至此结束。

二、最后的力作:《广语丝》

早在1977年底,欧阳山在广东省委的支持下,率先恢复文艺组织,在一些重要会议上多次发言狠批"四人帮"及其"极左"流毒,大力倡导开创新的文艺局面。《怒斥"四人帮"的"文艺黑线专政"论》发表于1977年12月5日,率先对"文艺黑线专政论"进行批判,对于广东和全国文坛恢复革命现实主义、倡导毛泽东"讲话"精神,推动"伤痕文学"发展等,起到了重要的促进作用。1977年12月28日至31日,《人民文学》编辑部邀请100多位文艺界人士召开座谈会,批判"文艺黑线专政论"。可见欧阳山在当时率先开炮的胆识和眼光。

改革开放之后,除了小说创作,欧阳山晚年最重要的作品是杂文集《广语丝》。《广语丝》共出版三集,第一集收录有40篇杂文,它们发表于1989年1月3日至1990年5月23日,1990年10月由光明日报出版社出版;第二集收录40篇杂文,1992年10月由光明日报出版社出版;第三集收录37篇杂文,2001年由文心出版社出版。欧阳山在80余岁的高龄,继承和发扬鲁迅杂文的战斗精神,敢于挑刺,敢于坚持原则,旗帜鲜明地批判以"自我表现"为中心的"资产阶级的文艺思潮",反对精神污染,反对资产阶级自由化,积极倡导毛泽东文艺思想,集中展现了他晚年的文学观念。

《广语丝》主要创作于1990年前后,针对资产阶级自由化思潮进行了猛烈的批判,表现出老一辈无产阶级革命作家的坚定立场。1991年3月5日,广东省文联在广州召开"欧阳山《广语丝》座谈会",邹启宇、罗源文、杜埃、李天平、梵杨、易准、于逢等与会人员对《广语丝》做了较高评价。比如,有论者认为:"他是至今仍在坚韧战斗的鲁迅的传人。其新著《广语丝》,不愧为当代的'鲁迅风':鲜明的科学性、战斗性、艺术性、可读性,正是社会主义新杂文的典范。"②"作者坚定地站在无产阶级的立场上,熟练地运用马克思主义去深刻剖析中国当时种种复杂现象和问题,深入浅出地、活泼

---

① 易准:《〈一代风流〉的压轴戏——〈万年春〉读后》,见《欧阳山研究文集》,北京:中国文史出版社2008年版,第382页。
② 梁惠玲整理:《当代鲁迅风:读欧阳山新著〈广语丝〉》,《文艺理论与批评》1991年第4期。

生动地阐述他认为应该坚持建设有中国特色的社会主义,包括文化艺术必须'两为'方向和'双百'方针的见解。"①

欧阳山在本可以颐养天年、与世无争的年龄,坚持与文艺界的"资产阶级自由化"思潮作斗争,不是他喜欢斗争,而是不忘自己的神圣职责与使命,发自肺腑地捍卫"四项基本原则",希望文艺事业能为人民服务、为社会主义建设服务。为此,欧阳山不惜得罪熟人、名人,不怕别人憎恶,讲原则,又讲分寸地发扬杂文的战斗精神。比如1989年7月发表的《黄金梦呓》认为:"有一位老作家在《羊城晚报》第一版上提出了一个惊人的论断。那就是,中国作家协会在一九八四年底召开的第四次代表大会,是中国革命文学史上的一次遵义会议。……这种说法虽然耸人听闻,但是好像缺乏实践的检验。……如果这次会议是革命文学史上的一次遵义会议,那么,这次文代会的《祝辞》和'反对资产阶级自由化''反对精神污染'岂不都变成'左'的、错误的东西?这耸人听闻耸得未免有点过分了,也耸得有点不伦不类了。"②欧阳山进而把这位老作家的言论归结为资产阶级自由化的路线。实际上,由于胡启立在"四次作代会"的《祝词》中正式作出了保障"创作自由"的承诺,被夏衍赞誉为文艺界的"遵义会议"。③而对"创作自由"的强调,是"作协四大"最为重要的理论成果,当年广受赞誉。然而,欧阳山对"创作自由"的问题耿耿于怀,后来又写了《创作自由考》《"双百"小史》等杂文进行驳斥。欧阳山的观点在文艺界并不占主流,反映出当年文艺界内部关于如何对待"精神污染""资产阶级自由化"的分歧。这些篇章与他在"政治风波"之前写的《我的文学生涯》《论"全盘西化"应该缓行》《不便明说》是一脉相承的,是其文艺思想和战斗精神的集中体现。"在改革开放取得初步成果后,文艺界对思想解放进程的判断,也从群情激昂的共识走向左右为难的分化,在进与退、革新与稳定、开放与保守之间面临艰难的抉择。"④

《广语丝》的语言富有战斗性,短小精悍,辛辣幽默,体现了有的放矢、不左右摇摆的艺术特征。其中,《拟猫国抗议》以猫国向人类提交抗议书的方式,对文艺界的性泛滥题材进行了尖锐的批评。"这种讽刺的方式和语言,虽有滑稽味,但内核是严肃的,很有理论深度和逻辑性的,是典型的理性幽默。"⑤不过,《广语丝》的文风并不

---

① 罗源文:《坚持韧性战斗——欧阳山文论学习札记》,广州:广州出版社1994年版,第207—208页。
② 欧阳山:《黄金梦呓》,见《广语丝》1990年版,第16—17页。
③ 周文韶:《文艺界的"遵义会议"——夏衍谈中国作协第四次代表大会》,《羊城晚报》1985年2月4日。
④ 黄发有:《"作协四大"的文学史考察》,《扬子江评论》2016年第3期。
⑤ 黄伟宗:《欧阳山评传》,石家庄:花山文艺出版社1993年版,第409页。

总是剑拔弩张,有时也显得"自然亲切、平易近人"①。

欧阳山的不少杂文发表于《文艺理论与批评》杂志,且与该杂志主编交往较多,可以视为"《文艺理论与批评》评论家群"成员之一。②《文艺理论与批评》杂志创刊于1986年,该刊以批判"封建主义资本主义腐朽思想"为特色,"在热衷文化民族主义、拒排新潮文论方面表现出大体的一致","他们的文章不单纯是对传统文论的依恋和文化守成的选择,同时还是对激进的新潮文论的猛烈批判"。③《广语丝》既是杂文,又是文艺理论批评文章,是欧阳山晚年最后的力作,在海内外影响较大,甚至遭到谩骂和嘲讽。比如,他被讥讽为是"捍卫马克思列宁主义、毛泽东文艺思想的'左王'"④。实际上,《广语丝》系列文章对于纠正新时期文艺创作和批评的走向,具有一定的积极意义。

---

① 田海蓝:《欧阳山评传》,北京:中国文史出版社2008年版,第505页。
② 古远清认为:"《文艺理论与批评》评论家群"包括陈涌、程代熙、郑伯农、陆梅林、李希凡、侯敏泽、董学文、张炯等,他们有一些向李泽厚、刘再复、谢冕们兴师问罪的文章。见古远清:《中国当代文学理论批评史》,济南:山东文艺出版社,第438页。陈涌、程代熙、贺敬之等致欧阳山的信件,收录于《欧阳山研究文集》。1989年底,广东省文联召开了"庆祝欧阳山同志从事文学创作65周年暨《欧阳山文集》研讨会",贺敬之、刘白羽、林默涵、程代熙、陆梅林等皆有贺信或发言,皆收录于《热血青史——欧阳山作品研讨论文集》,广州:花城出版社1990年版。
③ 古远清:《中国当代文学理论批评史》,济南:山东文艺出版社,第437—438页。
④ 田海蓝:《欧阳山评传》,北京:中国文史出版社2008年版,第494页。

第三章 于 逢

于逢(1915—2008),原名李子熊,学名李兆麟,原籍广东台山,生长于越南北部港口海防埠,经历了家道上升为小康又中落的过程。少年时读过《三国演义》《隋唐演义》《说岳传》《水浒传》等古代小说。1932年初中毕业,在华侨中学图书馆接触到巴金、茅盾、鲁迅、郭沫若、丁玲等很多作家的新文学作品,开始学习写作。① 1934年夏从越南回国,后在广州、上海、桂林等地参加革命文艺活动,当过报刊编辑、救亡青年、战地记者、政工队员、小职员、粮仓管理员、杂志主编以及中小学教师等。建国前,主要发表有短篇小说《红河的黑夜》《卖茶妇人》《一个军人》《订婚》、中篇小说《乡下姑娘》《冶炼》《何纯斋的悲哀》《深秋》和长篇小说《伙伴们》(与易巩合作)等。其中,《乡下姑娘》有较大影响,具有浓厚的现实主义气息与地方色彩,"是一部关于人、或乡间妇女之命运的颇有审美神采的书"②,曾经获得茅盾、邵荃麟等的称赞,是"一部反映抗战现实的比较成功的作品"③。1949年5月,于逢加入中国共产党。新中国成立后,长期下乡进厂生活,曾任华南文联编辑出版部部长、《华南文艺》《作品》编辑、中国作协广东分会副主席、广东文学院主任等职;著有文学评论集《论〈虾球传〉及其他》、中篇小说《螺丝钉》、长篇小说《金沙洲》《无产者》《金水长流》等。

《金沙洲》于1959年初版,是于逢在建国后的代表作,以其顺德乡村体验为基础,描写了1956年岭南农业合作化时期的生活和矛盾。1961年,《羊城晚报》在萧殷主持下,围绕《金沙洲》展开关于典型、批评方法的大讨论,时间长达7个月。于逢虽然有所申辩,但还是吸纳了不少批评意见,在1963年出版了修订本。不久,《金沙洲》被改编为话剧《珠江风雷》,在广州、北京等地演出,得到了舆论的肯定。"文革"初期,《金沙洲》即被打成"大毒草",成为于逢受到批判的第一"罪状"。④ 广东文坛

---

① 于逢:《大海彼岸——为〈作家的童年〉而作》,见《于逢自选集》,广州:花城出版社1992年版,第853—856页。家境变化和青春期的文学阅读,对于逢的成长影响甚大,特别是新文学阅读在很大程度上塑造了他的人格,促进了一个忧郁青年对社会的关注,对人生的思索。
② 杨义:《中国现代小说史》(第三卷),北京:人民文学出版社2005年版,第242页。
③ 茅盾:《桂林春秋——回忆录(二十九)》,《新文学史料》1985年第4期。
④ 于逢:《〈金沙洲〉遭遇记》,《文艺理论与批评》,1993年第4期。

曾有句戏言,说于逢是作家协会的一只麻雀,经常受到"解剖"和批判。①"文革"结束后,于逢政治上得到"解放",《金沙洲》也得以重版。1995年,《金水长流》暨于逢系列作品研讨会在广州召开。2022年,于逢文学艺术活动回顾展暨座谈会在广州举行。

第一节 于逢在建国前的创作

一、归侨作家与现实主义

于逢1934年从越南回国,1936年到上海参加了左联文艺活动。1937年9月,与欧阳山、草明等人共同组建了"广东战时文艺工作团";同年冬天,通过欧阳山介绍结识茅盾。1938年10月,于逢与黄谷柳、易巩等人侧身行伍做政治工作,深入广州、潮汕等前线地区,亲历了国民党军队的"溃退",广州沦陷后抵达香港。1942年之后,撤回桂林等地工作。于逢的创作是现实主义的,都与其人生经历密切相关。在报告文学方面,在广州失守一个多月之后,于逢即创作了短篇速写《溃退》寄给茅盾,描述了广州战役的一角,是较早报道了日寇登陆大亚湾之后国民党军队溃退的情况。②《溃退》揭露了国民党部队的黑暗无能,并刻画了几个小丑式的人物,得到茅盾的鼓励。③更能体现于逢创作成绩的是小说,他在建国前的小说创作基本上属于现实主义的悲歌,尤其是抗战开始后的几年,进入了创作旺盛期,作品内容多写抗战中的问题与困境,表达情感多是激愤、苦闷和悲哀,而缺乏高昂浩荡之气。原因如作家自述:抗战时期,"经历了诸种生活和见到了各式人等","当时自己是真正投入生活斗争里去的,想到的只是国家民族的命运。然而经过思索,却生出了许多问题,难以解决。我在作品中写出我之所爱、所憎、所怀疑、所苦恼,终于思想上进入了一个苦闷期。"④即受到人生经验和创作方法影响,于逢在建国前的创作风格是写实而不是浪漫的。

---

① 欧阳山:《参加〈金水长流〉研讨会有感》,《文艺理论与批评》1995年第5期。萧殷曾介绍说广东作协有一群众认为:于逢在党内是小媳妇。见张天翼:《张天翼日记》,北京:中国戏剧出版社2017年版,第352页。

② 茅盾:《读〈乡下姑娘〉》,原刊于《抗战文艺》1944年第1—2期合刊。见《茅盾论创作》,上海:上海文艺出版社1980年版,第315页。

③ 于逢:《茅盾,伟大的灵魂——回忆与悼念》,见《于逢自选集》,广州:花城出版社1992年版,第780页。

④ 于逢:《我的生活创作道路》,《新文学史料》1989年第2期。

中篇小说《红河的黑夜》创作于1936年9月,由巴金、靳以介绍,翌年发表于上海《中流》半月刊,主要描写了1927年发生的受法国人煽动的越南排华风潮的一个片段,涉及法国殖民主义统治下越南人民与华人的苦难和挣扎,也为读者侧面了解法国的殖民主义统治提供一些"反思"的材料。小说以越南生活经验为素材,用第三人称讲述了一个越南中年男子在混乱中打死了一个年老的华人——他是华人街回春堂药材行的老板,随后陷入恐慌而被警察责骂。在排华风潮中,无名无姓的主人公被裹挟进打砸抢动乱中,他一方面发泄着狭隘的民族仇恨,一方面又难以摆脱人性的善良和软弱。小说的心理描写、动作描写和环境描写都简练而出色,生动地刻画了一个小人物内心的挣扎,显露出于逢记事、写景的功底。《卖茶妇人》以作者的越南奶妈为原型,描写了一个贫困的越南妇女因无证在大街上卖茶水而被警察盘剥的故事。这个卖茶妇人回家又被丈夫殴打,原本胆小懦弱的她终于失去理智,通过骂街来释放内心的苦闷和悲哀。小说讲述了卖茶妇女的一个生活插曲,反映了越南殖民时期普通市民生活的艰难困苦,同时表达了对底层的越南人民的同情。从创作起点来看,于逢的小说创作属于现实主义,关注普通人的性格和命运。

　　长篇小说《伙伴们》(与易巩合作,于逢执笔)1942年于桂林白虹书店出版。《伙伴们》反映了岭南下层人民的抗争精神与爱国热情,洋溢着珠江三角洲水乡的古老风情,是抗战小说中的别开生面之作,曾引起较大反响。《伙伴们》用现实主义笔触,把广东农村生活描写得细腻、鲜明、新奇而又别致。[①] 小说讲述了以黄汉为首的"捞家"们在抗战洪流的洗礼中转变成抗日英雄的故事,描写了底层农民阶级意识和民族意识的觉醒。"捞家"即是农村失去土地而无正当职业的流氓无产者,他们"对现存社会有强烈的反抗性,又有盲目的破坏性;他们对反动统治者实行冲击,又常常为其利用;他们往往伤害人民,有时又能劫富济贫;他们可以杀人不眨眼,有时又抱着一副侠义心肠。他们处在社会底层,灵魂是被扭曲的。旧社会种种恶习淹没了他们,但从那深处常闪出微光来"。[②] 在抗战的时代潮流中,黄汉把打家劫舍的"仁义堂"队伍改名为"八乡人民抗日游击队",赈灾济民,抗日救亡,最后在战场上牺牲,在民族大义中寻找到使命感和归宿感。把一个农村流氓写成抗日英雄,这显示了于逢建构复杂情节、刻画复杂性格的能力。主人公的角色设定因特定情境而发生巨大转变,显得合情合理,增加了故事的趣味性,又符合读者对英雄故事的期待。王瑶认为:"作者以黄汉的一生为线索,生动地写出了人民抗日游击队的活动。书中所写的人物很多,这些'捞家'们都有一个绰号,在人物性格的描画上这书是相当成功的;特别

---

① 梵杨:《难以忘怀的伙伴们——新版〈伙伴们〉代序》,见《伙伴们》,广州:花城出版社1990年版,第2—3页。

② 于逢:《新版后记》,于逢、易巩:《伙伴们》,广州:花城出版社1990年版,第223—224页。

是黄汉的鲜明的形象,强烈地吸引住了读者。"①正如茅盾所说,描写落后农民如何走上民族解放战争的道路,是一个很大也比较难写的"题目",因为"一不小心就会不知不觉落进了公式主义的泥淖";《伙伴们》不免有点公式主义,一些细节描写显得有些累赘,对人物转变的过程"还不能有更深入的把握",但从汪洋恣肆的笔墨中能见出作者才气的焕发。② 不过,与茅盾观点有所不同,有论者认为《伙伴们》的构思立意和人物塑造避开了"公式主义的泥淖",与姚雪垠的《牛全德和红萝卜》突出思想政治工作对流氓无产者改造的重要作用略有差异,《伙伴们》中共产党游击队始终是作为潜在的线索,其对"捞家"们的影响也是潜在和朦胧的,作者更多的是让"捞家"们在国难当头切身体会到个人与民族、国家命运的关系,从而自觉自愿地走上抗日道路。这样描写比较符合黄汉及其"八乡人民抗日游击队"作为一支亦盗亦侠的民间抗日武装的行动与发展逻辑。③

抗战进入相持阶段以后,茅盾、巴金、老舍、艾芜等一批进步作家迎来了创作上的丰收季,他们"将抗战初期由热烈质朴的抗战热情而激发的创作冲动,发展为冷静深沉的思考",较多地揭示困难和矛盾,并注重提高作品的艺术性。④ 这一阶段,于逢发表了《乡下姑娘》《冶炼》《何纯斋的悲哀》《深秋》等中篇小说,抗战胜利后发表了《一个军人》《订婚》等短篇小说,也都呈现出对社会现实冷静深沉的思考。于逢说:"我所写的,绝大部分都是自己在生活中所见到的,所感觉到的,所理解了的。例如《乡下姑娘》《冶炼》等几个中篇小说,每一本都是我某一段生活的小结。"⑤虽然于逢当时没有革命理论做明确的指导,革命立场不够突出,然而,由于这些创作以作者在战乱中的生活见闻为基础,比较真实地反映了国民党统治时期前线士兵、后方职员或乡村女性的生活状况,风格总体上倾向于冷峻的写实;既写出来国民党军队内部抗战的复杂情况,又流露出作者内心的困扰和思考。

与《伙伴们》中的黄汉相似,《冶炼》所描写的英雄人物焦洪也是有缺点的,作者并没有拔高其政治觉悟,或从某种概念出发来塑造抗日英雄。《冶炼》主要描写广州失守后班长焦洪坚持抗战的故事,他侥幸脱险后历经艰难寻找连队,反而被营长诬陷为临阵脱逃;后来他在战场上勇猛杀敌而身负重伤。"焦洪是作者集中好些官兵的

---

① 王瑶:《中国新文学史稿》下册,见《王瑶全集》第四卷,石家庄:河北教育出版社2000年版,第126页。
② 茅盾:《读〈乡下姑娘〉》,原刊于《抗战文艺》1944年第1—2期合刊。见《茅盾论创作》,上海:上海文艺出版社1980年版,第316页。
③ 陈颖:《中国近现代两次文学革命与抗日小说创作——兼谈日本侵华战争与文学革命的因果关系》,《东南学术》,2021年第3期。
④ 唐正芒:《南方局领导的大后方抗战文化运动》,长沙:湖南师范大学出版社1999年版,第63页。
⑤ 于逢:《生活是强有力的》,见《于逢自选集》,广州:花城出版社1992年版,第809—810页。

特点而塑造成功的人物,不仅有着独特的个性,也是广大抗敌战士性格的体现,具有典型的意义。"①焦洪是农民出身的老兵,在部队待了多年,依旧保持着正直纯朴、爱憎分明的个性,对真心抗战的战友满怀深情,对敌人和变节分子切齿痛恨。他在战斗中面对强敌时毫不畏怯,后来宁愿不要两千元钱的奖赏,也要把俘获的日本军官杀死,在回去路上还顺便枪毙了当逃兵的营长。小说以焦洪为线索,生动地表现了一个英勇顽强的士兵在战火中的冶炼,并突显了作者对普通士兵的人文关怀。作品以真为美:"作品的真实性,就表现在作者对国民党抗日军队采取一分为二的态度,具体情况具体分析,赞扬了真心实意要求抗日的官兵,批判了某些上级军官破坏团结,消极抗日,临阵脱逃的丑恶行径。由于作者从实际出发,实事求是地反映生活,所以,这些作品就具有历史价值和认识价值。"②另外,《冶炼》中不时出现的风景描写也给紧张的战斗以烘托气氛或舒缓节奏的作用,比如开篇和结尾写粤北山区寂寥和荒凉的风景,仿佛电影长镜头中的风景特写,不仅使战争场景显得历历在目,而且为描写人物在抗战非常艰苦的阶段中生死难料的命运做了铺垫。

二、《乡下姑娘》光彩照人

中篇小说《乡下姑娘》创作于1941年1月,1943年由桂林科学书店出版,表现了农村妇女个性意识的觉醒,"使乡土抗战小说增添了新的光彩"③,是于逢在建国前最重要的代表作。"其实《乡下姑娘》的写作阶段,正是于逢在完成《溃退》《伙伴们》这类群像式的写作之后企图转向一种个人化表达的结果。作家不再沉迷于宏大的'战斗',而是将视野转向内地乡村活生生的民众个体,在乡村基层社会现实场域中质疑'启蒙'特别是抗战中的'思想启蒙'问题。"④从内容来看,《乡下姑娘》围绕粤东某乡村少妇何桂花这一人物,巧妙地描写了驻守乡村的国民党军队和封建旧家庭的日常生活,表达了对政治动员、思想启蒙、女性解放、文明冲突等问题的思考。战争只是故事的背景,小说并不着力于描写抗战时期的民族矛盾和阶级矛盾,或者写某个抗日英雄的传奇故事,而是描写了一个乡下女人的爱情悲剧,在欲望与伦理的反复冲突中,在城市与乡村的文明冲突中,编织了一曲浪漫而苦涩的战地悲歌。故事时间是抗战爆发后的第三年到第四年(1939—1940),地点是在粤东丰顺县一个叫黄沙坑的客家

---

① 梵杨:《与人民命运相连的作品——评于逢的〈冶炼〉》,《文艺理论与批评》1995年第6期。
② 徐文泽:《于逢在抗日战争时期的小说创作》,《文艺理论与批评》1995年第5期。
③ 房福贤:《中国抗日战争小说史论》,济南:黄河出版社1999年版,第59页。
④ 李笑:《"思想启蒙"与20世纪40年代乡村的抗战动员难题——以于逢〈乡下姑娘〉为中心》,《现代中国文化与文学》2020年第1期。

人山村。何桂花只是一个普通的妇女，因为家贫自幼来到"韫玉山庄"当童养媳，后来与张长就圆房生女，虽然勤俭持家，但受到夫家的怠慢，在家里感受不到多少亲情温暖。暂时驻扎在山村的军队，打破了这个封闭而贫瘠的山村的平静。受到勤务兵班长陈振华的撩拨，何桂花对他萌发了爱情幻想并冒险野合，后来险被沉潭处死；部队转移时，何桂花试图跟随部队与勤务兵私奔，最终计划失败，何桂花沮丧地回到山村。《乡下姑娘》的复杂之处在于其故事主题的多元性。

作家对思想启蒙、女性解放、政治动员和文明冲突等问题的思考。小说的主要情节似乎是一个关于痴心女子负心汉的古老故事的战争版，不过，小说中的爱情实际上是虚假而不般配的，勤务兵是出于欲望的逢场作戏，而何桂花着迷的是能够凭借勤务兵获得女性的尊严，获得逃离家庭桎梏的自由，并在某种程度上能够实现对城市的向往，以及对丈夫不忠的报复。何桂花们之前没有受过学校教育，连洋房汽车都没有见过，对城市文明和外面的世界充满期待。当一个淳朴的乡村妇女被军人引诱时，她内心原本压抑着的对爱情、尊严、自由、城市文明的欲望被唤醒了。何桂花虽然已经为人妻母，但在与勤务兵的交往中犹如少女初恋般羞涩、单纯，对异性和未来充满朦胧的美好想象。这也许是小说明明写的是"妇人"的故事，却以"姑娘"为题的缘故。

个人的尊严与自由是现代启蒙思想的核心之处，何桂花被军队带来的现代思想和知识所唤醒。为动员妇女参与长期抗战，充实抗战力量，民国政府于 1938 年 6 月颁布《妇女运动方案》，其中，"推行识字运动，灌输普通知识"是组织、训练农村妇女的方法之一。① 1938 年底，制定了详细的《妇女战时教育实施办法》，甚至规定省市或县市推行妇女战时教育的成绩，由主管上级行政机关进行考核。②《乡下姑娘》中所叙述的"妇女识字班"正是这一背景下的产物，军姐们剪短发、会唱歌、会演戏、教认字，传统的农村妇女由此接触到现代启蒙思想。何桂花夜里到识字班学习，结果被丈夫当众责骂押送回家。从军姐们那里受到启蒙后，她开始意识到丈夫没有权利欺负和干涉她，开始反思自己过着一种没有欢乐的生涯，二十年来得到沉重的劳动和无理的詈骂。③ 由于家庭环境影响，何桂花最先觉醒的不是民族意识，而是个人意识和女性意识。当然，何桂花的女性意识并没有真正觉醒，她把希望完全寄托在一个并不理想的男性那里，不得不靠自己的肉体和劳动来获得情人的认可。在爱情故事的结尾，何桂花和其他妇女一起挑担为军队送行。这是何桂花为军队所做的最突出的工

---

① 中华全国妇女联合会妇女研究所、中国第二历史档案馆：《中国妇女运动历史资料·民国政府卷》下册，北京：中国妇女出版社 2011 年版，第 587 页。
② 中华全国妇女联合会妇女研究所、中国第二历史档案馆：《中国妇女运动历史资料·民国政府卷》下册，北京：中国妇女出版社 2011 年版，第 599 页。
③ 于逢：《乡下姑娘》，见《于逢自选集》，广州：花城出版社 1992 年版，第 57 页。

作,其中夹杂着她想与情人私奔的企图。挑担送行这个情节暗示了何桂花的肉身只是被军队再次临时占用,事后她只能沿着"原路"返回——她为军队献出肉身并没有得到解放和拯救,没能逃脱不幸福的家庭牢笼。社会并没有为何桂花提供出路,在觉醒、抗争之后,她不得不失望地回到旧家庭,这颇能给读者一种觉醒之后无路可走的喟叹。

  从作者的叙述得知,军姐们是把教乡村妇女认字和宣传妇女权益及抗争救亡思想结合起来的。虽然军姐教妇女们唱过"救亡歌",并详细地解释过歌词,但何桂花仍然似懂非懂,"觉得很是深奥、神秘"①。这在一定程度上揭示了当年抗日军队的政治动员是存在局限的,抗日军队的到来并不能够给她们带来真正的自由和解放。茅盾曾说:"在何桂花这恋爱的悲剧中,作者批判了民众工作的一些矛盾。青年男女的民众工作者只把演戏、教唱歌、教识字,作为全部的工作。然而除此以外,又实在没有事可做。但即使是这一点工作,也曾和封建的传统发生了摩擦。"②与茅盾观点相同,王瑶也认为《乡下姑娘》写了抗战部队在乡村所做的民众工作的一些缺点。③ 囿于现实生活,乡村女性的"翻身解放"未能出现在于逢的抗战叙事中,作家关注的是何桂花如何在不快乐的婚姻中突围、幻灭,同时对军队的启蒙工作与趁机发国难财的人有所嘲讽。

  小说反复描写何桂花觉醒后越来越对唯利是图、薄情寡义的丈夫感到不满,比如,有一次通过她的视角来观察:"何桂花在溪边冷得直发抖,惊奇地瞅着自己的丈夫,恐怖起来:他好像并不是一个人,而是一只魔鬼,黑夜里出来,正在那里寻去路,而且要找人吃。"④于是,何桂花后来的出轨就变得自然而然了,并不让读者觉得意外和反感。显然,在讲述何桂花的压抑与反抗、出轨与回归的故事时,作家对何桂花是同情而不是批判的态度。有论者认为:"于逢的男性作家身份,使其不自觉地呈现出对何桂花这类乡村女性的恐惧与厌恶,甚至可以读出一种施虐者的快感。"⑤实际上,《乡下姑娘》的伦理叙事逸出了抗战文学中常见的家国关怀,真实地反映了乡下妇女懵懂而无可奈何的情感历程,呈现出五四文学"发现妇女"的人文关怀传统。抗战时期,许多作家表现出对忠诚、服从等传统伦理的回归,而于逢笔下的焦洪、何桂花却具

---

① 于逢:《乡下姑娘》,见《于逢自选集》,广州:花城出版社1992年版,第96页。
② 茅盾:《读〈乡下姑娘〉》,原刊于《抗战文艺》1944年第1—2期合刊。见《茅盾论创作》,上海:上海文艺出版社1980年版,第320页。
③ 王瑶:《中国新文学史稿》下册,见《王瑶全集》第四卷,石家庄:河北教育出版社2000年版,第126页。
④ 于逢:《乡下姑娘》,见《于逢自选集》,广州:花城出版社1992年版,第89页。
⑤ 李笑:《"思想启蒙"与20世纪40年代乡村的抗战动员难题——以于逢〈乡下姑娘〉为中心》,《现代中国文化与文学》2020年第1期。

有一定的独立、反抗权威的色彩,流露出作家思想的独特之处。"不少作家选择的是认同现实的伦理精神,但依然有些作家顽强地保持着五四的现代伦理精神,还有一些作家表现出对二者取舍的困惑和矛盾。""如梁彦的《磨麦女》,于逢的《乡下姑娘》等作品,在表现被家庭束缚、远离幸福的农村妇女不幸遭遇的同时,也隐含着对新道德伦理的期待和启示。"①

从艺术特色来看,《乡下姑娘》聚焦于一个乡村妇女的情感世界,小说的叙事基调沉静而激情、凄婉而反讽,可谓是冷抒情的佳作,也是地域风情描写非常突出的佳作。小说的不凡之处在于它绕开民族大义和战争的惨烈,集中描写了一个乡村妇女的情感涟漪,把她对爱情的渴望、幻想和失望写得生动细腻,刻画了抗战时期一个乡村妇女的生活处境和内心世界,把何桂花写得有血有肉,光彩逼人。茅盾曾经高度评价了这个女性形象的成功:"何桂花这一人物即使不能说是我们现在所有的农村妇女典型中写得最好的一个,那就是最有力的一个。何桂花是无声的农村妇女的代表,她沉默地忍受着一切压迫和凌辱,但这沉默是一种反抗;她对于生活并没有什么明确的认识,但她的爱光明自由,要求呼吸新鲜空气的热情和意志,虽不取暴力反抗的形式,却是持续而坚决的……"②茅盾还指出《乡下姑娘》富有浓厚的地方色彩,这不表现在方言土语,而表现在风俗生活习惯和自然环境的描写。王瑶认为:"书中心理描写的细腻,地方色彩的浓厚,都是很成功的。只是结构不够紧凑,对话也不算很生动。"③小说中的心理描写段落确实较多,常常夹叙夹议,而且与风景描写和行为描写融合在一起。比如:

> 现在,她不再失望,不再痛苦,只是感到无比的凄凉。一切美丽的理想,都跟着亲爱的神秘的人们逝去了;而留给她的却是一条无望的、忍从的、冰冷的现实道路。这条道路是这样长,她走着、走着,总是走不到尽头。……突然,她从梦中惊醒过来了。她发觉自己并不是在走路,而是躺在床上。丈夫在自己身边正在发出碟碟的怪笑声。她吓得毛骨悚然,正想问他做什么;但他一翻身又呼呼打鼾了。她以为他遭了鬼迷,非常害怕。她越想越怕,越怕越想,再不敢睡在他身边了。于是偷偷地起来披好衣服,摸索着绕过许多竹笋,走到小方洞边去。她像昨天等候黎明一样,把前额贴在冰冷的洞口上,茫然望着外间。外间,那又冷又白的月亮已经升到蓝空当中了。苎麻行列浴着银白的光,好像积着雪。空气显得

---

① 贺仲明:《论抗战时期文学中的道德精神变异》,《学术研究》2005 年第 9 期。
② 茅盾:《读〈乡下姑娘〉》,原刊于《抗战文艺》1944 年第 1—2 期合刊。见《茅盾论创作》,上海:上海文艺出版社 1980 年版,第 318 页。
③ 王瑶:《中国新文学史稿》下册,见《王瑶全集》第四卷,石家庄:河北教育出版社 2000 年版,第 126 页。

非常澄澈,充满着夜的芳香。远处的猫头鹰在悲鸣着:颤颤地、微弱地、凄凉地。……何桂花的眼睛是凝定的,干涩而没有泪水,映着月色而射出迷惘的闪光。

梦醒时分人彷徨,月光如雪鸟悲鸣。这段描写非常精彩,融梦境、环境、动作和心理分析于一体,把乡村少妇内心的悲凉、苦闷和无望刻画得出神入化。

《乡下姑娘》中的对话不算很生动,方言土语也寥寥可数,这一方面是由于主人公何桂花在政权、族权、神权、夫权的话语体系中受到压抑,家里家外都缺少自由表达的机会,处于某种"失语"状态;另一方面是因为客家方言土语往往有音无字,极其难懂,小说语言上的地方色彩主要体现在民歌的征引上。小说第四章讲述的重点是何桂花和勤务兵在山野偷情,不过先写妇女们上山割草时谈笑、唱山歌:"日头……出来……/热难过……唉呀!""两个……心肝……/不算多……唉呀!/一个……心肝/顾做事……/一个……心肝……/想哥哥……唉呀!"①当妇女在一起劳动时,她们用歌唱表达内心的野性和盼望。山歌飘荡为之后的何桂花出轨酝酿了欲望躁动的氛围。第五章讲述何桂花想通过挑担送行机会跟随军队离乡而不得的故事,妇女们在回家路上唱的粗野豪放的山歌再次震动了何桂花的内心:"山歌……好似……/一条线……/牵住……阿哥……/好谈情……唉呀!""日又……想来……/夜又思……唉呀!/不怕……家姑……/及丈夫……唉呀!蜘蛛……结网……/三江口……/水推……不断……/是真丝……唉呀!""入山……只见……/藤缠树……啊哎!/出山……又见……/树缠藤……啊哎!/树死……藤生……/缠到死……/藤死……树生……/死也缠……啊哎!"②这些山歌并不局限在客家山区,不过,歌词中的蜘蛛结网、藤树缠绕的意象非常鲜明地描写出何桂花内心的柔情蜜意最终变成了难言的绝望和悲哀。如果说春联"韫玉何须求善价 山庄永固得安居"表达客家人安土重迁情结,是这部小说的"文眼","形象地预言了韫玉山庄这个古老中国内地乡村的缩影在现代社会所遭遇的变革——韫玉力求善价,山庄不得安居";③那么,小说中的民歌可以说是整部小说语言的华彩所在,歌声响起之时,正是女主人公情思缱绻之刻。小说征引的这几段山歌,彰显了女主人公内心世界的粗犷与婉约,也增添了作品的语言魅力和地方风情。值得一提的是,《乡下姑娘》中情景交融、地方色彩浓厚的艺术个性后来在《金沙洲》中得到发扬光大。

---

① 于逢:《乡下姑娘》,见《于逢自选集》,广州:花城出版社1992年版,第92—93页。
② 于逢:《乡下姑娘》,见《于逢自选集》,广州:花城出版社1992年版,第131—132页。
③ 李笑:《"思想启蒙"与20世纪40年代乡村的抗战动员难题——以于逢〈乡下姑娘〉为中心》,《现代中国文化与文学》2020年第1期。

第二节　合作化运动的多棱镜:《金沙洲》

1950年代,于逢在克服苦闷、突破苦难的道路上,在深入工农生活的过程中,努力接触新社会的新人物,写出了反映工人生活的《螺丝钉》和反映农村建设的《金沙洲》。《金沙洲》反映了1956年珠江三角洲某合作社建设过程中的复杂问题和尖锐矛盾,也反映了作者自己的理性与感性存在着矛盾。这些矛盾导致在干预生活和歌颂现实之间,在描写"东风"和"西风"之间,在塑造新人和旧人之间,《金沙洲》蕴含有较大的审美不确定性和阐释空间。这种情况,既与《金沙洲》的创作构思和方法有关,也与于逢的生活经验和创作姿态密不可分,当然与不同读者的期待视野也紧密相关。

一、干预生活:着力书写农业合作化的困境

"十七年"的农业合作化运动,是当时中国农村建设的重大运动,吸引了李准、赵树理、柳青、周立波、孙犁、浩然等一大批作家积极关注并热情书写。在时代背景感召下,几乎所有的合作化小说都在呼应、配合国家政策,通过各种故事论证农业合作化的必要性和优越性。

《金沙洲》也没有脱离这一基本语境。它运用了"入社—建社"的情节模式来结构小说,讲述了凤州县金沙社在高级社阶段中的"两条道路"的斗争。金沙社属于经济作物区,农民的收入主要来源是种植甘蔗和养鱼,他们具有深厚的小农经济思想,特别看重眼前的经济利益。1956年初春,初级社的工分和账目都没有来得及清理,就面临着必须扩大成为高级社的政治任务。而一些劳力和能力较强的上中农,在土改之后逐渐拉开了收入差距,热衷于走个人发家致富的单干道路,所以对合作化感到疑惧、不满。其中,以郭细九为首的上中农就是所谓"走资本主义道路"的代表,他从单干户勉强加入了高级社,其发家致富的愿望行将落空,因此怀恨在心,不仅私砍荔枝树、挖藕瞒税、消极怠工,而且偷盗香蕉、刁难干部、挑拨邻村纠纷、煽动群众退社。与郭细九相呼应,金沙社副主任郭有辉是上中农在党内的代理人,他也是满脑子的自发思想,有时自恃资格老、能力强进行消极怠工,有时择机敲打一下郭细九等人的破坏,玩弄两面派的手法,实际上对郭细九等人的进攻起到了支持甚至组织的作用,"对高级社的抗拒和破坏表现得更为隐蔽和阴险"[①]。郭细九、郭有辉被小说刻画成

---

① 张乃滇:《略谈〈金沙洲〉中两条道路的斗争》,《羊城晚报》1961年8月31日。

抗拒高级社的典型,他们对高级社明里暗里的破坏,使得金沙社"两条道路"的斗争局面显得比较严峻。此外,由于基层干部工作上的缺点,加上取消了土地分红,社主任刘柏妻子梁雁和劳动力较弱的贫农寡妇梁甜虽然入社了,但是思想上比较混乱,都对高级社的前景怀有忧虑。经过县委郑部长的帮助,金沙社干部改正了工作作风,把贫下中农队伍组织起来,最终挫败了退社风潮。总体来看,《金沙洲》是以肯定的态度描写了坚持合作化道路的正面力量的最终胜利,以否定的态度揭露了反面力量的抗拒及其失败,比较真实地揭示了高级社阶段农村"两条道路"斗争的复杂性和尖锐性。

在众多合作化小说中,《金沙洲》最出格、最独特的内容是在描写高级社内部尖锐复杂的斗争时,把正反面力量处理得"正不压邪",直接而深刻地暴露了农业合作化运动中的困境和阴暗面,诸如基层干部的官僚主义,落后分子的怠工破坏和"退社风潮"等。虽然在小说的结尾,正面力量击退了"退社风潮",惩治了落后分子,但小说揭露合作化困境的尺度出人意料,着力对合作社中的"逆流"而不是"优越性"作了细致的描写。小说在出版前送审时,就遭到"西风压倒东风"的非议,出版后,争议随着大讨论而逐渐扩散。[1] 基本否定的一方指责《金沙洲》没有抓住"现实的本质和主流",导致在众多的情节中,"邪气上升,正气默无声息;在邪气面前,干部往往陷于孤立的境地"[2]。有人认为小说把反面人物写得"过分嚣张","使正面力量相形之下黯然失色",小说基调显得低沉、压抑。[3] 即使是基本肯定《金沙洲》的一方也提出批评:"《金沙洲》的作者在描写主流冲击下的逆流的典型环境时,只着力描写了逆流的一面,而忽视了'主流冲击'的一面,因而使正面人物处处受到攻击和牵制,几乎无用武之地。这样,自然就会使作品中的典型环境——作品所显示的生活形象,屈从于反面人物性格的发展,而正面人物的性格,自然就得不到施展的机会。"[4]不是不能暴露阴暗面,"问题在于,作者却把暴露当成了最终的目的,而忽视了战胜它和改造它","作者在构思过程中的主要着力点,不过是为了更淋漓尽致地暴露主观主义者的形态及其恶果而已"。[5] 双方关于人物是否典型产生很大分歧,却都承认小说暴露出的生活过于暗淡,正面力量相当软弱,带给读者灰暗、压抑的艺术效果。不言而喻,双方都把典型人物作为一个主要的评价尺度,而且预设的共同的理论前提是,好作品应该让正面人物占据上风,应该充分描写高级社的优越性,应该给读者指出明确的前进方

---

[1] 于逢:《〈金沙洲〉遭遇记》,《文艺理论与批评》1993年第4期。
[2] 华南师院中文系文艺评论组(蔡运桂执笔):《略谈〈金沙洲〉》,《羊城晚报》1961年4月13日。
[3] 何淬:《达到的和没有达到的——〈金沙洲〉的反面人物及其他》,《羊城晚报》1961年4月27日。
[4] 中国作家协会广东分会理论研究组:《典型形象——熟悉的陌生人》,《文艺报》1961年第8期。
[5] 中国作家协会广东分会理论研究组:《论〈金沙洲〉》,《羊城晚报》1961年10月12日。

向,使读者获得教育和力量。这其实是文学高度政治化、组织化的时代里,大多数读者共有的期待视野和政治美学原则。

时代要求符合"主旋律"的要求,即着力讲述农业合作化的合理性和优越性。"在当时文艺为政治服务的文学规范中,这些小说毫无疑问地承担着论证合作化运动的必然性与合理性、推动合作化运动开展的意识形态功能。"[1]如何在小说中论证合作化的合理性和优越性,怎样平衡政治与审美之间的关系,实际上是当时考验作品能否成功的重要因素。《三里湾》《创业史》《山乡巨变》《香飘四季》等合作化小说常用的叙事策略,一是塑造忠诚能干的基层干部,他们是合作化的带头人,是农村政策的拥护者和执行者;二是讲述落后人物的转变,由对合作社的怀疑、抗拒转变为支持、拥护;三是通过群众拥护和增产增收把合作化的优越性落实,充分论证合作化是走向共同富裕的必由之路。与这些小说相比较,《金沙洲》的"论证"就不具有足够的说服力。

首先,乡支书黎子安和社主任刘柏没有被塑造成理想的干部形象。黎子安工作作风比较急躁专断,在农业生产事情上不听取群众意见,不顾实际情况乱指挥,"把自己看成英雄,把人民看成群氓"[2],没有做到因地制宜,导致威信受损;而刘柏虽然踏实勤劳,对党忠诚,不过缺乏魄力,是一个工作能力不强、理论水平不高的比较务实、普通的村干部。因为干部工作存在不少问题,高级社在利益分配上未能满足一部分人的要求,直接导致社里有人联合起来攻击合作社,谣言四处传播——"什么优越性?高级社不如低级社,低级社不如互助组,互助组不如单干!"(第151页)面对以郭细九为首的上中农的进攻,刘柏明显缺乏理论和底气来对抗他们,显得软弱无力。与梁生宝们不同,刘柏形象不够高大,未能被塑造成理想的"社会主义新人"。其次,反面人物郭细九最后受到管制,郭有辉被停职处理,他们的失败更多是正面力量"以法服人"结果,并不能说明走集体化道路必然胜利。再次,至关重要的是,最能体现合作化优越性的增产增收,一直停留在"预算"和"田野"中,社员们的生活并未较之初级社得到改善,对合作社优越性的描写显得苍白无力。最后,《金沙洲》中一些对民国旧社会的"忆苦"并不指向"思甜",关于旧社会、初级社、高级社的对比描写未能赋予高级社明确的优越性。恰如论者所说:"与《三里湾》《创业史》《山乡巨变》等作品相比,于逢的《金沙洲》的初版本,是论证最差的一部,因为它是从互助组、初级社和高级社的对比中论证高级社的优越性的。众所周知,高级社存在很多问题,并不

---

[1] 武新军:《农业合作化题材小说的困境——兼谈〈金沙洲〉及其修改》,《信阳师范学院学报》2011年第5期。

[2] 于逢:《金沙洲》,北京:作家出版社1959年版,第238页。本节下面引文出自该书的,仅在文中列出页码,不再注释。

比初级社优越,这就把作家推向更尴尬的境地:要么坚持生活真实而放弃论证,要么回避生活真实而进行论证。""于逢一方面想按主流意识形态的要求去论证高级社的优越性,另一方面又不愿意放弃生活真实,因此在论证过程中,存在明显的矛盾和裂痕。"[1]由于没有着力描绘正面力量的优势和胜利,即被认为未能描写"现实的本质"或"生活的规律",这成为《金沙洲》饱受诟病的缺陷,而小说文本缺陷和"裂痕"的意义常常被忽视。

为了论证"退社"的不合情理,《金沙洲》对反面力量的描写是充分而细致的,把挖藕瞒税、偷蕉砍树、私宰生猪、放走塘鱼、散播谣言、煽动退社等一系列破坏活动都安排在郭细九名下,集中揭露了合作社过程中部分农民对小农经济的留恋,对走向"共同富裕"的质疑和抵制。在塑造郭细九形象时,小说运用了"十七年"小说中常见的道德叙事方法,把他塑造成一个自私刻薄、偷奸耍滑的恶人,除了安排他消极怠工、破坏生产之外,叙述者还直接以"厚颜无耻"的面孔和"恶毒"的眼光等手法来描写他。可是,郭细九认为应该入社自愿、退社自由、建社互利,高级社实际生产成本大幅度增加使得增产不增收的观点,也具有一定的"经济逻辑"。历史也证明了农民退社的合法性和正当性是不能被完全否定的,农村干部工作的官僚主义对农民感情和利益有所损害。实际上,农业合作化运动一方面推进了农村的现代化建设,在增产增收、兴修水利、支援工业建设等方面取得明显成绩;另一方面,由于缺乏经验、急躁冒进、没有遵循经济发展规律,逐渐向"一大二公""政社合一"的乡村社会机制迈进,使得合作化的活力衰减,给农业发展带来了不少挫折和教训。

值得注意的是,与其他合作化小说相比,《金沙洲》所讲述的"退社风潮"相当完整、大胆。从最初的怠工牢骚到口头申请退社,再到相互串联、请愿上访和被清算批判,于逢对"退社风潮"的前因后果和处理方式作了颇为真实地展现,其触及现实的力度远远超越同侪。比如,小说第三部分的主要内容就是退社与反退社的斗争,郭细九趁墟时甚至看到了去县政府集体请愿退社的农民。这是文学史上难得一见的"退社风潮"中的请愿队伍:"他于是连忙站起来靠窗望下去。只见河面上来了许多艇子,大概有一二十只,相跟着划了过来,陆续舶在码头下。艇上的人在闹嚷嚷地。"(第326页)趁墟时的见闻进一步刺激了郭细九退社的决心,他串联煽动其他人一起聚集在刘柏家里闹退社。最后郭细九的怠工破坏行为被群众揭露,会议把减产减收的原因归罪于他;此外,还有人指责郭细九的土地、房屋、鱼塘等都是土改时分到的,他后来却忘掉共产党的恩情,见利忘义,而且剥削侄女,在道德上也被批倒批臭。于

---

[1] 武新军:《农业合作化题材小说的困境——兼谈〈金沙洲〉及其修改》,《信阳师范学院学报》2011年第5期。

法难容,于情不合,郭细九这个反面人物的"嚣张"气焰终于被挫败,受到群众管制。但由于正面力量仓促战胜了反面力量,小说结局来得比较勉强和不自然,看不出"水到渠成"的气势。①

《金沙洲》对"退社风潮"过程和原因的展现,包括政府如何对待退社农民,是经得起历史检验的。1956年5—6月份,广东的中山、南海、顺德三县的部分社员不断到广州要求批准退社,到秋收前后,"全国相当一部分地区出现了大规模的退社风潮"。从1957年夏开始,"在实际取消农民退社自由的同时,中央和各省转而运用行政措施和政治思想斗争来强行平息退社风潮"②,"中国农民抵制集体化的高潮发生在1956年的高级社时期。据近年来披露的资料,当年在广东、浙江与江苏等东南沿海省份的风潮最剧"③。部分农民因为"收入减少或者感觉合作社不自由",动摇了对合作化的信心,这是当时形成退社风潮的重要原因之一。④ 1957年2月27日,毛泽东在最高国务会议上发表了《关于正确处理人民内部矛盾的问题》的著名讲话,他谈到绝大多数农民都是积极拥护合作社的,少数合作社社员闹退社,"主要原因也是领导上的官僚主义和对于群众缺乏教育"⑤。作家们不可能对影响巨大的"退社风潮"感到陌生,但"退社风潮"在文学史中几乎是一个寂静的事件,可知真实描写合作化的困境是一个非常敏感的政治问题。作家们对此十分慎重,不约而同地选择规避风险。"退社风潮"是最能体现合作化困境的,作品描写得越真实、细致,越能冲淡对合作化优越性的书写,越能凸显批判现实主义的精神。于逢曾自述:"当时由于某些'左'的做法激发起退社风潮的强度,我写作时其实已经有意减弱了,但仍然免不了遭受到指责。""这并非是作者有什么先见之明,只不过是忠实地反映自己所见、所闻、所体会和所理解的现实生活的结果。一个作者写作要忠于现实,不能回避现实,粉饰现实。"⑥于逢对敏感问题的"减弱",对现实生活的"忠实",透露出他在处理合作化题材时干预生活的策略和勇气。

二、地方性与个人性:岭南色彩的自觉建构

曾有论者说:《金沙洲》中的方言、风俗、自然景物和人物的心理素质都具有浓厚

---

① 中国作家协会广东分会理论研究组:《论〈金沙洲〉》,《文艺报》1961年第8期。
② 叶扬兵:《1956—1957年合作化高潮后的农民退社风潮》,《南京大学学报》2003年第6期。
③ 秦晖:《传统十论》,上海:复旦大学出版社2003年版,第298页。
④ 常明明:《效益下降抑或增收差异:农业合作化后农民退社原因再研究》,《中国农史》2011年第1期。
⑤ 毛泽东:《毛泽东文集》第7卷,北京:人民出版社1999年版,第236页。
⑥ 于逢:《〈金沙洲〉遭遇记》,《文艺理论与批评》1993年第4期。

的地方色彩,而这一切又"浸透了时代特色和作者的感情色彩"。① 这实际指出了《金沙洲》中的岭南色彩是主客体的融合,能体现出时代气息和个人风格。确实,《金沙洲》中的风景、语言、风俗人情描写皆富有地方色彩和生活气息,其中的思想蕴含值得重视,体现出于逢对合作社生活独特的观察和理解。于逢说:"我过去表现农村的现实生活斗争,总是有意避免从'工作队进村'写起,而以本地人的眼光和角度去观照一切,认为这样可以更好地表现这个社会的内部有机结构及其内部运动规律。"②这种"本地人的眼光和角度",凸显的是一种地方与民间的创作立场,使《金沙洲》从单纯的思甜颂恩、图解政策的写作姿态上超脱出去。这种写作立场虽然没能贯彻始终,但让于逢能以比较独立的思想意识去反映乡村问题,并孕育出相对个人化的审美形态。

(一)别样的风景话语

《金沙洲》开篇从刘柏、梁雁夫妻的家庭矛盾写起,因为丈夫刘柏顾社不顾家,而家里缺吃少穿,儿女面黄肌瘦,这些让她对现实生活感到不满。通过家庭矛盾来表现合作社内部的分歧和困难,这是《创业史》《山乡巨变》等合作化小说常见的路数。但与其他合作化小说不同,《金沙洲》讲述的梁雁负气回娘家之后的风景话语与怀旧书写别开生面,并不指向赞美新社会,而是侧重于表达一个家庭妇女的"无名的怨恨",为整部小说暗淡、低沉的基调奠定了前奏。

>珠江三角洲的早晨是十分明媚的。春雨在悄悄下着。龙塘村的灰色房屋挤靠在一座矮岗前,藏在一簇墨绿色的树林包围中。四周展开蕉林的大海,望不到头,显得满眼悦人的鲜绿。蕉林中间,露出一面面的鱼塘,象镜子似的发亮。迷蒙的远处,横着一条银带子似的珠江。珠江的那边,是一片浅绿色的烟雾。远处的村庄已经看不分明,只有丝厂的几根黑色烟囱惹眼地竖立在那里。太阳隐没着,只见在灰色的天空中间显出一圈黄光。(第 8 页)

春光明媚,蕉林鲜绿,不过房屋和天空都是灰色的。在这段风景描写之后,是梁雁对自己童年、幼年、少年到青年的回忆。梁雁曾经梦想过的美好的日子是:"日本鬼子打跑了,他们不再受土匪的威胁,不再受官僚地主的欺压,一家人得到团聚,每天都有两顿饭吃,自己有衣服穿,孩子们有书读。现在,这些通通实现了,但她反而感到无名的怨恨。这,到底是为了什么呢?……"(第 9 页)叙述者省略掉的原因意味深

---

① 黄冠芳:《生活的波涛永远向前——评〈金沙洲〉》,《羊城晚报》1961 年 4 月 13 日。

② 于逢:《我的生活创作道路》,《新文学史料》1989 年第 2 期。

长。时光流转,社会巨变,而风景不变,村庄依然贫困,一个农村女性对美好生活的渴望也依旧。灰色景物映照着苦闷之情,景情转换十分自然,体现了风景意蕴的历史性和复杂性。"风景是和孤独的内心状态紧密连接在一起的……换言之,只有在对周围外部的东西没有关心的'内在的人'(innerman)那里,风景才能得以发现。风景乃是被无视'外部'的人发现的。"①梁雁内心的苦闷,与高级社的热闹和丈夫刘柏的忙碌形成了让人印象深刻的对比。梁雁不是无视"外部",而是她更加专注于小家庭的温暖与个人内心的感受。

后来梁甜堂妹来劝导梁雁回家,要对高级社有信心。梁雁眼中的风景是这样:"塘面平静得象一面镜子,一小半铺着嫩绿色的水浮莲,一大半反映着灰色的天空和蔗林的绿色倒影。塘边种着香蕉,大块的蕉叶在轻轻摆动。塘边还有一棵苦楝树,树上站着两只灰色的斑鸠,在咕咕地啼叫。它们显然是雌雄一对,站立两边。它们的叫声,在寂静的田野上显得深远。"(第29页)水面半绿半灰的色泽,随风飘荡的浮莲和香蕉,都反映了梁雁内心世界的纠结。而描写苦楝树上站着两只灰斑鸠,简直是神来之笔! 苦楝树在农村本是苦寒之树,而斑鸠在古诗词中多与春色相关,把苦楝树与斑鸠意象并置,是于繁华生机中看见寒冷苦涩,蕴藏有讽刺的意味。宋人梅尧臣有讽刺诗《杂兴》曰:"苦楝树,青鹁鸠。啄盐土,鸣呜呜。……"基于这样的文学传统来看,苦楝树和灰斑鸠意象在《金沙洲》中丝毫没有欢乐喜庆的意味,而是生动地烘托了人物精神上的苦闷状态,与自觉命苦的梁雁构成了互喻和婉讽的艺术效果,并与梅诗《杂兴》形成互文关系,体现出于逢对老百姓生活和命运的关怀及忧患意识。小说对梁雁虽然着墨不多,但这两处写景的笔触朴实而冷隽,把她的情感世界描写得富有画面感和复杂意蕴。

与黎子安、刘柏这两个并不高大、理想的农村干部形象相呼应,与二人伴随的风景话语格外具有象征和讽喻色彩。如描写刘柏不被社员理解时的风景:"四周充满温暖的潮湿的浓雾。他沿着又湿又冷的石板路,走向涌边。村庄对面,什么也看不见。山岗、蔗林、果树,都隐没了,变成白茫茫的一大片,好象无边无际的海洋。只有远处空中,露着碉楼的半截黑影,好象海洋中间的一座孤岛。东方浓雾中透出一派蓝光,说明黎明已经降临。"(第37页)浓雾温暖,同时又让田野变成白茫茫的一大片,让碉楼看似孤岛,最后浓雾中透出蓝光,黎明来临。这是一段富有象征意味的风景描写,暗示刘柏暂时被群众孤立,但终将走出浓雾、迎来黎明。同样,在描写黎子安被群众冷落时,风景也具有象征意义:"大门外哑然黑暗,从那里吹来一阵阵凄风,带着雨

---

① [日]柄谷行人:《日本现代文学的起源》,赵京华译,生活·读书·新知三联书店2003年版,第15页。

粉,溅在人面上。全世界已经静寂无声,只有那连绵的夜雨在报告时刻的进行。""手电筒又暗,路又滑得象油一样。他摔了两跤,又走错了路。""周围黑得像封住了一样。"(第156—157页)黎子安在漆黑的雨夜摔跤又迷路,此处的风景话语显然是在讽喻这个乡干部不走群众路线,不免受到现实的教训,他的"摔跤"影射了高级社在巩固过程中遭遇了重大挫折。

由于合作化小说基本上是对在社会主义集体经济基础上实现共同富裕的想象,常常散发出诗意色彩和浪漫主义气息,这种艺术特色在《山乡巨变》《创业史》《香飘四季》等小说中都得到反复呈现。可以说,合作化小说中的"社会主义风景"是以诗意、明亮和温暖著称的。与之相对,《金沙洲》中的"社会主义风景"总是在诗意中夹杂着不和谐的色彩及意象。小说中引人注目的还有反复出现的夕阳意象。

"太阳还在卧蚕山上斜照着。"(第59页)"落日的残光还在映照着。蔗林里却暗下来了。"(第61页)这两处夕阳残照出现在散会之后。黎子安在会场力排众议主张多种水稻,以超额完成国家分配的粮食生产计划;但凤州县是经济作物产区,习惯于商品经济,高级社社员大都主张多种藕卖钱。与社员们之间的思想和利益冲突,让感觉自己肩负重大责任的黎子安感到愤懑而无奈,暗淡的蔗林正是他内心世界的写照。

"夕阳还在卧蚕山上照着。蓝空象湖水一样透明。白云显得这样白,这样宁静,一会儿,染上了半边橙色,接着就整个变成了金红。这时候,天空、田野都为醉人的红光浸浴了。蔗林在秋风中沙沙发响,显得格外温柔。塘面、涌水都一下子亮起来了,映着霞光,充满生气。"(第388页)

此处夕阳晚景也是通过叙述者的视角展现的,同样是写夕阳景色,当眼光转换到正面人物刘柏的时候,笔墨由简练到细致,景色变得生动温馨起来。此时是"退社风潮"爆发之前,刘柏对社里的混乱现象感到有点心灰意冷,无心欣赏村边的美丽景色。夕阳的光热不多,给人以时光流逝、人生有限之感,夕阳意象在中国文学传统中有挥之不去的感伤情怀。夕阳在小说中总是伴随黎子安和刘柏出现,使得此意象带有的感伤情怀与他们在合作社工作中产生的责任感、疲惫和焦虑构成对照。

小说中还有几处黄昏和夜幕景色,显示出静谧、温柔和阴凉的氛围,(第68、174、233页)这与夕阳意象共同构成色调偏向暗淡的故事环境,使作品总体上蒙上一些感伤色彩,烘托了合作化陷入困境的思想意蕴,甚至在一定程度上可以看作是合作社"败象"[1]的最早隐喻。这与《创业史》第一部第一章开头描写早春的黎明和日出之

---

[1] 小说中副主任郭有辉最早觉得金沙社"败象已经露了头"。参见《金沙洲》,北京:作家出版社1959年版,第188页。

赞颂意图形成了鲜明对比。① 又如,小说临近结尾写到的"蔗季"丰收的景象,也显得别有一种"异质性"存在。"在广阔无边的田野上,从来没有看见过这样的丰收。蔗林把大地深深地掩盖起来。……蔗叶有时好象蓝色的海似的涌动着,有时又好象绿色的火焰在跳舞。路边的蔗杆慢慢变红了,周围泛荡着一种醉人的甜味。为蔗林所包围的鱼塘是安静的、明亮的,好象少女的眼睛,在向天空窥探。"(第453页)蔗林中的风声"凄厉"而又"豪迈",蔗林的颜色混杂着蓝色、绿色、红色。丰收景象是甜美多彩的,又是明亮纯净的,但在这段优美的丰收图景中,却出现了"凄厉""窥探"这两个感情色彩与丰收欢乐相抵牾的拟人化修辞。于逢有何必要在描写丰收美景时使用这种不和谐的符号?与其说这是作者无意中写出来的"闲笔",不如说这是他选择"发现"的别样的风景。恰似在欢唱丰收的时节,梁甜却在担忧小儿子的热病。苏珊·桑塔格说:"疾病本身一直被当作死亡、人类的软弱和脆弱的一个隐喻。"②这里如果把梁甜幼子的疾病也看作一种隐喻,那么,在按劳动力分配的高级社,寡妇梁甜的忧虑就具有双重意味,既是为孩子生病担忧,也是为生活仍将困难担忧。所以,作者在小说结尾紧接着安排一直对梁甜有好感的周耀信再次出场来陪伴她,以与轻快的丰收景象相称,也给读者以安慰。

小说结尾最后两段的风景描写同样耐人寻味:"生活就是这样,正如滚滚的珠江流水,一边在前进,一边在战斗。……生活的长河也是这样。但生活的长河是没有起点也没有终点的,有的就是永远的前进和永远的战斗。""他们的艇子从大涌转进了珠江。……江水滔滔滚滚地流着,浩浩荡荡地流着,永远向前。人们望着远处天边,一片云烟,渺渺茫茫,江水和青天已经溶成一体了。人们这样望着,望着,会觉得自己划在江水当中,也是漂浮在天上。……"(第468—469页)作者反复描写珠江流水滔滔滚滚,把生活与长河互喻,修辞乍看并无惊艳之处,但奇特的是尾句画风似有波云诡谲的意味——长河(生活)的"远处"是云烟渺茫,颇为虚幻;而且人们会感觉自己"划在江水当中""漂浮在天上",如此虚幻,如同生活在梦中,没有脚踏实地。作者以这样"虚幻"的风景来连接前文的丰收美景,来结束小说全篇,使得文意出现了断裂,文本的不和谐似乎影射了合作社的不和谐。而《创业史》第一部的结尾是梁三老汉庄严而神气地走过街道和人群,《山乡巨变》的结尾是"向自然争取更多的丰收",《香飘四季》的结尾是热热闹闹的笑乐声,这些都能让读者产生肯定的乐观的阅读效应。比较来看,《金沙洲》的结尾艺术,显然不同于合作社小说流行的"光明的尾巴",而是

---

① 关于《创业史》的风景分析,参见魏家骏《〈创业史〉的风景画和风俗画——〈创业史〉艺术谈》,《教学与进修》1983年第4期。

② [美]苏珊·桑塔格:《疾病的隐喻》,程巍译,上海:上海译文出版社2003年版,第86页。

70

以虚幻、含混的风景话语收篇,并未流露出对未来生活的乐观期待。

于逢擅长以冷峻而不是欢快的语言描绘南粤风景——不是果盛花繁、欣欣向荣的田园美景,而是缺乏明亮和理想色彩的南粤此岸,呈现出非常个人化的审美形态。"所谓风景乃是一种认识性的装置,这个装置一旦成形出现,其起源便被掩盖起来了。"①如果承认小说中的风景话语绝不是废话,而是起源于作者的"发现",能在寻常物象与创作主体的价值立场之间建立逻辑关系和解释,那么,可以说《金沙洲》中的风景是于逢独具匠心编织出来的现实和情感地图,由此可以穿越风景的镜像,寻找到他干预生活的讽喻的创作心态。有意思的是,于逢虽然在《金沙洲》修订本中增删、改动了不少地方,以增强正面力量的团结及其胜利的必然性,但上面论及的风景话语悉数保留。

(二)多元的民间语言

在汉语规范化运动大力推行的1950年代,作家们明显减少运用方言写作,《金沙洲》中的方言使用也比较节制,可还是呈现了不少方言土语、儿歌和民歌,使得小说突出了南粤语言特色,保留了岭南民间语言的多元性和芜杂性。

于逢注意贴近人物身份,并对个别方言做了注释,以方便外地读者理解,照顾读者的阅读效果。《金沙洲》中的方言使用情况,可分为词汇、熟语、民歌三个部分。

词汇部分摘录如下:挥春、饿饭、碉楼、马骝、老襟、蚕纸、铁嘴鸡、翻头婆、油瓶仔、插花地、光火、害病、拉平、摆弄、借支、推搪、跳水、驯善、笨七、丢那妈、敲边鼓、鬼打鬼、袋着墨鱼、迫着进了社……

熟语部分摘录如下:龙精虎猛、络住屁股吊颈、死牛一边颈、贴钱买难受、十只手指有长短、扮猪吃老虎、生米煮成熟饭、生蛤拉死蛤、拆了一座祠堂只得一片瓦、一个人两条心不算多、人闲心不闲、冷手抓个热煎堆、"口说无凭,眼看是实"、"食君之禄,担君之忧"、"人有失手,马有失蹄"、"宁吃开眉粥,不吃愁眉饭"、"海阔任鱼跳,天高任鸟飞"、"射人先射马,擒贼先擒王"……

其中,"挥春""碉楼""丢那妈"等词汇短语,带有浓厚的生活气息,体现出珠江三角洲的言语习惯,或者形象地揭示了岭南务实精明的民情心态,特别是一部分群众对当时经济政策的不满、怀疑和抗拒态度。如论者所说:"《金沙洲》中的妇女干部梁甜担心加入高级社经济上拖累别人,合作化带头人刘柏力图以经济胜利回击上中农

---

① [日]柄谷行人:《日本现代文学的起源》,赵京华译,生活·读书·新知三联书店2003年版,第12页。

的进攻,包括退社风潮中通过'算账'反对'以强养弱''大家拉平''生蛤拉死蛤'的落后观点,都体现了南方经济作物区政治意识淡薄、重商主义盛行的'特定环境'特征。"[1]小说中不时写到各种流传在乡间的谣言,突出了并不风平浪静的乡村心态。比如:"今后单干户挂你甘蔗种得象杉一样粗,鱼养得象猪一样胖,政府都是不收的。"(第67页)这条谣言则能说明反面人物加入合作社之前的惊惧和无奈。秋旱肆虐时,部分群众表达出对合作社前景的恐慌和信任危机,村头巷尾又传播了许多退社谣言,如"谣言象苍蝇一样嗡嗡地响"(第299页)。这些土生土长的谣言,也生动地反映了当地的社情民意。

《金沙洲》中还穿插了珠江三角洲群众耳熟能详的儿歌和民歌。"月光光,照地堂。/年卅晚,摘槟榔。/槟榔香,摘指姜。/指姜辣,买蒲达。/蒲达苦,买猪肚。/猪肚肥,买牛皮。/牛皮薄,买菱角。/菱角尖,买马鞭。/马鞭长,买屋梁。/屋梁高,买张刀。/刀切菜,买箩盖。/箩盖圆,买条船。/船沉海,——沉死几个番鬼仔!"(第93—94页)这是郭月婵和苏女同唱的儿歌。从内容和形式来看,这首儿歌中的"槟榔""指姜""菱角"等事物属于南方水乡的典型物产,并具有儿歌常见的言语游戏特征,使用了顶真和转韵的修辞手法。从其功能来看,轻松愉快的儿歌烘托出两个少女天真烂漫的性情,且与之前的郭氏家庭冲突构成对比。郭月婵虽然是孤儿,寄养在叔父家里时常遭受委屈,但也遮掩不住她纯真洒脱的天性,以及她对生活的满腔热情和乐观。正是因为有了梁甜等众多邻居的帮衬,孤儿郭月婵才具有足够的底气在新生活中不时自由自在地欢笑和戏弄别人。孤儿的眼泪和欢笑,在一定程度上颇能说明新社会乡村的伦理环境和文明发展情况。

汪曾祺曾说,风俗是一个民族集体创作的生活抒情诗。《金沙洲》细腻而抒情地描写了乡村的端午节龙舟竞渡、人海汹涌、锣鼓声震天响,夜晚青年男女们聚集在广场上玩乐谈笑,飘荡着男女对唱出的欢歌声。这些风俗人情传达了青年男女们彼此难言的某种渴望和幸福,富有珠江地区独特的地方风情,传达了1950年代岭南农民对现实生活的热情和赞美,也能给读者以审美上的满足。

　　四季长春三角洲,/遍地黄金珠江头。/禾稻一望千万顷,/蔗林满眼绿油油,/桑基鱼塘风光好,/蚕丝织锦赛杭州。/农业生产合作化,子孙万代乐悠悠![2]

　　我们的歌声响遍祖国的四方,/我们的青春有如初升的太阳。/我们一代是党所教育和培养,/我们要朝着社会主义奋勇前进!/前进!前进!前进!/任何

---

[1] 刘起林:《周立波小说与十七年文学的南方审美话语建构》,《中南大学学报》2022年第2期。
[2] 于逢:《金沙洲》,北京:作家出版社1959年版,第286—287页。

困难都不能够阻挡!/前进!前进!前进!/我们将献出所有的力量!①

珠江水哟,水长流,/滔滔滚滚流向南海边,/日日夜夜流不断呀,/好比人民力量大如天!//珠江水哟,水深深,/有时浑浊有时清,/有时涨呀,有时落,/过了黑夜是天明!//珠江水哟,水清清,/遍地珠宝遍地金,/遍地稻谷哟,遍地蔗呀,/遍地幸福哟,遍地爱情!②

小说中的民歌基本上是关于家乡、劳动和新社会的赞歌,缺乏热烈大胆的情歌,异域情调也不足够浓烈,说明现实政治话语已经扩展、干预到情爱书写。《金沙洲》的确以暴露合作社的阴暗面见长,但还是有不少地方表达了对合作社、新社会的赞美,回荡着与其他主流小说一样的颂歌。《金沙洲》语言的多元性可见一斑,既有公共政治话语的深刻印记,又保留了民间语言的芜杂性,以及知识分子话语所带有的独立反思的意味。

总之,岭南方言俚语、民歌谣言、节日风俗等,是于逢讲述故事、刻画人物的工具和方法之一,表明作者具有强烈的地域文化与通俗化意识,故能自觉使用读者感到熟悉而又活泼的民间语言,以建构小说的岭南特色和文化内涵。

三、本土化与写真实:文学史价值的重估

本土化不能等同于民族化、民间化、通俗化,但是与其紧密相关,包含"对中国本土文学资源的重新认识和借用","将西方文学资源进行中国化的改造与交融",在思想情感和艺术表现上(典型如文学语言)与传统和现实生活建立起非常密切的深刻联系。③ 从本土化实践来看,《金沙洲》在思想情感和文学语言方面建立了与现实生活的深刻联系。作为一个下乡体验生活的知识分子,于逢认真而投入,比较真实而委婉地反映了他在合作社的所见所闻,以及他对乡村生活的理解,其思想情感混杂着对合作化运动的认同与困惑,在创作姿态上具有一定的独立性、民间性和复杂性。欧阳山认为:于逢在建国后三十年的创作实践得益于深入生活和改造思想,他下乡下厂的记录在广东作协里是数一数二的。④ 这样的生活经验和创作立场,使得《金沙洲》的语言风格整体上显得朴实真切,生动而少浮夸,在本土化上的探索取得了坚实的成绩。

---

① 于逢:《金沙洲》,北京:作家出版社1959年版,第287—288页。
② 于逢:《金沙洲》,北京:作家出版社1959年版,第288页。
③ 贺仲明:《本土化:中国新文学发展的另一面》,《中国现代文学研究丛刊》2012年第2期。
④ 欧阳山:《参加〈金水长流〉研讨会有感》,《文艺理论与批评》1995年第5期。

1950年代,农业合作化运动在迅猛推进时,作家们被鼓励去参加合作化、表现合作化。文人下乡参与合作化,当中诚然有复杂的政策因素的影响,不过客观上促使作家们深入认识了乡土中国,也促进了《创业史》《山乡巨变》《艳阳天》等"十七年"农村题材小说,以丰富的鲜活的农民口语和文学形式书写了农民生活,塑造了各种各样的真实的农民形象。这些文学面貌正是本土化的实践,使文学创作如此贴近农村生活,并被改编成戏曲或电影等其他更加通俗化的文艺形式,在农村得到广泛的传播。

作为国统区成长起来的进步作家,于逢早在新中国建立之前就受到毛泽东文艺思想的影响,非常看重艺术工作者与人民结合的问题,赞同艺术工作者应该融解到人民里面去,以自己的艺术形式服务于人民,必须在生活斗争中清洗自己、锻炼自己、改造自己。① 于逢响应号召,在1956年1月到顺德农村去深入体验生活,适逢珠江三角洲正进入高级合作化高潮。他跟乡里驻扎的工作小组同吃、同住、同工作了近一年,直到1956年底离开。在顺德农村,于逢经历了思想与劳动"洗礼",并结识了社主任苏伟添,得到他的指点和关照。于逢十分尊敬这个农村干部,后来以苏伟添为主要原型,塑造了务实、平凡、尊重群众、大公无私的主人公刘柏。同时,于逢也认识到,农村干部中存在思想僵化、作风粗暴、自负浮夸的乡书记黎子安类型,"他不是一个独生子,他还有一群兄弟,以及一群家族"②。乡村生活的见闻直接激起了于逢的创作冲动,返城之后,他开始了《金沙洲》的构思和写作。

于逢在1957年3月底动笔写《金沙洲》,适逢"双百方针"实施期间。1958年7月完成初稿,1959年11月出版。当时"反右"运动基本结束,正值轰轰烈烈的"大跃进"之际,文艺界浮夸风方兴未艾。在"百花文学"中出现的"干预生活"、揭露现实矛盾的创作潮流,在1957年下半年开始的"反右"运动中已经被打成"逆流""毒草"。处于这样的文学环境,于逢依然在《金沙洲》中大胆地着力描写了农业合作化的复杂性和阴暗面,以致容易产生"西风压倒东风""为暴露而暴露"的阅读效果,的确显得不合时宜。"反右"运动对文坛影响巨大,于逢纵使很忙碌和迟钝,也不至于不了解"反右"运动给文坛造成的强大冲击波。那么,《金沙洲》为什么会如此呢?

批评界曾对此做出探讨:"从作品所描写的生活形象和人物关系来看,可以看出:在处理生活形象和人物关系时,如何突出地暴露主观主义的错误的领导作风,始终是作者用自己的整个心灵和全部感情去着力构思的中心。""作者的主观意图原来是想把两条道路的斗争作为作品的主要矛盾线索的,但在整个构思与创作过程中,作

---

① 于逢:《谈〈西伯利亚史诗〉》,见《于逢自选集》,广州:花城出版社1992年版,第678—679页。
② 于逢:《也是关于〈金沙洲〉》,《羊城晚报》1961年9月28日。实际上,黎子安形象因为没有表现本质和主流而受到顺德县委的否定,黎子安原型人物没有受到批评,而是提升为组织部副部长。见张天翼:《张天翼日记》,北京:中国戏剧出版社2017年版,第371—372页。

者对于主观主义者的憎恨的强烈感情却起了决定的、主导的作用,以致不自觉地把艺术构思的着力点放在暴露的角度上。"①从作者构思的着力点来分析作品艺术效果产生的原因,是比较可靠的。其实,于逢的构思是深入生活、终于现实的结果。他认可"双百方针"促进社会主义文化繁荣的作用,把创作《金沙洲》当作是追求真实、摆脱创作"公式化概念化的泥潭"的"战斗"——"我并不后悔,因为一个作者必须以作品参加战斗,而且要及时参加。《金沙洲》当时是在这样的心情下迅速写出来的。"②也就是说,《金沙洲》明显受到"百花文学"的影响,在创作姿态和艺术效果等方面与"百花文学"一脉相承。只是与"百花文学"中的乡土创作急切地反映合作社矛盾而大多是短篇,且缺乏风景描写和方言俚语不同,《金沙洲》在篇幅、文体风格等方面有明显的拓展,更丰富、贴近了乡村生活风貌,是文学本土化在"十七年"时期的重要收获。

在文学的生产、传播和接受环节中,批评也承载着政治宣传和教育作用。"十七年"时期批评界的集体争论更是彰显了主流意识形态在如何规范、引导作家作品。"文学批评的规训与惩罚功能使作家作为写作主体的独立性和思考能力日益衰竭,也造成了'十七年'文学作品某种程度的相似和一致。"③1961年的争鸣对作家的影响自然是很大的。面对指责和"解剖",于逢也做出了解释:承认这本"习作"存在许多破绽和缺点,没有把刘柏、刘骚仔、杨妹等正面人物塑造好;原因在于创作时,好些农村问题还没有完全明确,作者生活基础比较薄弱,特别是农村进行社会主义教育运动时,他因不在农村而"坐失良机"。④ 于逢的解释有自我申辩和政治表态的成分。大讨论增强了《金沙洲》在全国的影响,但在政治压力下,于逢对《金沙洲》作出了许多合乎时宜的修改,主要是把社主任刘柏塑造得更加理想,在"两条道路"的斗争中基本实现了"暴露"与"歌颂"之间的平衡。修订本的锋芒锐减,这是于逢向主流意识形态妥协的结果。多年以后,于逢的激愤之情溢于言表:"为什么揭露社会主义社会中还存在着的某些阴暗面就成为大逆不道呢?难道我们粉饰现实就能推动历史的前进吗?一个作家到生活中去,难道只许他们袖手旁观,而不能进行干预吗?……"⑤正是凭借扎实的生活体验,以及勇敢的独立思考和干预式书写,于逢终于在"十七年"时期迎来自己的创作高峰。

《金沙洲》的修订本虽然比初版本更加明朗、乐观,更能体现所谓时代的本质和

---

① 中国作家协会广东分会理论研究组:《论〈金沙洲〉》,《羊城晚报》1961年10月12日。
② 于逢:《也是关于〈金沙洲〉》,《羊城晚报》1961年9月28日。
③ 曹霞:《"清洁"的文本与"衰竭"的主体——论"十七年"文学批评的规训与惩罚功能》,《学术界》2011年第1期。
④ 于逢:《也是关于〈金沙洲〉》,《羊城晚报》1961年9月28日。
⑤ 于逢:《历史将会最后判明》,见《于逢自选集》,广州:花城出版社1992年版,第723页。

主流,但是,在当代文学史编撰和研究中,这部曾引起很大风浪的名作受到了冷落。1963年由中国科学院文学研究所主持编撰的《十年来的新中国文学》正文对《金沙洲》只字未提,原因也许是"负责编写的同志都不是专业从事当代文学研究工作的人"①。郭志刚、董健等主编的高等学校文科教材《中国当代文学史初稿》注意到《金沙洲》在报刊上引起的争鸣和影响,认为在1950年代后期到1960年代初期,《创业史》《山乡巨变》《铁木前传》《汾水长流》《香飘四季》《金沙洲》等,都是"反映社会主义时期现实生活"的优秀的长篇小说,"虽然都不同程度地存在着时代性的认识局限,但较之建国初期的作品来说,却又明显地克服了创作中那种浮泛的对生活表象的简单摹写,着力于揭示现实生活的本质"②。《中国当代文学史初稿》并未单独对《金沙洲》展开论述,可把《金沙洲》与其他著名合作化小说相提并论,其重视程度可见一斑。然而,新世纪以来,一些影响较大的文学史教材,如洪子诚的《中国当代文学史》、陈思和主编的《中国当代文学史教程》、王庆生主编的《中国当代文学》、董健等主编的《中国当代文学史新稿》等等,都没有提及《金沙洲》。这部勇于干预生活的合作化小说,常常被文学史编撰者由于某种"筛选机制"而忽视。

如今来看,合作化和单干、承包都是生产关系方面的调整,并不能当作是"姓资姓社"的判断依据。要求《金沙洲》应该正确讲述"两条道路"的斗争,反映生活的本质和规律;应该具有乐观、明朗的情感基调,这些社会学批评的理念,显然是对《金沙洲》的苛求。应该在更理性和现代的角度上来看《金沙洲》。于逢对珠江三角洲的合作化运动原本是生疏的,但是他充分利用下乡的机会,深入生活,独立思考,重视从经济逻辑来表现合作社人事的复杂性,因此超越了某些政治命题而拓展了小说的思想蕴含。《金沙洲》对合作化运动阴暗面的描写,对农村官僚主义的暴露,使其"对现实的穿透力确实不同于当时的主流合作化小说",成为同类题材中的"异数"。③

换言之,《金沙洲》初版本在文学史上的影响、价值,其实就在于它在很大程度上偏离了"邪不压正"的叙事范式,在于着力对合作社中的"逆流"而不是"优越性"作了细致的描写,在于他在主流叙事之外呈现出别样的岭南乡村生活风貌。在"反右"运动之后,这些具有公共性与异质性的审美形态,颇能体现《金沙洲》的独立品格与思想意义,以及作者叙事立场上既要暴露,又要歌颂的复杂性。在"反右"运动中,干预生活的"百花文学"已经遭到否定和批判,《金沙洲》却坚持写真实、不粉饰现实生

---

① 中国科学院文学研究所《十年来的新中国文学》编写组:《十年来的新中国文学》,北京:作家出版社1963年版,第1页。
② 郭志刚、董健等主编:《中国当代文学史初稿》(上册),北京:人民文学出版社1993年版,第150—151页。
③ 龚奎林:《论〈金沙洲〉的版本修改及意义阐释》,《湛江师范学院学报》2008年第5期。

活,可以视为"百花文学"的回响和拓展,提升了合作化小说的反思品质。它在"写真实""本土化"方面的坚持和探索,更具有突出的文学史价值,需要得到更深入的认识和更公正的评价。

第三节　争鸣和淡忘:文学批评史视域中的《金沙洲》

1961年4—10月,《羊城晚报》先后发表了30多篇文章讨论《金沙洲》,其中,带有结论性的两篇长文《典型形象——熟悉的陌生人》《文艺批评的歧路》被《文艺报》转载。大讨论使《金沙洲》在出版之后的第三年成为广东文学批评界的焦点,也显著扩大了它在全国的影响,同时,大讨论本身也成为当年文艺界的重大事件之一。策划、主办《金沙洲》的讨论,是萧殷离开北京返粤之后的大手笔。萧殷毅然返粤,原是为了"离开当时异常混乱、复杂万端的文化中心"①,为何冒险主动发起论争呢?为何偏偏选中《金沙洲》作为文艺工作的突破口呢?《金沙洲》展开争鸣的时期,正是激进的文艺路线开始调整的前夜,文坛阴晴未定,一方面涌动着追求实事求是、肯定百花齐放的潮流;另一方面由于"双百方针"遭到巨大破坏,教条主义的批评方法甚嚣尘上。萧殷作为一个有胆识、责任心和问题意识的评论家,他发现广东文坛"存在着庸俗社会学、形而上学的极左东西",于是向广东省教委打报告要求贯彻"双百方针"、克服文学评论中的庸俗社会学现象。② 此外,《金沙洲》与萧殷的《月夜》一样着力于反映生活真实,故能得到萧殷的共鸣。经上级同意,由萧殷挂帅,组织作协、大学和报社的人员成立了文艺批评领导小组,决定在《羊城晚报》设置专栏开展评论。最初计划交叉讨论《三家巷》和《金沙洲》,后来实际集中讨论了《金沙洲》。《金沙洲》在出版前就有"西风压倒东风"的舆论,出版后其争议逐渐扩大,遂被选中为讨论的对象。

一、"典型"的争论与批评的"歧路"

典型是文学反映论衍生出来的重要美学问题,是现实主义与马列文论的核心问题。在20世纪五六十年代,典型问题曾是文艺理论界的争鸣热点。在译介俄苏文论的基础上,《文艺报》于1956年第8、9、10期连续开设专栏"关于典型问题的讨论",发表了张光年、李默涵、黄药眠、陈涌等人的多篇理论文章,掀起了典型问题论争的高

---

① 贺朗:《萧殷传》,广州:花城出版社1993年版,第156页。
② 贺朗:《萧殷传》,广州:花城出版社1993年版,第157页。

潮。《文艺报》所引发的大讨论,"促进了典型理论的深化和发展,也助长了论争向苏联一边倒的盲从倾向",对苏联的文学理论缺乏独立的辨析判断。①围绕《金沙洲》所进行的典型问题讨论,是1956年典型问题大讨论的接续②,也是一个具有普遍意义的问题。

《金沙洲》中的刘柏和郭有辉是不是典型人物呢?肯定的一方认为:刘柏是优秀的农民干部典型,他从小受苦,后来在土改中得到锻炼入了党,有坚强的党性,但是形象不够丰满和理想;而郭有辉是刻画得相当成功的、具有严重的资本主义自发思想的新上中农典型,小说全面而深刻地反映了两条道路的斗争。③否定的一方则根据政治领袖的言论来衡量作品,认为《金沙洲》的正反面人物都不典型,不是时代的阶级的代表;小说既辜负了题材,又辜负了历史的使命,它"没有抓住现实的本质和主流","它是一幅色彩不鲜明的、暗淡的图画,反映不出我们时代的精神面貌"④。与这种观点相近,有论者认为小说的主要缺点之一是把反面人物作为整部作品的艺术构思的中心,把正面力量写得过分嚣张,使正面力量比较来看黯然失色,必然导致对于生活真实的歪曲。⑤刘柏形象没有显示出鲜明的无产阶级的革命理想,其个性也没有得到独特的鲜明的表现,不能算作是典型。⑥

在初期的争论中,否定刘柏是典型的观点占据上风,其主要依据是刘柏缺乏无产阶级的革命理想、战斗精神和干部应有的党性和立场。在他们的文学观念中,典型理所当然是阶级的本质,能够反映时代的主流,具有英雄人物的理想色彩。在没有界定典型概念的前提下,判断《金沙洲》中的主要人物是否为典型形象,暴露出典型概念难以被界定,人们对它的理解自然也众说纷纭。正如林蓓之(黄树森)所说:"结论尽管全然相反,但批评者探求结论的观点方法却是相同的。""所引证的那些共同的社会本质、阶级特征或品质就等于艺术典型?抑或代表性即典型?难道农村干部典型就是'共产主义精神''群众路线的工作方法''坚强的党性''群众微信''思想解放''远大理想'……概念的形象化的图解么?"⑦黄树森强调要注意艺术典型的个性化

---

① 祝学剑:《〈文艺报〉与20世纪50年代典型问题论争》,《南华大学学报》2008年第4期。
② 1956年关于艺术典型问题的讨论包含以下三个问题:什么是艺术典型、逻辑思维和形象思维的关系、关于文艺批评中的庸俗社会学。其中,对于典型的美学意义、典型的个性、典型的共同性和阶级性的关系等问题,也没有进行深入的研究和探讨。见二十二院校编写组:《中国当代文学史》,福州:福建人民出版社1980年版,第77—80页。
③ 黄冠芳:《生活的波涛永远向前——评〈金沙洲〉》,《羊城晚报》1961年4月13日。
④ 华南师范学院中文系文艺评论组集体讨论(蔡运桂执笔):《略谈〈金沙洲〉》,《羊城晚报》1961年4月13日。
⑤ 何淬:《达到的和没有达到的——〈金沙洲〉的反面人物及其他》,《羊城晚报》1961年4月27日。
⑥ 刘建麟:《刘柏是"典型"吗?》,《羊城晚报》1961年5月22日。
⑦ 林蓓之:《阶级的本质特征是否等于典型?》,《羊城晚报》1961年5月11日。

与生活的复杂性,不能简单地套用社会学概念来分析作品,否则批评者对典型的片面化理解,简单的贴标签式的批评方法,会导致客观上鼓励了创作的公式化和概念化。黄树森对批评方法存在的问题的分析是比较中肯的,他所理解的典型是共性和个性的统一。不过由于受题目所限,黄树森并未对理想人物才能成为正面的艺术典型这个问题展开论述。这涉及如何评价"两结合"这个艺术方法问题。

"两结合"全称是"革命现实主义和革命浪漫主义相结合",这一概念可以上溯到20世纪20年代的革命文学思想,通常认为,最早是由毛泽东在1958年提出然后成为文坛的共识,并由"第三次文代会真正确立了'两结合'在文艺界不可动摇的地位"。① 1958年10月11日《文艺报》发表社论《掀起文艺创作的高潮!建设共产主义的文艺!》,该社论明确指出:"革命的现实主义和革命的浪漫主义相结合的方法是最好的。"这表明"两结合"的创作方法已经被奉为圭臬,为其后来成为"唯一正确的方法"树立了思想与舆论导向。因此,在关于《金沙洲》的讨论中,代表编辑部立场的"按语",以及"读者来信"和争鸣文章,都一致认可"两结合"艺术方法是"最好的艺术方法"。但让人迷惑的是:"'两结合'的艺术方法固然是最好的艺术方法,但最好的是否等于唯一的?"②这封署名李静涛的读者来信,如果是来自编辑部的内部意见,则说明萧殷等人在匿名表达对"两结合"的抵制,这与1960年代初文坛普遍拥护"两结合"的主流形成了鲜明对比。

在争鸣过程中,有论者用"两结合"的尺度来衡量《金沙洲》,以致判断:"《金沙洲》仍保留着旧现实主义的深刻印记,作者没有用革命浪漫主义的彩笔来描绘农村社会主义革命时代的前景,这不能不说是它最大的缺陷。"③《金沙洲》"基本上是一部失败的作品",显然是因为于逢还不能掌握和运用"两结合"的创作方法;批评家们如不能站在"两结合"的高度去分析评价作品,"他的批评就将是徒劳无益的"。④ 把创作方法和批评尺度唯一化、绝对化,这种极端化的倾向立即遭到反驳,因为它不符合实际的情况,也不符合"双百方针","它只会排斥一切,使'两结合'变成不利于发挥作家不同的个性和风格、不利于发展社会主义文艺的狭隘的东西"⑤。这种反驳有利于保护作家创作的积极性,也有助于正确认识文艺和政治的关系,纠正以政治概念硬套作品的简单粗暴的现象。

---

① 张世维:《"两结合"在中国的理论行程》,《文艺争鸣》2022年第1期。
② 李静涛:《读者来信》,《羊城晚报》1961年5月25日。
③ 华南师范学院中文系文艺评论组集体讨论(蔡运桂执笔):《略谈〈金沙洲〉》,《羊城晚报》1961年4月13日。
④ 李秀材:《站在什么角度上——关于文艺批评的尺度问题》,《羊城晚报》1961年5月25日。
⑤ 朱海生:《艺术方法与批评尺度——评〈站在什么角度上〉》,《羊城晚报》1961年6月18日。

在大讨论的后期,争鸣文章更多地聚焦于《金沙洲》的思想性、艺术性及其创作方法上,进而探讨作者的世界观。这些文章不是全部肯定《金沙洲》,也不是基本否定,而是辩证地分析小说的成就和缺点。比如,关于小说对两条道路的斗争的描写,有论者认为《金沙洲》揭示了农村两条道路斗争的复杂性和尖锐性,这是小说的主题和主要成就所在,但存在着没有充分描写高级社的优越性和正面力量胜利的必然性,对反面力量的批判不够鲜明有力,以致作品的调子低沉、色彩比较暗淡。① 又如:"作品在一定程度上虽然正确表现了正面力量对反面力量的斗争和胜利,但从作品所显示的生活形象的艺术效果来看,正面力量比反面力量却还显得相对的软弱,产生了某些读者说的'邪气压倒正气'的致命弱点。"②"邪气压倒正气",其实就是"西风压倒东风"的同义表达,认为作品的艺术效果损害了其思想主题的表达,暴露了作者世界观内部的矛盾与个性上的犹豫。值得注意的是,在众多讨论文章中,大多数人对作品色彩不够明朗、调子不够高昂的艺术效果的判断几乎是一致的,也都承认作品没有很好地描写合作化的优越性。

围绕《金沙洲》的大讨论,由萧殷作为领军人物的研究小组发表了总结性的两篇文章,对讨论中的问题、原因以及讨论本身的意义作了阐述。"在这次讨论中,有些文章表现了这样一种倾向:即要求艺术的典型必须与总的时代精神相一致,与社会的、阶级的本质一致。"主要表现在:一是把艺术典型仅仅归结为社会的、阶级的本质特征,而丢掉了典型的个性特征;二是把艺术典型的共性与个性看成是数学的总和,而不是有机的统一体;三是把典型性格与典型环境割裂开来,离开了典型环境而孤立地分析人物性格;或者以生活的主流来硬套作品中的典型环境。"凡此种种,都表明对典型理解的混乱。其共同特点都是离开了文学艺术的基本特性,脱离了作品的客观实际,既不分析生活,也不分析作品;而是从纷纭复杂的现实生活中,抽出几条本质或规律加以对照或硬套,把艺术典型的创造看成是赤裸裸地'写本质''写主流'的同义语,在艺术典型与时代精神、阶级本质之间简单地划上等号。"③以萧殷为首的广东作协理论研究组认为:围绕《金沙洲》的讨论中所表露出来的简单、粗暴的批评作风,这种倾向也存在于对《山乡巨变》《青春之歌》等作品的讨论中,容易挫伤作家的创造性和积极性,是值得警惕的。他们认为这种不良的批评倾向的根源,在于混淆了"代表"与典型,混淆了一般与个别,混淆了整体与单个,混淆了理想与现实,是批评者离

---

① 张乃滇:《略谈〈金沙洲〉中两条道路的斗争》,《羊城晚报》1961 年 8 月 31 日。
② 黄展人:《略论〈金沙洲〉及其创作方法》,《羊城晚报》1961 年 9 月 24 日。
③ 中国作家协会广东分会理论研究组:《典型形象——熟悉的陌生人》,《羊城晚报》1961 年 8 月 3 日。

开了辩证唯物主义的结果。① 萧殷小组对大讨论中的典型问题与批评倾向的阐释及评析,至今看来仍然显得客观而中肯,在十七年文艺理论讨论中富有学术含金量。

二、大讨论的历史意义

正如当年萧殷小组所判断:"小说《金沙洲》的讨论,是广东文学界的一件大事。这次讨论所显示出来的问题,已经远远超越了《金沙洲》这部作品的范围,而涉及文艺理论与批评上一系列原则性问题。"②在大讨论之后60年再看这个判断,表明他们具有理论上的自信和清晰的历史意识。萧殷等人对《金沙洲》大讨论的主持和总结,抓住了文学创作与批评中的一些主要倾向,从理论和创作实践的不同向度上给予分析说明,现实感和针对性很强,显示出批评的胆识和开阔的视野,对于公正地看待《金沙洲》,对于广东文坛贯彻"双百方针",对于抵制文艺批评中的不良倾向,都起到了不能忽视的推动作用。故有论者这样评价萧殷:"他深感庸俗社会学在广东盛行,因而发起于逢长篇小说《金沙洲》的讨论,表现了力挽狂澜的勇气。"③

"1961年,为批判庸俗社会学,纠正简单化的教条主义批评方法,他(萧殷)在《羊城晚报》发起关于长篇小说《金沙洲》的讨论,在全国产生很大影响。"④值得一提的是,《金沙洲》大讨论的历史语境问题。在文艺批评的泛政治化年代,关于《金沙洲》当年尚能进行批评和反批评。不过,在声势浩大的反右运动中,"写真实""干预生活"等"百花文学"的核心命题被否定、批判,一大批作品被打成"毒草",一大批文人被打成右派。在1960年7月召开的全国第三次文代会上,周扬虽然一再肯定了"双百方针"的正确性和积极作用,但也反复批判了右派分子和修正主义者,认为他们曲解、利用了"双百方针"来"大放他们的反社会主义的毒草"。⑤ 周扬在第二次文代会上的报告的主旋律是反对文艺领域的现代修正主义,"会后文艺界一直在政治风雨的侵蚀下摇摆"。⑥ 实际上,反右运动之后"双百方针"没有得到执行,而试图贯彻"双百方针"的《关于当前文学艺术工作若干问题的意见》("文艺八条")经过反复修改,直到1962年4月才正式出台。不难发现,《金沙洲》大讨论的发起时间,是在文

---

① 中国作家协会广东分会理论研究组:《典型形象——熟悉的陌生人》,《羊城晚报》1961年8月3日。
② 中国作家协会广东分会理论研究组:《论〈金沙洲〉》,《羊城晚报》1961年10月12日。
③ 夏和顺:《学术之光不经意的照亮——于爱成访谈录》,https://new.qq.com/omn/20200428/20200428A0NV7000.html。
④ 温儒敏:《萧殷先生三大贡献》,《新文学评论》2012年第4期。
⑤ 周扬:《我国社会主义文学艺术的道路》,《戏剧报》1960年第Z1期。
⑥ 古远清:《中国当代文学理论批评史》,济南:山东文艺出版社2005年版,第56页。

艺界正式调整政策的"新侨会议""广州会议"之前。因而,在文学泛政治化的年代里,大讨论对于文学批评中流行的批评标准与方法的纠偏,对于突破政治学、社会学而在审美层面上开展文学批评,确实具有某种探险和领先的意义,使广东文坛的大旗"飘舞在国家队的前头"①。

当然,关于《金沙洲》的大讨论在文学批评史上还有承前启后的意义。1950年代前期对《武训传》、胡风集团等的大批判运动,文学批评与政治批判掺杂不分,使文坛空气显得沉闷惊悚。加上苏联"解冻文学"的影响,"双百方针"遂应运而生,意在调整政治与文学关系,打破文艺界由于不断整风改造而带来的套框子、扣帽子等动辄上纲上线的庸俗社会学现象。1956年下半年至1957年上半年,反对庸俗社会学的声势非常浩大,侯金镜、陈涌、姚雪垠、程千帆、黄药眠、黄秋耘、刘绍棠等发表了一系列批判教条主义的文章。② 其中,于晴(唐因)发表了《文艺批评的歧路》,概括了庸俗社会学的三条"公式":"一个阶级一个典型""一种生活一种题材""一个题材一个主题"。③ 而后来总结《金沙洲》讨论的文章也题名为《批评的歧路》,从题目和内容都可以看出对"百花齐放,百家争鸣"期间讨论文章的珍视和借鉴。不过,"反右"扩大化运动,使"百家争鸣"变成了代表无产阶级的"东风"压倒了所谓资产阶级的"西风",导致文艺批评长期无法摆脱庸俗社会学的梦魇。1962年,蔡仪发表长文继续讨论了典型问题,他在梳理了典型理论的几种流行观点后,指出不能从政治概念出发来判断是否典型,典型人物的普遍性并不全等于阶级性,强调重视典型的个别性;《金沙洲》中的刘柏和郭细九都算不上典型,虽然他们既有普遍性又有个别性,但是他们的个别性不够鲜明突出。④ 蔡仪在此文中对典型问题的思考,促进了其后来"美就是典型,典型就是美"⑤理论的形成。

十七年时期围绕《金沙洲》所展开的大讨论,与对《创业史》《青春之歌》《三家巷》《达吉和她的父亲》等的争鸣类似,都是在遵循"政治标准第一"的前提下,以现实主义为基础的争论,受到苏联文论的直接影响,具有强烈的为政治服务的功利主义倾向。其中,对"两结合"艺术方法的普遍肯定,对突出人物的阶级性与理想性的强调,都是十七年小说批评常见的观点,带有特定时代的某些特征及局限。当年广受推崇的革命现实主义与革命浪漫主义相结合的创作方法,实质上以现实主义为基础,以浪

---

① 阎纲:《使广东大旗多次飘舞在国家队的前头》,见郭小东主编《说黄》,广州:广东教育出版社2015年版,第80页。
② 黄曼君:《中国20世纪文学理论批评史》下册,北京:中国文联出版社2002年版,第593—600页。
③ 于晴:《文艺批评的歧路》,《文艺报》1957年第4期。
④ 蔡仪:《文学艺术中的典型人物问题》,《文学评论》1962年第6期。
⑤ 蔡仪:《美学论著初编》上卷,上海:上海人民出版社1982年版,第170页。

漫主义为主导,更强调文艺创作中的乐观精神和理想精神,与国家试图建设开辟一个伟大的时代密切相关。时过境迁,对于"两结合",茅盾在第四次文代会的讲述更加合理:"不能把'两结合'的创作方法作为必须遵守的创作方法,因为实践是检验真理的唯一标准,哪一种创作方法更接近真理,将由实践回答。"[①]而在文艺从属于政治的时代中,《金沙洲》的创作及其讨论,显示出广东文坛务实进取、敢于开拓的岭南文化精神。

[①] 中国文学艺术界联合会编:《中国文学艺术工作者第四次代表大会文集》,成都:四川人民出版社1980版,第74—75页。

第四章 战争、现实与旧体诗词

抗美援朝是新中国成立后的重大事件之一,在五十年代颂歌潮中占据重要位置。刚经历过抗日战争和解放战争,保家卫国、守卫和平是诗人普遍关注的主题之一,而抗美援朝战争的艰苦和胜利极大鼓舞了诗人们的创作,其中志愿军战士是主要的创作群体,并由此催生了一批军旅诗人。从战场中走上诗坛的张永枚、未央、柯原、胡昭、叶知秋等人代表了五十年代抗美援朝诗歌创作的成就。还有不少赴朝慰问、考察、采访的记者、作家有感而发,大大充实了抗美援朝诗歌的队伍。广东作家张永枚、柯原、黄药眠、叶知秋等的创作,是歌颂大无畏的英雄主义和爱国主义的经典诗篇。

第一节 抗美援朝新诗

抗美援朝战争催生了特殊时代的诗歌创作高潮。诗人各自选取角度,或在叙事过程中通过惊心动魄的战争场面和扣人心弦的战争横截面来反映志愿军战士的高尚品质;或是通过展现战争后方普通民众的生活和动人事迹,抒发人民的爱国之情;或是运用形式特别的诗体,鼓舞前线战士的斗争。但无论是什么形式,抒情性都是抗美援朝诗歌的最大特点,饱含中国人民和朝鲜人民对家国土地的至深感情。三年抗美援朝战争,战士和人民付出了惨痛的代价,但也成功守护了国家的安定,战争结束也使得抗美援朝主题诗歌逐渐退出历史洪流,但留下来的不朽诗篇和从战场上走出来的诗人,将带着新的憧憬和希望,投入祖国的建设中,以最饱满的热情歌颂他们守卫的美好家园。

柯原,原名章恒寿,笔名芦苇、夏季等,天津人。1948 年参军,历任第四野战军南下工作团一分团三大队会计、文书、建团工作团组长、广州军区文化部文艺处副处长、处长,广州军区政治部研究员等职。柯原 1946 年开始发表作品,长期在广东工作并坚持业余创作,曾任《华夏诗报》主编、《虎门》杂志副编辑、《散文诗报》副总主编、广东省文联委员、广东省作家协会理事、中国散文诗研究会会长、世界华文诗人协会理事,1962 年加入中国作家协会,代表作品有诗集《一把炒面一把雪》《南海奏鸣曲》

《露营曲》《椰寨歌》，散文诗集《爱的国土》《野玫瑰》等。柯原是从朝鲜战场上走出来的一位优秀的军旅诗人，诗歌是他毕生的事业。他曾说过中国是诗国，有悠久的诗歌传统，诗是美的结晶，诗在人民生活中闪闪发光，用诗来歌颂理想，歌颂奋斗，沟通人们的心灵，应以深沉的感情打动读者，引人深思。对于一名军人而言，这深沉的感情便是对祖国和人民的热爱，他的一生都在为此奋斗，扛起军人的职责，保家卫国，因此军旅题材作品占据他创作的绝大比重。

柯原的诗风具有战士的豪迈与风气，其中以《一把炒面一把雪》为代表，可谓开"枪杆诗"先河。这是诗人1951年奔赴抗美援朝前线采访，与志愿军战士共度一段峥嵘岁月的有感而发。"一把炒面一把雪"是前线战士生活的形象写照，反映了作战条件的艰苦。但这首诗的内涵远不止此，看似普通的炒面背后是全民作战的决心。伟大的抗美援朝战争是中国的尊严之战，为了守护新生国家的安宁，广大人民群众积极地参与其中。柯原北上朝鲜途经武汉时就曾见长江两岸摆满大锅，送到志愿军手中的一袋袋炒面饱含武汉人民的情谊，使他大为触动，以散文《大江湖歌》记录。在战场和战士的共同映衬下，这些炒面更加触发他的诗情，创作了这首诗歌。开头便道出香甜的炒面代表祖国人民最深厚诚挚的祝福，带着炒面上战场的战士们："打仗走路不怕苦，/寒冷饥饿不怕难。/一把炒面一把雪，/枕着石头盖着天。"用艰苦朴素的战斗精神，坚定消灭敌人的决心，也发扬了抗美援朝期间留存于人民心间的真善美。这首诗道出志愿军战士的心声，在军中广为流传。

《金达莱花》是1951年柯原随军向前线进发，在松元里休整时所作。他们暂时落脚的村庄，所有的青壮年都上了前线，家中只有妇女和儿童。村外还有一座女游击队员的坟墓，墓前盛开着密丛丛的红色花朵。柯原从翻译口中得知这种花叫"秦达莱"，出于对女游击队员的敬重和村子里所有战士的敬畏，将"秦达莱"更名为"金达莱"，写下此诗。诗人想象女游击队员与敌人抗争的经过，开头用"烧焦的栗树"和在一旁玩耍的孩子们形成一个突兀的对比场景，随后视角由远及近，聚焦于树上密密麻麻的弹眼，"诉说着人们受过的灾难"，由此引出女游击队员——英雄的儿女的壮烈事迹。细致描绘了侵略者虐待女游击队员的残暴手段："鬼子们用棒子打她呵！/鬼子们用火烧她呵！/追问她粮食和棉花埋在哪里，/追问游击队藏在什么地方？"[①]可无论敌人如何逼迫，这名战士不屈不挠，坚决不透露同伴的行踪，最终敌人将她残忍地杀害。可正是她的牺牲，才换来了村民们的平安，才有了开头那个突兀却充满希望的场景——孩子们的欢声笑语。作者巧妙地设计了今昔、善恶对比，突出了女游击队员的崇高形象，歌颂了大无畏的战斗精神。《穿白衣的女人》则写在定州道上，描写了开战过后满目疮痍的朝鲜大

---

① 陈残云编:《粤海新诗》,广州:广东人民出版社1963年版,第211—212页。

地。一路上"绕过炸坏了的桥梁,/绕过密麻麻的弹坑,/没有向导,路标也被白雪埋没了,/交叉路口,我们该向哪里去?",短短几句精确概括了战场环境的恶劣、战争的激烈残酷,营造出一种悲寂的气氛。而在天地苍茫间走出一位白衣的朝鲜大嫂,沉默着向"我们"指明了方向。看似不过是进军途中的一个小片段,却包含了极其深刻的内涵。战争使整个民族遭到重创,使朝鲜大地陷入这样一片死寂。但无论战争多么激烈,却依然还有人站立在这片土地上,朝鲜大嫂就是朝鲜民族的缩影:"老大娘在冷风中坚定地站着,/像三千万人民,像整个朝鲜呵,/在硝烟烽火中,沉默而不屈地,/站在自己战斗的土地上。"①作者从中也看到,朝鲜人民坚毅的生命力,他们永远沉默着,不屈不挠地守护着他们的土地。这两首诗都写在行军途中,以朝鲜当地居民作为描写对象,可见诗人的视野超越了战场,所要表现的不仅是前线战士的英勇,这些坚守在后方的朝鲜人民,同样构成了朝鲜战场的坚固城墙。

柯原大多选取行军途中的见闻作为创作的题材,意在表现战争下的生活实景,从而反映侵略者的罪恶行径或朝鲜人民和志愿军守卫家园的铮铮铁骨。《是谁放火烧山》写黑夜行军遇见美国侵略军在山上扔汽油弹,作者痛斥强盗的卑鄙行为,呼喊道:"朝鲜国内山连山,/美国强盗你,/烧不完,/仇恨越烧越增加,/复仇意志坚如山。/纸老虎放火烧自身,/来时容易回去难。/有朝一日大火包住你,/烧你个肉焦骨头烂!"还有部分为志愿军战士加油鼓劲的作品,如《咱们为谁打仗》《为朝鲜人民报仇》《三八线上过新年》《手榴弹》,以及正面表现战场的作品《火箭筒》《三发子弹击落敌机》等作品,诗人均截取朝鲜战场特殊画面,从不同角度展现战争。

虽然诗人只在朝鲜战场上活动了一个多月,战争和战士却留给他十分深刻的印象。在采访的过程中,他也注重收集前线战士的诗作,特别是快板诗,回国后结集为《志愿军的快板诗》《进军号》等出版,他的诗集《白云深处有歌声》《岭南红桃歌》,组诗《连队快板》《练兵谣》等,是将快板诗和古典诗相结合的成果。朝鲜战场可以说是柯原军旅诗创作的起点,奠定其今后的写作基础。回国以后他奔赴南疆,同样以热情的姿态歌颂军旅生活,战士们行军、打仗、执勤、训练、娱乐,高山哨所的艰苦生活,海防前线的严峻斗争,等等,都在他的诗中得到了体现。②

黄药眠也是奔赴朝鲜战场的文艺工作者之一,他也透过自己的双眼和笔触,展现了不一样的朝鲜战地。黄药眠,原名访荪、黄访、黄恍,笔名有达史、黄吉、番茄等,广东梅县(今梅州梅江区)人。抗战以来一直在通讯社做编辑和记者,也是一名抗战文艺战士,创作了大量饱含悲愤之情的抗战诗歌,对民众的抗战热情起到了极大的鼓舞

---

① 陈残云编:《粤海新诗》,广州:广东人民出版社1963年版,第214页。
② 李钟声:《从唱兵歌到探讨社会和人生——论柯原的诗》,收入《李钟声集》,广州:广东人民出版社2018年版,第142页。

作用。抗日战争胜利后，他在香港从事爱国民主运动。1946年初，在广州任农工民主党《人民报》主编，在文学创作和文艺理论研究方面，也取得新的突破，1949年5月，黄药眠从香港去北京，参加中华人民共和国成立后第一次文代会和全国政协第一届全体会议。中华人民共和国成立后，他一直任北京师范大学中文系教授。1951年3月，黄药眠奉抗美援朝总会之命，到朝鲜做慰问工作，回来将战地见闻写成通讯报告集《朝鲜——英雄的国度》和诗集《英雄颂》，借以表现中国人民解放军在朝鲜战场的英雄事迹。相比较而言，通讯报告集流传较广，以至于人们一直忽略了《英雄颂》中的许多优秀篇章。

与柯原选取战场及其背后的特殊横截面，通过强烈的对比反映战场对朝鲜民族留下深刻烙印的切入点不同，《英雄颂》尤其突出了颂歌的特点，旨在正面反映人民志愿军的英雄事迹，情绪昂扬高涨，具有鼓舞人心的力量。

"春天"是黄药眠在这些颂歌中独爱的意象，是"希望"的代名词，寄托了作者对人民志愿军最诚挚的祝愿和对正义战争必胜的信心。诗人通常在开头铺陈战争、战场的事迹，并在结尾加上意味着光明的展望。如《送别》开头描写士兵上战场的场面，传达出抗美援朝守卫家国的自豪之情，结尾以极其高涨的热情歌唱道："我相信：/一定有一个春天。/我会抱着花来，/远望着路上飞起来的尘土，/我的心就像花片张开。/那时我看见你骑着骏马回来，/我的心里浸满了花香，/那时你全身都带着祖国的光荣……"①又如《给母亲》中，以士兵的口吻向母亲诉说成为一名志愿军战士的骄傲，他将家国大义放在首位，以一腔热血投入战斗，最后仍然落脚于光明伟大的结局："每年到了春天，/百花遮满了祖国的郊原，/这是不朽的青春的生命，/那时，我不是又回来了吗？母亲！"②还有《给女高音歌手柳恩卿》赞扬朝鲜女歌手的歌声，"要使雪山里/奔波的老人，/看到祖国的春天"，寄寓了歌声所带来的希望。同时，与"春天"相映衬，诗歌中也衍生了"花朵""太阳""春潮""春花""春风"等意喻希望的意象，如《英雄颂》中歌颂英雄的斗争，带来了"东方的太阳"；《向朝鲜人民军致敬》赞扬朝鲜人民军英勇正义之举，能让"太阳从云隙冲出，/大地显得格外光明"。《杜鹃花》将烈士的鲜血比作杜鹃花："摘朵花儿寄回祖国，/告诉他们——/我们已把敌人赶到南边。/战士们的血化成鲜红的花朵，/鲜红的花朵开遍了朝鲜的山间。/中朝国旗红艳艳，/到处的山河呀一样春！"③同样表达了作者的赞颂之情。

作为一部颂歌集，《英雄颂》着意表现的对象不仅是冲锋在前线的战士们，还有女歌手、护士、平凡的朝鲜女同志、老民工、国际友人等，赞扬这些人为正义之战做出

---

① 黄大地、张春丽编：《黄药眠诗全编》，北京：人民文学出版社2010年版，第264页。
② 黄大地、张春丽编：《黄药眠诗全编》，北京：人民文学出版社2010年版，第265页。
③ 黄大地、张春丽编：《黄药眠诗全编》，北京：人民文学出版社2010年版，第276页。

的贡献。黄药眠特别发挥了记者的特长,以人物特写式的方法,聚焦于普通人物的非凡事迹,精准地抓住人物的特点加以赞颂。尤其是《李顺仁,中朝伤员的母亲》一诗,完全可以看作一篇战地人物特写,表现了朝鲜战场上的女英雄李顺仁的事迹,通过在战火中抢救伤员,为保护伤员身负重伤,为抢救伤员主动献血等,展现李顺仁身为"中国人民的女儿,中朝伤员的母亲"的光辉形象。

快板诗是朝鲜战地上较为流行的一种诗歌类型,创作主体主要是志愿军战士和一些文工团成员,题材多为接触到的战地见闻或对战争事件的即兴抒发。快板诗的形式比较自由,格式比较整齐,诗节之间都有标志性的句子作为开始或结束的符号,口语性强,节奏分明,能够迅速表达、反映当下发生的事件,因此在志愿军群体中流传较广。黄药眠在朝鲜时收集了一些战斗人员和文工团工作人员所作的快板,形式独特并且内容生动,具有高度艺术性,有意仿作的几首,包括《我们向前,向前!》《美国鬼子不中用》《好机枪》《捉俘虏》《给美国士兵》等,都以战士的口吻表达了积极昂扬的战斗精神。《我们向前,向前!》写了志愿军战士在朝鲜冰天雪地的恶劣环境中行军打仗,通篇以"莫要说"为总领,细数行军途中遭遇的困难,但"志愿军从来就不知道危险和困难",开山凿路、披荆斩棘、蹚水过河、穿越火线,每节结尾以"我们向前,向前!"突出战士们勇往直前的气概。《美国鬼子不中用》更是以两句一节,朗朗上口,描绘美军在战争中懦弱胆小、无谋无勇的鼠辈形象,虽未提及志愿军,但字里行间都反衬出我军战士骁勇善战和吃苦耐劳的精神。又如《好机枪》中,诗人一鼓作气,不划分诗节,营造一种急行军的紧张、激动氛围。同时又在巧用反问制造转折,突出强调"好机枪,我的宝"的主旨,进而表现战士与枪的特殊情谊。

此外,战士诗人叶知秋也曾写过许多脍炙人口的抗美援朝题材诗歌。叶知秋,四川宣汉人,中共党员。1949年12月参加解放军,1960年2月加入广东作协,系中国作协会员、中国诗歌学会会员、广东散文学会副会长,《战士文艺》主编。1950年起从事以诗歌、散文、曲艺为主的业余创作,在负责部队基层文化工作中,先后主编、出版了报告文学、散文、短篇小说、曲艺演唱、歌词和抒情短诗等8部集子,包括《征途集》《榕树的歌》《映山红》《秋恋》《军旅诗叶》《叶知秋短诗选》等,成就高,常获奖。《祖国呵,再见!》是他的处女作,1950年抗美援朝战争爆发,这首诗是诗人数十年军旅生涯的开端,也是他数十年的诗歌创作路程的序曲。诗人通过饱含深情的语句:"喝口家乡的水吧,/再看看祖国的山!/让母亲的嘱咐呵,/深深地嵌进心间!"[1]诉说对故乡的眷恋和保卫家国的决心,是志愿军战士高尚品格的直接体现。叶知秋在朝鲜作战三年,时时为牺牲的战友而悲泣,也为朝鲜人民遭遇的民族创痛而愤怒,他用诗人

---

[1] 中国作家协会广东分会编:《广东新诗选 1949—1979》,广州:广东人民出版社 1963 年版,第 36 页。

的眼光去剖析这场战争,写下了许多动人的诗篇,这些作品成就极高,后来被收入多种诗歌选集。《狼林山之夜》(也作《夜走狼林山》)开篇用山星、残月、鸡声营造紧张夜行的氛围,狼林山是朝鲜山名,险峻插天。诗人卒章节写战士们跑步截敌:"流星从脚下滑过,/天风在耳边呼啸。""月光照不见人影,/只见一行行刺刀。"①声、色、形俱全,反衬夜征的艰辛。全诗对仗工整,诗人通过简练、质朴的语言,体现志愿军的雄豪。又如《阿妈妮,你也该睡啦》通过战士的口吻,描绘了一位夜里为战士缝补鞋袜的朝鲜妈妈形象。结束了三天三夜狙击战的战士正睡在老妈妈炕上,满脸红霞,鼾声均匀,完全是一幅温馨的画面。这样朴实的画面最能打动战士的内心,战士与朝鲜妈妈相互挂念,体现了流淌在朝鲜人民和志愿军心间最真挚的情谊。

第二节 张永枚《骑马挂枪走天下》

张永枚是抗美援朝诗群中,最重要的诗人之一。张永枚(1932—),原名张实若,笔名黄桷树,四川万县人。张永枚出生在一个世代行医的家庭,但从小对文学有浓厚的兴趣,喜欢读《三国演义》《隋唐英雄》等古典名著,尤其为书中的战争场面所吸引,也想当兵打仗。13岁就读于万县县里中学期间,在《万州日报》副刊《学灯》发表描写乡绅压迫穷人的短篇小说《重压》,与文学结下不解之缘。1949年12月考入人民解放军第42军军政干校,1950年冬随军入朝,担任文化干事,以朝鲜战地见闻为题材创作了一批诗歌。抗美援朝战争打开了他诗歌创作的大门,诗人的创作之旅由此启程,并在此后的创作中一直延续着同样的创作热情和创作风格。1953年归国后他将这些作品结集为第一部诗集《新春》,这部诗集在创作上并不成熟,但其中所表现出来的叙事性和吟咏性相结合的特点,奠定了张永枚此后创作军旅题材诗歌的基础。朝鲜战争结束后,张永枚随部队进驻广东惠州,1955年先后加入中国作协和广东作协,1956年调入广州军区战士歌舞团,1966年调任广州军区政治部文艺创作组创作员,曾任广东作协分会理事。在粤期间,从海防战士、粤海人民的生活中积累大量创作题材。张永枚的创作主要可以分为前后两期,前期主要从事诗歌和戏剧创作,后期主要写小说、纪实文学,代表作品有《新春》《海边的诗》《三勇士》《神笔之歌》《南海渔歌》《骑马挂枪走天下》《檀香女》《椰树的歌》等。

《骑马挂枪走天下》是诗人1957年出版的一部军旅题材短诗集。全书共分为三

---

① 中国作家协会广东分会编:《广东新诗选 1949—1979》,广州:广东人民出版社1963年版,第39页。

辑,内容包含海防战士的见闻感想、平凡乡村及其改革变迁故事、朝鲜战场和志愿军的英勇事迹。朝鲜战争结束后,张永枚随军回国驻扎广东,这期间见证了祖国社会主义建设的壮举,感受国家日新月异的变化,不禁感念过去的峥嵘岁月。作为朝鲜战场的文化干事,从军经历和人民志愿军的英勇事迹深深震撼张永枚,让他回国后仍久久无法忘怀,常在诗歌中回忆战争过往,并与现今人民蒸蒸日上的美好生活相联结,抒发心中的喜悦、自豪之情,其中《骑马挂枪走天下》流传最广。

这首诗歌最初发表于《中国青年报》文艺版,是张永枚的成名作。1954年张永枚随军驻扎东莞,受到东莞人民的热情欢迎,特别是一位小姑娘以其纯真的行为迎送解放军,表达自己对解放军战士的爱戴之情,触发了诗人的创作灵感。诗人以"我"的视角切入,塑造了一个生动鲜活的战士形象,叙述"我"骑马挂枪从"大巴山上"到"长白山下",再到"珠江边上",从巴蜀地区到"北方",再到"南方",纵横交错地联结起行军途中的动人情景,既是叙述主体"我"的从军经历,又是诗人军旅生涯的再现,更是千万人民战士的缩影。无论走到哪里,都受到当地人民的帮助和关怀,自然流露军民鱼水的深厚情谊和"祖国到处都是家"的深切情感。

内容上,他善于捕捉具有典型特征的事物,通过时间、地点、人物精心铺排几段军民交往情景,通过一位"蜀山蜀水"养大,"为求解放"跟着党走南闯北小战士。在北方有妈妈、大嫂和兄弟给他送衣袜、烧水、抬担架。转战珠江边上,又有大哥、阿嫂、小姑娘帮他饮马、沏茶,送茉莉花,形成画面感、故事性极强的两幅图景,自然引出:"祖国到处都有妈妈的爱,/到处有家乡的山水和家乡的花,/东西南北千万里,/五湖四海是一家。"①既赞美解放军战士为解放事业四海为家的宽广胸怀,又体现军民之间鱼水相依的关系。

语言上,这首诗延续了诗人一贯的创作风格,采用自然淳朴、简洁明快的语言,借助比兴、反复的手法,把战士浓郁的情感和生命体验融合进朴实自然的语言之中,且一韵到底,使自由体诗兼具节奏感、音乐美,得到一种亲切悦耳的效果,展现优美的民歌韵味。因其朗朗上口而被作曲家彦克谱成歌曲,广为流传,更获得建国四十周年优秀歌曲创作奖。

回国之后,眼见新生活的美好,张永枚的诗风也变得轻快柔美。在和平的年代中更能体味战争的艰苦。抗美援朝成功守卫了国家的和平,身为一名军人,张永枚为此自豪。因此常在诗歌中正面表现朝鲜战场的激烈战况,歌颂志愿军战士保家卫国的铁骨精神。

《将军》创作于1954年5月1日,刚从前线回来不久的战士很容易在和平盛典中

---

① 张永枚:《骑马挂枪走天下》,北京:中国青年出版社1957年版,第8页。

回想起炮火连天的朝鲜战场,特别是他参加的第一场战役,遂有感而发写下这首短诗。1950年10月23日,为阻止东线"联合国军"部队经长津迂回江界,保证西线志愿军主力进行反击作战,中国人民志愿军第42军第124师奉命抢夺朝鲜北部军事要冲黄草岭,并于10月25日至11月7日与美军展开长达13个昼夜的奋战,成功抗击美军和南朝鲜军队的进攻,有力保障了西线阻力作战。这一场战役的胜利极大鼓舞了人民志愿军的士气,身在其中的张永枚同样颇有感触。全诗共分四节,一二节塑造了一位身骑红马,乘风飞驰在战场上令敌人闻风丧胆的骁勇英雄形象。三四节写将军在黄草岭上发号命令,千军万马齐齐呐喊,共同朝着敌人进攻,正面描写战争的激烈:"千万颗子弹命中了敌人,千万把刺刀用敌人的血染!"又表现了将军的英明计策"一支兵力在正面筑成铁墙,一支兵力插入敌人的心脏"。结尾又以将军"两个拳头一合"这一标志性动作,宣告"胜利结束了出国的第一仗!"从内容上,这首诗体现出五十年代积极昂扬的创作特点,以战士的崇高精神品质和作战中的乐观主义为祖国唱颂歌,不仅再现了黄草岭阻击战大获全胜的壮观场面,更体现出诗人身为一名志愿军战士的自豪之情。这一场战役不仅代表了抗美援朝战争的第一场胜利,更是诗人从军以来的第一场胜利,这意味着他年少时身骑战马驰骋疆场的梦想终于实现,内心的澎湃可想而知。所以在这首诗歌中,诗人尽情挥洒笔墨,肆意抒发心中的激动,因此这首诗歌也呈现出诗人战地诗歌中少有的昂扬基调。

  战争终究是残酷的,特别是在双方军事实力悬殊的情况下,人民志愿军和朝鲜军民在战争中付出了血与泪的代价。战场上有胜利的喜悦,更有人民志愿军浴血的悲酸。张永枚同样将这些事例运用到诗歌中,塑造了一批可歌可泣又可爱的人民志愿军形象。《最后的力量》描述了一名志愿军战士冒着枪林弹雨为同志送弹药,最终中弹牺牲的画面。诗人发挥了他的叙事特长,在第一节用"冰雪""流弹""红光""雪雾""马车"等意象铺排出一幅雪地飞驰图,短短四句,将恶劣的环境、战争的激烈和战士的急切都凝于纸上。随后重点刻画战士中弹的画面:"一块弹片打中了赶车人/他坐起来,又倒在车上。"[1]"赶车人双手攀着车沿,/挣扎起来把道路打量。"[2]"他捂住流血的伤口,/勇敢地站立在车上,/用最后一口气吆喝一声,/用最后一口气把鞭儿甩啊!"[3]最后"马儿受惊似的纵身向前"而赶车人却在颠簸中倒下了,马鞭还紧握在手上。一连串的动作,宛如电影镜头的特写,展现一个战士身负重伤却丝毫不退缩的大无畏气概。因为前方的炮兵还在"焦急"等待进攻的弹药,因为"雪路上有战友牺牲的足印,/闪耀着钻石一样的光",赶车的战士不怕牺牲,在敌人的炮火下朝前冲。

---

[1] 张永枚:《骑马挂枪走天下》,北京:中国青年出版社1957年版,第85页。
[2] 张永枚:《骑马挂枪走天下》,北京:中国青年出版社1957年版,第86页。
[3] 张永枚:《骑马挂枪走天下》,北京:中国青年出版社1957年版,第86页。

全诗蓄积的情感在这里达到高潮,而诗人却将激烈的战争一笔带过,让迸发的情绪急转直下,化作低声悲吟:"马儿低头望着赶车的战士,/轻轻地,轻轻地舔着主人的军装。"胜利的喜悦和战士牺牲的悲伤杂糅在一起,言有尽而意无穷。

不仅是正面战场的紧张激烈,张永枚还注重表现战争的各个方面,《甘露》则写在战事间歇期间,一位口渴的战士外出找水的经过。诗人将"大地被烟火烤焦,/山泉也已经干涸"和"头上传来了小鸟的欢叫,/抬头望见高大的阔叶树"①两幅画面做对比,反衬刚刚结束的一场激烈的战斗,绿叶鸟鸣更显出战地生机的可贵。诗人特地描写战士捡拾覆雪的小石子解渴,又被绿叶上的甘露吸引,"他的手伸向叶梗,/像是在捉一只蜻蜓"的细节,战场上的钢铁硬汉顿时变成活泼生动的大男孩。这时情节突转,他听到了另一位同志的声音,强忍干渴为他收集树梢上的甘露,"欢天喜地"捧着甘露回到掩蔽部献给战友。结尾通过小战士天真的话语:"同志们!请饮这甘露!/——奇怪,为什么/我一点也不感到口渴的痛苦?……"②整首诗完全不提战争的惨烈,却通过这一片段的描写,道出战争环境的艰苦,同时也写出志愿军战士血肉相连的情感。

张永枚往往不从宏大视角出发,在他看来,战争涉及千千万万人的生活,诗歌绝不止于表现战争实况,战争背景下特殊的人与事同样具有独特意味。他精心选取时代背景下的闪光片段,加以构思和裁剪,用细节塑造鲜明感人的人物形象,将叙事性和抒情性巧妙结合,扩大战地诗歌的内涵,如《诺多尔江边》讲述了抗美援朝战争中诺多尔江边一家三口投身战斗的感人事迹,构思新奇。

开篇之初,诗人从景物着眼,由远到近,以"镜头式"聚焦的方式,将视线锁定在诺多尔江水拐弯处岸上的一间白色小房子,这本该生活着平凡幸福的一家人。但这间白色小屋却无人居住,只有"锁"和"渔网"暗诉无人的荒凉。诗人代读者提出疑问:"这所小房的主人啊,他们去到了何方?"紧接着又用激扬的语调回应:"有谁不知道这个故事!"诺多尔江边动人的英雄故事随之铺开。诗人分别从儿子、父亲、母亲的角度表现战争对平凡家庭的影响。首先是儿子告别他的父母:"爸爸,我到三八线去打仗!/这房门的钥匙交给你吧,/我再不愿捕鱼在江上,/我要用子弹织成的网,/去捕杀万恶的美国豺狼!"③

父母又在儿子牺牲后毅然支前,失去儿子的老夫妻将悲愤化为动力,原本存在于战争后方的亲子分别演变成新一轮临行告别,自然串联起战争和后方的故事。父亲说:"我也要走了,好老伴!/只有这样才能医治我心里的创伤。/不管我到什么地方

---

① 张永枚:《骑马挂枪走天下》,北京:中国青年出版社1957年版,第80页。
② 张永枚:《骑马挂枪走天下》,北京:中国青年出版社1957年版,第81页。
③ 张永枚:《骑马挂枪走天下》,北京:中国青年出版社1957年版,第89页。

去。/反正我要去找到一枝复仇的枪！"①母亲说："走吧,难道战斗中就没有我的岗位?/你往南,游击队会给你枪,/我往北,到那小小的山村去,/去给伤员洗衣裳!"②可见无论男女老少,战争之下,全民皆兵。满门参战或许是战争中许多人家的缩影,在诗人笔下又一次鲜活起来,表达了诗人对志愿军和志愿军家属的敬畏之情。

还有不少诗歌表达了志愿军与朝鲜人民的深厚情谊。《屋檐下》是其中一首典型的短篇叙事诗,描绘了三位志愿军战士为避风雪,又不敢打扰朝鲜人民,夜宿门口的情景,情节紧凑。风雪之大,志愿军们用雨布取暖,清晨已和雪化作一团,让大嫂误以为是雪堆,结果"呀！雪堆沙沙作响,/一下子垮了下去,/一块雨布顿时揭开,/露出三个志愿军战士！"③

紧接着用志愿军战士从雪堆中站起,"身上蒸发着雪气""勒了勒皮带""向大嫂行了军礼"几个动作,从细节处展现战士的鲜活形象,又概括了军队严明的纪律,更从侧面体现出朝鲜战场的艰苦环境。

结尾更是采用了军民对话的形式,表现志愿军战士的可爱可敬和朝鲜人民的善良淳朴。

亲爱的阿志妈妮,/实在是对不起:/昨夜在您这儿住宿,/没有得到你的允许。

大嫂的眼泪湿润了眼眶,/半天才说出了话,/"朝鲜的房子就是你们的家,/这么大的风雪为啥住在屋檐下……"④

结尾用朝鲜大嫂的话,表达了朝鲜人民对志愿军战士的关切与感动,简练生动。全诗自始至终只是平静地叙述了志愿军和朝鲜大嫂的交往片段,诗人既不抒情,也不发表议论,但诗中包含的深厚情感却丝毫不减,反而通过双方简短的对话表达出来,仅靠情节推动思想和情感达到高潮,是诗人表达方法上的一大亮点。

《捣米谣》则以战场后方的生活图景作为写作对象,写朝鲜女人为前线奋战的战士捣米。张永枚在手记中写道："夜无论你走到这汉江边的哪一条山麓,不管你路过哪一处残破的小山村,就会看到捣米的朝鲜女人,还会听到她们唱出柔美的歌声……"可见这是朝鲜战争中的一种生活常态,战争并不只是男人、士兵的奋斗,而是所有人的战斗。战士在前线冲锋陷阵,亦有千万女子坚守后方,从"老祖母"到年轻的"姐妹们",都在为战士们捣米制衣,用自己的力量支援战场。她们朝着"人民

---

① 张永枚:《骑马挂枪走天下》,北京:中国青年出版社 1957 年版,第 90 页。
② 张永枚:《骑马挂枪走天下》,北京:中国青年出版社 1957 年版,第 91 页。
③ 张永枚:《骑马挂枪走天下》,北京:中国青年出版社 1957 年版,第 78 页。
④ 张永枚:《骑马挂枪走天下》,北京:中国青年出版社 1957 年版,第 79 页。

军、志愿军好吃饱"和"吃下米饭又暖又饱,/一气打垮美国强盗"的共同目标,姐妹们"不睡觉,连夜起来把米捣"祈愿志愿军战士、亲人朋友平安归来,展现军民共同抵御外来侵略者的决心。

诗人善于捕捉独特的场景,选取了贴近生活的角度,有意将朝鲜女人的贤惠、勤快和别样的坚毅融合到捣米这一件日常小事中,展现特殊时期动人的女性群像。形式上特别采用四句一段的形式,更加简洁明快,搭配"捣米哟,把米来捣""姐妹们,把米来捣"等淳朴又不失生动的民谣式语言,朗朗上口,夜中捣米低声唱歌的朝鲜女人似在眼前。情感上,不似正面战场所描写的紧张激烈,却用连夜捣米的事情衬托出战争的急迫,"爱人在前线,/爸爸送粮草""捣哟,捣哟!/捣到天明爸爸就回来了,/带回前线胜利信,/带回爱人消息好"[①]。反映留守后方的妇女们对前方战况的时刻关注和迫切盼亲人朋友消息的心情,自然将人民和战士紧紧联系在一起,大大提升了诗歌思想情感,赞扬了这一群在后方奋战的无名"战士",再现战争中军民一心的感人情谊。

第三节　陈寅恪、詹安泰的旧体诗词

一、陈寅恪的旧体诗词

在现代诗歌史上,陈寅恪的名字是不可忽略的。作为一个史学家,陈寅恪的诗歌充满历史的睿智,也记载着现代历史的发展进程;作为一个思想家,陈寅恪的诗歌真实反映了其政治立场、人生观念,其耿介、刚正的思想性格,丰富了现代思想史;作为一个诗人,其在承传家学、赓续晚清民国以来宋诗派的传统中,变化出新,以学人的底蕴、思想的内涵而发为要眇之诗篇。陈寅恪的生命形态在其诗歌中得以完整体现。

欲了解陈寅恪诗歌的生命精神,就必须先了解陈寅恪对世局的看法、对自身的定位。综其一生,陈寅恪对世局、人生的看法不仅成熟较早,而且堪称极为稳固。他在《俞曲园先生病中呓语跋》云:"以观空者而观时,天下人事之变,遂无一不为当然而非偶然。……此诗之作,在旧朝德宗景皇帝庚子辛丑之岁,盖今日神州之世局,三十年前已成定而不可移易。当时中智之士莫不惴惴然睹大祸之将届,况先生为一代儒林宗硕,湛思而通识之人,值其气机触会,探演微隐以示来者,宜所言多中,复何奇之

[①] 张永枚:《骑马挂枪走天下》,北京:中国青年出版社1957年版,第83—84页。

有焉！"①读陈寅恪这样的文字，可以很强烈地感受其强固的心理，对世局形成的事实，在三十年代，陈寅恪便已经用"不可移易"来形容了。这使得陈寅恪少了一份"希望"所带来的哀痛，而是更多地直接在失望甚至绝望中，完成自己的另类的人生追求。

同样是在这篇《俞曲园先生病中呓语跋》中，陈寅恪曾援引昔日对其孙俞平伯所说："吾徒今日处身于不夷不惠之间，托命于非驴非马之国。"②在《读吴其昌撰梁启超传书后》亦云："余少喜临川新法之新，而老同涑水迂叟之迂。盖验以人心之厚薄，民生之荣悴，则知五十年来，如车轮之逆转，似有合于所谓退化论之说者。"③"临川新法"当指北宋王安石变法之事，而"涑水迂叟"则是指代北宋司马光，盖其曾著《涑水记闻》一书也。王安石属于新党，曾在宋神宗支持下进行变法，而司马光属于旧党，对于王安石变法中的过激之处多持反对意见。陈寅恪将自己的政治态度从早年的倾慕新法到晚年的趋于保守，言之甚明。这其实与王国维早年学习西方哲学，试图开展一场针对国人的精神洗涤运动，而在辛亥航海东渡后沉醉于传统经史之学的心路历程，其实是十分相似的。王国维与陈寅恪在精神上都行走在一条"退化"之路上。陈寅恪晚年撰述《寒柳堂记梦未定稿》即自比温公之著《涑水记闻》。《四库提要》曾评说《涑水记闻》所记"皆有证验"。陈寅恪将自己老境与温公相拟，亦取其征实之风彼此类似而已。这是陈寅恪对世局的基本判断，当然也是他一生心性的出发点。读陈寅恪的诗歌，这些判断构成其基本的文化底蕴。

陈寅恪是历史学家，拷问历史、追求真知是其学术趣尚所在。但他毕竟是晚清宋诗派一代宗主陈三立之子，其对诗歌的兴趣自然很可能受到家庭的影响。陈寅恪的诗歌不仅供其抒写一时之感触，也与他的学术研究密切相关。特别是在其晚年撰写的《论再生缘》《柳如是别传》等著作中，诗歌与其学术文字杂处其中，相得益彰，成为不可分割的一个整体。所以诗歌并非自外于其学术，而是融合了其生命感触与学术研究的重要内容。

（一）对镜写真：陈寅恪诗歌中的老子、陶潜、韩偓、苏轼

陈寅恪一生到底写了多少诗？这似乎是一个疑问。正如吴宓所说："寅恪习惯，以诗稿持示宓等后，不许宓钞存，立即自撕成碎片，团而掷之。"④好在吴宓记忆力过人，所以在《日记》里保留了不少陈寅恪的诗歌。陈美延、陈流求编的《陈寅恪诗集》

---

① 陈寅恪：《寒柳堂集》，上海：上海古籍出版社1980年版，第146页。
② 陈寅恪：《寒柳堂集》，上海：上海古籍出版社1980年版，第146页。
③ 陈寅恪：《寒柳堂集》，上海：上海古籍出版社1980年版，第150页。
④ 吴宓著，吴学昭整理：《吴宓自编年谱》，北京：生活·读书·新知三联书店1995年版，第190页。

除了部分来自陈寅恪自存之外,从《吴宓日记》中也辑录不少。

在陈寅恪的诗歌中,时常会出现一些历史人物,而且有的出现的频率相当高,如韩偓、陶潜、苏轼等。这些人物意象的频繁出现与陈寅恪的人生信念有关。他曾在《论再生缘》一文中说:"《再生缘》一书之主角为孟丽君,故孟丽君之性格,即端生平日理想所寄托,遂于不自觉中极力描绘,遂成为己身之对镜写真也。"①陈寅恪诗歌中频频出现的韩偓、庄子、苏轼、陶潜等人物,其实也是陈寅恪"对镜写真"的对象。

在陈寅恪对镜写真的诗人中,韩偓是首先值得关注的一个。韩偓在唐代朱全忠篡乱后避地苟生,其《避地》诗有"偷生亦似符天意,未死深疑负国恩"之句。韩偓及其诗句在陈寅恪诗中虽然只是出现了5次,但从1927年至1964年,时间跨度长达37年,实际上贯穿了陈寅恪整个中晚年时期。陈寅恪第一次提及韩偓,是在1927年撰写的《王观堂先生挽词》中,其中有"曾访梅真拜地仙,更期韩偓符天意"二句。1945年7月9日晚上陈寅恪与吴宓曾谈及"更期韩偓符天意"一句的出处,乃是用韩偓《避地》"偷生亦似符天意,未死深疑负国恩"诗意,又在五十年代对蒋天枢言及词句之意乃"希王先生之不死也"。这实际上反映了陈寅恪的人生哲学:偷生也是符合天意的,何必自戕其身!这大概也是陈寅恪在解放前的颠沛流离、解放后的历次运动中备受摧残却依然守护生命的原因所在。其他使用韩偓及诗的例子如"近死肝肠犹沸热,偷生岁月易蹉跎"(《七月七日蒙自作》,1938年)、"旧闻柳氏谁能次,密记冬郎世未知"(《十年诗用听水斋韵并序》,1945年)、"芳时已被冬郎误,何地能招自古魂"(《壬辰春日作》,1952年)、"韩偓偷生天莫问,范文祈死愿偏违"(《立秋前数日有阵雨炎暑稍解喜赋一诗》,1964年)等②,虽然语境各有不同,但守护生命的尊严始终是陈寅恪强调的重点所在。

不过,在陈寅恪而言,"偷生"乃是不得已而为之。陈寅恪其实深以"有身"为患,守护生命的最基础的原因,正是因为"有身"的存在。《老子》第十三章云:"吾所以有大患,为吾有身。及我无身,吾有何患?"大概从中年开始,陈寅恪即取典于《老子》,而以有身为大患。如1931年作的《辛未九一八事变……偕游北海天王堂》有"空文自古无长策,大患吾今有此身"之句,1943年作的《癸未春日感赋》有"周妻何肉尤吾累,大患分明有此身"之句,1961年作的《辛丑中秋》有"小冠那见山河影,大患仍留老病身"之句,1966年作的《丙午元旦作》有"小冠久废看花眼,大患犹留乞米身",等等。在35年的时间内,如此频繁地慨叹以身为患,实际上是表达着其超脱尘世之心

---

① 陈寅恪:《寒柳堂集》,上海:上海古籍出版社1980年版,第58页。
② 本文引用陈寅恪诗,均出自陈美延、陈流求编《陈寅恪诗集》,北京:清华大学出版社1997年版,同时也参考了蒋天枢编的《寅恪先生诗存》(附录《寒柳堂集》之后)以及胡文辉的《陈寅恪诗笺释》(广州:广东人民出版社2008年版)。以下不再一一注明,仅在引诗后括注诗题。

的迫切而已。

如果说，陈寅恪使用韩偓、老子及其诗的意象主要是出于对生命的珍重的话，其对陶潜和苏轼的心仪则显然是为了表达一种生命的姿态。陈寅恪提及陶潜的次数虽然不如提及苏轼之多，但陈寅恪是对陶潜下过功夫的人，这不仅有《桃花源记旁证》《陶渊明之思想与清谈之关系》等宏文在，而且陶潜推崇自然，不与当时政治势力合作的态度，其实与陈寅恪有着更多的契合。① 提及陶潜的诗句如"陶潜已去羲皇久，我生更在羲皇后"（《庚戌柏林重九作时闻日本合并朝鲜》，1910年）、"彭泽桃源早绝缘"（《答冼得霖陈植仪夫妇》，1951年）等，就体现了陈寅恪欲追慕陶潜而不能的心理。

可能与苏轼曾长期被贬岭南有关，而陈寅恪也在岭南度过了最后的二十年，所以在其诗中，不仅频繁提及苏轼，化用苏轼诗词的语言或典故，而且次韵苏轼的诗歌较多，甚至"倒排苏韵记流年"，在苏轼的作品中消磨岁月。其提及苏轼的诗句如"东坡聊可充中隐"（《寄怀杭州朱少滨》，1961年）、"为口东坡还自笑，老来事业未荒唐"（《辛丑七月雨僧……赋此答之》，1961年）、"文字声名不厌低，东坡诗句笑兼啼"（《一九六二年三月……仍赋七绝三首以纪之》）、"鹿门山远庞公病，望断东坡岭外云"（《壬寅清明病中作》，1962年）、"平生三度感中秋，博济昆明渤海舟"（陈寅恪自注云："此三度皆有东坡水调歌头之感。"）（《壬寅中秋夕博济医院病榻寄内》，1962年）、"罗浮梦破东坡老，那有梅花作上元"（《癸卯元夕作用东坡韵》，1963年）、"海外东坡死复生，任他蛮语满羊城"（《病中喜闻玉清教授归国就医口占二绝句赠之》之一，1964年）、"屈指今宵又上元，倒排苏韵记流年"（《乙巳元夕倒次东坡韵》，1965年）、"德功坡老吾宁及，赢得残花溅泪开"（《乙巳清明日作次东坡韵》，1965年）等。这些诗句或表达对苏轼的同情，或以苏轼自许，其实都是以倾慕苏轼为前提的。

与希慕陶潜，但更多地停留在心底不同，陈寅恪对于苏轼的希慕是如此直接，而且是如此频繁地昭示出来。在陈寅恪的全部诗歌中，仅题目上用"次东坡韵"的诗歌就有13首，从1949年开始奉和，整个50年代只有3首，而从1962至1966年的5年中，就有9首之多，这当然可以看出陈寅恪晚年对苏轼的认同有增进之势。这些次韵、和韵之作分别是：1947年有《丁亥元夕用东坡韵》，1948年有《戊子元夕放焰火呼邻舍儿童聚观用东坡韵作诗纪之》，1949年有《己丑清明日作用东坡韵》，1950年有《庚寅元夕用东坡韵》，1951年有《辛卯广州元夕用东坡韵》，1953年有《广州癸巳元夕用东坡韵》，1962年有《壬寅元夕作用东坡二月三日点灯会客韵》《壬寅元夕后七

---

① 参见陈寅恪《陶渊明之思想与清谈之关系》，《金明馆丛稿初编》，上海：上海古籍出版社1980年版，第204—205页。

日二客过谈因有所感遂再次东坡前韵》,1963年有《癸巳元夕作用东坡韵》,1964年有《甲辰元夕作次东坡韵并序》,1965年元夕,陈寅恪写了两首次韵东坡诗,一首正次,一首倒次,即《乙巳元夕次东坡韵》《乙巳元夕倒次东坡韵》。到了同年清明,又作《乙巳清明日作次东坡韵》,1966年有《丙午元夕立春作仍次东坡韵》《丙午清明次东坡韵》,等等。陈寅恪显然以苏轼为"对镜写真"的对象,一边玩赏着苏轼的作品,一边从中演绎着与苏轼隔世共鸣的情怀。

这里要重点提及陈寅恪的三首中秋词。陈寅恪在1962年作的《壬寅中秋夕博济医院病榻寄内》中曾有"平生三度感中秋,博济昆明渤海舟"之句,陈寅恪自注云:"此三度皆有东坡《水调歌头》之感。"兹列三诗如下:

> 天风吹月到孤舟,哀乐无端托此游。影底河山频换世,愁中节物易惊秋。初升紫塞云将合,照澈沧波海不流。解识阴晴圆缺意,有人雾鬓独登楼。(《戊辰中秋夕渤海舟中作》)

> 暂归匆别意如何,三月昏昏似梦过。残剩河山行旅倦,乱离骨肉病愁多。狐狸埋掩摧亡国,鸡犬飞升送逝波。人事已穷天更远,只余未死一悲歌。(《己卯秋发香港重返昆明有作》)

> 平生三度感中秋,博济昆明渤海舟。肠断百年垂尽日,清光三五共离忧。(《壬寅中秋夕博济医院病榻寄内》)

《戊辰中秋夕渤海舟中作》作于1928年,《己卯秋发香港重返昆明有作》作于1939年①,《壬寅中秋夕博济医院病榻寄内》作于1962年,这三年的中秋,陈寅恪或辗转旅途,或客居他乡,或缠绵病榻,都未能与妻子唐筼共度。在长达34年的时间中,陈寅恪三度感怀苏轼的《水调歌头》之词,此足以说明苏轼在其生命中的重要地位。苏轼的《水调歌头》作于1076年,当时因反对王安石变法而自请外任密州,情绪本就起伏,适逢中秋,又不能与苏辙相见,因而一饮而醉,感悟到人生如同天上月,阴晴圆缺总交并。但苏轼词在最后宕出悲欢离合的抑郁氛围,而以"但愿人长久,千里共婵娟"煞尾,以自相宽慰。陈寅恪的三首中秋诗歌,都表达了与苏轼类似的哀乐无端的人生悲情,但除了第一首尚有"解识阴晴圆缺意,有人雾鬓独登楼"的从容之外,其余两首都侧重在表达人生的离忧和悲歌上。第三首结句"清光三五共离忧",陈寅恪还特别自注曰:"庚子山对酒歌云:'人生一百年,欢乐唯三五。'"可见,陈寅恪三度感怀苏轼的《水调歌头》,乃是侧重在感怀其对人生的悲苦方面。陈寅恪欲追慕苏轼

---

① 《己卯秋发香港重返昆明有作》一诗,无论是诗题,还是内容,都未提及中秋,但陈寅恪在昆明所作诗与秋天有关者仅此一首,而且其情调与其他两首中秋诗相近,因定此首为陈寅恪在昆明"感中秋"之作。

而不能的悲剧人生在这种历久的追慕中更让人唏嘘不已。

（二）陈寅恪诗歌中的生命意象：劫灰之世、衰残之景与惊悚之心

陈寅恪生活的主要年代先后经历了辛亥革命、北伐战争、抗日战争以及解放后接二连三的政治活动，因此他也一直将他生活的时代喻为"昆明劫灰"，在乱离之世，陈寅恪留下了对前代无尽的追思，这当然与陈寅恪对晚清民国的政体变化及其带来的文化认同有关。兹略述其例："昆明残劫灰飞尽，聊与胡僧话落花"（《昆明翠湖书所见》，1939 年）、"劫灰满眼看愁绝，坐守寒灰更可哀"（《壬午元旦对盆花感赋》，1942年）、"玉石昆冈同一烬，劫灰遗恨话当时"（《己丑夏日》，1949 年）、"可怜汉主求仙意，只博胡僧话劫灰"（《青鸟》，1949 年）、"名山讲席无儒士，胜地仙家有劫灰"（《纯阳观梅花》，1950 年）、"灰劫昆明红豆在，相思廿载待今酬"（《咏红豆并序》，1955年）、"雄信谶词传旧本，昆明劫灰话新烟"（《病中南京博物院长……以诗纪之》，1963年）、"听罢胡僧话劫灰，尚谈节日蠢人哉"（《乙巳清明日作次东坡韵》，1965 年）等等。"昆明劫灰"的典故出自《初学记》卷七引晋代曹毗《志怪》云：

> 汉武凿昆明池，极深，悉是灰墨，无复土。举朝不解，以问东方朔，朔曰："臣愚不足以知之，可试问西域胡人。"帝以朔不知，难以移问。至后汉明帝时，外国道人入来洛阳，时有忆方朔言者，乃试以武帝时灰墨问之，胡人云："经云：天地大劫将尽，则劫烧，此劫烧之余。"乃知朔言有旨。[①]

晋干宝《搜神记》《三辅黄图》所引《关辅古语》《高僧传》等记载略同。文中"胡人"，或认为乃胡僧法兰也。而所谓"昆明劫灰"原意乃是指世界终尽劫火洞烧所余之灰烬。胡僧所云本为不识煤炭而汗漫言及。但此后在文学创作中，"劫灰"遂成为一个基本的意象，以喻指战乱动荡后的残损遗迹。如庾信有"无劳问待诏，自识昆明灰"之句，杜甫有"药囊亲道士，灰劫问胡僧"之句，元稹有"僧餐月灯阁，醵宴劫灰池"之句，李商隐有"汉苑生春水，昆池换劫灰"、"年华若到经风雨，便是胡僧话劫灰"之句，韩偓有"眼看朝市成陵谷，始信昆明是劫灰"之句，陆游有"陈迹关心已自悲，劫灰满眼更增欷"之句。这些都是陈寅恪颇为熟悉的诗人使用"昆明劫灰"意象的情况。而其尊人陈三立《书感》也有"八骏西游问劫灰，关河中断有余哀"之句。陈寅恪本熟稔佛教经典，故一方面从中取以为典故，另一方面又从历代的诗歌中采择其文学意象。从 20 世纪三十年代至六十年代，"劫灰"的意象一直盘桓在陈寅恪心中，可见其对世局变换的基本立场。与陆机《辨亡论》相呼应，一直以遗民自居的陈寅恪也希望

[①] 徐坚等著：《初学记》卷七，北京：中华书局 2004 年版，第 147 页。

继陆机而作续论。"欲著辨亡还阁笔,众生颠倒向谁陈。"(《辛未九一八事变……偕游北海天王堂》,1931年)、"辨亡欲论何人会,此恨绵绵死未休。"(《蓝霞一首》,1938年),"辨亡"云云,不仅因山河破碎而起,更有着文化衰残的内在因素。

陈寅恪既将世局视同"劫灰",再加上他本人中年膑目,晚年膑足,故视外在一切世界、物象无不为残损之象,所以在陈寅恪的诗歌中充满了"残"的意象。这与陈寅恪观念中劫灰过后的文化残裂有着一定的关系。就现存的陈寅恪诗歌来看,从1913年至1965年这52年中,陈寅恪对"残"的意象的使用呈现了明显的递增趋势。五十时代前后、六十年代中期是使用"残"意象最为频繁的时期。这与陈寅恪当时的政治态度及人生意趣密切相关。若分类而言,以家国山河之残为最值得注意。如"残域残年原易感,又因观画泪汍澜"(《癸丑冬伦敦画展……感赋》,1913年)、"残剩河山行旅倦,乱离骨肉病愁多"(《己卯秋发香港重返昆明有作》,1939年;《予挈家由香港抵桂林……感而赋此》,1942年)、"残编点滴残山泪,绝命从容绝代才"(《乙未阳历元旦诗意有未尽复赋一律》,1955年)、"推寻衰柳枯兰意,刻画残山剩水痕"(《用前题意……故诗语及之》,1957年)、"喧阗金鼓万人看,隐现山河影略残"(《乙巳中秋作》,1965年)等等。这些对残域、残山、残水的描写,当寄寓着陈寅恪深厚的朝代更换、文化凋零的感情。

节候之残也是陈寅恪描写的重点。因为陈寅恪极度的文化保守主义立场,所以对于一般的春华秋月,陈寅恪很少留意,而对于残春、残花、残秋、残月却有着特别的敏感。其例甚多,如"无风无雨送残春,一角园林独怆神"(《吴氏园海棠》,1936年)、"无端来此送残春,一角湖楼独怆神"(《残春》,1938年)、"剩记题诗记今日,繁枝虽好近残春"(《清华园寓庐手植海棠》,1948年)"岭表流民头满雪,可怜无地送残春"(《庚寅仲夏友人……用戊子春日原韵》,1950年)、"细雨残花昼掩门,结庐人境似荒村"(《壬辰春日作》,1952年)、"金英翠叶不凋残,留与炎方野老看"(《题先大兄画桂花册》,1960年)、"娇寒倦暖似残春,节物茫然过岭人"(《辛丑中秋》,1961年)、"德功颇老吾宁友,赢得残花溅泪开"(《乙巳清明日作次东坡韵》,1965年)、"不比平原十日游,独来南海吊残秋"(《广州赠别蒋秉南》,1953年)等等。言及"残秋"的诗歌虽仅一例,但言及"残春"的诗句之多显然非同寻常。

此外,陈寅恪也写及残梦、残帙、残籍、残烛、残灰等意象,与其节候之残形成了呼应。如"惆怅念年眠食地,一春残梦上心头"(《丁亥春日清华园作》,1947年)、"回首卅年眠食地,模糊残梦上心头"(《改旧句寄北》,1951年)、"高唱军歌曲调新,惊回残梦太平人"(《高唱》,1965年)、"世乱佳人还作贼,劫终残帙幸余灰"(《丁亥春日阅……看杏花诗因题一律》,1947年)、"浊醪有理心先醉,残烛无声累暗流"(《乙未中秋夕赠内即次去岁中秋韵》,1955年)、"密林返影穿窗入,爆竹残灰满院留"(《乙巳广州元旦作》,1965年)、"善和旧籍残余尽,孺仲贤妻痊病连"(《乙巳人日作》,1965年)等等。皆是例证。

当然,更多的"残"是用以形容自身的,这不仅因为陈寅恪身残的客观事实,更是其因为心死而厌倦生命的情绪的流露。例如:"破碎河山迎胜利,残余岁月送凄凉"(《忆故居并序》,1945年)、"众生颠倒诚何说,残命维持转自疑"(《戊子阳历十二月……并寄亲友》,1948年)、"道穷文武欲何求,残废流离更自羞"(《叶遐庵自香港寄诗询近状赋此答之》,1950年)、"残废何堪比古贤,昭琴虽鼓等无弦"(《答冼得霖陈植仪夫妇》,1951年)、"东城父老机先烛,南渡残生梦独多"(《余季玉先生挽词二首》之二,1955年)、"衰残敢议千秋事,剩咏崔徽画里真"(《前题余秋室绘……更赋二律》之二,1957年)、"万里阴沉连续雨,千秋心事废残身"(《去岁大寒节……感赋一律》,1964年)、"节物不殊人事改,且留残命卧禅床"(《甲辰天中节即事和丁酉端午诗原韵》,1964年)、"未知轻薄芳姿意,得会衰я野老思"(《戏题有学集高会堂诗后》,1964年)、"早知万物皆刍狗,何怪残躯似木鸡"(《立秋前数日有阵雨炎暑稍解喜赋一诗》,1964年)、"狂愚残废病如丝,家国艰辛费护持"(《甲辰旧历七月十七日……今此联尚存焉》,1964年)、"残年废疾成何事,剩卧山中玩白云"(《一榻》,1964年)、"余生残废添愁病,杂物纷繁费处治"(《展七夕诗并序》,1965年)。陈寅恪将自己的生命形容为残余岁月、残废、残生、衰残、残命、残年等,可见其生命意趣的淡薄。而且这种残生意识愈到晚年愈加强烈,这与陈寅恪晚年的艰难处境是密切相关的。

读陈寅恪的诗歌,当如此频繁的"残"字络绎奔会到眼前,确实令人震惊不已。但在勘察了陈寅恪的生平与思想之后,对其触目皆"残"的诗歌意象和心理特征,也就有了更多的认同。陈寅恪堪称是现代最悲情的学者诗人。

大凡悲情的诗人总是敏感异常的,陈寅恪以残生之眼看待残山残水、残春残秋,回味残梦残境,宜其敏心锐感,有异乎常人的惊悚之感。所以,"惊"字与"残"字一样,也构成陈寅恪诗歌的核心字眼。略举其例,描写节物之"惊"如"影底山河频换世,愁中节物易惊秋"(《戊辰中秋夕渤海舟中作》,1928年)、"独卧荒村惊节物,可怜空负渡江春"(《己丑元旦作时居广州康乐九家村》,1949年)、"帘外新凉惊节换,夜阑离绪总魂销"(《己丑广州七夕》,1949年)、"影底河山初换世,天涯节物又惊秋"(《庚寅广州中秋作》,1950年)、"病起更惊春意尽,绿阴成幕听鸣蝉"(《首夏病起》,1951年)、"惊心节物到端阳,作客犹嗟滞五羊"(《次韵朱少滨癸巳杭州端午之作》,1953年)、"北照婵娟频怯影,南飞乌鹊又惊秋"(《甲午广州中秋》,1954年)等等。描写世象之"惊"如"照面共惊三世改,齐眉微惜十年迟"(《题与晓莹结婚……寄寓广州也》,1951年)、"看天北斗惊新象,记梦东京惜旧恨"(《南海世丈百岁生日献词》,1958年)等等。其他描写惊心、惊闻、惊梦之例如"甘卖卢龙无善价,惊传戏马有新愁"(《蓝霞一首》,1938年)、"淮南米价惊心问,中统银钞入手空"(《己卯秋发香港重返昆明有作》,1939年)、"忽奉新诗惊病眼,香江回忆十年游"(《叶遐庵自香港寄诗询近状赋此答之》,1950年)、"枕上忽闻花气息,梦惊魂断又新年"(《癸巳元旦赠晓莹》,1953年)、"乍来湖海逃名客,惊见神仙写韵人"(《晓莹昔年……偶忆及之感赋一律》,1955年)、"黄莺惊梦啼空苦,白雁随阳倦未归"(《乙未迎春后一日作》,1956年)、"元旦惊闻警日蹙,迎春除夕更茫然"(《辛丑除夕作并序》,1962年)、"遥夜惊心听急雨,今年真负杜鹃红"(《乙巳春夜忽闻风雨声……为赋一诗》,1965年)等等。如此多的"惊"字实际上反映了陈寅恪心理的脆弱和感受的敏锐,这是惊恐之世留给陈寅恪的一份独特心理感受。

(三)不生不死之身与孤游人间之意

以这样一种残废之身立世、以惊恐之心处世,陈寅恪难怪有一种"不生不死"的感觉,似乎只有身体尚存留于世间,而其心思则遁飞在尘世之外了。余生昏昏醉梦过,茫茫遗恨在尘世既然已经没有发泄的窗口,唯有寄望于来世了。试读以下诗句:"此生遗恨塞乾坤"(《吴氏园海棠》,1935年)、"入山浮海俱无计,悔恨平生识一丁"(《己卯春日刘宏度……因赋一律答之》,1939年)、"人事已死天更远,只余未死一悲歌"(《己卯秋发香港重返昆明有作》,1939年)、"不生不死欲如何,二月昏昏醉梦过"(《予挈家由香港抵桂林……感而赋此》,1942年)、"爆竹声中独闭门,萧条景物似荒村……时事厌闻须掩耳,古人久死欲招魂"(《甲申除夕自成都存仁医院归家后作》,1945年)、"一生负气成今日,四海无人对夕阳"(《忆故居并序》,1945年)、"去年病目实已死,虽号为人与鬼同"(《五十六岁生日三绝》之一,1945年)、"梦华一录难重读,莫遣遗民说汴京"(《乙酉七七日听人说水浒新传适有客述近事感赋》,1945年)、"闭户寻诗亦多事,不如闭眼送生涯"(《庚寅人日》,1950年)、"岭表流民头满雪,可怜无地送残春"(《庚寅仲夏友人……用戊子春日原韵》,1950年)、"不生不死最堪伤"(《霜红龛集望海诗云……感题其后》,1950年)、"风鬟雾鬓销魂语,剩与流人纪上元"(《辛卯广州元夕用东坡韵》,1951年)、"从今饱吃南州饭,稳和陶诗昼闭门"(《丙戌居成都……因作二绝并赠晓莹》,1951年)、"平生所学供埋骨,晚岁为诗欠斫头"(《丙申六十七岁初度……赋此酬谢》,1956年)、"我今自号过时人,一榻萧然了此身"(《甲辰元旦余撰春联……述其事也》,1964年)、"草间偷活欲何为,圣籍神皋寄所思。拟就罪言盈百万,藏山付托不须辞"(《甲辰四月赠蒋秉南教授》,1964年)。闭门闭眼,不生不死,这既是陈寅恪的生存状态,也是他思想精神的反映。陈寅恪内心无言的痛苦,至今读来,催人泪下。

其实,"不生不死"只是陈寅恪对自己生存状态的一种概括,至其心思则一直徘徊在"将死"的边缘。所以,死亡的主题在陈寅恪诗歌中曾不止一次地出现。"人事已穷天更远,只余未死一悲歌"(《己卯秋发香港重返昆明有作》,1939年)、"余生流转终何止,将死烦忧更沓来"(《己丑清明日作用东坡韵》,1949年)、"问疾宁辞蜀道难,相逢握手泪汍难。暮年一晤非容易,应作生离死别看"(《赠吴雨僧》,1961年)、"元亮虚留命,灵均久失魂。人生终有死,遗恨塞乾坤"(《枕上偶忆……可谓无病呻吟者也》,1964年)等等。大概从知天命之年开始,陈寅恪的欲死之心和将死之意便频繁表露出来。昔徐骑省挽李后主词曾有"此生虽未死,寂寞已销魂"之句,陈寅恪在自己的诗歌中曾一再引用、化用。如"回首平生终负气,此身未死已销魂"(《春日独游玉泉静明园》,1927年)、"迷离回首桃花面,寂寞销魂麦秀歌。近死肝肠犹沸热,偷生岁月易蹉跎"(《七月七日蒙自作》,1938年)、"去国羁魂销寂寞,还家生事费安排"(《大西洋舟中记梦》,1946年)、"挽句已吟徐骑省,弹词犹听李龟年"(《乙巳人日作》,1965年)。未死之身与已死之心就这样矛盾地存于陈寅恪一身。陈寅恪的悲观是一以贯穿的,当抗战烽起,其尊人陈三立颇抱乐观之心,而陈寅恪则"以悲观说进"①;而在抗战结束的1945年,他在《读吴其昌撰梁启超传书后》又提出了历史的"退化"说。可见其对人生的悲观心理在数十年间未曾改变。

因为关注人世变换,敏感人生遭际,与王国维相似,陈寅恪的诗歌中"人间"一词也是频频使用,达30多例。这些使用"人间"之例,当然有不少是从客观人世的意义上来使用的。如"故国华胥今梦破,洞房金雀尚人间"(《癸丑冬伦敦画展……感赋》,1913年)、"黄河难塞黄金尽,日暮人间几万程"(《蒙自南湖戊寅夏作》,1938年)、"海外长门成短别,人间旧好胜新知"(《乙酉新历七夕》,1945年)、"余年若可长如此,何物人间更欲求"(《丙戌居成都……因作二绝并赠晓莹》,1951年)、"天上素娥原有党,人间红袖尚无家"(《春尽病起宴……微不同也》,1959年)、"流水桃花渺碧空,人间飞絮舞东风"(《寄小五柳堂卷子》,1961年)、"幸有人间佳耦在,杜兰香去未移时"(《赠吴雨僧》,1961年)、"犀渠鹤膝人间世,春水桃花梦裏船"(《丙午元夕立春作仍次东坡韵》,1966年)等等。这些例句虽然各有语境,但"人间"一词并不带有强烈的感情色彩,乃是比较客观地抒写人间之事之景。

在更多情况下,"人间"呈现出与诗人相对立的意味。"人间"以一种疏离的方式隔膜着诗人的情感。如"人间不会孤游意,归去含凄自闭门"(《春日独游玉泉静明园》,1927年)、"人间从古伤离别,真信人间不自由"(《戊寅蒙自七夕》,1938年)、"人间春尽头堪白,未到春归已白头"(《辛巳春由港飞渝用前韵》,1941年)、"风波万

---

① 胡先骕:《四十年来北京之旧诗人》,载张大为等编《胡先骕文存》上卷,南昌:江西高校出版社1995年版,第482页。

里人间世,愿得孤帆及早回"(《大西洋舟中记梦》,1946年)、"新春不在人间世,梦觅残梅作上元"(《戊子元夕……用东坡韵作诗纪之》,1948年)、"人间尽误佳期了,更有佳期莫恨遥"(《己丑广州七夕》,1949年)、"人间自误佳期了,更有佳期莫怨遥"(《庚寅广州七夕》,1950年)、"我今负得盲翁鼓,说尽人间未了情"(《甲午春朱叟……故诗语牵连及之也》,1954年)、"沈湘哀郢都陈迹,剩话人间绝妙词"(《题王观堂人间词话及人间词话新刊本》,1957年)、"人间佳节销魂过,楼外明河照梦流"(《己亥七夕作前二日立秋》,1959年)、"任教忧患满人间,欲隐巢由不买山"(《壬寅小雪夜病榻作》,1962年)、"芙蓉城远途还阻,惆怅人间石曼卿"(《乙巳春尽有感》,1965年)。诗人所怀之情、所见之景、所遇之事,都在"人间"受到阻隔,因此超越人间便成为诗人最基本也是最重要的愿望。

"任教忧患满人间",由不能会意的人间,使得诗人更企慕、更向往天上的世界,所以在陈寅恪的世界里,"天上"才是一个理想的栖居之地。也因此,陈寅恪一边在人间落寞着,一边神思着天上的仙境。其例如"欲上高寒问今夕,人间惆怅雪盈头"(《庚寅广州中秋作》,1950年)、"天上又闻伤短别,人间虚说誓长生"(《辛卯七夕》,1951年)、"海月昏黄雾隔天,人间何处照春妍"(《广州癸巳元夕用东坡韵》,1953年)、"云外自应思往事,人间犹说誓来生"(《癸巳七夕》,1953年)、"留得秋潭仙侣曲,人间遗恨总难裁"(《乙未阳历元旦诗意有未尽复赋一律》,1955年)、"终负人间双拜月,高寒千古对悠悠"(《乙未中秋夕赠内即次去岁中秋韵》,1955年)、"林花天上落红芳,飘堕人间共断肠"(《丙申春日偶读杜诗……之句戏成一律》,1956年)、"来谱云和琴上曲,凤声何意落人间"(《丁酉上巳前二日……即赋三绝句》之一,1957年)、"珍重承天井中水,人间唯此是安流"(《丁酉阳历七月三日……感赋一律》,1957年)、"姮娥不共人间老,碧海青天自纪元"(《乙巳元夕次东坡韵》,1965年)、"人间三伏愁炎暑,天上双星感合离"(《乙巳七夕》,1965年)、"若得人间双拜月,姮娥天上亦销愁"(《乙巳中秋作》,1965年)。这些例子当然是从整首作品中剥离出来的,但将这些散句综合来看,其心思所属,还是比较清晰的。

那么,能不能找到一首可以完整地体现陈寅恪生命境界的诗歌呢?这首作于1950年的《叶遐庵自香港寄诗询近状赋此答之》或可作为代表——尤其是比较集中地体现了陈寅恪的晚年心境。诗云:

  道穷文武欲何求,残废流离更自羞。垂老未闻甲兵洗,偷生争为稻粱谋。招魂楚泽心虽在,续命河汾梦亦休。忽奉新诗惊病眼,香江回忆十年游。

这首诗不仅集中了道穷之境、残废之身、流离之路、垂老之念、偷生之意、惊恐之心,几乎汇聚了陈寅恪诗歌的所有重要的核心意象,而且写出了有心招魂、无力续命的无奈甚至绝望的心境。因为是写于60岁之年,所以陈寅恪将过往、现在与未来一并而写,将自己沉重的心态颇为完整地表达了出来。陈寅恪从青年时期即认同旧的纲常文化,"招魂"云云,其实正是希望能重现传统文化。"续命河汾"使用的是隋代王通设教于河汾之间,培养了众多唐初名臣的典故。1962年,陈寅恪在《小雪夜诗》中也有"疏属汾南何等事,衰残无命敢追攀"之句,表达自己的无奈。1964年在《赠蒋秉南序》中也说:"至若追踪昔贤,幽居疏属之南,汾水之曲,守先哲之遗范,托末契于后生者,则有如方丈蓬莱,渺不可即,徒寄之梦寐,存乎遐想而已。"[1]他希望能续命河汾,为中国文化之命脉造就传人,但无论是当时的政治社会环境,还是其身体条件,续命的愿望都变得十分渺茫。陈寅恪对从民国以来新的政治制度和社会文化带有一定的排斥甚至抵触情绪,为了表示对民国社会的不满,他甚至在《王观堂先生挽词并序》中将晚清动荡腐败的光绪、宣统之世而比喻为"开元全盛年",这体现了其基本的文化和政治立场,所以他的"故国"之思,他的"流离"之感,他的"续命"之愿,都根源于这样一种文化遗民心态。在这样一种心态支配下,自然的山川风物与节候流转,社会的风云变幻和个人的身世遭际,便不免带着情绪的投射,所以其诗歌的种种意象和语言,也就同样呼应着这种情绪。

(四)诗歌在陈寅恪生命中的意义

诗歌在陈寅恪的生命中具有怎样的意义?这也许不是一个容易回答的问题。但陈寅恪一生在学术之外,偏嗜诗歌,却是一个不争的事实。陈寅恪现存诗歌最早作于1910年,一直到陈寅恪去世的1969年,在近60年的时间中,陈寅恪以诗歌描摹着眼前的风景,宣泄着心底的波澜,而悲观与痛苦则构成了其诗的基本情感内质。从弱龄赴日本留学到后来辗转欧美的求学生涯,从解放前的频繁迁徙到解放后的历次运动,陈寅恪用诗歌忠实记录了时代风云和个人的心路历程,兼具诗史、心史的双重意义。其弟子蒋天枢言之最为恳切:

> 综观先生一生,屯蹇之日多,而安舒之日少。远客异国,有断炊之虞。飘泊西南,备颠连之苦。外侮内忧,销魂铄骨。寄家香港,仆仆于滇越蜀道之中(在重庆,有"见机而作,入土为安"之联语)。奇疾异遇,困顿(失明而无伴护)于天竺、英伦、纽约之际。虽晚年遭逢盛世,而失明之后,继以膑足,终则被迫害致死。天之困厄斯人抑何酷耶?先生……忧国忧民之思,悲天悯人之怀,郁勃于胸中,

---

[1] 陈寅恪:《寒柳堂集》,上海:上海古籍出版社1980年版,第162页。

一发之于述作与歌诗。先生之浩气道矣。①

这种特殊的时代背景和个人经历,使陈寅恪的诗歌无暇润色华彩,也不炫弄技巧,几乎不关注身边琐屑之事,而托意则往往深远。其友人吴宓对此体会尤深,吴宓1959年在抄录数首陈寅恪诗歌后,有附记云:

> 诸诗藉闲情以寓意,虽系娱乐事而寅恪之精神怀抱,悉全部明白写出,为后来作史及知人论世者告。至其记诵之渊博,用语之绾合,寄意之深远,又寅恪胜过他人处。②

这意味着要解读陈寅恪的诗歌同样需要像陈寅恪解读前人诗歌一样,讲究剥蕉见心的方式方法。③ 有学者说陈寅恪诗歌的深情高致是融汇了杜甫之沉郁、李商隐之绵邈、庾信与钱谦益之遥深,所以有一种悱恻芳馨之美。④ 读者或可于此细加参究。陈寅恪这种注重表达悲情、时有隐喻的创作特点,与中国诗歌的艺术传统密切相关,也与陈寅恪所经历的特殊时代背景相关。同时,作为晚清宋诗派主将陈三立的公子,在诗学思想上也深受其家学之影响。⑤ 陈寅恪以他的学人之诗诠释了自己的生命历程和精神世界,在现代诗歌史上具有重要的地位。

二、詹安泰的旧体诗词

詹安泰(1902—1967),字祝南,号无庵,男,广东饶平人。曾先后求学于广东高等师范和广东大学中国文学系。1926年毕业后回到家乡潮州,在韩山师范任教,同时兼任金山中学教员。1938年,经陈中凡介绍,应聘到中山大学任教,接替陈洵主讲

---

① 蒋天枢:《陈寅恪先生传》,载《陈寅恪先生编年事辑》(增订本),上海:上海古籍出版社1997年版,第233页。
② 转引自余英时《陈寅恪的学术精神和晚年心境》,载冯衣北《陈寅恪晚年诗文及其他——与余英时先生商榷》,广州:花城出版社1986年版,第75页。
③ 关于陈寅恪诗歌的寓意,请参见余英时《陈寅恪的学术精神和晚年心境》《陈寅恪晚年诗文释证》《陈寅恪晚年心境新证》《古典与今典之间》《"弦箭文章那日休"?》等文,以及冯衣北《也谈陈寅恪先生的晚年心境》《陈寅恪晚年心境的再商榷》等文。余英时与冯衣北的系列文章,其中多有两人商榷者,而中心是对陈寅恪诗歌所隐喻的政治态度的不同看法。本文不拟重复,故避开两人所论话题,而着重以意象为核心,试图演绎其抽象的生命精神。余英时与冯衣北诸文初发表于香港《明报月刊》等报刊,后以"冯衣北"署名辑成《陈寅恪晚年诗文及其他——与余英时先生商榷》一书,由花城出版社1986年出版。
④ 参见邓小军《现代诗词三大家:马一浮、陈寅恪、沈祖棻》,刊《中国文化》2008年春季号,第98页。
⑤ 邱世友在《试论陈寅恪教授的诗词学思想》一文中说:"寅老在诗的创作和评论上,直接受乃父影响也是很明显的。无论遣词、造句乃至诗境、旨趣都历历可见。"并有详细分析。参见邱世友《水明楼续集》,广州:中山大学出版社2007年版,第54页。

诗词。历任中文系古典文学教研室主任、系主任等职。

詹安泰博学多才,而用力于诗词者尤深。他兼擅诗词创作和诗词评论,成果斐然。1937年开始出版了第一本词集《无庵词》,1939年刊印了诗词合集《滇南挂瓢集》,1982年香港影印出版了他的《鹪鹩巢诗、无庵词》合集。2002年,在詹安泰百年冥诞之际,香港翰墨轩出版有限公司出版《詹安泰诗词集》,至此詹安泰的诗词已得到了较完整的整理和出版。詹安泰的诗词,学有渊源。他踵承清季同光诗人"宗宋"之风,挹其芳润,发为诗词,而自造新境。他的《鹪鹩巢诗》,受梅尧臣影响特深,同时又具有韩愈和苏轼的笔势。在填词创作方面,他承晚清朱祖谋、陈洵之绪,初宗白石,继学梦窗,辛辣处殆过其诗,包蕴着深沉的"词史"意识。

詹安泰的诗歌主要收集在《鹪鹩巢诗》中,原以"甲乙丙丁"分卷,1937年时即已编至丁稿,此后续作续编,1939年正式出版。1982年香港至乐楼丛书与2002年香港翰墨轩出版的《鹪鹩巢诗集》,都是经詹安泰手写编定本,凡九卷。

詹安泰对古代诗人,尤其欣赏韩愈和梅尧臣的诗歌,特别是中年随中山大学迁徙云南等地时,相似的经历,流离的情形,使他对梅尧臣的诗有一种特别的共鸣。他自称"秃笔曾拜梅宛陵"(《韩青赠诗,爱勉甚至,赋此报谢》),他的《澂江苦无书读,忽睹〈宛陵集〉,大喜过望,因题》诗云:

壮岁独喜都官诗,亦不见悔人见嗤。连年离乱工转徙,屡欲书窜难为辞。辞成岂遽羽毛比,语涩恐被鬼神疑。橐笔荒陬忽怪事,得所爱好弥惊奇。破壁寸燐闲披读,赏心一刻祛忧噫。深远闲淡固莫匹,政以皱折穷覃思。翻空时或吐芬艳,挹之无尽即以离。俗子纷纷乞高格,门墙渺邈况骨皮。亮哉昔有海藏翁,为言宛陵何可追。对卷三复还三叹,悠悠斯世知其谁。①

不仅对梅尧臣以"皱折覃思"来表现"深远闲淡"的创作意趣作了精要的概括,与欧阳修称梅尧臣诗"覃思精微,以深远闲澹为意"之评相呼应。而且明确表达了自己在诗歌创作上追随的意趣。詹安泰以学宛陵诗自励,他的诗句多化用梅尧臣诗意,如"孤鹤屈雕鹗,二蛇化龙雉"二句,其自注云:"用宛陵诗意。"他的《卢冀野教授寄示〈柴室诗〉,赋谢并简李秃翁》更直接以梅尧臣"似蚕作茧诚有之"入己诗,但在创作上呈现出来的特色就不是宛陵所限制的了。

詹安泰一生诗风经历了一个从"绮思"到"矜持"的过程,陈中凡在为《鹪鹩巢诗》所作的"题词"中概括其诗风变化说:"当其淬厉初,绮思粲芳菲。流泉不择地,珠玉倍毫挥。泽古既已久,落笔转矜持。"最后以"情词兼雅怨,文质穷高卑"而自成一

---

① 本文所引詹安泰诗词及诸名家题词均出自《詹安泰诗词集》,香港:翰墨轩出版有限公司,2002年版。

家。他的《鹪鹩巢诗》大致按创作时代先后排序,循序而观,其诗风变化昭然具在。1935年是詹安泰的创作和研究发生重大转折的一年,在此之前,詹安泰多致力于填词创作和词学研究,而在这一年以后,詹安泰的诗歌创作明显增多,他的《韩山韩水歌寄邵潭秋》《听歌舞团陈翠宝唱大鼓词率成长句》及《游别峰八十六韵》等,即作于这一年。潮汕名流陈沅誉为"气韵沉雄"、"矫健盘旋",特别是《游别峰八十六韵》,推为潮汕纪游之作的"巨制"①。《韩山韩水歌寄邵潭秋》被列为《鹪鹩巢诗》的开篇,显然也不无视其为早期诗歌代表作的意味。全诗三十二韵,不仅写韩山"重岗起伏矫龙蛇"的雄伟地貌,也写韩水"江摇山重朝天号"的壮阔气势,更兼写其间百姓独特而自然的生活景观,如其诗中云:"长云弄晚炊烟没,渔网交收月旋出。客船此际齐掌灯,月驱星落浮波行。波外楼台高下起,山歌箫笛宛曼美。炮鳖脍鱼醉猩猩,欲与造化相追倾。不然委骨穷尘下,薰响歇绝向谁诉。"写景写人浑然一体,其构思之"绮"与语言之"丽",确实是相得益彰的。詹安泰的这一份绮丽情怀,与楚骚为近,也与韩愈、苏轼被贬南下潮州而带来的文化渊源有关。詹安泰《闻瞿禅承焘将有广南之行,诗以迎之》诗末云:"投荒文字能生健,阅世肝肠试反骚。何日韩、苏还过岭,春风搔首野云高。"(卷一)可以看出其在创作思想和创作风格方面对韩愈、苏轼的自觉追随。他自称"平生喜读东坡诗"(《东坡书陶诗小楷墨迹,丹师命题》),他的《郁郁四首》之四,也表达了类似的情怀,诗云:"韩公当年谪潮州,道固坎坷声名留。东坡当年迁岭表,胜事遗芬今皎皎。我生堕地卅五年,百无一遂羞古贤。剥摘斓斑徒尔苦,会看謦鬑飞翀天。"(卷一)对韩愈、苏轼在潮州的声名胜事心追神想,对自己"謦鬑飞翀天"也充满了信心。

詹安泰的中年主要在忧患乱离中度过,他自称"贫愁依我如依娘"(《上石遗先生》),"飘泊吾生事,低徊物外情"(《武江寓居八首》之一),他的《赠李品纯全佳教授》二首之二将"愁"与人生和文学的关系作了相当深刻的揭示。诗云:

> 有生此有苦,不苦有真诠。微闻古人言,至乐全其天。昨者读君诗,愁语致连篇。愁岂为君役,我诗亦复然。乃知天地心,一变三千年。久以愁养育,与苦不相关。蒙叟非真达,陈思非真贤。君看一世人,谁不爱愁眠。

以愁养育,愁语连篇,是诗人诗歌的本色所在,但愁与苦是两种不同的感情层次,愁是诗性的,苦则是从生活意义来说的。特别是1938年10月,经陈中凡介绍,受聘中山大学之后,先后随学校迁移云南澄江、广东乐昌等地,在颠沛动荡中从事诗词创作和学术研究。集中如《和陈寥士一念之作,时倭夷正犯我华北也》《答林青萍潮安》

---

① 转引自蔡起贤《春风杖履失追陪》,载《詹安泰纪念文集》,广州:广东人民出版社1987年版,第74页。

《惊闻黄冈失陷》《欲归不得,郁闷成咏三首》《闻乱忆香港诸亲友二首》《说休兵》等,都体现了他继承宋诗关怀民生的创作传统。身逢乱世,性复忧郁,不过他认为这也许是诗情表现的最好机遇,他在《邵潭秋远贻〈培风楼诗存〉,作此报谢》诗中说:"梦觉河山不肯清,中年哀乐况峥嵘。何难唐宋共炉冶,别有才肠携手生。"(卷一)其《南宫李子建先生葆光远贻〈涵象轩集〉,作此报谢》诗亦云:"老苍转镗鎝,冲夷洞肌理。力上蹵风骚,唐宋乃平视。"其《上石遗先生》称赞石遗先生:"我公一鼓通宋唐,诗钞诗话诗教昌。……尊杜工部韩侍郎,旁推孟白兼欧阳。都官半山苏陆杨,不袒苦陈斗硬黄。金元明清谁短长,自然体大大无方。"(卷二)这虽是对石遗先生创作特点的总结,但就诗学观念来说,也不无夫子自道的意味在内,体现了詹安泰不拘泥于宋诗派的宗宋,主张博师百家,融合唐宋,归于自然,自出手段。所以这一时期的诗歌虽然仍不无"绮思"的影子,但思虑却更趋深沉了。"杜韩诗卷堂堂在,肯并纤儿细说愁"(《谭秋秘书寄〈湘桂纪游诗〉索评,奉题一律》),他追求的不是一己之闲愁,而是与时代环境息息相关的深愁,所以他的诗歌更多地表现出沉郁而劲拔的风格特色。他在《寒夜读杜集漫成十五韵》诗中说:"解闷惟展卷,杜诗夙所好。理乱关家国,刻未去诸抱。……使公犹在今,哀歌定浩浩。"(卷七)他在《鹪鹩巢诗》中体现出来的浩浩哀歌,正是秉承了杜甫"理乱关家国,刻未去诸抱"的家国情怀的。

对于詹安泰来说,诗歌就是生活的一个组成部分,他自称"好诗如好色,多得不自满。诗亦如美人,晨夕知冷暖。"(《偶成三首》之一)他描述自己读诗的情形是:"密雾作暝迷高(日敦),惊禽唬彻深闭门,一读新诗一叫绝……"(《却寄》)其沉潜痴迷之状盖可想见。詹安泰平居与友朋晤谈,多以谈诗为主要内容,《鹪鹩巢诗》中诗题中提到"谈诗"的不下几十处,可见诗歌不仅是他平日的生活内容,也是他与人交往的重要内容。他在谈诗之余,也写了相当数量的论诗诗,这些诗歌大多是他受赠诗集后的报谢之作,其中也透示出他自觉的理论追求,如《南宫李子建先生葆光远贻〈涵象轩集〉,作此报谢》《邵潭秋远贻〈培风楼诗存〉,作此报谢》《题马慕邃苏斋遗诗》》等。比较集中体现其诗学观的应该是《论诗三首斠师命作》:

> 诗者志所之,精垺恃其胆。随物以赋形,穷尽亦可噉。正变自因时,勇往无险坎。一关遂能造,何论浓与淡。
>
> 奇矫固难阶,凝炼亦可喜。谓与元气侔,譬以指喻指。天地岂不宽,人自见一咫。人天果凑合,大道乃如砥。
>
> 至人未易求,下此必狂狷。徇名盖可耻,况以要贵显。正声日微芒,湖海致曼衍。陶公猛志在,高辞用自遣。(卷三)

詹安泰主张"随物赋形"式的言志,反映时代的变化,以天人合一为终极追求,反对以诗歌作为邀取名利的手段,在艺术风格上,则提倡因时因事因人的变化,不拘泥于浓与淡、奇矫与凝练之一端,显得相当通达。

对于自己的学诗道路和诗歌风格的变化,詹安泰曾有《学诗一首示湛铨》言之甚详:"……我初年少日,藻辞颇不匮。笑啼混妍媸,性情作粮糒。游意或腾霄,矜奇每立异。……黑白渐知分,力上丐余溉。侧艳固所嗤,俗滥尤所避。跌宕生浓姿,清新刻挚意。境寂钩幽玄,兴来极横肆。笔既从所欲,拟常不以类。……万卷要能破,万象罗胸次。灵机一触辟,何适非正位。"(卷三)把自己早年追逐词藻、矜奇立异、竞放性情到中年以后的抛弃侧艳和俗滥、追求自然生机和清新意境,做了相当细致的勾勒。特别是他对诗境创造性的追求,成为他中年以后自觉的诗学理念。

詹安泰名其诗集为《鹪鹩巢诗》也自蕴深意。集中有《寄彭逸农湘潭》二首,其一有"翀霄健翮知谁会,失笑鹪鹩濩一棻"之句。《诗经·周颂》有"小毖"一首,诗云:"予其惩,而毖后患。莫予荓蜂,自求辛螫。肇允彼桃虫,拼飞维鸟。未堪家多难,予又集于蓼。"诗中的"桃虫"即是鹪鹩,诗题"小毖",按《郑笺》的注释,"毖"就是"慎"的意思,"小毖"也就是"天下之事当慎其小"之意。而以"桃虫"为喻,其寓意,魏源《诗序集义》解释云:"桃虫者,鹪鹩也。……故鹪鹩鸟也,人但以其名为虫而忽之,而不知其拼飞之本为鸟。此比忽视武庚,而不知武庚实胜国后,得为患。故曰始以武庚为可轻,而不可轻也。"这个解释被今古文家都采纳,大致是虽然微小但不可轻视。庄子《逍遥游》也对鹪鹩别具青眼,因为它"巢于深林,不过一枝"却自由自在。晋代张华曾"栖处云阁,慨然有感"(臧荣绪《晋书》),作《鹪鹩赋》云:"鹪鹩,小鸟也,生于蒿莱之间,长于藩篱之下,翔集寻常之内,而生生之理足矣。色浅体陋,不为人用,形微处卑,物莫之害,繁滋族类,乘居匹游,翩翩然有以自乐也。"鹪鹩的"形微处卑"恰恰成为"物莫之害"、翩然自乐的原因所在。詹安泰集中有《读庄子》一诗,其中有云:"情思超千万,天地穷橐籥。视彼得失徒,何异床三脚。坐卧不自安,将安得至乐。至精出至仁,吾欲为锡爵。"(卷二)詹安泰倾慕庄子,力行其道的思想溢于笔端,詹安泰以之作为自己诗集的名称,显然有安于贫贱、自得其乐,而于诗学上终创造出让人不可轻视成就的自励含意在内。

詹安泰从12岁开始写词,一直到去世,创作持续了半个多世纪。他在词坛初显声名的三十年代,正与"晚清四大家"逝去的年代相接。当代词学名家施议对编辑《当代词综》,入选词人300余家,词3000余首,分词人为三代,力主以夏承焘、龙榆生、唐圭璋、詹安泰为现代"四大家",詹安泰的词入选30首,入选数量在全书与唐圭璋并列第三,仅次于夏承焘的33首和龙榆生的32首,则詹安泰在20世纪词坛的地位可见一斑。

1937年,他的《无庵词》①编录出版,收词只100首,詹安泰在自序中说:"余志学之年,即熹填词。风晨月夕,春雨秋声,有触辄书,书罢旋弃。三十以后,爱我者颇劝以存稿,积今五年,得百首,亦才十余六七耳。"②这100首词是由其弟子蔡起贤辑录成册,主要是他30至35岁间的作品的选集。而据其弟子蔡起贤回忆,当时被詹安泰删去的词不下300首,则《无庵词》所录实为十之二三而已。蔡起贤曾将詹安泰的删稿抄成《删余绮语》二册,可惜在"文革"中不幸散落了。1982年,詹安泰的《鹪鹩巢诗》与《无庵词》被收入香港至乐楼丛书第二十五种合刊出版,其中《无庵词》即以詹安泰晚年手写词稿为底本,分五卷,凡244首。2002年,香港翰墨轩出版有限公司出版《詹安泰诗词集》,词集部分仍以《无庵词》为名,但在第五卷增加了29首,共273首,这是目前最为完备的《无庵词》的传本了。

三十年代前期,詹安泰不仅创作了大量的词,而且与国内治词名家如夏承焘、胡光炜、龙榆生等广泛交流,书札往返,诗词唱和。这种同道中人的切磋琢磨,使詹安泰的词艺得到了显著提高,在当时词界瞩目的《国闻周报》《词学季刊》《青鹤杂志》等刊物上,詹安泰的词频繁出现,成为创作界关注的焦点人物之一。何耀光在《鹪鹩巢诗、无盦词序》中明确指出:"其(指詹安泰)词则初宗白石,继学梦窗,辛辣处殆过其诗。亦欲随古翁述翁之后,安排椎凿,以力破余地也。"实际上是把詹先生作为朱祖谋和陈洵的词学传人来看待的。《无庵词》卷一有一首《大酺》,作于朱祖谋去世三年之后,乃为吴君懋题《彊村先生遗墨》而作,情词眷眷,哀感无端,似正可印证詹先生词学与朱祖谋的源流关系。陈寂先生《为祝南题〈漱宋室填词图〉》诗云:"无盦琢词过廿载,颠倒二白百不疑。网罗珠玉蔑不有,鞭笞精怪成瑰辞。"詹安泰早年的词"颠倒二白(即姜夔与张炎)"是大家公认的,陈寂称他的词"成瑰辞",可能正是着眼于他对"二白"词奇丽风格的继承。不过对于詹先生来说,传承宋末词人的幽怨与寄托,也许才是他的用力所在。他的初刊《无庵词》创作于"兵火满天,举家避难"(《无庵词序》)的非常时期,后来又转徙澂江、坪石等地,所以他的词便较多地记录了这段历史和心境。可作一部词史来读。他的《声声慢·江亭重到,景物都非,感赋此阕》堪作韩山数年心情写境,词云:

高林脱叶,坏壁留题,平波千里迢遥。一负孤亭经年,风色慵敲。吹花旧曾驰马,换荒凉艳冶难描。凝望久,有霜禽,惊坠啼向青霄。　　知是谁方哀怨,又黄昏、萧遽凄紧帘腰。拥鼻微哦,和愁写上蛮蕉。休长惜春无梦,梦春归、到底无

---

① "无庵"即"无想庵",詹安泰在发表诗词作品时兼用过这两个号,其得名之由来,詹安泰没有解释,也难以详细追索,或与周邦彦曾任溧水县令,并曾游历无想山作有名作《满庭芳·夏日溧水无想山作》有关,也可能与清代中期以来奉周邦彦为极境的词学思潮有关。

② 转引自蔡起贤《春风杖履失追陪》,《詹安泰纪念文集》,第74页。

悢。寒信急,好心情分付去潮。

不仅整体风格与姜夔为近,而且其表达哀怨的方式也并无二致。他的《齐天乐》作于流寓香港期间,情怀家国,眷眷不已。序云:"国难日深,客愁如织,孤愤酸情,盖有长言之而不足者。"词云:

> 海天风日波涛壮,凭将劫灰磨洗。去国陈辞,横戈跃马,眼底英豪余几。风怀老矣。听商女琵琶,隔江犹是。杯酒长空,望深到处腾光气。　　东华事随流水,梦骄天路远,愁恨谁寄。红雨迷春,娇花拥月,多少前游佳丽。消残痛泪。忍重见秋魂,鬼歌声里。怅断关河,倚楼中夜起。

孤愤酸情,意溢词中。将"国难"、"客愁"和"孤愤酸情"尽情宣泄。像这类词,又何尝没有一种深沉的"词史"意识在呢?后来曾敏之赋诗称誉詹先生"转徙西南慷慨多,寄怀家国几悲歌",大概正是对这一类词而言的。

詹安泰的词风大致经历了两个阶段,在三十年代中期以前,主要"取径一石二窗"①,即追慕姜夔、吴文英、周密的词风,风格较为清丽。三十年代中期以后,他承陈洵"问途碧山,宜所先也"之论,专师王沂孙,词风偏重寄托,并对王沂孙词集《花外集》做了全面笺注,他的笺注"专言寄托",亦意在为常州派词学张本,他在《花外集笺注·自序》中说:"……保绪继起,既凿源派,标立四家,尊碧山为一宗,示学子以'问途',于是倚声之士,几无不知有碧山矣。挽近名乎胎碧山,为数至夥,半塘、彊村其尤著者。"所以詹安泰笺注碧山词,从远处说是遥接周济意绪,从近处说则是为了承续"晚清四大家"中王鹏运、朱祖谋的流脉。他后期的词便偏重寄托:"每将家国身世之感寄寓其间,有著深邃的命意……在当代词坛独树一帜。"②不过詹安泰并没有像王沂孙一样用大量的咏物词来暗寓寄托,而是以一种低徊抑郁的方式来缓缓滤出丝丝缕缕的怅惘之怀。他作于澄江时期的《虞美人》二首堪称代表:

> 芳洲不蘸娉婷影,花月成凄冷。镜棱山黛未须描,旧见氤氲心字已全消。
> 关情一往教无寐,忍费凭高泪。十年肠断为红箫,侬是粉香飘梦短长潮。
> 多情真与天同老,别泪红难扫。不堪香梦熨金堤,长伴百虫凄澈五更鸡。
> 珠帘画阁年时路,赚得柔魂住。簪花坐赏已难凭,漫向满城风絮惜馀春。

施议对曾评说詹安泰的词具有"绵丽而有疏宕之气、空灵之境及沉郁幽忧之思"的特点。这两首词的"沉郁幽忧之思"真是直入骨髓,与词序中说的"生意垂尽,中怀凄郁"应对无间,表面上虽然只是写了个人旅居澄江的孤寂,但与时局飘摇而带来的

---

① 吴梅评语,转引自蔡起贤《春风杖履失追陪》,《詹安泰纪念文集》,第73页。
② 施议对《当代词综·前言》,福州:海峡文艺出版社2002年版,第39页。

茫茫意绪实有着非常密切的关系。

近代历史上的岭南词派,虽目前尚没有进入整体的学术研究视野,但其存在的事实已久为学界瞩目。程千帆题《无庵词》说:"本于海绡为后进,还疑兰甫是前身。"既是追溯詹安泰的词学源流,实际上也勾勒出"岭南词派"的大致轮廓了。从创作理论上说,詹安泰对于晚清以朱祖谋为代表的主流词人——遵周济的"问途碧山,历梦窗、稼轩,以还清真之浑化"的治词道路,是持赞成态度的,并且身体力行,做了大量的工作。从陈澧、陈洵到詹安泰,岭南词派正堪称一脉相承,而作为岭南词派的殿军,詹安泰的词史地位也由此而奠定。

詹安泰经历过五四新文化运动,对于二三十年代的新诗创作实践应该是耳濡目染,他在学术研究中也特别强调现实意义,他在《关于处理古典文学的一些意见》中说:"我们处理古典文学,其目的,不仅仅是发扬过去的优秀传统,对古人负责,更有意义的是因为这一工作是有利于创造新文化,要对今天和明天的人民负责。"[①]从发扬旧传统到创造新文化,古典文学研究在其中担当了一个十分重要的纽带作用。但回到自身的诗词创作,詹安泰仍是利用旧的文体来写作,其间的原因真是足有深思者在焉。陈兼与《北山楼诗序》曾说:

> 近三四十年来吾侪之为旧体者,无不思变古人之法,别辟蹊径,一新耳目,而终不能有所突破,而脱古之樊笼。居尝深念其故。……当'五四'运动时,吾侪皆居前列,为摇旗呐喊之人。白话文字方行,诗亦试为白话体,顾其后仍回归于旧路者,何也?大抵文艺摹习易,而创体难。以吾国三千年来诗歌遗产之博大深美,涉其藩者,未有不流连而忘返,苟有所作,古人之魂影,恒围绕于吾笔端,此语言形式之所以未易变也。然时代变,诗亦从无不变。自《三百篇》而《离骚》而乐府,而宋、齐、梁、陈、而唐、宋,以迄于清之同光,其表现意识,反映事物,实有不同之境界,皆有无形之进步。盖其变者内容,而不甚变者文字,恒为人所不觉耳。[②]

这是经历过新文化运动,又一直生活到20世纪80年代的老诗人的感喟之言,所以格外值得我们珍视。作为五四时期新诗实践的骁将,在岁月的淘洗下,还是不由自主地回到了旧诗的格律当中,不禁发出"创体难"的深沉感慨。面对如此清晰的文学现实,中国现代文学的学术视野似乎确实要抛一点余光到旧文体的文学创作当中去了。

---

① 詹安泰:《古典文学论集》,广州:广东人民出版社1984年版,第12页。
② 陈声聪:《兼于阁杂著》,上海:上海古籍出版社2002年版,第93页。

第五章 展现新中国风貌的散文和报告文学

中国有着悠久的散文历史。从先秦到现代,中国散文取得了丰厚的成绩,并形成了散文写作的艺术传统。"由延安时期毛泽东的《讲话》奠基,战争和建设的各个时期,党和国家领导人都对文艺问题发表了讲话,确定了不同形势下的指导方针。有了目标明确的指导方针,各部门成为落实指导方针的健全而强有力的队伍。健全而强有力的队伍再加上资源持续的投入,基本上满足了人民群众对文艺产品的期待,让社会主义建设各时期党的声音和号召及时传递到了基层。"[1]新中国成立后至1961年期间,广东散文取得了优秀的成绩。尽管从1955年开始中国文艺界先后进行了一系列批判,加上"反右派运动"等,给散文创作造成了不利影响,但这一时期的广东散文仍然保持了较高的创作质量,涌现出不少优秀作品。这一时期的散文创作,表现出自然、健朗、自信、活泼的特点,它与新中国成立给予作家们精神上的鼓舞密切相关。新中国成立后,广东进行了一系列的社会主义改造,使得社会主义制度在广东得到确立,推动了社会迅速发展,呈现出一派欣欣向荣的面貌。受此情形感染,散文作家通过细腻的观察、灵动的笔触,捕捉到了广东人民生活发生的变化,用热烈、真挚的文笔抒写了这一社会巨变带给人们的喜悦之情。

第一节 现实散文:新时代的讴歌

中华人民共和国成立后,在全国先后进行了对于农业、手工业和资本主义工商业进行的社会主义改造,旧的生产关系被彻底推翻,中国确立了社会主义制度;同时,国家通过第一个五年计划、第二个五年计划,对重大建设项目、生产力分布和国民经济重要比例关系等作出规划,掀起了社会主义国民经济发展和国家现代化建设的高潮。在军事上,中国人民志愿军将以美国为首的多国联合部队阻击于三八线附近,取得了抗美援朝战争的伟大胜利,提升了中国人民的民族自豪感和自信心;在政治上,人民

---

[1] 林岗:《论文艺精品产生的内生动力和外部条件》,《中国文艺评论》2019年第6期。

民主制度的确立，保证了人民享有当家做主的地位，人民享有自由言论、平等参与公共事务的权利。在这样的时代背景下，一百多年来中国积贫积弱的形象被一扫而空，社会主义新中国以奋发、理想的姿态呈现在人民面前，广东散文作家们的革命主义激情、爱国主义热情被激发出来，他们通过散文作品对革命历史进行追忆，对新旧中国进行对照性书写，对新中国美好生活加以呈现。这一时期的广东散文创作既体现了作家对于新中国建立的喜悦和期待，充分展现了作家选择题材和表达思想的自由，但同时又不得不随着主流意识形态的变化而受到某种规约甚至是桎梏；作家们既努力保持对于真实生活与历史情形的再现，同时又不断被"公式化""概念化""政治化"的条框所束缚，而始终难以达到艺术创作的新高度。广东散文作家们在不断地调试、适应中探索，努力在文学的审美性、思想的独立性和主题的时代性、话语的政治性之间寻找一条可行的道路。

广东散文创作在中华人民共和国成立初期就形成了热潮，其主要成就是以通讯报道为主的特写类散文不断涌现，通过对报道对象的集中刻画，反映了抗美援朝、社会主义建设中涌现出来的英雄人物和先进典型。在表现内容上，人物通讯类散文主要有两个主要的题材：一种是对于抗美援朝革命战争题材的集中报道，通过记者的实地采访和访谈，展现了中国人民志愿军为了保家卫国而爆发出的爱国主义精神和崇高的国际主义理想，血与火的战争彰显了中朝两国人民的深厚友谊，这一类作品比较有代表性有黄谷柳的通讯集《战友的爱》等。抗美援朝战争是新中国成立之后，中国人民为赢得国家独立和民族自决而进行的浴血奋战，中国人民从此摆脱了近代以来长期遭受列强入侵、赔款割地的悲惨命运，民族自信心和自豪感得到了确立。黄谷柳的抗美援朝通讯集《战友的爱》充满着爱国主义的激情，作家以写实的方式展现了中国人民志愿军不怕牺牲、勇于抗争的革命斗志。黄谷柳深入朝鲜战场进行实地采访和交谈，与中国人民志愿军的普通战士们进行交流，将他们坚定的革命信念、崇高的爱国主义和国际主义精神、勇于反抗帝国主义的顽强斗志展现了出来。在《人民的选择》中，中国人民志愿军战士爱护老百姓种植的水果，非但没有摘取任何满园的成熟的桃子，而且还将掉落在地上的桃子一个一个地捡起来放好，等老百姓回来时食用。中国人民志愿军战士的纪律作风打消了当地老百姓的顾虑，赢得了群众的拥护："她在草丛中蹲了一个上午，看见志愿军换了四次岗哨，她的桃园却始终无恙。她长期从日本兵、李承晚匪军和美国兵身上所积累的经验，第一次在我们的志愿军战士的身上失去灵验了。她回到家里，我们联络员把一大筐从地上捡起的桃子送还给她。不等到下午，许多躲起来的青年妇女们也都回家来了。"《坑道内外》侧重描写了中国人民志愿军挖筑工事的经历。作家这样描写志愿军战士在爱国主义和国际主义精神的鼓舞下，为了抗美援朝战争胜利而辛勤构筑战斗工事的情形："还有一些战士，他们操作时满怀胜利的信心,受着一种荣誉感所鼓舞:'志愿军是没有什么困难不能克服的。'在没有水平测量仪器,也没有近代风钻机开山机的艰难条件下,他们光凭圆锹、十字镐和一些简单的工具就竞赛着要分头把一座大山凿通。你这组从山这边打进去,他那一组从山那边开进来,决心要在山腹内'会师'。不管经过多少弯路,还是非挖到碰头不可。在某些山腹内,还开辟了纵横交错的'街道',可以四通八达,里外呼应。里面藏着食粮、弹药、水和无线电、报话机等等。在这样的坑道内跟敌人血战十天八天,已经是不止一回了。"黄谷柳的抗美援朝通讯集善于通过环境、动作、表情的细节,捕捉志愿军战士的乐观昂扬的斗志和舍生忘死的革命精神。人物通讯类散文的另一种题材是对社会主义建设过程中,在具体岗位上作出了重要贡献的先进人物优秀事迹的刻画,通过他们在社会主义建设中取得的成绩和展现出来的精神风貌,揭示了新中国的建立对于激发人民群众爱国信念、集体主义精神和主人翁意识所起到的重要作用,重要的作品有司马文森的《新人物、新作风》《汪汉国的故事》等。

新中国成立之后到1961年前,广东散文的主要内容为对社会主义新中国的歌颂,作家们以写实手法努力再现中国社会所取得建设成就和人民群众展现出来的崭新精神面貌。广东散文作家们通过新旧生活的对比,揭露了旧社会无处不在的压迫、愚昧与残酷,对新社会建立的民主制度、日新月异的生活、人们翻身当家做主的地位进行了热烈地颂扬。散文追求真实性,作家们通过新旧社会人们处境的变迁,能够有效地传达对于旧制度的否定和反思,以及对于新社会发展成就的热情肯定。司马文森的《新中国的十月》《新人物、新作风》、仇智杰的《短简寄深情》、陆国松的《萝岗香雪为春来》、林遐的《撑渡阿婷》、周敏的《花期》、贺朗的《仙鞭赞》、秦牧的《土地》《社稷坛抒情》、杨应彬的《山颂》《水的赞歌》《爱竹》《说梅》、黄廷杰的《潮汕巾帼赋》、黄伟宗的《渔家姐妹》等,较为典型地表现了作家们对于新中国的热情赞美。新中国的成立,不仅从政治上、经济上确保了人民群众享有的民主、自由、平等权利,而且从价值观念、精神面貌上塑造了一批社会主义新人,显示了社会主义先进制度给中国人民带来的翻天覆地的变化。

司马文森曾在1949年9月5日至10月25日前往北京,参加了第一届中国人民政治协商会议第一届全体会议及开国大典。作为亲历者和见证者,司马文森怀着激动的心情记述了自己参加开国大典的见闻,将11篇报告文学以《北行书简》的题目发给香港《文汇报》,这些报告文学于1949年10月18日开始在《文汇报》陆续刊发。1950年1月,《新中国的十月》正式出版。《新中国的十月》的11篇文章分别是《到了第一个人民城市》《奔驰在山东平原》《闸门打开了,水头涌动着》《一群真实、智慧而有光辉的人们》《北京,翻了身的城市》《毛泽东,我们的亲人!》《欢呼啊,中华人民共和国!》《胜利的红旗在人民广场上招展》《人民首都,在欢乐的海里》《携手在为人类幸福共同的斗争里面》《再会,北京!》,从题目中可以看出作家在见证新中国成立时刻的兴奋与激动。在司马文森笔下,1949年10月1日的开国大典是一个令人终生难忘的日子,他在报告文学中如此作了文字见证:"共和国的首长们和我们这些来自全国各地的人民代表们在一起,同全国人民站在一起,在检阅这英勇无双的人民解放军。""中国人民能够站在自己的阅兵台上,检阅自己的部队,这还是有史以来的第一次!"

司马文森1949年的北京之行,不仅见证了开国大典这样的珍贵时刻,而且参加了第一届中国人民政治协商会议第一届全体会议。在《新人物、新作风》一书的"后记"中,司马文森难掩其激动心情:"我只想把我亲身的见闻写出来,供海外的读者参考一下,使大家明白我们这个从苦难中解放出来的祖国,是光明灿烂,有前途有远景的!我们每个人都该有这样的信心,在新的基础上努力,奋斗下去。"《新人物、新作风》这部报告文学集一共有四章,共有三十六篇文章,这些文章的标题洋溢着强烈的爱国主义精神和民族自豪感,如《没有共产党就没有奇迹》《人民的胜利》《新社会,新人物,新作风》《人民公仆》《投毛主席一票,是我们的光荣!》《我们等待着,终于看见这一天了》《毛主席和我们在一起》《谦恭诚挚的朱总司令》《我们的政务院总理周恩来先生》等。1949年9月27日,第一次政协全体会议通过了《人民政府组织法》《共同纲领》及国都、国旗、国歌、纪年等,毛泽东宣告了新中国的成立。《新人物、新作风》中如此记录这个重要的历史时刻:"五千年来的第一次,中国人民用自己的手来表决自己的宪章!以国家主人的身份,来处理自己的命运!我们兴奋,多少说不出的情绪,像海涛,像巨浪,在我们心中翻腾起伏,多少热血,在我们身上奔腾着。热泪涌在我们眼中,它想流下来,为了快活,兴奋,激动!""那是我们全国人民大团结的标志,我们拥护,我们鼓掌,我们欢呼,我们一致的举手通过!"

同时,其他的作家也在散文作品中表达着对于新中国成立的热烈拥护和对于美好生活的期待。杨应彬的《山颂》讲述了自己在参加革命战争的岁月里和山结下了不解之缘,不仅走过许多深山大岭,而且攀登过许多峭壁悬崖,也钻过许多山坑石洞,还幻想着战争胜利后可以在山里建设一个垦殖场、水电站、疗养区。而真正让作家更加热爱山区则是在解放之后:"山从来就是人类慈祥的保姆。五十万年以前,人类的远祖就是终年生活在山里的。搬到平原以后,仍然向山区索取着大量的生产资源和生活资料。但是,只有在我们伟大的社会主义国度里,山区才真正变得富饶、美丽起来。如果你从空中鸟瞰一下地面,就会发现下面的一片锦绣山河如何逗人喜爱。在重峦叠嶂之间,忽然山环水绕,碧波万顷,那是新丰江、流溪河和数不清的人工湖、大水库;一忽儿,万绿丛中数点红,那是林区工人在进行着社会主义的红旗竞赛;一忽儿,云烟弥漫之中闪耀着珠光电炬,那是矿山工人在宝山取宝;一忽儿,白云之上飘着稻花香,那是山区人民把水稻种上了山岗。试想想吧,黎母岭的白藤,凤凰山的茶叶,北山的冬菇,广宁的篱竹,怀集的木材,东兴的桂皮,阳春的砂仁,德庆的果子狸……所有山林草木之利,有哪一个时代能像今天这样,发挥着如此重大的作用呢?"仇智杰的《短简寄深情》讲述了山中林场厂长与林业工人们为了社会主义现代化建设而不断劳作、辛勤奋斗的精神:"未来的新一代林业工人已经在这里降生。他正用黑黑的小眼睛,瞥视这曾洒过双亲血汗的土地;敏感的耳朵,谛听这奏出时代声音的声响。笛声阵阵绕过林端远去,它吹出人们的欢乐与幸福,鼓舞人们明日更早,精力更充沛地迎接春色的曙光。"作家怀念昔日林场生活的岁月,更歌唱新中国的美好时代:"我在深深地怀念,怀念我在山中的朋友。山中的伙伴啊,让我们用神奇的笛子,来合奏一支生活的赞歌吧!我们歌唱灿烂的时代,歌唱美好的将来!"秦牧的《土地》讲述了历代统治者和人民对于土地的不同态度,中华民族为了保卫土地与外国侵略者进行了长期的斗争,但是只有当新中国建立之后,土地才真正地属于人民,人民拥有了土地之后就能够使之发生巨变:"几千年来披枷带锁的土地,一旦回到人民手里,变化是多么神速呵!你试展开一幅地图,思索一下各地的变化,该有多么惊人。沙漠开始出现了绿洲,不毛之地长出了庄稼,濯濯童山披上了锦裳,水库和运河像闪亮的镜子和一条条衣带一样缀满山谷和原野。有一次我从凌空直上的飞机的舱窗里俯瞰珠江三角洲,当时苍穹明净,我望了下去,真禁不住喝彩,珠江三角洲壮观秀丽得几乎难以形容。水网和湖泊熔烟发光,大地竟像是一幅碧绿的天鹅绒,公路好似刀切一样的笔直,一丘丘的田野又赛似棋盘般整齐。嘿!千百年前的人们,以为天上有什么神仙奇迹,其实真正的奇迹却在今天的大地上。劳动者的力量把大地改变得多美!一个巧手姑娘所绣的只是一小幅花巾,广大劳动者却以大地为巾,把本来丑陋难看的地面变得像苏绣广绣般美丽了。"秦牧借历代人民与土地的关系,揭示了社会主义新中国对于二者关系的本质性变革。在《社稷坛抒情》中,作家在北京社稷坛漫步时,想起了与之相关的历史、政治、战争、人民等诸多要素,看到了中华民族从历史深处走来时的步履蹒跚。而当新中国建立之后,社稷坛焕发出新的生命力:"我在这个土坛上低徊漫步,想起了许许多多的事情。我们未必'前不见古人,后不见来者',凭着思想和激情的羽翼,我们尽可去会一会古人,见一见来者。我仿佛曾经上溯历史的河流,看见了古代的诗人、农民、思想家、志士,看他们的举动,听他们的声音,然后又穿过历史的隧洞,回到阳光灿烂的现实。啊,做一个历史悠久的民族的子孙是多么值得自豪的一回事!做今天的一个中国的儿女是多么值得快慰的一回事!回溯过去,瞻望未来,你会觉得激动,很想深深呼吸一口新鲜的空气,想好好地学习和劳动,好好地安排在无穷的时间之中一个人仅有一次,而我们又恰恰生逢其时的宝贵的生命。"黄伟宗的《渔家姐妹》则通过杨玉清、张玉清两位渔家姐妹走出家庭、参加公共劳动的事迹,发现了新中国成立后人民思想观念的转变、主人翁意识的觉醒与女性地位的提高:"我们从中看到一条写着'学文化,当好家'的标语,不禁联想起昨夜刚到时见到玉清姐妹在灯下苦学的情景。这清晨的渔港景色,多么诱人呵!我们在堤上停下步来,细细地咀嚼着昨天我们在公社听一位干部所说过的话:渔家妇女已经换了三件宝,过去的针线、锅灶、菩萨,已经换成了书本、土箕、担挑。再过些日子,这三件新宝恐怕也要再换上新的了。世世代代在矮小破烂的木房里缝绣、煮饭的渔家妇女,今天已经成为掌握自己命运和驾驭大自然的主人。她们的双手,已经使这块不毛之地变成绿树成荫、红花盛开的海滨仙境。紧跟着这仙境而成长的嫩绿秧苗,红色的种子,时代的芳香——玉清姐妹那样的新一代渔家妇女,正在各条战线上放射着青春的热力和光辉。崇高的理想,坚韧的毅力,火红的激情,就是新一代渔家妇女的共同气质和形象。"而更令作家激动的,则是昔日束缚民众观念的旧思想的消散和新社会给人民生活带来的翻天覆地的变化:"我们走过漫长浓密的林荫道,听着海上的涛声和风吼,什么玉皇龙王,哪里去了?面对着村边的果树和花丛,面对那一片片葱绿的禾苗,被海水吞去的代代渔民祖先呀,你们可知道你们的后代,今天已经将你们那遍地苦难的家乡变成了花园,已经在你们饿死的土地上建起粮仓来了?你们如果看到家乡的变化会说些什么呢?是的,这一代的渔家儿女并没有失掉你们乘风破浪的英雄气质,但再也不会遭遇你们所历尽的苦难与辛酸了。她们在伟大的时代里,发扬了你们的英雄品德,埋葬了你们家乡的世代灾难,实现了你们只是在梦里才敢于希冀的理想。"广东的散文家们对于新中国成立后的社会发展、民众生活充满了新的发现,社会主义社会改变了劳动人民受压迫、受剥削的地位,人民群众怀着主人翁的精神积极参与社会主义现代化建设,涌现出许多可歌可泣的先进人物、典型事迹。作家们将他们如实、逼真地记录下来,从而为这一时期广东人民的生活留下了一份弥足珍贵的文学史料。

  在新中国成立之后的散文创作中,还有一类是对于革命历史题材的书写。新中国的成立并非一蹴而就的结果,无数革命志士为之付出了生命的代价和艰辛的努力,因此对中国的革命历史进行回溯,对革命先烈的英勇牺牲和艰苦奋斗进行聚焦,就有着对于革命过程及其方式、精神价值进行确立的意义。王曼的《丽日红宫》、龙奇的《风筝》、杜埃的《红堡垒》、萧殷的《严寒的夜晚》、欧阳山的《红陵旭日赞》等作品,选择了不同历史时期的革命志士、革命历史进行描写,再现了中国共产党率领全国各族人民取得革命胜利、实现中华民族复兴的历史图景。王曼的《丽日红宫》对海陆丰苏维埃政权的创建者彭湃的革命传奇进行了回顾,作家在红宫旧址参观时心潮起伏,对伟大的无产阶级革命家、农民运动家彭湃的英勇奋斗充满了敬仰之情:"1922年,在那漫漫长夜,彭湃辞去了海丰县教育局长之职,脱下西装,深入农村,以无产阶级革命者的气魄,组织起我国第一个农会小组,唤起广大农民群众,起来推翻地主阶级,成立农会,建立武装,去夺取政权。海陆丰人民在彭湃同志领导下,不怕牺牲,前赴后继。土地革命失败后,白军、反动民团四处围剿,烧毁村庄,捕杀革命群众,海陆丰地面,霎时烈焰冲天,血流遍地,无数革命者被屠杀,无数农舍被焚毁。从1928年到1929年,单海丰一县被杀害的革命人民就达三万之多。红宫也被改了名字,还把墙上、柱上和门屏上的红色全都擦掉了,把宫里的各种设置也毁了。可是,海丰人民却把红宫这光辉的名字,深深刻印在心坎上,代代相传。"杜埃的《红堡垒》描写了作家在新中国建立后,重新回到当年闽粤边区区党委机关所在地蝎蛇礤探访当年的革命群众。蝎蛇礤在内战时期是座控制几处乡村的险要所在,是保卫赤色山区的有力哨岗,在那峰顶可以清楚地观察敌人行动,因此革命群众长期坚持在这里进行斗争:"那次战斗,敌人便把这村屋子,全部烧光。敌人退去后,人们再从深山出来,重新在废墟上搭起草寮,但过不了多久,白匪又来放火。往后大伙索性移入深山搭草寮,敌人又放火烧山,把妇孺老弱的蚊帐、被盖、衣物全烧光。可是,伯公凹等村的赤卫队始终坚持,他们顽强地在崇山峻岭间与敌人捉迷藏,突然进行狙击,突然又消失在林间,巧妙灵活地在这山那山间转移。敌人始终无法消灭赤卫队。在山岭中足足生活了五年,坚持了五年。到1934年中央红军长征后,这一带地区转入革命的低潮。红军撤离中央苏区以后,老头子和赤卫队员们便分散在山中村落,各人找到掩护,烧炭度日,深居简出。村里的妇孺老弱则移居别村。这样又过了十多年,直至1947年解放战争时期,闽粤赣边人民游击队活跃,这村子的人才全部迁回,搭上茅房,开始重建家园。1948年闽西区党委设机关于附近的蝎蛇礤时,这村子又成为革命的交通站和集中俘虏的所在。"作家们抚今追昔,通过讲述革命年代中国共产党党员和革命群众团结一致、不畏牺牲的精神,对新中国的建立进行了历史性叙述,从而将艰苦奋斗岁月中的精神传统加以沉淀。

还有一类作家的散文作品擅长托物言志,他们通过对某一类事物的特点或品质的描写,借以凸显革命形象,表达坚定的斗争信念。托物言志是中国文学的一种古老的表现手法,作家们不直接书写个人的价值观念,而是通过比喻、拟人、象征、对比、起兴等方法,在描绘客观事物某一个特征的基础上,再对该事物的特征进行提炼,使之与拟表达的价值、精神、信仰等进行串联。托物言志的方法在这一时期的广东散文创作中较为常见,作家们努力在事物特征与价值观念的外来形象、内在品质之间建立联系,进而由相似升华为更为本质的精神共性。广东作家们创作托物言志类散文作品时,通过细致观察和悉心体验,准确地找到了能表达自己思想情感以及作品主旨的客观对象,从而为后来的比喻、拟人、象征、对比、起兴等方法奠定了基础。韦轩的《一丛鸡冠花》、贺青的《种子赞》、陶铸的《松树的风格》等,选择了鸡冠花、种子、松树、山、水、竹、梅等事物,作家们在对它们的特征进行铺垫之后,再进行内在意义的升华,使之与革命理想、价值观念建立起共通性。韦轩的《一丛鸡冠花》中,作家描写了在一个初春早晨于中山县一座巍峨烈士陵墓凭吊长眠在墓中的烈士时,发现矗立的石碑下面有一丛鸡冠花,正从墓道中间一个手指宽的泥缝里生长出来,似乎是谁特意在这里栽种供奉似的。作家看见那手指缝般的泥缝里长出了一丛茂盛的鸡冠花,它那粗大的茎子已经胀满了整个泥缝,几乎把两旁的混凝土也给挤裂了,彰显着一股强烈的生命意志。由此,作家将烈士陵园墓碑前生长的鸡冠花与烈士们顽强的生命之花进行了联想:"那又是多么顽强的鸡冠花啊,它像那烈士的英灵,那永不凋谢的生命之花。像是发现了我的疑惑,陵园的工作人员笑着说:'啊啊,这是野生的,谁也没去种它,也不知道是什么时候长起来的,也许是烈士在天之灵……'","陵园是美丽的,也是庄严的,但更美更庄严的是回忆,铁与火的回忆,像红色的鸡冠花那样鲜红的回忆。鸡冠花,普普通通,通红通红,貌不惊人,也算不上什么奇花异卉,也没有什么旖旎芳香,它就像那些平凡而普通的烈士,他们诞生在这片五桂山的土壤里,但谁能忘怀这些平凡而勇敢的人呢?他们用自己的生命和鲜血谱写了一曲英雄的战歌,不,他们在我的心灵里,已经树起一座不可磨灭的丰碑。"于是,一丛来历不明的鸡冠花,由于它具有顽强的生命意志,因而被作者赋予了一种别样的精神特质。陶铸的《松树的风格》中记载了他在一年冬天从广东英德到连县去的沿途上,看到了许多郁郁苍苍傲然屹立的松树,对它们那种不畏风霜寒冷的姿态油然而生出一股敬意。后来在虎门和中山大学中文系的师生们座谈时,陶铸谈到这件事情,希望青年同志们能和松树一样,成长为具有松树的风格、共产主义风格的人:"你看它不管是在悬崖的缝隙间也好,不管是在贫瘠的土地上也好,只要有一粒种子——这粒种子也不管是你有意种植的,还是随意丢落的;也不管是风吹来的,还是从飞鸟的嘴里跌落的,总之,只要有一粒种子,它就不择地势,不畏严寒酷热,随处茁壮地生长起来了。它既不需要谁来施肥除虫,也不需要谁来除草、灌溉。狂风吹不倒它,洪水淹不没它,严寒冻不死它,干旱旱不坏它。它只是一味地无忧无虑地生长。松树的生命力可谓强矣!松树要求于人的可谓少矣!这是我每看到松树油然而生敬意的原因之一。"作家另外喜欢松树的理由,则是它所具有的自我牺牲精神:"你看,松树是用途极广的木材,并且是很好的造纸原料;松树的叶子可以提制挥发油,松树的脂液可制松香、松节油,是很重要的工业原料;松树的根和枝又是很好的燃料,更不用说在夏天它用自己的枝叶挡住炎炎烈日,叫人们在如盖的绿阴下休憩;在黑夜,它可以劈成碎片做成火把,照亮人们前进的路。总之一句话,为了人类,它的确是做到了'粉身碎骨'的地步了。"在松树所具有的两种特征的基础上,陶铸将松树的精神与共产主义的精神进行了融汇:"我想:所谓共产主义风格,应该就是要求人的甚少,而给予人的却甚多的风格;所谓共产主义风格,应该就是为了人民的利益和事业不畏任何牺牲的风格。每一个具有共产主义风格的人,都应该像松树一样,不管在怎样恶劣的环境下,都能茁壮地生长,顽强地工作,永不被困难吓倒,永不屈服于恶劣环境。每一个具有共产主义风格的人,都应该具有像松树那样的崇高品质:人民需要我们做什么,我们就去做什么,只要是为了人民的利益,粉身碎骨,赴汤蹈火也在所不惜;而且毫无怨言,永远浑身洋溢着革命的乐观主义的精神。"在作家笔下,松树被视为一种具有崇高品质的植物,它与共产主义风格一样,为了人民的利益永不屈服、永远洋溢着乐观主义的精神。

这一时期还出现了一些杂文作品,如秦牧的《不朽》《〈增广贤文〉与〈处世哲学〉》《血绘的〈二十四孝图〉》《运动国手的启示》、黄秋耘的《不要在人民疾苦前闭上眼睛》《锈损了灵魂的悲剧》等,对于社会主义新中国在现代化发展过程中出现的不少问题进行了一针见血地批评。由于浓郁的政治氛围和不断收紧的文化空间,杂文创作在这一阶段数量较少,且表达空间颇为有限。此外,著名历史学家、古典文学研究家、语言学家、诗人陈寅恪在这一时期虽然没有散文作品发表,但是他与师友们之间的书信往来却颇为频繁,如致吴宓、蒋天枢、郭沫若、唐长孺、刘铭恕等的信函,或描述日常生活,或交流阅读、研究状态,用语简洁传神,显示出一代学术大师在这一时期的情感与思想状态,情真意切,令人动容。

第二节　异国见闻和游记散文

从新中国成立到1961年之间,广东散文作品除了歌颂社会主义、追忆革命年代历史、表达人民群众胜利喜悦、描写新社会新气象、见证重大历史时刻等国内内容外,还有一些作家聚焦异国见闻,通过人物通讯、游记散文等体裁,记录下新中国成立后中国人民志愿军在朝鲜、中国人民在异国的经历,反映了社会主义国家的建立对于提升中国国际地位、促进中外人民友好交流所起到的根本性作用。黄谷柳的通讯集《战友的爱》、楼栖的散文集《柏林啊,柏林》、司马文森的散文集《彩蝶:新中国外交官的海外散记》、陈残云的散文《老挝姑娘》《异国乡情》、杨应彬的散文《伏尔加河畔》《我们到了莫斯科》《布达佩斯散记》等,较为集中地书写了作家们在异国所见所闻,为人们理解20世纪五六十年代的中国国际交往及国际形势提供了生动的材料。

如果说黄谷柳的通讯集《战友的爱》主要是写志愿军战士们在异国朝鲜的经历与见闻,重在表现异国的战争场景与中国人民志愿军的战斗精神的话,那么楼栖的散文集《柏林啊,柏林》则展现了社会主义德国在20世纪五六十年代的社会场景、人民生活与国际关系。第二次世界大战结束后,纳粹德国战败投降,苏联和美、英、法分别从东西两线对德国实行占领。根据《雅尔塔协定》和《波茨坦协定》,德国被分割为四个占领区,即德国东部由苏联占领,德国西部由美、英、法三国占领。后来美、英、法三国将占领区合并,于1949年5月23日建立了德意志联邦共和国。这样德国就一分为二,西部占领区成立了德意志联邦共和国;东部的苏联占领区则在1949年10月7日成立了德意志民主共和国。德意志联邦共和国、德意志民主共和国这两个国家并存的现象一直持续到1990年10月3日,此后德意志民主共和国加入德意志联邦共和国,德国实现了统一。尽管在两个德国共和国并存期间,东西柏林乃至两德之间一直在进行着人口流动,但基本上是东德向西德移民。作家在柏林工作了两年,被德意志民主共和国高教总署安排在柏林的洪堡大学东方学院讲课,因此对于柏林的城市面貌、民众生活、文化习俗以及当时的欧洲国际关系有了更多直观的印象。楼栖的散文集《柏林啊,柏林》为我们展现了意识形态与军事对峙状态下的柏林城市被一分为二之后的奇特景观:"多少年来,柏林一直交织着不可调和的矛盾,是矛盾构成的一颗政治心脏。可是,疯狂的法西斯却几乎给它带来了最恶性的毁灭。现在,这颗政治心脏剖成了东西两瓣:东边是天堂,西边是地狱;东边是社会主义世界,西边是资本主义世界;东边是幸福和平,西边是罪恶渊薮;东边是东风的桥头堡,西边是西风的前哨站……柏林呵,柏林!多少次我站立街头,凝神眺望你心瓣边的刀口。一条马路,两边楼房,马路是天堂地狱的阴阳界;可是,人来人往,真正的界线又在哪里呢?没有界线的阴阳界,咫尺天涯,我还没听见你的心脏在跳跃。历史上从来没有出现过这样一座都市,从来没有一座都市像它那么神秘,那么神奇。一颗心脏虽然给剖成了两瓣,可是血液还是照样在循环。高架车、地下电车,还是整天整夜在奔驰,两边来回,穿梭似的。有一部分东边的居民在西边工作,另一部分西边的居民却在东边工作,他们天天在天堂地狱中打回旋。心脏的血液日夜循环,血清和毒菌日夜在作生死的搏斗。"在柏林这座城市里,残留着第二次世界大战后期所留下的残酷后遗症:"在欧洲,我还没有见过一座破坏得像柏林那么厉害的都市。繁街闹市到处残留着断瓦颓垣,市郊的住宅区也留下了不少瓦砾焦土。纳粹末年在战火中自掘坟墓,还企图把柏林和他们的罪恶一起毁灭。我接触过一些东柏林的居民,提起大战时的最后日子,没有人不惊心动魄。腿断、臂残、眼盲、耳聋的罪恶战争的牺牲者,在街上随时随地都能碰见。侵略战争在柏林市街和人民身上所留下的罪恶烙印,多么鲜明,多么深刻!想起当年,纳粹把柏林作孤注的一掷,孤城末日,把少年和妇女都集中起来,准备骗上战场,妄图挽救最后崩溃的历史命运。要不是苏联红军迅速地攻克柏林,柏林早就给毁灭了。"相比于城市的战争遗存,柏林周边乡村则显示出一片祥和、宁静的气息:"出了郊区,公路两旁的参天老栗树,叶子半已凋黄,柏油路上,满地黄叶。田野上一片甜菜、马铃薯,绿叶上的水珠,晶莹闪亮。一片平原,到处是人造林,仿佛给修剪过似的,在辽阔原野上点缀着重重叠叠的绿屏风。山毛榉的叶子正红得诱人,给绿屏风添上了画意。乡村公路有时穿入林区,汽车从林障里驰过,像织布的机梭滑过千树万树的绿丛。森林里特有的霉湿气,发出一股沁人心脾的气息。"在作家看来,即便是在乡村,东德和西德也存在着巨大的差别:东德享有劳动的自由,而西德则始终存在失业的风险:"德国的乡村,到处都是人造林,村落稀少。农村人口不多,大部分青年人,不是进了工厂,就是进了学校。每年收获季节,有大批都市青年前来支援。昨天,从柏林开出一班特别列车到西罗县,送出两千多名大、中学生,支援农村收获。而西德,却有多少失业工人在饥饿线上挣扎。东德有劳动的自由,西德却有失业的自由,恰好成了鲜明的对照。"楼栖的《柏林啊,柏林》,向人们展示了 20 世纪 50 年代柏林城市的面貌,为读者理解冷战情形下的西欧国际关系和德国分裂状态提供了第一手的材料。

司马文森的散文集《彩蝶:新中国外交官的海外散记》记录了自己作为外交官在印度尼西亚、摩洛哥等国家的所见所闻,展现了东南亚、非洲人民的生活侧面。陈残云曾这样介绍司马文森这部散文集:"作者在印尼当了几年文化参赞,浏览了许多地方,结交了不少朋友,欣赏了千岛之国的山光水色,把深刻的感受,与人民的友好情谊,活现于纸上。它赞美了班芝兰的可爱的中国传统;颂扬了五位为反抗荷兰殖民主义者而牺牲的潮州青年;赞美西伊里安人民为独立和解放的斗争;赞美多峇湖畔美丽的人鱼姑娘和勤苦渔夫相爱的美好故事;谈峇厘岛的风土人情和阿贡火山的劫后情景。这些文章抒情写景都很自然,它的优美的岛屿景色,浓郁的异国情调,与烽烟弥漫的战斗诗篇相比,迥然各异。"①在《诗之岛——印度尼西亚漫游记之一》,司马文森对于印度尼西亚的峇厘岛有着美好的印象,那儿虽然经济落后,但是艺术却十分发达:"的确,峇厘是很富诗意的。尽管它现在还处在相当落后的状态,经济是原始的农业经济,神有最高权威,统治着一切,在 200 万居民中有近 50% 是文盲,人民的生活水平相当低。但并未影响它闻名世界的雕刻、绘画、舞蹈、音乐、手工艺品的传统声誉。峇厘的劳动人民,的确都是优秀的艺术家,他们粗糙的手,能做艰苦的农事劳动,也能创造出优美、深刻、动人的艺术作品。一个普通农民,有时也是一个杰出的艺术家。在绝大多数农村,你很少能在他们中间分辨出谁是普通农民,谁是艺术家,差不多家家户户都有这种杰出的人才,有的是舞蹈家、雕刻家、画家,有的是甘姆兰音乐演奏家或歌唱家,有的是手工艺品的编织家。有人说,峇厘本身就是一间博物馆,一间大的博物馆、活的博物馆,峇厘人民是聪明而富有智慧的,他们能够把一片椰叶、一根骨头、一块木头、一粒石子,都赋予生命,甚至赋予灵魂!"作家到达印度尼西亚的苏

---

① 陈残云:《司马文森和他的散文》,司马文森:《彩蝶:新中国外交官的海外散记》,北京:华文出版社 2008 年版,第 3 页。

门答腊,则在那里看到了西方殖民者为了进行开发而劫掠、欺骗中国劳工来此劳作,沦为奴隶,身世凄惨。在《在日里农园中——苏门答腊之旅之一》中,司马文森介绍了中国劳工在此地的悲惨经历:"17世纪,荷兰殖民主义者为了开发印度尼西亚,就曾用过海盗行为,派战舰到中国南方口岸,劫掠男女甚至儿童,送到垦殖园充当奴工。对这些奴工,在人力被剥榨到一定程度以后,还规定有很毒辣的制度,要赎身一人需白银80两,而且'绝不可令其妇女归国,或到公司治权以外之地'。英国殖民主义者也和荷兰殖民主义者干一样丧尽天良的勾当,不过他们干得更巧妙圆滑些。他们在香港、澳门设有'猪仔馆',用欺诈拐骗手段,把年轻力壮的中国人骗到南洋当'猪仔',并美其名曰'契约劳工'。这些'猪仔'有很大部分从新加坡登陆后,就被贩卖到苏门答腊日里的烟田。100多年来,在这个'希望之岛',就有无数这样无望的中国奴工在过着悲惨非人的日子。直到现在,我在这儿还能遇到一些遭受过苦难的中国人,他们在讲起过去的经历时,每个人都有一段说不完的故事。"对于印度尼西亚的首都,作家则介绍了这座城市近期的迅速发展以及它在历史上所遭受的殖民者侵略的历史。在《在雅加达的日子——印度尼西亚漫游记之三》中,作家揭示了雅加达这座城市所面临的帝国主义入侵的风险:"这个新来朋友的说法不错,生活在雅加达的人,需要有较健全的神经。这儿的政治气候,正如我们常见的热带风暴一样,来时千军万马,气势汹汹,去时又悄然无声,雨过天晴。几年来,这个城市的变化是大的,人口从150万发展到200万,到300万,新的市区不断地扩展,新建筑物在加多,而政治气候动荡不安,也不断在变。帝国主义者过去曾经,现在也是,以后看来还会梦想把征服雅加达作为征服印度尼西亚的主要目标。不同的是,过去由荷兰出面来搞阴谋,而现在却是美国;过去用的是公开露骨的武装占领,现在却是隐蔽的,通过它的代理人,来执行侵略任务。"在资讯传播尚不发达的20世纪50年代,纸质阅读仍然占据着主导作用。司马文森将其在海外工作期间的见闻加以记录,为读者了解东南亚、非洲等国家民众的政治、生活、文化提供了生动的材料。

这一时期,周国瑾的散文《伏尔加河畔》《我们到了莫斯科》《布达佩斯散记》也记录了他在苏联和东欧访问时所留下的印象。《伏尔加河畔》中,作家记录了他乘坐客船访问伏尔加河畔城市切博沙雷的经历,了解了这座城市的革命历史:"在切博沙雷,我们参观了博物馆,在这里看到楚瓦什亚民族光荣的历史,了解到他们在沙皇时代的痛苦生活。楚瓦什亚民族过去是受歧视受压迫的民族,沙皇因为怕他们起义,连金属用具也不给他们使用。革命不是用暴力可以压服道德,英雄的人民曾前赴后继地起来反抗统治者。在这里我们看到许多动人的楚瓦什亚人民光荣的革命事迹。"让作家心潮澎湃的是,这座城市在十月革命以后的迅速发展:"十月革命以后,在苏联共产党正确民族政策的光辉照耀下,楚瓦什亚民族和苏联其他民族一样,完全摆脱了落后贫困的生活,走上繁荣幸福的大道。这个革命前地方偏僻人烟稀少的城市,过去只有几千人口,现在已发展到11万多人了,并且有全苏最大的纺织厂和电气机械厂,有宽银幕电影院、音乐馆、大剧院等。这里革命前没有一个职业艺术团体,现在已有国立话剧院和交响乐队。现在这个城市正在进行大规模的建设,未来的切博沙雷将会变得更加美丽。"在《我们到了莫斯科》中,周国瑾用朝圣者的姿态体会着莫斯科这座城市的光荣历史与夺目光彩:"在我跟前的就是那美丽的莫斯科河,河上的桥梁,像是悬在空中的大街一样,幸福的人们在河上划着小船,微风送来了一阵阵嘹亮的歌声。河岸那边高耸着绿色的山岗,山岗上围着一条朱红色的宫墙,这就是克里姆林宫。宫墙后面,重重叠叠地耸立着金顶的大教堂,古老的亭台楼阁,雄伟的宫殿,东墙那边,是一座十分壮丽的塔,塔上装有一个巨大的钟,这就是克里姆林宫的大钟,它那嘹亮而又和谐的声音响遍了全世界。塔尖的五角红星金光闪闪,它的光芒照耀着整个地球。红星的下面就是红场。这个地方是多么的庄严而神圣啊!当我凝视着这个庄严宏伟的红场的时候,不禁想起:在苏联内战时期,外国反动派联合14个国家的军队,向苏维埃莫斯科进犯时,列宁曾在红场上用火一样热情的话为红军战士们送行,鼓舞战士们坚决勇敢去消灭敌人。在卫国战争时期,希特勒军队到了莫斯科近郊,斯大林依然从容地在红场上举行阅兵典礼,在斯大林的鼓舞下,战士们怀着坚定的胜利信心从红场直接开往前线。"在《布达佩斯散记》中,作家于1960年访问匈牙利首都布达佩斯时,记录了这座城市在经历了十月事件后的社会状况。1956年10月23日至11月4日,匈牙利的群众和平游行演变为武装暴动,直到苏联通过两次军事行动进行干预,十月事件才被平息下来。匈牙利的十月事件造成大约2700名匈牙利人死亡,是在当代引起国际社会广泛关注的重大事件。1960年6月,作者借音乐演出的机会来到了匈牙利,并将自己的见闻记录了下来:"归途中,汽车沿着多瑙河的林荫大马路驶过。密密的树木遮蔽着天空,树荫下摆着长椅,布达佩斯的街道好像公园一样,幸福的人们三三两两地在那里散步谈心。多瑙河的水是那么平静、安闲,人民的生活又那么舒适。人们在美好的生活中并没有忘记沉痛的十月事件。在布达佩斯的街道上,我们还可以看到反革命分子破坏的痕迹。在朋友们的谈话中,对沉痛的十月事件还是记忆犹新;当我们在巴莱顿湖畔蓝纳赛军官俱乐部演出的时候,有一位中校军官向我们谈到这次事件的情形,并领导我们去瞻仰十月事件中牺牲了的一些军官的遗照。他指着照片痛苦地说:'看他们多么年青,要是活着的话,还可以替人民做很多事情啊!'我说:'是呀!'他回过头来沉痛地说:'教训是沉痛的,但我们眼睛擦亮了,警惕性提高了,今后再不容许有这样的事情发生。'"让作家感到欣慰的是,虽然匈牙利十月事件发生并不久,但是这座城市和这个国家已经迅速恢复了祥和、繁荣的生活:"匈牙利事件虽然过去还不到3年,但由于苏联和兄弟国家的援助和匈牙利人民的努力,经济上已经完全恢复,如今匈牙利的土地上到处都是繁荣的景象。破坏的痕迹就快要完全消失了。匈牙利人民对苏联和兄弟国家给予他们无私的援助,总是念念不忘。"通过周国瑾在苏联和东欧国家的游记,读者了解了20世纪五六十年代欧洲社会主义国家的政治、生活状况,拓展了文化视野。

第六章 话剧与地方戏剧

话剧是由西方传入的艺术形式,在近代中国革命的语境中,话剧代表着一种启蒙与革新,因此对于传统戏曲而言就面临着由旧到新、由曲到剧的转型,比如在粤剧创作上从审定旧剧迅速地转变为以新粤剧对抗旧粤剧的做法①。对于话剧自身而言,则需要学习本土的表达方式,令话剧更好地为政策宣传服务。戏剧这一艺术类型必须通过面向观众的临场演出才能完成全部创作,因此具有强烈的感染力与宣传效果,这也是中华人民共和国成立后对于戏剧工作倾注大量精力的原因。

受到经常波动的文艺政策影响,该时期广东戏剧的创作和演出呈现曲折发展的状态。广东本土剧种多样、历史悠久,在不同剧种的融合创新与新旧剧目的整理和改革过程中,广东戏剧创作也在摸索中前进。广东的戏剧资源丰富,从传统戏曲的类别上说,除了粤剧、潮剧、汉剧三大剧种外,还有山歌剧、采茶戏、雷剧等剧种,地方剧种的发扬与民间剧团的自发研究创作密切相关。话剧方面,方言话剧的创作是广东话剧活动的脉络之一,而新中国成立之后逐渐兴盛的电影电视行业也推动了话剧的形式探索。话剧的影视化亦是广东话剧发展过程中值得关注的问题。

第一节　广东戏剧活动

广东的戏剧在中国话剧发展的大背景下走出自己的轨迹,基于广东本土剧种和方言的多样性,广东戏剧的发展历程始终围绕在对本土特色的发掘与演绎上,是不同民间文化交流碰撞的结果,也是官方与民间互动的结果。除了关注广东戏剧界对国家文艺政策作出的反映和调整之外,该时期举办的多次"戏曲汇演"是官方参与戏曲活动的重要形式。通过梳理广东送演的戏剧作品的选择及受到的评价,可以看到由于官方政策与具体创作之间的信息差而导致的创作上的混乱与戏剧评价上的偏离。当然,广东戏剧活动并非始终是被动的,广东本土剧种和方言的多样性以及具有地域

---

① 谢彬筹:《岭南戏剧思辨录》,北京:中国戏剧出版社2000年版,第245页。

特色的生活习惯,令民间剧团成为广东戏剧活动中不可忽视的力量。

1951年《关于戏曲改革工作的指示》提出了"改戏、改人、改制"的任务,"改制"主要指对戏班制度中所有制和不合理规定的改革。"改制"初期成立了许多民营剧团,这些民营剧团也成为戏剧创作走向专业化和体制化的土壤。除此之外,许多为配合革命宣传组织的民间剧团也逐渐被整编精简。

广东戏剧界初期的戏曲改革工作在中共中央华南分局宣传部的领导下进行,由于不是专门的戏曲研究机构,因而存在多个机构共同管理、参与的情况。1953年,广东省、广州市戏曲改革委员会成立,同年成立了粤东、海南分会,并于1956年成立粤西分会。戏曲改革委员会是专门管理广东戏曲改革工作的机构,该机构的成立意味着广东戏曲活动有了统一管理、统一标准。

1953年,广东省文化局、广州市文化局成立了两个国营性质的剧团,分别是广东粤剧团和广州粤剧工作团,1956年广东潮剧团、广东汉剧团、广东琼剧团几个国营剧团也先后成立。为了发展地方戏曲,1954年各个地方剧种逐渐组织成立业余剧团,如以演出粤北采茶戏和花鼓戏为主的粤北民间艺术团、在山歌剧的创作和发展上有实验性的梅县民间艺术团等。为管理民间剧团,广东省文化局也出台民间剧团的登记和演出备案办法,于1955年颁布了《广东省民间职业剧团登记条例》,该条例登记了当时的剧团、剧种和从业人员的人数及基本情况。

新中国成立初期的话剧活动较为散乱,因此该时期话剧活动管理的主要方面是对于不同剧团、文工团的整编统一。如1953年中共中央华南分局宣传部成立"华南话剧团",并且逐步建立演出、剧务、剧场管理等制度,为培养戏剧艺术专门人才提供了条件。广东地区话剧团的整合与演化,是观察广东话剧发展主要问题及历史脉络的主要切入点,比如华南话剧团以演出语言是否采用广州方言分为"广东话剧团"和"广州话剧团";再如中国人民解放军广州军区政治部战士话剧团则延续部队文艺工作的风格气质,创作、演出了一批表现部队生活、书写革命历史的剧作。此外,汕头话剧团、佛山地区话剧团、肇庆地区话剧团等地方剧团则发挥方言特色和人员组织精简的优势,深入农村生活,积极开展戏剧形式的探索,为此时期的戏剧发展增加了地方色彩。

传统剧种的"新旧之争"贯穿这一时期的戏曲活动。具有即兴演唱特征的地方剧种或讲唱文学,如山歌剧、潮州歌册等,由于之前剧目的整理不充分,且多以短篇为主,所以新中国成立后的创作活动,更倾向于用戏曲形式反映当下生活,因而创作了许多契合生产活动的长篇现代剧。而潮剧、广东汉剧、粤剧等大剧种,则更多侧重挖掘和整理旧剧的工作,对于"旧剧"的评价、界定与改编是此时期戏曲活动的主要内容。

戏剧的演出本身可以被视为一种仪式,而新中国成立之后官方介入的诸多戏剧政策、会议与汇报演出等活动,则令戏剧成为"国家仪式"①。广州解放之后,华南地区开展了一系列庆祝中华人民共和国成立和配合中心工作的戏剧活动,比如1951年华南文联主办的"爱国主义话剧展览月"演出了华南人民剧团的《保家卫国进行曲》、广州市文工团演出的《考验》、青年文工团《民主青年进行曲》等②。

戏曲汇演是在官方力量的组织下,对戏剧剧目创作及演出进行集中观看、评价的活动。这一时期的广东戏剧也组织或参与了多次戏曲汇演活动,并通过演出后的评价调整后续的戏剧创作方向。1952年9月举行的中南区戏曲观摩汇演对广东戏剧尤其是粤剧的影响深远,在此次汇演中,广东送演的粤剧《三春审父》遭到了严厉的批评,广东粤剧团不得不再临时排演《凤仪亭》《表忠》《平贵别窑》三部折子戏送演。三出折子戏参加了同年10月的第一届全国戏曲观摩演出,得到不错的成绩。但是《三春审父》遭到的批评,令整体的粤剧改革工作都被否定,1953年《山东响马》引起的争议令粤剧再次进入窘境。广东省和广州市因此成立了参加全国戏曲汇演传达、学习委员会,传达、讨论,并组织戏剧的观摩和演出活动。1953年到1954年,广东省在省内组织了两次戏剧观摩汇演,以检验全省主要剧种的改革情况以及改革成果。③广州市也在1954年的3月和12月组织了广州市春季粤剧观摩演出和广州市粤剧第一届观摩演出。1956年和1957年,广东都有选派剧目进京演出,主要展示了广东主要剧种的改革成果。汉剧《百里奚认妻》、潮剧《扫纱窗》和粤剧《搜书院》等都得到了热烈的反响,其中广东粤剧团的剧目《搜书院》得到了肯定,也意味着新中国成立以来粤剧创作对文艺政策的适应。

如何赋予旧剧以"新"的内涵,新剧的编写如何回应戏曲的传统形式等都是这一时期戏剧艺术工作者们探索的主题,戏曲的许多剧目也随着官方标准的变动被"禁演"或"开放"。1950年7月31日召开的"粤剧界座谈会"拉开剧目审定工作的序幕,粤剧的旧剧经过鉴定决定是否可以上演、是否需要修改,潮剧也停演了一批旧剧,改编创作了一批新剧。但粤剧改革工作的指导思想内部并未达成统一,对于粤剧的发展方向的认识较为模糊。比如在座谈会上,主任委员欧阳山指出粤剧要"又好看又有益",但何士上1951年的《关于粤剧改革工作的指导思想和创作方法的商榷》则认为"好看有益"是将艺术标准放在了政治标准之上④。对粤剧改革方向讨论的不充

---

① 吕东亮:《变革中的焦虑:十七年文学探寻》,武汉:武汉大学出版社2018年版,第54页。
② 中国戏剧家协会广东分会等编:《广东话剧运动史料集(第3集)》,1984年版,第40页。
③ 谢彬筹:《岭南戏剧思辨录》,北京:中国戏剧出版社2000年版,第253页。
④ 广东省地方史志编纂委员会编:《广东省志 文化艺术志》,广州:广东人民出版社2001年版,第705页。

分,导致在具体的改革工作中对于许多剧目的评价往往产生严重的分歧,《刘永福》《三春审父》《山东响马》等剧目都在演出后招致很大的争论甚至严厉的批评。1956年6月,文化部召开的第一次全国戏曲剧目工作会议提出"破除清规戒律,扩大和丰富传统戏曲上演剧目"以应对剧目贫乏的问题。1957年4月第二次全国戏曲剧目工作会议则又一次提出要开放"禁戏",但是由于提出得匆忙,戏曲界来不及跟上文艺政策的变动,造成剧目的混乱,而舆论也对这些现象过分错估,扩大传统剧目中一些要素的负面影响,许多传统剧目又一次被列入"糟粕"之列。

总而言之,新中国成立初期的戏剧工作与文艺政策的变动、政治导向的转向密切相关,呈现出波动发展的状态。1962年3月,全国话剧歌剧儿童剧创作座谈会在广州召开,对于之前戏剧戏曲工作中的问题进行了公开的讨论和说明,短暂地激发了戏剧工作的积极性,广东的戏曲戏剧走向多样化,历史剧创作一度繁荣,传统剧目的整理改编重新引起重视。然而好景不长,随着政治上对阶级斗争的强调,戏剧工作再次陷入疲于应对瞬息万变的政治风向的困境之中。1963年到1964年,文艺工作的方向被确定为"写现代、演现代、唱现代",传统剧目再次遭受打击,广东戏剧活动配合"组织演好革命现代戏"的要求,1965年7月到8月在广州举行了中南区戏剧观摩演出大会。广东戏剧虽然出现了一些表现亮眼的现代剧,如广东汉剧《一袋麦种》和山歌剧《彩虹》,但当对《海瑞罢官》的批判转载到广东的报刊之后,广东也开始了对戏剧的批判。"文化大革命"的风雨摧残了广东戏剧对传统剧目的挖掘和地方戏剧的创作热情,对"样板戏"的移植成为这一时期的主要戏剧活动。

第二节 话 剧

这一时期的广东话剧创作呈现出曲折向前的发展态势,主要有两个特征:一是与中国的革命形势与政治运动紧密联系;二是由于自身的地理文化特征,在话剧的创作和演出实践中融合多种地区的文化艺术形式,并积极采用广东方言进行创作。新中国成立以后,广东话剧的发展路径可以说是抗日战争和解放战争时期"做宣传之用"的话剧的延续。新中国成立后到"文化大革命"结束之前,广东话剧随着政治的浪潮起伏,在各个阶段呈现出创造性与模式化并存的状态,表现出艺术的生命力与政治的压制力的此消彼长。

华南话剧团(后改为广东话剧团)、中国人民解放军广州军区政治部话剧团以及一批地方剧团的成立是广东话剧发展的重要一环。1953年7月,中共中央华南分局宣传部根据文化部的部署,成立华南话剧团,其前身是华南文工团、青年文工团、广州市文工团和华南人民文艺学院人民剧团等。在建团初期,华南话剧团就已经排演了多部作品,并且在多地巡演,建立了较为完整的剧团管理体系和表演体系。在"土改"期间,华南话剧团还激励了云浮地区的话剧活动。华南话剧团的成立为广东话剧结合自身地域文化条件进行创作提供了良好的环境,在这一时期,广东话剧虽然以改编已有剧目或小说为主,但也出现了本省作家原创的剧本或是基于广东当地生产生活创作的剧本。华南话剧团排演过广东本省作家周国瑾、黄谷柳、符公望编剧的《平凡的创造》以及何求创作的《新局长到来之前》等剧作。

为了适应广东地区的方言特色,1956年华南话剧团曾分为普通话演出和粤语演出两个队伍。到了1957年又以两个演出队为基础分别成立了广州话剧团和广东话剧团,华南话剧团的名称则不再沿用。伴随粤语演出队和广东话剧团的先后成立,在华南剧团成立之初就产生的"用普通话还是用粤语演出话剧"的问题又一次被提出,引起了激烈的争论。1956年粤语演出队曾因全国推广普通话的工作面临取消的危机,直到1957年文化部明确表态要保留粤语演出,粤语队才幸运保留。

广州话剧团和广东话剧团于1958年重新合并为广东话剧团,再次分为普通话和粤语两个演出队。受"大跃进"运动的驱动,两支演出队创作并排演了反对"右倾"主题的《红棉江》《丽日青松》等多幕剧,以及《木棉花开满天红》《西关涌》等表现人民生产劳动和歌颂英雄题材的作品。除了政治宣传性质的作品,广东话剧团也用方言排演了《全家福》《七十二家房客》等反响热烈的剧目。曹禺对方言剧的创作演出实践表示了肯定,认为《全家福》用方言演可以引起观众的共鸣,"更能对人民起直接教育作用"①。

广州军区政治部战士话剧团成立于1955年5月,建团以来不但排演了《保卫和平》《南海战歌》《红缨歌》《南海长城》等优秀剧作,屡获国内各演出的奖项,在小品、曲艺甚至当代电视艺术方面也有所成就。② 除了华南话剧团和广州军区政治部战士话剧团,广东地区还有于1964年成立的佛山话剧团、肇庆话剧团以及早在1957年就成立的汕头市话剧团等。相比华南话剧团、广州军区政治部话剧团,地方剧团与广东当地群众性的话剧活动更为密切,它们多采用方言进行演出,且前身多是业余剧团,比如汕头市话剧团就是从汕头市人民剧社转为专业剧团的③。

广州青年话剧团也是一个活跃的业余话剧创作队伍,成立于1955年。广州青年

---

① 田本相、阿鹰编:《曹禺年谱长编(上下)》,上海:上海交通大学出版社2017年版,第604页。
② 中华人民共和国文化部对外文化联络局,中华人民共和国文化部文化艺术人才中心编:《中国著名艺术表演团体》,北京:中国文联出版社1999年版,第113页。
③ 谢彬筹:《岭南戏剧思辨录》,北京:中国戏剧出版社2000年版,第330页。

话剧团多是自编、自导、自演的创作,且十分高产,在"文革"前出过73个话剧、独幕话剧和活报剧,并产生了一批优秀的话剧艺术工作者①。广东地区的这些话剧团体的创作活动是广东话剧充满生命力的实证,到了九十年代,这些专业及业余剧团还赴澳门交流②,推动了两地的话剧发展。

五十年代广东话剧的创作在方言剧的编排演出上有较大的突破,但需要注意的是,在剧本的写作语言上,此时期的剧本还是以普通话为主,方言色彩并不浓重。同时由于文化政策指导上过于强调文化为政治服务,这一时期的广东话剧到后期呈现出模式化的倾向,创作稍有沉寂。这一现象到1962年才有所缓和。

1962年,以召开全国话剧、歌剧、儿童剧创作座谈会为契机,重申"双百"方针,令广东的话剧短暂地重焕生机,出现了一批较为优秀的作品。但很快,随着阶级斗争运动的展开,广东话剧不得不顺应"为政治服务,为阶级斗争服务"的口号,向"写现代、演现代、唱现代"的方向转变。在这一时期出现了《山乡恩仇记》(改编自吴有恒的长篇小说《山乡风云录》)、《珠江风雷》(改编自于逢小说《金沙洲》)以及由中国人民解放军广州军区政治部战士话剧团排演的《南海长城》《红缨歌》等具有较强思想性、反映革命斗争历史现实的作品。

广东话剧创作随着"文化大革命"的爆发而停滞,在"文化大革命"期间许多剧团解散,直到1969年初才重新成立了广东话剧团,广东话剧创作重新出发。

总体而言,这一时期的广东话剧创作以集体创作为主要的组织形式,创作工作也受政治的领导,因此在话剧的主题上较为集中,主要以农村革命题材和历史革命题材为主,前者如《出路》《平凡的创造》,后者如《红缨歌》《广州惊雷》。但同时也出现了《新局长到来之前》等政治讽刺喜剧,丰富和发展了话剧的类型和主题。这一时期的话剧创作和演出仍旧受政治的指导,但是已经逐渐从作为战时宣传的附属状态,转向更有主动性和创造性的创作方向上,也涌现了如赵寰、何求、曾炜、司马文森等广东话剧创作探索的先行者。

赵寰,原名赵子辅,辽宁丹东人。1949年考入辅仁大学化学系,后转燕京大学新闻系,历任军文工团创作员、广州军区战士话剧团创作组长、团长、创作指导员。1981年广东人民出版社出版的《广东话剧选》中收录了广州部队战士话剧团集体创作、赵寰执笔的《红缨歌》以及赵寰写作的《南海长城》,两部作品都在演出后得到了多方关注。

《红缨歌》的故事背景是1927年大革命时期,讲述的是县委书记、县农民协会委

---

① 李门:《广东话剧九十年简述》,广东省戏剧家协会编:《洁似寒梅:李门遗作选》,内部出版物。
② 胡国年:《澳门戏剧概述》,《四川戏剧》2002年第2期。

员长郑向东带领武老爹一家为代表的觉醒农民进行革命的故事。虽然是距离剧本写作时间三十多年的湖南农民运动,但是通过跌宕起伏的情节安排和人物形象的塑造,《红缨歌》的文本和其演出一样具有生动、激昂的效果。郑向东是剧本的主要人物,他是农民革命的政策指导者,与王金榜、尤独清等人的交锋表现出他的机警、坚强、正直。他是作为党的代表的完美形象出现在剧作中的。剧本以郑向东的一段"一定要叫红旗满天下"的动员讲话迎来幕落,并且安排了"吹响号角""红旗飘扬""朝阳似火"的红色场景,为突出农民群众运动的气势又隐去了他的英雄身份。

当然,《红缨歌》的创作在人物语言、人物塑造上有模式化、口号化的问题,人物群像的塑造不够丰富,但娇妹、武老爹、陈老倌子、文永杰等人物代表着中国农村面对剧变的几种典型的身份和心态。尤其是陈老倌子和文永杰,前者是贫农,梦想是拥有土地;后者是村里的书生,但却未能找到"出路"。陈老倌子这一形象的存在代表着党对"未完全觉醒"的群众的教育,文永杰则象征着传统"读书人"的济世理想只可能通过革命的路线实现。

《南海长城》是赵寰独立创作的作品,发表于《剧本》1964年4月号①,由中国人民解放军广州军区战士话剧团在广州首演。剧本根据广东沿海军民的作战事迹编写,讲述了1962年国庆前夕,当地民兵与蒋介石集团派遣的武装特务斗智斗勇,保卫南海边疆的故事,表现了全面皆兵的主旨。该剧生动刻画了渔民生活,塑造了复员军人区英才和妻子阿螺、老渔民赤卫伯等形象。该剧获得了文化部颁发的"1963年以来优秀话剧创作奖"。

在赵寰创作的剧作中,《董存瑞》是一部有重要意义的作品。1951年,赵寰与梁立柱、董晓华、丁洪等人合作,由丁毅执笔,创作了歌剧《董存瑞》,②演出后受到了观众的欢迎。1952年,赵寰与丁洪、董晓华再度合作,创作了电影剧本《董存瑞》,③并由长春电影制片厂在1955年拍摄制作。1953年,又出版小说《董存瑞的故事》④。

电影剧本《董存瑞》根据真实事迹改编,聚焦董存瑞作为一名中国共产党战士的身份经历,讲述董存瑞因年幼参军几度遭拒、入伍后不断成长和带领队伍进行爆破任务最终牺牲的三个人生阶段。剧本对于董存瑞"少年战士"的形象刻画深入。虽然主人公作为爆破队长冲锋在前、遗憾牺牲是全剧的高潮,但是剧本在表现战场交战的情景时篇幅精简,节奏快速,将更多的笔墨用在表现主人公的成长与人物关系的塑造中。电影剧本的创作根据艺术的需要进行了适当的想象和虚构,作品没有回避主人

---

① 刘平:《中国话剧百年图文志》,武汉:武汉出版社2007年版,第159页。
② 赵寰、梁立柱、董晓华等:《董存瑞(歌剧)》,《解放军文艺》1951年第6期。
③ 中国电影出版社编:《中国电影剧本选集2》,中国电影出版社1959年版,第349—436页。
④ 丁洪、赵寰、董晓华:《董存瑞的故事》,中国青年出版社1960年版。

公的幼稚、冲动等性格和年龄导致的弱点，以家人、队友和群众三类人物作为推动主人公成长的力量。

剧本中主人公形象性格转变有两个关键情节：一是董存瑞、郅振标与革命导师王平对于"真正的战士"的探讨。年幼的董存瑞和郅振标对战争和英雄心生向往，认为"真正的战士"是"枪炮子弹，大打大干，走南闯北，东游西转，又光荣，又体面"。而王平指出了他们思想上的不足，以"纪念章"为符号，向两个少年说明"人民的好战士""为了人民"才是"真正的战士"①。当王平在伤重时将"纪念章"交给董存瑞，则意味着"战士精神"在内部传承，这种传承推动了董存瑞不仅在程序制度上参军，也在精神上入伍。二是与在轰炸中失去了母亲的玉兰子产生的羁绊和承诺的责任。失去母亲的玉兰子含泪问将她救出火海的董存瑞"谁来管我"，董存瑞回答"共产党"，而玉兰子则"宣告"了他是共产党②，这也促使董存瑞递交申请，成为一名正式的中国共产党员。

董存瑞性格转变的两个情节，以中国共产党话语中特殊的"军民关系"为核心联系起来。在王平牺牲后，董存瑞向家人表示了自己参军的意愿，面对姐姐的担忧和劝阻，董存瑞说："王平同志为咱们死啦。"这意味着人民身份的董存瑞因为共产党战士的拯救而转变。当董存瑞以战士身份拯救了玉兰子之后，才意味着他真正地成长为王平所教导的"真正的战士"。经过中国共产党身份的"继承"与"承诺"，主人公才完成了他的成长。

陈荒煤认为电影《董存瑞》的最大成就，就是创造了一个可以信赖的普通战士的英雄形象。③ 但实际上，剧本突出了主人公作为少年英雄的传奇色彩。无论是董存瑞与牛玉合比武的情节，还是对敌军轰炸场景的描写，都在塑造董存瑞能够以弱胜强的耐心机警的性格。除了人物塑造具有开创性的意义，剧本对于电影语言的表现、对镜头的有意识表达也体现出该时期中国电影文学创作的活跃。

电影剧本在创作和上映过程中也引起了一些争议。在初稿讨论时，有人指出剧本缺乏阶级观点，但作者还是认为应以"主人公性格特征的描写和英雄形象的塑造"为主要创作目标。影片上映不久，电影中董存瑞"主动支援"的情节在政治运动中由于人物的"无组织无纪律"遭到了批判。④

何求，广东省南海县人，曾用笔名屈平。1940年从上海美术专科学校毕业后在上海参加了于伶、顾仲彝领导的上海剧艺社，开始其话剧活动。1956年后在中国作

---

① 中国电影出版社编：《中国电影剧本选集2》，中国电影出版社1959年版，第316页。
② 中国电影出版社编：《中国电影剧本选集2》，中国电影出版社1959年版，第389页。
③ 陈荒煤：《陈荒煤文集 第7卷 电影评论（上）》，中国电影出版社2013年版，第52—56页。
④ 丁洪：《电影文学剧本〈董存瑞〉创作回顾》，《军营文化天地》1998年第4期。

家协会广东分会、广东话剧团、中国戏剧家协会广东分会继续从事戏剧创作。何求的话剧创作以独幕剧为主,其中《新局长到来之前》是在严肃的政治化创作环境中产生的讽刺喜剧作品,尤其难能可贵。

《新局长到来之前》发表于《剧本》1955年6月号。该剧讽刺了总务科长刘善其为讨好新来的局长,大修局长办公室,置国家财产和群众生活于不顾的官僚行径。独幕剧这一形式将情节冲突矛盾集中在一幕中表现,因而具有能够迅速反映现实的功能。《新局长到来之前》选择了特殊的时间节点,以非日常的矛盾冲突反映日常中刘善的官僚主义作风。但或许是限于独幕剧的篇幅,剧作在安排人物关系以及人物形象塑造上仍然具有片面化、标签化的问题。正面人物张局长和老李、朱玲分别代表着体制内作风清正的官员形象以及嫉恶如仇、机敏勤劳的普通劳动者形象,与反面人物刘善在力量上形成了"正多于恶""邪不胜正"的对比,令刘善的行动更像一个戏剧丑角而非立体的反面人物。这部作品曾获《剧本》月刊1954—1955年独幕剧征稿评奖一等奖,演出后颇受关注,当时的政治领导人也观看了演出,令《新局长到来之前》成为一部"现象级"的喜剧作品。1956年,长春电影制片场将它拍摄为影片,这部电影也被称为"新中国电影史上第一部敢于正面揭露官僚主义思想作风的影片。"[①]

第三节　山歌剧、潮州歌册等讲唱文学

文化的多样性和丰富民俗让讲唱文学在广东的戏剧体系中占有一席之地,山歌剧、潮州歌册、采茶戏等等,都是从劳动人民的生活中产生的戏剧类型。客家山歌剧是以客家山歌这一民歌形式为基础发展出来的民间剧种,产生于新中国成立之后,流行于广东梅州、河源及福建和江西等客家人聚居的地区,其中梅州山歌剧不但盛行于本地,还辐射到周边地区,影响深远。梅县山歌的唱腔吸收了各种民间曲调和山歌,随着地方剧团的出现,梅县山歌向山歌剧转变,形成了较为固定的剧本模式。唱词取自客家山歌的节奏,以七字一句为主,间有衬字,戏剧表演的艺术技巧除了来自传统戏曲、民间歌舞之外,也吸收了现代戏剧的形体动作。

客家山歌是山歌剧形成的基础。客家山歌历史悠久,是客家民系迁徙、文化交流的见证和成果。艺术风格上,客家山歌兼具南北民间艺术传统的特征,歌谣的主题也多是爱情、送别、思乡与异乡生活的书写等等,在演唱形式上,客家山歌多采取男女对

[①] 张会军主编、陈浥等著:《中国电影专业史研究·电影表演卷(上)》,北京:中国电影出版社2006年版,第143页。

唱的形式。客家山歌灵活、口语化、对话性强等特点都为其向山歌剧的转变提供了有利的条件。

客家山歌大多是民间劳作时的即兴演唱,即兴唱和的方式体现了客家山歌的民间性,丰富了山歌可以演唱的内容,且贴近群众的日常生活。根据《客家山歌》①的收集和统计情况,梅州地区流行的客家山歌大概有山歌号子、尾驳尾、逞歌、虚玄歌、锁歌、叠字歌、竹板歌、"郎搭妹、妹搭郎"、过番歌等。但是客家山歌演唱的场合比较私人化,演唱对象也是"点对点"的。从《糊涂知县禁山歌》《"山歌仙子"张六满》以及《闹公堂》等作品中,我们也可以发现客家山歌更倾向于作为民间地方性的交流方式,不具有公开表演的性质。

在客家山歌中,"竹板歌"和"提线木偶戏"是面向观众公开演出的艺术形式,比较具有表现性和戏剧性。"竹板歌""提线木偶戏"等都是作为外来剧种进入了客家地区之后,为迎合当地观众的语言习惯才加入客家方言和山歌的表演形式的。这些剧种与客家山歌结合的艺术实践,为客家山歌向客家山歌剧转化打下基础。虽然"竹板歌"在形式上不能容纳全部客家山歌的曲调,但是行业的形成为山歌剧传统剧目、演出形式等的规范提供了有利的条件,传唱了如《孟姜女》《高文举》《梁四珍》《白蛇传》《张四姐》《林昭德》《秦香莲》《卷席筒》《女驸马》《乱点鸳鸯》《姐妹易嫁》等一批叙事性强、篇幅更长的作品。

关于客家山歌剧的产生时间,综合目前学界的研究共识,在解放战争后期到新中国成立初期是山歌剧的萌芽期。和客家山歌一样,山歌剧也是与其他艺术形式交流融合、相互借鉴的成果。抗日战争爆发之后,为配合战争宣传,群众及宣传队将客家山歌与话剧相结合,创作并演出过一批客家方言话剧或小歌剧作品,话剧中加入山歌剧成为流行一时的艺术形式。1949 年,华南文工团借鉴北方秧歌剧《光荣夫妻》,编排演出了同名客家方言歌剧,进一步推动客家山歌与话剧两种艺术形式的相互渗透。

新中国成立之后,客家山歌剧的探索更加积极主动。1951—1952 年间,龙川县的"土改宣传队"就已经自发开始尝试利用山歌来演小剧,以配合政策的宣传。在解放区"秧歌剧"改造和"旧剧改革"的影响下,兴梅地委文工团、兴梅军分区宣传队等创作团体编写演出了《花轿临门》《回心转意》《同心合力做起家》等融入客家山歌表演的剧目。其中《同心合力做起家》受到了广泛的关注,兴宁报刊将这种形式的戏剧称为"山歌剧",但此时对于这个命名还没有足够的作品与影响支撑。1951 年,兴梅军分区宣传队编写的剧目《一对好夫妻》参加了广东省和中南军区文艺汇演并获大会奖励,相关作品的影响进一步扩大,"山歌剧"的命名正式被提出并沿用至今。

---

① 刘晓春、胡希张、温萍:《客家山歌》,杭州:浙江人民出版社 2007 年版。

1993年《中国戏曲志》在"广东卷"中将山歌剧作为戏剧种类列入。

农业合作化运动期间(1956—1957)是山歌剧的发展期,在这一时期,粤东客家地区的文艺活动随着农业合作化运动的热潮活跃起来,各县陆续成立了业余歌剧团,如河源龙川县山歌剧团、梅县民间艺术团、梅县文工队等,政府领导的山歌剧团的出现是客家山歌剧创作演出走向专业化、系统化和理论化的标志,在这一时期,客家山歌剧的主题、韵律及演出形式都得到了发展。除了演出剧团的建立,山歌剧的剧本创作以及出版也在该时期步入正轨,出版了《走上正路》(张雪伦编剧)等山歌剧剧本。为了配合农业合作化运动的宣传工作,山歌剧也在探索可供学习和复制的创作经验,推动一系列有组织的山歌剧创作及排演,举办过"山歌写作与演唱能手训练班"等山歌剧创作的学习交流活动。山歌剧创作的理论化实践虽然是在政治领导下展开的,但是并没有抛弃山歌剧原有的民间色彩。

在这一时期,山歌剧的主题以反映人们的生产生活为主,如《巧相逢》《大场上的小风波》《降龙汉》等。梅县文化馆领导,米柯改编,石书乡俱乐部业余剧团排演的《巧相逢》是较为引人注目的作品。《巧相逢》以新婚夫妇在水库工地相会的故事为核心,描写了水库工地的宏伟,反映了当时群众高涨的劳动热情。米柯在改编《巧相逢》时,将梅县客家山歌中的"松口山歌"进行了改良应用。"松口山歌"是有代表性的客家山歌板腔,其韵律优美抒情,节奏悠扬舒缓,情感忧伤哀婉,在《巧相逢》中,编者将原来略带忧伤的曲调改为欢快、跳跃的节奏,以反映农业合作化运动的激情与活跃。

在山歌剧的发展中,梅县民间艺术团在山歌剧的编写、演出以及教学方面发挥了举足轻重的作用。梅县民间艺术团的前身是梅县歌舞剧团,在改名之后,梅县民间艺术团将山歌剧的演出作为剧团的主要工作,它也被认为是第一个专业演出山歌剧的剧团。梅县民间艺术团创作、改编或整理了一批山歌剧作品,如反映积肥运动的《争宝》、歌颂新山区的《花果山前》等。1957年,梅县民间艺术团排演《巧相逢》参加了广东省农村业余文艺汇演,演出获得高度评价,该艺术团将剧目进一步雕琢,在多地演出,都引起了热烈的反响,推动山歌剧走出梅县。随着梅县民间艺术团的山歌剧演出的繁荣,客家山歌剧的影响也辐射到粤东各地。1958年梅县民间艺术团调至汕头,成立汕头专区歌剧团,又发展为汕头专区歌舞剧团。汕头专区歌舞剧团将非客家山歌作品移植到山歌剧中,改编了如《王贵与李香香》《刘三姐》《牛郎织女》等作品,也创作了《彩虹》等原创山歌剧。

1958年到"文化大革命"之前是客家山歌剧的繁荣期,在这一时期,演出客家山歌剧的专业剧团如雨后春笋,不但在粤东的兴梅地区成立了多个剧团,在闽西、赣南也成立了山歌剧团,不同地区剧团的成立和创作演出实践丰富了山歌剧的内容形式,是普及山歌剧、扩大山歌剧影响力的有力载体。许多经典的山歌剧剧目,如《雪里梅花》《挽水西流》《彩虹》等都是在这一时期各个剧团的展演交流中脱颖而出的。

《挽水西流》由陈衣谷、静江编剧,梅县山歌剧团演出,讲述了被当作童养媳的玉兰成年后与梁家村中的孤儿梁天旺相爱,但老族长梁福寿因一己私利欲将玉兰送给县太爷做姨太,从而引起的一系列反抗和自救的故事。这部剧在唱腔和编曲上充分发挥了客家山歌婉转悠扬的特点,在表现反面人物时还改编使用了客家吟诗调[①]。该剧1962年首演之后,不但在客家地区广为流传,在港澳地区、东南亚华侨也颇有影响力。

另一部受到关注的作品是夏浓编剧的《彩虹》。编剧夏浓,原名吴宗海,另有笔名蓝浓等,广东普宁人,出生于马来西亚[②]。《彩虹》讲述了大革命时期革命烈士后代彩虹为掩护女红军雁姐处决了叛徒丈夫的故事。该剧着重刻画了彩虹的性格,表现彩虹作为烈士后裔"活着不为编竹箩,只想编个赤色天"的理想意志,在胡标、雁姐的形象塑造上也十分生动具体。《彩虹》也充分发挥了山歌剧在音乐上的表现力,通过调整唱词节奏以表现情节发展的轻重缓急,比如在彩虹与胡标对峙时,该剧就选择了对唱的形式表现二人的矛盾冲突。

《彩虹》在故事情节上是一个"大义灭亲"的故事,彩虹发现丈夫胡标形迹可疑,确定他是叛徒之后立刻与其"划清界限",甚至为了保护雁姐而用竹刀将丈夫胡标杀死。彩虹出于其革命的信仰而"杀夫"的行动,反映出当时政治立场与革命高于一切的价值取向,但是剧作在推动胡标和彩虹的分歧与矛盾时做了较为充分的铺垫。胡标的选择也是在一系列利益的驱使下做出的,二人的政治信仰渐行渐远,最后彩虹则是在胡标企图杀害雁姐的时候举刀杀夫的,彩虹的杀夫行为具有作为女性和革命者的双重反抗意义,彩虹从一个农村家庭妇女走向革命的转变也符合当时对于"进步"的理解。

《彩虹》在中南五省的戏剧观摩汇演上获得了热烈的反响,入选"中南区戏剧观摩下乡节目汇报演出队"进京演出,《彩虹》因此也是第一部进京的山歌剧作品。当时的许多政治领导人和作家、剧作家都观看了《彩虹》,对于山歌剧这一结合戏曲、歌剧、民歌,但却不会陷入模式化的创作形式表示了肯定。[③]

客家山歌剧的发展历史较短,并且多以政治的"传声筒"的功能出现,"文化大革命"期间山歌剧也陷入发展的停滞期。但是它的文化历史渊源深远,能够以客家特

---

① 中国戏曲志编辑委员会、《中国戏曲志·广东卷》编辑委员会编:《中国戏曲志·广东卷》,中国ISBN中心1993年版,第163页。
② 汕头华侨历史学会编:《汕头侨史论丛 第一辑》,1986年版,第260页。
③ 李君、李英、钟玲编著:《岭南文化书系 客家曲韵》,广州:暨南大学出版社2015年版。

色剧种走出去的同时融入当地的语言文化,因地制宜地创作,从中可以看出山歌剧具有强大的生命力。

和山歌剧相似,潮州歌册和采茶戏都是劳动人民尤其是妇女劳作时用以自娱、记录劳作生活的民间文学类型。潮州歌册用潮汕方言演绎,流行于潮汕、闽南、港澳台及东南亚等潮汕籍华侨聚居的地区,其命名是在1949年以后整理编辑了唱本后固定下来的,以前多称为"歌"或"歌本",甚至有称"弹词""话文""说唱"。潮州歌册以潮州民歌中的七字叙事民歌为基础,吸收其他戏曲形式的特点,以叙述历史故事、民间传说为主要内容①,是能够充分体现出潮汕地区民俗文化的文学类型。潮州歌册的格律起初以七字为一句,音韵较为严谨,后来丰富了句式,但对音韵的要求依然严格。潮州歌册的唱腔则体现出作为讲唱文学的特点,有基本腔但无定谱,唱法灵活。

在题材上,传统的潮州歌册有四类:由外地弹词演变的传奇故事、根据历史演义小说改编的故事、公案故事和民间传说。除了传统的题材类型,潮州歌册也对社会历史的发展做出了回应,有《保卫大潮汕》《鲁南会战》《乌狗歌》等叙述革命战争的作品。潮州歌册产生于民间,在民歌、俗曲的基础上发展而来,采用方言口语、俗语,即使是文读也多是潮剧中的常用语,因此在1949年以后,潮州歌册间接地起到了扫盲的作用。

采茶戏由采茶歌发展而来,流行于江西、湖北、湖南、安徽、福建、广西、广东等地,在广东主要流行于粤北地区。粤北采茶戏是在粤北山歌、山调和民间灯彩歌舞的基础上,吸取赣南、湖南益阳的民间艺术形成的。粤北采茶戏一般采用"一唱众喝"的方式,唱腔属于曲牌体,分为采茶调、小调和灯调三类②,其伴奏的乐器较为丰富,因而表现形式上灵活多变,富有喜剧色彩。

粤北采茶戏的剧团多是由民间的文艺爱好者组成,他们既有丰富的地方生活经验,又熟悉乡土艺术的表演形式。1949年之后,由于政治宣传的需要,民间剧团被整编为宣传队,但比较自由,在演出剧目、演出时间上没有严格的限制。③ 1956年曲江县采茶戏《磨豆腐》获得韶关专区民间戏曲会演的一等奖,1957年"粤北民间艺术团"成立,随着采茶戏演出从民间走进县城、参加会演,采茶戏剧团逐渐制度化。采茶戏的题材紧密契合时代的发展,比如颂扬婚姻自由题材的《磨豆腐》《双双配》,宣

---

① 广东省人民政府文史研究馆编:《广东省民间艺术志》,广州:中山大学出版社2016年版,第273页。
② 马达、金世余、仲立斌编著:《岭南音乐鉴赏》,上海:上海音乐出版社2012年版,第169页。
③ 王静波:《国家、社群与现代地方小戏:以赣南与粤北地区采茶戏的生存和流变为考察对象》,北京:北京时代华文书局2019年版,第171—172页。

传家庭伦理的《卖杂货》《打狗劝夫》等,讽刺社会丑恶现象的《阿三看姐》《夜盗寒衣》等。①

第四节　广东汉剧、潮剧与粤剧

广东的戏曲活动曾因为战乱备受打击,在战争期间许多剧团不得不解散,演员转业,直到新中国成立以后,对旧戏剧的改革成为文艺工作的一个重点,广东得以开展对戏曲的拯救和整理工作。广东的戏曲改革工作在1950年步入正轨,戏曲工作从中共中央华南分局宣传部领导转为由广东省文教厅文化事业管理处及各戏剧、艺术研究会、研究组指导。1950年11月,文化部召开全国戏曲工作会议,田汉作了题为《为爱国主义的人民新戏曲而奋斗》的讲话,同年华南文学艺术界联合会筹委会也召开粤剧界座谈会,欧阳山发表了有关戏剧改革的意见。

在阐述1949年后广东的戏曲发展之前,需要简单地明确广东戏曲的历史条件和现实状况。广东地区有多种方言,因此戏曲的种类也比较多样,除了以地域和方言命名的潮剧,流行于广东雷州、高州等地的琼剧,以及具有民歌特性的山歌剧和雷歌剧之外,较为具有代表性的剧种是广东汉剧、粤剧和潮剧。田汉在《广东与戏剧》一文中指出:"真正的粤剧,应该是能真正写出广东的环境、广东人和环境苦斗之历史、广东人建设新环境之要求与理想的戏剧。"②广东的地方剧种在语言、音乐唱腔和题材上都持续进行着这样的探索。

"广东汉剧"这一命名是在新中国成立后才正式确立的,在"广东汉剧"之前,这一剧种曾被称为"乱弹"或"外江戏"。"外江"是潮汕和客家地区对长江流域各省份的称呼,钱热储在《汉剧提纲》中将"外江戏"的来源追溯至汉口,"汉剧"一称也因此沿用。关于广东汉剧的来源,目前较为被学界所接受的是来自湖北汉剧一说以及来自长江中下游地区一说。

在"汉剧"之前加以地域的限定可见这一剧种是外来的,经过了本土化而形成的。在外来剧种进入广东的过程当中,经过了潮汕、梅州等地区的演绎,其表演语言

---

① 广东省人民政府地方志办公室编:《广东印记(第4册)》,广州:广东人民出版社2018年版,第198页。
② 田汉著、董健等编:《田汉全集(第13卷)》,石家庄:花山文艺出版社2000年版。需要注意的是"粤剧"是粤方言区以粤语为语音、以粤曲音乐为基础,运用粤腔粤韵的戏曲形式,但田汉在此处将"粤剧"的概念进行了扩充,用以泛称广东戏剧。

特征被概括为"中州韵,湖广腔",在与广东客家地区方言融合后、配合观众的需求中,表演语言逐渐接近普通话①。广东汉剧的曲调剧目来源复杂、种类丰富,吸收了昆曲的传统剧目、民间小调、佛教音乐等②。

"粤剧"的形成也受到外来剧种的影响,其唱腔主要来自江西的弋阳腔和江苏昆腔,以"梆簧"作为基本曲调,用"戏棚官话"③为演出语言,从"1920年始逐步改用粤语,1930年代完全粤方言化"④。广东汉剧和粤剧的最大区别在于:地域上广东汉剧主要流行于客家地区,粤剧则流行于珠三角、港澳地区;语言上广东汉剧接近普通话,而粤剧则采用粤方言进行演出。

广东戏曲的发展以1952年中南区戏曲汇演作为重要的节点,在展现"戏改"成果的舞台上,粤剧由于选取的剧目而遭到批评,并因此开启了粤剧艰难、曲折的改革之路。汇演之后,广东戏剧界展开了对汇演传达的意见精神的学习,并于1953年4月成立广东省、广州市戏曲改革委员会,并逐步成立粤东、海南、粤西分会,专门的戏曲改革管理单位就此成立,广东戏曲界的"改戏、改人、改制"工作也就此展开。

"改人"和"改制"是同一问题的两个方面,"改人"所针对的是戏曲艺人历史身份的尴尬,实际处理的是戏曲艺人与政府、领导机构、人民的关系;"改制"处理的则是剧团的制度,涉及的也是戏曲艺人的管理、行业规范等问题。粤剧废除了班主制度,华南文联和广州市文联组织"广东农村粤剧团"和"曲艺大队",戏曲艺人以自愿为基础组织到一起,配合当前政治工作的宣传。广东汉剧同样成立了大埔民声汉剧社、梅县艺光汉剧团、文光汉剧团,"用民主管理制度取代旧戏班的雇佣关系"。

1954年初,广东戏改会举办了"青年演员学习班",同年,在中央剧目工作会议的领导下,开始了剧目的发掘整理工作。1956年10月29日,中国戏剧家协会广州分会成立,取代"戏改会"。在这时期,广东戏曲界整理、演出了一批剧目。1956年也是广东剧团由民营改国营的一年,成立了七个国营剧团,年底,广州国营剧团编导室成立。

随着"反右"运动的展开,1957年6月中央文化部来广州举办"演员讲习会",会议的目的是针对剧目演出的"混乱现象","要求艺人和干部加深开放剧目的意义,反对右倾思想,坚持演好戏,过好社会主义关"⑤。同年年底,举办了以"解决社会主义

---

① 张伯瑜主编:《戏乐音声》,北京:中央音乐学院出版社2018年版,第188页。
② 广东省人民政府文史研究馆编:《广东省民间艺术志》,广州:中山大学出版社2016年版,第218页。
③ "戏棚"是粤剧戏班下乡演出时搭建的竹木结构舞台,传统粤剧在舞台上的念白和演唱都使用中州韵的"官话"。
④ 张卫东:《戏棚官话与近代汉语》,《南大语言学(第4编)》,北京:商务印书馆2012年版,第135页。
⑤ 广东省戏剧研究室编:《广东省戏剧年鉴1984(总第4卷)》,1984年版,第274页。

与资本主义两条道路的斗争问题"为主要目的的"广东省粤剧剧团团长会议"和"广东省粤剧团地区部分剧场经理会议"。在这些会议中,点名批评了一批"坏戏",如《万恶淫为首》《钟馗嫁妹》《红侠闹清宫》等,筛选出"健康"剧目307个,这次筛选最后向全省的粤剧团推荐了共331部剧,包括现代剧20部,古装短剧86部,古装长剧225部。

"文艺大跃进"运动到纠正"左"的错误的1958—1962年间,广东的戏曲工作跟随经济状况及文艺政策起伏前进,广东戏曲的剧目创作和排演从"重今薄古"逐渐多样化。粤剧的"文艺大跃进"主要表现在剧目数量的剧增,如广东琼剧远在1958年就创作了370多个剧本。但由于这一批创作存在数量大但质量参差不齐,过于重视现代剧而放松了对传统剧目的发掘整理工作问题,"以现代剧目为纲"的要求,逐渐调整为"现代剧、传统剧、新编历史剧三者并举"的政策。文艺政策的调整令广东戏曲各类型、各题材都得到了丰富。1960—1962年,戏曲工作采取措施纠正"左"的错误,广东戏曲在摸索中前进。1960年广东省文化局举办了全省青年戏曲演员会演,培养了一批青年戏曲演员。1961年《关于加强戏曲、曲艺传统剧目、曲目的挖掘工作的通知》推动广东成立收集、整理、汇编粤剧剧本及演出材料的专门团队。成立广东省粤剧传统艺术调查研究班和粤剧调查研究小组,筛选编写了《粤剧传统剧目编汇》《粤剧传统音乐唱腔选择》《潮丑表演艺术》《潮剧旦行表演艺术》等戏曲演出材料,各类剧种都得到了发展。除了材料的整理和收集,戏曲理论也在这一时期得到了重视。

1963年开始,随着政治斗争的激化,戏曲作为传统剧种受到排斥和挤压,传统戏曲不得不将创作重心转移到现代剧的编写排演上。这就导致1965年的中南区戏剧观摩演出大会上,参加演出的剧种均演了现代戏。此次会演,广东代表团演出了粤剧《山乡风云》和《阿霞》、潮剧《万山红》、广东汉剧《一袋麦种》、山歌剧《彩虹》、京剧《带兵的人》和小戏琼剧《接绳上路》几部作品①。

姚文元《评新编历史剧〈海瑞罢官〉》一文被各地报刊转载之后,广东各个报刊陆续对各个剧种的剧目及编演者进行了批判,包括在此前1965年中南区戏剧观摩演出大会上受到好评的山歌剧《彩虹》。广东戏曲在"大力普及、移植革命样板戏"的政治指示中走向衰落,直到"文化大革命"结束才重焕生机。

新中国成立以后到"文化大革命"结束之前这段时期的广东汉剧剧团演出多是为配合政治运动而进行的,演出了《三世仇》《嫁衣恨》《谁剥削谁》等现代戏②。"戏

---

① 谢彬筹:《岭南戏剧思辨录》,北京:中国戏剧出版社2000年版,第275页。
② 广东省地方史志编纂委员会编:《广东省志 文化艺术志》,广州:广东人民出版社2001年版,第270页。

改"工作开始后,整理出了《重台别》《昭君出塞》《击鼓骂曹》等传统剧目。1956年7月,广东汉剧团成立,并于次年赴京演出,在演出的剧目中,《百里奚认妻》在当时获得了较高的评价。

《百里奚认妻》是广东汉剧的传统剧目,其本事出自《列国演义》,讲述的是百里奚别妻求仕,后虞国亡国,百里奚从虞国逃亡到楚国放牧,被秦穆公拜为相,其妻辗转寻夫,以佣人身份入相府,在相府相认的故事。《百里奚认妻》的成功演出,是整理旧剧工作成果的一个有力证明。在1957年的汇报演出中,新剧本精简了旧剧本的情节和人物,但是演员的表演功夫和曲调唱词大大丰富了作品的意蕴。梅兰芳在观看了《百里奚认妻》的演出之后曾撰文对黄桂珠、黄粦传两位主演的戏曲演出技巧、人物性格和心理的呈现表示了很高的评价,并指出演出中诸多细节之处。[1] 1957年汇报演出的成功,也让广东汉剧获得了"南国牡丹"的美誉。1959年广东汉剧院的成立标志着广东汉剧迈入新阶段,除了继续整理旧剧的工作,也不断雕琢已有剧目的剧本和演出,《齐王求将》就是当时受到欢迎的剧目,同时也编写了《转唐山》《货郎计》《一袋麦种》等现代剧。《齐王求将》和《一袋麦种》也在六十年代由珠江电影制片厂拍摄成戏曲电影。[2]

粤剧的改革则遭遇较多的坎坷。早期广东"新粤剧"的创作主要有移植、改编和原创三种途径,其中,"移植"更强调改编时向所在地域文化语境贴合,即"本土化"[3]。新粤剧《九件衣》是陈卓莹根据京剧《九件衣》移植的同名粤剧,1949年首演之后,被称为"粤剧革命的第一声号炮"[4],随后,1950年华南文学艺术联合会成立"粤剧编写组",组员编写的《白毛女》和《红娘子》于同年上演,也被视为是粤剧革新的代表性作品。

1952年9月,广东省代表团参加中南区戏曲观摩汇演,演出了传统剧目《三春审父》和现代剧《爱国丰产大歌舞》。后者在汇演中得到了好评,其表现"土改"后农民翻身的喜悦的主题得到了肯定,艺术上则被认为"敢于大胆创造,大胆地吸收电影和话剧中的许多东西"[5]但另一部剧《三春审父》遭到了严厉的批评。《三春审父》改编自粤剧传统剧目《拗碎灵芝》,是清末粤剧戏班常演的剧目之一。《三春审父》讲述了因一首思念生母的和诗遭后母诬陷与人私通,后被父亲陶国裔逼迫自尽的女主人公

---

[1] 梅兰芳:《梅兰芳评广东汉剧〈百里奚认妻〉》,《大埔文史(第11辑)》第203—204页。
[2] 谢彬筹:《岭南戏剧源流编》,北京:中国戏剧出版社2009年版,第81页。
[3] 参见赵建新:《移植与改编:中国戏剧现代转型的重要选择》,汤逸佩主编:《新潮演剧与话剧的发展》,桂林:广西师范大学出版社2019年版。
[4] 陈泽泓:《广府文化》,广州:广东人民出版社2008年版,第256页。
[5] 林榆:《戏改兴衰常入梦——我与粤剧半个世纪的不解之缘(上、下)》,广东省戏剧研究室编:《广东省戏剧年鉴1996—2000》,2007年版,第784页。

陶三春,与弟弟以拗碎灵芝为信后投水出逃,后女扮男装考中状元,为官审判其父亲被构陷下狱一案的故事。剧目表演之后,被批评为"不是反封建而是维护封建。"田汉在会上的发言更是将《三春审父》彻底地推到了绝境。田汉认为《三春审父》"作者主观上应该是企图反封建,但表现出来的恰恰相反"①,进而评价这部作品"线索多,不集中"所以导致了思想上的紊乱。田汉对这部剧的批评主要有五点:一是"审父"情节没有始终抓住反封建的主题;二是三春之弟陶晏行"上山"组建"农民队伍"的动机和最后遣散队伍入朝为官的行为都过于轻率,"毫无立场";三是书生燕贤贵和陶晏行抵御契丹,捉住契丹王的情节过于简单,"把民族斗争儿戏化";四是认为剧作对历史背景的把握不够严谨;最后则是对科举制度的批判不彻底。《三春审父》除了在主题上受到了批评,其服装的设计也被认为"受殖民地化商业化的影响,丧失了自己的民族传统"。田汉认为华丽的服装"不止装饰了好人,也装饰了坏人,甚至装饰了封建统治的工具"。

对《三春审父》主题的批评令广东粤剧代表团遭受打击,不得不抓紧排演了《凤仪亭》《表忠》《平贵别窑》三个折子戏再进行演出。虽然后来排演的三部作品在最后的汇演中得到了比较好的评价,三部剧的演员获得了个人奖项,但是汇演中对《三春审父》延伸到对粤剧整体工作的评价,令粤剧成为当时唯一被点名批评的剧种。据当时广东代表团的团长林榆回忆,由于"受殖民地化商业化影响"是粤剧的普遍问题,《三春审父》被否定也令一千七百多个其他剧目遭受"株连"②。

粤剧不得不抓紧调整,但很快又迎来了第二击。1953年,在"把帝国主义思想打下去,把优秀民族遗产拿出来"③的口号下排演的《山东响马》上演不久就遭到了激烈的批评,并演化为新中国成立以来粤剧界最大的一次争论。《山东响马》与《罗成写书》《三气周瑜》一起被认为是小武当行必修、必演的传统剧目,最初上演也受到了欢迎。但是在1953年2月19日,张华《走入歧途的粤剧〈山东响马〉》一文批评该剧"主题混乱""情节矛盾""人物模糊"之后,《山东响马》受到了铺天盖地的批评。虽然李门等人也对《山东响马》的错误作出一些解释性说明,认为该剧"并不是一个坏戏,但也不能说是一个思想性、艺术性都很高的好戏"④,但是《山东响马》还是因为"保护富商""戏改走向歧途"等罪名在后续几次粤剧改革的调整中饱受争议。

---

① 田汉:《谈谈粤剧、饶河戏和赣南采茶戏演出的几个节目》,《田汉全集》第17卷,石家庄:花山文艺出版社2000年版,第214页。
② 林榆、范敏:《在1700个粤剧剧目面前》,收入中国戏剧家协会研究室编:《戏曲剧目工作座谈会文集》,北京:中国戏剧出版社1982年版,第277页。
③ 林榆、范敏:《在1700个粤剧剧目面前》,收入中国戏剧家协会研究室编:《戏曲剧目工作座谈会文集》,北京:中国戏剧出版社1982年版,第278页。
④ 李门:《粉墨集》,广州:广东人民出版社1981年版,第51页。

粤剧的转折出现在1956年《搜书院》得以进京演出并获得成功之后。粤剧《搜书院》是移植改编的海南琼剧同名剧目，由林子静、莫汝城、林仙根改编，著名粤剧演员红线女、马师曾担任主演。《搜书院》的情节与《三春审父》有些类似，起因皆是封建家庭中的女子因意外获得书生的书信或诗歌被诬陷"不贞"遭到迫害，出逃后书生与女子相恋并设法逃脱罪名的故事。但《搜书院》多了一个正直的人物——琼台书院掌教谢宝。在谢宝的帮助下，带兵搜书院的镇台没有得逞，书生张逸民与翠莲终成眷属。《搜书院》演出后获得了巨大的成功，该剧也被称为粤剧改革的第一座里程碑①。

《三春审父》和《山东响马》以及一批被禁的剧目在1957年得到了解禁。1957年4月，第二次全国戏曲剧目工作会议提出"大胆放手，开放戏曲剧目"。但是剧目的大量和盲目解禁导致了演出剧目质量的混乱，随后在广东省粤剧团团长会议和广东省粤剧地区部分剧场经理会议上，剧团处罚了一批从业人员和官员。1958年1月，粤剧界召开整风学习会议，省委文教部负责人发表的《粤剧改革工作的几个问题》讲话否定了粤剧改革的方向和成果，认为粤剧改革到今天仍旧没有真正解决问题，并认为"剧改"的领导干部应该对粤剧的"迷失"负责任。② 这两次会议以及在粤剧界展开的"反右整风"运动，令一批话剧界人士被划为"右派"，粤剧的发展遭到了较大的打击。

"文革"之前，粤剧的编写、演出工作往往在文艺政策的指导下展开，这一时期粤剧多编写反映阶级斗争的现代剧。在"两个批示"的指导下，广东也掀起了大写大演现代戏的高潮，创作了《红灯记》《山乡风云》等作品。

其中，《山乡风云》在导演林榆看来是粤剧现代戏的一个突破③，也被观众和业界认为是"粤剧的里程碑"。这部剧根据吴有恒的同名长篇小说进行改编，在戏曲剧本的写作上突破了"话剧+唱"的阻碍，做到了"戏曲化"。演出上也尽量发挥粤剧的特点，分析、筛选了传统的戏曲程式及科介，将戏曲的传统形式与现代内容相结合。《山乡风云》的演出大获成功之后，本有拍摄为电影的打算，但由于"文革"爆发搁置。"文革"对戏曲教育、戏曲从业者、剧目的摧残，令广东戏曲的创作和演出陷入低潮。

---

① 吴树明：《粤剧改革的里程碑——〈搜书院〉》，慎海雄主编，红线女艺术中心编著：《当代岭南文化名家 红线女》，广州：广东人民出版社2016年版，第194页。
② 谢彬筹：《岭南戏剧思辨录》，北京：中国戏剧出版社2000年版，第263页。
③ 林榆：《戏改兴衰常入梦——我与粤剧半个世纪的不解之缘（上、下）》，广东省戏剧研究室编：《广东省戏剧年鉴 1996—2000》，2007年版，第795页。

第七章 初露锋芒的电影文学

广东的电影制作在20世纪20年代已经起步,但是规模小、数量有限,缺少对广东本土地域特色和故事题材的挖掘,且在香港电影创作和市场取向的影响下,以娱乐为主迎合观众审美的影片是主流,佳作不多。新中国成立之后,为配合社会主义的建设运动,以筹建珠江电影制片厂为开端,广东的电影走向了红色电影的创作时期。

广东电影文学的自主创作则比电影制作起步更晚,在珠江电影制片厂建成之后,广东才有条件培养、扶植当地作家以及地域题材的作品。广东电影文学是与社会主义运动一同推进的,广东电影文学的故事片多以配合政治运动、塑造社会主义新人的荧屏形象为主。"文化大革命"时期,电影的创作遭到严重的打击,珠江电影制片厂在1966年到1974年的八年之间没有拍摄一部故事片①。直到1977年,文化部电影局召开全国故事片创作生产座谈会,调整了电影生产的制度和计划后,确立以同"四人帮"斗争题材和革命历史题材为主的创作方向,珠江电影制片厂才逐渐恢复了故事片的创作。

第一节 新中国成立后的广东电影

广东电影的发展起步较早,从"电影元年"1905年到抗战之前,除了影业兴盛的上海、香港等地,广东也有20家电影公司②,但广东电影的自主创作的开始则要到新中国成立之后,以珠江电影制片厂为代表的电影公司的建立为标志。在国家大力倡导新电影的形势下,1950年香港党组织派张泯到广州策划创办电影厂,但是这个过程并不那么顺利。新中国成立之后的电影发展是在国家的主导推动下进行的,1949年4月中央电影管理局成立,并且在不到三年的时间里,北京电影制片厂、上海电影制片厂、八一电影制片厂先后建立,与东北电影制片厂一同成为新中国成立初期电影

---

① 于得水编:《珠影人与珠影的路》,广州:广东旅游出版社1999年版,第125页。
② 刘小磊:《中国早期沪外地区电影业的形成(1896—1949)》,北京:中国电影出版社2009年版,第142页。

摄制的主要基地。新中国电影的初期发展往往由于和政治的紧密缠绕而遭遇许多的波折,虽然有《我们夫妇之间》(1949)、《白毛女》(1950)、《我这一辈子》(1950)和《关连长》(1951)等实验性的影片,但是1951年展开的对于电影《武训传》的批判运动令电影创作受到了较大的限制。受经济、政治形势的影响,直到1956年中国基本完成了对农业、手工业和资本主义工商业的社会主义改造之后,广东的电影厂创办才正式进入选址、建厂的阶段。

1958年初,广州电影制片厂正式组建了厂党组织和行政领导机构,并提出"边建厂,边拍片"的工作方针。同年5月,戈阳编导的新闻纪录片《五一在广州》诞生了,标志着广州电影制片厂正式进入到中国电影事业的建设进程中。戈阳,广东澄海人,泰国归侨,在广州电影制片厂先后担任过纪录片编导、故事片文学编辑等。《五一在广州》是第一部新闻纪录片,拍摄了广州市人民群众欢庆五一国际劳动节的场面。作为一部新闻纪录片,它真实记录了广州市人民群众当年庆祝节日的场景,具有一定的历史价值,同时也是一部具有新闻性的影片。早期广东的电影以拍摄新闻纪录片为主,广东电影创作的许多创新皆是在新闻纪录片领域创造的,比如1960年启动拍摄的《胡志明主席访问广州》,这部影片是珠江电影制片厂拍摄的第一部彩色影片。除了新闻纪录片,科教片《电到农村》《春到电白》《木薯》等,也为后来科教影片的拍摄打下了坚实的基础。

"边建厂,边拍片"的方针令广东电影在发展初期难以分心进行原创故事片的创作和拍摄,但发展初期选择新闻纪录片这一形式,也与当时客观物质条件的限制与大环境的倡导密切相关。故事片的拍摄可能消耗更多的器材,在物质条件并不充实的情况下,新闻纪录片的拍摄更加高效。就1961年来说,全国拍摄的新闻纪录片有587部,而故事片只有28部。在"双百"方针的推动下,全国电影业掀起一阵创作的高潮。在影片数量增加的同时,电影业界开始更为深入地思考电影创作的方法和理论,展开了"怎样正确认识电影与政治"的讨论,但这个讨论由于随后发生的"反右"运动而中止,一批影片的禁映打击了电影创作者的热情。新闻纪录片的选择则可以暂时回避对于故事片"电影与政治"关系的讨论,而探索电影的拍摄技巧等。在"文化大革命"时期,与故事片领域的荒芜不同,新闻纪录片是这一时期唯一"繁荣"的影片类型,1968年到1976年的九年之间,珠江电影制片厂拍摄了纪录片140多部、280多本。

1958年"大跃进"运动对于电影的发展做了不切实际的乐观估计,要求各省建立电影制片厂,广州电影制片厂也因此被分为珠江电影制片厂和广东新闻纪录电影制片厂,分别负责故事片和纪录片的拍摄。新闻纪录片对于广东重大事件的记录以及对于人民群众生活状态的反映能够起到官方所期待的宣传和鼓舞的效果,在深入人民群众劳动生活的同时,也可以体现广东丰富的地域文化。但是在"大跃进"运动中,即使是新闻纪录片的拍摄也屡见浮夸、蛮干的情形。1960年在"调整、巩固、充实、提高"的"八字方针"指导下,两个厂又重新合并,并更名"珠江电影制片厂"。

1959年对于中国电影而言是一个特别的年份。1958年底,国家对于"大跃进"运动中出现的问题进行了纠偏工作,加上正逢新中国成立十周年,中央决定由周恩来和邓小平负责,组织重点文化项目为新中国成立十周年献礼,官方的支持与创作环境的松弛大大提高了电影工作者的创作热情。当然,文艺政策风向的急促转折令电影创作一时无法适应,电影的创作一时呈现出"贪多图快、粗制滥造"的倾向。针对这些问题,1955年4月周恩来与正在北京参加人大会议和政协会议的电影工作者谈话,初步提出了文艺工作要"两条腿走路"的意见,谈及国庆献礼片时提到"不要贪多",并在5月邀请在京的部分文艺界人大代表、政协委员进行座谈,发表了《关于文化艺术工作两条腿走路的问题》的讲话①。在周恩来正式发表了对"大跃进"以来文艺工作错误的纠正讲话之后,电影主管部门迅速对故事片的指标进行缩减,1959年全国共创作拍摄了80多部故事片、戏曲艺术片,数量比1958年大幅减少。在1959年10月举办的"庆祝建国十周年新片展览月"上,展出了题材不同,风格多样,且具有民族特色的故事片18部。②

《渔岛之子》(1959)是珠江电影制片厂拍摄的第一部故事片,也是第一部儿童故事片。除了《渔岛之子》,1959年全国共拍摄了《朝霞》(长春电影制片厂)、《好孩子》(海燕电影制片厂)、《地下少先队》(上海电影制片厂)和《人小志大》(浙江电影制片厂)5部儿童故事片③,都取得了热烈的反响。建厂之后,珠江电影制片厂成立了剧本编辑室,编写了《渔岛之子》《慧眼丹心》《逆风千里》等电影剧本,《渔岛之子》的诞生与电影厂培养自身的编剧团队、扶植优秀剧本的发展方向密切相关。

"难忘的1959"并没有能延续电影创作的繁荣与热情,随着"反对右倾机会主义"和"批判修正主义文艺思潮"等政治运动对电影创作的介入,一些电影工作者再次受到错误的指责和批判,不尊重艺术规律、将政治与艺术粗暴等同的错误倾向又打击了电影的创作。自1960年开始,政治深刻地影响着电影的创作。

1961年1月文化部电影局在上海锦江饭店邀请部分故事片厂负责人召开了座谈会,产生了《制片生产领导方法(或经验)十八条》以及《改进工作加强领导的措施七条》两个草案。1961年6月,中央宣传部在北京召开全国文艺工作座谈会,文化部

---

① 刘宋斌:《中国共产党文化建设史(第二卷)》,哈尔滨:黑龙江人民出版社2019年版,第1470页。
② 孟固:《北京电影百年》,北京:中国档案出版社2008年版,第69页。
③ 王泉根:《百年中国儿童文学编年史(1900—2016)》,长沙:湖南少年儿童出版社2017年版,第352页。

召开全国故事片创作会议,两个会议的举办地点都在北京新侨饭店,为期一个月,所以也被合称"新侨会议"。两个会议对文艺创作上的"大跃进"进行了反思和探讨,以贯彻"双百"方针为主要议题。周恩来也在会上作了《在文艺工作座谈会和故事片创作会议上的讲话》,指出了文艺界存在的不良风气,对"大跃进"以来盲目追求数量的创作导向进行了调整。在电影的创作原则和创作方式问题上,周恩来对文艺和政治的关系进行了说明,指出"文艺为谁服务"是政治标准,"如何服务"是艺术标准,强调在艺术形式上的多样性以及艺术形象的典型性。在"新侨会议"后,文化部在《制片生产领导方法(或经验)十八条》以及《改进工作加强领导的措施七条》基础上修订出台了《文化部关于加强电影艺术片创作和生产领导的意见(草案)》,被称为"电影三十二条",虽然没有形成正式文件,但是是当时各地电影创作的重要参考。

除了"新侨会议",1962年在广州召开的"全国科学技术工作会议"和"全国话剧、歌剧、儿童剧创作座谈会"也影响了电影的创作。1962年1月中宣部发布通知恢复话剧和电影《洞箫横吹》的上演,"广州会议"上也就《洞箫横吹》剧本及编剧海默遭到的错误处理提出了批评[1],对《同甘共苦》《布谷鸟又叫了》等剧本作了新的肯定性的评价。

周恩来在"广州会议"上作的系列讲话对知识分子问题进行了论述,以官方的立场肯定了知识分子在社会主义条件下"自我改造"的成果。这一系列讲话基本重申了周恩来在1956年知识分子问题会议上的讲话精神,但是表述上略有退步[2],没有能够完全提振与会科学和艺术工作者的信心。而陈毅作的《在全国话剧、歌剧、儿童剧创作座谈会上的讲话》则明确地标识了知识分子的政治归属是"劳动人民的知识分子"。

珠江电影制片厂的领导及主创人员参加了会议。会议同样对如何促进创作、贯彻"双百"方针进行了热烈的讨论,涉及了戏剧冲突和表现人民内部矛盾、生活真实与艺术真实等文艺创作方法和方向上的问题。

1960年到"文化大革命"以前,珠江电影制片厂在故事片的创作上也获得了一些成就,拍摄了具有岭南地域特色的一批故事片,主题上以反映现实生活和革命历史生活为主,符合社会主义电影主流取向。继《渔岛之子》之后,珠江电影制片厂在1960年拍摄了黑白故事片《慧眼丹心》,由张漠青、连裕斌、陈克编剧,伊琳导演,讲述的是抗美援朝背景下,后方工人的劳动生活和坚强意志;1962年编写拍摄了反映渔民生

---

[1] 汤晓丹著、蓝为洁整理:《沉默是金:汤晓丹电影日记(中)》,北京:商务印书馆2016年版,第860—862页。
[2] 薛攀皋口述、熊卫民访问整理:《科研管理四十年:薛攀皋访谈录》,长沙:湖南教育出版社2017年版,第275—281页。

活的影片《南海潮》;1963年创作拍摄了反特题材的《跟踪追击》等。

在"新侨会议"上,周恩来代表文艺工作的领导班子对于电影批评存在概念先行的"套框子、抓辫子、挖根子、戴帽子、打棍子"的不良风气进行了批评和肃清,缓和了电影界在拍摄内容和方式上的紧张和畏缩情绪,推动了电影创作的一个高潮。但是,由于文艺批评和电影批评始终作为政治斗争在文艺领域的工具,"批评的民主"并没有能够维持多久。1964年,毛泽东"对文艺问题的两个批示"以及中共中央宣传部对《北国江南》和《早春二月》的批判开始,一大批影片被定位为"毒草"遭到批判。

1964年文化部在南京召开了全国故事片电影厂厂长、党委书记扩大会议。此次会议根据毛泽东1963年在中宣部内部刊物对文艺作出的批示,指出并批评了文学艺术创作存在的问题。随后,开始了全国性的文艺批判运动,珠江电影制片厂拍摄的《逆风千里》被打为"毒草",珠江电影制片厂不得不开始"整风"运动。

"整风"运动及随后而来的"文化大革命"严重打击了电影的创作。除了《逆风千里》,革命题材影片《大浪淘沙》也被打为"毒草",《南海潮》也因为政治运动被禁发"百花奖"。《逆风千里》是1961年拍摄的军事题材故事片,以解放战争时期的东北战场为背景,讲述解放军一支小分队在押送国民党军队的高级将领转移过程中遇到的困难。这部作品在反映革命战争题材时,没有盲目扩大双方的实力差距,将押送过程中的困难和应对真实地呈现出来,反而在人物的刻画和情节的安排上更为灵活、具体。《大浪淘沙》拍摄于1965年,影片在拍摄的过程中得到过中央领导的支持,上映后也得到了热烈的反响,但是直到"文化大革命"结束之后,这部影片才有机会重新受到关注,并有机会在1987年、1980年参加柏林、印度的国际电影节。

"文革"期间,大批艺术、技术、生产管理干部遭批判和批斗,建厂以来的规章制度和管理体系也基本瘫痪,单1966年的经济亏损就有150万元[①]。"文革"期间,只有科教片和纪录片的创作拍摄有短暂回暖,戏曲片和故事片的恢复要到"文革"后期。1973年,在周恩来总理于北京接见部分电影工作者作出指示后才开始重新筹拍戏曲片和故事片,而珠江电影制片厂在"文化大革命"之后的第一部故事片要到1978年,是由于得水导演、谢民编剧的《不平静的日子》。这部影片是响应国家揭露"四人帮"的号召而创作的"政治急就章",在艺术上较为粗糙,但对于沉寂了许久的电影创作而言,是重启的信号。

---

① 于得水编:《珠影人与珠影的路》,广州:广东旅游出版社1999年版,第125页。

第二节 具有地域特色的历史题材电影

广东的电影文学创作深受广东地域文化的滋养,且由于广东地处沿海,其电影文学创作也呈现出与港澳、东南亚等地区的更多互动。陈残云、司马文森、梁信等剧作家,或是在形式上以粤语进行剧本的创作,或是以广东地区的革命历史事件、沿海生活或华侨生活为题材,创作了一批内容丰富、具有广东地域色彩的历史题材电影文学作品。

陈残云,广东广州人,1947年在香港香岛中学教书,后任香港南国影业公司编导室主任,独立或合作创作了剧本《珠江泪》《羊城暗哨》《椰林曲》《南海潮》《故乡情》等。陈残云作为一个忠诚的革命者,其创作本身就源于对现实的不合理的质疑与对新事物的呼唤,而从诗人、小说家出发,走向电影文学创作的这个转变也是基于其政治身份和革命工作的要求。怀着强烈的现实关怀和政治责任感,陈残云为广东电影文学事业的发展开辟了许多新的领域。

首先是对广东原创粤语影片的开拓和对粤语片创作现状的批评实践,陈残云的电影文学创作基于对以香港为主要市场的粤语片的观察和批评之上。解放战争时期,内地的电影工作者南下香港,夏衍、叶以群、瞿白音等人组成了"七人影评",将左翼电影理论和批评模式带到香港,而陈残云、黄谷柳、卢珏、李门、麦大非、黄宁婴等电影人则以《华商报》为阵地开设"粤片集评"。在这批影评人的批评实践影响下,香港成立了"粤语电影工作者联谊会",发表《华南电影工作者为粤语片清洁运动联合声明》,引发了针对粤语电影的"清洁运动"。1948年底蔡楚生、阳翰笙、史东山从上海撤离到香港,创办了南国影业公司,面对香港市场上粤语片数量大但"不是诲淫诲盗,就是在搬着各种下流无耻的噱头"的乱象,蔡楚生发表了《关于粤语电影》和《〈珠江泪〉和华南电影》等文进行了批评,并将"改造粤语片"作为南国影业公司的工作任务和使命。

"粤片集评"的活动令陈残云得以与粤语电影的众多从业者交流创作经验,这为《珠江泪》的剧本创作奠定了基础。1948年,陈残云在蔡楚生的鼓励下将自己的小说《贫贱夫妻》改为粤语电影剧本,这是他进入电影文学创作的契机。陈残云认为香港的粤语片市场产量惊人,但是内容多是"宣扬封建伦理、宿命迷信、离奇神怪、打斗色情、低级庸俗的东西"[①],《珠江泪》的创作则需要针对并扭转这样风气。蔡楚生在得

---

① 陈残云:《陈残云自选集》,广州:花城出版社1983年版。

到陈残云依据《贫贱夫妻》修改后的剧本初稿后十分欣喜,认为陈残云所使用的生动活泼的语言、所表现的南方特色的"小民"生活以及对老百姓苦难的关怀是粤语电影所需要的。

粤语影片《珠江泪》讲述了抗战胜利后的珠江某乡村,农民张九、大牛子、阿鸡和牛嫂在汉奸恶霸官仔贵的压迫下,不得不离家出逃、夫妻分离、颠沛流离,直到家乡解放才得以重逢的故事。粤语对白的剧本当时没有发表,改为普通话后1983年选入《陈残云自选集》出版,但将普通话版本与改编为"新粤剧"的粤语对白版本相互参照,依然可以体会作者在设计人物对白时的用心。《珠江泪》粤语对白的特点是注重人物对话与情节的发展关系,并力图表现普通人最直接、真实的情感。比如作品中阿牛和牛嫂在广州重逢之后的误会和冲突。牛嫂在官仔贵的逼迫下出逃到广州寻夫,但到了城市后又被欺凌、迫害,欠债之后被逼为娼。后来牛嫂与逃到广州的阿牛重逢,阿牛得知牛嫂被逼迫为娼之后感到气愤,甚至口不择言,叱骂牛嫂"做那丑事",牛嫂委屈不已。作品没有追求将普通人英雄化、片面化,而是让阿牛的性格在情绪的三段变化中显现出来。阿牛先是愤怒,众人向阿牛讲述了牛嫂进城之后遭遇的一系列坎坷,劝说阿牛"这鬼地方,像你们这样身世的人,多得是"。经过大家的劝说之后,阿牛"有点心宽,但情绪上仍然不想原谅她",而在牛嫂的悲痛号哭中,阿牛"像受了什么责备似的,心里被感动着,禁不住也冲动地哭了起来"。[①] 情节冲突结束在牛嫂昏过去后大家手忙脚乱的场景之中,而阿牛与牛嫂的矛盾也在夫妻重逢的喜悦中消融,作品虽然有意抨击黑暗的现实,但是没有将人物作为为主题服务的工具,而是发挥了人物的个性和主动性,故事情节的高潮和结局也突显着普通人的反抗力量。

在学习电影剧本的写作方面,陈残云得到了蔡楚生、王为一的帮助。蔡楚生是广东潮阳人,在中国电影史上有突出贡献,他的代表作《渔光曲》在1935年的莫斯科国际电影展中获得了荣誉奖,这部影片也成为我国首部在国际上获奖的影片。王为一,江苏吴县人,1951年来广州协助筹建珠江电影制片厂,并任第一任厂长。王为一虽然是江苏人,但是却称得上是粤语电影的拓荒者。在广东电影起步阶段,电影剧本以改编为主,粤语片的创作也多面向香港市场。作为陈残云初涉电影文学创作的作品,《珠江泪》虽不够成熟,但为粤语片和广东电影竖立了新的题材和方向,它将广州的码头港口带入电影,也将反映现实和革命历史的题材带到当时以商业片、娱乐片为主的粤语片市场之中,可以说这部作品标志着广东电影文学依托自身地域、语言及文化环境自觉独立创作的开始。

除了粤语影片的创作及批评实践,陈残云还在风格和题材上体现"南国"的地域

[①] 陈残云:《陈残云自选集》,广州:花城出版社1983年版,第670—671页。

特色。1951年,陈残云与李英敏合作创作了反映海南革命斗争的电影剧本《椰林曲》,影片以抗日战争中海南和广东沿海地区军民抵抗侵略为题材创作,讲述了在日军封锁通讯的情况下,为建立海南岛与延安的通讯联系,组织委派的工作人员在老船工陈二公的帮助下,顺利运送电台、建立通讯的故事。《椰林曲》在人物方面,大胆地写了一名老共产党员不敢接受穿越封锁线任务而成为叛徒,表现出作者在表达人物性格复杂性方面的意识。

值得注意的是作品塑造的机敏、隐忍、有奉献精神的革命女性形象:林妈和女儿林秀梅。林妈的丈夫林海是洪飞、谭真等人大革命时期的战友,由于潘雨三与国民党军队策划烧毁龙海村,林海与洪飞等人分别转移,之后再无音讯,但林妈依然是革命队伍中的一分子,是洪飞、谭真等人的"老房东"。而女儿林秀梅也入党,与战士张陵结婚,以母女二人为中心,作品建构了一个家国一体的革命队伍。当潘雨三成了汉奸并再次闯进龙海村,要举起棍子向陈二公打下去的时候,林妈则故意咳嗽吸引了潘雨三的注意。林妈和潘雨三的重逢是个人的仇恨与民族的情绪同时爆发的时刻,潘雨三认出了林妈并且刻意侮辱,但林妈忍耐了个人的仇恨,"愤怒地瞪着他,不吭声"①,并且承受了潘雨三的暴力。作品在母女的相互宽慰中缓和了强烈的情感冲突,并进一步凸显出林妈"乐观而善于忍耐"的性格。女儿林秀梅为母亲上药,林妈为了不让女儿担忧而谎称不痛,并让女儿"不要忘记革命仇人",作品通过家庭仇恨和民族情绪的联系处理了林妈情绪的转换。

林妈是一个在战事的后方"等待"与"送行"的母亲形象,她们能做的往往只是忍耐与牺牲。当中村和潘雨三前来搜船、烧船的时候,林妈面对生命的威胁,依然冷静地说所有的船已经在这里。谭真等人计划渡海,林妈在家中准备了可以安全出村的路线,出发时则是委托谭真等人"带椰子送给那边的同志吃"。当女婿张陵遭遇了和自己丈夫一样的危险,女儿情绪低落时,林妈也仍旧是一个坚韧和宽厚的依靠。由于林妈将"家庭"转换为了"国家",母女之间的共同经历和对话则成为革命后代与革命先辈的对话,也就有了女儿林秀梅"宣誓似的"向母亲保证自己会从失去爱人的悲伤中走出来。

该影片的剧本以极具画面感的描写突出海岸和海岛的风光,并将题材所具有的紧张感贯穿在整体的写景之中。在构建故事发生的环境时,剧本强调"镜头"视线的合理性。剧本以远景开始,写琼州海峡宁静之下的风浪,随后是从雷州半岛南望,拨开"轻烟一样的浓雾",受到日本军舰、军机包围监视的海南岛浮现在画面之中。电影文学剧本也对故事发生的背景做了详细丰富的具有画面感的描述,对于景物意象

---

① 陈残云、李英敏:《椰林曲》,《南国红豆集》,北京:中国电影出版社1983年版,第12页。

的声色描述极其具体，并且会清晰地表达意象所具有的隐喻或者象征意义，比如在"绿得发黑的树林"里"冒出被敌人残害的烽烟"，或是以"茂密的灌木林"与"稀稀落落的椰子树、棕榈树"构成刚经历了战火的残酷场景。在呈现了故事发生的具体背景和环境之后，人物才会出现。比如，在剧本的第一节，张陵、谭真和战士们与日军交战的场景通过人物紧凑的对话很快就交代完了，相比写景的细致，在人物性格和形象的塑造上，剧本更为精炼，着重突出人物的动作和语言。

1958年，陈残云在蔡楚生的邀请下来广州筹拍《南海潮》，这也是蔡楚生在新中国成立以后编导的唯一一部影片。《南海潮》原名《南海风云》，是蔡楚生在抗战时期根据南海地区渔民和农民群起反抗侵略的历史事实创作的，当1958年珠江电影制片厂重建，邀请蔡楚生重拍《南海风云》时，蔡楚生认为现在已经解放十年，电影要表现南海渔民和农民从抗日战争、解放战争到建设祖国的几个"浪潮"的历程，因此更名《南海潮》。

《南海潮》原本计划分为《渔乡儿女斗争史》和《天涯海角恩仇记》两部，1963年上部《渔乡儿女斗争史》上映，产生热烈反响。影片上部围绕农家女阿彩和渔民之子金喜的爱情故事展开，以两人的生活波折、人生经历，讲述了1927年广州起义失败到1937年日军侵华过程中农渔民的不幸遭遇及斗争生活。影片生动地表现了沿海地区海陆人家的生活，以阿彩和金喜的家庭背景制造爱情上的波折，揭示阶级上的矛盾。影片捕捉了具体人物的人生哀乐在特定时代中的表现特征，塑造了阿彩和金喜两个年轻而坚韧的形象。和阿彩、金喜较为丰富的小人物形象相比，剧本对党的工作者张伯以及反面人物的刻画则较为概念化。

情节上，影片没有采用美满的结局，当阿彩正要游向爱人的船时，侵略的炮火摧毁了她的幸福。阿彩与劫后余生的渔民坐在小艇上，阿彩望着消逝的波浪，小艇逐渐没入海雾之中，随后，在这沉寂悲凉的场景中响起歌声，故事在海浪拍打巨石的画面里结束了。上部上映之后，得到了观众的好评，结束上部拍摄到北京学习的蔡楚生曾写信给王为一，透露《南海潮》获得第三届百花奖三项大奖的消息，但是随着"整风"和"文化大革命"的发生，电影节取消，《南海潮》也再没有拍摄下一部的机会。

1952年，司马文森被当时的香港政府拘捕，后辗转返回广州。司马文森创作了许多记述广州风物的散文。由于青少年时期的海外生活经历，司马文森的小说和剧作多带有南洋色彩，如《娘惹》《海外寻夫》《南海渔歌》等。司马文森不但投入电影文学的创作，也有意于介绍电影文学的理论和电影文学的批评工作，尤其关注粤语电影创作的问题，在1949年就撰写了《粤语电影片论》《论粤语片的取材》《粤语电影的民族风格问题》等文章。

《血海仇》讲述了广东农民赵福田和女儿阿英被地主压迫的故事。阿昌被地主诬陷,"卖猪仔"去了南洋,女儿也被地主夺去自由。广东解放后,阿昌闻讯回国寻找女儿,父女几经曲折终于重逢。该作表现了一个华人劳工的血泪史,以及女性受到压迫而牺牲的惨痛,这部作品也是此时期香港"长城电影制片有限公司"为数不多的反映阶级斗争主题的影片①。

司马文森的许多电影剧本是基于自己的小说改编的。《火凤凰》改编自他1943年的小说《人的希望》,司马文森在《向〈火凤凰〉工作者欢呼——〈火凤凰〉编剧者自白》中表示自己的小说在人物"朱可期"的塑造上有缺憾,因此电影的改编上他考虑的是"批评朱可期的个人英雄主义以教育类似的知识分子""使他的转变如何自然发生"。《火凤凰》的主旨遵循了当时"文艺为政治服务"的要求,但当时的评论家认为,"爱情"并不足以成为朱可期转变的决定性契机,这也是剧本的缺憾所在。

第三节　现实斗争题材电影

广东电影文学也在此时出现了一批描写现实斗争的剧本,但总体上质量不高,加上政策频繁调整与变动,剧本创作、拍摄和评价活动都受到了影响。《故乡情》是陈残云应珠影厂的邀请所写的广东题材的剧本,讲述一个青年农民阿根在家乡的生产遇到困难时前往省城打工,遭遇种种挫折,并在刘尚德、陈素娇等人的设计欺骗下失败,最终回到家乡,与合作社众人一起生产的故事。《故乡情》以广东农村为背景,阿根对自己种植香蕉的工作的固执、岭南水乡的风景都写得十分具有生活气息。阿根是情节冲突的核心人物,以他的思想情感变化为中心,作品呈现了农业合作化进程中种种矛盾的发生与解决。

陈残云擅长在普通人的日常与家庭生活的情境中写时代的发展与中国共产党事业的推进。在《故乡情》中,银喜是全力支持合作化的先进分子,先作为互助组的组长,后来在"平洲高级农业合作社"成立之后的选举中被选为了副主任,是"党员干部"这一系列中的人物形象;而丈夫刘根则是视自己的粮食如性命,能够专心投入自己的香蕉种植工作中,但是对于公社并不信任,也无力承担台风天灾后果的小农形象。于是合作化运动中普通群众的担忧、不信任与干部的思想行动指导就具体化为家庭中的夫妻矛盾。银喜在家中劝说刘根走合作社的路子,但刘根则抱怨银喜:"你当组长的,只晓得互助别人,不晓得互助自己。"②银喜所使用的"先进"的话语体系

---

① 陈晓云主编:《中国电影明星研究三编》,北京:中国电影出版社2016年版,第268页。
② 陈残云:《故乡情》,《陈残云自选集》,广州:花城出版社1983年版,第781页。

并不能与一心关注自己收成的刘根进行对话,二人之间的分歧也就随之产生,合作化运动的波折以家庭中或辛酸或欣喜的日常场景表现出来。基于家庭关系,银喜通过代表着"先进"的身份在家庭这个场域中凸显了女性的主体性。虽然刘根固执地不愿参加合作社,但是银喜依然坚定入社,并在生产队中充分地展现自己的勤劳能干;另一方面,银喜对刘根的"教育"也并不强硬,刘根进城打工失败回乡之后,在向妻子的道歉和妹妹银好的打趣里轻松地承认了自己"思想上的错误"。

除了生动和日常化的人物对话,《故乡情》也精心呈现了一幅岭南水乡的美好图景。剧本开头,是夕阳下的香蕉林与纵横交错的河川,刘根与银喜划着小艇从夹岸的蕉林中出现,而掉落的木棉树叶、离群的大雁,回应开头的冬日场景之外,也暗示了刘根对于生产活动的迷茫和忧愁。在塑造富农刘尚德的铺子的时候,作品细致地描写了"德记"的商品种类及陈列,还有闲人在店铺前听留声机的场景。这种工商业的环境与前面呈现的农村的场景截然不同,刻薄自私的陈素娇、二流懒汉"沙皮狗"在这样的场景中出场,也预示着他们贪婪投机的形象。

《故乡情》在拍摄中途,由于《南方日报》刊登了对同剧本改编的粤剧的批评文章《这是什么情》,又接到认为这部作品写了贫下中农弃农从商,是走资本主义道路的指示[1],种种压力下,影片拍摄也因此中断。显然,我们现在已经可以重新对"这是什么情"重新作出评议,从《故乡情》中可以看到的是陈残云作为新中国的文艺工作者,对于时代运动的积极反映。但在这种政治责任感之前,首先是陈残云对于故乡民风民俗和普通百姓生活的了解。

在广东电影文学中,有一类影片是产量虽少,但质量较高的。这一类影片以表现新中国的国防侦查人员与间谍特务进行斗争的机敏表现为内容,在20世纪50—70年代末期被称为"反特片"[2]。反特片具有较强的情节性、娱乐性,可以在强化电影娱乐价值的同时,宣传鲜明的政治倾向,并且提高观众对国家安全的警惕。此时期广东电影的"反特片"以《羊城暗哨》和《跟踪追击》为代表。

1955年,陈残云被调回广州协助拍摄反特片。《羊城暗哨》是根据1952年发生的"纠合性反革命集团案"改编创作的电影剧本。影片讲述侦查员王练顶替被捕特务"209"潜入其组织内部,寻找接头人"梅姨"并顺利揭开特务组织假冒"中国人民代表控诉团"的名头企图到联合国诬蔑新中国的阴谋的故事。《羊城暗哨》虽然由陈残云执笔创作,但在创作过程中他到广州公安局挂职办公室副主任,深入到办案人员的生活和工作环境中,并在剧本大纲初定以及修改之后都会请办案人员一同讨论。剧

---

[1] 慎海雄主编、王为一著、廖曙辉编著:《当代岭南文化名家:王为一》,广州:广东人民出版社2016年版,第329页。
[2] 吴琼:《中国电影的类型研究》,北京:中国电影出版社2005年版,第179页。

本的创作遭到政治运动及陈残云工作调动的影响,到1957年才由上海电影制片厂摄制完成。

对于这一故事的演绎,电影和剧本略有不同。在情节上,电影比陈残云创作的剧本更为曲折。在剧本中,"梅姨"是在剧中表现十分突出、行为嚣张的马老板,但是在影片中,"梅姨"被设置为不起眼的佣人刘妈,这也进一步强化了电影情节前后的落差和冲突。

陈残云对于电影的修改表示了肯定,但是也说明了自己如此安排情节的原因:"导演以我的剧本为基础作了创造,我并不反对,实际上我不大喜欢过于惊险的情节。"①陈残云剧本的重心不在于情节的曲折和惊险,而在于其中代表各方的人物形象的塑造以及他们各自命运和性格的变化。陈残云自述这个剧本的人物和情节都是来自现实的,只是在剧本中将他们集合在了一个故事中,可见"反特片"的题材并没有约束陈残云的主题,他仍然希望在自己的剧本中表现尽可能多样的人物形象。惊险刺激的影片情节是陈残云反映现实生活与教育民众的创作手段。

比如,在原来的剧本中对于陈医生夫妇的着墨更多。陈柏之是一个希望不问政治的知识分子形象,但他曾经当过"国军军医主任"的历史令他担忧自己在政治上的尴尬处境,于是对于新的政党并不信任。而他的妻子李秀英则比他乐观和积极,是居民组长,对于新政党充满亲近和信任。二人面对政治环境变化的态度区别,使得他们可以承担起联系反面人物八姑、小神仙、马老板和正面人物王练的功能,陈柏之成为双方都想要争取的力量。陈柏之是一个瞻前顾后、懦弱的知识分子,但其专业技术过硬,对于家庭、社会有自己的责任与担当,这都让这一人物成为作品中丰满立体的中间人物。八姑等人伪造夫妇二人与他人有染的假象,并以历史问题要挟陈柏之,令陈柏之的家庭陷入困境,最后在公安人员的帮助和劝导下,他承认了自己的历史,并参与协助破案。虽然《羊城暗哨》的政治宣传、教育的倾向依然是明显的,它认为个体终究需要选择正确的政治立场才可能幸福地生活,但是作品表现出了对知识分子身处政治变动中的担忧,并借由陈柏之的遭遇表示了新政权对知识分子历史问题的宽容。作品将教育和宣传的任务交由一个中间性的人物承担,而非简单的正邪对抗,将"反特片"这一突出情节的题材类型写出了历史的语境与社会的心理状态。

再如对女特务八姑的塑造,剧本表现出了其身份、经历以及性别的多重属性,令这一反面人物也充满艺术魅力。她既可以为了任务用尽手段破坏陈柏之的家庭,也会在与王练伪装的"209"行动的相处中对这个年轻人产生微妙的感情。因为八姑"对共产党的仇恨很深",加上丈夫也在牢中,没有归处的女性走在反革命的迷途上,

---

① 陈残云:《陈残云自选集(序言)》,《陈残云自选集》,广州:花城出版社1983年版,第7页。

在她陷入任务即将成功的疯狂中时,却被公安智取抓捕。八姑认罪的情节,并非是在严厉的审讯下发生的,而是王练对她出卖国家行径的斥责、王练的出现以及对于自身命运的悔悟引起了八姑情感上的变化,她"不由自主地哭诉"了一切。八姑虽然是一个反面人物,但剧本写出了其行动选择之下深刻的时代和历史原因,作品的教育效果也不仅仅停留在浅薄的说教。八姑这个形象呈现出的,是其剥离政治行为之后作为"一个失败、没落阶级的女人的苦恼、绝望与挣扎"①。

《羊城暗哨》的导演卢珏1963年导演了另一部"反特片"《跟踪追击》,这部影片是根据三位公安人员在"大跃进"期间"人人写民歌、个个当诗人"的号召下创作的不成熟的剧本改编创作的。讲述1961年的国庆前夕,广州公安人员李明刚和小黄通过抽丝剥茧的侦查,排查出了特务潜入广州所携带的定时炸弹,并逮捕特务的故事。这部影片也有和《羊城暗哨》一样采用了"卧底"情节,不同之处在于"卧底"并非构成故事的核心情节,而是在追捕特务过程中的一个小高潮。这部影片很难在"敌强我弱"的人物关系中安排故事情节的冲突,但是正如片名"跟踪追击",这部影片以紧凑的叙事节奏呈现了追捕特务的紧张过程。影片也延续了《羊城暗哨》的优点,对于广东的生活图景、民风民俗做了很好的呈现。

《渔岛之子》由孙景瑞编剧,徐严导演。影片以五个孩子为主角,以南海渔岛作为故事发生的背景,讲述了儿童与敌人特务斗智斗勇的故事。影片承继了表现儿童机智勇敢和爱国主义精神的主题,从主要人物的身份特征上说,该影片是儿童故事片,而从题材上说,也可以属于"反特"题材。电影的主人公罗海生是参加过解放大门岛斗争的渔民的孩子,母亲因为斗争而牺牲的故事感动并激励着罗海生。罗海生发现特务电台欲报告队长,却被特务林振波抓住,拷打之下并不屈服的情节体现了当时"全民皆兵"的时代氛围。

"反特片"是在特殊的时代条件下出现的。新中国成立之初,对于新政权的"外来威胁"的警惕性令"反特片"这类体现"内部"的团结与机敏、"外部"的危机与风险主题的影片繁荣一时。《羊城暗哨》《跟踪追击》《渔岛之子》等影片都通过敌人终将失败的故事实现对群众的教育工作,而像陈柏之等"不坚定"的人物形象及其"醒悟"的转变,则表现了新政权的光明与可靠。

但是由于"反特片"所表现的是非军事的"战争",甚至是日常生活中的"战争",而且在情节模式上多有"发现卧底""叛徒出卖"等情节,所以这类影片强化了受众的日常阶级斗争意识,进一步固化二元对立的思维。在人物形象的塑造上,这类影片也习惯塑造智勇双全的英雄形象,并且容易不加逻辑地神化,仿佛主人公生来就具有这

---

① 尹鸿、凌燕:《新中国电影史 1949—2000》,长沙:湖南美术出版社2002年版,第60页。

样卓越的能力。这样的人物塑造理念在表现人的发展变化时必然是有所缺失的。

　　从整体上看,广东电影文学的创作虽然同样在官方的领导下展开,在主题、情节和人物的塑造上未脱离主流价值标准的要求,但因其独特的地域色彩,以及广东电影人对普通人日常生活的细致观察和书写,使得广东电影文学在中国的电影文学创作中有一席之地。展现岭南水乡风情民俗的故乡情怀,以及粤方言写作带来的临场感与表现力,都是广东电影文学自发生始就不断挖掘和发扬的优势,而广东连接港澳甚至国际电影市场的区域位置,也在风格技术的学习上体现出它的优势。

第八章　初有收获的文学评论

　　新中国成立前夕,第一次中华全国文学艺术工作者代表大会在北京召开,毛泽东到会讲话,郭沫若作了报告总结。大会通过了《中华全国文学艺术界联合会章程》,成立了全国文学艺术界联合会,选举郭沫若为主席。这次大会把毛泽东的文艺思想作为新文艺的基本方针,号召文艺工作者,为建设新中国的人民文艺而奋斗。随着新中国的成立,毛泽东的文艺思想逐渐作为一种统摄性的指导思想在全国得到贯彻。在中国现代文学时期,一些广东文艺理论家、文学评论家已经出版了不少著作,在文艺战线形成了一定的影响:黄药眠解放前已经出版了文艺论文集,如《战斗者的诗人》(远方书店,1947年)、《论约瑟夫的外套》(人间出版社,1948年)、《论走私主义的哲学》(香港求实出版社,1949年),并翻译了意大利的拉波拉的《辩证主义与历史唯物主义》等文艺理论著作;梁宗岱则陆续发表了《我们举目看现在所谓批评家……》(《文学旬刊》1923年第85期)、《哥德与梵乐希》(《东方杂志》1935年第13期)、《释"象征主义":致梁实秋先生》(《文学与人生》1936年第3期)、《从滥用名词说起》(《月报》1937年第3期)、《"从滥用名词说起"的余波:致李健吾先生》(《月报》1937年第7期)、《屈原论》(《大中国》1942年第1期、第2期)、《试论直觉与表现》(《复旦学报》1944年第1期文史哲号)等,在中外诗歌评论界产生了重要影响;欧阳山在1930年代就出版了理论、杂文等合集《杂碎集》(南京拔提书店,1930年),1940年代则与以群等合集《文艺阅读与写作》(重庆学习生活社,1943年)。这些在现代文学史时期已经形成各自文艺观念的理论家、评论家,有的在青年时期就已经加入中国共产党,潜心马列主义理论研究,自觉地站在毛泽东的文艺思想立场上从事文艺理论、文学评论工作;有的则因自由主义立场在面临着如何适应新时代新形势的问题,业已建立的文学思想与外在主流观念不断发生碰撞。

第一节　黄药眠的文学理论

　　黄药眠(1903—1987),原名访荪、黄访、黄恍,笔名有达史、黄吉、番茄等,广东梅县(今梅州梅江区)人。中国政治活动家,著名的文学家、诗人、文艺理论家、教育家、美学家、新闻工作者、北京师范大学一级教授和博士生导师。黄药眠出生于广东梅县一个没落的商绅家庭,中学时期受五四新文化运动影响,积极参加当地反帝、反封建示威和抵制日货活动。他受新文学运动影响,热爱冰心、泰戈尔作品并开始进行文学创作。1921年,黄药眠中学毕业,考入广东高等师范学校(中山大学前身)英文系,受郭沫若、郁达夫等新文学家影响创作新诗。1927年秋,黄药眠到上海,经成仿吾介绍参加了创造社并在出版部当助理编辑,同时在暨南大学附中、上海艺术大学兼课。这期间黄药眠在《洪水半月刊》《流沙半月刊》《创造月刊》《畸形》《我们月刊》等杂志发表大量新诗,出版早期诗集《黄花岗上》,奠定了他浪漫派诗人的地位。此外,黄药眠发表了多篇文艺论文,如《梦的创造》《非个人主义文学》《文艺家应当为谁而战》等,在文艺理论界崭露头角。在创造社,黄药眠开始接受马克思主义,并翻译了《辩证唯物主义与历史唯物主义》一书。1928年夏,黄药眠加入中国共产党,系统研读了《共产党宣言》《社会主义从空想到科学之发展》《费尔巴哈提纲》等马克思主义经典篇目,为其掌握马克思主义文艺理论发挥了重要作用。1929年秋冬,黄药眠被派往苏联青年共产国际东方部学习和工作。1933年冬,黄药眠回到上海,在共青团中央局任部长。不久由于叛徒出卖被捕,被判处10年徒刑。抗战爆发后,八路军办事处保释他出狱,即奔赴延安。1938年5月到武汉养病,后撤往桂林,同范长江、胡愈之等一起主持国际新闻社工作,并负责除四川之外的西南大后方抗战文艺的理论导向工作,组织桂林文化城"关于民族形式问题"的讨论,发表《论文艺运动的主流》《文艺上的中国化和大众化》等论文。同时,他还经常组织举办有关诗歌创作、诗歌形式的研讨会,发表了大量诗歌批评的论文,如《诗歌的民族形式之我见》《论诗歌的创作方向》《论诗歌的手法及其他》《论诗底美、诗底形象》等。皖南事变后黄药眠逃亡到香港,在廖承志领导下从事国际宣传工作,为《国际时事论丛》《华商报》撰稿。香港沦陷后,黄药眠回到家乡梅县,潜心著述,为《当代文艺》《文艺生活》等报刊撰稿,著有散文集《美丽的黑海》、文艺论集《诗论》,译有俄文诗选《莎多霞》等。1943年黄药眠回到桂林,积极参加抗日宣传和文艺创作活动。1944年日寇南侵,他撤往成都,加入中国民主同盟。1946年,黄药眠再度赴港,为培养革命人才,与友人创办了达德学院,任文哲系主任。同时他兼做民主同盟工作,主编《光明报》。这期间黄药眠创作了许多文学作品和理论研究文章,主要有论文集《论约瑟夫的外套》《论走私主义的哲学》、小说集《暗影》《再见》、长诗《桂林的撤退》、散文集《抒情小品》等。

1949年春,黄药眠应邀来北京参加第一次文代会和全国政协会议。不久,他被聘为北京师范大学教授并任中文系主任。1950年代前期,黄药眠思想活跃,出版了《沉思集》《批判集》《初学集》等文艺论集,并在报刊上发表了大量散文诗歌。期间他发表了一系列论文,如《我也来谈〈三千里江山〉》《关于中学文学教学的几点意见》《论小说中人物的登场》《谈人物的描写》等,不断重申文学作品应注重主观的感受和刻画形象等内在规律。黄药眠历任共青团中央宣传部部长,北京师范大学中文系主任,第一届全国人大代表,第三、四、五届全国政协委员,第六届全国政协常委,民盟第一至五届中央委员(一、二、四、五届中央常委),民盟参议委员会副主任,中国文联常务理事兼副秘书长,作协顾问,中国文艺理论学会副会长等职。黄药眠是民盟杰出的理论家和宣传家,民盟高校领导体制改革小组的负责人。1957年,在反右斗争中,黄药眠背上了"章罗联盟的军师""反党反社会主义"的罪名,被错划为右派,写作、教学、研究和一切发声的权利均被剥夺。直到1978年党的十一届三中全会以后,他的冤案才得到平反。此时黄药眠年事已高,但仍文思泉涌,笔耕不辍。黄药眠是全国高校第一个文艺理论教研室的组织者和领导者,是马克思主义文艺学课程的首批开设者,是全国高校第一本《文艺学概论教学大纲》的主编。1984年,黄药眠教授被批准为全国第一位文艺学专业博士生导师,为我国培养出首批文艺学博士作出了重要贡献。他坚持亲自指导博士、硕士和进修人员,同时潜心于文学创作和学术研究,期间出版的著作主要有文艺论集《迎新集》、长诗《悼念》《黄药眠抒情诗集》、散文集《黄药眠散文集》。黄药眠在临终前,完成了人生的最后一部著作《动荡:我所经历的半个世纪》。1987年9月3日,黄药眠因病去世,享年84岁。

　　黄药眠是著名的文艺理论家、美学家,他的文学评论具有鲜明的时代特征和重要的学术价值。他的文学评论以爱国主义为核心,这既是他对于马克思恩格斯著作精神的吸收,又是他在爱国民主运动实践中形成的追求。马克思和恩格斯生活在资本主义高速发展、资本主义国家对落后国家实施侵略扩张的时代,他们提出被压迫的民族应该将全部力量用来反对外来敌人,只有真正独立后才能掌握自己的命运。马克思恩格斯对于文学艺术与国家民族发展关系的论述,深刻地影响着黄药眠的文学观念,他以此为武器,通过文学创作与文学评论宣传着以爱国主义为核心理念的文艺主张。同时,从青年时期就投身爱国民主运动的黄药眠,在长期的革命斗争中意识到了文艺对于国家救亡所具有的重要价值,他自觉以一名革命战士的标准进行自我要求,努力通过文学创作与文学评论践行爱国主义观念。黄药眠的文学评论将政治主张与文学审美进行有机结合,为新中国的文学评论建设进行了探索。在《中国知识分子与十月革命》中,黄药眠号召知识分子与劳动者联合起来,积极参加社会主义建设,发挥自身的聪明才智,服务于国家和人民:"我们很荣幸,我们的知识和技能今天能够有机会和劳动者们联结在一起,为全中国最大多数的人民的幸福而努力。中国的知识分子,再也不是孤单的个人,而是集体战斗中的一员了。"①黄药眠在文学评论中追求的爱国主义精神,不是口号式的呐喊与振臂高呼的形象,他主张从日常生活中的小事物入手,通过社会生活中的细节呈现,来表现作家的爱国主义追求。在《伊萨柯夫斯基的诗——在中国作协文学讲习所做的专题报告》中,黄药眠通过对苏联诗人伊萨柯夫斯基作品的评论,展现了他所理解和追求的爱国主义表现方式:"一提到爱国主义,很容易使人联想到巍峨的高山,奔腾的河流,雄伟的建筑,秀丽的景物和扣激心弦的号召等。但是在伊萨柯夫斯基的作品里,他不是用喧嚣的语言和雄辩的口吻来表现爱国主义的情感,他是作为读者的一个朋友,读者的一个伴侣来写诗。他的爱国主义是和土地、庄稼、牧草、茅屋、溪流、小径、薄雾、晚霞、白桦树、手风琴、金色的太阳、辛勤的劳动、褐色的眼睛、少女的爱情分不开的;他的爱国主义是和飞机、拖拉机、载重汽车、学校的灯光和工业化的农村分不开的。在他的诗歌里面,常常是抓住一两件小事物,加以具体真实的描绘,使人感到祖国是如此的亲切可爱。"②黄药眠的文学评论以爱国主义鼓舞读者士气,他的评论作品鲜见空洞的政治口号,也不会用激烈的言辞进行夸张宣传,而是以日常生活中的常见事物,通过质朴生动的语言加以传达:"在这里,作者把少女的爱情、灯光和祖国很自然地联系在一起引起了读者的昂扬的战斗感情。这样,祖国就不是一个抽象的概念,爱国主义的情感也不是不可捉摸的东西了。在伊萨柯夫斯基的诗里,他的爱国主义是和爱劳动爱工作爱美丽的自然联结在一起的。"③黄药眠将文学评论作为爱国主义的武器,不仅传达出历经苦难的人民对于国家强盛、民族崛起的追求,而且激发知识分子的革命斗志,使文学评论实现其社会价值和思想功能。

　　黄药眠坚持用马克思主义反映论来分析文学的本质,认为文学艺术和科学一样,其首要任务是反映出客观存在的真实,真正的文学艺术是对生活的深刻反映。但他同时又注意到文学自身的特性,认为文学创作和阅读需要调动人的主观能动性,并不存在一种机械反映生活的文学。黄药眠将现实生活视为作家创作的源泉,由此提出的"生活实践论"就强调生活是由实践和情感两个部分组成的,二者共同作用才能创作出好的文学作品。他认为作家应该立足现实,深入生活,在实践中创作出符合时代特质和历史趋势的优秀作品。这一理论成了中国化的马克思主义文艺理论的重要内

---

① 黄药眠:《中国现代学术经典·黄药眠卷》,黄大地编选,北京:北京师范大学出版社2012年版,第120页。
② 黄药眠:《中国现代学术经典·黄药眠卷》,黄大地编选,北京:北京师范大学出版社2012年版,第164页。
③ 黄药眠:《中国现代学术经典·黄药眠卷》,黄大地编选,北京:北京师范大学出版社2012年版,第165页。

容,为文学创作提供了重要的理论参考。正是因为生活实践是作家灵感的来源,因此作家应该摆脱个人主义的创作方式,深入到社会、人民中去,用心去感受生活,用感情介入生活,以此实现生活实践和情感实践的统一。黄药眠在讨论作家作品时坚持用客观存在与文学反映的关系进行考量,认为只有符合历史实际的作品才真正具备了真实性,而这种真实性在对新时代、新英雄的歌颂中表现得尤为明显:"我想,今天要歌颂新的时代、新的英雄。我们首先就必须全面地来把握这个革命的内容和意义。大家都知道我们这一次的革命胜利乃是这近二十九年来中国的劳苦人民,经过了不知多少艰难困苦的斗争所奋斗得来的成果,同时它又是继承百年来革命传统的劳动人民的集体创作。再就其客观的影响来说,它对于全世界的和平事业、对于东方殖民地的人民的争取民族独立民主自由的运动都有着巨大的影响。所以这一个革命事业乃是人民大众的事业,这一个革命的胜利,乃是人民的胜利。而作为新时代最大的特点之一的也正是劳动的人民在共产党的领导下做了国家的主人。必须抓紧了这一点,并从人民大众的要求、斗争和希望去出发,从艰苦的革命历程去体验,我们才能够了解这个革命的意义,和我们的英雄的伟大。"[①]黄药眠的文艺思想直接受马克思文艺观影响,因此他坚持用唯物的观点评价文学作品,坚持文学作品应真实地反映社会历史。在评价胡风的长诗《时间开始了》时,黄药眠对于诗歌未能全面反映中国革命历史有这样的批评:"这就是作者对于革命历程的一段描写。但是把这二十九年来革命的艰苦奋斗的历程,就用这样一般化了的简单的几句话来写是不是够了呢?'你在臭湿的牢房垂死过/你在荒野的乡村冻饿过/你和穷苦的农民一道喂过虱子/你受过了千锤百炼/你征服了痛苦和死亡'。我认为是太不够了,没有长期的内战,没有长征,没有抗日战争,没有反蒋的解放战争,今天就不可能有这样伟大的胜利,没有千百万人民的觉悟,没有千百万人民争取民族解放,民族独立和争取民主自由的决心,也不可能有这样的胜利。难道这些斗争,这些事件,不能够成为英雄的事迹,诗史的材料吗?是的,它应该是诗史的很好的材料,但可惜作者并没有珍视这些材料。"[②]

　　黄药眠对于马克思文艺观的继承并不是机械的,他虽然坚持文学的本质是客观存在的反映,文学作品应真实地表现历史,但是同时他也强调主体性在文学活动中具有无法替代的作用。黄药眠受丹纳"三因素论"影响,汲取民俗学、文化学的思想,将社会民俗、民族历史、宗教文化等因素加以转化,以此展开对作家作品的评论。黄药眠既看到了文学作品具有功利性的一面,同时又对其超功利的一面进行肯定;他坚持

---

① 黄药眠:《中国现代学术经典·黄药眠卷》,黄大地编选,北京:北京师范大学出版社2012年版,第125页。
② 黄药眠:《中国现代学术经典·黄药眠卷》,黄大地编选,北京:北京师范大学出版社2012年版,第127页。

文学应该反映客观真实,但又认为文学对于现实的反映具有一定的特性,不能机械地反映客观真实,而应该由作家凭借主观能动性展开对社会生活、客观真实的表现。可以发现,黄药眠的文学评论坚持主体和客体的辩证统一原则,既强调生活是创作的源泉,反对仅凭主观和概念进行创作,又强调创作主体的重要价值,认为文学具有强烈的情感特征和社会信息。在谈到政治和艺术的关系时,黄药眠认为政治和艺术的自然形态是和生活同一的,都是生活的组成部分,但是二者又有各自的特殊规律性:"我个人的意见,认为政治和艺术就其自然形态说,是和生活同一的,包含在生活里面,是生活的一部分。生活本身有许多就是政治,就是艺术,但比较狭义的来看,所谓政治(革命的政治)就是一定阶级,把广大群众的要求和需要集中起来,按着一定的历史阶段内的阶级关系和阶级力量的对比所制定出来的实现群众要求的战略策略。它是有它的特殊规律性的。而另一方面所谓艺术,则是通过生活之直接形态所表现出来的形象化的作品。它也是有特殊的规律性的。所以它们是两个东西。"①如果从人民生活的要求来看,二者又具有同一性:"因为不管是政治抑或是艺术,都是根源于广大人民生活的要求,所以基本上,这两者是统一的。所谓艺术服从于政治,乃是为得要使艺术能更好地服务于人民,更能把握到生活本质,抓到重点。所以政治的指导对于艺术来说,乃是一个很好的帮助,而不是一种束缚。"②但由于政治和艺术涉及的领域、存在形式及其传播方式都存在明显差异,所以黄药眠认为在理解二者关系的时候需要辩证性地加以对待:"政治和艺术基本上虽然是统一的,但这两者之间,也并不是说没有差异没有矛盾。有些人了解政治只从原则理论抽象地去理解,而没有从具体的生活去了解它,或者虽然是从具体的生活去了解它,但了解得不够全面,不够丰富,不能抓住本质的侧面,没有实际的感觉,因而在作品上只有空洞的口号和公式。这毛病是出自于政治性不够。但由政治性不够,又影响到艺术性不够。在另外一方面,有些人在政治上是把握住了,有实际生活的感觉了,可是由于当时斗争的情况,生活的条件,一般文化的水准,以及个人的生活经验、修养、技术等的影响和限制,以至于当他把政治认识和感觉转化成为艺术形象的时候,也就表现得政治的不准确,人物不够活现,组织不够紧凑,缺乏艺术的魅力等。显然,这毛病是出自于艺术性的不够。由于艺术性的不够,自然又影响到政治性的不够,所以政治性和艺术性又常常

---

① 黄药眠:《中国现代学术经典·黄药眠卷》,黄大地编选,北京:北京师范大学出版社2012年版,第140页。
② 黄药眠:《中国现代学术经典·黄药眠卷》,黄大地编选,北京:北京师范大学出版社2012年版,第140页。

是互相渗透的,又是纠缠在一起的。"①黄药眠的不少文艺评论虽然成书于政治运动频繁的年代,其时的政治环境和文化语境都带有强烈的激进色彩,但是他在坚持马克思主义的唯物论、历史论的基础上,并没有偏向于政治,而是辩证性地看待政治与文艺的关系,在运用唯物论思考的过程中为作家作品的文学属性进行辩护。

黄药眠继承了马克思实践论基础上的文艺思想,同时又吸收了法国文艺理论家丹纳的"三因素论",即种族、环境、时代三因素对于文学作品的影响。在《论风格的因素》中,黄药眠尽管认为丹纳的观点有夸大其词的成分,但仍有相当可取之处,因此采用了批判接受的态度。黄药眠在文学评论中,经常使用民族传统、历史发展等词汇,可以视为对于丹纳思想的部分继承。在《郭沫若的诗——在中央文学研究所做的专题报告》中,黄药眠从19世纪末至20世纪20年代中华民族的处境、中国的社会环境与时代文化思潮三个方面分析了郭沫若早期诗歌具有浓厚个性解放精神、思想自由特征的原因:"郭沫若是在1914年到日本去留学的,由此可以断定他是生于19世纪末期,那时中国正处于世界各列强压迫之下,面临着政治危机。1895年中日战争的爆发,对中国的历史有很大的影响。在这次战争以前,中国人自以为中国地大物博、海军比日本强,而且又买了许多军舰和洋枪洋炮,这样一个人多、国大、兵众、舰强的国家,是一定可以获得胜利的。但是战争的结果却是,中国一败涂地,这才知道只买武器不成,还必须进行政治上的改革。这时鉴于日本明治维新以后国家就富强起来,于是中国乃有康有为之变法,改良主义的戊戌政变以后,又有孙中山起来领导革命推翻了清朝政府。从19世纪末期到1925年这一阶段,可以说是旧民主主义革命的时代,这时郭沫若正是从幼年、青年到壮年(30岁左右)的时期,在这样的一个时代环境中他强烈接受了民主主义的思想。所以他最初写的诗具有浓厚的民主主义的个性解放,思想自由的特征,1919年的五四运动,使民主主义革命达到了高潮,郭沫若也就是在这种反帝反封建的民主主义旗帜的感召下创作出了,像《女神》、《瓶》这样的极具震撼力的旷世名作,这些狂飙突进张扬个性的诗篇不仅是五四新文学运动的代表作,而且也可作为中国旧民主主义革命巅峰的象征。"②在对作家作品的评论中,黄药眠将民族、环境、时代三要素汇于一炉,从而对郭沫若诗歌的阶段性特点进行了准确把握。

黄药眠不仅是一位著名作家,还是一位文艺理论家、文学评论家,为马克思主义文艺理论的中国化作出了重要贡献。新中国成立之后,黄药眠自觉以马克思主义理

---

① 黄药眠:《中国现代学术经典·黄药眠卷》,黄大地编选,北京:北京师范大学出版社2012年版,第140—141页。
② 黄药眠:《中国现代学术经典·黄药眠卷》,黄大地编选,北京:北京师范大学出版社2012年版,第145—146页。

论为思想武器,以唯物论、历史论为坐标,严格执行党的文艺方针政策,在大量的文学评论实践中升华文艺理论认识,鼓舞文艺战线上的工作者,用爱国主义精神、辩证思维、积极的审美追求等感染着读者。黄药眠的文学评论是新中国成立后的重要收获,值得评论界继续研究。

第二节 梁宗岱的诗论

梁宗岱(1903—1983),广东新会人,1903年出生于广西百色。1917年,梁宗岱考入广州培正中学,期间主编校刊《培正学校》和《学生周报》。1923年秋,梁宗岱进入岭南大学学习文科,次年赴意大利留学并游览欧洲,学习了德、英、法、意等国语言。留法期间,梁宗岱认识了法国象征派诗歌大师保尔·瓦雷里,翻译其诗歌并刊于《小说月报》,这是保尔·瓦雷里作品首次在中国翻译。此后,梁宗岱又前往瑞士、德国学习。回国后,受聘任北京大学法学系主任、清华大学讲师、南开大学教授。1941年至1944年,梁宗岱被聘为复旦大学外国文学系主任。抗日战争胜利前夕,在广西与友人创办广西西江学院并任代理院长。1950年10月,出席广西人民代表大会。1956年中山大学筹办法语专业,梁宗岱受聘中山大学教授,直到1969年9月中山大学西语系并入广州外国语学院(后经合并更名为广东外语外贸大学),他随外语系转入广州外国语学院,任法语教授。"文化大革命"期间,梁宗岱与罗曼·罗兰等国外文学家的交往成了被批斗的"罪名",他被揪斗,文稿、相册、书信、名人字画被毁,后被恢复名誉。梁宗岱集诗人、理论家、批评家、翻译家于一身,翻译过莎士比亚的诗歌和歌德的《浮士德》等名著。其代表作有《梁宗岱选集》、诗集《晚祷》、词集《芦笛风》、论文集《诗与真》等。1983年11月6日,梁宗岱因病在广州去世。

作为批评家,梁宗岱主要活跃在20世纪30至40年代。他的代表作《诗与真》《诗与真二集》等,将"求真"视为诗歌创作与评论的唯一标准。在《诗与真》的自序中,梁宗岱对其为何取"诗与真"这个书名进行了解释:"在这《诗与真》底名字下,我收集五六年来写就的几篇零星的散文。这几近乎夸张的名字,不用说,是受哥德底自传《Dichtung und Wahrheit》底暗示的。可是立名虽似蹈袭,命意却两样。哥德底意思——如其我底了解不差,是指回忆中诗与真,就是说,幻想与事实之不可分解的混合,所以二者是对立的。在作者底思想里,它们却是他从粗解文学以来所努力追求,不偏不倚地追求,而且,假如境遇允许的话,将毕生追求的对象底两面:真是诗底唯一深固的始基,诗是真底最高与最终的实现。这几篇文章,我上面说过,是五六年来在不同的时期与不同的景况下写的。作者思想与艺术底演变是不可避免的事。假如精明的读者在这里面觉到内容上相当的一贯与风格上相当的一致,那就全仗这一点努力与追求;假如这本小书敢企图对读者有多少贡献,也全在这一点努力与追求。"①梁宗岱将真实看作是诗歌的根基,而诗歌则是真实的最高的呈现形式,由此"真谛"和"诗趣"就承担了诗歌对于真相与审美的追求:"这并非作者自诩已经达到或接近他底目标——这目标也许将永远缥缈如远峰,不可即如天边灵幻的云。不过单是追求底自身已经具有无上的真谛与无穷的诗趣,而作者也在这里面找着无限的欣悦了,正如一首歌底美妙在于音韵底抑扬舒卷底程序,而不在于曲终响歇之后。"②梁宗岱认为一首好诗可以划分为几个不同的层次,最低层次是诗歌能让人感觉到作者的艺术手腕,中间层次是令人了解诗作的存在必要,最高的层次是读者感受作品本身的生命力。在《论诗》中,梁宗岱这样阐述自己的文艺观念:"我以为诗底欣赏可以分作几个阶段。一首好诗最低限度要令我们感到作者底匠心,令我们惊佩他底艺术手腕。再上去便要令我们感到这首诗有存在底必要,是有需要而作的,无论是外界底压迫或激发,或是内心生活底成熟与充溢;换句话说,就是令我们感到它底生命。再上去便是令我们感到它底生命而忘记了——我可以说埋没了——作者底匠心。如果拿花作比,第一种可以说是纸花;第二种是瓶花,是从作者心灵底树上折下来的;第三种却是一株元气浑全的生花,所谓'出水芙蓉',我们只看见它底枝叶在风中招展,它底颜色在太阳中辉耀,而看不出栽者底心机与手迹。这是艺术底最高境界,也是一切第一流的诗所必达的,无论它长如屈子底《离骚》,欧阳修底《秋声赋》,但丁底《神曲》,曹雪芹底《红楼梦》,哥德底《浮士德》,器俄底《山妖》(Satyre)或梵乐希底《海墓》与《年轻的命运女神》;或短如陶谢底五古,李白杜甫底歌行,李后主底词,哥德,雪莱,魏尔仑底短歌……"③梁宗岱通过对于诗歌作品"纸花""瓶花""生花"的区别,阐述了自己所认可的艺术作品的不同境界。在林岗看来:"从古至今,批评标准既要讲正,也要容偏,这说明文艺确实有其复杂性。这种复杂性并不来自它有多么独立、多么超凡脱俗,而是因它是艺术才华的产物。生活固然是文艺的源泉,但需要艺术才华才能使这个源泉不白白流失,才能将它转化为真正的艺术。没有诗才,讲再多关于诗的大道理,一样产生不了不朽的诗篇。"④文学作品需要通过对于真实的反映,在追求独立审美价值的过程中,实现外在形式与精神旨趣的和谐统一。

"革命、战争与人性的关系也是1950—1960年代文学创作遇到的大问题,任何一个写作人都绕不过去。革命、战争的立场是阶级论的,而人性的立场是人本主义的,

---

① 梁宗岱:《梁宗岱文集》(评论卷),北京:中央编译出版社2003年版,第5页。
② 梁宗岱:《梁宗岱文集》(评论卷),北京:中央编译出版社2003年版,第26页。
③ 梁宗岱:《梁宗岱文集》(评论卷),北京:中央编译出版社2003年版,第5—6页。
④ 林岗:《论中国文艺批评标准的正偏结构》,《文艺研究》2020年第10期。

两者的观念来源不同,它们看起来相互矛盾。作家在拥抱生活的大潮流下,多数选择小心翼翼,尽量回避人性与人道主义。"①新中国建立之后,梁宗岱在为数不多的文学评论中仍然追求从真实与审美的角度评价文艺作品,推崇作品所体现的独立审美价值,由此展现出创作者对于真实的理解与把握。在《论〈神思〉》中,梁宗岱讨论了反映客观现实所具有的逻辑思维和形象思维的差别,认为只有形象思维才能捕捉概念语言之外的微妙的阴影和弦外音:"反映客观现实有两种方式或方法:一种是通过概念的哲学方法;一种通过形象的艺术方法。前者称之为逻辑思维,它的主要机能是理性,法国巴士卡尔称之为'几何学的头脑',后者称之为形象思维,它的主要机能是想象,巴士卡尔称之为'精微的头脑'。为什么称后者为'精微的头脑'呢?因为和逻辑底思维之根据概念语言来处理现实,有原则可循,规律可循不同,形象思维所要抓住的是那千变万化的活生生的整体,只有通过鲜明的具体形象才能把捉那些超出概念语言之外的微妙的荫影和弦外音。"②不过梁宗岱在这里所讨论的真并非客观现实中的存在,而是一种在想象世界中飞升到极致的情景交融的境界:"《神思篇》所写的是'神与物游',而不是泛泛地反映客观现实;是想象飞得最高时所达到的一切最上乘的文艺品共具的'意与境会'或'情景交融'的境界。其目的并非要给客观现实照一个一丝不漏,纤微毕露的相。而是要创造一个比这万紫千红的大千世界更浓郁更绚烂更不朽的宇宙。所谓'虚静'恐怕就不仅是'排斥一切成见的虚心',或'头脑冷静下来的静'。它(因为我觉得'虚静'在这里也是代表着一个完整概念的复词)所指的似乎应该是艺术家冥想入神时那种我可以称之为'真寂'的境界,在那里,心灵(神)的活动达到那么高度的稠密和丰盈同时又那么宁静(正如琴弦的匀整微渺的振荡达到顶点时显得寂然不动),连自我的感觉也消失了。"③

梁宗岱的诗歌批评既有严谨的逻辑性,又有鲜明的思想性,更有充满张力的诗性。梁宗岱的诗歌批评既与中国古典诗学有着渊源关系,又受到法国象征主义诗学的影响,他在评论之中选择充满审美特色的语言、文字、意象来阐述个人观点。在《黄君璧的画》中,梁宗岱用想象可感、充满色彩感和旋律美的文字,表达了他对于文艺批评的唯美追求:"君璧的画最大的特征——其实是一切成功的艺术品共具的特征——就是从他的每一件作品里,无论是幽深茂密或萧疏空灵的山水,或是线条着色融洽无间的典雅工整的宋院派的花鸟人物,都笼罩着,氤氲着,或飘洒着一种不可掩抑的浩荡或清鲜,郁勃或爽朗的气氛,一种韵律像一支乐曲般柔和而有劲地渗透你的

---

① 林岗、张斓:《从黄谷柳的文学足迹看"新人困惑"——读〈黄谷柳朝鲜战地摄影日记〉》,《当代文坛》2020年第4期。
② 梁宗岱:《梁宗岱文集》(评论卷),北京:中央编译出版社2003年版,第355页。
③ 梁宗岱:《梁宗岱文集》(评论卷),北京:中央编译出版社2003年版,第353页。

肺腑,浸润你的全身,令你心旷情移,悠然神往。这气氛,这韵律,我无以名之,只有借用我们画论中那用得最滥的'气韵生动'。"①不仅如此,梁宗岱进而讲述了他在意大利游览时突然发现一件精美雕像时的瞬间体验,并将其用于解释何谓"气韵生动":"根据我的经验,譬如,有一次在斐冷翠一座寺院游览,当我的目光从排排出自庸手的板滞的雕像转移到一件有生命的作品时,我仿佛触到一片不可抵御的焕发的灵光——虽然这雕像和其他的一样满封着时光的尘土——令我精神为之一爽,有如沉闷的脸庞上忽然浮出一抹微笑,或积雨后突然透露的一线阳光。不独雕像,就是一幅画,一首诗,一支曲,或一座建筑都可以产生同样的效果,这,对于我,就是西洋批评家所常说的'有生命'(Vivant),亦即我们这里所谓'生动',而气韵就是构成这'生动'的元素。"②梁宗岱对于中国古典诗歌悠远意境的感受、对于中国古代文论顿悟式点评方式的接受,以及对法国象征主义诗歌的认同,都为其文学批评的求美、求真特质注入了推动力。梁宗岱的文学批评追求一种将"真"融入"诗"的境界,在物我融一的契合中展现文学评论的魅力。

1949年后,梁宗岱曾满怀希望,以为可以在文学翻译、诗歌评论、随笔散文创作等方面大展宏图。但是,在1950年10月参加广西人民代表大会不久,他就被诬入狱,到1956年中山大学筹办法语专业时才重新进入高校。那时教学、思想学习等分散了梁宗岱的精力,而随着政治氛围逐渐紧张,他也就没有更多机会写作文艺评论。新中国成立之后,梁宗岱撰写了《黄君璧的画》《论〈神思〉》《卢梭》《法国启蒙运动的杰出代表卢梭》《怎样理解于连这个人?》等为数不多的评论。"文化大革命"期间,梁宗岱遭受迫害,他翻译的不少作品的文稿被付之一炬。彭燕郊在给《梁宗岱批评文集》所写的序言中说:"后半生梁先生生活难得平静,业余时间大部分用于研制新药'绿素酊'。不断有人来求医求药,良医良药,名闻粤、港,远及西南,华北。当时对文学事业的豪情壮志,蹉跎岁月中可谓消磨殆尽。但也许是文人弱点吧,尽管世路坎坷,不能忘情的仍是文学艺术,在那'一个运动接着一个运动'的日子里,一遇可以小休的短促间隙,又提起笔来,修订莎士比亚十四行诗译本,续译蒙田《试笔》累计二十余万字,重译《浮士德》及半,不幸都毁于'文革'之难。"③受制于特定时期的政治环境、文化思潮,梁宗岱逐渐放弃了其文学评论,这不能不说是广东文学史上的一大遗憾。

---

① 梁宗岱:《梁宗岱文集》(评论卷),北京:中央编译出版社2003年版,第346页。
② 梁宗岱:《梁宗岱文集》(评论卷),北京:中央编译出版社2003年版,346—347页。
③ 彭燕郊:《序》,梁宗岱:《梁宗岱批评文集》,李振声编,珠海:珠海出版社1998年版,第3页。

第三节 欧阳山的文论

欧阳山青年时期接受了马克思主义的启蒙,由此追随鲁迅,参加左联,努力用马克思主义的世界观和方法论来观察世界和从事文学创作。1941年,欧阳山来到延安,并在1942年参加了延安整风运动和延安文艺座谈会。在《毛泽东同志教导我们实事求是》中,欧阳山坦言参加延安文艺座谈会对他的思想观念产生了重要作用,是其文艺观念的转折点。欧阳山认为,自己早年的文艺观念还缺乏自觉,虽然创作了一些作品,但是没有深入地反映工农兵,因而也就没有什么反响。但在延安文艺座谈会之后,欧阳山逐渐认识到自己的思想不足,于是他有意识地去接触工农兵,努力走进现实生活,用工农兵容易接受的语言和审美创作了一些作品,受到了好评。作为一名长期在文艺战线上的共产党员,欧阳山有着对马克思主义和毛泽东思想的坚定拥护,他在不断学习马列主义、毛泽东思想的同时,主动深入农村基层生活,认真观察,不断体验,勤于研究,将中国社会生活中的阶级、群众、生活、斗争、文学、艺术等当作原始材料,塑造了一批反映新中国、新社会、新思想的文艺评论作品。

在《我们的出发点》一文中,欧阳山明确地提出火热的斗争应该是文艺工作者的出发点:"那么,我们的文艺教育,我们的文学工作,应该从哪里出发,应该以哪里做出发点呢?很明显地,应该以到群众中去,到火热的斗争中去做我们的出发点。毛泽东这样教导我们,实际的经验也这样教导我们。"[1]欧阳山认为作家应该从无限宽广的生活中提炼出最有代表性的人物、事情,经过提炼和升华,使作品更能表现出阶级特征和时代精神。在《关于工人文学创作的一些问题——和广州市工人业余训练文学组学员座谈》一文中,欧阳山提出作家从事创作的过程中应该特别注重人物的政治品质的表现,从而强化作品的教育效果:"我觉得,有些作品容易忽略描写人物的政治品质。当然,我们要写好一个人物,是要接触到这个人物的许多方面的。但文艺作品最容易动人、最容易令人记住、最能在思想上影响读者、也即最容易使人受到教育的,还是主人公的政治品质。我们常说这人物先进或落后,就是从他的政治品质来加以判断的。所谓正面的或反面的典型人物,也就是说这人物的政治品质是好的或是不好的。所以,抓紧政治品质来描写,是很重要的。苏联的荣获斯大林奖金的作品和我国的优秀作品,都是能抓住人物的政治品质来写的。如果忽略了这点,过于偏重写车间情况、生活作风、生产过程,必然不能写出更好的作品来。可惜,我们工人作者

---

[1] 欧阳山:《欧阳山文集》(第十卷),广州:花城出版社1988年版,第3867页。

中,还有一些人对这点理解不够明确。如《两个师傅》《问题在哪里》这两篇作品,就是偏重于写生产,很少刻画主人公的政治品质,以致削弱了作品的教育效果。"①那么作家应该如何表现人物的政治品质呢?欧阳山认为一定要在作品中描写人物在生活里面的各种行动,并且在正式矛盾展开之前就应该介绍主人公的政治品质,从而为读者的理解、接受和认同做好铺垫:"我们写人物的政治品质时,是不能用空洞的词句来介绍的,一定要描写人物在生活里面的各种行动。尤其应该从主人公的历史发展来表现。例如一个先进的老技工,在他以往的历史中,必然早就存在某些先进的因素,把这些先进的因素写出来,可以使读者明白他今天所以成为先进工人的根源;同样的,一个先进的青年工人,在他成为先进人物之前,也必然有某些先进的表现的。如果我们不从人物的历史发展来介绍,而只写故事情节发生的一段,读者就会追问作者:这人以前的表现怎样?有哪些足以代表他的政治品质的事件发生过么⋯⋯所以,我们可以在未展开正面的矛盾描写之前,先介绍主人公的政治品质。"②值得注意的是,欧阳山虽然对于作品的政治立场和思想观念非常重视,但是这并不意味着他认同一个阶级只有一个典型性格的思想。恰恰相反,欧阳山认为文学作品将生活作为来源,生活中一个阶级的人物具有各种不同的性格,那么文学作品中同样应该遵循生活的逻辑。因此,欧阳山认为一个阶级人物的共性固然相同,但是其个性却可以有很大差异,可以形成许多不同的典型性格或不同的典型特征。欧阳山的文艺批评既遵循了马克思主义、毛泽东思想中有关文艺工作的精神,又注意到了文学创作的自身规律,注意同一阶级、阶层人物的不同性格或特征,将典型人物、典型性格融于独特鲜明的个性之中。在"文革"之后,欧阳山反思了过去人们对于典型化理论的理解褊狭之处,认为文学创作中的题材应该多样化,人物也应该多样化,这样才能反映出五彩缤纷的、复杂的现实生活。在拨乱反正之后,人们意识到文学创作的主人公不应该仅仅停留在工农兵和高大全的英雄人物身上,其他类型的人物同样可以进行表现,甚至可以让他们成为作品中的主角。在《题材多样化与人物多样化》一文中,欧阳山认为:"改造中的人物,他们在斗争中的改造过程,也是可以写、应该写的,问题是这种人物能不能当主角。如果被批评的人物可以当主角,改造中的人物也可以当主角,那么能够当主角的人物就更多了,从实际生活中提炼出来的人物就会多样化起来;人物多样化了,题材也就跟着多样化了,因为题材的多样化同人物的多样化是分不开的。如果我们赞成题材多样化,但对于作品的主角,还是只能写英雄,或者只限于写某种情况下的人物,那题材就会受到很大的局限、很大的妨碍,还是多样不起来。其实,生活中

---

① 欧阳山:《欧阳山文集》(第十卷),广州:花城出版社1988年版,第4061—4062页。
② 欧阳山:《欧阳山文集》(第十卷),广州:花城出版社1988年版,第4061—4062页。

的题材是丰富多彩的,生活中的人物也是各种各样的,只有按照'四人帮'那一套搞出来的英雄人物,才会变成都是一个样子。请想一想,所有的人物都去揪'走资派',所有的作品都千篇一律,题材和人物又怎能多样化呢?"①从典型化理论到题材与人物的多样化,欧阳山的文学思想随着时代发展而不断前进,始终保持着与政治、社会和时代的呼应。

　　欧阳山的文学评论反对虚假,追求真实,认为文学创作应符合特定时期的历史、社会、文化语境,不能超越时代限制随意虚构。在《认识生活和时代》中,他就提出:"小说以现实底概括的方法达到现实创造的目的——就是说,它使我们读者从认识生活和时代里预见生活和时代,它使我们把握着人类社会历史底正确的发展。"②在欧阳山看来,小说既是一件艺术品,同时又是一部分生活的真实的呈现,只有内容代表着生活的真实的小说才是真正的艺术品,才能有助于人们把握人类社会历史的发展方向。在《我们对粤剧改进的意见》一文中,欧阳山曾提出改进粤剧就不应该像旧社会一样只追求好看,而且还要追求有益:"怎样叫做有益呢?有益不光是修身课本,也不一定是机械教训,或者是几个新的名词,理论,标语,口号等。譬如明、清,或者春秋战国时代,我们也要他谈人民,谈为人民服务,那便是超现实。有益的范围是广大无边的,总之从共同纲领出发,符合共同纲领便是有益。例如共同纲领其中的一条,说明要爱祖国、爱人民、爱劳动、爱科学、爱护公共财物。只拿这一条便可以写出无数的剧本。以共同纲领做保准,也就是以为人民服务做标准。大家可以买一本共同纲领来读,来看,来改革,来启发做'桥',这样,路就宽阔了。怎样使剧本又好看又有益呢?我想,应该分两个步骤去做:第一,首先修改无益的剧本。其次,再编撰有益的。目前重点应该放在修改无益的剧本上面。"③欧阳山谈到的有益,是指文学作品不能违背真实性的前提,不能违反现实生活,超越时代内涵,而应该以共同纲领所规定的原则为指导,使文艺作品有利于国家统一、社会主义现代化建设。欧阳山谈到小说里面的人物是否真实时,认为不应看作品的人物在历史上是否真有其人,也不应全看作品中的肖像描写是否逼真,是否写士兵像士兵、写商人像商人:"文学上的真实,不是真正发生过的事情,而是符合发展规律。"④基于对于真实性、历时性、时代性原则的遵循,欧阳山批评一些文艺作品在表现思想内涵时过于贴近政治话语,而对其中存在的遮蔽神话传说、禁止恋爱、历史人物现代化等问题提出了批评:"一、要区别迷信和神话。迷信应该剔除,神话应该保留。因为神话是我们祖先对世界事物的天真

---

① 欧阳山:《欧阳山文集》(第十卷),广州:花城出版社 1988 年版,第 3910—3911 页。
② 欧阳山:《欧阳山文集》(第十卷),广州:花城出版社 1988 年版,第 4053 页。
③ 欧阳山:《欧阳山文集》(第十卷),广州:花城出版社 1988 年版,第 3864—3865 页。
④ 欧阳山:《欧阳山文集》(第十卷),广州:花城出版社 1988 年版,第 3966—3967 页。

幻想。它是没有封建迷信的意识的。至于那些因果报应,显灵托梦等情节,便不是神话而是迷信了。二、区别恋爱与淫乱。《西厢记》是恋爱剧,但把红娘演成淫荡不堪,这便是淫乱。我们要请大家注意这两者的区别,不要混同。新民主主义国家,决不禁止人民恋爱,但一定禁止淫乱。剧本是写恋爱的剧本,上演时切不要演成是淫乱的戏。三、不要把历史人物现代化,保持旧剧原有特点和优点。不要使古人讲现代新人物的话。如岳飞要走群众路线等。又'红娘子'等作为历史人物的角色,决不能用风扇、坐汽车、上人民法庭,或者说《南方日报》里面所说的话的。应该写当时当代所容许发生的真实情况,不能捏造偶然的或不可能发生的事件。修改旧剧时,并且要尽量保持原剧的优点和特点。"①

关于如何从正面人物角度观察世界,如何处理好歌颂与暴露的关系,欧阳山也有着自己的思考。在他看来:"作家创作的目的,总不外是两个方面:一个方面是现实革命生活中那些美好的东西,正在生长的东西,使作家自己受到感动、喜爱,使他们的心情愉快激动,他们于是通过人物的行动和斗争,把那些东西表现出来。这就是对现实生活中进步的、积极的东西加以歌颂,使现实生活中积极美好的东西更普遍,更大量地生长,从而改造我们的生活,使我们的生活向更美好的前途发展。一个方面是在生活中发现落后的,使自己不满意的、憎恶的东西,觉得自己需要起来和它做斗争的东西,同样也通过对人物的行动、精神状态的描写,把这种东西表现出来,从而批判它,并在现实生活中消灭它。这样的目的,也是使我们的生活更向前迅速地发展,让生活变得更美好。不管歌颂或批判,都是为了把我们的生活引向美满幸福的前途。"②如何用正面人物表现世界、处理歌颂和暴露的问题,实际上是如何认识现实生活中的各种矛盾问题。欧阳山在谈到社会生活中存在的各种问题时毫不避讳,认为将社会主义社会的光明的一面描绘成虚假的,这是不真实的,批评家应该反对;但是这并不意味着社会主义社会只有光明的一面,其实黑暗的一面同样存在。面对现实生活中的光明与黑暗的对峙时,欧阳山认为生活现象本来就是复杂多变的,一定要学会透过现象看到本质:"有一条规律不能忘记:在我们的社会,坏的消极的东西,必然要被克服,必然要走向消灭走向死亡。这条规律如不掌握不认识的话,在揭露那些消极的、黑暗的东西时,就往往要犯错误。有些人写出的东西,使人读后感到没有出路,困难克服不了,或使人感到是制度本身的问题,那是很大的错误,违反了生活发展规律。"③"文革"结束之后,在反思极"左"思潮对文学创作带来的问题时,欧阳山对于歌颂与暴露的关系进行了深入思考。在《关于作家的立场及其他》一文中,欧阳山提

---

① 欧阳山:《欧阳山文集》(第十卷),广州:花城出版社1988年版,第3866页。
② 欧阳山:《欧阳山文集》(第十卷),广州:花城出版社1988年版,第3874页。
③ 欧阳山:《欧阳山文集》(第十卷),广州:花城出版社1988年版,第3966页。

出:"歌颂是对的,也比较保险,但有歌颂就会有暴露,不能一味歌颂,更不能粉饰现实,像'四人帮'时期搞的那些瞒骗文学,虚假形象,读者就不买账。对缺点、错误不敢碰,视而不见,实际上是对社会不负责,提到原则上来说,也是丧失无产阶级立场。所以说,歌颂或暴露,都有个立场问题,对作家也是个考验。这就要求我们在认识现实生活中的矛盾斗争时,必须站稳无产阶级的立场,才能得出正确的结论。如果不站在正确的立场,不认识生活中的矛盾斗争,就随便去干预,当然是十分危险的。如果站在错误的立场上去干预、暴露错误的东西,不但收不到预期的教育效果,反而会把事情搞坏,甚至产生不好的副作用而犯错误。"①历史证明,文学创作不能拘泥于歌颂或批判的一端,而应该在真实性的基础上鼓励作家自由创作、多元思考,这样才能够让文学得到真正的发展。

　　欧阳山对于马克思主义、毛泽东思想非常熟稔,立足于稳固的世界观和人民立场上,他用辩证的眼光看待歌颂光明与揭露黑暗的矛盾,主张在正确思想的指导下进行揭示、质疑和改进,从而使社会主义文学得到更好的发展。

---

① 欧阳山:《欧阳山文集》(第十卷),广州:花城出版社1988年版,第3942页。

第九章　萧殷：广东文学评论先驱者

萧殷(1915—1983)，原名郑文生，笔名萧英(又写作肖英)、鲁德、郑心吾、黎政、何远等，出生于广东省河源市龙川县。我国著名的文艺评论家、作家和编辑出版家。历任《文艺报》主编，中国作家协会青年作家工作委员会副主任兼文学讲习所副所长，暨南大学中文系主任、教授，中央中南局宣传部文艺处处长，广东省文联副主席，中国作协广东分会副主席，《作品》月刊主编，中国作协第一至三届理事等。

萧殷14岁开始写作，在《岭东民国日报》《广州民国日报》《珠江日报》(香港)等报刊上发表多篇小说、散文等。1938年考入延安鲁迅艺术学院文学系学习，同年加入中国共产党，担任延安青年新闻记者学会理事。1958年出版作品集《月夜》。30岁以后，萧殷主要从事文艺理论研究和文学批评工作，撰写了大量的评论文章，结集出版了《论生活、艺术和真实》《给文学青年》《与习作者谈写作》《习艺录》《谈写作》等十多部著述，去世后曾获广东省首届文学评论荣誉奖和第二届鲁迅文学特别奖等。

萧殷的文学评论带有鲜明的个人风格和时代色彩，同时具有很强的现实指向性，对文艺理论研究、文学创作批评以及文学期刊等都有很大影响。不仅如此，作为从广东走向全国的文学评论家，萧殷又于不惑之年重回岭南大地，在风雨浪潮中推动了广东文艺事业的发展。

萧殷是从广东走向全国的文学批评家，也是从北京回归广东的文学批评家，同时，他还是有着丰富的创作、报道、编辑经验的文学批评家，更是与新中国文艺建设一路同行的文学批评家。萧殷的文学理论来自中国古典文学的优良传统，汲取马克思列宁主义文学理论思想和鲁迅、郭沫若、茅盾等优秀作家作品的精华，在此基础上，他研究和崇尚革命现实主义，形成了极具个人特色的文学理论主张。

从生活出发的"艺术真实论"是萧殷文学批评的主要理论，萧殷始终以生活真实作为标尺，来衡量和评价文艺作品的创作得失，他将生活真实与现实主义原则相联系，阐发了对生活真实、艺术真实的系列论述。除"艺术真实论"外，萧殷还提出了对"艺术典型"问题的理解。1961年，广东文艺理论界开展了对于逢长篇小说《金沙洲》的讨论，涉及文艺和时代、作品和政治倾向性、主题深刻性、人物真实性等一系列问题。在讨论中，萧殷提出了自己关于"典型问题"的基本观点：一是以个别反映一般是艺术典型创造的基本规律;二是所谓个别,就是具体的典型形象;三是典型性格是多种多样的;四是典型环境是完全不可代替的"这一个"。在论述典型环境、典型性格等问题时,表现出了实事求是、理论联系实际的特点,他的典型理论是从创作实际出发,并为了指导创作而深化的,具有显著的实用和实践性。

对于广东文学的发展,萧殷有三大贡献:第一大贡献是他对文学青年和爱好者的鼓励和引导,他在《文艺报》《作品》和文学讲习所工作时,利用大量时间扶植文学新人,是文学青年的创作导师;第二大贡献是根植于现实的文学理论,《论文艺的真实性》《习艺录》《论生活、艺术和真实》等论集对文学创作和批评产生了深远的影响;第三大贡献是对文学组织的影响。萧殷极大地推动了广东文艺阵地的组织和建设,在报刊编辑、文艺教学、文艺活动组织等多方面都花费了大量的精力,既是杰出的文学家、批评家,也是杰出的文学事业组织者。

第一节　萧殷的文艺思想和实践

自 20 世纪 40 年代开始,萧殷一直在文艺理论园地里辛勤耕耘。历经战乱炮火和革命时代的风雨,他的文艺思想和理论批评随着个人经历不断丰富和完善,又始终保持着强烈的时代针对性和现实感。

一、萧殷文艺思想的形成

注重将文学理论联系创作实践,是萧殷文艺思想的重要特点。早在延安学习期间,萧殷便注重观察文艺评论与创作实践的关系。1938 年 7 月,萧殷考入延安鲁迅艺术学院文学系学习。在学期间,他阅读兴趣广泛,同时近距离观察了解放区文艺的发展情况。在他看来,当时解放区文艺的创作实践与时代、人民联系密切,呈现出焕然一新的面貌,但是文学评论相对滞后,同时部分文学青年在创作道路上缺少指引,这为萧殷立志从事文学评论事业播下了种子。从鲁艺毕业后,萧殷开始致力于文学评论工作。1941 年,萧殷在延安中央研究院系统学习了马列主义文艺理论,阅读了俄国别林斯基、车尔尼雪夫斯基等人的文学理论著作,进一步深化了文学理论基础。

不仅如此,从青年时代开始,萧殷便创作小说、散文、报告文学,发表过不少文学作品。1947 年,萧殷调到华北联大文学系讲授《文学创作方法论》,对文学创作方法多有研究。他的文学评论,也是结合个人创作经历和观察,从作品或创作实践中引出,又回过头去指导创作实践。在他的著作中,有不少文章都是专门围绕文学创作进行阐释,形成了独特的创作论,如《论文学与现实》《与习作者谈写作》《给文艺爱好者与习作者》《谈谈写作》《习艺录》《论生活、艺术和真实》《谈写作》《给文学青年》《创作随谈录》以及尚未来得及完稿的《创作方法论》等。

1949年以后,萧殷在北京与丁玲、陈企霞同任《文艺报》主编,并主持参与《人民文学》编辑工作。此时新中国社会主义文学理论界正处于建设初期,一方面,各类文艺理论观念新旧交替,混杂在一起。从中国传统的"文以载道"观到"为人生而艺术",再到"平民文学"等,古典与现代并存,尚未形成专业化的门类。另一方面,西方文学理论在国内的传播和讲授缺乏一定普及度,文学青年迫切地需要文学理论知识的启蒙。为了更好地契合文学青年的理论学习需求、普及文学创作方法,萧殷在《文艺报》开辟《读稿随谈》专栏,做到"每稿必退,每信必复",针对读者提问和来信提出意见,普及文学理论知识,解答文学青年们创作上的困惑。萧殷的专栏文章少见概念的堆砌和简单的资料罗列,而是注重从文学现象和创作实践出发,从人物、情节的典型性入手,进行文学理论知识的普及和交流,旨在解决创作中的实际问题、扶持文学青年们走上正确的文艺创作道路。

针对当时激烈多变的文艺思潮和思想论争,萧殷积极发声,敢于对脱离实际、教条主义等错误偏向进行批评。建国初期,文学界出现了不少机械、极端的批评,使文艺批评成为少数人的"武器",文艺批评也一度沉寂。据统计,1950年全国的38种41份文艺报刊共发表各类作品、文章861篇,其中文艺批评类仅有25篇,有19种21份报刊完全没有评论文章。[1] 针对文艺批评中的简单粗暴倾向和错综复杂的流向,萧殷坚持将理论联系实际,反对公式化、概念化的倾向。如看到有人对杨朔《三千里江山》和王蒙《组织部新来的青年人》给予粗暴否定时,萧殷挺身辩驳,不仅对"左"倾教条主义、庸俗社会学进行了批评,还传达了改进文学批评方法、纠正文学批评态度的呼声。

需要指出的是,受历史局限性和时代环境的影响,萧殷这一阶段的部分观点也存在简单化、片面化的问题,比如在文艺与政治的关系、文艺的继承与创新等方面还存在有待商榷的地方。但这一时期萧殷从创作实践出发的专栏普及文章和文艺评论,以明快、清新见长,注重以理服人、以情动人,始终保持着很强的现实感,给当时的文学青年和文艺理论界带来了一阵启迪之风。同时萧殷的文艺思想也随着创作实际与时俱进,在思想论争中深化开拓。特别是"文学典型论"这一核心观点,在萧殷随后的思想脉络中不断取得突破。

---

[1] 黄曼君主编:《中国20世纪文学理论批评史(下册)》,北京:中国文联出版社2002年版,第518页。

二、从生活出发的艺术真实论

　　文学创作离不开生活的源泉。20世纪50年代以来,文坛上流行将作家赶到生产斗争一线和运动现场的做法,似乎这样便能汲取生活的养分,但现实是许多作品依然缺乏生活气息和艺术感染力,甚至存在概念化、公式化的倾向。对此,萧殷认为,从生活出发,首先需要学会感受生活。只有依靠自己的生活感受,用心感受生活,才能创作出优质的作品。他提炼出"艺术感受"这一重要概念,把"艺术感受"比作软片中的"感光质",必须要用心灵去感受,倘若心灵深处没有如"感光质"一般对光影的敏感,也就没有对事物灵敏的感受。只有依靠心灵,依靠"精神仓库里储藏得最深最厚的、与你的身心结合得最牢固的思想感情去感受",才可能获得"有具体血肉、深刻而细致的带着激情和思想的情景和细节",才有可能创造出"有血肉、有生命、有灵魂的形象"。①

　　针对部分青年作家体验生活时急于赶形势,热衷于在档案馆、资料室里搜集创作材料,搞"创作出差"的现象,萧殷强调写作者在写作时不能完全依靠他所搜集的材料,必须依靠自己的艺术感受,从实际生活出发,而不是生硬地配合表面任务或形势。这种感受不仅是对生活的一般的理性认识,更包含爱与恨的艺术创作冲动,必须用丰富的个人感情去融化生活、拥护生活。若缺乏生活体验和感受,"妄想从这一堆冷冰冰的材料中去塑造有生命的艺术形象,是办不到的,甚至是费力不讨好的"②。在与文学爱好者们的交流和通信中,他也多次谈到"从生活出发"这一观点。他鼓励创作应当从基础工作做起,先学会走路,再学会跑步,多从生活出发,不要急于求成。他诚恳地告诫青年写作者要注重培养敏锐的艺术感受力,"不要去追求离奇古怪的情节",千万"不要超越环境的局限"。③

　　1949年之后,萧殷一以贯之地在多处提及"感受生活""从生活出发"的论述,反映出萧殷对"文学与生活"这一议题的深入探索。文艺作品不是对生活直接简单的反映,感受生活的最终目的是为了把握复杂生活的真实面向,这本质上是如何处理文学真实性的问题。文学真实是文学创作的常识性问题,也是根本性问题。针对如何把握真实性的问题,文艺界曾多次展开讨论。萧殷在这一问题上立足自身的创作观察和体验,总结了不少独到见解。

---

① 萧殷:《生活应当和思想感情相融合》,《萧殷自选集》,广州:花城出版社1984年版,第69页。
② 萧殷:《给文学青年朋友们》,《萧殷文学评论选》,长沙:湖南人民出版社1983年版,第134页。
③ 萧殷:《给文学青年朋友们》,《萧殷文学评论选》,长沙:湖南人民出版社1983年版,第130—131页。

萧殷不赞成经验主义者对社会的机械描摹,也反对脱离生活真实的任意编造。同时他也指出了评论家用片面、局部的自我经验,狭隘地衡量一部作品真实性的问题。他认为,文学家创作艺术真实的过程,是一种概括、提高的过程。一篇作品的真实不在于如实地描写事实,关键在于透过现象看本质,反映生活的真实面貌。他把生活真实和艺术真实看作相互联系又有所区别的两个层次,艺术真实在表现生活应有的样子之外,应当更集中、更典型。在建国后,不少作家热衷于记录现象,萧殷曾敏锐地指出:"目前,在我们文艺作品中,记录事实与现象的作品,要比深刻地反映生活、说明生活的作品多得多。"①他认为,文艺工作者应该从记录生活事实的现状下进一步提高,去创作更多富有艺术真实性的作品,这样的阐发在今天看来依旧很有启示性。

不仅如此,萧殷始终以生活真实作为一把标尺来衡量和评价文艺作品的创作得失。在多篇作品评论和创作批评中,他都将生活真实与现实主义原则相联系,阐发了对生活真实、艺术真实的系列论述。

20世纪50年代初,他欣赏王蒙的小说《青春万岁》,认为作者对作品中描写的生活很熟悉,肯定了将熟悉的生活进行概括、想象的写法和作家的艺术感受力。而面对反映生活失真的作品,萧殷也毫不客气。在《离开生活去探求提高准会落空》一文中,萧殷批评青年作者苏谋远的小说《永远战斗在岗位上》与《老休养员的心》为了追求表现抽象主题而脱离了生活的真实性。不仅如此,萧殷在《惊险的场面不能填补生活的不足》一文中,还批评当时有一定影响力的影片《刘胡兰》脱离了生活实际,缺乏调查研究和认真分析,没有真实地反映刘胡兰的成长环境和经历,妨碍了人物性格的表现,歪曲了生活真实。

虽然不同时期的文学创作情况和存在问题有所差异,但是萧殷始终认为,文学必须从生活出发、从现实出发。这也是他秉持的重要观点,正如他在《萧殷自选集》自序中写道:

> 尽管在不同时期,创作中出现的具体情况、具体问题不同,但都是在生活真实与艺术真实的关系上,在真实性、思想性同艺术性的关系上,在人物、环境和情节的关系上等等脱离了正轨。因而,这三十多年来,我也就是针对不同时期的具体情况和具体问题,反反复复地阐述这些基本规律。如此"炒冷饭"的活动,连我自己也感到味同嚼蜡。但从这三十多年不同时期所写的文章看来,特别是对形象创造的规律,其基本观点始终保持着一致。当然不能说在大风大浪中,自己没有晕眩,好在晕头转向不久,能很快地醒悟过来,避免了踏上错误的岔道,这是

---

① 萧殷:《论艺术的真实》,《萧殷文学评论选》,长沙:湖南人民出版社1983年版,第40页。

值得庆幸的。①

萧殷的文学评论和理论阐述，总是能抓住当下文艺思潮和文学创作中的主要倾向，在宣扬艺术真实性和现实主义传统的同时，也带有了强烈的现实意义和辩证色彩。从生活出发，立足现实，使得文学评论与时代生活和创作同步前进，这也正是萧殷文学评论具有源源不断影响力的原因。

三、文学青年的创作导师

萧殷热爱与青年创作者进行互动，通过书信、书序、答读者问等方法解决了文学青年的创作难题。当代许多著名小说家如王蒙、陈国凯、程贤章等人的成长，都离不开萧殷的殷切指导；广东省一批知名评论家与学者如饶芃子、黄树森、易准等，也与萧殷有着深厚的师生情谊。

在《在斗争中认识生活——文学写作常识之二》②（1951）中，萧殷认为，在文学创作中仅仅认识到作家立场和认识生活的关系还不够，要真正地认识生活，必须进一步地深入到人民群众中去，参与到人民斗争的行列中去，否则，人民立场只会成为纸上谈兵。一些作家的作品，虽然也在描述新社会的事物，但是字里行间却感受不到作家的丝毫感情，这些缺乏真情实感，只是单纯的素材搜集的作品，成为了一堆没有生命力的"死材料"。因此，萧殷告诫文学青年，要在斗争和实践中去体现立场，要求青年作者在斗争中认识生活。

萧殷在《为什么把动人的故事写得无血无肉——给一个初学写作者的复信》③（1952）中，从生活态度和对写作对象的理解两个方面，深刻剖析了文学创作者的"苦恼"问题。首先，他认为这位作者虽然在武装部队工作，但与战士、群众却有着一定的距离，也就是说，他们在形式上生活在一起，却没有在精神和思想上达成一致，这阻碍了作者全心全意地与战士"一同参加斗争"，而只是作为一个冷漠的旁观者。其次，该作者的所听所见皆是动人的，但在作品中却显得枯燥无味，这是因为他虽然对一些运动抱有兴趣，然而却仅限于"混混日子"，反映出创作者生活态度的不正确和不积极。由此，萧殷指出，文学创作者需要具备真实的思想感情和真切的生活体验，才能够反映出生活的真实面貌。

---

① 萧殷：《序言》，《萧殷自选集》，广州：花城出版社1984年版，第2页。
② 萧殷：《在斗争中认识生活——文学写作常识之二》，收入萧殷《与习作者谈写作》，北京：中国青年出版社1953年版，第12页。
③ 萧殷：《为什么把动人的故事写得无血无肉——给一个初学写作者的复信》，收入萧殷《与习作者谈写作》，北京：中国青年出版社1953年版，第48页。

在《马克思主义会妨碍写作吗?》①(1957)一文中,萧殷进一步论证马克思主义不仅不会妨碍艺术创作,反而有着无可估量的意义。真正的问题在于,写作者是否真正接受了马克思主义? 马克思主义是否与他们的心灵融为一体,成为个体的自觉意识? 萧殷指出,如果马克思主义已经经过个人的思想内化,成了创作和行动的指南,那么它不仅不会妨碍艺术创作,反而能帮助文学创作者更好地理解现实、运动和未来。同时,马克思主义能提高文学创作者对新社会中一切富有特征的典型人物和典型形象的热情。萧殷对于马克思主义与创作关系的论述,鼓励文学创作者将马克思主义的原则和心灵融为一体,不仅拥有社会主义的激情,善于洞察现实,也拥有幻想和展望未来的能力。

在文艺界,萧殷甘为"人梯",引导和支持许多文学青年走上文学道路。成长于20世纪五六十年代的一批作家,许多都曾受到萧殷的指导。萧殷在《文艺报》和《作品》就职期间,花费了大量时间和精力来扶植文学新人。例如,王蒙就将萧殷称为"第一恩师",他的《青春万岁》这部作品就是由萧殷主持编发的。王蒙复出后的第一个短篇小说《最宝贵的》,也发表在了萧殷主持复刊的《作品》杂志上。

1949年2月,萧殷随中共中央华北局进入北平。7月底,第一次中华全国文学艺术工作者代表大会(文代会)开幕,大会决定出版中国作协机关报《文艺报》。9月25日,《文艺报》创刊,萧殷与丁玲、陈企霞共同担任主编职务。1955年冬天,萧殷时任中国作家协会青年作家委员会副主任,他在家中热情地接待了王蒙。萧殷不仅高度评价了王蒙的文艺成果,而且指出了他的问题所在。萧殷认为,王蒙的主要问题在于作品缺乏主线,最终决定由作协出具公函,为王蒙请半年创作假,让其拥有充足的时间修改《青春万岁》。此后,王蒙经常到萧殷家中,向萧殷先生请教文学创作的方法。

1956年8月,萧殷收到了王蒙提交的《青春万岁》作品成稿,读后感到非常满意,遂交给中国青年出版社付印。然而,王蒙的小说《组织部来了个年轻人》在1957年受到上纲上线的批评,萧殷对王蒙进行了约谈,不断鼓励这位年轻人切莫丧失信心,并公开发表文章为王蒙进行申辩。7月,王蒙被打成"右派",萧殷对此极为悲愤。11月,即将离开北京、远赴新疆的王蒙到赵堂子胡同8号看望师长萧殷,面对出版社交来的《青春万岁》样书,萧殷伤心落泪。

1993年,萧殷逝世10周年,王蒙撰文缅怀恩师时曾深情回忆:"我终于记起来了,那院子不是八号而是六号,赵堂子胡同六号。在那里,文学的殿堂向我打开了它的第一道门,文学的神祇物化为一个和颜悦色的小老头,他慈祥地向我笑,向我伸出

---

① 萧殷:《马克思主义会妨碍写作吗?》,收入萧殷《论生活、艺术与真实》,北京:人民文学出版社1980年版,第21页。

了温暖的手。"①由此可见萧殷对学生的一片赤诚之心和对文学青年的深切影响。可以说,萧殷的一生都在孜孜不倦地为文学青年普及文学理论和文学创作的知识。这份普及工作兼具崇高性和艰辛性,不仅在全国范围内培养了一大批知名的文学创作者和批评家,也对文学青年具有极大的教育和指导意义。

第二节　文学典型论与创作规律论

一、萧殷的文学典型论

　　萧殷文学典型论的形成和深化缘于他1960年回到广东工作,特别是在主持参与关于《金沙洲》的讨论中。

　　回到广东的萧殷对当时广东文学评论界有较多不满,认为存在两种不良倾向:一是部分批评者对艺术典型的理解不到位,存在片面化、简单化倾向;二是部分批评存在僵化、刻板的问题,以理论框架生硬阐释作品。他认为,这不仅是广东文艺界的问题,也是当时全国普遍存在的问题,反映了教条主义和庸俗社会学对文学评论的侵害。针对这些问题,萧殷认为要以文学评论工作为抓手,这样才能打破阻力和困难,活跃广东文艺界思想。对此,萧殷首先在广东省作协成立理论研究组,组织对广东文学评论的调查研究工作,发现大家对于逢的长篇小说《金沙洲》存在意见分歧。萧殷认为有争论是好事,只要双方秉持着探求真理的精神和科学客观的态度,进行实事求是的辩论,最终定能更好地找到文学实践中的症结,推动广东文艺事业发展。

　　于是,从1961年4月开始,萧殷组织在《羊城晚报》"文艺评论"版开展对《金沙洲》的专题讨论。萧殷从读者、作者发表的文章和来稿的情况看到,讨论过程中存在着一些主观化、概念化的批评作风。部分评论者不顾作家的生活经验和个人风格,简单地以阶级出身、道德规范来框定人物的性格发展逻辑,比如要求英雄人物十全十美、农村妇女必须完全解放等。更重要的是,随着《金沙洲》讨论的深化,争论范畴已经不限于这部作品反映现实程度、人物塑造优劣的评价,而是"涉及到文艺理论与文学批评上一系列原则性的问题"②。

---

① 王蒙:《安息吧,鞠躬尽瘁的园丁》,广东省作家协会编:《风范长存　萧殷纪念与研究文集》,广州:暨南大学出版社1994年版,第291页。
② 中国作协广东分会理论研究组:《典型形象——熟悉的陌生人》,《羊城晚报》1961年8月3日。

最终,长篇小说《金沙洲》的讨论历时七个多月,引导广大读者和评论工作者对典型人物和典型环境等问题进行了积极探索。讨论辩清了文学创作问题的是与非,批评了泛滥的教条主义和庸俗社会学倾向,培养了文学批评界自由讨论的新风向。同时壮大了广东文学评论队伍,推动了广东的文学创作,一批文学新人相继涌现出来,为广东今后的文学评论工作开拓打下了基础。不仅如此,在广东开展的讨论也在全国范围内产生了深远影响,比如北京《文艺报》也积极转载发表相关讨论文章。从横向维度来看,《金沙洲》在中国当代文学发展史上的价值和地位,与同一时期《文艺报》提出的"反题材决定论",以及邵荃麟提出的"写中间人物论""现实主义深化论"是可以相提并论的。①

1982年,《金沙洲》作者于逢在回忆起60年代初那场讨论时仍十分感慨萧殷当年的魄力:"我的长篇小说《金沙洲》反映1956年农业高级合作化的,出版后引起某些指责,1961年他主持展开了一场为时七个月的大争论,我既感谢他对拙作的维护,更敬佩他表现出一个理论家的勇气和胆识。事后诸葛亮,现在对于这次争论尽管可以指出这样那样的缺点或不足,但都无损于他作为理论战士的形象。"②主持这场活动的萧殷也在本次讨论中得到进一步的思想提升,他的文学典型论经过几十年来的探索,在对庸俗社会学的争辩和批评中臻于完善。

长篇小说《金沙洲》引起了广东文学界针锋相对的辩论,同时也为深入探讨艺术典型问题提供了很好的契机。经过《金沙洲》讨论,萧殷回顾过去的典型问题,陆续发表《典型形象——熟悉的陌生人》《事件的个别性和艺术的典型性》等文章,阐释自己对文学典型论的独特理解。早在1951年萧殷便对文学典型塑造有所关注。他学习中国古典文学的优良传统,汲取马克思列宁主义文学理论思想,吸收鲁迅、郭沫若、茅盾等优秀作家作品的精华,研究和崇尚革命现实主义,并在此基础上形成了极具个人特色的文学理论主张——文学典型论。其观点主要体现在以下几方面:

其一,典型形象是熟悉的陌生人。

长篇小说《金沙洲》引起了广东文学界针锋相对的辩论,同时也为深入探讨艺术典型问题提供了很好的契机。在萧殷看来,一些文章将典型形象简单等同于阶级本质的做法,体现了对"典型"理解的混乱。在《典型形象——熟悉的陌生人》③这篇文章里,萧殷指出了三种错误的理解:第一,是将艺术典型的创造归于社会与生活,阉割

---

① 黄伟宗:《文化与文学》,广州:花城出版社1995年版,第206页。
② 于逢:《临终难忘〈金沙洲〉——萧殷在最后的日子里》,收入黄树森:《百年萧殷纪念文集》,广州:花城出版社2018年版,第338页。
③ 萧殷、易准:《典型形象——熟悉的陌生人》,收入萧殷《萧殷文学评论选》,长沙:湖南人民出版社1983年版,第1页。

了典型形象的个性特征;第二,是忽视了艺术典型的普遍性和特殊性的关系,认为两者只有外部的加减关系;第三,是抛开了典型环境,空谈典型形象塑造,使人物和环境呈现出割裂状态。这些批评倾向的共同特征,是脱离了艺术典型来源于社会生活、典型形象又反映生活本质的双向互动关系。

针对评论界这种"不容忽视的阻力",萧殷指出,唯物辩证法的矛盾规律决定了由个别反映一般的艺术规律。所谓"个别",指的是具体的典型人物,而"一般"是指社会生活的本质。集个别性和一般性于一身的人物形象才是完整的,才具有典型意义,文学只有通过塑造个性鲜明的典型形象,才能折射出社会(阶级)的规律和矛盾。但在具体的文学创作和批评实践中,常出现一些剥离了典型环境和典型形象两者辩证关系的观点。

例如,有人认为,《金沙洲》里的梁甜不能作为社会主义革命时期妇女典型,因为她"一面希望重温幸福的爱情生活,一面又摆脱不了封建意识的束缚;她拥护高级社,是因为家庭贫困,非依靠社不可,又怕拖累他人,思想上又有矛盾。在入社问题上看不到她具有远大的理想"①。萧殷用艺术典型和社会环境的辩证关系批驳了这种观点,结合时代背景来看,梁甜在解放前曾受到过传统封建习俗的影响,她既肩负着生活重担,又担心连累家人,只好一个人默默承受。处在生活困境中的梁甜在面临取消土地分红的高级合作社时,难免流露出犹豫和摇摆的态度,这符合农业小生产者的私有观念和行为习惯,未必不能体现出贫农阶层走社会主义道路的本质。

萧殷明确指出,典型形象是熟悉的陌生人,他引用别林斯基"每一个典型都是一个熟悉的陌生人"②这句话,说明了典型形象既是熟悉的,又是陌生的,这里包含着普遍性和特殊性的统一。典型形象之所以是熟悉的,是由于体现了社会的本质,具有一定的普遍性;而典型又是陌生的,因为作者赋予了人物鲜明、独特的个性。回归到《金沙洲》上来,梁甜这一形象正是彰显贫农阶层命运和心境的典型。按照反对者的说法,梁甜必须在入社问题上表现得高尚且毫无疑虑,才能成为社会主义道路的典型形象。然而,将这样的梁甜放置于时代语境中,可以发现,如此"远大的理想"显然脱离了人物实际,使典型的意义不复存在。

萧殷的文学典型论以革命现实主义为出发点。他所倡导的革命现实主义,继承与发展了现实主义的优秀精神。在他看来,现实主义的优越性在于描摹和反映了客观现实。由于现实离不开人民的生活,因此文学创作也会受到人民的生产、生活和物

---

① 萧殷、易准:《典型形象——熟悉的陌生人》,收入萧殷《萧殷文学评论选》,长沙:湖南人民出版社1983年版,第5页。
② 萧殷、易准:《典型形象——熟悉的陌生人》,收入萧殷《萧殷文学评论选》,长沙:湖南人民出版社1983年版,第6页。

质文化的影响。作家只有善于从人民的生活中吸取养分,才能使作品具有艺术生命力和感染力。此外,文学创作还要回答现实所提出的问题,反映生活的矛盾和斗争。

与现实主义方法相比,革命现实主义有所创新,实现了质的飞跃。把日常的现象集中起来,把其中的矛盾和斗争典型化,是马克思主义文艺观对文艺创作者的要求。首先,萧殷认为,生活是文学创作的重要源泉,文学创作要从生活出发,用心观察和体悟生活。在挖掘和提炼生活素材的基础上,作家融合文学和美学的形式,给予现实以客观、真实、生动的呈现。其次,革命现实主义将唯物辩证法作为认识现实的根本方法,即对现实的认识要符合客观规律。唯物辩证法指出,世间万事万物是永远运动和普遍联系的,现象和本质是辩证统一的关系。作家要用普遍的、联系的观点看待世界,既看到事物的表面,又看到事物的本质;既看到事物的一面,又看到事物的全面;既看到事物的普遍性,又看到事物的特殊性。

其二,典型环境中的典型性格。

萧殷认为,文学要有感染读者、打动人心的力量,起码要有个性鲜明的人物形象或情景交融的意境,所以作品要写出典型环境中的典型人物。而对于"典型环境中的典型性格",萧殷认为包括两方面的含义:其一,作家要善于在反映社会矛盾与问题的环境中刻画人物性格;其二,文学创作要通过人物的典型性格去反映现实的典型状态。一切离开了典型环境的性格,都不具备有典型意义,而越能呈现出一定社会矛盾影响下的典型环境,该性格形象的典型意义就越大。

对于典型环境,萧殷说道:

> 在实际生活中,每个具体环境所包涵的因素都是异常复杂的,不仅有民族的、社会的、历史的条件,阶级的关系,人与人之间的关系,还有地区的自然条件,风土人情,生活习惯等等。所以,典型环境也体现着普遍性和特殊性在一定的时间、地点、条件下的矛盾统一。①

萧殷还谈到,中外名著大多是通过揭示典型环境,来表达创作者对现实的认识和判断。一些读者之所以喜欢悲剧,就是因为作品通过对人物悲剧命运的展示,引起了读者的怜悯和愤怒。他们越是同情悲剧人物,就越是痛恨悲剧的典型环境,这也能够推动他们来投入改造悲剧环境的实践。不过,典型环境并非唯一的展示生活的方法,也有一些小说是通过描摹事件的动态进程,来达到告诫和教育的目的,莫泊桑的《项链》就是如此。

对于典型性格,萧殷指出,艺术上的典型性格是多种多样的。在生活中,每一个

---

① 萧殷、易准:《典型形象——熟悉的陌生人》,收入萧殷《萧殷文学评论选》,长沙:湖南人民出版社1983年版,第10—11页。

人都有着属于自己的独一无二的面貌和千差万别的个性,那么在艺术中,同样可以产生千差万别的典型性格。因此,文艺创作者既可以创造出完全没有缺点的理想人物,也可以塑造出具有缺点的不完美的人物;不仅可以有社会主义新人形象,也可以有在社会转型阶段成长、转变的人物。

那么,如何才能够写出"典型环境中的典型性格"呢?对此,萧殷提出,作家一方面要学会深入生活,一切从生活出发,从身边的点滴出发,对生活中的人物和事件具备一定的熟悉度。对此,萧殷还强调:

> 这些事实明明白白地告诉我们,如果作者不是站在工人阶级的立场,而是带着某种偏见去观察现实生活,那么这种偏见就正像眼睛里的障膜,限制了他们的视野,阻碍着他们正确地理解人民生活,并阻碍着他们看得更全面和看得更远。①

因此,创作者在深入生活的同时,还要有正确的立场和观点,那就是无产阶级的世界观。一个文艺工作者,只有站在马克思主义的立场上,用变化的、发展的眼光来看待社会,才能够真实地反映生活的本质。

另一方面,萧殷认为,光在理论上向马克思主义看齐还不够,文学作者还需要在实践上深入到群众中去。站在人民的立场上,并不仅仅是口号和标语,而是要在实践中去呈现自己的立场。因此,萧殷告诫青年作者,要在斗争中认识生活,参加到人民战斗的队伍中去。有一些作品虽然写出了新社会的事物,读者却难以在字里行间感受到创作者的热情。作者所写出来的人物事迹,也仅仅是一堆材料的堆砌,而没有真情实感。

萧殷区分了文学创作者作为旁观者和参与者的两种不同身份,他说道:

> 要深入地真实地理解人民在斗争中的思想感情,更重要地是以文学者的身份,深入生活。如果是以旁观的态度和抱着单纯"搜集材料"的采访方法,都将会毫无所得的。②

当作者作为旁观者观察生活时,难以对新事物产生真正的热爱,读者也就难以感受到作者的爱与恨;而当作者以文学者的身份进入生活中,参与到人民群众的斗争中去,才能真切地理解人民的所思与所想,才能写出符合生活真实和艺术真实的人物典型。

---

① 萧殷:《从革命的高处看现实——"文学写作常识"之一》,收入傅修海编《萧殷集》,广州:广东人民出版社2018年版,第142页。
② 萧殷:《在斗争中认识生活——"文学写作常识"之二》,收入傅修海编《萧殷集》,广州:广东人民出版社2018年版,第147页。

按照萧殷的观点,创作者解决立场问题还不够,要创造出典型环境和典型性格,还需要作家具备一定的概括能力。这是因为,文学作品的创造不是素材的堆积,也不是材料的集合,而是对社会现实的能动再现。艺术典型应当是作者在细致、深入地观察现实生活后,从生活实际出发,融入自己的真情实感,并经过融化和概括,提炼和塑造出来的具有个性的形象。

在萧殷看来,不仅是典型性格,典型环境也是共性和个性的统一。在现实生活中,每一个具体的环境都是复杂多样的,不仅包括政治、历史、地理、人文等多重因素,还要受到民族、阶级、国家等风土人情和文化心理的影响,因此,典型环境也存在着普遍性和特殊性在不同的时间、地点、条件下的矛盾统一。

萧殷进一步论述,典型环境是"完全不可替代的这一个"①。文学作品中每一个典型环境都是具体的、独一无二的,即使有反映相同历史时期或题材,甚至凸显了同样社会历史本质的作品,它们的艺术构思和矛盾呈现也迥然不同,可以镶嵌在多种类型和形式的典型环境中。例如,《金沙洲》与《创业史》《三里湾》三部作品,都以农业合作化运动为背景,但小说所创造的典型环境并不重复。一些文学评论文章以现实生活中的场景或某些作品中的典型环境,去要求自己所评论的文学作品的做法,忽略了现实生活的丰富性和典型环境的独特性。

典型化的过程,就是概括化和个性化统一的过程,其核心是要创造典型环境中的典型性格。值得注意的是,艺术真实不同于生活真实,作品的具体环境不同于现实环境。在评判人物形象是否具有典型意义时,不能简单地以现实生活为基调来进行审视,而是要从作品的具体语境出发,观察人物的个性特征是否合乎性格逻辑,又是否呈现了典型环境中的典型性格。

此外,萧殷还指出,无论怎样的典型环境,都需要通过典型的人物性格、心理、命运来呈现。"艺术的任务就是,通过作品所再现的典型环境中的典型性格,深刻地'揭示环境怎样影响人',而'人又怎样影响他周围的世界'(车尔尼雪夫斯基)。"②

1962年,正值毛泽东《在延安文艺座谈会上的讲话》发表二十周年。在这个特殊的时间节点,萧殷撰写了《事件的个别性与艺术的典型性》③一文,对艺术典型的若干

---

① 萧殷、易准:《典型形象——熟悉的陌生人》,收入萧殷《萧殷文学评论选》,长沙:湖南人民出版社1983年版,第11页。
② 萧殷、易准:《典型形象——熟悉的陌生人》,收入萧殷《萧殷文学评论选》,长沙:湖南人民出版社1983年版,第11页。
③ 萧殷、易准:《事件的个别性与艺术的典型性》,收入萧殷《论生活、艺术和真实》,北京:人民文学出版社1980年版,第56页。

问题做出评论。他提出,部分公式化、概念化的作品,虽然表现形态不一,但都具有一个共同的特点,那就是"把典型环境和典型性格划一化"①。

作家在创作之前,往往会有一个主观构想,根据自己对生活的主观印象来塑造人物。例如,党员干部具有高昂的革命热情和杰出的领导才能;农民在入社时犹豫不决、怀疑观望;知识分子出身的人物保守、清高,不尊重工人群众……值得注意的是,同一类人物不止有一种性格特征,这些来自人物集团的性格、身份、行为等标签如果被过分夸大,就会淹没人物的个性特征,那么,典型性格也会变得千篇一律。

不仅性格,对环境的刻画同样出现过这种弊病,萧殷具体阐述了作家描写"大跃进"运动、工人发明创造和落后分子接受改造的三种实例。描写"大跃进"运动时,人物所处的环境就必然热火朝天,所有人都废寝忘食、你追我赶;描写工人发明与创造时,必然会受到来自保守势力的阻挠;而操持着落后技术的老师傅们,终究会在舆论的批评和党的鼓励下,承认自己的保守和落后。这样的活动环境,是按照理论逻辑的公式所编造出来的,而不是结合了具体的、现实的人物活动情状。

只看到典型环境的普遍性,漠视典型环境的特殊性,就是把人物的活动环节绝对化和简单化了。一方面,生活的主流并不是典型环境的唯一内容,反映生活主流的作品也并不一定就是优秀的作品。另一方面,除主流之外,人物活动的环境还有非主流的一面,同样也是典型环境的重要组成部分。作家在进行创作时,要注意跳出一般规律的窠臼,既书写生活的主流,又描绘生活的支流。

其三,以个别反映一般的典型事件。

萧殷进一步提出,"性格和环境的划一化,必然会造成事情过程的划一化"②。他认为,作品的事件,是"人物之间在特定环境中发生特定关系、矛盾或冲突的总和,体现着性格与环境之间的矛盾冲突"③。如果作家在创造典型环境时,离开了丰富复杂的生活现实,而把一些"从表面看来可以图解阶级本质或生活规律的事件过程"④当作作品的题材,就会导致事件过程的划一化。

萧殷特别举例,"譬如写中学毕业生回乡生产,作品的情节就常常落于陈套;或

---

① 萧殷、易准:《事件的个别性与艺术的典型性》,收入萧殷《论生活、艺术和真实》,北京:人民文学出版社1980年版,第57页。
② 萧殷、易准:《事件的个别性与艺术的典型性》,收入萧殷《论生活、艺术和真实》,北京:人民文学出版社1980年版,第58页。
③ 萧殷、易准:《事件的个别性与艺术的典型性》,收入萧殷《论生活、艺术和真实》,北京:人民文学出版社1980年版,第58页。
④ 萧殷、易准:《事件的个别性与艺术的典型性》,收入萧殷《论生活、艺术和真实》,北京:人民文学出版社1980年版,第58页。

者是听了老师的教导,决心不考学校,回乡生产,却招来家庭的不满和落后群众的嘲笑,后来做出了成绩,才扭转人们的看法"①,又比如,"考不上学校,回乡之后,轻视劳动,经过启发教育,才转变过来,安心劳动"②。

  对于这些事件过程,萧殷并不是持反对意见。他认为,这些符合生活、生产规律的事情,可以纳入作家创作的素材范围,问题在于作家将这些事件模式化了。回乡生产的青年生活,一定都是如此吗?是否有其他的呈现方式?作家将变化万千的生活统一于概念和公式中,割裂了个别的特殊现象和生活之间的关系。究其原因,是作家在脑海中预设了一幅图解生活的蓝图,其中有人物的面貌及其生存环境,而作者会按照阶级特征将这些规定好了,再到现实中去积累素材。这就不是从个别去体现一般,而是从一般去体现一般了。

  萧殷特别指出,以一般反映一般,不是艺术的方法。这种以事件过程的本身去图解本质和规律的行为,与作者对典型事件的错误理解密切相关。在萧殷看来,"艺术典型的创造,并不排斥这种普遍存在的、具有典型性的生活事件。但是,艺术典型既不是生活中许多类似事件的平均数,也不是所谓'典型事件'表面过程的再现"③。

  萧殷认为,典型事件是指具有代表性的、能够呈现出某一事物或运动发展规律的事件。对于典型事件本身来说,它是生活的一种个别的呈现形式,但却能以个别体现出一般的生活状态。在文学创作上,典型问题不在于这个事件是否能作为素材被书写,而在于如何呈现。是通过该事件去直接说明生活规律,还是以该事件为切入点,在揭示了人与人之间的关系、塑造了典型环境与典型性格之后,再去反映社会的本质和规律?显然,一些习惯用公式去图解生活的创作者采取的是前者。

  在阐述了何为典型事件的基础上,萧殷总结了两种对于典型事件的错误理解。第一种错误理解,是把典型事件和事物的本质、规律完全等同起来,以为只要写出了典型事件,就能达到揭示社会本质的目的了。文学艺术的价值和魅力不仅在于呈现事实本身,更在于通过这一事实,去揭示其背后的复杂本质。"艺术是生活的镜子,却不是生活的翻版"④,艺术的任务在于反映社会的普遍规律,引导人们去认识与改造社会,以推动现实的前进与发展。

---

① 萧殷、易准:《事件的个别性与艺术的典型性》,收入萧殷《论生活、艺术和真实》,北京:人民文学出版社1980年版,第58页。
② 萧殷、易准:《事件的个别性与艺术的典型性》,收入萧殷《论生活、艺术和真实》,北京:人民文学出版社1980年版,第58页。
③ 萧殷、易准:《事件的个别性与艺术的典型性》,收入萧殷《论生活、艺术和真实》,北京:人民文学出版社1980年版,第59页。
④ 萧殷、易准:《事件的个别性与艺术的典型性》,收入萧殷《论生活、艺术和真实》,北京:人民文学出版社1980年版,第60页。

同时,萧殷还强调,艺术的真实区别于生活的真实。"艺术的真实'应该比普通的实际生活更高,更强烈,更有集中性,更典型,更理想,因此就更带普遍性'"①,从这个角度来看,艺术不同于生活之处在于,它是一种创造。一些作家忽视了艺术的创造特性,局限于以艺术来呈现生活的表面,违背了以个别来反映一般的创作规律。

对典型事件的第二种错误理解,则是把典型事件绝对化,认为只有典型事件才具备揭示社会规律的资格。实际上,除了典型事件以外,那些个别的、特殊的事件也可以成为文艺创作的题材和来源。在萧殷看来,经过作家的想象、虚构和提炼,即便是带有偶然性质的事件,只要合乎生活本质和规律,同样可以从偶然中体现出必然,从个别反映出一般。

许多中国优秀的古典小说,就书写一些偶然事件的发生,以此来揭开巨大的社会冲突。萧殷以朱素臣的剧本《十五贯》、鲁迅的《阿Q正传》和塞万提斯的《堂吉诃德》等作品为例,说明了偶然性事件也是作家重要的创作源泉。

例如,在《十五贯》中,苏戌娟和熊友兰的相遇虽出于偶然,但后来的丧命却出自必然,这种巧合恰恰呈现了古代封建社会对生命的漠视和摧残。在《阿Q正传》中,鲁迅所选取的事件虽然没有在生活中处处存在,但也以阿Q形象的独特性引人深思,呈现了典型的时代环境。相反,如果文学创作中的事件和生活中的事件一模一样,那么,不仅人物的性格趋于平淡,其典型环境的呈现也会受到削弱。

其四,艺术典型共性与个性统一。

萧殷在论述典型问题时,还注意到了事件和情节的典型性。不仅典型性格和典型环境都是个别的、不可替代的"这一个",由这两者所组成的典型事件也必然是不可替代的"这一个"。事件和情节的独特性和曲折性,影响着读者对文艺作品的喜好。许多中国古典名著之所以受到读者的喜爱,有一部分原因是这些作品具有强烈的虚构性和戏剧性,极大地满足了读者的情感和想象。这样带有离奇色彩的情节不仅被艺术允许,而且是必需的,问题在于,创作者能否使这些艺术真实符合生活真实。然而,对典型事件的错误理解,助长了文艺界经常出现的"抢题材""抢新闻"等不良风气,这种违反了艺术规律的创作倾向会给文学艺术的创造带来一定的障碍。

萧殷进一步提出,重视典型事件的个别性,并不是为了个别而个别,而是为了通过个别或独特形态的事件,反映出典型环境中的典型性格。萧殷以电影《战火中的青春》为例,说明乔装参军的现象虽然在生活中非常罕见,但电影却通过这一个别的事例来呈现了千万劳动妇女坚定的革命意志。同时,通过革命妇女的典型形象,电影

---

① 萧殷、易准:《事件的个别性与艺术的典型性》,收入萧殷《论生活、艺术和真实》,北京:人民文学出版社1980年版,第60页。

也给观众展现了中国无产阶级革命历史的奋斗历程。此外,萧殷认为,歌剧《白毛女》刻画了一个被迫逃亡深山的喜儿形象,这个不平常的、具有传奇性质的情节,集中凸显了喜儿顽强的反抗意识。更重要的是,在喜儿形象背后,是"旧社会使人变成鬼,新社会使鬼变成人"的社会本质。

对于典型形象的理解,萧殷特别重视典型形象的个别性。在《事件的个别性和艺术的典型性》这篇文章中,萧殷就事件的个别性与艺术的典型性间的辩证关系做出了论述。突破思想障碍,破除公式的束缚,善于挖掘生活中富有个性的人物和事件,以个别反映一般,揭示生活的复杂规律,是萧殷对于文学创作的期许。

针对文艺界对典型环境的理解,萧殷指出了目前仍存在着的一些认识偏差,例如混淆了典型和模范、标兵,典型环境与先进地区,英雄人物和高大全人物,典型与多数、主流,典型和类型等概念的问题。

一些评论家认为,作品如果没有描写出能反映"时代精神"的事件,就不能体现出社会的矛盾和本质,也因此不能被称为"典型环境"。这种观点,显然是将典型环境窄化了。能体现出时代精神的事件固然能反映生活的主流,但不是典型环境的唯一呈现方式。更进一步说,生活的主流可以作为典型环境存在,但在主流掩盖下的另一面——"非主流"形态也是时代环境的有机组成部分,同样也可以成为典型环境。在一部文学作品中,应该既允许呈现生活的主流和时代的先进精神,也允许描绘生活的逆流和一些非典型现象,甚至是一些消极的个别环境。

萧殷强调,提出生活主流并不等同于典型环境的问题,并非要为《金沙洲》辩护。事实上,这部作品在处理主流和逆流环境方面的确有失偏颇,小说在营造非主流的典型环境时,着重刻画了逆流的一面,却忽视了彰显生活主流的正面力量呈现,使得正面人物处处受到牵制,并未体现出自身的用武之地。因此,正面人物的形象和性格无处施展。直到最后一部时,《金沙洲》才将正面人物的处境变被动为主动,但从整部作品的矛盾冲突来看,小说结尾的问题解决显得有些仓促,以至于没能体现出新的社会制度和社会关系的积极力量。

萧殷还提出,"绝对主义"的思想会导致性格、环境和题材的划一化。现实生活是复杂多样的,一方面,我们能透过现象看到生活的本质,但另一方面,现象和本质并不一定总是一致的,有时可能是截然相反的。他如是说道:"一个双手沾满血腥的法西斯刽子手,可能同时是一个虔诚的基督教徒;一个残酷地压迫、剥削农民的地主恶霸,也可能是手捻佛珠,而且还不是故意做作"。[①] 这段话点明了典型环境和典型形

[①] 萧殷、易准:《典型形象——熟悉的陌生人》,收入萧殷《萧殷文学评论选》,长沙:湖南人民出版社1983年版,第15页。

象的复杂性,因此,人物并不是绝对"非黑即白",他可能有落后的一面,也有可能有先进的一面。

然而,无论人物形象有多么复杂,总归还是要受到阶级性的制约。对此,萧殷引用列宁在《谈谈辩证法问题》中的一段论述:"艺术典型的这种个性与共性的辩证统一,正好体现了现象与本质、个别与一般、具体与抽象的辩证统一关系:'个别一定与一般相联系而存在。一般只能在个别中存在,只能通过个别而存在。任何个别(不论怎样)都是一般。任何一般都是个别的(一部分,或一方面,或本质)。'"①这段话点出了艺术典型集个性与共性的辩证统一。萧殷认为,在塑造典型性格时突出人物的个性特征,并不妨碍其反映生活的本质,作家在塑造艺术典型的时候,往往是通过具体的、个别的人物行动,来反映社会、阶级的矛盾和冲突。因此,要警惕用本质排斥个别的批评现象。此外,为了使个别和一般的现象具备反映生活本质的意义,还要将其放置于人物和环境既复杂又多元的矛盾冲突中,而不是抛开环境,空谈个别与一般的关系。

在强调艺术典型共性与个性统一的同时,萧殷还特别提出,艺术的概括不是科学的概括,艺术典型也不等于科学公式。科学概括是直接向读者宣布本质和结论,少了读者的领会环节。不同的是,艺术概括是通过塑造一个个具体生动的形象,使读者在分析和感受人物的过程中来理解本质。因此,在艺术概括的过程中,艺术形象的感染力至关重要,作家倾注的感情越浓厚,概括的程度就越深刻,也能塑造出更为典型的环境和更为丰满的人物形象。而如果忽视了这一点,将科学概括、艺术概括与逻辑思维、形象思维混为一谈,就是从根本上背离了艺术反映现实的本质和特性,也就不能创造出具备典型意义的形象。

萧殷认为,艺术典型是一个非常复杂的问题,它的复杂性是由生活的辩证法——对立统一的原则所决定的。他引用了毛主席《矛盾论》对于共性和个性关系的解释,阐述了人物的共性与个性、性格与环境的辩证关系。萧殷说:"毛主席在《矛盾论》中告诉我们:'事物的矛盾法则,即对立统一的法则,是自然和社会的根本的法则,因而也是思维的根本法则。它是和形而上学的宇宙观相反的。'"②当我们进行研究时,就"应当去发现一事物内部的特殊性和普遍性的两方面及其互相联结,发现一事物和

---

① 萧殷、易准:《典型形象——熟悉的陌生人》,收入萧殷《萧殷文学评论选》,长沙:湖南人民出版社1983年版,第1页。
② 萧殷、易准:《典型形象——熟悉的陌生人》,收入萧殷《萧殷文学评论选》,长沙:湖南人民出版社1983年版,第17页。

它以外的许多事物的互相联结"①。

对此,萧殷还对形而上学的观点进行了批评。他认为,形而上学否认了事物内部的矛盾,孤立、静止、片面地看待问题,是将客观事物"绝对化"了。他们只看到绝对的一面,看不到相对的一面;只承认主要的东西,不承认次要的东西;只重视必然性,忽视偶然性……这种绝对主义的思想方法,在典型问题上,就是忽略了典型的共性与个性的统一。如此一来,就是把复杂的问题简单化了,把艺术典型理解成"写本质"或"写主流",抹杀了千差万别的典型环境与典型人物的丰富性。值得注意的是,艺术典型不是简单的公式,创造艺术典型不能与阶级本质或时代精神画等号,这样将典型环境和性格划一化了。

进行真正的典型创造,要避免将丰富多彩的社会现象变成僵硬单一的科学公式。文学艺术是对生活本质和规律的反映,但规律并不等于题材,要反映出复杂的本质和规律,必须通过个别的、具体的形象才能完成。如果把规律当作题材,不仅排斥了题材的多种可能性,也抹杀了艺术地展现生活的可能性。

在对典型问题的一些片面观点做出剖析后,萧殷还特别强调:"'典型即总代表'论,与以个别反映一般的艺术规律毫无共同之处。"②"典型即总代表"论,或者叫"总代表即典型"论,认为作家在创造艺术典型时,应该把能反映同一本质的所有人物特征堆砌到同一个人物身上,才能真正地揭示社会的本质。萧殷认为,这种观点是错误的,创造艺术典型的基本规律,就是要求人物的共性和个性能达到统一,刻画出典型环境中的典型性格。

在《典型形象——熟悉的陌生人》这篇文章结尾,萧殷引用了列宁的一段话,来说明个别与一般的辩证关系。"列宁说,'任何一般只是大致地包括一切个别事物。任何个别都不能完全包括在一般之中……'(《谈谈辩证法问题》)。这一段话,很好地说明了个别与一般的辩证关系。即使是社会上的最理想的典型,也会受到一定的局限,不可能把一切个别事物的全部特征都完全包罗无遗。"③生活和艺术的辩证法也不例外,萧殷强调,只有遵循社会发展的规律,从生活出发,尊重生活和艺术的辩证法,既承认个性,又承认共性,既承认个别,又承认一般,既承认统一,又承认差别,从人物的具体形象出发,克服绝对化和简单化的倾向,才能够用马克思主义美学的观点

---

① 萧殷、易准:《典型形象——熟悉的陌生人》,收入萧殷《萧殷文学评论选》,长沙:湖南人民出版社1983年版,第17页。
② 萧殷、易准:《典型形象——熟悉的陌生人》,收入萧殷《萧殷文学评论选》,长沙:湖南人民出版社1983年版,第18页。
③ 萧殷、易准:《典型形象——熟悉的陌生人》,收入萧殷《萧殷文学评论选》,长沙:湖南人民出版社1983年版,第19页。

正确地阐明艺术典型的复杂性。

纵观萧殷的文学典型论思想,能发现他在论述典型环境、典型性格等问题时,表现出了实事求是、理论联系实际的特点。首先,是实事求是。建国以来,文艺界的思想情况错综复杂,并且存在着思想、理论斗争。面对这种情况,萧殷坚持马克思列宁主义的原则,一切从实际出发,从文艺界对艺术典型的理解出发,实事求是地探讨文学创作,解决实际存在的问题。对一些糊涂的、错误的认识,他也能在细致地分析后加以引导。

其次,萧殷坚持理论联系实际的原则。他反对教条主义、形而上学和庸俗社会学。在学习了马列主义后,他并没有把它们当作思想的教条,而是将它们和文学创作实际联系起来,引导文艺界尤其是文学青年,解决实际创作的问题。

萧殷研究和崇尚革命现实主义,但从未把现实主义看成是封闭的、排他的思潮,而是开放的、包容的理论。他的文学典型论在和庸俗社会学经历了几十年的斗争后,逐步趋于完善,不仅对当时的文艺界产生了重要的影响,至今也对文学青年具有普遍的指导意义。

二、萧殷的创作规律论

萧殷的另一理论贡献是对文学创作规律的探讨。

萧殷的文学评论在形式上常常不拘一格,涵盖书评、随笔、书信、序跋等多种形式。他在阐述文学理论的同时,也坚持从创作出发,指导创作实践。对文学创作规律的探讨,萧殷常常结合创作经历,对小说的情节、人物、细节等要素进行多样化的阐释。

1972年秋,调回广州担任广东省文艺创作室副主任的萧殷,在清远举办的全省文学创作学习班上给青年创作者辅导小说写作。当时统治文坛的正是所谓"主题先行""三突出"的创作要求,文艺者也按照"三突出"原则写革命样板戏。萧殷在上课时要求每个学员结合生活积累,写一两个生活细节交给他。不仅如此,萧殷随后在课堂上多次谈到文学创作必须从生活出发,从塑造人物的性格出发;要在典型环境中体现典型人物的性格;要善于捕捉生活中的细节;要把生活真实变为艺术的真实,就要写熟悉的陌生人等。据学员回忆:"这些今天看起来是老生常谈的文艺创作规律,放在当年'三突出'成了钦点金科玉律的背景下,萧殷老师是冒着多大的风险啊!"[①]可

[①] 李前忠:《忆萧殷老师》,收入黄树森《百年萧殷纪念文集》,广州:花城出版社2018年版,第323页。

见萧殷对艺术创作的追求和打破苛律的勇气。

针对人物重要还是故事(情节)重要的争论,萧殷在《论小说中的故事和人物》中指出作品中的故事不是作者主观的产物,它应该是根据人物性格与性格、性格与环境的关系之逻辑的发展。只有尊重人物性格与环境的关系,故事才是合乎情理的。但是仅合乎人物性格和环境条件的发展法则,只写出梗概也是不行的,主观捏造、空想也是不行的。不仅如此,萧殷认为,针对不同的篇幅,应当采取不同的方法和形式。如短篇小说总是截取生活的一段横截面或者一个角落,抑或是通过一个人物或者情节为题材。这样"通过一粒沙子反映一个世界"[1]的写法必须抓住生活细节,梳理清楚世界的因果关系,而不是一味地追求情节的离奇或曲折。

在诗歌、散文创作方法上,萧殷认为不能为写作而写作、为投稿而投稿,应该把握好思想情感的表达,注重与读者的情感联结。

一方面,萧殷认为诗歌的特点不仅仅集中在表现形式上,更集中在内容上。针对诗歌创作公式化、泛滥化的问题,他指出应当减少术语和概念的表达,丰富生活情绪的流动,诗歌应当通过形象去激发读者的情绪来体现自己的说服力。但情绪的表达并不能仅靠大量的形容词堆积,在《关于诗的情绪》一文中,萧殷深化了针对诗歌情绪表达的论述。情绪是否饱满,最主要取决于作者情感是否真实,是否达到理性与感性的统一。仅是满足于现象的捕捉或者新闻素材的图解,终会沦为干巴巴的说教。[2]另一方面,对于散文萧殷则重点强调了立意的问题。他认为写好一篇散文,立意是首要的。立意既不能凭空臆造,也不能脱离时代主题。不仅如此,也应当重视开拓和体现立意的叙事、联想、抒情等,也应当与思想感情相结合,在富有感染力的生活画面中浮现出思想感情。

在戏剧、电影等门类上,萧殷也有不少论述。他认为戏剧冲突应当是性格的冲突,不能就表面写表面、为现象写现象,要从具体的矛盾中去挖掘人物性格和思想主题,要"通过特定环境中特定人物之间的特定关系,即通过活生生的形象去回答问题"[3]。

早在建国初期,针对戏剧和电影创作中存在脱离生活、脱离典型环境的形式主义倾向,萧殷便大胆发声,指出这样的不良倾向背离了现实主义创作方法,是主观主义

---

[1] 萧殷:《关于生活细节的描写》,收入萧殷《给文学青年》,长沙:湖南人民出版社1981年版,第75页。

[2] 萧殷:《关于诗的情绪》,收入萧殷《与习作者谈写作》,北京:中国青年出版社1954年版,第78—81页。

[3] 萧殷:《关于戏剧创作的几点感想》,收入萧殷《萧殷文学评论选》,长沙:湖南人民出版社1983年版,第211页。

和唯心主义的体现。即使是一些影响力较大的影视作品,萧殷同样以严格的标准去衡量。如解放区第一个描写工人生产、正面反映产业工人生活的剧本《红旗歌》在1948年冬天完稿后,由于其题材新颖性曾引起重视并受到不少好评。在此之前,反映农村、反映部队的生活和斗争是解放区创作的主流,以产业工人生活为对象的剧本几乎没有。但对于这一崭新的剧本,萧殷撰写《评"红旗歌"及其创作方法》一文,批评落后工人马芬姐的塑造脱离了应有的社会基础。同时他直言此次批评并不仅是针对这部作品,而是借此反对轻视生活、形式主义地追求性格的创作方法。

无论针对什么题材,萧殷始终坚持现实主义原则,这与他早期的文艺思想一脉相承。在"新时期"以后,针对只承认正面的一面、反对揭示阴暗面的观点,萧殷则高呼恢复现实主义传统,指出随着社会矛盾和历史现场的变化,文艺在反映生活的形态及其表现形式上应有新突破和新发展。他主张艺术既要反映主流,也要反映支流,按照唯物主义反映论反映生活的本质和规律性,否则就无法达到生活真实与艺术真实的统一。如《〈伤痕〉是眼泪文学吗?》一文中,他认为《伤痕》这类作品是从严峻斗争中涌现出来的作品,饱含着强烈的爱憎,应当给予热情的支持。在《能纳入批判现实主义》《现实主义的胜利中》等文中则反驳了抽象的社会描述倾向和只唱颂歌的行为,认为揭露生活阴暗面的结局符合生活的多种面向,只要揭示出事物发展的质的必然性,便是真实的。

整体来看,萧殷的创作论具有实践性和针对性的特点,同时行文观点鲜明,是非分明,在表达上深入浅出,形式多样,通俗易懂。"他的文章很少引经据典,旁征博引,不摆理论权威的架子。他针对作者创作中的问题,随意道来,不拘一格。或书评,或书信,或随感,或序跋,或一问一答式的文章,文笔生动,自然流畅,读起来个人轻松愉快,又起到潜移默化的教育作用。"[1]

正如萧殷在《给文学青年朋友们》中所说:"创作规律要求作家讲真话,发真情,要求用真实感情投入艺术构思中去,并用作家的激情与观点去渲染、哺育、培养、塑造形象"[2]"讲真话""发真情"同样是萧殷在处理现实与理论关系时的自然流露。生活、艺术和真实,在萧殷的创作论中正是一体化的。

---

[1] 蔡运桂:《谈萧殷论创作》,收入广东省作家协会编《风范长存 萧殷纪念与研究文集》,广州:暨南大学出版社1994年版,第158页。
[2] 萧殷:《给文学青年朋友们》,收入傅修海编《萧殷集》,广州:广东人民出版社2018年版,第206页。

第三节 萧殷对广东文学的贡献和影响

萧殷极大地推动了广东文艺阵地的建设,对《作品》和《羊城晚报》等广东文学期刊、报纸专栏的发展产生了深远的影响。萧殷于1938年进入延安鲁迅艺术学院学习,曾担任《新华日报》的编委、延安中央研究院研究员、《石家庄日报》副总编辑。新中国成立后,又担任过《文艺报》《作品》等报刊领导,以及大学系主任等多个文化职务。他在报刊、编辑、教学和文艺活动等方面都做出了重大的贡献,不仅是优秀的文学批评家,同时也是杰出的文学事业组织者。

1961年,萧殷从北京调回广东,担任作家协会广东分会副主席,复刊《作品》杂志,主持召开文学新理论知识普及工作。在此后的20余年里,岭南文学界的春华秋实,离不开萧殷呕心沥血的耕耘和培育。他是当之无愧的岭南文学评论先驱,推动了广东文学评论新气象的形成。

在着手开展广东文学评论工作的过程中,萧殷的文艺思想也进入成熟期。他结合文学创作的实际,多角度地阐明了文学典型论的观点。在"文革"期间,面对当时文坛上"从路线出发""主题先行""三突出"等违反文艺创作规律的"创作经",萧殷敢于抗争,如在清远文学创作学习班上作报告时,反对关于塑造英雄人物是创作唯一任务的错误观念。即使随后因此受到隔离审查,但萧殷也并未停止对文艺错误观念的反思。在粉碎"四人帮"之后,萧殷带头批判"文艺黑线论",在清算过去各种错误文艺思想的过程中进一步完善自己的文学理论。

其中最有影响的是1961年4月,萧殷在《羊城晚报》"花地"副刊组织的关于长篇小说《金沙洲》的系列讨论,并亲自撰写了《典型形象——熟悉的陌生人》一文,反对艺术上的"庸俗社会学"和"教条主义"。这场论争历时7个多月,对广东文坛乃至中国文坛都产生了巨大的影响。他所提出的文学典型论,阐明了理论和实践、创作和批评的辩证关系,为文学创作和批判提供了旗帜鲜明的前进方向。

1962年1月,萧殷让停刊已达5年的《作品》成功复刊,得到了周扬的高度赞誉。同年3月,首届《羊城晚报》"花地"作品评选会召开,这是在《大众电影》杂志评选了"百花奖"后的全国首例报刊文学评奖。

在"四人帮"倒台的1976年,萧殷担负起了第二次成功复刊《作品》的重任,他立刻向丁玲、艾青、王蒙约稿。然而,当时艾青、王蒙等人的"右派"帽子仍未摘除,《作品》复刊后所刊登的作品遭到了非议。但是,萧殷顶住了重重压力,在1978年十一届三中全会之后,许多作家的帽子被摘掉了,王蒙发表在《作品》上的小说《最宝贵的》

被评为了1978年"全国优秀短篇小说奖",《作品》也成了文艺思想解放运动的重要阵地。

1978年12月,萧殷策划组织,由黄树森执笔为《南方日报》撰写特约评论文章《砸烂"文艺黑线"论,为实现四个现代化而创作》,刊登在了12月29日的头版,这是全国范围内最早批评"文艺黑线"的文章,推动了文艺界的思想活跃、创作活跃和组织活跃。

萧殷十分关爱文学青年,孜孜不倦、呕心沥血,致力于解决他们的创作难题。文艺界和广大的文学作者,都曾给予萧殷这样的评价:"他用生命之光,为后来者照亮了成功之路。"①萧殷的一生,接触过无数或专业或业余的作者,认真阅读他们的作品并给予具有针对性的建议。他通过作品评论、书信、座谈会等形式,对文学青年进行指导。

为什么萧殷要坚持在青年写作者的圈子里忘我地工作呢?他在自选集的《序言》中自我表白说:

> 首先是由于客观形势的需要。自从全国解放以后,政治活动不断出现。几乎每次都一样,每进行一场运动,随之而来的总是向"左"转。愈是向"左"转,实事求是的传统作风便愈来愈遭到破坏,客观规律就愈被否定,主观主义和形而上学便愈益泛滥,复杂的事物被看得越来越简单。反映社会主义生活的文学创作也是如此。不用说这更是苦了文学青年。他们缺乏经验,还未形成自己的见解,很容易被运动搅得晕头转向,于是在创作道路上拐来拐去,不知该怎么办,迫切需要指点……还有另一个重要原因,是出自对青年作者同情,每当我看到他们在文学歧路上徘徊彷徨,来回走弯路时,内心就深感不安。我总是不由自主地想到自己,想到自己的年轻时代,想到自己在写作道路上摸索前进时,那种无人帮助、无所适从的困难处境和苦闷心情。我一直在文艺报刊担任编辑,也曾负责过中国作家协会青年作家工作委员会的工作。与青年作者接触的机会更多了,联系更密切了,渐渐地便不仅限于对青年作者的同情,而且也随时给他们一些力所能及的帮助。我相信一个简单的道理:任何大作家都不是天生的,都是从稚嫩的不知名的文学青年中产生出来、成长起来的。因此,发现、扶植、培养青年作者,是繁荣创作的一个根本性措施,不可忽视。所以,应特别着力帮助他们弄清文学的

---

① 黄树森主编:《缅怀萧殷业绩,努力把萧殷家乡建设好》,收入黄树森编《百年萧殷纪念文集》,广州:花城出版社2018年版,第25页。本文是龙川县委宣传部长谢忠灵在"纪念著名文学评论家萧殷同志逝世十周年暨萧殷文艺思想研讨会"上的发言。

任务和创作的规律。这些想法在我意识中越来越明确,我就越来越自觉地投身于辅导青年写作的工作。可说是一头钻进去,再也出不来了……①

总的来说,萧殷是文学事业的守夜人。在近五十年的文学生涯中,萧殷创作出了四十五万字的小说、散文、诗歌、杂文、报告文学,也写出了一百余万字的文学评论文章。他先后出版了《论生活、艺术和真实》《与写作者谈写作》《给文学青年》等十多部文学理论著作,这些著作都极大地丰富了广东的社会主义文学宝库。

同时,萧殷的文艺思想和理论批评既具有理论性,又具有实践性,并能做到两者的有机统一。不仅如此,他积极发挥自己的引领作用,重视对青年作家的培养,坚持以文艺规律去解决不同时期的不同的具体问题。他以自己的毕生精力,提出了文学典型论、创作规律论等主张,极大地丰富了广东文学理论和文学创作的生态。

---

① 贺朗:《一代评论家——萧殷论》,收入广东省作家协会编《风范长存 萧殷纪念与研究文集》,广州:暨南大学出版社1994年版,第546页。

第二编 "广州会议"后的广东文学

(1962—1976)

概　　述

　　这时期的广东文学创作,现实题材领域成就最为突出。陈残云的《香飘四季》和于逢的《金沙洲》是成就极大的小说。两部作品都反映乡村正在进行的农业合作化运动。前者叙述广东东莞水乡农民建设新农村的愿望和斗志,呈现出较强的理想主义色彩,注重对地方风景和生活细节的展示,岭南文化气息浓郁。后者的特点在于敢于揭示问题,它不仅仅是一部现实赞歌,而且是具有强烈问题意识的作品,对事物的认识也比较客观深入,在当时全国同类题材作品中具有较突出的个性。

　　吴有恒《山乡风云录》、王杏元《绿竹村风云》也具有较大影响。王杏元是一个真正的农民作家,文化水平不高,主要凭着对生活和文学的热爱进行创作。《绿竹村风云》反映现实乡村变革,富有生活气息,地方色彩强。《山乡风云录》是一部革命历史题材作品,同时具有较强的地域文化色彩。

　　中短篇小说创作也获得丰收。程贤章《俏妹子联姻》、杨新乔《暮咕的婚事》都具有较强生活性和艺术性的特点。青年作家陈国凯的成名作《部长下棋》更赢得了广泛关注。

　　金敬迈《欧阳海之歌》是一部有争议的重要作品。这部作品问世于1965年,不可避免会沾染上特殊政治时代的一些缺点。作者为此也经历了许多人生悲欢,晚年有过很深刻的自我反思。然而,在广东乃至中国当代文学史上,这部作品还是具有一定的价值。从影响上说,它是那个时期全国知名度最高的文学作品之一,对时代文化产生了很大的影响;从价值上说,它典型地折射了时代文化的特征,可以看作是一个时代的精神投影。

　　除了现实题材创作,1960年代初期的短篇历史题材小说创作勃兴是一个值得关注的重要文学现象。这一现象不局限于广东,但广东作家做出了自己的突出贡献。黄秋耘创作的《杜子美还家》《鲁亮侪摘印》《顾母绝食》等多篇历史题材小说,它们的最大特点是借古讽今,既曲折地揭示现实生活状况,同时也表达知识分子的情操。

　　这时期的广东散文创作也很突出。秦牧早在1950年代就以散文创作享誉文坛,其代表作《土地》《社稷坛抒情》等都创作于1950年代至1960年代。1962年,秦牧出版了文艺理论随笔著作《艺海拾贝》。这部作品"寓理论于闲话趣谈之中",文笔生动活泼,富有文采,具有广泛的社会影响,其介绍的文学创作技巧对许多作家都产生了影响。

话剧和电影剧本创作也取得了大的丰收。电影剧本创作成就最突出的是梁信。他于1959年创作《碧海丹心》,1961年创作《红色娘子军》,都产生了全国性影响。特别是后者,电影放映后轰动全国,几乎是家喻户晓。此外,赵寰的话剧《南海长城》《红缨歌》,也都有较高成就。

在提倡书写"大我"的文化背景下,这时期诗歌创作成就不太突出。倒是一些地方山歌在"民歌运动"的推动下得以问世,显示出地方文学的个性特征。

文学评论上,黄秋耘、楼栖具有代表性。他们都是作家兼评论家,也都是老革命家。黄秋耘的文学思想特别强调文学的现实作用,也非常重视文学的审美特点。其文学评论具有全国影响。楼栖的文论则兼具理论性和思想性,强调文学批评的客观性和全面性。

1966年,"文化大革命"爆发。这一运动对广东文学产生了严重的伤害。此时期具有较大社会影响的创作,是张永枚的长诗《人民的儿子》《西沙之战》。

第十章　小说创作的兴盛和发展

在此阶段广东文学发展中，1962年3月由文化部、中国戏剧家协会召开的"全国话剧、歌剧、儿童剧创作座谈会"具有特别重要的意义。这一会议地点在广州，史称"广州会议"。

这是一个以戏剧工作为主题的会议，但其影响力远远超过了戏剧题材，对整个文学创作，乃至知识分子工作起到了重要作用。周恩来总理亲自参加会议，并作了《关于知识分子的报告》，提出应该取消"资产阶级知识分子"的帽子，给作家以创作自由。副总理陈毅也作了重要讲话，对之前的知识分子政策进行了批判性反思。时任广东省委书记的陶铸作了《对繁荣创作的意见》，呼应周恩来总理的报告，倡导给作家一定的创作自由，由作家管理文学，并对广东文学创作提出了充分的期待。

"广州会议"在全国知识界产生了广泛而积极的影响，激发了知识分子的工作热情。由于会议地在广州，它对广东文学的影响更为突出。在会议精神鼓舞下，广东文坛上因"反右"等批判运动带来的紧张氛围有所松动，作家具有了更高的创作积极性，也创作出了多部优秀的文学作品。

反映革命历史与农业合作化的小说是其中数量较大、成就最高的部分。在时代"为工农兵服务、为政治服务"文艺方针的影响下，作家们大多以高涨的政治热情讴歌革命战争中的英雄人物，歌颂现实生活中的合作化运动和人民公社制度。也有个别作家借古喻今，描写为国为民的古代人物，以寻求与现实的对话。最有影响的作品是欧阳山的《苦斗》和《柳暗花明》。此外，秦牧创作了《愤怒的海》，但是因国际形势变化没有出版，只在报刊上发表了一小部分。吴有恒的《山乡风云录》《北山记》、司马文森的《风雨桐江》等革命战争小说也产生了很大影响。古代历史题材小说则以黄秋耘作品为代表。现实题材小说的代表作有陈残云的《香飘四季》、王杏元的《绿竹村风云》等合作化小说，以及陈国凯的《部长下棋》等工业题材小说。

小说之外，梁信的戏剧《红色娘子军》成就颇高。特别是在改编成电影全国放映后，更是风靡一时。金敬迈的《欧阳海之歌》也创作于这一时期。虽然对该作品的评价具有一些争议，但它的影响力却是非常广泛的。它们都显示出此时期广东文学突出的创作实绩。

第一节　历史小说的再度勃兴

一、司马文森的《风雨桐江》

司马文森(1916—1968),原名何应泉,学名何章平,福建泉州人,著名归侨作家。司马文森一生著作颇丰[1],小说、诗歌、散文、话剧、电影等领域均有涉足,题材内容广泛,形式多样。幼年受其父何恭泽影响对书本发生浓烈兴趣,熟读《三国演义》《聊斋志异》等通俗文学作品。1926年随族人到菲律宾马尼拉谋生,其间在一家名为精文斋的中国书店做管账员,通读了店中所有书籍,开阔眼界的同时亦培养了其广泛的阅读兴趣,为以后的创作打下坚实基础。1931年回到家乡,参加了中国共产党领导的群众组织——互济会,受到革命教育。1933年加入中国共产党,任泉州特区委员会委员,主持革命宣传工作,主编党的地下刊物《农民报》。1934年到达上海,加入中国左翼作家联盟,1935年在《申报》《时事新报》《文学季刊》等报刊上发表文章,靠创作谋生,在上海文坛崭露头角。抗战时期,司马文森在韶关、桂林等地积极参加抗战救亡宣传工作,"在促进桂林文艺界的团结和推动国统区抗战文化运动的发展上,做了大量的组织、发动工作"[2],并发表了许多评论文章和小说。抗战后在广州、香港与陈残云共同主编《文艺生活》,积极参加民主运动,并创办文生出版社。代表作品另有《小城春秋》《粤北散记》《尚仲衣教授》《折翼鸟》《南洋淘金记》等,其中,《南洋淘金记》1949年连载于香港《文汇报》,是较早书写华侨在海外的苦难生活的长篇小说,海内外影响颇大。从1955年起在印尼、法国等地从事外交工作,1964年长篇小说《风雨桐江》由作家出版社出版,广受好评。"文革"中《风雨桐江》被批判为"歌颂错误路线,攻击毛泽东的革命路线"的"大毒草"。[3] 司马文森蒙上"黑作家""假党员"等

---

[1] 杨益群曾对司马文森的创作进行过统计:"据不完全统计,共创作发表了中、长篇小说22部,短篇小说集、散文集、报告文学集15部,儿童文学7部,剧本(包括电影剧本)12部,理论创作6部,其他创作3部,收入各种专集的12部。除此,还发表了短篇小说、散文、报告文学、诗歌、杂文、评论等800多篇,林林总总,字数不下几千万,真可谓著作等身。"见杨益群等编:《司马文森研究资料》,北京:北京十月文艺出版社1998年版,第365—366页。
[2] 杨益群等编:《司马文森研究资料》,北京:北京十月文艺出版社1998年版,第347页。
[3] 人民文学出版社《文艺战鼓》编辑部:《六十部小说毒在哪里?》,北京:人民文学出版社1967年版,第23页。

罪名,含冤去世。①《风雨桐江》于1988年被改编成电影《欢乐英雄》《阴阳界》,1983年、2008年由人民文学出版社再版,2021年由北京联合出版有限公司再版。

(一)风起云涌的闽地革命历史

新中国成立后,革命历史成为文艺作品的争相反映的重大题材,纪实与虚构类皆蔚然壮观。一方面,许多作家是革命战争的"亲历者",他们具有书写革命战争的强烈愿望;另一方面,对革命历史的书写能够进一步巩固政权,引导人民以胜利者和主人翁的姿态面对历史、建设社会主义。作为一个由"血泪童工长成的革命文化工作者"②,司马文森对这种题材更是驾轻就熟。《风雨桐江》融合了作者"青年时代参加革命的亲身经历和感受"③,记述了20世纪30年代中后期闽南侨乡人民在中国共产党的领导下继续进行武装斗争,最后打垮国民党中央军领导的乡团队的故事。

小说开篇从地下党遭到重大挫折写起,刺州(泉州古名刺桐)特支委员刘某被捕叛党,致使刺州地区特支书记陈鸿被杀,中共党员宋日升、陈天保被捕,另一特支委员德昌下落不明,党组织被严重破坏。新的特支书记老黄在城市革命斗争形势残酷严峻的情况下,依据中央指示将斗争重点转移到刺州农村地区。小说不仅写到革命在刺州南区遭到许为民、林雄模等人的破坏与阻挠,还写到两大宗族势力许为民与许天雄的矛盾恩怨,中央军、地方军、乡团土匪、人民力量几方势力在这里展开激烈的争夺与斗争,最后刺州地区的反动势力土崩瓦解,革命根据地建设如火如荼地开展。小说没有正面展现宏大壮阔的战争场面,而是选取闽南艰苦卓绝的地下党活动和游击战,同时,阴谋、爱情、死亡与复仇是作品的重要内容,表现了闽南沿海地区特殊的斗争形势以及闽地民众坚贞不屈、积极反抗的斗争精神。

(二)形象各异的人物塑造

《风雨桐江》规模宏大,反映的社会生活十分丰富,情节曲折而引人入胜,塑造了众多人物形象。其中,正面人物有老黄、林天成(德昌)、蔡玉华、许三多、苦茶、黄洛夫、阿玉、蔡老六、顺娘等党员和革命群众。与众多革命历史小说不同,《风雨桐江》较多描写了正面人物的婚恋情感,比如林天成和蔡玉华、许三多和苦茶、黄洛夫和阿玉都在惊险艰苦的斗争中结为革命伴侣,他们的爱情故事成为小说中颇具人情味的一部分。苦茶成为寡妇之后,在夫家多年一直等待小叔子许三多的告白,而许三多虽有情意,却碍于

---

① 杨益群等编:《司马文森研究资料》,北京:北京十月文艺出版社1998年版,第388页。
② 杨益群等编:《司马文森研究资料》,北京:北京十月文艺出版社1998年版,第93页。
③ 杨益群等编:《司马文森研究资料》,北京:北京十月文艺出版社1998年版,第158页。

颜面迟迟不敢表白。司马文森曾在《折翼鸟》(1950)中"把一个年轻寡妇不堪寂寞,大胆追求新的爱情的热烈神态心情,写得哀婉动人,传神逼真"①;而《风雨桐江》中的苦茶形象也被刻画得栩栩如生,她的痴情、试探、猜疑和委屈的情态在革命历史小说中令人耳目一新,她与许三多的青霞寺之夜与结婚之夜都给读者以深刻印象。

《风雨桐江》中的许多人物性格鲜明,有血有肉,尤为可贵的是作家成功写出了蔡玉华这位巾帼英雄形象的成长过程——"从名门闺秀到革命战士的感人形象,为当代文学的画廊又增添了一位江姐、林道静式的人物"②。蔡玉华最初出场时端庄秀丽,"熟读诗书,玩弄文墨,却也沾染她父亲高傲自负的旧知识分子习气"③。她对待革命忠心耿耿,关心被捕同志的家人,不顾自身危险只身前往慰问,坚定了革命群众的斗争信念。即使在自己已有身孕且面对敌人严刑逼供、软硬兼施的情形下,她也毫不动摇、宁死不屈,充分展现了共产党人的革命气节和坚定信念。在被吴启超囚禁的时间里,虽然自身尚未脱离危险,却利用机会启发穷苦出身的"小东西"以及李德胜的阶级觉悟,最后"小东西"的阶级情感被唤醒冒死放走蔡玉华。这一生死考验更坚定了蔡玉华的信念,生下孩子后她立即寻找党组织。进入革命根据地的蔡玉华遭到沉重打击,知识分子理论脱离实际的作风以及资产阶级小姐轻视劳动的观念使得她在群众中间格格不入,这些令蔡玉华情绪低落,对自己充满怀疑。在老黄的开导下,蔡玉华和其他战士一起劳动,用亲身经历的战斗故事来教育群众,完成了身体改变、思想改造的同时,也完成了阶级身份的转变,成为革命队伍的骨干,在小说结尾她接替老黄领导游击队继续活动。"她的思想感情在变化,身体的变化更大,她不再是那个面如桃花、手若玉脂、斯文温雅的女中学教师,而是一个面红手粗、行动敏捷、身体刚健的女战士。"④蔡玉华这位资产阶级出身的知识分子,在地下党的领导下,经受住严酷的考验,成为红色文学中颇有光彩的一个女英雄。

作家不拘一格,在描写反面人物时也尽可能展现他们不同的性格特点,如许为民的老奸巨猾、许添才的荒淫蠢笨、许大姑的残暴凶狠、林雄模的睿智精干、吴启超的奸佞阴险。毋庸讳言,这些反面人物存在一定的类型化、概念化倾向,但在某些方面已经跳出时代窠臼。比如小说中的两任国民党特派员林雄模和吴启超,他们四处收集材料、笼络人才,充分利用宗族势力之间的勾心斗角,围剿地下党,手段阴险毒辣,能力比较强悍,给革命队伍造成了较大的损害。林雄模在中了打狗队的埋伏后,在临死之前还不忘交

---

① 杨益群等编:《司马文森研究资料》,北京:北京十月文艺出版社1998年版,第376页。
② 刘宗涛:《从名门闺秀到革命战士——〈风雨桐江〉中的蔡玉华形象》,《龙岩师专学报》1992年第1期。
③ 司马文森:《风雨桐江》,北京:作家出版社1964年版,第20页。
④ 司马文森:《风雨桐江》,北京:作家出版社1964年版,第485—486页。

代部下继续执行"一石二鸟"的计策,即拉拢土匪的"飞虎队"来对抗共产党的"打狗队",俨然一个衷心剿共的国民党军官。小说对反动派性格和才干的细致描写,使得敌我双方的斗智斗勇充满悬念和曲折。此外,国民党中央军与地方土匪、豪族之间的时而合作利用、时而猜忌斗争的复杂关系,使得小说情节有点游离于歌颂地下党英勇斗争的主题,但也使故事显得摇曳曲折,而且突显了浓郁的闽南宗族文化特色。

(三)通俗化、民族化与地方性

与《林海雪原》《铁道游击队》等革命历史小说类似,《风雨桐江》也具有明显的通俗化、民族化和地方性特征。首先,在人物塑造上,司马文森借鉴中国古典小说常用的白描手法,利用生活中常用的短句、口语形式,将人物形象描写得活灵活现,呼之欲出。如写蔡老六的混账父亲老烟鬼:"不意近一个月来,这老不死又在村头村尾出现,面目垢污,发长垂肩,穿一身缕结破衣,挂一只洋铁罐,拄一条打狗杖,直到家门口。在门前门后逡巡不前,只有那脱毛老狗还认得他,不曾对他吠叫。"[①]生动传神的描写,庄谐并用的语言,活画出老烟鬼面目全非、落魄肮脏的形象,外在形象与其内在品行均让人读来倍感厌恶。其次,小说中的反面人物大多贪财好色,没有道义和诚信;而正面人物之间则互相关爱、情同手足,有信仰有操守,这种善恶分明的人物设置也符合中国小说传统,更易得到大众读者接受。再次,小说中蔡玉华与大林、黄洛夫与阿玉两对革命夫妻的悲欢离合,也化用了"才子佳人"式和"英雄美人"式的传统文艺范式,地下党的革命故事也具有特工"谍战"性质,这都使小说内容显得雅俗共赏。如论者所言:"小说对大林与蔡玉华的阶级属性问题的处理方式与其他革命小说有所不同。大林与蔡玉华并未通过舍弃'才子佳人'的身份、宣告与敌对阶级决裂的常见方式,直接达成与意识形态的统一,而是以另一种特殊的方式实现了二人身份的合理化,这一特殊的方式得益于'革命的地下工作'这一题材的暧昧性。"[②]另外,小说情节曲折,线索和人物较多,但又脉络清晰,文笔娴熟,叙述有条不紊,前后有照应,每一章集中描写个别人物,采用了比较传统的情节性结构和全知视角来讲述故事。

此外,小说的魅力还在于其独特而浓郁的地方文化特色,比如作品中对"褒歌"宣传的讲述,对乡间婚礼上"拍胸舞"的描写,对宗族械斗纷争的回顾,等等,展现出别具特色的闽地风俗人情。其中,"褒歌"本是闽南独特的民间说唱艺术,在闽地农村非常常见,为人民群众喜闻乐见。而蔡老六借用这一通俗文艺讲述贫苦农家妇女的悲剧命运,进行革命道理宣传,符合人物身份,贴近乡村觉悟不高的普通群众的趣

---

① 司马文森:《风雨桐江》,北京:作家出版社1964年版,第417—418页。
② 张丝涵:《革命小说〈风雨桐江〉的通俗化书写》,《苏州教育学院学报》2022年第1期。

味。蔡老六在褒歌中表达反对地主恶霸和国民党反动派的主题,很容易引起苦难群众的情感共鸣,起到良好的宣传效果。"我想了解群众反应,在卖鱼时候会唱给一大群人听,他们听了都很感动。"①总之,《风雨桐江》成功地把政治、军事、宗族和人性的斗争融为一体,对民族文化心态的呈现,对复杂人性的书写,对社会广阔生活的精湛描写,都达到了革命历史小说应有的高度,堪称史诗性作品,与《南洋淘金记》并称为作家写侨乡历史的"艺术双璧"。

二、黄秋耘的历史小说创作

(一) 生平与创作

黄秋耘(1918—2001),原名黄超显,笔名有秋云、昭彦、跂芮等。1918年生于香港,原籍广东省顺德区龙江乡,著名归侨作家。黄秋耘的父亲是香港一家西药大药房老板,祖上是有名的中医。由于受亲戚影响②,从小就阅读了大量古今中外文学名著,喜欢莎士比亚、罗曼·罗兰等著名作家,爱读中国旧体诗词。1935年,黄秋耘在香港一个爱尔兰人办的中学毕业,同年考上了清华大学国文系。参加"一二·九"运动,之后到华北平原乡村参加抗日宣传活动,发现旧中国农村的贫苦和悲惨程度远超他自己的想象。1936年加入中国共产党。1937年至香港工作,参加中共地下党。曾任中共香港文委候补委员,粤赣湘边纵队东江第一支队司令部担任情报参谋工作。1948年在香港出版第一部散文集《浮沉》。1954年调入《文艺学习》做编辑,开始从戎马生涯转入文艺生涯。后任《青年知识》《新建设》《学园》编辑,历任新华通讯社福建分社代社长、《文艺报》编辑部副主任、广东省出版事业管理局副局长、中国作协广东分会副主席、中国广州笔会中心会长、中国作协第四届理事。专著《黄秋耘文学评论选》获1985年广东鲁迅文学评论荣誉奖。《黄秋耘散文选》获1986年广东"鲁迅文学奖",根据同名散文改编的电视剧《雾失楼台》获"金帆奖"。散文集《往事并不如烟》获1989年全国优秀散文集奖。译作有罗曼·罗兰的长篇小说《搏斗》(1950年、1999年两次出版)等。黄秋耘的晚年生活简朴,较少外出应酬,于2001年因脑中风病逝。

黄秋耘是一个文学多面手,他不仅写散文、小说、杂文、随笔、旧体诗词、文学评论,还擅长翻译,他称自己最喜欢散文。评论界一般认为黄秋耘的创作成就最大的是

---

① 司马文森:《风雨桐江》,北京:作家出版社1964年版,第108页。
② 黄秋耘舅舅是南社成员马小进,叔父黄恕和是喜作旧体诗词的银行职员,母亲亦熟悉旧体诗词,他们对于黄秋耘的文学教育影响较大。见黄伟经:《文学路上六十年》,《新文学史料》1998年第1期。

包括杂文、随笔在内的散文。1956年5月至1957年6月,以及1960年代初期,国家对社会生活和文化领域的控制有所放松,文艺政策出现较大调整,反复提倡"双百方针",受到文坛氛围的鼓舞,黄秋耘发表了《锈损了灵魂的悲剧》(1956年6月)、《不要在人民的疾苦面前闭上眼睛》(1956年9月)、《犬儒的刺》(1957年4月)、《刺在哪里》(1957年5月)等杂文,以及《杜子美还家》(1962年4月)、《鲁亮侪摘印》(1962年8月)、《顾母绝食》(1963年7月)等小说,备受文坛关注。1960年代初期,历史题材小说创作成为一股思潮,可以视为探寻与现实进行呼应的象征性叙述。正如论者所说:"如黄秋耘等的小说还存有谏诤之意,企图'通过历史故事提出现实中的重大问题','隐晦曲折地表达人民的呼声',例如他的《杜子美还家》企图借助历史故事来讽喻大跃进后中国的现实。"①

(二)"借古讽今"的历史小说

黄秋耘擅长在历史故事中表达自己的个性与心声,《杜子美还家》《鲁亮侪摘印》《顾母绝食》等作品,体现出深沉的爱国主义和人道主义思想。这三部小说刻画了唐代杜子美、清代鲁亮侪、明代顾炎武之母等人物形象,刻画了这些人物在重大抉择面前为民请命的铮铮铁骨。作品通过借古喻今、借古讽今的手法,褒扬人物高尚品格,寄予对统治者的期望,对人民命运的悲悯。小说中三位主人公的为国为民之心,也是黄秋耘的思想写照。

1936年初,黄秋耘第一次在河北农村体验了农民的悲惨生活后,就萌发了社会主义思想与救国救民的志愿。"当时我下定决心要参加革命,而我参加革命的目的,概括起来说:一是要抗日救国,争取民族解放;二是要使做工的、种田的老百姓都能不愁温饱,有间像样的房子和几床干净的被窝,并且做国家的主人。"②1960年他重返三堡村劳动锻炼,在深入群众时发现了百姓生活的真实惨状,不愿在人民疾苦面前闭眼沉默,这直接促成《杜子美还家》的问世。

《杜子美还家》描述了诗人杜甫还家前后用诗笔战斗的故事。某年四月,杜子美九死一生才从胡人占领的长安逃到凤翔,去追随唐肃宗。肃宗皇帝封了他"从八品上"的卑微官职左拾遗。杜子美为民请命,想当好谏官,奈何现实把他的理想击得粉碎,还差点丢了性命,从此他便噤若寒蝉。八月,肃宗皇帝下令要他回鄜州探望家室,其实是暗示不再重用他的意思。深感无力而痛苦的杜子美,沿途目睹社会遍地疮痍,回到家中与妻子儿女重逢,并未冲淡他内心的痛苦。村里的几位父老抬着家酿的米

---

① 陈思和主编:《中国当代文学史教程》,上海:复旦大学出版社2005年版,第112页。
② 黄秋耘:《风雨年华》,广州:花城出版社1999年版,第12页。

酒来慰问他,希望他这位当官受禄的士大夫,能让大家日子好过一些。他振作精神试图给人希望,但其内心更加悲愤,在良心深受谴责的同时,决定改用手中的笔、心中的诗来救黎民于水火。小说引人注目的是杜甫还乡见到的民不聊生、哀鸿遍野,常被当作是对现实的影射。"我那篇历史小说《杜子美还家》之所以被指斥为'特大毒草',只因为它写到了灾荒,虽然是一千多年前唐代'安史之乱'后的灾荒,也不免有'借古讽今'之嫌。其实说我'借古讽今'也没有冤枉我,假如一九六〇年秋天我没有重返三堡村,就写不出像《杜子美还家》这样'为民请命'的历史小说。不过,当年羌村的父老还有薄酒送给杜甫,在三年国民经济困难时期,试问还有哪一家农户能拿得出薄酒送人呢?"①小说情思比较复杂,一方面突出了杜甫内心的忧愤和无力,流露出一种感伤的文人情调;另一方面也认同诗人能够以笔为旗、担当道义,流露出心系国民的刚健气息,以及讽喻现实、悲悯弱小的知识分子精神。

《鲁亮侪摘印》改写自清代诗人袁枚的散文《书鲁亮侪》,塑造了一位为民请命、耿介正直、有胆有识的"奇男子"。小说写到鲁亮侪上司田文镜为人残暴,烘托出主角"摘印"这一危险的官场背景,意在突出鲁亮侪的胆识谋略及高尚品格。田文镜命鲁亮侪前往中牟,摘掉"亏空公款"的李知县的官印并取而代之,这对鲁亮侪来说是难得的晋升良机。他打扮成庄稼汉模样低调地前往中牟,一路上留心探查了不少关于李知县的"内幕"。在与李知县交谈后,鲁亮侪确定李知县是一位"政声极好"的清官,只因被县中的恶霸土豪恶意诬告,才遭遇了"摘印危机"。然后,作者的笔锋一转,通过鲁亮侪"泡澡""驰返省城""堂上勇辩""飞马追令"等正义行为,帮百姓保住了一位清廉正直的好官。1960年前后,文坛塑造了海瑞、况钟、谢瑶环等清官形象,黄秋耘所写鲁亮侪的故事,同样是在召唤敢于为民请命的精神,隐晦地表达对当时官场风气的批评。

《顾母绝食》塑造了一位国破家亡之际以大义为重,宁死也要保全民族气节激励儿子抗争的英雄母亲形象。自明军的"苏州起义"失败,清军即对江南人民展开了血腥屠杀。常熟县的语濂径村也将不保,村中有位避难而来的老太太,在局势紧张之际仍镇定自若,白天与使女们一道纺织,晚上挑灯读书。原来,她竟是反清义士顾炎武的母亲。顾母不但教儿子学识,还教他岳飞等忠义之士的铮铮气节,使顾炎武养成了坚毅的性格、强烈的爱国精神。在小说里,她深受杜甫影响,有保家卫国之志。"她随身带了一箱子书,据一个去探访过她的私塾老师说,那里面有《史记》,有《资治通鉴》,有几卷《杜工部集》,还有几部《孙子兵法》之类的兵书。"②在母亲的鼓励下,顾

---

① 黄秋耘:《风雨年华》,广州:花城出版社1999年版,第175页。
② 黄秋耘:《风雨年华》,广州:花城出版社1999年版,第212页。

炎武打了几场硬仗,然而寡不敌众,形势危急。顾母为了让儿子无后顾之忧,坚定抗击清兵的决心,她决定用绝食的方式牺牲自己。顾母绝食十多天后,溘然长逝。之后,顾炎武谨遵母亲"公而忘私,国而忘家"的教诲,继续参与抗清活动三十余年,且余生义不出仕清朝。

无论是杜子美、鲁亮侪,还是顾母,他们都是真实存在的小人物,这些人没有滔天权力,却在自己的能力范围内,尽最大努力以微弱的人性光辉照耀当时的黑暗社会。黄秋耘的这三篇历史题材小说,随处可见的是爱国思想和人道主义精神,饱含对人民命运的深切关心,对生活的高度热情,显示出崇高的人格和艺术魅力,是他执笔为戟、为民请命的见证。"黄秋耘的作品,比较深刻地反映了时代生活,可说是一部分历史的真实记录。"[①]对于 1960 年代初期的历史题材小说创作,黄秋耘认为:"写历史小说,其窍门倒不在于征考文献,搜集资料,言必有据;太拘泥于史实,有时反而会将古人写得更死。更重要的是,作者要能够以今人的目光洞察古人的心灵,要能够跟所描写的对象'神交',用句雅一点的话说,也就是'心有灵犀一点通'罢。只有这样,才能真正体会到古人的情怀,揣摩到古人的心事,从而展示古人的风貌,让古人有血有肉地再现在读者面前。"[②]黄秋耘深谙历史小说的创作艺术,这些作品"失事求似",借古喻今,寄寓对现实的关注和忧思,语言典雅厚重,笔调沉郁悲凉,颇具凛凛古风和悲悯情怀,彰显了作家干预生活的勇气。

三、其他作家的历史小说创作

(一)杜埃的历史小说

杜埃(1914—1993),原名曹传美,广东大埔县湖寮镇莒村人。出身贫苦,少年时代开始阅读革命书刊,初中辍学后回乡任小学教师。1930 年到广州谋生,当过抄写员、图书管理员,并开始学习写作。先与江穆等人创办进步刊物《火花》,后与饶彰风等人编辑出版刊物《天王星》,宣传抗日救国思想,抨击不抵抗主义。1933 年考入中山大学文学院,后积极从事学生救亡运动,参加筹建"突进社",出版《突进》杂志。1936 年入党,和萧殷、楼栖等人成立广州艺术工作者协会,后来到香港、菲律宾从事抗日宣传工作。解放后,曾任《南方日报》副总编辑、华南分局文艺处长和外事处长,以及广东省委文教部副部长、宣传部副部长等职。代表作有散文集《在吕宋平原》《丛林曲》《乡情曲》、中篇小说《自梳女》《冰消春暖》,新时期创作了反映菲律宾华侨

[①] 海帆:《编后记》,见黄秋耘《风雨年华》,广州:花城出版社 1999 年版,第 408 页。
[②] 黄秋耘:《空谷足音——〈陶渊明写挽歌〉读后》,见《黄秋耘自选集》,广州:花城出版社 1986 年版,第 736—737 页。

苦难生活与抗争的长篇小说《风雨太平洋》等。1991年12月,"庆贺杜埃同志从事文学创作60周年暨杜埃作品研讨会"在广州举行。

《冰消春暖》1964年3月连载于《南方日报》,根据文末的"附记"来看,它主要取材于贫下中农提供的人和事,是作家用小说形式写的"村史"。小说写了新会县圣堂村从1943年到1963年的历史巨变。虽然圣堂村多数村民都姓梁,但是伪乡长梁康荣毫无乡亲情分,十分歹毒贪婪,他勒收高额地租,摊派苛捐杂税,截留华侨捐回乡的救济粮,在邻居借粮时趁火打劫要求抵押房屋和田地;此外还私设公堂,乱用村规刑罚,甚至逼得穷人自相残杀,俨然是一个鱼肉乡里的"活阎王"和"土皇帝"。邻村地主谭瑞堂也是一个刻薄贪财的家伙,对待雇工非常吝啬粗暴。另外,还有日军频繁劫掠村庄,四处拉人、捉鸡、牵牛、要军粮。在日伪政权和地主恶霸统治的旧时代,圣堂村贫苦农民不断遭到盘剥压榨,导致饿殍遍地、卖儿鬻女。村民虽有愤怒,但不敢抗争,只能渴望共产党的兵马早日到来。"这个经过贫雇农兄弟们祖祖辈辈艰苦劳动建立起来的圣堂村,国民党反动派和地主恶霸在那儿横行霸道,搞得满村血雨腥风,把这片大好村庄变成一所活地狱。尤其是当梁康荣任伪乡长的一九四三年至一九四四年,更是惨无人道,仅这两年,直接被他迫死的农民就有四十人,游行后驱逐出村死在外面的八人,饥饿而死的二十多人,总共七十多人,占当时全村人口的一半,被拆毁的房屋二十间。被梁康荣害至家破人亡的梁汝的老爹梁豪子亦被驱赶出村,死在天亭圩石桥边。至此,梁汝全家十一口,只剩下梁汝自己一人。"[1]梁汝是小说中的主人公,作者以他为线索描写了地主恶霸怎样搜刮民脂民膏,也让他见证了解放后圣堂村的可喜变化。经过土改、合作化和公社化,圣堂村的贫雇农当了家,拆除了梁家祠堂和康王庙,建起了村部办公室、仓库和晒谷场,"走上了共同富裕的幸福道路"。小说结尾叙述者直接现身,略述"我们"走访圣堂村看到了人民群众如今安居乐业,不过地主一家还不时通过破坏生产来搞阶级报复,告诫读者社会主义教育运动不可或缺。小说重心显然在讲述农村阶级斗争的必然性和合法性,也歌颂了共产党领导的新农村建设取得了巨大成就。

(二)廖振的革命战争小说

廖振(1933—2015),广东梅县三乡人。廖振家乡是闽粤赣边纵游击队革命根据地,他自幼了解革命英雄事迹,立下了参加革命、解救贫苦大众的志向。14岁即开始参与战斗,缴获敌人马克沁重机枪,被闽粤赣边纵队授予"战斗模范班长"称号。[2] 后

---

[1] 中国作家协会广东分会编:《1949—1979广东中、短篇小说选》(第二集),广州:广东人民出版社1979年版,第376页。
[2] 罗可群:《现代广东客家文学史》,广州:广东人民出版社2008年版,第252页。

历任排长、参谋、指导员等职。廖振只读过四年半书，参军后自学文化知识，大山中的生活及战斗岁月为他提供了深厚的文学素材。1959年出版了第一篇纪实小说《血战圣公潭》，1960年考入辽宁大学中文系深造，1962年出版纪实小说《战斗的少年时代》，1965年被分配到辽宁省作家协会，从事专业创作，1973年出版中篇小说《石头娃子》，1974年出版长篇小说《送盐》。1973年后，廖振调回故乡梅县工作，出任艺术科长、市文联常务副主席。另有《香蕉村的黎明》《游击区的小猎人》《猎人的爱情》等作品。1999年出版乡村反腐题材长篇小说《天猎》。

《战斗的少年时代》主要讲述了粤东支队"小鬼班"跟随司令员刘永生将军在闽粤赣边的大山中反击敌人、辗转革命的战斗历程。一群缺衣少食的少年成立了一个特殊的"小鬼班"，他们自立自强，跟在游击队后面翻山越岭，哪怕生病也绝不掉队，不给大哥大姐们添麻烦。远征途中，在蕉岭城首战告捷，缴获敌人大量武器。随后，蒋介石派遣两万多人大举"围剿"粤东支队，"我"所带领的"小鬼班"在极度缺少医药、生活物资的情况下，顽抗病魔，靠竹笋充饥，仍然积极乐观地参与战斗。在粉碎敌人六路围攻的战斗中，我与"小鬼班"同志，凭借机智灵活的战斗方式，成功突破敌人防守，摸清敌人指挥所位置，配合队伍取得胜利。战斗之余，"小鬼"们与刘将军及游击队建立了深情厚谊，他们称刘将军为"老贺"，听他讲战争故事，与他谈心、畅想未来。在"我"得知父母亲人惨遭迫害时，"老贺"更是细心劝慰，引导"我"化个人仇恨为集体仇恨，让全天下百姓不再受压迫。在最后的战斗中，成长起来的"小鬼"们奔赴各个岗位，"小鬼"冯金在掩护部队作战时英勇牺牲，但他的精神、英灵永远与后人同在。廖振年少时生长在淳朴美丽的客家大山中，跟着游击队辗转革命，带领"小鬼班"奋勇战斗，那些对他多加照顾的大哥大姐，与他并肩的小战士的音容笑貌、言行举止令他难以忘怀，这一段峥嵘岁月直接影响到他后来的文学创作。革命回忆录《战斗的少年时代》具有较强的自传性和教育意义，在一定程度上反映了粤东革命的历程。作品中有不少山歌描写，增添了小说的地方特色。

第二节 现实变革的丰富记录

一、梵杨的瑶山小说

梵杨的创作基地是清远的瑶寨，他先后在那生活了近十年，之后，从1950年代到1980年代，他近四十年内都有作品描绘瑶家风采。其实早在抗战时期，他在广东儿童教养院第二院教书时就初步接触到了瑶寨和瑶胞。1963年至1964年,他还在瑶山挂职为大队长,与瑶山人同生活、同劳动,建立了血肉相关的感情和联系。20世纪70年代,梵杨又重回瑶山体验生活。梵杨非常了解瑶山的历史和现状,熟悉他们的文化传统、生活方式和情感愿望。瑶山为梵杨的创作提供了丰厚的生活材料和灵感,瑶山情缘在"文革"后期的小说《映山红》《伴侣》中更是得到精彩呈现。1972年发表的《映山红》引起了强烈的反响,后被改编成连环画《飞鹰崖》。1979年,中国第一部反映瑶族人民生活的四十多万字的长篇小说《瑶家寨》出版。梵杨是文体多面手,小说创作成就突出,尤其是以瑶家生活为题材的长、中、短篇小说,在岭南反映少数民族生活的文学创作中占有重要地位,拓展了岭南文学创作的领域。[1] 在当代作家中,梵杨是最早用文学作品描写和宣传岭南瑶寨的作家,成就最高,堪称"描绘岭南瑶寨第一人"[2],其瑶族题材创作,构成了一幅幅风光绚丽的瑶山风情画。

《瑶寨三月三》讲述的是南北两寨化解积聚了几十年的矛盾,最后决定携手合作早日建成社会主义的故事。三月初三瑶寨人民欢庆节日之时,有人向南寨生产队长唐介九投诉北寨人偷放塘水一事,引起南寨众怒,一点芝麻小事闹得沸沸扬扬,最后发现挑起此事的正是唐介九的儿子担火。担火早想解决两寨人的恩怨,却不知从何入手,又因为爱上了北寨的生产队长坎妹,看她为秧田无水发愁,所以趁着这个机会答应她把水放进北寨的田里。几十年的恩怨炸弹瞬间被引爆,气倒了唐介九。下午,儿子的舅父,即大队的总支书记盘亚林五前来探望并设法劝说唐介九放下多年的恩怨。恩怨难解并非唐介九顽固落后,而是妻子因此事去世让他在情感上难以疏解。恰逢资料员因放水一事前来向盘亚林五报告要表扬唐介九贯彻"五好"运动的行为,这似乎让唐介九有所感动和醒悟。北寨代表前来感谢,而唐介九突然发现此人正是三十年前救过自己,一起做长工时结拜的同年兄弟。机缘巧合,没想到救命恩人便是儿子恋人的父亲,阴差阳错又加上了一层关系。在党员干部的劝说下,两寨人的恩怨因年轻一代的爱情以及合作共赢的心态从此化解,共同憧憬着建设合作社的美好生活。小说避开了合作化题材常见的"入社""不入社"的冲突,而是把村落私仇和集体事业的矛盾糅合起来,构思别出心裁。

《瑶寨三月三》的地方文化色彩比较浓厚。小说以瑶家的民族节日"三月三"(开耕节)为背景展开叙述,多处涉及瑶族的风俗礼节,把瑶家人的民俗风情展现出来。比如:"把自己的酒碗递到对方唇边,先让对方尝一口,然后自己才喝,表示敬重。"[3]

---

[1] 邝邦洪:《梵杨小说创作论》,《文艺理论与批评》1997年第2期。
[2] 李天平:《描绘岭南瑶寨第一人——评梵杨》,《广东民族学院学报》1997年第3期。
[3] 梵杨:《瑶寨三月三》,《作品》1963年第7期。

"一阵铁铳炮,一串爆竹声。两寨人群里,跃出几个鼓手,有拍有节地敲响背在腰间的长鼓,跳起长鼓舞。"①又如,坎妹和担火表示过爱情后,"担火就常常在夜里到坎妹窗下唱情歌。唱情歌是瑶家的习俗,未婚少女的门前,差不多夜夜有青年吹响口哨来聚唱,谁也不加干涉"②。这些瑶族地区独特的风俗礼节具有写实性和象征性。关于"三月三"古老风俗的描写是作为民族团结的象征来表现的,渗进了时代的新意,呈现着健康和绚丽的一面。③

其次,小说多处运用简短通俗的瑶家俗语,紧贴民众的日常生活,乡土气息浓郁,迎合了普通群众的阅读审美趣味。比如:"茶树无根不长,是非无故不分。"④"黄牛举起尾巴我就知道它屙屎屙尿。"⑤语言口语化、大众化,体现出鲜活的山村气息。同时,小说叙述语言是诗意人写的诗意语。梵杨擅长移情入境,以景托情,借助景物的描写烘托气氛,表现人物活动的场景和社会背景。⑥比如介九在生气握拳欲打儿子时"那爬满青筋的手臂,有如攀缠着藤萝的粗树干,真有千钧之力"⑦。介九回忆梦中妻子给孩子喂奶的情景时,"树那边是垂满长春藤的石崖,这边是开满杜鹃的山溪。暖融融的春风在吹着,阳雀在峡谷里唱着"⑧。误会解开,矛盾化解后"担火往东边的梯田指去,只见春天的晚霞映在梯田上,反照出一片水光,红红的,灿烂而发亮"⑨。作品中的人物语言和叙述语言皆具有很高的辨识度,个性鲜明,且有抒情诗一般的浪漫主义气息。

二、杨干华的乡村新事

杨干华(1942—2001),广东信宜人,历任广东省作家协会专职副主席、《作品》主编、省政协委员等职。他的创作可划分为三个阶段:一、早期发表有《石头奶奶》《选婿风波》《源远流长》等短篇小说,主要描写农民的美好心灵,歌颂乡村的和平建设。⑩"文革"时期,杨干华被迫停止了文学创作,直至"文革"结束才重新执笔。之后杨干华的小说创作触向了更深的历史与现实,文学创作不断成熟圆融,形成了第二

---

① 梵杨:《瑶寨三月三》,《作品》1963年第7期。
② 梵杨:《瑶寨三月三》,《作品》1963年第7期。
③ 郭小东:《诸神的合唱》,广州:花城出版社1989年版,第409页。
④ 梵杨:《瑶寨三月三》,《作品》1963年第7期。
⑤ 梵杨:《瑶寨三月三》,《作品》1963年第7期。
⑥ 邝邦洪:《梵杨小说创作论》,《文艺理论与批评》1997年第2期。
⑦ 梵杨:《瑶寨三月三》,《作品》1963年第7期。
⑧ 梵杨:《瑶寨三月三》,《作品》1963年第7期。
⑨ 梵杨:《瑶寨三月三》,《作品》1963年第7期。
⑩ 车永强:《杨干华小说人物形象塑造艺术初探》,《当代文坛》2001年第2期。

阶段的创作风格:深入反思历史以及人性的复杂,代表作有《被蹂躏的灵魂》《输血》《惊蛰雷》《看得见的电流》等。其中,《惊蛰雷》获得首届广东省鲁迅文学艺术奖,得到欧阳山等作家的称赞。第三阶段从1984年他举家迁居珠海为起点一直到他逝世,后期得益于改革开放带来的现实巨变,创作上较多批判国民劣根性,具有浓郁的乡土气息,代表作有《天堂众生录》《天堂挣扎录》等。

《石头奶奶》发表于《羊城晚报》1962年5月25日,以人民公社生活为背景,集中叙述了石头奶奶种白菜养鹅以卖给收购站的故事,带出了旧社会蛮横无理的茂盛堂,以及新时代自私自利的喜嫂俩角色。石头奶奶在旧社会遭受茂盛堂的欺压,解放后这个寡老婆子成为五保户,衣食住行都靠公家,因而念着共产党的恩情,后来她故意毁掉自己心爱的韭菜园子改种白菜并养鹅,以低价卖给收购站去支持共产主义建设。小说歌颂了石头奶奶热心大方、热爱集体的品质,宣扬了当时流行的集体主义思想,同时批评了自私自利、集体观念差的人。1963年,《石头奶奶》收入杨干华与程贤章、唐瑜、余松岩三位文学新秀合出的小说集《部长下棋》。

《选婿风波》发表于《羊城晚报》1963年4月5日,描写了贪财的水瓜嫂为女儿阿珍选婿闹出的喜剧。水瓜嫂左挑右选,准备选做农贸生意发财的杨金做女婿,而女儿却和生产队长杨火互生情愫。杨火虽然壮实憨厚,生产搞得很出色,但在水瓜嫂眼里是头脑简单,只知道出死力干死活的穷人。一个会挣钱,一个品行好,这让水瓜嫂感到纠结。稍后故事出现转折,杨金偷生产队黄豆被杨火发现,经过一番搏斗被杨火抓起来,还被查明偷税漏税。这些事让水瓜嫂在乡法庭上感到羞耻,于是当众承认自己鬼迷心窍,后来主动慰问可爱的生产队长。小说主要讲述水瓜嫂择婿观念的变化,具有轻喜剧的色彩,矛盾并不激烈,"风波"中的母女矛盾和情敌冲突并不激烈。水瓜嫂形象具有一定的典型意义,作为20世纪五六十年代的农村妇女,真实地反映了乡村伦理的"新"与"旧",以财富为基础的包办婚姻正在让位于重视品行的自由恋爱。水瓜嫂后来的思想转变较为急促,这个农村"中间人物"的心态在短篇小说中未能充分展开。贾平凹1983年发表的小说名作《小月前本》如同跟《选婿风波》对话,也是以"女儿"为主人公表现农村择偶过程中金钱和品行的较量。

杨干华的早期创作聚焦于描写农民的美好心灵与淳朴的乡村风俗,故事比较风趣,人物的复杂性略显不足。他这一时期的小说擅长用传统说书人的口吻来讲故事,语言简洁风趣,具有一些地方特色。不同于后期较为复杂的语言艺术,他早期作品主要描写朴素的农村风俗画,小说语言多有粤西地域特色,如《石头奶奶》中"浸浸嫩""口哑哑""嘴翘翘""声气"等词汇,皆直接提取于粤西俚语,十分生动有趣。杨干华后期的小说语言加入了古典诗词的元素,描述风景民俗的语言也刻意反复推敲,追求抒情性与艺术性,同时具有"一种调侃的笔调"①,嬉笑怒骂中含有讽刺性,体现出他已经超越了早期农村题材的写作范式,形成了自己独特的创作风格。

三、其他反映现实变革的小说

杜埃的短篇小说《老贫农们》发表于《人民文学》1963 年第 3 期,是其散文《我的母亲》的姊妹篇。《老贫农们》讲述"我"离别多年之后在 1956、1959 年两次返乡的所见所闻,通过写贫农命运的变化来歌颂新社会和毛主席。作为"少小离家老大回"的叙述者,"我"的还乡之旅是真正的时空穿越,不断发现故乡人事的新变化。小说中的韭姆和外祖伯婆两位老太婆依旧对我十分热情,嘘寒问暖,回忆旧事,赞颂新社会。这两位女性在旧社会吃苦受穷,如今老有所依,老有所养,日子过得舒心。外祖伯婆的称呼从老虎婆、国宝婆、五保婆到百岁婆,恰恰见证了一个贫农一生的命运变化。故乡的变化也是巨大的,盘山公路、水坝和水电站已经修建,山村也办起了幼儿园、托儿所、产妇院、敬老院。小说以"我"的行踪和见闻为线索,简略交代了故乡几十年的人事变迁,对"大跃进"和三年困难时期则都一笔带过。文末在故事之外,补写了家乡增产丰收的喜讯以及我对故乡亲人的怀念。《老贫农们》的文笔朴实清新,没有小说中常见的冲突和转折,近似一篇记叙还乡的散文。

程贤章(1932—2013),广东梅县人,六岁回国,著名归侨作家。1953 年毕业于广西桂林大学中文专修科。历任粤东区党委广东第三干部文化学校教师、《汕头日报》编辑、《梅州日报》记者组及编辑组组长、《风流人物报》主编、广东文学院院长等职。1958 年开始从事报业工作,1961 年开始发表作品。1962 年 1 月 6 日在《中国青年报》发表成名作《俏妹子联姻》,受到文坛关注。1996 年退休后把精力投进文学创作中,先后出版了《神仙·老虎·狗》《围龙》《我说红楼》《大迁徙》等作品。其中与王杏元合作的长篇小说《胭脂河》被改成六集电视剧并获全国松蕾杯奖,《神仙·老虎·狗》《围龙》分别获得第三、四届广东鲁迅文学奖,与廖红球合作的报告文学《大亚湾的诱惑》《梅江舞彩虹》分别获《人民日报》报告文学一、二等奖。

短篇小说《俏妹子联姻》主要讲述俏妹子吴宝珠与恋人郭冠生如何冲破家庭阻拦而自由恋爱的故事,表现了新社会青年男女择偶观的革新。这篇作品很讲究结构的艺术,选择郭冠生的母亲郭德嫂为线索来叙述她的言行和感受,在很短的篇幅中把一对青年男女的恋爱写得一波三折。郭德嫂在食堂想多拿一点芋头回家喂猪被准儿媳俏妹子发现和批评,她有心想报复俏妹子但不忍心拆散儿子的天赐良缘,这是第一

---

① 韩石山:《阿爹无妻子无娘——杨干华和他的"天堂"》,《小说评论》1995 年第 6 期。

个波折。郭德嫂认为儿子当赶猪郎是最倒霉最没志气的,于是分别找亲家母、儿子和俏妹子商量,准备说服儿子辞掉配种站的工作,这是第二个波折。郭德嫂带着俏妹子去劝说儿子辞职,担心劝不转儿子却会拆散这门婚事,谁知俏妹子故意撒谎,她一点不嫌弃恋人在配种站工作,两人见面后十分亲热,这是第三个波折。小说切入的角度十分巧妙,几件日常生活小事情被叙述得跌宕起伏,活现了传统妇女患得患失的心态,以及新青年热心集体事业的新风尚。程贤章有意识地在客家方言的基础上提炼自己的文学语言,短篇小说的语言有味道,有嚼头,生动流畅,擅长使用富于哲理的口语与带有比兴特色的日常用语和山歌,形成了自己的特色。[1] 比如:"臭风咸菜""千金难买好名声,好女莫嫁赶猪郎"[2]等,其表现力就很强。"这个短篇,虽然受时代的局限,具有明显的政治色彩,但它的客家韵味却令人难忘。"[3]《清明时节》(1963)仍然是写年轻女性的择偶风波,在巧合和误会之后"抖包袱",原来春兰中意的还是农村的劳动能手,不是外地的大学生。小说结构巧妙,人物对话俏皮生动,夹杂有民俗、山歌、谚语和书信等,具有鲜明的客家文化色彩。《公社食品站》(1974)塑造了一个工作非常积极的食品站主任老吴,他不仅认真负责生猪屠宰,还热心帮助乡邻修猪棚、治猪病、阉猪娃、解决猪饲料,甚至还管别人买肉的肥瘦、卖猪的时间等一系列事情。老吴走群众路线,热情厚道,人缘很好,使公社的养猪事业突飞猛进。小说插叙了老吴他爹在旧社会被财主欺压受穷的事,反衬出老吴在新社会敬业乐群、全心全意为人民服务的阶级基础和精神境界。改革开放后,程贤章的《姐姐明天出嫁》《桃花渡》等小说,皆有精巧的结构与富于客家文化底蕴及个人特色的语言,为其后来成长为"客家文学的擎旗人"打下了基础。

易巩的《"奈何桥"上》写成于1962年7月,讲述农村青年林大木在回村路上抓特务的故事。特务"大秋蛇"曾经在"奈何桥"上开枪打过林大木,如今趁回广州参观出口商品展览会之际返乡做"反攻大陆"宣传,不料冤家路窄,恰好碰见林大木。"往日奈何桥附近的土地,是没有人敢耕种的,如今已经遍地庄稼,一片青绿,在温和的斜阳照耀下,显得又安宁又富足。"新社会让穷人翻身当家做主人,林大木已经不是从前那个笨钝可欺的贫雇农了,他在奈何桥上与特务斗智斗勇,充分表现出社会主人翁的姿态。小说采用忆苦方法插叙当年地主恶霸为非作歹,描写了穷人林大木在新社会终于扬眉吐气,完成了"复仇",也巩固了阶级斗争的胜利。短篇小说《一棵龙眼树》1963年底发表于《作品》杂志,围绕一棵龙眼树的四十年间的归属权,讲述了农村阶级斗争的故事。龙眼树本是穷人周金种植,奈何被老地主徐云珊霸占。解放后地

---

[1] 肖建云:《序言》,见程贤章《程贤章中短篇小说选》,广州:花城出版社2001年版,第4—5页。
[2] 程贤章:《程贤章中短篇小说选》,广州:花城出版社2001年版,第327页。
[3] 罗可群:《现代广东客家文学史》,广州:广东人民出版社2008年版,第281页。

主阶级被推翻,但地主家族后人却心存不甘,一直觊觎果大味甜的龙眼树。龙眼树上的木牌一再更换,经过揭发批斗地主徐子富,生产队宣布将全村的龙眼树收回管理,把书写着"集体果实,注意保护"的新木牌挂上去。易巩的这些短篇在主题和风格上与其早期创作区别较大,属于配合现实作品。此外,短篇小说《偶然见到的事》发表于《作品》1962年第5、6期合刊,通过一个善良的小学生被人诬陷偷盗,受到非法审问拷打的故事,讽刺了某些人目无法纪的主观主义作风。① 作品当年遭到不公正的批评,1980年重刊于《作品》。

郁茹②的短篇小说《姊妹俩》精确地捕捉到个体幸福与宏大历史之间的关联,写了一对姐妹兰香和荔香在人生道路上不同的选择,以姐姐为中心讲述了她贪恋城郊富裕生活却在四年后感到后悔离乡的故事。兰香婚后得不到尊重和自由,"只是一条上了套的牛,一个属于他家的劳动力,是和孙家那些猪、鹅、自留地搭配在一起的工具"③;而她在还乡时发现昔日的穷山窝发生了翻天覆地的变化,家乡新建了百货商店、车站、礼堂、医院、发电站等,乡亲们口粮充足,人民公社呈现一派欣欣向荣的景象,才知道妹妹的未婚夫就是当年自己抛弃的好邻居。面对家乡的变革与妹妹的幸福,兰香感到后悔和羞愧。小说最后暗示兰香要回夫家开会,揭发公公弃农经商、损公肥私的行为。兰香对山村纠结的心态让人印象深刻,在很大程度上,小说的吸引力来自个体欲望与集体事业之间的冲突,兰香这个有血有肉的"中间人物"刻画得非常生动。较之作者1944年发表的成名作《遥远的爱》,"细腻的心理描写和俊逸的格调"④在《姊妹俩》中仍然有所保留,但风格明朗喜庆许多。作者的叙述姿态明显具有时代印痕,赞美热心于农村建设的务实拼搏的新农民,拒斥商品经济,响应当时的社会主义教育运动。

陈国凯⑤是新中国培养出来的优秀工人作家,短篇小说《部长下棋》发表于《羊城晚报》1962年12月18日,当年因批评工厂中的官僚作风引发争议,是"十七年"时

---

① 易巩:《易巩作品选萃》,广州:花城出版社1994年版,第3页。
② 郁茹(1921—),女,原名钱玉如,浙江诸暨人。十岁丧父,刻苦自学,抗战时期随难民流浪到重庆,曾在茅盾主编的《文艺阵地》做助理编辑工作。1941年发表成名作中篇小说《遥远的爱》。抗战后历任上海《新民晚报》编辑、香港《华商报》记者。解放后曾任《南方日报》文艺报主任、广东作协副主席、《少年文艺报》副主编等职,创作了一系列散文、报告文学、儿童文学和短篇小说,主要有《一只眼睛的风波》《登临》《西湖,你可记得我》《小猴王大摆泥巴阵》等作品。
③ 郁茹:《姊妹俩》,《作品》1963年第8期。
④ 茅盾:《关于〈遥远的爱〉》,见《茅盾论创作》,上海:上海文艺出版社1980年版,第323页。
⑤ 陈国凯(1938—2014),广东五华人。其成名作是《部长下棋》,"文革"中遭到批判。新时期以来发表《我应该怎么办》《代价》《好人阿通》《大风起兮》等小说。其中,《我应该怎么办》获1979年全国优秀短篇小说奖,被多部文学史教材认为是"伤痕文学"的代表作,影响较大,曾被上海电影制片厂改编为电影剧本《桃花湖畔》。曾任广东作家协会主席、深圳《特区文学》主编等职。

期工业题材的名篇。小说以刚毕业的"我"去化肥厂宣传部工作为线索,讲述了宣传部部长余亦行虚心听取群众意见解决实际问题的故事。余亦行是一个"杂工部长",虽然其貌不扬,却有强烈的事业心和灵活务实的工作方法。他没有"官本位主义",从司机、机械工人、化学工人、搬运工人到棋迷,他在工厂具有多种身份,能和普通工友打成一片,具有平易近人的性格;而他从是否有必要安装烟囱的事件中发现思想作风问题,表现出其眼光犀利的一面。这样一个随和而有原则、务实认真的工厂领导形象,在社会主义文学史上具有重要意义。作家充分利用他具有工人生活经验的优势,把创作视角定位在群众关心的领导干部作风问题和实际生产问题,而不是虚构工厂中的阶级斗争故事,这也是其工业题材与众不同之处。此外,小说也包含了对其他个别领导不够实事求是、不走群众路线的批评,这种干预生活的文风可以视为王蒙《组织部新来的青年人》的回响。这在文艺界重提阶级斗争的时期,显示出作家不拘一格的创作姿态。

贺朗①的《春花》发表于《奔流》1964年第4期,主要写林大海和春花父女十多年间的命运变迁,歌颂了1960年代初期渔民努力生产、创造幸福生活的新风貌。林大海在旧社会是渔霸的长工,生活十分穷苦,妻子被迫害死去,唯一的女儿也因抵债被渔霸卖掉。幸运的是林大海等来了共产党,解放后他在渔改工作中积极斗争渔霸,并且在人民政府的帮助下找到了被转卖多次的女儿。小说结构巧妙,以"我"去南海边某渔港采访为线索,先后讲述了"我"在渡口、戏院、指挥船三次巧遇春花,"我"先是听到她的歌声和表演,终于明白原来她就是林大海的女儿,就是在戏台上表演《搜书院》的花旦,就是"我"的采访对象。春花曾在"大跃进"期间带领渔民创造了淡季变旺季的生产经验,后来成为渔船联队的队长,而且是一位能演善唱的海上文艺宣传队的重要角色。旧社会的几十年对于穷苦人来说就像一场噩梦,而在新社会,渔民们当上了海上主人,渔港呈现出幸福的风貌。

---

① 贺朗(1930—),原名王有钦,1952年毕业于北京大学中文系,1953年中央文学研究所研究生毕业,广东省社会科学院研究员,美国旧金山"旅美华人作家协会"会长。贺朗是个多产作家,写过小说、散文、报告文学、人物传记以及电影文学剧本和文学评论。其中以传记文学作品影响最大,主要作品有《蔡廷锴传》《冯白驹传》《冯燊传》《吴有恒传》《萧殷传》《赖少其传》等。曾与秦牧等人创办《羊城晚报》,是一位出色的编辑。2018年,广东省社科院召开"王有钦(贺朗)研究员文学创作座谈会"。

第十一章　陈残云

　　陈残云(1914—2002),原名陈福财,生长于广州城北石马村普通农民家庭,有十多年在香港和东南亚国家生活的经历,从文学道路走上革命道路。1930年中学辍学后到香港当小职员谋生,业余接触茅盾、巴金、蒋光慈、郭沫若、冰心等人的新文学作品。1933年,陈福财在香港《大光报》发表了散文《一个青年的苦恼》,这是他的处女作,抒发个人苦闷,也表达对黑暗社会的憎恨和批判。之后他又爱上了新诗,在上海、北平、香港、广州的报刊上发表了一些象征主义诗歌。1935年考上广州大学文学系,后来与温流、黄宁婴等进步青年一起组建"广州诗坛社",参加革命文学活动,先后编辑《广州诗坛》《中国诗坛》;诗风转变为现实主义,为抗战奔走呼号,以"青年诗人"身份登上文坛,成为南中国诗坛上一位重要的抒情诗人。抗战期间,在国内广东、广西、香港以及国外新加坡、马来西亚等地以文学创作和政治宣传等形式进行抗日救亡活动,在李济深部队做过政工队长。1945年7月,陈残云在东江纵队司令部秘密加入了中国共产党。

　　抗战胜利之后,陈残云在香港与司马文森合编《文艺生活》杂志,在香岛中学任教,是地下党领导下的实际工作者,作为香港非常活跃而勤奋的作家,发表有大量的散文、杂文和文艺评论;另著有中篇小说《风砂的城》《南洋伯还乡》、短篇小说集《小团圆》和电影剧本《珠江泪》等。"在香港的十年,尤其是后四年,陈残云在文学领域的各个方面都取得了丰硕的成果和重大的突破,从而奠定了他在中国现代文学史上的地位。"[1]《风砂的城》等小说被作者和读者看重,主要表现人生苦闷和社会苦难,"它们揭露了国民党政府的黑暗统治,同情归国华侨和劳动者的可怜命运,刻上了时代的烙印"[2];在思想和艺术上走向成熟,"显现了抒情性和现实性的不同程度的融合"[3],富有忧郁悲凉的情调。

　　1948年冬完成了电影剧本《珠江泪》的创作,1949年夏投入拍摄,电影拍摄完成

---

[1] 许翼心:《陈残云在香港时期的文学成就》,见《文海风涛——陈残云作品研讨会文集》,广州:花城出版社1993年版,第114页。
[2] 陈残云:《陈残云自选集·序言》,广州:花城出版社1983年版,第3页。
[3] 何楚熊:《陈残云评传》,上海:上海文艺出版社2003年版,第313页。

后,打破了粤语片卖座率最高纪录。另创作有《羊城暗哨》《南海潮》《故乡情》等电影剧本。1949年7月,陈残云当选为全国第一次"文代会"代表。新中国成立后曾任华南人民文艺学院秘书长,到宝安、云浮县参加土改工作,任区委书记、公社书记和县委副书记。建国之后,写诗的兴趣逐渐淡薄,主要发表有中篇小说《山村的早晨》《喜讯》和短篇小说《前程》《鸭寮纪事》《假日》《管水员》等,反映农村土改和合作化中的新人新事,"以明朗温馨的心境,去传达一个黎明时代的人间喜讯"①,主题和风格与建国之前的作品明显不同。1963年,长篇小说《香飘四季》出版,影响较大,是陈残云在建国后的小说代表作。但由于未能塑造出非常理想化的英雄人物,对"大跃进"时期的乡村生活有较多的诗化叙述等原因,《香飘四季》一直未能获得文坛主流和文学史的青睐。

改革开放后,陈残云发表有全面反映土改斗争的长篇小说《山谷风烟》(上海文艺出版社1979年版);另有长篇小说《热带惊涛录》(花城出版社1983年版)描写海外进步青年冒险回归祖国的人生历程,具有自叙传色彩,"行文简洁清隽,抒写清婉从容"②,1986年获广东省第二届鲁迅文学奖。曾出席第四次"文代会",任广东省文联副主席、作协主席。1991年7月,陈残云作品研讨会在广州召开。2001年12月,获中国作家协会颁发的中国作家协会名誉委员证书和金质纪念章。

第一节　陈残云在建国前的文学创作

一、由象征到写实的诗歌

陈残云早期不懂政治,也不问政治,其诗歌风格倾向于象征主义。"读了不少前辈诗人的诗作,后来也学写新诗","我写的是自以为'高雅'的象征诗,朦朦胧胧,自己也看不懂,那时我是香港的小店员,文化水平并不高,生活于小市民的环境中,一点不高雅,只是学着别人的样子,作一些空洞的忧郁愁闷的叫喊"。③ 如1936年在天津《小雅》诗刊发表的诗作《雨夜》:

久慕的远人又偷进枕畔来,

---

① 杨义:《中国现代小说史(第三卷)》,北京:人民文学出版社2005年版,第254页。
② 杨义:《中国现代小说史(第三卷)》,北京:人民文学出版社2005年版,第257页。
③ 陈残云:《序》,见《黎明散曲》,广州:新世纪出版社1989年版,第3页。

告我人生的忧悒梦的漂渺,
而我正憔悴单恋病的久延,
听午夜的檐溜悲多汶之韵。
怕残荷落叶的明朝之苦恼,
我愿永留长夜梦幻的残余,
哦天亮了又数透一夜更锣。①

此诗写的是单恋的哀愁和无奈,透露出青春期特有的感伤色彩,情思非常接近戴望舒的回文诗《烦忧》。后来陈残云受进步朋友的影响,参加了广州文化界公祭鲁迅先生的追悼会,又参加了广州艺术工作者协会的诗歌活动,认识了温流、黄宁婴、陈芦荻等中山大学的进步学生,并合作出版诗刊《广州诗坛》,鼓动抗日救亡,表达青年人的救国心声。"在新的形势和左翼文学运动的影响下,思想上有所触动,逐渐改变了脱离政治、崇尚象征派的倾向,跟着诗友们一起,走进了抗敌救国的新诗歌运动的行列。"②"七七"事变之后,为适应抗战形势,在蒲风、雷石榆的支持下,《广州诗坛》从第4期更名为《中国诗坛》。陈残云创作了大量抗战诗篇,1938年2月,他的第一部诗集《铁蹄下的歌手》由诗歌出版社出版。其中多数篇什已经散佚,现仅存《中国在歌颂中》《火的赞美》《我是中国人》《告诉你我的信心》《血的清还》。③ 著名诗人蒲风说:"读过了《铁蹄下的歌手》,我是感觉得出一种力量,一种新的滋味的。这些东西,过去我们在田间的诗歌上,还找不出这么浓厚的坚强的力。"④陈残云的诗歌涌动着热情、力量和崇高的使命感。

比如《我是中国人》:

无数的土地,
　　在烽火的蹂躏中!
无数的同胞,
　　在烽火的蹂躏中!

啊!敌人的,
疯狂的刀,
疯狂的枪,

---

① 陈残云:《陈残云文集(七)》,天津:百花文艺出版社1994年版,第1页。
② 陈残云:《〈南国诗潮〉序》,《陈残云文集(十)》,天津:百花文艺出版社1994年版,第592页。
③ 何楚熊:《陈残云评传》,上海:上海文艺出版社2003年版,第54—56页。
④ 蒲风:《读〈铁蹄下的歌手〉》,《救亡日报》1938年5月11日。

都在我们同胞的身上，
一幕幕的试验着！

那悲惨的图画呵！
　　瞧着，瞧着，
你问我
　　可曾有过痛恨!?

我说我是中国人，
　有中国人的灼热的血！
　有中国人的灼热的心！
　有中国人的灼热的眼睛!!①

　　这首诗歌像战斗的号角，反复喷射着怒火和仇恨，浸透着血泪，充满了力量，同时也表达了中国必胜的信心和决心。抗战时期，陈残云的诗歌大多关注人民的疾苦，国家的安危，以及社会的不平等和抗争。比如，《卖叮叮糖的人》发表于《广州诗坛》的创刊号，抒发了对底层穷苦人民的同情，显示出现实主义倾向。诗歌把在乡村兜售叮叮糖的孤零零的老人比作"一条衰弱的老狗"，描写了他艰难生存的处境。这个卖糖的老人满面风尘，给乡下孩子带来片刻的春天，却不能改变自己穷苦孤寂的命运。又如，《某村》《故乡的雾》等，反映了战争时期乡村的堕落和衰败，有人大建坟墓，抽鸦片赌博，有人却生活在悲哀的深渊里，他们是锁在囚牢里的童养媳、婢仆与绅士脚下的农民。诗人饱含悲愤之情，打量着乡土中国，虽然对民族的新生也有所希冀，但掩饰不住对苦难生活的绝望和批判。这些诗篇风格沉郁顿挫，可以说，是时代的声音，是人民的声音，与臧克家的《老马》、艾青的《雪落在中国的土地上》等现实主义诗歌异曲同工。

　　陈残云的爱国热情高涨，以诗为旗为枪，创作了许多激情澎湃的诗篇。如《我们是播种者》《女壮丁颂》《在火炬中》《黄昏短曲》等，显示出雄浑之诗境。"这些诗篇，没有悲鸣，没有哀伤，有的是射向侵略者的复仇的火焰，倾泻着对抗战者热情的礼赞，以及保卫国土的必胜信念。"②另有《莫斯科小插曲》《马来亚风景线》《母亲的歌》等抗战诗歌，也表达了对战胜德国或日本法西斯的坚定信心。1940年2月发表的抒情长诗《杨村江畔》是这一时期的代表作，流露出对故乡的深深思念，对顽强的抗战志

---

① 陈残云：《我是中国人》，《陈残云文集（七）》，天津：百花文艺出版社1994年版，第19页。
② 何楚熊：《陈残云评传》，上海：上海文艺出版社2003年版，第78页。

士们的赞颂,以及对夺回失地的信念。全诗共八节,每节行数不定,共有一百余行,在艺术上更加注重托物言志手法,显得凝重、深沉,具有很强的抒情气息和感染力。

抗战胜利之后,陈残云创作有《罂花颂》《"缴费名流"》《徐案有感》《登极颂》《自杀感言》等讽刺诗,揭露国民党统治下贪污腐败成风,嘲讽蒋家王朝的树倒猢狲散,语言老辣幽默而又平易自然。比如《登极颂》:

> 昨天叫"主席"
> 今日称"总统"
> 人是一个人
> 党是一个党
>
> 甲乙丙丁戊
> "真命天子"蒋
> 五月廿日登大宝
> 奴才党棍哗啦响①

正如论者所说:"此诗紧扣蒋介石登上'总统'宝座这件事,集中笔墨冷嘲热讽,嬉笑挖苦,在笑声中撕破其庄严、肃穆的伪装,让复辟封建法西斯统治的荏弱和空虚暴露在光天化日之下。这确实是一首短小而犀利的讽刺诗精品。"②

二、崛起的小说创作

日记体小说《风砂的城》(由《风砂的城》《激荡》《沉落》三部分组成)创作于1945底,翌年第一、二部分发表于《文艺生活》,1946年10月由香港文生出版社出版单行本,曾被香港文学界视为陈残云的成名作。它是陈残云的文学创作重点由诗歌转向小说的开始,主体部分是一个年轻女子江瑶的日记,夹杂一个叫冯灵的诗人写给她的几封情书,讲述了1940年11月至1941年7月江瑶在广西的生活情况和情感纠葛。江瑶敏感脆弱、貌美天真、体弱多病,在爱国诗人冯灵、政府要员梁主任、农民继庭三人之间,感受到三种截然不同的情感。冯灵的情感炽热深沉,为人耿介率真,他与江瑶的爱恋在黑暗的时代难以成全;江瑶由于自己的软弱和多愁善感,"未能不顾一切地去追求爱人和光明"③。国民党官员的欲望赤裸裸,只想通过威逼利诱把江瑶

---

① 陈残云:《陈残云文集(七)》,天津:百花文艺出版社1994年版,第1页。
② 何楚熊:《陈残云评传》,上海:上海文艺出版社2003年版,第271页。
③ 何楚熊:《陈残云评传》,上海:上海文艺出版社2003年版,第245页。

霸占。江瑶不甘沉沦，后来在流落乡下避难养病时，她被淳朴憨直的农民所照顾，最后决心告别对爱情的幻想而嫁给继庭。当政治理想破灭，爱情又遥不可及的时候，江瑶在心灰意冷中选择结婚避世。对于城市青年江瑶选择嫁给山村农民的结局，曾有论者认为它"并不那么符合这个来自香港的知识青年的原有性格"①。小说描写了小知识分子在抗战时期的困境和挣扎，并揭露了国民党官员的恶德丑行。其中，江瑶这个人物塑造得有血有肉，具有很强的典型性。她的言行和思想显示她是一个因袭着传统女性意识的人，总是不自觉地把自己塑造成逆来顺受、依附男性的弱者角色，所以没能摆脱被动、从属的地位。"书中主人公江瑶，是一个在'大后方'为数不少的活生生的人物形象。她爱光明，爱热，却又害怕黑暗，害怕冷，她要进步，又不敢向前，她要爱一个人，却又犹疑不决。全书充满着矛盾，苦难，爱和惧。"②小说揭示出在1940年代知识女性自我解放与追求理想的艰难性，同时也表明其爱情悲剧是性格悲剧和社会悲剧造成的。作者描写一个纯真女性的"沉落"，把对女性的同情和关怀引向了对黑暗腐朽的社会的批判，流露出强烈的社会责任感。

《风砂的城》以江瑶的情感历程为线索，笔触含有诗人的热情，也含有陈残云在抗战时期丰富的人生体验③，这使得它具有现实主义的因素，同时也有抒情格调。小说受到了"五四"女性文学传统的影响，同时，也受到陈残云早年阅读的外国小说《少年维特之烦恼》的影响，借用日记体形式超越了男性视角的局限，转而从女主人公的视角去观察、去体验外面的世界和内心情感。"日记体内心独白的方式，使他找到了一条由诗人走向小说家的审美通道。"④小说中鬼影幢幢、阴冷灰暗的风砂之城，折翼的小燕和罗网中的小鸟等意象，传达出一个弱女子在乱世中艰难挣扎的痛苦情景，使得"整部小说蒙上了一层纤细的、忧郁的女性色彩"，"对现代女性意识的探索已超越了'五四'初期一味高喊'个性自由''婚姻自主'的个性主义思潮"。⑤"作家原是诗人，他以写诗的方式投入小说创作，因而用情很深。可以说，'江瑶'是作家用情感浸

---

① 许翼心：《香港文学观察》，广州：花城出版社1993年版，第77页。
② 何楚熊：《陈残云评传》，上海：上海文艺出版社2003年版，第244页。
③ 陈残云自述：到桂林之后，"大学女同学郭林风的女友刘讯萍回广西后与我有通讯联系，她又介绍了一位姓关的女友来看我，她是广西学生军成员，因印刷一些书刊到桂林来，她喜欢文艺，与我时有接触，常一起到公园漫步，她大方美貌，我曾追求她。但她对我若即若离，使我很痛苦。新四军事件爆发后，桂林假民主的政治空气，突然变得很紧张，许多进步人士离开桂林，……我在政治上和感情生活中都处于困境中，感到非常痛苦"。见《粤海文踪——当代广东著名作家十七人传》，广州：广东人民出版社1994年版，第60页。这段感情挫折，陈残云在《远行小语》《海滨散曲》《为你而歌》等诗篇中亦有所流露。
④ 杨义：《中国现代小说史（第三卷）》，人民文学出版社2005年版，第250页。
⑤ 梁惠玲：《在历史与现实的重压下——论〈风砂的城〉对女性意识的刻画》，见《文海风涛——陈残云作品研讨会文集》，花城出版社1993年版，第191、193页。

润出来的,她的日记差不多都是情语,字里行间涌动着活生生的生命之流,所以才令读者入情入境,被强大的艺术魅力所吸引。这样深层地艺术地把握和塑造人物性格,在20世纪40年代的中国小说创作中是不多见的,在1946年的香港更属凤毛麟角。《风砂的城》应当在中国现代文学史上占一席之地。"①

《南洋伯还乡》1947年1月由香港南侨编译社出版,讲述了抗战胜利后华侨罗润田和女儿一起还乡的故事,揭露了战后城市和乡村治安混乱、民不聊生的艰难时世。陈残云回忆道:抗战胜利后,破落的农村,破产的农民,失序的社会,是当时的真实生活。②小说以罗润田的还乡见闻和遭遇为中心,描述了归国华侨对故乡从依恋到失望的情感变化,反映了陈残云对战后国民党当局的激愤和不满,以及对普通民众的深切同情。主人公罗润田原有叶落归根的心意:"希望回到复活了的祖国,认真打一点根基。南洋到底是客居之地,有了钱,一样受专制倒不在话下,就连万一有遗产也要受到人家的限制。况且祖宗坟墓,儿女的读书和将来的出处,在在都是与祖国抛不开的。"③但事与愿违,还乡并非出路:"贫困的颓败的乡村,骷髅似的饥饿的孩子和老妇人的脸形,一切虚伪与谎骗,李德甫的若软若硬的狡诈和夺取,买枪、清数、征兵,诱和迫玉玲的婚事;广州旅店里的'皇军'式的检查,官员们的借势抢夺,军人的气焰,商业上疲怠和崩颓,学校的黑暗……于是,他绝望,空虚;他彷徨,沮丧;他痛苦,憎恨;他直觉到过去的愚蠢和钝感,他受了空头吹嘘的欺骗,他受了幻想的欺骗。"④抗战的胜利并未给城乡带来多少生机,社会满目疮痍,一切都在方生未死之间,罗润田在渡轮、码头、旅店、乡村不断受到官兵滋扰、盘剥。罗润田善良懦弱,面对社会黑暗一味妥协而不敢抵抗,逐渐陷入困境,最后他和女儿还受到人身威胁,不得不离开故乡。罗润田实质上是一个老实勤苦的农民,对时局和世道缺乏清醒的认识和变通的本领,这个还乡者形象体现了陈残云出色的描摹现实和人性的能力。

小说集《小团圆》出版于1947年,由《小团圆》《救济品下乡》《兵源》《财路》《受难牛》《乡长的儿子》六个短篇小说组成,标志着陈残云的创作风格由抒情转向客观冷峻的现实主义,小说语言颇多珠三角地区的方言俗语。《小团圆》讲述一个离家八年的老兵黑骨球意外地在香港遇见妻子,不料妻子流落城市时在从事皮肉生意。当丈夫黑骨球责备妻子让他丢尽脸面时,妻子则数落他长期离家毫无音信和责任感,导致"老母饿死,老婆养不活"。这个在战场出生入死的老兵,最终选择原谅妻子,决定脱离队伍和她一起在香港卖苦力谋生,却又对未来感到茫然。这是一对贫贱夫妻不

---

① 何楚熊:《陈残云评传》,上海:上海文艺出版社2003年版,第247页。
② 陈残云:《陈残云自选集·序言》,广州:花城出版社1983年版,第3—4页。
③ 陈残云:《陈残云自选集》,广州:花城出版社1983年版,第99—100页。
④ 陈残云:《陈残云自选集》,广州:花城出版社1983年版,第149页。

正常的相聚,标题"小团圆"含辛辣的讽刺,故事具有沉重的历史感和苦涩滋味。抗战期间,家国罹难,小说重点写一个家庭的离合及伦理悲剧,反映了破产农民辛酸的生活历程,以及抗战老兵对战争的反感,对人伦温暖的眷恋。《救济品下乡》主要讲述唐乡长在抗战之后如何侵占救济品、糊弄老百姓,突出了乡村生存环境的恶劣。《兵源》叙述国民党军队在乡下强拉壮丁,《受难牛》写一个被繁重捐税所迫到香港下苦力谋生的农民……这些作品对世态人情的描摹大多具有悲情色彩,讽刺国民党政府官员的贪婪无耻,表达了作家对农民命运向何处去的思考。"对农村乡土的眷恋,对被迫害的农民的同情,表现了对国民党统治者破坏乡村和平宁静的仇视,是作家这半年来小说创作的主流。浓郁的岭南乡土气息,则是陈残云乡村题材作品显著的艺术特色。"[1]

校园小说《新生群》主要讲述了高中生王筱玲的成长故事,在老师和同学的帮助下,她从一个孤僻娴静的"圣女"变成开朗活泼、关心集体的进步青年。女生们参加学习组、谈心会和文艺活动的故事与陈残云在香港的从教经验有关,寄托了作者对香港年轻一代勇敢追求理想的期待。小说"以一清如水的抒情笔墨,描写一群高中女学生在四十年代后期的人生归趋和心灵成长过程"[2],在复杂的社会背景和时代冲突中写出了校园小说的思想张力。

第二节　新社会的颂歌:《山村的早晨》《喜讯》等中短篇小说

一、土改叙事的"二重奏":农民翻身与妇女解放

1949年10月,在人民解放军摧枯拉朽的攻势下,广州解放,广东城乡从此迎来了天翻地覆的变化。总体来看,陈残云建国后的小说创作从之前对旧社会的批判转变为对新社会的认同和赞颂,表达了建设新中国的激动、喜悦和壮志豪情。《乡村新景》写于1950年1月,讲述解放军南下驻守乡村时遵纪守法,受到农民们的尊敬和拥护。农民们多年来遭受兵匪欺压,起初并不信任解放军,后来终于放下戒备,衷心拥护共产党的解放军。小说如同速写,反映了广东解放之际的民心趋向。1950冬至1952年12月,陈残云到宝安县、云浮县参加土改,并担任区委领导兼土改工作队队

---

[1] 何楚熊:《陈残云评传》,上海:上海文艺出版社2003年版,第252页。
[2] 杨义:《中国现代小说史(第三卷)》,北京:人民文学出版社2005年版,第258页。

长。在这些新生活经验的基础上,陈残云这个时期的创作主要反映农民的翻身解放,比如《山村的早晨》《喜讯》两个中篇小说①,流露出作者对共产党领导农村建设的拥护和赞赏之情。

实际上,广东土改因为牵涉到华侨土地这个特殊问题,因而比华北土改更加复杂,起初进展比较缓慢,一度受到上级公开的严厉的批评,遂形成了广东有"地方主义"的冤假错案。②广东土改先是经历了"清匪、反霸、减租、退押"八字运动,然后是划分阶级、没收征收与分配的阶段,最后是普遍复查的阶段;既取得了"伟大的成就",也存在"打击面过宽"等一些缺点。③陈残云有一年多的土改工作经验,生活积累比较丰厚,不过,这个时期他创作的土改题材作品数量少,反映的社会内容也比较简单。④文坛上,土改题材小说之前有1948年出版的《太阳照在桑干河上》《暴风骤雨》两部名作,或细腻深沉,或豪迈壮阔,皆有斗地主、分浮财的情节,反映了尖锐复杂的阶级斗争。陈思和说:"在1949年前后几年中,曾有大批作家被安排到农村参加土改,但在1949年为起点的当代文学史上,几乎没有人为此写出过激动人心的文学作品,也就是说,60年的当代文学史几乎没有产生过土改题材的杰作。"⑤原因主要是紧接着土改的合作化运动使作家渲染农民获得土地的欢乐不合时宜,且土改本身的政策和路线异常复杂。广东文坛的情况也未能例外。由于广东土改运动展开得较晚较慢,土改小说更缺乏适宜成长的时空,不过,合作化小说倒是比较繁荣。

《山村的早晨》的情节巧妙之处在于把夫妻矛盾和划阶级成分两件事合在一起叙述,这种家事公事双线交织的结构,后来在李准《李双双小传》等小说里运用得也很成功。《山村的早晨》的政治叙事其实有妇女解放和划分阶级成分两种。相比广东土改中的复杂性和暴力性,陈残云在小说中把土改中的阶级斗争写得和风细雨,缺少比较激烈的冲突。作者把较多的笔墨倾斜在夫妻之间的矛盾和化解,自然使得家

---

① 《山村的早晨》于1953年9月由中南人民文学艺术出版社出版了单行本,1955年3月由湖北人民出版社再版;《喜讯》于1954年12月由华南人民出版社出版了单行本,这两个中篇小说收录于1957年1月作家出版社出版的《山村的早晨》。

② 中共广东省委党史研究室编:《新中国成立初期广东若干历史问题探讨》,北京:中共党史出版社2003年版,第2—8页。

③ 中共广东省委党史研究室编:《新中国成立初期广东若干历史问题探讨》,北京:中共党史出版社2003年版,第27—41页。

④ 直到1978年,陈残云才发表了长篇小说《山谷风烟》,比较全面地反映了华南地区的土改运动,但影响较小。《山谷风烟》与丁玲、周立波、赵树理等人的土改小说具有共同的主题表达:"这些作品几乎都寓含着强烈的证明意图,即从各个方面论证和阐述着土改运动的政治合理性和道德正义性,强调其历史必然性。"见贺仲明:《重与轻:历史的两面——论中国当代文学中的土改题材小说》,《文学评论》2004年第6期。

⑤ 陈思和:《土改中的小说与小说中的土改——六十年文学话土改》,《南京大学学报》2010年第4期。

务事比划阶级成分更能吸引读者的注意力。小说中的主要人物是刘平、平三嫂夫妻，夫妻矛盾的态势展现了1950年代初期男尊女卑的家庭结构正在逐步瓦解。小说中的女性形象，除了县城下乡的女干部小辛之外，平三嫂、马二娘、水五嫂等皆没有属于自己的确切的名字，而是以一直附庸丈夫的称呼存在着，这种约定俗成的命名方式意味着山村妇女长期以来从属于男性，缺乏独立平等的地位。刘平本来是身体结实、勤劳倔强、自尊自负的农民，解放前吃过不少恶霸和地主的亏；解放后，他在清匪反霸运动中表现突出，被选为村干部。但刘平有看不起女人的旧思想，他认为："女人就是女人，不依靠男人就活得很可怜""男人到底比女人强""女人总得像个女人"。平三嫂在贯彻党的政策、联系群众各方面表现出更强的领导能力，于是当选为农协副主席。刘平虽然爱妻子，却对妻子的威望超过自己感到嫉妒和很不服气，对妻子没能生育暗自埋怨，因而在家里不时讥讽、压制她，并多次以威胁离婚来控制妻子。平三嫂是个处于转型期未完全实现妇女解放的农村人，一方面，因为自卑软弱和受离婚不光彩等传统观念的影响，她经常被丈夫的大男子主义伤到自尊心，暗自流泪，自怨命苦；另一方面她又不甘屈服于丈夫的权威，还是坚持集体工作，在农协干部郭松和小辛的帮助下，迫使刘平一再认错，与丈夫和解，终于迎来了政治和精神上的双重"翻身"。

农协的工作任务是发动群众来诉苦追仇，让群众团结起来斗争地主恶霸及其爪牙，进而实现政治和经济上的翻身。平三嫂在串联贫苦农民时，坚持原则，认真负责，面对恶霸婆马二娘的拉亲拉故、软化收买也敢于斗争。夫妻俩对于如何处理马二娘送来的大南瓜产生分歧，刘平骂平三嫂敌我不分，不懂政策；平三嫂骂丈夫是个瞎眼睛、糊涂鬼，忘掉了仇人，双方为此大吵一架。《山村的早晨》没有直接描写钱文贵、韩老六等地主恶霸形象，而是把地主恶霸"蛇头耀""三脚凳"搁置在幕后，仅仅塑造了与他们盘根错节的马二娘形象，来表现农村划阶级成分的故事。马二娘在农协划分阶级成分之前，悄悄疏散东西，到处收买软化土改工作队，并造谣、恐吓群众，诬蔑、挑拨干群关系。土改工作队及时揭露了马二娘的阴谋，召开群众大会进行诉苦和批判，斗垮了地主恶霸，取得了划分阶级的胜利，然后顺利完成了分田到户的工作。

颇为别致的是，陈残云并未细致描述群众诉苦会的大场面，三言两语便让斗争会取得了胜利，也并未渲染农民获得土地、牲口时的喜悦。但接下来在刘平家里召开的会议上，作者让农协干部们接连诉苦，控诉地主恶霸们的丑德恶行。与《暴风骤雨》等小说提供的艺术经验显著不同，《山村的早晨》把诉苦会转移到家庭会上，对地主恶霸进行缺席审判，地主恶霸被人民法庭判刑。群众诉苦大会本来是悲剧性的冲突，但转移到刘平家里的诉苦会转变成了轻松的家庭矛盾调解会。作者这样处理与其说是为了阐述土改的合法性，不如说是为了回避土改运动中很难进行文学书写的一些暴力行为，把话题牵引到刘平爱压制老婆的问题上来。众人对刘平进行温和诚恳的批评教育,甚至为刘平夫妻二人临时制定了家庭公约:"不吵架,勤生产;/做错事,要批评;/努力工作,团结群众;/爱国兴家,跟共产党走。"①小说中的叙述,表明作者是在思考土改给农民命运、乡村伦理带来的变化。后来,平三嫂被选去县里农村干部训练班受训,她感到既兴奋又难过,兴奋的是可以进城学知识、见世面,难过的是家里农活多,有牲口,而粗鲁的丈夫不善于管家。作者细致描写了平三嫂在集体(工作)和家庭(生产)之间的心理冲突,最后写到她被"曙光一样的希望"和"自己将有新的开始"所吸引,感到难言的激动和喜悦。但刘平一时难以扭转旧思想,阻拦她去县城培训,于是平三嫂再次和他争吵。农协干部再次干预调解家庭纷争,批判了刘平的男权思想,矛盾终于因为刘平的妥协、认错而暂时化解。在平三嫂等农协干部进城受训期间,刘平受到流氓的挑拨,地里的庄稼也被偷,不过很快查明是流氓和恶霸婆马二娘联合起来在报复干部、破坏生产。在小说结尾,平三嫂、郭松等农协干部迎着美丽的阳光参训归来,平三嫂光荣入了党,预示着他们将带领群众建设幸福美好的生活,这恰好呼应了小说标题的寓意。

总的来看,《山村的早晨》只是把土改运动当作背景,因而避开了阶级斗争这个常见的主要矛盾,它着重书写了农村妇女浮出历史地表的过程,表达了对男女平等的思考。小说基调明朗乐观,划分阶级进展顺利,农民分田后获丰收,结尾时夫妻和好团结,甚至连寡妇也要再婚,山村实现了阶级平等和男女平等。陈残云通过描写1950年代初期土改中的新人新事,歌颂了农民们在政治和经济上的翻身,同时歌颂了新社会让妇女获得人性和思想上的解放。平三嫂最终实现了"翻身"与"翻心",她与李准笔下的李双双、茹志鹃《三走严庄》中的收黎子等,共同构成了土改—合作化叙事中开始觉醒解放并走上时代前列的女性形象画廊。

新人新事配新景,《山村的早晨》一扫抗战小说中的悲凉而凄惨的景象,描绘出的乡村风景优美而明亮。比如文中两次写刘平夫妻吵架被劝和之后的夜景:"没有月亮的夜晚,繁星闪烁着耀目的银光。村庄浸在淡淡的微光里,从云雾山延绵而来的崖楼大山的山峰,迷蒙地矗立在夜空中,那么严肃,那么静。村前的小溪的流水,清澈地照见溪边的水蘿树的枝丫,和'亚娘鞋的'叶子。星夜的小山村,最能显出它的朴素,美丽和幽静。"②"云雾山区的秋末的夜晚,分外幽静,杉树叶子的沙沙的响声,和落在平三嫂屋顶上的竹叶声,都听得清楚。"③夜间美景,侧面烘托了刘平夫妻二人的融洽和美,也为故事结尾的"团圆"和"光明"做了铺垫。

再如,结尾点题的风景描写:"早晨,阳光灿烂地映照着连绵起伏的山峰,在上贡

---

① 陈残云:《陈残云自选集》,广州:花城出版社1983年版,第221页。
② 陈残云:《陈残云自选集》,广州:花城出版社1983年版,第207—208页。
③ 陈残云:《陈残云自选集》,广州:花城出版社1983年版,第221页。

山上放眼一望,望不尽的山头和杉林,涂着美丽的淡淡的浅黄。这些山头,密密地屹立着,仿佛想象不出有可以让人们垦殖的田畴,甚至可以让人们行走的道路。而事实上这里面活着三万多人,他们勤劳地开辟了它们,没有道路的地方有了道路,没有田畴的地方有了田畴,虽然他们长期地抵受着饥饿,抵受着各种剥夺和欺凌,抵受着无法假想的磨难,而到底他们的骨头是硬朗的,他们勤劳苦斗地战胜了人为和自然底灾难,活下来了,活到了充满笑声的毛泽东的时代。"①风和日丽,江山秀美,山村的早晨属于新时代,写景最终指向对人民、领袖、新社会的歌颂。这样的风景描写,既含有时代特色,也体现了陈残云的艺术个性。

《喜讯》完稿于1954年9月,在内容和艺术手法上与《山村的早晨》接近,挫败地主阶级反攻的故事与寡妇再嫁的故事交织进行,写景写人皆传递着新时代农村妇女获得幸福美好生活的"喜讯"。小说开篇点明故事时间是1952年8月的一个晴朗的早晨,紧接着是一段充满青春活力的风景描写,然后让女主人公根生二嫂出场去参加"青洞小乡庆祝翻身大会"。在写她赴会的路上,作者概述了根生二嫂和杨九的"小传"。根生二嫂原名冯六妹,原来是台山县一家大地主的婢女,在兵荒马乱中被诱奸贩卖,后来她在逃跑落难中做了杨根生的老婆。不料杨根生被土豪逼迫去当"猪仔兵",一去不回头。从此,根生二嫂和根生的父亲过了半饥半饱的十年苦日子。然而,土改运动让根生二嫂看见自己的光明的前途,她分到了土地和衣裳,成为农协副主席,并且上夜校学习,感到翻身胜利的骄傲和喜悦。杨九是穷苦的单身汉,父亲被恶霸无缘无故打死,母亲改嫁,作为民兵队长,他是土改斗争中的积极分子。二人互生情愫,在土改干部的撮合下终于表白成功,但他们的自由恋爱引发了山村的思想动荡。一些人说根生二嫂"不守妇道""破坏乡规",地主婆倒眼二奶乘机进行阴谋活动,亲自挑拨根生父亲和儿媳妇的关系,通过她的姘夫大刀伦去串联不满分子,通过老媒婆扁鼻五婶去串联"三姑六婆"去煽动舆论,试图打下根生二嫂的威风,然后改选农会。农会干部们很快识破了地主婆的阴谋活动,并召开斗争大会公开进行揭露和批斗,将地主婆押到人民法庭进行审判。小说最后一节讲述根生二嫂和杨九的结婚过程,干部来信祝贺,邻居帮喜调笑,众星捧月,气氛喜庆。根生二嫂在结婚会上的讲话,朴素而直露地表达了她对共产党的感恩之情:"我想不到还有今日,还有冯六妹,还有个大喜事,还有许多叔伯婶母来贺喜——""这都是共产党的恩情。共产党是我的再生父母,比父母还好,它把我从茅坑里拔了出来,又教会我做人。我生生世世忘不了它——"②

---

① 陈残云:《陈残云自选集》,广州:花城出版社1983年版,第238页。
② 陈残云:《陈残云文集(二)》,天津:百花文艺出版社1994年版,第202—203页。

较之《山村的早晨》,《喜讯》中的家务事具有更多的冲突,阶级斗争也有更多的悬念和起伏,其主要人物形象显得更加丰厚和鲜活,就连根生父亲、地主婆和老媒婆等次要人物也能够给人留下较深刻的印象。陈残云在刻画人物时议论和抒情都比较节制,主要通过个性化的语言和行为来突显人物性格。尤其是根生二嫂,她性格中的泼辣、倔强、勇敢和善良都得到较好的塑造。比如,在去参加庆祝土改胜利的大会的路上,面对杨九吞吞吐吐的追求,根生二嫂的回答表现得更加大胆,既给对方以鼓励,又不失娇羞和尊严。二人的对话虽然简短,却蕴含各自的性格和不尽的情意。又如,在说服根生父亲同意自己再嫁时,她表现出超常的耐心和贤良。根生父亲因为愤怒、痛苦和恐慌,不同意儿媳妇再嫁,反复叫骂杨九和根生二嫂。她感到苦恼,却极力抑制着自己,去寻思如何打开公爹的心结。根生二嫂先认错诉苦,再允诺养老送终,然后用共产党的婚姻法来劝公爹接受新的世道变化,终于使"老头子"无可奈何地改变了态度。此外,在处理地主婆的阴谋反攻过程中,她区别对待老媒婆等其他共犯,显示出她的政治觉悟和办事能力。"这个人物不是扁平的,而是有了充分艺术个性的圆形的典型人物。她不仅区别于《山村的早晨》的平三嫂,也区别于其他土改题材作品中的女主人公。作家为中国当代文坛贡献了一个新型的活生生的南方山村妇女典型。"①

二、合作化的故事:《深圳河畔》《异地同心》等

《深圳河畔》《异地同心》属于合作化题材的"擦边球",它们与建国后的其他乡村叙事一样,歌颂了共产党领导下的新农村建设,展现了新中国对普通群众强大的吸引力。两篇小说中的风景描写具有异曲同工之处,每当书写香港都市风景时就用暗色调来描绘,书写深圳乡村风景时则是一片明媚图景,对比鲜明,颇有"风景这边独好"的意蕴。

中篇小说《深圳河畔》完稿于1957年5月,但考虑到涉及边防政策而未投稿,直到改革开放后才发表在《收获》杂志1980年第4期。由于顾虑主人公违背边防政策的偷渡行为,可能"产生消极的影响",陈残云存放此稿长达20余年,②其谨慎的心态可见一斑。主人公蔡亚芬与丈夫离别10年,她思夫心切但没有申请到通行证,在受到恶邻调戏而引来流言蜚语之后,冒险偷渡到香港寻找丈夫。蔡亚芬在香港经历了接济、诱骗和较长时间的等待,先等到了来港探望她的小姑子,最后等来了返港的海

---

① 何楚熊:《陈残云评传》,上海:上海文艺出版社2003年版,第336页。
② 陈残云:《陈残云自选集》,广州:花城出版社1983年版,第329页。

员丈夫庄文宗。庄文宗怕被英国老板解雇而不敢回大陆探亲,遭到妻子批评:"往日家里穷,受苦受气也没法,而今两顿粗饭总不愁,却连归家看看老婆娘亲的自由都没得,挨下去有什么味道?""你多干几年我没话说,可总得回家看看亲娘。""一个有骨气的人要靠本领吃饭,不是靠忍气吞声,卖断老婆娘亲,卖断祖宗吃饭!何况你……文宗,你是一条独一的祖宗脉线,还要传宗接代……"在妻子的批评和动员下,庄文宗为了亲情和自由,勇敢地与妻子、妹妹一起走过深圳小桥,回到阔别十年的家乡。接下来的景物描写显然不同寻常:

> 村庄上许多景物,在庄文宗的眼帘里,的确变了样。专为械斗而建的高高的碉楼,有的拆掉了,有的变成了谷仓;给日本鬼子拆得七零八落的屋宇,有的修理起来,有的正在重建;荒园,荒地,土丘,历年如故的烂屋地等等,都种上了荔枝、木瓜和黄皮;鱼塘增多了,晒谷场增多了,猪牛鸡鸭增多了。孩子也增多了,这都是梦想不到的新鲜而平静的气象。

久别的故乡变得如此陌生,已经是一幅盛世太平景象,这是海外游子庄文宗怎么也想不到。不过,对于读者来说,作者如此描写显然是在为合作化运动唱赞歌,在为新社会唱赞歌。归乡的海员是否返港?小说的结尾似乎暗示他会在家乡定居,毕竟亲人需要他,家乡的工业化建设也需要他,他在深圳河这头才能获得"家和事业兴"的幸福生活。主人公蔡亚芬偷渡寻亲,平安归来,从人物命运的设置来看,作者充满了对她的同情和宽容。

短篇小说《异地同心》发表于《作品》1955年6月号,讲述了嫁到香港的旺娣回娘家的故事,通过描写亲情伦理中的一个插曲,侧面歌颂了合作社里的幸福生活。小说开篇写一个中年老大娘在海关守候女儿回家,旺娣嫁到香港以后,边界封锁,丈夫失业,夫妻感情不和,加上出嫁前被妹妹群娣骂好逸恶劳、爱慕香港繁华,索性两年没回家乡。旺娣回家之后和妹妹和好如初,在通行证期满之后决定不回到生活困苦的香港,而是留在家乡参加合作社劳动。不过,群娣和男友亚深建议旺娣返港和丈夫团聚,用她自己的亲身见闻去替"共产党领导的国家讲真话"。结尾旺娣再次离开故乡时,充满了对家乡和亲人的眷恋,触目皆是优美的风景:"早晨,太阳上升了。成群成群的燕子,在阳光中轻盈地飞舞;机巧灵活的小禾雀,檐上檐下的跳来跳去;短墙上几只又白又嫩的乳鸽,眼睁睁的,似乎在戏弄墙下的小猫。它们好像有一种同一的声音,依依不舍地留住旺娣。家乡,什么东西都可爱的,荔枝树开了一团团黄色的小花,粉红色的桃花格外灿烂,木瓜,芭蕉,都结了累累的果子。村前,冬麦将熟了,油菜将熟了,红薯长出了浓绿的叶苗。旺娣对一切,怀着深深的爱念,离开了自己的村庄。"①这段描写融色彩、声音、动作和情态于一体,文笔行云流水,把一个小妇人离开娘家时的情感移情到外界景物上,颇得中国古典文学情景交融之意境。小说在主人公离开故乡时大段写景,以渲染其内心依依不舍之情,贴近人物身份和情感。

短篇小说《前程》发表于《作品》1955年12月号,故事立意已经在题目中明示,讲述农民只有加入合作社才有好前程。与众多合作化小说一样,入社还是不入社是情节的主要推动力。故事中的水满叔解放前是一个庄稼汉,忠厚怕事,与世无争,有一个外号叫"笨牛"。共产党来了改天换地,这个老汉在土改中分到了黄牛和土地,准备安安稳稳度过余生。乡里试点办合作社,社主任邀请水满叔入社却遭到拒绝。他起初并不想参加合作社,但是由于劳动力不足,水满叔和满婶老两口忙着去挑海泥积肥,他家的牛没人看管跑走吃了青苗。"赔了钱,又挨批评,水满叔十分痛心,但他只埋怨自己,不埋怨别人。他直觉得越来越不顺手,像有一股什么力量束缚着他,他想不通,却开始感到疲劳与孤单。"②麻绳专挑细处断,一场冬霜把他家的番薯和全部冬作物都冻死了。水满叔思想动摇后,原准备让妻子先入社,在众人的劝导下,终于想通了只有入社,才能跟大家一样有"远大前程"。作者的叙事立场鲜明,积极拥护合作化政策,情节发展并无新奇和复杂之处。短篇小说《鸭寮纪事》(1960年10月发表于《人民文学》)讲述了会养鸭子的老汉宝全叔在合作社里受到尊重的故事,生动地说明合作社能够人尽其才、物尽其用。小说在情节上巧妙设置了一个匿名的采访——供销社书记主动来到鸭寮了解生产情况,让养鸭老汉在不知道对方身份的情况下说出了许多养殖经验。这个匿名采访的问答桥段,勾勒了一个务实而虚心的党员干部形象,他和群众齐心协力忙于生产。在举国"大跃进"的时代,这个干部向农民学习生产而不是提出高指标的故事显得意味深长,作品与当年文坛盛行的虚饰浮夸文风判然有别,流露出作者对时代的狂热委婉规劝的创作意图。

第三节 "三面红旗"照耀南国画卷:长篇小说《香飘四季》

1958年春至1960年夏,陈残云下放到东莞县当县委副书记,主管文教工作,实际上从事农村工作,这为他反映农村新生活的文学创作提供了素材。关于合作化运

---

① 陈残云:《陈残云自选集》,广州:花城出版社1983年版,第377页。
② 陈残云:《陈残云自选集》,广州:花城出版社1983年版,第341页。

动和人民公社,陈残云毫无疑问站在了与时代共鸣的立场上,积极乐观地看待农村的现实生活,赞同经济政策对农民建设幸福家园的必要性与合理性。发表在《红旗》杂志上的《珠江岸边》等三篇诗化散文的成功,提升了陈残云讲述人民公社故事的信心。从1961年1月开始创作,到1962年3月脱稿,陈残云在激情状态下完成了《香飘四季》。1963年,《香飘四季》在作家出版社和广东人民出版社同时出版,翌年即售出超过20万册。随后,该小说被改写成话剧和电影剧本《香飘四季》,并完成外景拍摄,但由于"文革"爆发,致使影片流产。1978年,小说略有删减后,由广东人民出版社再版。

《香飘四季》以第三人称描写了1958年从春到冬,东莞的一个农村为改变贫穷落后的状况,以前所未有的豪情壮志改造自然、夺取丰收的故事,歌颂了人民群众自力更生、奋发图强的冲天干劲。《香飘四季》的复杂性在于它有两副笔墨,时而写政治风云,"大跃进"期间的标语口号和大字报激荡着乡村;时而描乡情图画,以明朗、抒情的笔调描绘如诗如画的南国水乡风光。蕉林稻田,红旗飘荡,木棉花开,月下情爱,龙舟竞渡,戏曲连连,岭南乡村清新秀美的诗情画意映照着热闹欢快的创业喜感,这些让人心旷神怡,陶醉于书里的飘香四季;也让人心猿意马,联想到书外的艰难时世。小说从而将政治与审美、阶级斗争与风俗民情奇妙地糅合在一起,使它具有独特的历史价值和文学价值,成为红色文学的代表作,其中的真实性、地域性、文学性和经典性值得回味和分析。

一、艺术真实:"大跃进"的田园诗

艺术真实是相对于生活真实而言的,是一种审美化、主观化的真实性,它来源于客观化的生活真实,是以生活真实为基础进行加工、提炼而成的,能集中反映社会生活的本质。但在不同时代,作品是否反映时代本质是一个众说纷纭的问题,况且,解构主义者从根本上质疑本质主义论,这导致探讨小说中的真实性可能是徒劳,缺乏说服力。然而,读者从朴素的期待视野出发,总是难免要去衡量小说中的真实性;此外,"写真实"长期在社会主义文艺批评中引起争论,因此,分析和判断《香飘四季》的真实性就不能绕过。

《香飘四季》明显是歌颂"三面红旗"①的富有政治色彩的作品,其写作立场和视角都受到主流意识形态的有力影响。小说的故事时间1958年是从农业合作化到人民公社的"大跃进"时期。"大跃进"给中国农村留下的集体记忆——浮夸风、共产

---

① 三面红旗:总路线、"大跃进"、人民公社。

风、大炼钢铁,以及随后严峻的三年困难生活。然而,《香飘四季》热情地为人们的冲天干劲唱赞歌,完全回避了大炼钢铁这一重要事件,也着力淡化浮夸风、共产风及其可能带来的后果,这或许是该作品被众多当代文学史叙述所忽略,也被苏联读者认为它"完全脱离现实生活"①的重要原因。换言之,当大多数读者否定"大跃进"时,歌颂"大跃进"就背离了人们的事实判断、情感判断及价值判断,这自然会导致《香飘四季》与郭沫若、周扬主编的《红旗歌谣》等类似作品遭到文学史的冷落。

《香飘四季》在创作时,中央已经正式提出了国民经济实行"调整、巩固、充实、提高"的八字方针,实事求是地对之前的政策进行纠偏。小说发表后不久,时任东莞县委书记的林若就认为,"对当时由于缺乏经验而产生的一些工作中的缺点",可以有一些适当的批判。② 但陈残云自述:"在创作过程中,得到省委领导同志的鼓励,也有碰到困难和苦闷。……我写这本书时是理直气壮的,……我们这一代人所做的事,是为我们的子孙万代造福的。"③之所以理直气壮,是因为他相信"大跃进",尤其是兴修水利是为后人造福。陈残云碰到的是何种困难和苦闷?1978年,陈残云对此再做解释:当年正值三年困难时期,有人认为歌颂三面红旗是"不合时宜"的,他感到有些精神压力,但认为不能讲让人泄气灰心的话,《香飘四季》是"一曲响亮的大跃进赞歌"。④ 至此,陈残云依然认为《香飘四季》捍卫了"光辉的三面红旗",真实地反映了社会主义农村新生活。

自1980年代以来,主流意识形态一直承认"大跃进"运动、人民公社化运动等错误,⑤这对历史问题形成共识具有重要作用。在社会转型之后,读者的思想观念和审美趣味都发生了深刻变化。那么,歌颂了错误路线的《香飘四季》是否站得稳?这成为作家和批评家不得不面对的问题。对此,陈残云多次替自己辩解。比如,他在1983年自述:"对待历史上表现现实生活的文学作品,似乎不适宜于以当前的具体政策作为衡量成败的尺度。"⑥后又在采访中说:"关于政策问题,作家负不起责任。歌颂了错误的政策,那是现实生活的要求。"⑦作为一个经历坎坷的"文艺老兵",陈残

---

① 陈残云:《写在〈香飘四季〉重版之前》,见《香飘四季》,广州:广东人民出版社1978年版,第3页。
② 林若:《向作家们呼吁》,原载《羊城晚报》1963年11月7日,见《文海风涛——陈残云作品研讨会文集》,花城出版社1993年版,第291页。林若在1980年代曾任广东省委书记。
③ 陈残云:《我写〈香飘四季〉的一些考虑》,原载《羊城晚报》1963年11月7日,见广东省作家协会编《文海风涛——陈残云作品研讨会文集》,广州:花城出版社1993年版,第307页。
④ 陈残云:《写在〈香飘四季〉重版之前》,见《香飘四季》,广州:广东人民出版社1978年版,第2页。
⑤ 见中共中央达成的《关于建国以来党的若干历史问题的决议》(1981年6月)和《中共中央关于党的百年奋斗重大成就和历史经验的决议》(2021年11月)。
⑥ 陈残云:《陈残云自选集》,广州:花城出版社1983年版。
⑦ 宋季华、郑心伶:《回顾与期望——陈残云访谈录》,见《文海风涛——陈残云作品研讨会文集》,广州:花城出版社1993年版,第263页。

云以讴歌党领导的革命事业和社会主义事业为荣;他对以政策对错为依据评价作品很是感慨,虽然自谦《香飘四季》的"思想水平和艺术水平都很低",但始终认为作品是真实的,没有粉饰现实生活。

《香飘四季》描写的"大跃进"时期东莞人民建设新农村的故事内容具有一定的真实性,尤其是生产竞赛、兴修水利时的乐观奋进和昂扬斗志,确实反映了广大人民群众急于改变家乡贫穷落后状况的普遍愿望。小说中的许多细节,比如当年农村中常见的标语口号和大字报,社员缺吃少穿的物质生活状况,合作社也缺钱,水稻密植促产,粮食收购站价格很低,落后社员发牢骚讲怪话,乡村干部对党忠诚、热衷发展农业来致富,干群关系并不紧张,阶级斗争也不尖锐,等等,让小说的日常生活叙事具有很强的在场感和真实性。《香飘四季》有选择性地书写乡村,基调是歌颂,对正面人物有所美化,避开写激烈的矛盾和冲突,洋溢着"十七年"时期主流文学常见的喜剧色彩。"文革"前夕,曾有文章认为《香飘四季》的正面人物不够理想高大,阶级斗争不够尖锐复杂,加上过多的爱情描写,使其没有能准确和充分地反映"大跃进"时期人民群众的精神面貌。[①] 当年这些看起来非常明显的缺点,后来却被视为正是小说比较真实的一面,没有拔高人物,对男女爱情着墨较多,没有强调阶级斗争——反面人物的丑德恶行主要是聚众赌博、倒卖蕉杉、偷渡香港,都很快被查明、训诫和抓获。阶级斗争在小说中并不是核心情节——这使得《香飘四季》避开了合作化小说常见的概念化、模式化的书写模式。

《香飘四季》也有脱离生活真实的地方。小说虽然并未以阶级斗争主线,但在后代读者来看,小说仍然具有鲜明的政治色彩和主题倾向。陈残云对"大跃进"政策及其与农民利益的关系,对于农民情感态度的复杂性,还是缺乏比较冷静、客观的思考。比如对大量劳动力和"光荣粮"的征调,就未见作者站在村民的立场进行言说。这与同一时期邓拓在杂文中提倡爱恤民力及其财富的观点形成强烈对比:"对劳动力既然要注意爱护,那么,对于劳动力所支出的劳动以及它所创造的社会财富,同样必须爱惜,注意积蓄。"[②]邓拓的爱护每一个劳动力及其成果的观点,显然有现实讽喻性。农民对于大量征调劳动力和粮食,大办公共食堂,内心是兴高采烈还是有所抵制,这在其他史料中并不难发现。[③] 特别是赵树理在1958年发表的《"锻炼锻炼"》,曲折微妙地反映了农民缺乏劳动积极性的历史真实,新时期以来获得了众多的重评和好感。与赵树理相比,陈残云讲述的乡村历史显得温和、喜庆很多,对农民交公粮、

---

① 杭志忠、沈原梓:《我们对〈香飘四季〉的看法》,《文学评论》1965年第4期。
② 邓拓:《爱护劳动力的学说》,原载《北京晚报》1961年4月30日,见《燕山夜话》,北京:北京十月文艺出版社2010年版,第66页。
③ 林霆:《论十七年农业合作化题材小说的真实性》,《文史哲》2012年第1期。

出公差缺乏更加辩证的思考。

此外,小说第二十二章写到1958年水稻亩产量是五百二十斤,第三十四章中写到香蕉普通田平均亩产超过三千斤,试验田突破了亩产八千斤。这虽然远不及"大跃进"民歌中动辄上万斤的粮食产量,但也有较大的浮夸成分。作者在小说中反复提及增产丰收,当然是为了论证农业合作化特别是人民公社的优越性。然而,小说所写内容与东莞实际情况悬殊较大。

> 1958年至1978年是东莞农业生产曲折发展时期。由于"大跃进"、人民公社化和"文化大革命"等政治运动的影响,东莞农业生产经历了较长时期的波折。"大跃进"、人民公社化运动严重挫伤了农民生产积极性,使农业遭到重大损失。1958年,在"大跃进"、人民公社化运动高潮中,东莞不到一个月的时间就实现了人民公社化。由于在指导思想上急于求成,出现以高指标、瞎指挥、浮夸风和"共产风"为主要标志的"左"倾错误。计划上追求高指标、放"高产卫星";生产管理上搞"一平二调",追求形式上的轰轰烈烈,实行大兵团作战,盲目开展土地深翻运动,既浪费劳力,又破坏了耕地土壤和肥力;农产品实行高征购,造成农村粮食严重紧缺;分配上实行平均主义,大办公共食堂。加之遭受自然灾害,造成农作物大幅度减产,粮食严重缺乏,大牲畜、生猪饲养量下降,田间出现人力拉犁,肥料严重不足,使全县农业生产跌入低谷,粮食、油料和畜牧生产均降为建国以来的最低水平。①

另外,根据权威部门统计,1958、1959年全国稻谷亩产量分别是338、319斤,②1989年广东香蕉亩产量大约是两千斤。③"'大跃进'实际上是一次大冒进,使农业生产倒退了,1960年有的农产品产量还低于解放初期的水平。"④不难发现,小说中的浮夸分明是"大跃进"带来的产物,让小说中的"真实性"打了折扣。《香飘四季》中轻描淡写的挫折是"亩把地"的试验田宣告失败,但村干部拒绝"算账派"的批

---

① 《东莞市农业志》编撰委员会:《东莞市农业志》,广州:广东省人民出版社2014年版,第2页。
② 见《中国农业年鉴1980》,北京:中国农业出版社1981年版,第35页。陈残云说1959年东莞寮步公社晚造水稻平均亩产量达600斤,甚至某生产队有726斤;1965年东莞望牛墩公社头造水稻评价亩产达950斤,见《陈残云文集(十)》,天津:百花文艺出版社1994年版,第128、253页。而欧阳山的小说《乡下奇人》中的晚稻亩产量在1959年达到451斤,是全公社最高的产量,比1958年增产了12%。另据统计,广东2000年夏稻谷亩产量是870斤,秋稻亩产量是820斤,见广东统计信息网。
③ 1989年广东香蕉园种植面积是106.1万亩,产量是1031917吨,可知亩产量约为2000斤。见《中国农业年鉴1990》,北京:中国农业出版社1990年版,第279—280页。
④ 见《中国农业年鉴1980》,北京:中国农业出版社1981年版,第12页。

评。① 所以,小说无论歌颂的是"大跃进"政策,还是"大跃进"精神,都因缺乏反思农业生产的经验教训而显出不合时宜的思想局限。②

《香飘四季》侧重写生活美好一面,尽量淡化矛盾冲突,显示出"大跃进"时期乡村热闹、诗意的一面。回避人民内部矛盾的"写真实",也只能写出来片面的真实。这种突出"光明面"而忽视"阴暗面"的写法,是十七年文学最为流行的叙述范式。"写真实"并不意味着可以"干预生活",唱赞歌显然更加安全。从社会身份来看,陈残云是国家干部和党的文艺工作者,熟悉文艺政策与文坛的变故及风尚,导致《香飘四季》中运用第三人称的全知叙事,在很大程度上是领导者、旁观者的叙事,所见所闻的主旋律是生机勃勃的人民公社生活,并未深入描写农民复杂的内心世界。陈残云的性格缺点是"过于善良,过于宽厚;有时比年轻人还易于激动……"③从人生经历来看,陈残云出生贫苦,经历了战乱漂泊,终于从苦难重重的旧中国走进新时代,自然对共产党及其领导的社会建设发出真诚的赞颂。有论者认为:"它并非粉饰太平、有意掩盖矛盾,而纯出于作者的善良忠厚天性和美好意愿,也与其内心真诚的信仰与自身生活中的身体力行分不开。读陈残云传记、看相关人物对陈残云的回忆,可知其对乡村生活的热爱和对集体事业的忠诚。"④

在激进的社会实验遭遇重大挫折之后,陈残云仍然表现出创建社会主义新农村的理想情怀,这不像是对现实政治的配合,而是一种冒险——如何禁得起读者审视和历史检验;也是一种坚持——相信共产党引领人民群众战天斗地搞建设,是在创造景象更新更美的"升平世界"⑤。正如有论者所说:"1960年是国家经济困难时期,他正在创作《香飘四季》,写的正是造成经济困难的'大跃进'时期。他却没有'皱着眉头'去写,没有写这年头的重重矛盾,而是以轻快的笔墨写生活中'香飘四季'的'万花筒',写洒脱的田园诗。"⑥《香飘四季》讲述的南方水乡"创业"故事,格调清新而抒情,具有政治与喜剧色彩,是国家民族走向富强的宏大叙事潮流中的一曲高歌。小说中洋溢的乐观奋进和昂扬斗志是时代精神的真实写照,也是作家个人真诚深情的祖国颂。相对于广阔而复杂的现实生活,《香飘四季》对日常生活细节"弃暗投明"式的

---

① 陈残云:《香飘四季》,广州:广东人民出版社1978年版,第356—357页。
② "从农业生产的指导上说,最大的教训是违背自然规律和经济规律,许多政策、措施、办法和要求往往是过急过高,搞'一刀切'、'一个令'。"见《中国农业年鉴1980》,北京:中国农业出版社1981年版,第13页。
③ 《文海风涛——陈残云作品研讨会文集》,广州:花城出版社1993年版,第28页。
④ 阎浩岗:《合作化小说的又一种写法——评陈残云〈香飘四季〉》,《粤港澳大湾区文学评论》2021年第3期。
⑤ 陈残云:《香飘四季》,广州:广东人民出版社1978年版,第26页。
⑥ 黄伟宗:《论珠江文化及其典型代表——陈残云》,《开放时代》1991年第6期。

选择性书写,以及对远非高大完美的正面人物形象的塑造,让小说的艺术真实显得具有张力和多元性。

二、地域性:鲜明浓厚的岭南色彩

《香飘四季》的地域文化色彩非常突出,以多元的文化视角和叙事手法,饶有兴致地描写了岭南水乡的自然风景、风俗民情。这是《香飘四季》反复被人所称道的地方,在很大程度上也是其艺术魅力之所在。杨义认为:"它最重要的特色在于以诗人的情思,展示了五十年代后期珠江三角洲农村田园风光、男女恋情和意气风发的集体生产劳动的色彩明丽的图景。"[①]小说确实对珠江三角洲的这些内容聚焦较多,不少篇章都可以见到成段的风景描写,讲述男女恋情的篇幅更是远远超过《创业史》《山乡巨变》等其他农业合作化小说,对集体劳动场面的勾勒更表现了翻身当家做主的岭南农民自信而忙碌的状态。另外,陈残云在探索方言土语如何同普通话相融方面达到了很高的造诣。"《香飘四季》的粤味艺术语言成就堪与当代艺术语言大师老舍的京味相媲美。"[②]对珠江三角洲地方风景风习的细描,对方言俚语的选用,对真实故事和人物的加工,让小说具有很浓郁的地域特色,增强了小说的辨识度,尤其是让当地读者感到熟悉和亲切。

新中国成立之后,乡村小说中的地域性明显减弱,其类型、风格趋于单一化,因而《香飘四季》的地域性追求可以视为对文体风格自觉的追求。不过,《香飘四季》的地域性不只是具有风格学的意义,也是陈残云形成的审美的、哲学的姿态。《香飘四季》对珠江文化的兴趣和展现,表现出强烈的"乡村意识"[③]与平和务实的珠江文化品格,以及小说缺惊险壮丽、多儿女情长的审美倾向,这些都对作品宏大的主题思想构成了游移和错位。也就是说,《香飘四季》的地域性并不仅止于自然风景、风俗民情等表面,还有深刻的精神文化内涵。

(一)乡村风景的描摹及其透视法则

与《山乡巨变》开篇就写景不同,《香飘四季》中的"风景"直到第四章才被叙述者"发现"。"现在,西涌镇的景色是醉人的。墟市联结着村庄,一河两岸,静幽幽的流水在中间流过。河中的小艇子穿梭如织,河岸的行人熙来攘往,斜阳淡照,暖风轻拂,繁盛又幽雅的水乡画景,生动地铺在人们的眼前。旧时代的罪恶,一切肮脏的东

[①] 杨义:《中国现代小说史(第三卷)》,北京:人民文学出版社1991年版,第254—255页。
[②] 何楚熊:《陈残云评传》,上海:上海文艺出版社2003年版,第387页。
[③] 张绰:《论陈残云笔下的乡村意识》,《学术研究》1991年第4期。

西,都被河水冲走了,在新的画景面前,谁还有兴趣去追忆它呢。年轻人,有兴趣的,苦心追求的,是吸引着他们前进的更新更美的事物。"①小说中的"风景"姗姗来迟,紧接其后就是叙述者的议论,用叙述者声音直接来评说、解释风景,这种比较直白的出场方式凸显了"风景"的政治寓意。乡村风景之美让人陶醉,而流水的正能量则让人吃惊,它可以冲走"旧时代的罪恶"和"一切肮脏的东西",显然被作者赋予辞旧迎新的精神力量。小说中的静物描写静不下来片刻,总是由写景迅速过渡到写人或议论,使风景与人物构成紧密的联系。这是风景在《香飘四季》中反复被描摹的特点之一。与静物相比,作者对行动的人更感兴趣,这种心态与"大跃进"时期强调人战胜自然的创造力构成了呼应关系。又如:

> 耸立在河边的,一棵巨大刚劲的木棉树,挂满含苞欲放的花蕾;村子周围,沿着河岸的,小院子里的,屋墙地上的,零星四散的荔枝树、龙眼树、番石榴树、芭蕉树、木瓜树,都将近开花了,仿佛使人闻到香喷喷的花果味,这预示着春天就要到来。而早开的桃花,却好像告诉人们,她已经呼吸着春气。凤英的脸色,正像初开的桃花一般,也带着春意。②

岭南的花枝和女主人公都含着春意,此处有"我见青山多妩媚,料青山见我应如是"之意境,蕴含生机、乐观和自信。开花会结果,劳动会丰收,现时的风景与未来的憧憬彼此联结在一起——风景的意义由此生成。

其实,从上述两例写景也可以看出来,风景在《香飘四季》中反复被描摹的特点之二,即风景是以"散点透视"而不是"凝视"一处的方法被呈现,因而画面开阔,处处皆景。再如写春景:"桃花灿烂地开,李花灿烂地开,田野上各种颜色的冬种菜花、雪豆花,灿烂地开。"③"村前,那棵高耸的木棉树,正像万绿丛中一点红,开出了璀璨的朱砂一般的大红花。肥胖的斑鸠在高高的枝丫上鸣叫,小巧的青丝雀在花间戏舞和歌唱。春水回环,春气弥漫,春树萌芽,春花怒放,鸟儿们都像很轻快地赞颂着迷人的春景。许火照觉着这个春天格外可爱。"④对自然景物的描写,融化在人物塑造中,即乡村美景不只是作为人物的生活环境而存在,还是人物精神世界的外化和象征。这样的写景例子还有不少,比如在第十九章,作者用了两大段描写男主人公许火照在蕉园巡逻看见的田园景象——各种瓜果在开花成熟,在争妍媲美。"一簇簇淡红色的蕉蕾,一串串绿玉般的蕉子,在艳阳中掩映生趣。蕉地上间种的花生、豆子、南瓜、茄

---

① 陈残云:《香飘四季》,广州:广东人民出版社1978年版,第27页。
② 陈残云:《香飘四季》,广州:广东人民出版社1978年版,第69页。
③ 陈残云:《香飘四季》,广州:广东人民出版社1978年版,第91页。
④ 陈残云:《香飘四季》,广州:广东人民出版社1978年版,第97页。

瓜、白瓜、节瓜,都开起了异样异色的花朵。红得俗气的野生的美人蕉,掩不住迷人的果花瓜花的色泽。""好一个多彩多姿的花果世界。许火照看着这一派气象,实在不敢相信自己的社会再穷下去。"①许火照的"巡视"是移动的"散点透视",散发着当家做主的新时代农民建设家园的壮志豪情;而他的理想,就是在这一片饱含希望的田野上,通过劳动、丰收让农民富裕起来。

勤劳能致富,这正是《香飘四季》中风景描写背后的第三个特点——希望原则。这种希望后来在小说中得以部分实现,香蕉水稻都获得大丰收,往日的风景因而具有了政治经济学意义。在第二十九章,许火照与林耀坤一起巡看"欣欣向荣的田园画景"②。对田园初霁的描写,融色彩、声音、香气、甜味于一体,活现了清新美好的田园,达到了情景相生相融。在第三十九章开头,陈残云再绘暖和绚丽、香风飘溢的村景,人物与叙述者的视角保持一致。而在现实主义小说中,稳定可靠的叙述者的议论和视角常常能够代表作者。"读他的小说,读者会为他以轻淡的抒情笔触所描绘的南粤景色所陶醉,如看清雅秀美的淡彩画和织锦画……作者怀着对乡土的爱恋之情,总是乐于把读者带进果盛花繁的境界中。"③果盛花繁,香飘四季,这是陈残云所描绘的、正在追求富裕的岭南新村。

当然,小说还有不少写景的如散文诗一样的段落,或为烘托主人公甜蜜的爱情,或写丰收景象,文风轻快而明丽,节奏空灵而舒缓,具有极高的岭南地理风貌的辨识性,每每为人称道。如:"天空湖水一样的明净,繁星闪着微笑的眼睛,河水脉脉地流,细风轻轻地吹,蕉叶丝丝地响,草虫嘶嘶地叫,好一个静穆的甜蜜的夜晚。"④又如:"珠江岸边金黄色的稻野,宛如一幅名贵的绒幔,在暖融融的阳光辉照中,闪闪烁烁,放出了悦目的金光。"⑤这些风景如诗如画,多姿多彩,弥散着岭南乡土的秀美与芬芳,同时蕴藏着时代政治内涵和积极乐观的岭南文化心态。

陈残云擅长用散文诗一般的语言描绘饱含希望的迷人的多彩田园生活,有时寓时代颂歌于风俗民情图画中,有时赞美之情溢于言表,使风景与人情、时代构成密切联系,让岭南风景生成为"社会主义风景"的一部分。即清新明朗的风景描写,对于这一时期的农村题材小说而言并不仅是风格问题,而是惯于在人与田园的关系中由审美滑向功利,把风景欣赏升华为政治抒情,使由春到冬的四季风景成为具有政治意味的审美形式。

---

① 陈残云:《香飘四季》,广州:广东人民出版社1978年版,第219页。
② 陈残云:《香飘四季》,广州:广东人民出版社1978年版,第350页。
③ 邓国伟:《陈残云小说略论》,《广州研究》1986年第3期。
④ 陈残云:《香飘四季》,广州:广东人民出版社1978年版,第430页。
⑤ 陈残云:《香飘四季》,广州:广东人民出版社1978年版,第431页。

(二)作为特色和方法的粤味方言

陈残云在1940年代的乡村小说中,就已经探索过方言如何与普通话相融,自觉地追求文学语言的方言特色,并取得了很好的成绩。① 后来,使用粤语对白的电影《珠江泪》大获成功,也让陈残云认识到方言创作的力量。1950年代初期,以《文艺报》为中心开展了方言问题讨论,随后,国家推行汉语规范化运动,在此背景下,"在小说中减少方言的使用,日益成为文学界的一种时代共识"②。与1940年代的小说集《小团圆》相比,《香飘四季》使用的方言已经明显减少。不过,较之其他同时代作家,陈残云仍然有意用了较多的方言土语,不时引用、改造珠三角地区群众的口头语,在强势的普通话面前保持比较坚定的粤方言自信,在文学史上留下了卓越的探索。使用较多的粤方言土语,弥补了在规范严整的叙述语言中所损耗的地域风情,生动活泼地呈现了岭南文化的神韵;同时,体现出陈残云深深眷恋着岭南故土,具有鲜明的乡村意识。③

《香飘四季》吸收了许多在日常生活中为珠三角地区群众所习用的方言,有谚语、歇后语、惯用语等。下面列举小说中的部分方言词汇:

名词:公仔戏、鼓气、靓女、肥婆、虾仔、悭鬼、手笼、寮子、异日、猪红粥、晚造。

动词:相睇、屃泥、落墨、挽鞋、荡月、撞板、斩缆、饮胜、趁墟。

熟语:一支针没有两头利;无粮不聚兵;棋中无哑人;瘦田耕穷人;人算不如天算;杀人放火金腰带,修桥整路没尸骸;坐船过海,各有心事;到处杨梅一样花;一代媒人三代折;清明前后莳,夏至谷头红;打蛇随棍上;船头慌鬼,船尾慌贼;世界轮流转,终须一代完;竹门对竹门,木门对木门;软皮蛇不听笛;泥菩萨过河。

陈残云还灵活化用了一些群众口语,如:各家打扫门前叶,明明是北方谚语"各家自扫门前雪"根据南国自然气候演化而来;"吃人家的闲气"是"受人闲气"的改用。④ 此外,与赵树理相似,陈残云也习惯给人物起外号,如咸酸主任、鼓气佬、烂头海、黑炭等。上述这些口头语言,言简意赅,通俗而形象,富有表现力和地方色彩,有些是记录了岭南水乡特有的出行和劳作方式,有些是对生活常识和哲理的总结,有些对刻画人物特征和性格是有必要的。陈残云生长在农村,长期与农民打交道,熟悉他们的生活语言,故能在写作中左右逢源。

---

① 何楚熊:《陈残云评传》,上海:上海文艺出版社2003年版,第390页。
② 贺仲明、张增益:《1950年代的"方言问题讨论"与乡土小说的语言方向》,《南京师大学报》2019年第3期。
③ 张绰:《论陈残云笔下的乡村意识》,《学术研究》1991年第4期。
④ 何楚熊:《陈残云评传》,上海:上海文艺出版社2003年版,第387页。

关于使用方言的原则,陈残云说:"一般外省同志大致看得懂,有助于表现地方特色和人物性格的特殊用语,我常常选用。"①不过,由于粤方言与普通话存在较大差别,陈残云在使用方言时并不是信手拈来,而是做了翻译和改造,并对"荡月"②等个别难懂的词汇加以注释。"广东的作家受了很大限制,因为我们语言和文字不统一,写出来的文字实际是变相的翻译,是舞台腔,不大能如实地表达人物的个性。"③陈残云常为广东作家写作时需要将粤语"翻译"成普通话抱不平。陈茹说:"父亲说广东作家并非要追求打过黄河长江,而要注重保存广东作家语言中的'广味'。"④言文不一致,确实是广东本土作家面临的障碍,陈残云对广东作家的语言问题有长久的思索。而有节制地使用方言,保留"广味",则有助于作家直抵现实生活,使作品富有地域色彩。从成效来看,《香飘四季》的方言词汇让本土读者倍感亲切,给外地读者带来一定的陌生化效果,增加了幽默、风趣的情调。另外,《香飘四季》中的方言既与小说中较多的生硬的政治类标语口号构成混搭和对照,增加小说语言的丰富性和可读性,又传达出陈残云有自觉的平民化意识与地域文化意识——毕竟为人民群众服务是这一代作家所信奉和追求的创作方向,而为老百姓喜闻乐见并且新鲜活泼的粤方言正是形成"岭南特色"和"中国气派"必要因素。总之,粤方言是陈残云讲述故事、刻画人物的工具和方法之一,方言自身也是一种地域文化特色的积淀和体现,建构着小说的地域特色和中国特色。

(三)风俗民情的展现及其民间趣味

《香飘四季》着力讲述社会主义新农村的建设,风景、人物、劳动等都呈现出新气象,但颇有意味的是,在描写热火朝天的劳动场景之外,还用很多笔墨讲述了赶墟过节、饮食起居、下棋看戏、相亲约会等乡村日常世俗生活的细节。在"十七年"文学创作中,《香飘四季》对乡村公共空间和私人空间的描写都是很有特色的,具有历史与文学史价值。

《山乡巨变》细致地描写了农民打牌活动,对农民这种旧的娱乐活动并不贬斥,反而流露出一种单纯的欣赏的趣味。而《香飘四季》用了五六页的篇幅讲述村干部和村民一起下象棋,最后让乡党委书记"棋王"区忠出场并赢了棋局,并总结出下棋

---

① 陈残云:《陈残云文集(十)》,天津:百花文艺出版社1994年版,第466页。
② 陈残云:《香飘四季》,广州:广东人民出版社1978年版,第324页。适龄妇女产生闭经现象,叫作"荡月",这种疾病揭示了"大跃进"时期妇女超负荷劳动的艰辛。
③ 陈残云:《陈残云文集(十)》,天津:百花文艺出版社1994年版,第335页。
④ 孟迷:《陈残云女儿陈茹深情忆父亲——"老广"父亲永远是"市井小民"》,《深圳特区报》2012年9月27日,第B01版。

的"指导思想",很自然地让他讲出做工作、搞生产的道理——"开始时一定要有决心赢得胜利",进攻与防守都要有谋略,有远见,得学会稳扎稳打,勇敢前进。① 由棋赛到棋经再到农业生产,层层推进,这样接地气的工作方法、写法,比直接高喊标语口号当然要有吸引力。《香飘四季》的写作重心不在下棋活动上,而是要引出党员干部的亲民作风和"大局观",是为了教育和启发群众听党话、跟党走,相信党能够率领他们奔向好前程。下棋本是乡村古老的文化娱乐活动,在小说中却对接上了严肃的政治话语,显示了政治话语对乡村公共空间的渗透和利用。

书写党员干部在与民同乐中借机提升农民的思想境界,这一叙事策略在小说第二十五章写"故事会"时再次被运用,但已经有所不同。作者借人物之口一连讲了十二个民间故事,分别是:方世玉打擂台、姑嫂的黑白牙齿、地主穿错鞋子、地主的假秀才女婿、骗子被骗走雨伞、武士剃头与射箭、小武演戏打老虎、新婚夫妻变戏法、王允献貂蝉、智擒特务、傻女婿、喃吽佬捉鬼。其中,乡党委书记区忠讲了一个故事,并简短地点评了两个故事,但没有把故事会引到讲生产上去。区忠主动参加了农村晚间的故事会,并不在会场上凸显自己的政治身份。月白星稀,田野清幽且风凉,干群同乐,劳逸结合多欢畅。陈残云兴致勃勃地讲了一大串民间故事,让政治话语暂时放松了对乡村公共空间的管控,以至会场上气氛轻松活泼,"笑声不断地震动着静寂的夜空,愉快代替了劳顿"②。乡村故事会无疑也是一种古老的民间文化形态,当它自由自在地呈现时,仍然绽放出迷人的魅力。

值得注意的是,除了"故事会"之外,《香飘四季》还写了"戏曲会",绘声绘色地描写了农民唱戏、看戏的过程,把戏名或戏文嵌入了人物性格和故事进程中,展现了深受传统文化浸染的民间生活情趣。戏曲在《香飘四季》中的分量和作用都值得重视,尤其是在描述许细娇的性格和婚恋过程中,戏剧起到了烘托、互文的作用,看似闲笔的戏名和戏文,实际上契合了许细娇的内心世界和人生经历。与《创业史》中的素芳和《艳阳天》中的孙桂荣都不同,许细娇长得俊俏,但并不风流堕落。许细娇是农业合作化小说中非常特殊的一个"问题女性",她是乡村中的"花旦",爱打扮,嗓子不俗,喜爱听戏唱戏,对广州城的名角名戏如数家珍;她贪慕城市的繁华想嫁到城里去,却三次受到别人的欺骗和伤害,在婚恋中遇到了很大的挫折,遭到了失贞、离婚的"惩罚"。许细娇在小说中的每次出场,几乎都和戏剧有关联。在小说第一章,读者就得知许细娇爱进城看大戏,也懂得唱大戏;在第十三章,许细娇唱的是名剧《鸳鸯被》,与她为终身大事既着急又慎重的心理状态构成互文关系;在第二十三章,她在

---

① 陈残云:《香飘四季》,广州:广东人民出版社1978年版,第34—36页。
② 陈残云:《香飘四季》,广州:广东人民出版社1978年版,第301页。

婚宴现场唱的是苦情戏《搜书院》中的《初遇诉情》,暗示了其婚姻的不幸;在三十九章,县里的专业粤剧团来公社演戏,屡经婚恋挫折的许细娇却对村干部未请来广州的出名旦角而感到不满。即使作为一个出身不好、情史坎坷的民女,许细娇对于戏曲也坚持拥有较高的审美标准,她在选爱人、看戏曲中的挑剔眼光是一致的,始终是一个心气儿较高的农村女性。

在《香飘四季》中,许细娇的性格和命运比其他女性更加阴柔可怜,这个小女人的喜好和心思一方面透露了农村人在经济、文化方面确实存在对城市的向往和追求;另一方面,这位超级戏迷表明传统戏曲这种古老的民间文化形态,在1950年代的农村依然有很大的影响力。所以,在小说快结尾庆丰收时,县里的粤剧团顺便来东涌村演出《西河会》《穆桂英挂帅》《芦花荡》。"男的,女的,老的,少的,连跛脚的、瞎眼睛的都来了,几乎是全村的人都来齐了,而且别村的人也来了不少,就像有什么重大的喜庆事儿一般,人们高高兴兴地挤拥着,叫嚷着,闹笑着,比放一场最好的电影都要热闹。"[1]这是"十七年"农业合作化小说中最热闹喜庆的"狂欢节",是趣味盎然的岭南风俗民情,是乡土中国曾经的文化田园的生动写照。有论者认为,《香飘四季》因为其地理学的意义而成为文学经典。[2] 在文学地理学的视野中,地理空间和文学创作是互相塑造的。《香飘四季》中强烈的地域特色是陈残云主动选择的结果,但它不是被动地呈现,而是一种非常活跃的力量,不断从故事情节中凸显出来。香飘四季、淳朴诗意的岭南水乡,与新中国农民翻身解放得到归属感的文化心态互相映照,构成作者家国情怀的表征。

三、从文学性到经典性:《香飘四季》的艺术魅力

作为返乡的游子,陈残云饱含着热情,对其故乡的劳动、风景、方言、下棋、故事会和"戏曲会"等都抱有极大的兴趣,因而不时游离于严肃的政治主题,用了很多篇幅来展示、渲染他的所见所闻,表达了对日常生活和民间趣味的认同。总的来说,《香飘四季》的风景描写、生活叙事与政治主题之间,存在着重叠和错位的二元性,这与论证人民公社的优越性之间存在一定的裂痕。但由于契合了新时期以来"非政治化"的期待视野,它们反而被批评界认为是小说的艺术魅力,是其"文学性"的重要体现。文学性不只是文本内部关于语言、修辞和结构等方面的艺术,在乔纳森·卡勒看

---

[1] 陈残云:《香飘四季》,广州:广东人民出版社1978年版,第489页。
[2] 陈翠平:《文学地理学中的现当代岭南文学——以粤语方言区文学为例》,《学术评论》2017年第1期。

来,"对文学和文学性的认识仅仅着眼于文本特性是不够的,更要重视文学特点与读者阅读之间的张力关系,即重视文学的社会机制与实践功能"①。对于《香飘四季》来说,在文本特征与阅读行为的互动关系中,能够更清楚地发现多样的文学性被建构的历史进程,发现文学性如何影响到经典的建构历史。

比如,强烈的地域特色本身即是一种引人入胜的文学性,但也是减弱小说叙事强度的因素,阻碍了另一种"文学性"——故事性的生成和表达,因为大多数读者显然更倾向于阅读紧张曲折的情节。可是纵观《香飘四季》,正面人物与反面人物的较量缺乏惊险刺激的情节,关于集体和个人的冲突并不尖锐。此外,小说还征引了许多宣传歌颂"三面红旗"的标语口号,甚至过多地让人物讨论水稻如何密植,这都导致小说的叙事节奏不够紧凑,故一些读者认为《香飘四季》有些平铺直叙,甚至有"沉闷冗长"之嫌。无疑,故事本身的审美价值是不能轻视的,好看的故事本身就具有文学价值。陈残云也认为小说的故事性不强,阶级斗争不够激烈,也不是主线,而是用了几对青年男女的爱情故事串联全篇。② 然而,换个角度来看,《香飘四季》中较多的爱情故事,也是作品显著区别于其他"十七年"农村题材小说范式的地方。

除了"花旦"许细娇一波三折的情史,《香飘四季》还书写了许火照和叶肖容、何水生和陈阿秀、许凤英和何津三对青年男女的婚恋故事。其一,许火照和叶肖容的婚恋故事比较平淡,作者的叙述重心是让工作积极的丈夫带动沉湎于"家务事、儿女情"的妻子,促使叶肖容走出家庭为公社工作并成功入党。其二,何水生生性腼腆,作为一个有性格缺点的村会计竟然在小说开篇率先出场,阻碍了小说象征意义的生成,但一个青年在恋爱和钱财上的双重烦恼,恰好为小说中许多姑娘因为本村贫穷而选择外嫁的情况做了铺垫,引出了村民关心的婚恋和"算账"问题。后来何水生向许凤英求爱不成,终于和寡妇陈阿秀结合。小说在讲述何陈恋爱时,出现了两个非常幽默的"误会":第一,阿秀清晨去社委会准备叫醒"何水生",发现他仍在酣睡,就挠他露在蚊帐外的脚板,对他撒娇说情话,结果却发现帐中人是昨晚与何水生同睡的何津。第二个"误会"仍然运用了视觉上的偏差:中秋月圆之夜,何水生蹑手蹑脚地用双手蒙住在相思树下的"陈阿秀",结果却发现对方竟是同样来约会的许凤英!这两个误会都颇具戏剧性,"当事人"触摸的都不是其"心上人",作者借天时地利之便讲述因缘巧合,一再展现民间故事的趣味,令人忍俊不禁。其三,进城的许凤英和退伍的何津在广州戏院初遇,观看的恰是讲述民间爱情故事的戏剧经典剧目《柳毅传书》,暗示许凤英和何津终将结成伉俪。在十七年趋向"一体化"的文学秩序中,《香

---

① 赖大仁:《"文学性"问题百年回眸:理论转向与观念嬗变》,《文艺研究》2021年第9期。
② 陈残云:《我写〈香飘四季〉的一些考虑》,原载《羊城晚报》1963年11月7日,见广东省作家协会编《文海风涛——陈残云作品研讨会文集》,广州:花城出版社1993年版,第308页。

飘四季》中较多的具有人情味的情爱话语,不时从严肃的宏大叙事中超脱出来,甚至成为贯穿全篇的主要线索,在结构和内容上都与政治话语构成悖论关系,使小说在描写人性上显得更加细腻动人,散发出温煦的人情之美和人性之光。

《香飘四季》中的这三对青年男女都是正面人物,特别是许火照、何津作为村干部,虽然也表现了基层干部具有的忠诚、正直、积极、勤劳等优秀品质,具有带领群众脱贫致富的强烈愿望,但是与《创业史》中的梁生宝相比,显得过于生活化,缺乏英雄气质和理想光环,在"社会主义新人"形象画廊中并不突出。小说中的正面农民形象没有转变或拔高成为英雄人物,"政治嗅觉不灵敏","书中没有刻画出一个高大和光辉的正面英雄人物",[1]因而与主流意识形态所期待的时代新人尚有距离。不过,这些生活化的正面人物,恰恰证实了这些平和、实在的珠江儿女,是具有多样、平实、清新、洒脱特质的珠江文化所孕育出来的典型形象。[2]《香飘四季》不是"史诗性"的作品,它缺乏较长时段的历史风云之色,缺乏忧患意识、壮丽之美和崇高之美,但能"寓时代的真实性与历史的深刻性于浓郁的乡土氛围之中,寓政治生活于意趣盎然的生活情调之中,实现了政治理想同艺术真实统一的境界"。[3]

《创业史》在"主题"的提炼、"英雄人物"的塑造、普遍性形式的寻找上,实现了创作与阅读的双重自觉,成功地通过文学想象建立现实的意义秩序,总体上完成了意识形态对新中国文学长久的期盼。[4] 与"成功"的《创业史》相比,《香飘四季》也曾有过较大的影响,其文学史意义并不只是地理学意义上的岭南风景、风俗和风情。《香飘四季》在出版后一再加印,在东莞农村召开了作品座谈会,又被改编为电影和话剧[5];此外,有不少读者来信要求到东莞落户或参观,足见这是一部广受读者欢迎的小说,成功地建构了对岭南新农村的文学想象。陈残云在给普通读者的回信中反复说明《香飘四季》写的不是真人真事,但具有很强的现实基础;在党的坚强领导下,人民群众有力量扭转一穷二白的落后命运,建设一个富裕美好的新农村。[6] 陈残云认为他写农村的美,是符合生活真实与艺术真实的:"有人说我将广东农村写得太美了,像天堂那样。我觉得我们的农村实在很美,应该写。不是故意粉饰升平。艺术作

---

[1] 杭志忠、沈原梓:《我们对〈香飘四季〉的看法》,《文学评论》1965年第4期。
[2] 黄伟宗:《论珠江文化及其典型代表》,《开放时代》1991年第6期。
[3] 何楚熊:《论陈残云创作中的审美意向》,《开放时代》1991年第6期。
[4] 萨支山:《试论五十至七十年代"农村题材长篇小说"》,《文学评论》2001年第3期。
[5] 20世纪80年代初,广州青年业余话剧团和东山区业余话剧团联合排演的《香飘四季》,让陈残云几次落泪,在东莞演出时盛况空前,反响强烈。见《喜看话剧〈香飘四季〉》,收录于《陈残云文集(十)》,天津:百花文艺出版社1994年版,第453—454页。
[6] 见《给几位年轻读者的信》《关于〈香飘四季〉的通信》,收录于《陈残云文集(十)》,天津:百花文艺出版社1994年版。

品不同工作总结,它总是要夸张的,不是夸张美,就是夸张丑,照相师也有自己的取舍角度,何况作家? 我曾到过海陵岛和南三岛,那里的自然面貌和社会面貌,比我所反映的那些农村生活还要美,看来我的某些夸张,还比不上实际生活。"①如果说《创业史》有志于指明"中国农村向何处去",那么,《香飘四季》则不具备"指方向"的写作抱负,而是立足于"鼓干劲"的文学功能,同时把农民脱贫致富的执着干劲夯实为新农村建设的核心动力,这是其在农村题材小说史中不容忽视的意义。农民对幸福婚姻、富裕生活的渴望与追求,这些恒定的人性特征正是《香飘四季》中珍贵的人文底色,体现了陈残云对农民尊严、价值和命运的关怀,是其人其文与新旧读者产生情感共鸣的重要基础,也是农村题材小说在经典性建构过程中的"试金石"。

1991年,文学界在广州召开陈残云作品研讨会。1993年,《文海风涛——陈残云作品研讨会文集》出版。2003年3月,《陈残云评传》出版;初冬,东莞麻涌镇文化广场立起了一尊陈残云半身雕像。2008年,《香飘四季》由花城出版社再版;同年,以长篇小说为创作基础的大型组歌《香飘四季》举行专场演出,以"音舞诗画"的形式向名作致敬,向改革开放30周年献礼;公演之前由广东文艺界联合主办了组歌研讨会,演出后,发行文艺晚会的DVD音像制品,红色文学名作被多样化激活和开发。2009年,《香飘四季》入选"新中国60年广东文学精选丛书",由广东人民出版社再版。这些文艺实践活动是人们纪念和缅怀作家的表现,无疑也是《香飘四季》经典化建构过程。首部表现"大跃进"的长篇小说《香飘四季》,在文学与政治之间达到了平衡,作为一种特殊的精神镜像、文学遗产和历史文化资源,经历了畅销—沉寂—复活的接受历程,表明红色文学名作自有其生命力和经典性。与《创业史》《山乡巨变》等"红色经典"一样,《香飘四季》在表现农民追求理想生活的进取奋斗和乐观奉献精神时,体现作者很强的社会责任感和理想信念,以及很强的兼顾政治与审美的平衡能力,这是革命时代的大作家所共有的精神印记和艺术境界。

第四节　电影文学剧本与散文创作

一、《珠江泪》:战后苦难生活的写实

电影剧本《珠江泪》原是题为《贫贱夫妻》的中篇小说,在蔡楚生的鼓励下,陈残

---

① 陈残云:《写生活的美,鼓人民之劲》,见《陈残云文集(十)》,天津:百花文艺出版社1994年版,第476页。

云把小说改写为剧本,为影片赋予了更多的文学价值和人文蕴含。该剧本于1948年冬完稿,1949年夏投入拍摄,王为民担任导演。翌年初电影《珠江泪》在香港三家大型影院同时上映,引起较大的轰动,打破了粤语片卖座率的最高纪录,成为粤语电影的经典作品之一。陈残云回忆道:"一些向来不屑看中国影片的洋人,也排队买票。""我曾在各个戏院看过这部片,每一场都有许多人流泪,最后又都响起了雷鸣般的掌声。1950年夏秋在国内放映时,同样受到观众的欢迎。"①解放后,陈残云创作有《羊城暗哨》《故乡情》《雪夜》,还与他人合写了《椰林曲》《南海潮》《香飘四季》等电影剧本。

粤语电影《珠江泪》具有鲜明的地域色彩和时代特征,其故事背景是抗战胜利后的民不聊生的社会现实。剧本共有35节,主要讲述了广东一对青年农民夫妻阿牛和牛嫂失散又团聚的故事。剧本开篇写珠江流域的风和日丽农村风景,接着描写锣鼓喧天的喜庆场面——"庆祝抗战胜利暨欢迎赵专员莅乡指导"。农民们本来以为抗战胜利后可以惩恶扬善,从此过上好日子,于是纷纷向"接收"专员告状申冤,试图扳倒往日横行霸道的官仔贵。不料赵专员当众打官腔要秉公办理,背后却趁机跟官仔贵达成交易,大捞油水。官仔贵转身变成清乡大队长何贵,借剿匪之名,一一报复曾经当众告状的乡民。张九被毒打后有所觉醒:"当初我以为政府回来,会给我们出口气,原来还是大天二的世界,这鸟政府没指望的啦……"②张九不得不"上山"寻找活路。阿牛恋家保守,不愿意跟随张九冒险离乡。但是,阿牛家的水稻被官仔贵强行收割,牛嫂登门求情时反被他乘机调戏。牛嫂受辱后黯然回家,并不敢声张,直到阿牛被强征兵丁时,才把实情告诉丈夫。阿牛和邻居阿鸡连夜逃走,牛嫂被绑到乡公所遭到毒打威胁,并且被逼债卖屋。阿牛和阿鸡逃到城市卖苦力谋生,但还是被人强迫抓走当兵。牛嫂在乡下被官仔贵继续骚扰逼债,无奈来到省城想当佣人谋生。因为工作难寻,陷入经济窘境的牛嫂被龟婆肥婆三诱骗到妓院打杂。长相清丽的牛嫂掉入了虎狼之窝,不断遭到恶霸嫖客的调戏。巧合的是,官仔贵被游击队赶出农村,在省城再遇牛嫂,于是勾结龟婆,不断威逼利诱牛嫂卖身还债。阿牛当兵被俘之后被遣散,在省城寻妻不顺,后来在邻居的帮助下终于和已经失身的妻子团聚。阿牛、牛嫂、阿鸡等乡邻准备坐船返乡,与众多工友一起把闻讯赶来码头阻拦的官仔贵等人痛打一顿后,欢天喜地地坐船离开了省城。

与《复原泪》《几家欢乐几家愁》等抗战后期的电影相似,《珠江泪》聚焦于普通家庭的悲欢离合,深刻地揭露了抗战之后的社会矛盾,反映了国民党统治下人民颠沛

---

① 陈残云:《〈珠江泪〉的写作和拍摄》,《陈残云文集(十)》,天津:百花文艺出版社1994年版,第436页。
② 陈残云:《陈残云文集(六)》,天津:百花文艺出版社1994年版,第10页。

流离的悲惨生活状况。阿牛夫妇无以为家,正是社会无比黑暗和腐朽的写照。牛嫂遭受了物质、精神上的双重痛苦,失身后不敢面对丈夫,遭到丈夫的怒骂,在众多乡邻的劝解下丈夫才得以捐弃前嫌。电影表现了传统家庭伦理的魅力,阿牛的恋家、寻妻、谅解的过程,显示出他的家庭观念很强,具有浓厚的思乡情结,这是对传统人伦情感的坚守。阿牛虽然显得保守自私,却是真实可信的,是一个没有拔高的尚未觉醒的农民形象。影片最后,阿牛终于难以按捺自己的愤怒和屈辱,不顾危险地痛打了官仔贵一顿,不仅为这个普通的安分守己的农民形象增添了一抹亮色,而且反映了人民的觉醒和反抗,为广大群众指明了出路。

剧作中的牛嫂形象让人印象深刻,她善良软弱,一步步被逼到绝境,失去丈夫和家园的庇护,失去贞节和尊严使她背负着巨大的物质和精神压力。她的令人感到心酸的堕落史,深深控诉了黑暗社会逼良为娼的罪恶本质,具有较强的悲剧效果。影片虽然没有跌宕起伏的情节和宏大的场面,但是行文简洁生动,紧扣一对夫妇的命运变迁,对阿牛和牛嫂的心理刻画显得真切细腻。比如,牛嫂初到肥婆三那里上班时,听到旁人唱了几句粤曲:"唉,我满怀情绪,惟有哽咽在喉咙——""只有眼泪一行,送君你接受呀——"这些唱词的呈现,实际上是双关手法,烘托了牛嫂悲凉难言的内心世界,暗示了她更加凄苦的命运从此开启。

此外,牛嫂到官仔贵家里求情被调戏后,剧本里特意穿插了一段歌词,用以烘托抗战胜利后老百姓的苦难和反抗:

珠江水,水流长,
八年血泪满珠江,
指望胜利带来好日子,
谁知善良百姓更遭殃!

内战起,苦难当,
强拉壮丁上战场,
军粮捐税重重迫,
迫走百姓离家乡。

离家乡,血泪长,
十亩良田九亩荒,
穷人卖屋又卖子。
土豪地主谷满仓!

水到尽头入大海，

人到绝路迫跳墙，

前年苦命要翻转，要翻转，

拿起刀枪、消灭吃人的豺狼！①

这段电影插曲，对于人物性格的刻画和社会环境的渲染，起到了很好的烘托作用。

剧本较多地采用强烈的对比手法，具有鲜明的社会功利目的。一方面，城头变幻大王旗，许多日伪政权的汉奸摇身一变，成为"党国政权"的权势人物，继续骑在人民头上作威作福、寻欢作乐；另一方面，战后"劫收"的事实，使城市和乡村的底层群众谋生更加艰难，继续遭到权贵阶层的盘剥压榨。陈残云在获奖感言揭露了他还乡时亲历的人间惨剧："那些以胜利者自居的国民党官员，又和依仗日寇势力欺压群众的地主恶霸势力勾结起来，征粮抽丁，迫害压榨，人民再度陷入痛苦的深渊，过着悲愤的日子。""少年时期的伴侣，失踪的失踪，饥饿的饥饿，死亡的死亡，许多人家散人亡，妻离子散，我感到十分难受。以胜利者自居的国民党官僚们，同日寇一样把人民看作奴隶，进行残酷的剥削和迫害，城市和乡村到处是饥饿和死亡，广州市的街道上，随处都有无人收殓的尸体。一切有良心的人，无不憎恶国民党的贪污腐败。但接着国民党反动派竟然又发动了反共反人民的内战，对人民的迫害越来越厉害，搜刮钱粮，强抓壮丁，许多善良的人民遭受了大难。"②这些凄凉的城乡景象深深刺激了陈残云，《珠江泪》反映了内地农民被迫逃离乡村的苦难生活，流露出强烈的社会关怀意识。

《珠江泪》的故事具有鲜明的时代特色和地方色彩，真实地表达了劳苦大众盼望解放的心声，自然容易引起观众的共鸣。观众对剧中善良美貌的牛嫂和朴实本分的阿牛寄予了无限同情。片尾当受难者绝处逢生，并且齐心合力反抗时，"观众都狂喜地爆发出强烈的掌声"③。"它如此直接地、朴素地反映了当时的社会面貌，劳动人民的真实生活和斗争，在香港电影中是少见的，或者还可以说，在粤语片中是一个创举。"④《珠江泪》是南国影业公司成立之后的首部作品，是粤语影片走向繁荣的新起点，1950年初在香港公映后，"取得了颇佳的声誉"⑤，成为进步影人打造粤语片精品

---

① 陈残云：《陈残云文集（六）》，天津：百花文艺出版社1994年版，第17—18页。
② 陈残云：《泪和笑——〈珠江泪〉获奖感言》，《陈残云文集（十）》，天津：百花文艺出版社1994年版，第441页。
③ 陈残云：《〈珠江泪〉的写作和拍摄》，《陈残云文集（十）》，天津：百花文艺出版社1994年版，第436页。
④ 陈残云：《漫谈〈珠江泪〉》，《陈残云文集（十）》，天津：百花文艺出版社1994年版，第439页。
⑤ 赵卫防：《香港电影史：1897—2006》，北京：中国广播电视出版社2007年版，第86页。

的代表作,能激发观众的阶级与民族仇恨,具有强烈的教育意义,在思想和艺术方面都具有较大的成就。另外,电影《椰林曲》在写人伦人情方面也精彩感人,具有很强的抒情性和人情味。《羊城暗哨》是一部具有传奇色彩的反特影片,故事曲折动人,表达了对公安英雄的敬佩之情。《南海潮》的故事情节曲折而有张有弛,人物关系错综复杂而头绪清晰,人物刻画精致,笔触细腻,富有地方色彩,无论剧本还是影片,都给人以较强的审美愉悦。①

二、"红旗"作家的散文:酿造生活的诗意

应《红旗》杂志邀请,陈残云连续发表三篇散文②,歌颂人民公社欣欣向荣的生活,成为惹人瞩目的"'红旗'作家"③。陈残云的散文创作与其同一时期的小说、诗歌等一致,在主题上都属于讴歌新社会。与杨朔、吴伯箫、曹靖华等作家相似,陈残云擅长以乐观积极的心态反映社会主义建设中涌现出来的新人物、新事物与新的精神面貌,表现了时代精神与人民群众的美好生活。

《珠江岸边》《沙田水秀》《水乡探胜》这三篇影响较大的散文,皆以"我"的所见所闻为线索,描写、赞美了珠江三角洲的农村新生活,语言朴素,积极明朗。《珠江岸边》脱稿于1959年2月18日,开篇写景,接着写"我"在人民公社成立初期来到一个熟悉的农村,先后见到明婶、刘炳和刘二公,分别引出他们对农村建设建立的托儿所、大食堂和敬老院的态度,反映出群众安居乐业,对新生活、共产党和毛主席充满感恩之情。文章结尾再次写景并点题:"我们伟大的祖国的脉流,珠江的流水,永无止息地奔流,珠江两岸无边的绿野,一天天地生长和茂盛,珠江两岸的村庄,是一个和平静穆而又美丽的花园。人与自然,一切新生的东西都在前进。我爱前进着的祖国,我爱前进着的珠江岸边的家乡!"④首尾呼应,由景入情,融家乡颂与时代颂于一体,这些技巧在《沙田水秀》《水乡探胜》中继续得以使用。

在《沙田水秀》中,叙述者"我"故地重游,与林亚达老汉和他的女儿金女意外重逢。"我"受邀乘坐他们的小艇子,在行程中得知他们对解放后的新生活感到很满足和感恩。文中有一个细节起到承前启后的关键作用,金女执意让"我"喝一口河水,让"我"亲自品尝到了沙田地区水利改造的胜利果实。这个地方原本是容易产生咸潮的水乡,共产党不但让农民翻身当家作主人,而且带领人们兴修水利,终于改善了

---

① 何楚熊:《陈残云评传》,上海:上海文艺出版社2003年版,第360—361页。
② 这三篇散文分别发表于《红旗》1959年第5期、1960年第3期、1960年第14期。
③ 欧阳山:《应该有浪漫主义精神》,《羊城晚报》1962年9月27日。
④ 陈残云:《珠江岸边》,《陈残云文集(八)》,天津:百花文艺出版社1994年版,第32页。

水质。"在我面前出现的,是一个神话似的奇迹,又清又淡的河水,多么秀丽,多么可爱,多么美……"①林氏父女所谈的喜事,不仅是金女即将结婚,还指成立了人民公社庆贺大丰收。吴伯箫认为:"《沙田水秀》是一篇写得清新而且亲切的散文,它表现了人民公社化以后新农村的欢快氛围,像一幅画得朴素然而是色彩鲜明的图画。"②

《水乡探胜》写的是"我"下乡探望故人并检查工作,发现洪灾之后,群众在党的领导下喜获丰收,土地上"处处显出欣欣向荣的盛况","充满着希望的、欢乐的歌声,又伴随着人们的脚步,继续前进!"③叙述者感叹望天收的惨淡日子已经一去不复还了,群众依靠党和公社的集体组织,干劲十足,逐步学会了掌握自己的命运。不难发现,这三篇散文在结构和内容上彼此相似;叙述者与作者身份基本一致,是农村工作的领导者,文章采用的是外来者的固定视角;从明婶到林氏父女,再到《水乡探胜》中的新媳妇苏小桃,他们无不为家乡的社会主义建设感到自豪高兴,都是充满朝气和信心的新农民形象。陈残云另有《竹棚佳话》发表于《人民文学》1960年第12期,同样着力表现美的生活与美的情感。

陈残云擅长简洁勾勒地方风景和人物言行,把对生活诗意的追求与对新社会的赞颂融合在一起。诗情画意,是陈残云散文创作的生命力来源和艺术特色。即文中有诗,文中有画,读者如同置身于美丽清新的岭南水乡,容易获得祥和、宁静和美的享受。④ 这些散文名篇发表在社会主义建设遭遇困难的时期,描写了农村生活欢乐美好的一面,旨在给人以前进的力量,以克服困难。陈残云认为他没有浮夸,"不是故意粉饰升平",而是写的"鼓干劲"的作品。⑤

---

① 陈残云:《沙田水秀》,《陈残云文集(八)》,天津:百花文艺出版社1994年版,第37页。
② 吴伯箫:《读〈沙田水秀〉》,《文艺报》1960年第4期。
③ 陈残云:《沙田水秀》,《陈残云文集(八)》,天津:百花文艺出版社1994年版,第42页。
④ 何楚熊:《陈残云评传》,上海:上海文艺出版社2003年版,第418—419页。
⑤ 陈残云:《写生活的美 鼓人民之劲》,《陈残云文集(十)》,天津:百花文艺出版社1994年版,第475—476页。

第十二章　吴有恒与王杏元

吴有恒是将军作家,王杏元是农民作家,风云际会,二人却都创作了名重一时的长篇小说。《山乡风云录》描写1940年代后期粤西南山区的游击队战争,《绿竹村风云》描写1950年代前期粤东南山区的合作化运动,生动地反映了广东山村在时代转折之际的巨变。同时,两部作品都能较好地融合现实主义与浪漫主义于一体,富有非常鲜明的地域特色。当然,两部作品艺术个性也有不同,由于各自的文学基础有别,吴有恒《山乡风云录》受到古典文学深刻影响,语言较为精致,且流露出说书人的口吻;而王杏元《绿竹村风云》受到民间说唱文学深刻影响,语言比较通俗活泼。总体来看,《山乡风云录》《绿竹村风云》是文学"为工农兵服务"的典型作品,二人的创作历程和文学实绩在全国都具有代表性。

第一节　吴有恒《山乡风云录》

吴有恒(1913—1994),出生在广东恩平的一个大户人家,幼年在私塾跟随叔父读书,看了《三国演义》《聊斋志异》等许多古典文学作品,积累了深厚的文学素养。1931年"九·一八"事变后,因积极参加抗日救亡活动被中学开除。1936年在香港加入中国共产党,进行革命斗争和地下活动。1940年底经过长途跋涉抵达延安,任中共中央党务研究室研究员。1945年出席党的"七大"。1946年以中共南路特派员的身份回到故乡广东,大力发动群众开展武装斗争,后任粤桂边区部队司令员、粤中纵队司令员,配合大军解放岭南地区。新中国成立后,历任粤中地委书记、广州市委书记等职。1958年因广东"反地方主义"案件受到错误处分,被撤职下放到广州造纸厂,业余写成带有部分纪实性的长篇小说《山乡风云录》。吴有恒创作《山乡风云录》的初衷,本来是为丰富造纸厂职工的文娱生活,鼓舞干劲以渡过生产难关,同时借以记下对战友的怀念。

1962年8月,小说由广东人民出版社出版,随后多次再版,并被改编成话剧、粤剧、连环画、电影等其他艺术形式,在岭南和全国文艺界引起了较大的反响。"小说以其故事之新奇,人物之生动,生活知识之丰富,地方色彩之浓郁,显示了作者在创作上与众不同的风格。"①1963年成为专业作家。"文革"期间被抄家关押。1979年,吴有恒得到平反,出任《羊城晚报》总编辑兼党委书记,出席第四次文代会,之后曾任广东省文联副主席、广东省作家协会副主席等职。1986年,吴有恒在广东中青年作家创作实践研讨会上作了题为《应有个岭南文派》的报告。1991年在广州召开"吴有恒文学作品研讨会"。1993年出版《吴有恒文选》(共三卷)。2002年入选经广东省人民政府批准设立的广东省档案馆首批"广东名人"。另著有话剧《山乡恩仇记》、长篇小说《北山记》《滨海传》②、粤剧《山乡风云》、历史小说集《香港地生死恩仇》、杂文集《榕荫杂记》《榕荫续记》《当代杂文——吴有恒之卷》《〈东方红〉这个歌》。

一、岭南战争生活的艺术画卷

新中国成立后,革命历史题材创作蔚然壮观。"刚刚结束不久的抗日战争和解放战争成了众多作家竞相反映的热门题材。"③《红旗谱》《林海雪原》等一批描写北方革命历史的小说成为红色文学的典范,而欧阳山的《三家巷》、吴有恒的《山乡风云录》则是表现南方革命战争的代表作。

《山乡风云录》描写了抗战胜利后华南山区一支游击队活动和成长的故事,塑造了邓祥、刘琴等一批可歌可泣的英雄形象。将军作家吴有恒不仅是解放战争的亲历者,同时也是解放战争的讲述者,特殊的从军经历形成了其特殊的文学创作风格。"他没有为了给作品套上'气势不凡'的光圈而去追求千军万马纵横厮杀的宏大战争场面。"④在充分利用真实的战争经验的基础上,作者将故事设置在岭南山区特殊的地域环境之中,描写了一系列小型、分散、灵活、斗智斗勇的游击战争。相较于宏大叙事场景,作家这样来讲述南国游击战争史,不仅更容易驾驭,而且真实可信,充分展现了武装革命斗争的南国特色。

《山乡风云录》谱写了一幅幅多彩生动的战争艺术画卷,人物众多,故事曲折,具有一定的传奇性。小说的开头从一支被打散的游击队写起,他们从海边来到山区发

---

① 梁惠卿:《从战场到文坛的老作家——吴有恒》,见《从战场到文坛——介绍作家吴有恒及其作品》,广州:广东省中山图书馆等编印1987年版,第12页。
② 《北山记》于1964年至1965年在《羊城晚报》连载,于1978年由广东人民出版社出版;《滨海传》于1980年由广东人民出版社出版。《山乡风云录》《北山记》《滨海传》是反映广东革命战争的优秀作品。
③ 陈思和主编:《中国当代文学史教程》,上海:复旦大学出版社1999年版,第56页。
④ 陆基民:《风云和风情的协奏曲——试论吴有恒小说的思想艺术风格》,《海南大学学报》1984年第1期。

展武装力量,通过串联群众反对征兵征粮征税而打开新局面;后来依靠群众力量,以猎虎为名获得武装,接着智取力攻,打下桃园堡,擒获番鬼王。小说后半段写到游击队遭遇敌人集中优势兵力不断反扑,牺牲了不少革命志士,山区的斗争一度遭遇重大挫折;乘着解放军南下的有利形势,游击队在刘琴和邓祥的指挥下,积聚力量,伏击敌人,最终取得了重大胜利。其中,游击队里应外合攻夺那横山政治中心桃园堡的"闹月"一节,情节惊奇曲折,节奏有张有弛,颇能使读者震撼,艺术感染力可以与《林海雪原》中的智取威虎山故事媲美。

  小说主要塑造了文治平、邓祥、刘琴等游击队领导,同时又描写了林可倚、盘阿兆、何奉、春花、黑牛、三升米大婆等革命志士和群众形象。这些人物形象各有特色,比如,春花从投水到参加革命的转变,校长林可倚的书生气质,邓祥的运筹帷幄,刘琴的机智勇敢,黑牛的憨直彪悍,都能给读者留下深刻印象。整体来看,作家显然没有遵循"高大全"的模式塑造正面人物形象,避免了类似题材中英雄形象过于符号化、概念化的通病。作家在肯定正面人物的过程中,并没有回避人物性格弱点,写出了他们性格的变化与成长。其中,邓祥刚出场时尚带有鲁莽的成分,与敌人斗争的过程中使队伍受到不同程度的损失与挫败。随着故事的进展,他逐渐变得沉着、老练。邓祥一次被虎咬伤,一次遭受枪伤,最后一次在战斗中不幸中弹牺牲。这些情节设置使邓祥这一人物显得非常真实、生动,又带来了情节的转折和悬念。刘琴是小说中刻画得最为精彩的英雄形象,以广东恩平的冯坤为原型[1],她"翩若惊鸿,矫若游龙",先是扮成还乡的闺女,瞒过二太子,混进桃园堡参加中秋"拜月"活动,为拿下桃园堡立下重要战功;后来又化装成村妇巧夺炮楼,设下伏击圈狠狠地打击了敌人,俨然是英姿飒爽、智勇双全的巾帼英雄。

二、地方色彩与民族风格

  《山乡风云录》在描绘岭南革命斗争风云变幻的过程中,蕴含了浓烈的地方色彩,体现出鲜明的民族风格。正如论者所说:吴有恒擅长"以简练而不粗疏,细腻而不繁杂的笔触,描绘出一幅风云漫卷、广阔深远,具有浓厚的民族风格和鲜明的南方色彩的历史画卷"[2]。

  小说呈现的独特的岭南风景,主要是自然景物和房屋建筑。比如第一章就出现的海边鱼市、红土壤、茆菇草、葵树、茶寮、簕竹林等景物,客观上将故事发生的地点定

---

[1] 冯创志:《粤剧〈山乡风云〉女连长刘琴原型——冯坤》,《源流》2019年第2期。
[2] 陈衡:《吴有恒和他的长篇小说》,《宝剑与骊珠——〈吴有恒研究论文集〉》,广州:中山大学出版社1991年版,第36页。

位于岭南地区,展现了与别处不一样的岭南地理风貌;主观上暗示岭南地区面临的残酷环境氛围,为游击队的艰苦斗争埋下伏笔。又如第二章写那横山风景:"那横山地当三县边界,幅延二百余里,山势雄厚,林壑深邃。以主峰为界,分为山南山北山东三部,各皆峰峦重叠,曲水依山,回峰抱水;其中有开阔谷地,辟为田洞,水土肥洪,人烟聚集;也有植茶种杉人家,依山结村,住在那高山上深沟里。……这真是个锦绣似的地方!终年有不谢之花,四季有长青之草,列峰排空,常住霭霭烟云,曲径通幽,时吟细细风雨,樵歌唱遏飞霞,牧笛吹咽流水。这是世外桃源,人间乐土么?不,这是典型的南方山乡,风景秀丽,物产富饶,人民勤劳,生活贫苦。"①此处风景描写骈散结合,抑扬顿挫,颇有古典气息,显示了作者深厚的古文功底。不过,从山美水美写到人民贫苦,这种笔法符合革命志士的眼光和心态,毕竟来到那横山的游击队不是观光客,而是山区劳动人民的解放者。所以,他们发现的风景,就不是单纯的自然风貌,而是含有一定的政治色彩。

而最能寄托作家情感的景物莫过于小说中多次出现的"山稔子树",这是岭南地区特有的一种小灌木,数量很多,遍地都是,开红花,结红果,长在红色的土壤上,生命力强。"这种小灌木生在那坚实的红沙土上,根很深,枝条坚韧,不容易折断,即使把它的枝条都砍光,过了不久,它又会从残存的树头上抽枝发叶,再长起来。我知道的这故事里的那支小游击队,正是有点像山稔子树一样,在南方的山野之间,到处都长着的。"②吴有恒把游击队战士比喻成山稔子树,对山稔子树的描写,其实是回忆与歌颂战争年代的"山稔子精神"——扎根基层,朴素而顽强。小说中的漫山遍野的山稔子树就是战士的化身,不屈不挠,拥有坚毅的品质,表达了作家对游击队战士们的怀念和讴歌。③

岭南地区的房屋建筑,颇能体现当地的历史文化特色。比如,设置在祠堂灯寮的男馆女屋,反映了恩平地区独特的风俗人情;刘琴家的一栋半土半洋不中不西的青砖屋,折射出她父亲曾经在海外务工的归侨身份。当然,这些建筑风景的描写多具有阶级分析的眼光。比如《猎虎》一章介绍了老地主徐咏诗的"咏庐"的屋内陈设,夹叙夹议,说明它是老地主"享福"的地方。对地主恶霸们开会议事的桃园堡,作者描绘得尤为精细逼真。

  桃园堡并没有个桃园,它只是个砖砌石结的城堡,坐落在离外洞墟几里的一

---

① 吴有恒:《山乡风云录》,广州:广东人民出版社2009年版,第13页。
② 吴有恒:《山乡风云录》,广州:广东人民出版社2009年版,第2页。
③ 1983年5月,时任《羊城晚报》总编辑的吴有恒还乡时作诗《稔仔花》:"战地重临到归家,英雄碑外野烟斜。当时战士今垂老,赠我几丛稔仔花。"见《吴有恒文选》(第三卷),广州:花城出版社1993年版,第77页。

个小山岗上,四面的石围墙有二丈高,形势雄壮。这城堡建立近百年了。大平天国起义时,这里的农民也起了义。农民军用红巾裹头,称为红头军。那时有刘关张三姓的地主,立了支地主兵,和农民军为敌。地主兵用黑布裹脚,称为黑脚兵。桃园堡就是黑脚兵筑的营寨。那刘关张三姓的地主,仿照《三国演义》里刘备、关羽、张飞三人桃园结义的故事,结为异姓兄弟,把他们的营寨,称为桃园堡。农民起义被镇压下去以后,地主们又把城堡扩建加固了。在堡内建了供奉刘备、关羽、张飞三人的祠庙,称为桃园公所。在堡前立了个石碑,上刻着"三姓结盟永镇此士"八个大字。……

桃园公所里面像间庙,外面像座衙门。庙里正堂上供着刘备、关羽、张飞的泥塑神像,一个白脸,一个红脸,一个黑脸,像演着一台戏。四壁绘了许多《三国演义》里的破黄巾、战吕布、过五关、古城会等等故事画。整座祠庙,建筑得很为华丽,雕梁画栋,金碧辉煌。门外摆着一对石狮子,立着一支旗杆,旗杆上挂着斜三角形、黄牙镶边、中级北斗七星纹,绣着刘关张三个大字的黑旗子,那是当年的黑脚兵的军旗。大门两旁,插着刻上"肃静回避"字样的高脚牌子,又在门边挂了个漆着国民党的青天白日徽,白底黑字写着"桃园堡三姓族务自治委员会"的牌子,还有个牌子,写着"公所重地闲人免进"几个字。真是气像威严,架势十足。①

桃园堡和其他碉楼一样,是广东恩平地区独具特色的房屋建筑,见证了晚清以来的历史巨变和百姓苦难。它不仅是游击队试图攻占的一个堡垒,还是地主恶霸控制社会政权、鱼肉百姓的象征。小说前后两次讲述游击队依靠群众力量奋力攻占桃园堡,说明了阶级斗争的艰巨性,也暗示了豪强地主与国民党军队把持的乡村权力格局最终被击垮。

新中国成立后,汉语规范化运动的推广使方言写作明显减少,但《山乡巨变》《香飘四季》等作品依然坚持方言的适度运用,彰显了地方文化特色,也增添了作品的审美个性。而《山乡风云录》的语言色彩非常丰富,在整个新文学史上罕有媲美者,不仅夹杂着一些方言词汇、古典诗词与现代诗歌,而且使用了民谣、山歌、戏文、唱本、军歌、国际歌、书信、卦辞、悬赏布告、辞灵告白等,众体兼备,琳琅满目。这些驳杂的语言看似游离于故事之外,但颇能彰显作者的审美趣味和岭南的地方色彩。

比如,第九章引用了一旧一新两首儿歌:

鹁鸠有钱,花呀花颈领,

---

① 吴有恒:《山乡风云录》,广州:广东人民出版社2009年版,第53—54页。

鹊鹊无钱,白绽补肩头。
鹁鸠无钱,钻落个簕竹窦,
鹊鹊有钱,树梢起高楼。

山稔子,开红花。
双成姐,会绩麻。
绩麻拜七姐,坐轿去娘家。
七担油糍三担果,
一盒槟榔一盒茶。
行到石桥下,
落轿骑白马。
驳壳枪,两肩挂。
捉住番鬼子,
打马转回家。
双成姐,人人夸。①

旧的儿歌道出鸟类也有贫富差距,具有寓言性质。新儿歌中的"绩麻""油糍""槟榔"意象属于典型的岭南本土产物。新儿歌则回顾了前文,概括了徐双成假扮新娘子和游击队一起智擒二太子的精彩故事,赋予儿歌形式以新内容,属于"旧瓶装新酒"。两首儿歌采用的是粤味普通话,带有南方特有的色彩情韵,句式简洁灵活,韵律欢快有力,朗朗上口,富有生活气息,既体现了孩子们欢快的心情,又烘托了游击队和群众胜利的喜悦之情,且能与群众先前受到繁重的压迫形成对比,使故事节奏显得有张有弛。

此外,《山乡风云录》对节日和婚丧礼仪等民俗风情的描写可谓匠心独运。比如,作品浓墨重彩地描写了岭南出嫁女中秋节宁家拜月的习俗。"出嫁女最重拜月,她们照例要在出嫁后第一个中秋节宁家,和村中的姊妹们团圆拜月的。"②小说中桃园堡关刘张三家姑娘借拜月"斗繁华",炫耀富贵,给游击队攻夺桃园堡可乘之机。拜月会包含剪纸、诵经、演戏、用米粉制作各种供品等活动,张灯结彩;女娘们还要梳洗打扮,"专等到月色欲上时,才从各个女屋排着队,去拜月场拜月"③,过中秋节简直比过年还热闹。女子在中秋这一重要节日成为主角,彰显岭南地区迥异于北方民俗

---

① 吴有恒:《山乡风云录》,广州:广东人民出版社2009年版,第77页。
② 吴有恒:《山乡风云录》,广州:广东人民出版社2009年版,第105页。
③ 吴有恒:《山乡风云录》,广州:广东人民出版社2009年版,第122页。

的独特性,让人领略岭南特殊的民俗韵味。作家事无巨细地介绍拜月的程式,一方面烘托出节庆习俗热闹非凡的氛围,展现了岭南地区深厚的民间文化底蕴;另一方面,方便讲述游击队怎样机智地卧底埋伏,为接下来一场激烈的战斗埋下伏笔。欢快喜悦的拜月氛围突转为激烈战争,情势转变之快让人猝不及防,增强作品跌宕起伏之感。"吴有恒笔下的战争一般都是寓寄于富有岭南山乡特点的景物描绘或风俗点染之中,这种战争场面虽说比不上《红日》的战争描写那样残酷激烈,缺少一种悲壮的美感,但它却更具岭南的色彩,也为当代文学增添了一种描绘战争的写法。"①小说中还写了盘阿兆的婚礼和邓祥的葬礼。这些风俗人情描写使《山乡风云录》的革命史与民俗史交融在一起,增加了作品的史料价值与审美价值。正如论者所说:"吴有恒的小说,就像一部多音部的历史协奏曲,革命战争风云是它的主旋律,南国的社会生活,风物乡情,则是它悠扬动听的和声。"②

吴有恒少时好读话本小说等古书,其《山乡风云录》明显受古典小说的影响。比如,作品中保留说书人的口吻,叙述者不时在叙述故事之际直接议论抒情,叙述方法比较传统;人物出场时,叙述者往往交代其来历,并注重通过人物言行刻画其性格;语言尽量追求雅俗共赏,时而古色古香,时而方言俚语;故事比较完整,彼此有连接或照应等。正如吴有恒所说:"在写小说的时候,我也力求自己像在向读者讲故事那样叙述,所以,写起来首先要求自己语言要尽量通俗化、民族化多吸取群众的口语,既要有南方的特点,又要照顾北方的读者。至于小说的结构、布局,当然要求有故事性,有头有尾,互相连贯。但更重要的是,要以人物的活动为中心来构想,让人物在故事的叙述中穿插地活动,故事又以人物为中心交错地展开。这样往往能从一个人物引出另一个人物,一个情节引出另一个情节,把故事写得曲折些。"③有论者认为:小说的人物画廊和生活画面比较庞大,直笔铺陈的笔墨有过于分散、凝练不足之嫌,但作者秀净清丽的文字弥补了作品的这个缺点,在写人物事迹时,文情彩色缤纷,文气感情充沛,文笔细腻动人。④

三、《山乡风云录》的传播与文学史价值

1958年,吴有恒下放广州造纸厂进行劳动改造期间,由于工厂缺乏原料供应,他

---

① 陈剑晖:《岭南小说风格试论》,《社会科学战线》1983年第1期。
② 陆基民:《风云和风情的协奏曲——试论吴有恒小说的思想艺术风格》,《海南大学学报》1984年第1期。
③ 李孟煜:《壮心不已——访吴有恒》,《花城》1981年第1期。
④ 洁珉:《〈山乡风云录〉散论》,《作品》1963年第6期。

被任命为经营副厂长去原料产地催收原料。扎排漂流的日子艰难异常,又寂寞难挨,吴有恒讲述曾经在南路斗争的故事为工人"排忧解难",这就是《山乡风云录》的雏形。回到工厂后工人同样面临吃不饱的困境,为了鼓舞民众,吴有恒截取《山乡风云录》的部分内容写出了话剧《桃园堡》,上映之后,在工厂大受欢迎。"《桃园堡》在厂里接连上演二十八场,还是座无虚席。"[①]对工人来说,熟悉的岭南地域特色,耳熟能详的民俗风物,共产党领导农民闹革命的主旋律,使得因物质匮乏带来的悲观情绪一扫而尽,全厂的一致好评加快了《山乡风云录》的传播。后来广州话剧团根据《山乡风云录》改编成《山乡恩仇记》在社会上演出,一时间轰动广州话剧界。出版社、电视台、报社等传播媒体的一致青睐,终于让作家吴有恒有了完结《山乡风云录》的想法。1962年广东人民出版社抢先出版《山乡风云录》,并成为畅销书。《山乡风云录》在本地的传播,终使其声名远扬,翌年,北京作家出版社出版新版《山乡风云录》,影响逐渐扩至全国。后又改编为粤剧、电影《山乡风云》。

粤剧《山乡风云》契合"文艺整风"大写大演"具有现代精神的现代戏"精神,1965年至1966年在广州、深圳、北京、上海等地多次演出,其中女主角刘琴由著名演员红线女饰演,被公认为建国后粤剧创作的第一部成功之作和现代粤剧的里程碑。特别是周恩来的北有《红灯记》、南有《山乡风云》的赞扬,更带动了其他剧种对《山乡风云》的"移植"与改编。不久中央人民广播电台在黄金时间播送《山乡风云》,使得《山乡风云》红极一时,盛况空前,成了粤剧现代戏史上的《红灯记》。作为广东文化的精品节目,新世纪以来,粤剧《山乡风云》多次公演,成为由中宣部、文化部主办的"庆祝中华人民共和国成立60周年献礼演出"众多优秀节目中唯一的粤剧,得到社会各界的充分肯定。

与传媒界、演艺界形成鲜明对比,文学史对《山乡风云录》并不重视。小说发表后,评论界对其讨论比较正常。"文革"中吴有恒被认为是"文艺黑线人物""地方主义反党集团头目""南方叛徒党要员"[②],作品无人问津。新时期以来,小说多次再版,不过评论界和众多文学史教材几乎对它只字不提。原因一是作者的政治身份长期比较敏感,国统区走出来的将军在解放后被贬职处分,《山乡风云录》在接受中存在因人废文的情况;而改革开放后,吴有恒虽然获得平反,但时过境迁,革命历史题材已经不再受到重视。二是南方革命题材及其细腻多彩的写作风格对于文坛来说比较陌生,而《红旗谱》《林海雪原》这种粗犷、豪迈、通俗的北方战争题材小说更容易获得广大读者认可。三是小说人物及故事众多,主要人物忽隐忽现,以致结构不够严谨,

---

① 洛湖客:《艺术家的吴有恒》,《广东艺术》2000年第6期。
② 吴幼坚:《我的父亲吴有恒》,《源流》2008年第5期。

这在一定程度上影响了小说的可读性和美誉度。

然而,这部作品的文学史价值也是显而易见的,它绘声绘色地描写不同于北方战争题材的岭南解放斗争史,展现了与北方革命斗争不同的战争风貌,弥补了南方地区缺乏武装革命战争题材作品的缺憾。"吴有恒笔下的战争画面的确不够广阔雄壮,缺乏一种史诗般的雄壮美感,但他写得曲折复杂、多姿多彩、生意盎然,洋溢着岭南的地方色彩,自成一格。"[1]《山乡风云录》为构筑清晰的当代文学史脉络以及地域文学发展脉络提供了典范作品,在当代文学史的书写上理应有一席之地。

第二节 王杏元《绿竹村风云》

一、生平与创作

王杏元(1937—2019),原名王实力,广东饶平县渔村镇人。幼年丧父,出身贫穷,读了4年半小学就辍学在家乡务农,曾在乡政府做民政工作,任过初级社和高级社社长、村生产大队队长。王杏元长期受到擅唱潮州歌册的母亲的熏陶,喜欢文学和写作,其成才与潮州歌册这一古老的民间文艺有着密切关系。王杏元亲历了新中国粤东农村的建设和变化,是潮汕文联《工农兵》等刊物的积极通讯员,1956年他的潮州歌册《春红姐》在《工农兵》登载,得到文艺界好评。"在共产党的培养下,就拿起笔来,写民歌、写快报、写潮州歌册,写的是农村解放后的新生活的说唱本,故受'农民兄弟'的欢迎,被誉'山顶秀才'。"[2]

1957年第十、十一期《工农兵》杂志发表了说唱文学《绿竹村的斗争》,第二年由广东人民出版社出版了单行本,改题为《绿竹村的风云》。在广州参加广东省作协创作学习班期间,王杏元结识了潮汕籍作家陈善文、秦牧等,得到他们的欣赏。在陈善文的大力辅助下,王杏元把说唱文学《绿竹村的风云》改写成长篇小说《绿竹村风云》。[3] 小说中的个别章节,如"新任村长""天赐""山神庙前""出村证明书"曾在《人民文学》《羊城晚报》等报刊发表。1965年8月,《绿竹村风云》由人民文学出版社(上海分社)、广东人民出版社同时出版,广受欢迎。1978年,小说由广东人民出版社再版,1982年被拍成电影《天赐》。《绿竹村风云》讲述了粤东山区绿竹村建设农

---

[1] 陈剑晖、郭小东:《再论岭南小说风格》,《广州研究》1984年第6期。
[2] 陈衡、袁广达主编:《广东当代作家传略》,广州:中山大学出版社1991年版,第340页。
[3] 罗源文:《忆陈善文》,《新文学史料》1998年第2期。

业合作社的故事,塑造了王天来、王天赐、王阿狮等鲜活的农民形象,夹杂不少潮汕方言土语和风俗人情描写,散发出泥土和山林的气息,富有浓郁的粤东山村特色。

另发表有报告文学《钢铁运输线》,中短篇小说《铁笔御史》《牛角号又吹响了》《半夜枪声》《屠夫与教师》《倾诉》《天板蓝蓝》,以及长篇小说《无皇帝的子民》等。1988年与程贤章合写长篇小说《胭脂河》,并将其改编为电视剧本《乱世三美人》,均比较畅销。另创作有电视剧剧本《妈祖》、电影剧本《因祸得福》《无须怜悯》《红尘劫》等。1966年6月,农民作家王杏元、军队作家金敬迈、工人作家胡万春等一起参加了在北京召开的"亚非作家紧急会议",受到毛泽东、周恩来等国家领导人的接见。[①] 王杏元曾被选为广东省作家协会副主席,在珠江电影制片厂编辑室从事专业创作,曾经挂职任中共揭阳市委常委、中共汕头市委宣传部副部长。1992年出版纪实文学《神武今鉴》,后改名为《南中国碣石玄武山》,于2009年入选"新中国60年广东文学精选丛书",由广东人民出版社重版。

二、小说中的潮汕农业合作化运动

《绿竹村风云》取材于闽粤交界的潮汕山区的农村生活,讲述了新中国成立初期绿竹村村长王天来在共产党的领导下,团结群众建立互助组及合作社的曲折历程,反映了社会主义新农村建设存在的困难与乐观主义精神。笼统来讲,《绿竹村风云》所表现的土改之后农民创业的故事,与柳青的《创业史》、浩然的《艳阳天》等主流小说并无本质上的不同,主要写农民建设互助组、合作社的积极性及曲折历程,即讲述了所谓"两条道路"之间的斗争,塑造了听党话、跟党走的"社会主义新人"形象,进而实现团结、教育与鼓舞群众的功能。

小说中的绿竹村在解放前充满着阶级掠夺和压迫,以三脚虎父子为首的恶霸地主巧取豪夺,欺压贫苦农民。穷人遭受的苦难一言难尽。解放后,这片"省尾国角"也迎来了农民翻身的新时代,贫苦群众斗倒了三脚虎,经过土改分得了土地,开始扬眉吐气,热切憧憬新生活。但是,有些家底薄的人家,遇上生老病死的困难关口,又发生了卖田卖地的事情,导致"东家贫来西家富"的现象有恶化倾向。比如,王天赐在土改后被迫卖掉竹山,形象地说明了小农经济无法抵御自然灾害或者意外风波的打击,家底薄弱的农民无力改变自己的贫苦命运。为了走共同富裕的社会主义大道,共产党把农民组织起来,走互助合作的道路。1952年春,绿竹村的互助组建起来不到

[①] 王国宾有诗句评说当年盛况:"潮邑说唱扬省府,绿竹风云誉京。元首欢颜齐赞赏,乡亲奔告乐唱吟。"见《名著青史载 品德后人钦——悼念著名作家王杏元老师》,《潮州日报》2019年8月19日。

八个月,就一哄而散。然而,贫下中农重整旗鼓,组建了一个十二户的贫农互助组。贫农组的成员凭着一把硬骨头,起早摸黑,开荒种果树,又大办副业,足足搞了两三年,才使互助组有了很大起色。其他贫下中农受到鼓舞,也团结起来组建了几个互助组。从1955年7月开始,全国兴建合作社,绿竹村也在一系列的斗争中先后建立了初级社和高级社,取得了农业合作化的胜利。

小说内容反映了互助组到合作社的创业过程注定是艰难的,但又见证了劳动人民建设美好生活的豪情壮志。由于合作化道路是自上而下发动的,而农村社会中小农经济长期占据统治地位,合作化道路不免遇到许多困难。一方面,互助组缺乏足够的资金、牲畜和规模,乌山、银花夫妇对互助组也有过动摇,王葫芦对王天来的合作化道路冷嘲热讽;而勉强参加互助组的富裕中农王阿狮更是代表了走个人发家致富道路的势力,他竞选村长、申请入党、买竹山、做生意、开茶馆,处心积虑地拉拢群众、赚取钱财,自恃在家底和计谋上的优势,一直试图与王天来领导的互助组比个高低。另一方面,王天来在上级党组织的领导下,面对王葫芦、王阿狮的露骨挑战,带领一帮穷兄弟开荒、买牛、积极组织生产、召开斗争会,终于挫败了富裕中农的气焰。小说中王天来与王阿狮之间的矛盾和较量,成为最吸引人的情节,代表了"两条道路"之间的斗争,也代表了农民中两种思想倾向的冲突,使这两个人物形象显得鲜活而有时代特色。

在小说中,王天来进入绿竹村之后,就显示出正直厚道、质朴实干的性格特征,后来成长为一个善于团结和发动群众的村干部。比如王天来说服妻子卖猪凑钱来帮王天赐赎回竹山,并当着王阿狮的面撕碎契约;后来,王天来坚决退回王阿狮挂靠合作社招牌做买卖赚回来的"臭钱",并把王阿狮的检讨书张贴在集市上以划清"红"与"黑"的界限。王天来的这些行为团结、教育了贫苦群众,反映了他对走共同富裕道路的坚决捍卫,对党的事业无限忠诚;也让读者看到他对阶级弟兄的深厚感情,以及性格中的善良正直的一面。有论者认为:"天来作为互助合作的坚决带头人和颇有办法的实干家是刻画得相当充分、相当成功。但是我们觉得他似乎还可以带着更多一些革命理想,具有更高的思想光辉。""天来性格在十三章以后开展得不如前半部好。天赐形象给人中断的感觉。"[①]王天来是党与人民利益的代言人,是居于小说中心的主人公,作者通过言语、行为描写较多地刻画了王天来忠诚无私的品格以及"铁骨头"精神。不过,反面人物王阿狮刻画得更加成功。如论者所说,"王阿狮在王

[①] 金钦俊、吴宏聪:《〈绿竹村风云〉的特色和意义》,《中山大学学报》1965年第4期。

杏元的笔下简直是写活了",他搞的入党申请、革新茶间、主动入社等一系列以退为进的花招,活画出一个深通《三国》的富裕中农形象。①

与《创业史》中梁生宝形象没有梁三老汉成功相似,《绿竹村风云》中王天来形象并不比反面人物王阿狮塑造得更加饱满。个中原因,与其说是王天来这个新时代农民缺乏"革命理想"和"思想光辉",不如说王天来形象的塑造多少有点概念化和理想化,血肉不够丰满;而王阿狮作为绿竹村的大能人,他对土地钱财的眷恋,对家族势力的维护,及其顺风转舵、贪财狡黠的性格生动地揭示了传统文化对农民心态的深刻影响,真实反映了社会转型之际农民的性格特征与艰难适应。

三、《绿竹村风云》的艺术特色和成就

新中国成立之后,以《文艺报》为前沿阵地的文艺界非常重视培养工农兵作者,并以机关刊物身份或借读者名义,要求全国文协及地方文协有计划地进行这项工作,实现了工农兵写作的真正繁荣,"形成了一种向工农兵方向靠拢,真正以工农群众为创作主体的大众文艺潮流"②。王杏元最初创作的说唱文学《绿竹村的斗争》上半部,发表于《工农兵》半月刊,是配合政治运动的产物,随后主编周艾黎让林文杰等人帮忙完成剩余的篇章。③ 作为从山村走出来的文艺通讯员,王杏元后来在陈善文、秦牧等人的帮助下,把这部潮州歌册改写成长篇小说。④ 有论者认为:"《绿竹村风云》是广东省第一本青年农民作者的长篇小说。这是从农民的角度来观察农民,反映农民的作品,自有它独特的意义,很值得我们重视。"⑤从创作过程和内容来看,《绿竹村风云》显然不是纯粹的个人写作,而是业余文艺创作经过修饰、改装之后的成功典范,它的文学水平在得到不断提高的同时,也受到了主流意识形态的进一步渗透和规训。

《绿竹村风云》与其他流行的合作化小说一样,写一个村庄的各阶级人物在合作化运动中的行动和思想,把"两条道路"的斗争贯穿始终,歌颂翻身农民在党的领导

---

① 阎纲:《农民作者写的好长篇》,《文学评论》1965年第5期。
② 刘晓红:《工农兵业余创作与十七年时期〈文艺报〉》,《汕头大学学报》2010年第2期。
③ 余史炎、黄昏:《七十年情系歌诗,七十年文学人生——潮州市从艺70周年老文艺家口述访谈之林文杰篇》,https://www.163.com/dy/article/GCI9OMRV0521KPEN.html。
④ 秦牧在看过小说初稿后,曾指出小说中过多地使用了潮汕方言等缺点,同时有许多肯定和鼓励。见《生活之泉喷起了水柱——谈农民作家王杏元的长篇小说〈绿竹村风云〉》,《羊城晚报》1961年8月30日。小说出版后,1965年11月13日,时任副主编的秦牧在《羊城晚报》发表文章《一个农民笔下的生活长卷》,再次对《绿竹村风云》大力推荐。
⑤ 杨嘉:《生活的艺术结晶》,《学术研究》1966年第1期。

下艰难创业,并流露出作者对合作化运动的反思。比如,王阿狮贩卖水果巧赚钱,却被王天来视为投机倒把,赚的不是"正经钱",破坏了合作社的名誉,这也揭示出当时流行的比较狭隘的商品经济观念。王天来坚决执行上级指示,"制止两极分化","向资本主义开炮",不仅弹压王阿狮买地、经商,而且批评贫农乌山、木坤想到福建打工挣钱的计划是"把棺材坑看成路"。实际上,小说中的所有人物对什么是资本主义与社会主义都还不清楚,而作者的创作立场、情感倾向与王天来并没有什么距离感,这导致"作家在集体无意识中摒弃形象思维而代之以图解政策",作品则留下了当时极"左"路线的印痕,与绝大多数作品一样无法超越与突破时代局限性。①

《绿竹村风云》采用第三人称视角来讲述故事,通篇可以明显看到民间文艺和与古代白话小说的影响。比如,作者常用说书人"讲古"的语调来讲故事和写人状物,重视情节的铺垫、曲折和结尾的大团圆。开篇"引子"中写道:"我就先讲英雄'三不怕'夜闯广东怒打'三脚虎'的故事,作为开场吧。"②第二十二章"如此团圆"写到王阿狮、王葫芦等落后人物都同意入社,王天赐回到绿竹村,农业社在"雄浑有力的鼓声"中宣告成立,故事在喜庆的大团圆中结束。又如,作者没有使用西方小说中常见的大段的风景描写和心理独白和分析手法,而是在讲述王天来、王天赐、王阿狮等人的故事时,对人物的政治与道德评判合二为一,正面与反面人物善恶分明。正如论者所说:"这种小说人物善恶二元对立的结构,既是中国古典小说的基本模式,又恰好契合了阶级论与所谓社会主义与资本主义两条道路斗争的政治需要。"③此外,小说在叙述时使用以普通话为主体的规范化语言,简短通俗,而在人物对话中则善用比喻,并酌情采用一些简单易懂的潮汕方言,穿插一些潮汕地域的民歌、民谚、俚语、歇后语等,紧贴群众的日常生活用语。其中,小说在讲述石生和日兰、红梅和阿元的爱情史过程中,就反复引用了多首民歌,比如:

> 不怕死来不贪生,
> 不怕血水流脚跟,
> 砍断脚跟留脚趾,
> 我俩有命不断情。④
> 蝶子飞入蜘蛛丝,

---

① 郑明标:《论王杏元长篇小说〈绿竹村风云〉》,《粤港澳大湾区文学评论》2022 年第 5 期。
② 王杏元:《绿竹村风云》,广州:广东人民出版社 1978 年版,第 6 页。
③ 郑明标:《论王杏元长篇小说〈绿竹村风云〉》,《粤港澳大湾区文学评论》2022 年第 5 期。
④ 王杏元:《绿竹村风云》,广州:广东人民出版社 1978 年版,第 111 页。

不死不活不分离；

无心阿哥不救妹，

妹死网底后悔迟。①

这些民歌具有浓厚的日常生活气息与地方色彩,既突出了他们追求个人幸福的勇敢,又增添了小说人性描写的多样性和生动性,能给读者以审美愉悦。

正如论者所言:"由于《绿》采写潮汕在新中国成立初期某地的农村和农民生存状态,采用群众喜闻乐见的艺术形式和艺术语言,因而通俗生动、质朴浅显、节奏明快、行文简洁、乡土气息浓郁。它排斥了西方某些小说的大段写景抒情和心理窥测的独白或叙述;也排除了中国某些古典小说的典雅语言风格,迎合了我国,特别是潮汕群众世俗的欣赏、阅读的审美趣味与价值观念。因此,《绿》的艺术形式与艺术语言,以及它呈现了地域文化的异质性与独特性,博得了当时潮汕以及全国广大读者的热烈好评与赞誉。"②总的来看,《绿竹村风云》的语言通俗朴实而又生动有趣,以一个主要人物为一个章节或连续多个章节的中心来结构小说,在继承古典文学传统、整合民间文学资源方面做出开创性的贡献,在创作个性与时代精神之间达到了某种平衡,也兼顾了革命浪漫主义与革命现实主义,是继李茂荣的长篇小说《人望幸福树望春》之后文艺界探索大众化、民族化的一个硕果,为践行"为工农兵服务"的方向树立了样板,在社会主义现实主义文学序列与乡土文学史中都具有不可替代的地位。

---

① 王杏元:《绿竹村风云》,广州:广东人民出版社1978年版,第251页。

② 郑明标:《论王杏元长篇小说〈绿竹村风云〉》,《粤港澳大湾区文学评论》2022年第5期。

第十三章　金敬迈和《欧阳海之歌》

金敬迈(1930—2020),江苏南京人,1949年高中毕业后参加解放军,1957年加入中国共产党,曾任广州军区战士话剧团演员,会吹拉弹唱,演过不少角色。后在湛江表演时意外摔伤,1962年10月调到话剧团写剧本。在亲自调查采访的基础上,金敬迈以军队英雄欧阳海为原型,28天就完成了《欧阳海之歌》的初稿。1965年6月1日,小说在《解放军文艺》杂志上选载面世;7月,修改稿在《收获》发表。随后,《欧阳海之歌》由解放军文艺出版社出版,书名由郭沫若题写。① 1966年,小说修订版由解放军文艺出版社和人民文学出版社出版。1979年以来,新的修订版由解放军文艺出版社、花城出版社、人民文学出版社多次再版。据不完全统计,《欧阳海之歌》是新中国成立以来发行量最大的小说,印数大约达到三千万册。小说曾被《人民日报》《光明日报》《解放军报》《解放军文艺》《人民文学》等众多报刊选载或评论,被改编成连环画、话剧、广播剧、电视剧和电影等文艺作品,影响巨大。金敬迈因书显贵,曾受到陈毅、陶铸、周恩来、毛泽东等国家领导人接见,并在1967年4月跃升为"中央文革小组"文艺口的实际"负责人"。但四个月后因得罪江青,"再加上其它更深层次的政治因素,金敬迈从北京回到广州,随即被捕"。1970年1月,被以"整江青的黑材料"和"企图谋害毛主席"两大要命的罪名逮捕,投入了秦城监狱;1975年5月出狱后被送往河南某农场劳改一年多;"四人帮"垮台后,金敬迈回到广州生活。1978年,在邓小平的亲自过问下,金敬迈才得以彻底平反。② 2002年发表自传体长篇小说《好大的月亮好大的天》,讲述被单独囚禁的秦城监狱生活。"从尽忠颂圣到控诉呼嚎,从壮怀激烈到痛心疾首。他以切肤之痛完成了已死与方生的涅槃。"③金敬迈另著有报告

---

① 冯锡刚:《郭沫若与〈欧阳海之歌〉》,《红岩春秋》1996年第5期。
② 阿元:《〈欧阳海之歌〉及其作者金敬迈》,《档案时空(史料版)》2006年第11期。洪子诚认为《欧阳海之歌》的走红与周扬等文学界当权派的"夸张反应"有关,后来金敬迈受到迫害,说明"激进力量并不认可这部不是由自己培育的'样板',况且,就作品本身而言,在表现阶级、路线斗争问题上,在英雄形象塑造规则上,也并不完全符合激进派确立的规范"。见洪子诚:《中国当代文学史》(修订版),北京:北京大学出版社2007年版,第175页。
③ 郭小东:《金戈铁马话平生——说金敬迈》,广东作家网。http://www.gdzuoxie.com/v/202003/12362.html。

文学《好人邓练贤》《我看见了天使》等作品。2007年9月,金敬迈入选由羊城晚报社、广东省文联、广东省作协主持评选的"当代岭南文化名人五十家"。2010年12月,金敬迈获得广东首届文艺终身成就奖。2018年12月,广东省作家协会举办了"广东文学名家金敬迈学术研讨会"。

第一节 发现·创造·修改:《欧阳海之歌》是如何写成的

1960年军委扩大会议之后,部队加强了思想政治工作,掀起学习毛泽东著作的热潮,后来还提出"读毛主席的书,听毛主席的话,照毛主席的指示办事,做毛主席的好战士"的口号。在突出政治的部队环境中,金敬迈试图进行文艺创作,但由于"思想不过硬,生活不过硬"①,加上并无创作经验,即使有十几年的部队生活经验,认识了很多干部和战士,了解话剧需要有冲突和悬念,也因为找不到合适的素材,写不出让人满意的剧本。欧阳海是湖南桂阳县人,1940年出生,生前是解放军广州军区某部班长。欧阳海舍身推战马救火车事件发生在1963年11月18日,最初被当作意外事故处理,导致"四好连队""五好战士"等荣誉被取消;直到总政和铁道部派出联合调查组经过实地核实后,才认定欧阳海的英雄壮举。于是,欧阳海由事故的"肇事者"完成向"大英雄"的华丽转身,被追授一等功和"爱民模范"称号。《战士报》《解放军报》等报纸报道了欧阳海的英雄事迹,他成为知名的英雄模范人物,其家乡和生前所在部队引来了众多记者和作家进行采访。②遭遇创作瓶颈的金敬迈在调查采访中,发现指导员和普通战士对这个死去的战士评价大相径庭。金敬迈对此感到吃惊,同时感觉到这就是他苦苦寻找的素材,可以表现战士比领导高明的戏剧冲突,以及时代的"最强音"。③金敬迈还去了欧阳海的故乡湖南桂阳进行采访,仔细访问了欧阳海的家庭成员,了解了关于欧阳海的许多小故事,素材掌握得比较扎实。

1964年2月1日,《人民日报》头版头条刊发社论《全国都要学习解放军》;2月6日,《人民日报》刊登了国防部发布的三项命令,其中一项是授予解放军某部三连七

---

① 金敬迈:《〈欧阳海之歌〉的酝酿和创作》,首刊于《羊城晚报》1966年2月26日,第2版。《人民日报》《文艺报》《人民文学》等曾转载,其中个别语句略有修改。
② 罗永常:《荣辱相随,金敬迈与〈欧阳海之歌〉》,《党史文汇》1994年第5期。
③ 金敬迈(口述)、申霞艳(采访整理):《〈欧阳海之歌〉是被写成这样的》,《文艺争鸣》2019年第4期。李希凡在《社会主义时代精神的最强音》中认为:"《欧阳海之歌》实际上就是毛泽东思想塑造新人的颂歌,毛泽东思想的颂歌,也正是在这种意义上,我们说这部小说表现了时代精神的最强音。"见《文艺报》(月刊)1966年第1期。

班以"欧阳海班"称号。2月7日,《人民日报》第二版发表了金敬迈等八人联合署名的通讯报道《共产主义战士欧阳海》①,以倒叙结构,分成"千钧一发""苦海诞生""春风幼苗""雏鹰展翅""凌云壮志""革命第一""南岭青松"七个部分介绍欧阳海的生平事迹。3月20日,《人民日报》第二版刊登朱德、董必武等国家领导人的题词,号召全军官兵向共产主义战士欧阳海学习。② 随后,全国掀起了学习欧阳海的高潮,湖南桂阳某水库甚至命名为欧阳海水库。1964年3月,白岚、孙辑六等多人联合署名发表了3万多字的报告文学《欧阳海》③。同年5月,湖南人民出版社还编辑出版了纪实文学专辑《欧阳海》,内容包括孙辑六等人创作的报告文学《欧阳海》和故事集《欧阳海的故事》,并且在正文前面按顺序影印了朱德、董必武、贺龙、聂荣臻、徐向前、叶剑英、罗瑞卿、陶铸、黄永胜等9人的题词。④ 部队首长了解金敬迈有实地调查材料,就借调他去写小说宣传欧阳海,要求他在一个月内写完长篇小说。

1964年5月,在欧阳海牺牲半年后,在真人真事的基础上,金敬迈在激情中匆匆写完《欧阳海之歌》约30万字的初稿。⑤ 同年9月,解放军文艺出版社的鲁易到广州约稿,听说有部长篇小说已经完成,于是约见金敬迈。因书写潦草难以辨认,金敬迈不得不为鲁易念稿,并不时即兴发挥。"朗诵本来就是我的本行,读自己的作品更是强项。我拿腔拿调地朗诵,读得声情并茂,他听得泪流满面。"⑥出色的话剧表演能力让朗诵非常成功。鲁易听得非常感动,肯定《欧阳海之歌》是一部非常成熟的小说,成为小说面世的关键推动者。金敬迈对小说中的英雄事迹反复进行了核实,在众人的帮助下多次修改了小说初稿,后来受邀到北京改稿时,按照出版社的编辑和文化部某领导的要求,对小说部分章节进行了修改,主要是把原稿中的副指导员角色换成代理副指导员,他和欧阳海的冲突是因误会造成的,并不是因为个人品行。在军事题材作品中描写一个作风恶劣的辅导员,在当时仍然是一个禁区。金敬迈有所抗争,但为了发表还是选择了妥协。随后,小说又被送到上海杂志《收获》主编巴金那里,金敬迈到上海对小说做了第五次修改。《收获》于1965年第4期(7月)刊发《欧阳海之歌》修改版,随后杂志一度脱销。金敬迈在附记中注明:"特别应该提到的是,艾蒲、

---

① 署名的八人分别是:敬迈、艾蒲、永铭、王伟、世任、尔志、方航、学方。
② 朱德的题词写于1964年2月25日,内容为:"学习欧阳海同志高度自我牺牲的精神,全心全意为人民服务。"
③ 白岚、孙辑六、廖永铭、王伟、陈培斜、段雨生:《欧阳海》,《解放军文艺》1964年第3期。
④ 湖南人民出版社编辑:《欧阳海》,长沙:湖南人民出版社1964年版。
⑤ 金敬迈:《〈欧阳海之歌〉的酝酿和创作》,《羊城晚报》1966年2月26日,第2版。金敬迈在文章中指出:小说除了"天兵天将"一节写欧阳海被救出火坑是虚构的以外,其他欧阳海的故事都是有真实生活的依据。
⑥ 金敬迈(口述)、申霞艳(采访整理):《〈欧阳海之歌〉是被写成这样的》,《文艺争鸣》2019年第4期。

廖永铭两位同志不仅为本书提供了大量的素材,而且亲自参加了提纲的制订和书中具体情节、人物的安排。"①《欧阳海之歌》的创作是为了配合军队宣传欧阳海英雄事迹的需要,金敬迈在把新闻报道加工成小说的过程中,得到了领导的指示以及同行、编辑部的帮助,具体如小说的语言、结构都得到他们的润色和帮助,其中,专业同志给予了"详细的指点"和"推敲"。② 无疑,从写作到修改,该小说都凝聚着集体的智慧。

1966年1月9日,《人民日报》开始选载并加按语大力推荐了《欧阳海之歌》。2月,陈毅、陶铸接见了金敬迈,陈毅说《欧阳海之歌》是一部带有划时代意义的作品,是我们文学创作史上的里程碑,陶铸说在社会主义革命和社会主义建设时期,我们非常需要这样的英雄人物作榜样。③ 4月,郭沫若在人大常委会议上发言,高度评价这是一部划时代的小说,"我推荐各位好好地读它一遍",金敬迈真把欧阳海写活了,把毛主席的思想写活了。④《文艺报》本年度第1—4期连续开设专栏推介和评论《欧阳海之歌》,李希凡、冯牧、郭沫若、刘白羽等发表长文高度肯定《欧阳海之歌》。⑤ 其中,郭沫若认为:"欧阳海是个不折不扣的共产主义战士,是社会主义时代的典型的英雄人物,是活学活用毛主席著作、用字当头、活字作准的好样板。""《欧阳海之歌》是毛泽东时代的英雄史诗,是无产阶级革命的凯歌,是文艺界树立起来的一面大红旗。不仅是解放以来,而且是延安文艺座谈会以来的一部最好的作品,是划时代的作品。"⑥5月,《解放军报》头版发表了郭沫若的赞词《水调歌头·读〈欧阳海之歌〉》,称赞小说是"社会主义革命文艺的力作"。⑦ 小说在正式印刷前,由解放军文艺出版社印了几十本白皮书送给多位中央领导人审阅,获得好评,加上文坛元老郭沫若极力推荐,迅速风靡全国。

时任国家主席的刘少奇曾说:这样的好书,印1500万册也不为多。⑧《欧阳海之歌》受到各地读者热烈欢迎,其发行量创造了文学史上的一个奇迹,据说仅次于《毛泽东选集》,达到三千万册。但要弄清楚其具体印数着实相当困难,因为小说走红之

---

① 金敬迈:《欧阳海之歌》,《收获》1965年第4期。
② 金敬迈:《〈欧阳海之歌〉的酝酿和创作》,《羊城晚报》1966年2月26日,第2版。
③ 《陈毅、陶铸同志在接见〈欧阳海之歌〉作者时谈社会主义文学创作上的一些重要问题》,《文艺报》1966年第3期,原载于《人民日报》1966年2月27日。
④ 郭沫若:《向工农兵群众学习 为工农兵群众服务》,《光明日报》1966年4月28日,第1版。
⑤ 1965年11月,《文艺报》刊发了《五好战士谈〈欧阳海之歌〉》,向读者推荐《欧阳海之歌》。1965年12月,小说修改版出版。1966年起,《文艺报》连续发表了文学界名人和普通读者的文章,专栏推荐和评论《欧阳海之歌》,除编辑部按语之外,相关文章共有18篇。
⑥ 郭沫若:《毛泽东时代的英雄史诗——就〈欧阳海之歌〉答〈文艺报〉编者问》,《文艺报》(月刊)1966年第4期。
⑦ 冯锡刚:《郭沫若与〈欧阳海之歌〉》,《红岩春秋》1996年第5期。
⑧ 金敬迈:《好大的月亮好大的天·代前言》,北京:中国电影出版社2002年版,第5页。

后,许多省都有租型印刷,出版社较多,印次比较频繁,重印册数难以计算;再加上解放军文艺出版社1966年还推出了一次性印数即高达一百万册的"农村版",印数确实惊人。"可以肯定的是,小说出版后迅速在全国引起了轰动,各地报刊纷纷选载之外,新华书店也出现排队买书的长龙,一部小说短短几年的印数之大至今难有望其项背者。"①此外,小说还有英文、朝鲜文等外文版,画家杨之光为《欧阳海之歌》作的插图以铜版纸印刷用在精装本的英文版之中。② 如此巨大的发行量,远远超过了十七年时期《红岩》《林海雪原》《青春之歌》等其他红色经典小说,其轰动效应也远远超过了1960年代出版的关于雷锋、王杰、麦贤得等军队英雄的书籍。与此同时,金敬迈得到多位中央领导人的接见,受邀参加1966年6月底在北京召开的亚非作家紧急会议③,并在许多城市巡回做报告,得到明星般的礼遇,形成一种"无人不读欧阳海,无人不知金敬迈"的盛况。

在文学"一体化"时代,国家权力部门会对文学的生产、流通和阅读环节都加以调节、控制。"对于中国当代文学来说,这种调节、控制有其特殊性。这首先表现为,从50年代初开始,逐步建立了严密而有效的文学管理干预体制。在这一体制下,作家的文学活动,包括作家的存在方式、写作方式,作品的出版、流通、评价等被高度组织化。这种'外部力量'所施行的调节、控制,在实施过程中,又逐渐转化为大多数文学从业者(作家、文学活动的组织者、编辑和出版人)和读者的心理意识,而转化为自我调节和自我控制。"④《欧阳海之歌》的生产和传播即是"一体化"存在的明证。"这部小说从搜集材料,写出初稿到完成修改,一直是在各级党组织和首长的亲切关怀下进行的。"⑤《欧阳海之歌》的创作过程得到各种政治把关,包括对辅导员角色的修改也是为了最大程度上规避风险。

除了反复引用很多毛泽东语录之外,小说最初引用了刘少奇和林彪的讲话内容,也是为了给政治正确增加多重保险。但不料现实政治风云波谲,当政治形势发生了变化,金敬迈不得不一再对此进行删改。金敬迈的修改主要是出于政治原因,"《欧阳海之歌》带来的轰动效应,也让金敬迈进入了各种政治文化力量的考察和争夺中",金敬迈曾经非常珍爱"最后四秒钟"的描写,不愿意按照江青的要求删改它。在失去了陶铸等部队政治文化力量的庇护之后,他被迫按照当权派的意见进行修改。

---

① 李传新:《金敬迈的第一部长篇小说〈欧阳海之歌〉》,《出版史料》2012年第4期。
② 李传新:《金敬迈的第一部长篇小说〈欧阳海之歌〉》,《出版史料》2012年第4期。
③ 亚非作家会议成立于1958年,相关活动一直延续到1970年代,但中国作家参与活动截止于1966年在北京召开的亚非作家紧急会议,巴金曾多次作为参会代表。见王中忱《亚非作家会议与中国作家的世界认识》,《中国现代文学研究丛刊》2003年第2期。
④ 洪子诚:《当代的文学制度问题》,《中国现代文学研究丛刊》2015年第2期。
⑤ 金敬迈:《欧阳海之歌》,北京:解放军文艺出版社1966年4月版,第445页。

可见,"修改"首先是文化权力圈对具体作家作品进行肯定、规训的处置方式,导致作品处于"未完成阶段"和"仓皇不定的状态"。①

1966年8月5日,毛泽东在中南海大院内张贴了主要针对刘少奇和邓小平的《炮打司令部——我的一张大字报》,标志着中央高层矛盾和冲突的尖锐化、公开化。随后,刘少奇、邓小平逐步受到冷落、批判。与现实政治呼应,小说受到冲击,金敬迈于是在修改稿中删去对刘少奇《论共产党员的修养》的引用,还加上了一段"黑《修养》在窗台上被刮到垃圾箱里"的情节。②"在以后的几次审查过程中不断地往里面加《毛主席语录》,这是最简单的处理矛盾的方法,这也是时代要求。"③林彪在主持中央军委工作后,曾在军队系统内大力宣传毛泽东著作和思想,全军开展了"四好连队""五好战士"的运动。林彪在部队"突出政治"的做法,得到了中央领导人的肯定,从部队推向全国,并产生了很大影响。这是部队英雄欧阳海成长的历史背景。改革开放后,在新的删改本中,林彪及其在军委常委扩大会上提出"坚持四个第一"等段落系数被删改。④ 有论者认为:林彪垮台之后,《欧阳海之歌》所遭受到的冲击,就远比刘少奇被打倒要严重得多,因为将英雄成长的时代特征和动力去掉;"这本书的灵魂也就不再存在;这可以说是毁灭性的一击"。⑤

第二节　当代英雄是如何炼成的:欧阳海形象的塑造与意义

《欧阳海之歌》以顺序结构和第三人称视角讲述了英雄欧阳海的成长史,共分成"风雪中""阳光下""战斗在召唤""前进的路上""骨硬心红""火车头""家乡行""新的考验""迎着烈火冲上去""脸不变色心不跳"等十章四十八节,通过描写欧阳海的穷苦出身、参军锻炼、抢修铁路、救人救火、英勇献身等一系列故事塑造了一位在和平年代里成长起来的当代英雄。此外,小说还讲述了扛木头、掰手腕、拼刺刀、打锤赛、刨泥巴、买《毛选》、捡茶籽、为群众挑水打柴等众多日常生活小事,欧阳海争强好胜、

---

① 康斌:《文艺再整合与革命畅销书的浮沉——以20世纪60年代的〈欧阳海之歌〉评价为例》,《海南师范大学学报》2021年第5期。
② 黄艾禾:《〈欧阳海之歌〉为谁而改》,《中国新闻周刊》2006年第11期。
③ 金敬迈(口述)、申霞艳(采访整理):《〈欧阳海之歌〉是被写成这样的》,《文艺争鸣》2019年第4期。
④ 小说在第六章"阶级弟兄"一节中,曾经较完整地展现了部队如何掀起学习毛泽东思想的热潮,也展现了林彪的题字:读毛主席的书,听毛主席的话,照毛主席的指示办事,做毛主席的好战士。见金敬迈:《欧阳海之歌》,北京:解放军文艺社1966年4月版,第229—231页。
⑤ 许国荣:《一本英雄书 一场生死劫——谈〈欧阳海之歌〉及其作者》,《炎黄春秋》1993年第5期。

英勇无畏而又正直纯朴的性格在这一系列故事中被刻画得有血有肉。其情节的主要推动力，是欧阳海如何不断克服困难、超越自我，去完成一件件挑战常人生理与意志限度的任务，去做一个毛主席思想教导出来的好战士。欧阳海十分渴望在新时代中继续打仗立功，从一名具有个人英雄主义色彩的新兵，经过毛泽东思想和部队生活的锤炼，成为屡次立功，自觉追求高度纯粹、完善的革命战士。最终，为了党和人民的利益，欧阳海在抢救列车时英勇牺牲了自己，达到革命激情的巅峰状态。

一、"忆苦思甜"：欧阳海的苦难史和参军梦

小说真实地呈现了英雄欧阳海在新中国成立前后的历史语境，充分论证了革命战士成长为英雄的合理性，以及依靠毛泽东思想哺育的必要性。首先，小说第一章讲述了欧阳海的穷苦出身，让小海在阶级仇恨和斗争中得到刻骨铭心的阶级教育，初步认识到共产党的军队是救民于水火的仁义之师，解放军是"天兵天将"式的威武之师。欧阳海家一贫如洗，他刚出生就差点成为弃儿而死去；七岁就出门讨饭，后来被财主家的孩子欺辱、恶狗咬伤。"路上的脚印子被雪填平了，血迹也被大雪盖住了。可是，小海心上的仇恨，却牢牢的种下了根。"①欧阳海的大哥为躲壮丁而外逃他乡，父亲烧炭卖炭艰难度日，欧阳海小小年纪就上山干活，地主刘大斗却在腊月底逼债夺地，欧阳海可怜的妹妹在大年夜被活活饿死。"寒冷、饥饿、死亡，就像走马灯似的在山区人民面前转了一遍又一遍。一年又一年呵，人们用眼泪迎接新生的孩子，又用眼泪送走早逝的婴儿；一个又一个呵，孩子们空着肚子从娘胎出来，又空着肚子离开人间……这杀人的旧社会，什么时候才能坍塌崩溃；苦难的中国人民啊，哪一天才能重见晴天！"②《欧阳海之歌》开篇忆苦，情调感伤，唤起读者对苦孩子欧阳海的同情，③以及对他如何成长为英雄的好奇心。幸好毛主席派来的解放军剿匪反霸，把桂阳山区的乡亲们从苦海中解救出来，然后分田分地，开仓放粮，为群众砍柴挑水，得到乡亲们的信任和拥戴。小说引用了一首军歌表明解放军与人民的关系："我为谁打仗，为谁来打仗？/我为谁扛起枪，//为谁扛起枪？/为了爹，为了娘，为了自己来打仗；/为了你，为了他，我为人民来打仗。//我为人民，人民为我，人民解放我解放；/我为人民，人民为我，人民解放我解放！"④仁义、威武的人民

---

① 金敬迈：《欧阳海之歌》，北京：解放军文艺出版社1966年4月第2版，第19页。
② 金敬迈：《欧阳海之歌》，北京：解放军文艺出版社1966年4月第2版，第30页。
③ 彭德怀曾经把《欧阳海之歌》读了三遍，并批注了1800余字，小说开头的忆苦情节让彭德怀产生了很强的共鸣，很快就和欧阳海"同呼吸、共命运、心连心"了。见董保存《彭德怀批注小说〈欧阳海之歌〉》，《党史博览》2003年第2期。
④ 金敬迈：《欧阳海之歌》，北京：解放军文艺出版社1966年4月第2版，第44页。

解放军给群众带来了光明和希望,激发了欧阳海对解放军的崇拜。苦大仇深的小海在抓捕匪首的战斗中冒险立功,成为儿童团团长,并立下当兵的志愿。为了保卫祖国,保卫社会主义,欧阳海矢志不渝要当兵,八年之后终于如愿参军。

"忆苦思甜"一词是毛泽东提出的,"'忆苦思甜'运动,即'忆旧社会的苦,思新中国的甜',它是中共20世纪60年代的重要政治动员,是中共进行阶级教育、阶级斗争的重要政治领导方式"①。与现实一样,小说中的"忆苦思甜"情节也是为政治服务,其重要作用就是增强群众对新社会、新政权的认同与支持。小说多次提到欧阳海的沉痛家史,除了开篇以第三人称详细描写之外,还特地在第六章讲述了部队是如何进行阶级教育的:开饭前,战士们在唱新学会的《谁养活谁》;球场旁边的喇叭筒里,经常播放歌剧《白毛女》;广泛深入地开展"两忆三查"运动,支部书记亲自动员,并安排新任副排长的欧阳海当忆苦典型,痛说自家的苦事苦情。"他沉痛的控诉和同志们隐隐啜泣的声音混成一体。"②欧阳海所在连队的忆苦大会特别成功,激起了战士们的悲痛、愤怒,以及阶级与民族仇恨,同时增强了他们对于革命军队和人民政权的认同感。

部队的"忆苦思甜"运动对欧阳海影响很深,以至于他在返乡探亲时效仿了部队里"忆苦思甜"的做法。《欧阳海之歌》第七章是"家乡行",描写欧阳海在插秧时节返乡探亲的几个故事,故事时间是人民公社建立之后的第三年。其中,"野菜"一节专讲了家庭内部的忆苦思甜活动。当得知哥哥欧阳嵩不安心于农业生产,而是整天忙着赶墟贩卖烟叶抓一点现金时,欧阳海经过公社书记的点拨,决定开家庭会来批评教育哥哥自私自利的思想和行为。欧阳海没有找到曾经用过的"讨米篮",于是用一只新篮子去山上挖了许多野菜回来让哥哥辨认。虽然哥哥都认得那些野菜,但是欧阳海气愤地说他把野菜的苦味道忘得一干二净了,忘记了旧社会苦日子,对新社会的好日子不知足。接着欧阳海的妈妈也动情地忆苦,讲当年她女儿饿死后,还被地主刘大斗逼债、夺地、抓人,是她割自己胳膊上的肉用来煨汤才把丈夫换了回家。家庭会上的悲情忆苦,终于使欧阳海的哥哥惭愧地认错。欧阳海教育欧阳嵩不能忘本:"大哥!要讲对不起,你对不起给我们带来好日子的共产党,对不起引我们走上正路的毛主席。……我们更不该跟着别人走邪路。大哥呀,我们祖祖辈辈是贫农!"③最后一家十几口人,一人一碗真的吃起来苦野菜了。"救济粮就在身边的坛子里满满地装着,坐在欧阳家新砌的砖墙瓦房里吃野菜,它能吃出旧社会的苦,也能品出新社会的

---

① 安琪雅:《"忆苦思甜"运动中的政治动员模式研究》,2010年华东师范大学硕士学位论文,第5页。
② 金敬迈:《欧阳海之歌》,北京:解放军文艺出版社1966年4月第2版,第233页。
③ 金敬迈:《欧阳海之歌》,北京:解放军文艺出版社1966年4月第2版,第281页。小说对欧阳海家人领到了救济粮轻描淡写,对"三年天灾"情况不做具体展示,但是大写特写欧阳海如何批评哥哥欧阳嵩贩卖烟叶一事。

甜;不仅如此,欧阳家几代人的酸甜苦辣,好像都包在这几口野菜里面。"①野菜自然是旧社会苦日子的象征之物,本节通过忆苦吃苦描写了一场生动的阶级教育活动,一方面突出了参军之后欧阳海的政治修养已经今非昔比,让欧阳海在返乡之行也能发挥一个共产主义战士的光与热;另一方面,欧阳海家人的忆苦内容是真实感人的,②在新旧社会的反复对比中,可以激发读者对社会主义建设的热情和力量,完成小说的宣传和教育作用,有利于巩固共产党的执政地位。

二、"毛主席的好战士":英雄的引路人与思想资源

与《青春之歌》中的林道静走上革命道路需要引路人一样,苦孩子欧阳海成长为英雄战士,也需要有引路人来指引他不断前进。其中,周虎山、曾武军和关英奎都直接给他以帮助和教导,而江姐、董存瑞、黄继光、邱少云、雷锋等英雄人物更是发挥了非常重要的召唤和激励作用,当然,最重要的思想资源是毛泽东思想。在共产党和毛主席思想的教导下,欧阳海成长为社会主义时代的光辉典范人物,成为新中国英雄谱系中格外耀眼的一颗明星。

首先,欧阳海是活学活用毛泽东思想的好战士,是用毛泽东思想武装起来的无产阶级的英雄形象。小说在许多章节都引用了《毛泽东选集》里面的语录,处处以毛泽东思想来要求和反思自己,描写了他在社会主义革命与建设中总是自觉地对照毛主席语录展开思想斗争,然后按照毛主席的指示办事,表现出不怕苦,不怕死,一心一意为人民服务的精神。比如,在东南沿海紧急备战的时刻,欧阳海急切地想去前线参加战斗,但是却被部队安排去担任通信班班长。面对打仗立功的机会,欧阳海自觉从毛主席著作中寻找答案。他耳边仿佛响起了毛主席说的话:"我们一切工作干部,不论职位高低,都是人民的勤务员,我们所做的一切,都是为人民服务……"又如,在第五章"入党"一节,当欧阳海被接受为中共预备党员时,他庄严地宣告:"只要我还活着,我就竭尽全力为人民服务;只要我不死,我就为党的事业战斗终身!"这种从党的需要和毛主席的教导来寻找解决自己和现实之间的冲突,或者来高标准严格要求自己,在小说中还有许多事例。此外,小说在第六章浓墨重彩地用"买书"一节讲述了欧阳海半夜排队买《毛泽东选集》第四卷的波折,反映了当时全社会学习《毛选》的盛况,也反映了欧阳海如饥似渴地寻求毛泽东思想指引的虔诚程度。

---

① 金敬迈:《欧阳海之歌》,北京:解放军文艺出版社,1966年4月第2版,第282页。
② 欧阳海的父亲欧阳恒文经常教导其子女说:"千万不要忘记共产党的恩情,长大了一定要做个好人。"见唐大柏《与欧阳海父亲的一次交谈》,《湘潮》2002年第3期。

其次,欧阳海成长之路一直离不开革命英雄的激励和召唤,也离不开身边部队首长的言传身教。解放军中的排长周虎山,从火海中及时救起欧阳海,告诉欧阳海队伍是共产党、毛主席派来的。① 周虎山后来成为公社党委书记,帮助欧阳海提前参军,并送他一本《董存瑞的故事》,这本书后来被欧阳海看了很多遍。欧阳海带着这本书迈上了革命"大道","董存瑞!我的好兄弟,欧阳海正踏着你的脚印,跟上来了!"②列车满载着刚入伍的新兵,满载着欢笑和歌声,新兵们歌唱的是《我是一个兵》,他们难以按捺住内心的激动之情。欧阳海从此加入了革命的大熔炉,在火车上他掏出笔记本写道:"祖国呵,今天我穿上了军装,拿起了枪,我要终身为你战斗!/祖国呵,我要在炮火中锻炼成长,我要……"③巧合的是,欧阳海探亲结束即将返回部队时,周虎山再次送书给欧阳海,这部《红岩》后来被欧阳海反复阅读以激励自己。

继周虎山之后,曾武军和关英奎指引欧阳海不断前进。曾武军和关英奎分别是连队里的指导员和连长,非常欣赏欧阳海敢打敢拼的"虎劲",时常关心他,并用《毛主席语录》和革命英雄故事来教导欧阳海。比如欧阳海非常渴望去西藏打仗立功而不安心于工建任务,曾、关二人就借机讲棋经来教育他:下棋要全盘考虑,打仗也要服从分工,完成各自的职责。"一切都应该从革命需要出发,凡是革命工作都是重要的!"④曾武军还带领欧阳海爬山,让他深刻体会只有站得高才能看得远。曾武军在上党课时教育士兵:"和一切违背人民利益的思想、作风、习惯努力作斗争,就是激烈的战斗!"⑤欧阳海有次擅离岗位,关英奎就讲邱少云的故事来教育他,希望欧阳海也能对党、对人民事业无限忠诚,具有高度的组织纪律观念。经过部队首长的教育,欧阳海逐步认识到当前的工作岗位就是战争的前线,对于革命工作具有重要意义。又如,曾武军带头在洪水中抢救器材,身受重伤,他不怕牺牲的英勇行为,给全连战士作出活生生的榜样。曾武军还送给欧阳海三本《毛泽东选集》作为入党礼物,他说:"指导我们进行这一系列战斗的胜利法宝,就是毛泽东思想。一个同志,只要他时时不忘毛主席的教导,处处为党的利益着想,勤勤恳恳为人民服务,经常把世界被压迫人民的苦难放在心上,并且说得到,做得到,那他就是今天的战斗英雄。"⑥曾武军教育欧

---

① 金敬迈:《欧阳海之歌》,北京:解放军文艺出版社1966年4月第2版,第38页。在人民文学出版社的修改版中,小说写明周虎山就是欧阳海童年乞讨时曾经救助过他的周铁匠,使故事前后更具有逻辑性,也能说明工人阶级是解放军队伍的组成部分。
② 金敬迈:《欧阳海之歌》,北京:解放军文艺出版社1966年4月第2版,第86页。
③ 金敬迈:《欧阳海之歌》,北京:解放军文艺出版社1966年4月第2版,第88页。
④ 金敬迈:《欧阳海之歌》,北京:解放军文艺出版社1966年4月第2版,第116页。
⑤ 金敬迈:《欧阳海之歌》,北京:人民文学出版社1966年7月第1版,第228页。本年4月解放军出版社的版本,此处为"兴无灭资,这就是激烈的战斗!"人民文学出版社的版本显然更符合情节连贯性。
⑥ 金敬迈:《欧阳海之歌》,北京:解放军文艺出版社1966年4月第2版,第212页。

阳海学习董存瑞,首先要学习他为共产主义事业粉身碎骨的思想;学习张思德,首先要学习他全心全意为人民服务的品质。这些言传身教和英雄故事终于使非常渴望打仗立功的欧阳海学会了正确看待和平年代平凡的工作岗位。曾武军等部队首长是欧阳海的引路人,他们在思想上更成熟而又坚强,用毛泽东思想为革命战士引路,为欧阳海的成长付出了很多心血,是"部队政治工作者的典型和标兵"①。

依靠阶级教育,依靠部队的培养和锻炼,依靠活学活用毛泽东思想,欧阳海逐步提高了自己的思想觉悟和政治修养,因而能够处处自觉严格要求自己,不怕苦,不怕累,毫不利己,专门利人,追求全心全意为人民服务;学会了正确对待荣誉和成败,在处理同志关系和上下级关系时能够敢于斗争而又与人为善,注意团结同志。尤其值得注意的是,董存瑞、黄继光、邱少云等英雄人物,成为当时年轻人崇尚和学习的对象,对欧阳海起到了榜样认同的作用。而《我是一个兵》《为了谁》《谁养活谁》《社会主义好》等众多革命歌曲不时穿插在小说中,对欧阳海的思想政治教育也起到了重要的熏陶作用。这种气势磅礴、爱憎分明的军队文化,展现了军人的铁血柔情、豪迈气概和乐观进取等精神风貌,使欧阳海的精神世界不断受到净化和洗礼。"革命英雄主义的教育,无数战斗故事的熏陶,使得任何一个拿着木头手枪的新中国的孩子,也都认为自己是天下无敌……但是有的同志,他们过多地看到英雄轰轰烈烈的一面,羡慕英雄的事迹和他们得到的荣誉;对英雄们勤勤恳恳地为人民服务、任劳任怨地工作和对党的事业无限忠诚的高贵品质认识不足。"②这既是曾武军的内心思考,也是作者当时的思想认识水平。小说用了很多篇幅讲述欧阳海为人民服务观念的形成和升华过程,因此,最后在党需要欧阳海为人民利益而牺牲的时候,他才能做到毅然捐躯。"他是那样的安详、那样的平静,脸上没有一丝痛苦,就好像刚刚完成了一次任务回来,带着憨笑在思考着即将挑起的建设重担。蓦地,他深邃明亮的眼睛里迸出两朵火花,嘴唇兴奋地抖动了几下,满含着笑容似乎想说什么……"③最后,欧阳海为了人民的利益牺牲,成为一个与董存瑞、黄继光、邱少云、雷锋等共同彪炳史册的革命英雄。

三、欧阳海形象与小说的文学史意义

《欧阳海之歌》生动地塑造了一个普通战士在党组织和毛泽东思想的教导下,不断提高阶级觉悟,战胜个人英雄主义,成长为不为名利一心为人民的英雄形象。在突

---

① 叶家林、周树熙:《政治工作者的榜样》,《文艺报》(月刊)1966年第4期。
② 金敬迈:《欧阳海之歌》,北京:解放军文艺出版社1966年4月第2版,第164页。
③ 金敬迈:《欧阳海之歌》,北京:解放军文艺出版社1966年4月第2版,第442页。

出政治、自我革命的文化语境中,在社会主义革命和社会主义建设时期,中国非常需要这种具有忠诚、牺牲和奉献精神的英雄人物做榜样。欧阳海具有雷锋、王杰等同时代英雄所共有的"一不怕苦,二不怕死"等品质,具有同样的榜样认同和激励作用。"欧阳海的艺术形象,是一个充分体现着时代精神的艺术形象。""可以说是对于从雷锋到王杰等一系列和平建设时期的英雄人物很好的艺术概括,是一个丰满的社会主义时代英雄人物的光辉典型。"① 欧阳海是在社会主义和平建设时期出现的英雄典型,他面临的任务有时具有很大的危险性,比如抗洪抢险,救人救火;不过,他面临的主要问题是克服自己个人英雄主义、眼光的短浅和思想认识的局限,特别是需要认识到干革命不只是在战场上,干好每一项工作都是在人民服务,时时都要为党和人民的利益考虑。所以,与之前革命历史小说擅长在斗争中刻画人物不同,《欧阳海之歌》最鲜明的是让主人公欧阳海反复接受毛主席语录的教诲,接受革命故事和歌曲的教育,强调了思想政治教育对于培养年轻一代成长的重要性。从这个角度来讲,小说与1960年代诞生的《霓虹灯下的哨兵》《海港》等剧作一样,其主旨落实在对青年一代进行社会主义教育,让读者牢记阶级斗争、不断汲取战斗的力量,因而受到国家领导人和文艺界的充分认可。冯牧认为:"《欧阳海之歌》可以当之无愧地被看作是一部向广大青年进行共产主义教育的最生动的思想教材。"② 郭沫若说这部描写欧阳海活学活用毛主席著作的小说,是"活生生的政治教材"。③ 小说被他们视为"教材",显然是看中欧阳海形象的教育和示范价值,它可以鼓舞读者沿着欧阳海的方向继续前进。

　　1960年,军委扩大会议作出《关于加强军队思想政治工作的决议》之后,全军上下兴起学习毛泽东思想的热潮,欧阳海就是部队领导按照毛主席思想培养出来的优秀战士,是在生活实践中活学活用毛泽东思想的英雄榜样。欧阳海正如之前部队所产生的英雄榜样一样,以其忠诚、坦荡、勇敢和无畏的高尚品质,宣告被毛泽东思想武装起来的战士是无所畏惧的,是全心全意为人民服务的。欧阳海是最充分体现了革命理想、时代精神的英雄人物,是闪烁着毛泽东思想魅力的文坛呼唤已久的新人,高度概括了无数个革命战士热情学习毛泽东著作以后的精神面貌,是当代中国青年的学习典范。正值毛泽东思想被推崇的年代,欧阳海形象恰证明了被毛泽东思想武装起来的新生力量,能够站在时代前列,成为先进的革命力量,具有强大的革命激情和战斗力,能够成为对党和人民有益的新人。

　　欧阳海成为革命时代的一个符号,是在共产党和毛泽东思想的培养下成长起来

---

① 张立云:《英雄的时代　时代的英雄》,《文学评论》1966年第1期。
② 冯牧:《文学创作突出政治的优秀范例》,《文艺报》(月刊)1966年第2期。
③ 郭沫若:《毛泽东时代的英雄史诗》,《文艺报》(月刊)1966年第4期。

的新人,体现了毛泽东文艺路线的胜利,体现了文艺为工农兵服务、为社会主义服务的方向,是大写社会主义、大写英雄人物的重要收获。新英雄人物的出现,其为人民服务的高度热忱,精神世界的高度"纯粹"以及作品广受欢迎的盛况,不仅反映了一代共产主义新人正在迅速成长,广大群众的精神面貌发生了变化,而且反映了文艺创作队伍发生变化。作者金敬迈积极响应党的号召,在部队中活学活用毛泽东著作进行创作,代表的是业余文艺创作的新力量,是党培养出来的无产阶级革命事业的接班人。《欧阳海之歌》的创作和修改都实行了领导、作者和群众"三结合"的方法,把个人智慧和集体智慧结合起来,把文学创作干成了革命事业的一部分。"实行'三结合',是在文艺创作方面体现党的领导的问题,又是在文艺创作方面走群众路线的问题。"①从文学内部来看,《欧阳海之歌》的艺术面貌的确发生较大的新变化,彰显了文化革命的新形势,将社会主义文艺推向了新的高涨阶段。

中国共产党建军以来一直非常重视文化建设,从土地革命时期到抗战时期,再到解放战争时期,都在强调文化的政治性、阶级性和工具性,"以使文化事业充分发挥为革命、为战争服务的功能,可以说是民主革命时期中国共产党文化观和文化实践的最重要特征,并对中国革命的胜利起了巨大的配合与推动作用"②。战争时期形成的文化规范要求文艺从属于政治,直接为现实政治服务,自然促成革命英雄主义在军队文化中的关键地位。所以,在革命历史文艺创作中,无论是虚构性较强的小说,还是纪实性很强的传记回忆,都突出了主人公的英雄气概,其乐观豪迈、机智勇敢、视死如归的性格特征都是英雄形象的标配。《铁道游击队》《林海雪原》这类传奇性更强的革命历史小说,更能激发受众的阅读兴趣和革命激情。在"十七年"文学史中,《红旗谱》《红岩》《林海雪原》《铁道游击队》等革命历史小说中的英雄人物都是与敌人斗智斗勇,它们都着重描写了革命英雄的忠诚不屈和机智勇敢。

在这样的文学背景中来看欧阳海形象,不难发现,在塑造人物的忠诚、奉献、勇敢等品格方面,《欧阳海之歌》与之前的革命历史小说具有思想上的传承性。然而,小说塑造了摒弃传奇性和世俗性因而更显"纯粹"的超人英雄形象,欧阳海以崇高的品质和惊人的毅力,在平凡的人生中创造了一系列的英勇事迹。说其英勇,是因为欧阳海的所作所为确实是常人难以为之,体现了不怕苦、不怕累、不怕死的崇高品质;不

---

① 周扬:《高举毛泽东思想红旗 做又会劳动又会创作的文艺战士——一九六五年十一月二十九日在全国青年业余文学创作积极分子大会上的讲话》,《文艺报》(月刊)1966年第1期。原载《红旗》杂志1966年第1期。周扬的讲话稿提到了一不怕苦二不怕死的雷锋式、王杰式英雄人物以及《霓虹灯下的哨兵》《千万不要忘记》等作品,并未提及已经出版的《欧阳海之歌》,但从时间来看,欧阳海事件发生在王杰之前。
② 杨凤城:《中国共产党90年的文化观、文化建设方针与文化转型》,《中国人民大学学报》2011年第3期。

过,除了救人救火之外,小说中讲述的大多是一些平凡的小事,比如捡茶籽、买《毛选》、省饭吃等。但小说充分挖掘了欧阳海在这些平凡小事中所体现出来的阶级觉悟和共产主义思想品质,赋予它们伟大的思想意义。"《欧阳海之歌》这部小说已经不像《林海雪原》《铁道游击队》那样以革命传奇取胜,也不存在革命生活中有关世俗幸福的叙述。可以说,当围绕着革命英雄形象的世俗感和传奇性的完全消失的时刻,便是更'纯粹'的超人英雄欧阳海形象的诞生之日。20世纪50、60年代的红色小说发展到《欧阳海之歌》,英雄形象已经步入了一个非常'纯粹'的阶段,英雄追求自我精神世界的绝对完善和对革命理论的不折不扣的追随,发展到了一个巅峰状态。"①

欧阳海的"纯粹"从他的自言自语和内心幻觉可见一斑:

> 心里能看见革命事业终将胜利的无产阶级战士,他眼睛里是没有个人的死亡的。想到这些,董存瑞、黄继光、张思德、白求恩……这些崇高的名字,又都在欧阳海的脑子里出现了。欧阳海虽不曾见过他们,但是他们的形象,在欧阳海的脑子里却非常鲜明,非常具体。只要一闭上眼睛,就能清晰地看见这些烈士:董存瑞举着炸药包,两眼正盯着冒烟的导火索;黄继光扑在机枪的火力点上,一杆冲锋的红旗跟在他的后面;张思德穿着一身灰布军装,乐呵呵地挑着一担刚刚出窑的木炭,从安塞的山里走出来;白求恩戴着一副眼镜,专心致意地在为伤员动手术;江姐穿着那件红色的绒线衣,坚定地从歌乐山监狱走向刑场,阳光照在她的脸上,洒满她的全身……看见了这些伟大的战士,听见了天幕的声音……这时,欧阳海耳边仿佛还响起了英雄们对他的期待——"……你是否为保卫红旗而生,为保卫红旗而战,为保卫红旗而献出了问心无愧的一生?"②

欧阳海经常自言自语,并出现见到革命英雄的幻觉,阶级教育和革命英雄主义教育已经让一个年轻的战士达到一种非常执着、近似痴狂的境界。这种境界使他时时高标准严格要求自己,处处想到人民的利益高于一切。

从文学史发展来看,超人英雄欧阳海形象的出现不是偶然的。1960年,周扬就在第三次文代会中倡导:"我们的文艺应当创造最能体现无产阶级革命理想的英雄人物。这些人物并不是作家头脑中空想的产物,而是实际斗争中涌现出来的新人……他们永远前进,永远走在生活的最前面。这是社会主义的、共产主义的新人,是推动时代前进的先进力量。"③同时,周扬赞同社会主义文艺的倾向性,主张文艺应

---

① 余岱宗:《超人英雄的难局——再读〈欧阳海之歌〉》,《文艺理论与批评》2003年第4期。
② 金敬迈:《欧阳海之歌》,解放军文艺出版社1966年4月第2版,第365—366页。同年在人民文学出版社的版本中,把本段的白求恩换成雷锋。
③ 周扬:《我国社会主义文学艺术的道路——1960年7月22日在中国文学艺术工作者第三次代表大会上的报告》,《戏剧报》1960年第Z1期。

当表现现实和对于更美好未来的理想,认为"创造新英雄人物,就成了社会主义文艺的新任务"①。1962年8月,中国作协在大连召开了农村题材短篇小说创作座谈会(史称"大连会议"),对于如何反映人民内部矛盾议题,邵荃麟在会上提出了"写中间人物""现实主义深化"等主张。1962年9月,毛泽东在中共八届十中全会上重提阶级斗争问题,指出阶级斗争要年年讲、月月讲、天天讲,一切工作都要以阶级斗争为纲。1963年至1964年,毛泽东多次在讲话中批评文艺界问题,并两次针对文艺界作了措辞犀利的书面批示,严厉批评文艺界存在的封资修问题;随之,中央成立"文化革命五人小组",文艺界开始整风,《北国江南》《早春二月》《谢瑶环》影片和戏剧遭到批判,"中间人物"论也受到粗暴批判。②1964年9月出版的《文艺报》第8、9期合刊上,发表了重磅文章《"写中间人物"是资产阶级的文学主张》,并附发了《关于"写中间人物"的材料》。1964年10月31日,《人民日报》全文转载了《文艺报》编辑部的文章,并加了编者按语。"自此之后,批判'写中间人物'论的斗争就在全国范围内如火如荼地开展起来,各报刊发表了大量的批判文章;许多单位还召开了批判会。"③批判"中间人物论"成为1964年震动文坛的一件大事,一度被认为是关系到走社会主义还是走资本主义的"两条道路"的斗争;写落后的、中间状态的人物成为文艺界众矢之的,而写光辉的、灿烂的英雄人物被大力倡导。总之,崇高的欧阳海形象就是在文艺界不断的倡导下的产物,是最能体现时代精神面貌的英雄人物。

作为传记和小说合二为一的《欧阳海之歌》,是充满革命激情的英雄颂歌,出版之后很快被公认为是具有"划时代"意义的作品。所谓"划时代"的意义,小说被看重的当然是其开创性和示范性。这关键在于写出了毛泽东思想如何塑造新人,以及被毛泽东思想武装起来的新人能够发挥出多么强大的战斗力量。"《欧阳海之歌》与以往的文学作品有着本质的区别,它是突出政治、突出阶级斗争、突出毛泽东思想的书。它从思想内容到艺术形式都突破了资产阶级文学的限制和约束,而有所发现,有所发明,有所创造。"④刘白羽所说的"突出政治、突出阶级斗争、突出毛泽东思想"正是"文革"主流文学的创作模式,而《欧阳海之歌》对"文革"文学的兴起显然起到了推波助澜的作用。"文革"爆发之际面世的《欧阳海之歌》表现出了1960年代的新的文化元素和文学特质,即具有空泛激情的新人的出现、军队文化的胜利以及创世激情的

---

① 周扬:《我国社会主义文学艺术的道路——1960年7月22日在中国文学艺术工作者第三次代表大会上的报告》,《戏剧报》1960年第Z1期。
② 罗平汉:《八届十中全会后毛泽东关于文艺问题的两个批示》,《党史文苑》2015年第13期。
③ 雷声宏:《回顾文艺战线批判所谓"写中间人物"论》,《世纪》2018年第1期。
④ 刘白羽:《〈欧阳海之歌〉是共产主义的战歌》,《文艺报》(月刊)1966年第4期。

奔突,因此,可以被视为"文革"文学的"序曲"。① 而《欧阳海之歌》的艺术风格,更能具体地呈现文化革命的新形势、文学新时代的到来。

第三节 《欧阳海之歌》的艺术特色

凝聚个人和集体智慧的《欧阳海之歌》,其思想性和艺术性在修改中不断得到提高,既能很好地突出政治、歌颂毛泽东思想,又塑造了共产主义英雄形象。小说出版之后,其思想意义与艺术特征即为人们所高度重视和肯定。就艺术特色而言,《欧阳海之歌》在语言修辞和创作方法等方面,为社会主义文艺的发展提供了一些新的探索和成就,既体现了党的领导,又体现了走群众路线,实现了文艺创作的"三结合"和"三过硬"问题②,符合当时文艺界对革命现实主义与革命浪漫主义如何相结合的倡导及期待。

一、社会主义文艺的审美期待与确认

1960 年 7 月,周扬在第三次文代会上的报告中呼吁:"我们需要用豪迈的语言,雄壮的调子,鲜明的色彩,来歌颂和描绘我们的时代。文艺上的革命浪漫主义正是人民生活中的革命浪漫主义的结晶。采用革命现实主义与革命浪漫主义相结合的艺术方法,可以帮助我的作家、艺术家最真实、最深刻地表现出这个英雄的时代和这个时代的英雄。"③关于怎样表现英雄,周扬曾从立场、方法和语言等方面作出明确的倡导。

其实,金敬迈之前并无任何小说创作经验,只是话剧创作队伍中的一名新兵。金敬迈为何能写出让文艺界相当满意的《欧阳海之歌》呢?他曾坦陈:"小说的初稿,对

---

① 吕东亮:《〈欧阳海之歌〉与"文革"文学的发生》,《文学评论》2012 年第 4 期。
② "三结合"作为集体创作的方式,早在 1958 年"大跃进"期间的"新民歌运动"中就已出现,但在 1960 年代初期并未得到文艺界公认。1962 年 3 月 6 日,陈毅曾说"领导出思想、群众出生活、作家出技巧"的合作方式"特别最滑稽",见陈毅《在全国话剧、歌剧、儿童剧创作座谈会上的讲话》,《文艺研究》1979 年第 2 期。1964 年,林彪指示文艺创作要搞好"三结合"实现"三过硬"。所谓"三过硬"即"思想过硬、生活过硬、技术过硬",所谓"三结合"即"党委领导""工农兵业余作者"和"专业编辑人员"的结合。见王金胜《〈白毛女〉与新歌剧:从延安时期到新中国》,《中国当代文学研究》2019 年第 1 期。
③ 周扬:《我国社会主义文学艺术的道路——1960 年 7 月 22 日在中国文学艺术工作者第三次代表大会上的报告》,《戏剧报》1960 年第 Z1 期。

话过多,别人看了说话剧不像话剧,电影不像电影,自己也很苦恼。写出欧阳海光辉的一生,这是一个重大的政治课题。有了明确的主题,丰富的素材,作品当然就有了灵魂和基础,但是,如果不注意艺术性,语言干巴单调,结构平铺直叙,没有艺术感染力,同样不能'作为团结人民、教育人民、打击敌人、消灭敌人的有力的武器'。"①在如何表现英雄方面,金敬迈在修改小说过程中向很多群众求教,力求语言通俗化方面的"过关",并且得到文化部创作组、解放军文艺出版社和《收获》编辑部同志的指导、帮助,具体如小说的语言、结构都得到他们的"详细的指点"和"反复的推敲"。同时,金敬迈还抓紧时间研读了描写英雄人物的传记文学和小说,学习和汲取了他们描写英雄人物的表现技巧。经过这种群众路线加专业路线互补的文学润色,加上金敬迈自己的文学补课和不断打磨,《欧阳海之歌》博采众长,具备了许多当时广受欢迎的艺术特质。

"文革"爆发前夕,《欧阳海之歌》被确认为表现共产主义英雄的作品,具有"划时代"的重要意义。1966年1月,《文艺报》编辑部在"编者按"中认为:"这部作品以豪迈雄壮的调子和热情洋溢的语言,真实而动人地歌颂了伟大战士革命的一生,塑造出一位当代青年革命英雄的崇高形象,反映了伟大时代的精神。"除了提及小说的语言特征,编辑部认为《欧阳海之歌》:"在运用革命现实主义和革命浪漫主义相结合的创作方法方面,都为我们提供了新的经验;在对真人真事如何进行艺术概况方面,也进行了一些新的探索。"②这些按语,可以视为评论《欧阳海之歌》的预热和基调,同时可以看出,文艺界期盼已久的英雄形象和创作方法在这部小说中得到进一步确认。

刘白羽认为:"《欧阳海之歌》对于人物形象,现实生活,以至历史的进程的描写都是非常真实的,其中,许多章节,达到了绘声绘色,栩栩如生的程度,但只在这一方面,还不能说明这部书的艺术特点,问题是每一真实的细节,又都统一在一种非常鼓舞人心的、豪迈的、理想的光辉之中。这就构成了《欧阳海之歌》的充满革命激情、调子高昂,非常政治化、非常艺术化的新的艺术风格。"《欧阳海之歌》不回避矛盾,不回避困苦,不回避死亡,而使这一切都转化为强大的思想力量,强大的艺术力量,它感染人、提高人,我觉得最主要之点,是作者带着深厚的无产阶级感情来写。"《欧阳海之歌》的艺术特色,就在于把无产阶级斗争的哲学和革命的诗意紧密结合起来。……正是革命现实主义与革命浪漫主义相结合的创作方法,使得《欧阳海之歌》成为一部艺术色彩绚烂、清新明丽的书。有的章节是优美的抒情诗,有的章节是色泽鲜明的油画,有的章节是雄伟的颂歌,而更重要的是,贯穿全局,是一部充满豪迈的语

---

① 金敬迈:《〈欧阳海之歌〉的酝酿和创作》,《羊城晚报》1966年2月26日,第2版。
② 《推荐长篇小说〈欧阳海之歌〉》,见《文艺报》(月刊)1966年第1期。

言,鲜明的色彩,雄壮的格调,非常革命化、战斗化的书。"①刘白羽对小说创作方法和风格给予了高度肯定,对于小说语言豪迈、格调雄壮的判断是十分贴切的。

二、语言特色:通俗质朴·高亢豪迈·激情诗意

从语言角度来看,《欧阳海之歌》所使用的语言基本上是质朴易懂而又豪迈夸张的,里面并无冷僻难解的词汇,也罕见少部分读者能看懂的方言土语,但有许多充满革命激情的豪言壮语;同时,小说引用了许多民间俗语、毛主席语录和革命歌曲,这都是老百姓耳熟能详的。这些因素让小说显得通俗、亲切而生动,容易为审美能力并不高的大众所接受和认可。

首先,小说中有一些群众经常使用的熟语,比如"人不划算家不富,火不烧山地不肥""一个和尚一份斋,有稀有稠打起来""笨人先起身,笨鸟早出林""人不在大小,马不在高低""快马不用鞭催,响鼓不用重槌""轻伤不下火线""卤水点豆腐,一物降一物""儿不嫌娘丑,娘不嫌儿肥""吃饭靠集体,花钱靠自己""穷家难舍,富家难离"等等。这些来自群众的生活语言,增加了小说的生活气息和通俗性。比如描写欧阳海刚入队伍时急于打仗立功,性格冲动,赢得了一个"属虎的"昵称;而写曾武军和关英奎在引导欧阳海克服个人英雄主义时,他们非常讲究方法,相信欧阳海是"快马"和"响鼓",能够成长为一名优秀的共产主义战士。此外,小说还引用了一些民歌,如欧阳海探亲时听到的插秧歌:

喂哟!上下齐心力量大哟,
春旱夏涝我不怕呀;
老天你百日不下雨,
我车干那个河水把秧插。②

布谷声声传四方,
紧擂战鼓震天响;
要夺灾年大丰收,
车水耙田插秧忙。
一不叩头求菩萨,
二不烧香敬龙王;

---

① 刘白羽:《〈欧阳海之歌〉是共产主义的战歌》,《文艺报》(月刊)1966年第4期。
② 金敬迈:《欧阳海之歌》,北京:解放军文艺出版社1966年4月第2版,第264页。

单凭人民公社好,

双手平地砌天堂。①

欧阳海返乡探亲之际,桂阳山区的人民已经连续遭受了"三年天灾"。但插秧歌朗朗上口,抒发了"大跃进"时期山区人民对建设家乡的乐观自信,并含有移风易俗的社会文化信息。这些俗语、民歌与情节发展结合得比较自然,增加了小说语言的生动性和可读性。

其次,小说多次引用了毛泽东著作中的语录,既突出政治,又增强了语言的权威性和雄辩色彩,让欧阳海的高大形象能够立起来、亮起来。在"捡茶籽"故事中,毛泽东语录及时在欧阳海耳边响起来:"共产党员对于落后的人们的态度,不是轻视他们,而是亲近他们,团结他们,……鼓励他们前进。艰苦的工作就像担子,摆在我们的面前,看我们敢不敢承担。"②领袖语录促使欧阳海很快提高觉悟,他清醒地认识到不仅要完成任务,而且还要帮助同志提高对劳动的认识。捡茶籽一事让欧阳海发挥了"火车头"的作用,再次证明毛泽东著作的思想魅力。又如,欧阳海在与副指导员薛新文的冲突中,不断引用毛主席语录据理力争:"毛主席说,虚心使人进步。""毛主席教导我们:'一切实际工作者必须向下作调查。'……毛主席说:'我们如果有缺点,就不怕别人批评指出。不管是什么人,谁向我们指出都行。'……"③欧阳海引用毛泽东语录来指正上级首长的缺点,借绝对权威话语来质疑直接上级的正确性,语气强硬,分析无懈可击,让薛新文一时下不来台。

再次,《我是一个兵》《为了谁》《谁养活谁》《社会主义好》《歌唱祖国》《国歌》《国际歌》《东方红》等当时广为流行的革命歌曲,不时点缀在小说情节中,让其语言自然显得高亢豪迈,雄壮有力,为描写人物乐观奋进、斗志昂扬的精神世界起到了背景音乐的作用。此外,小说中《董存瑞的故事》《红岩》等多次作为励志书出现,书中的英雄故事与欧阳海的故事构成烘云托月的"互文"关系。其中,《红岩》里面的许多警句,欧阳海都能烂熟地背诵下来,"如果需要为共产主义的理想而牺牲,我们每一个人都应该,也可以做到——脸不变色,心不跳"和"不管是狂风暴雨,不管是惊涛骇浪……一定要把战斗的旗帜指向共产主义"每次阅读都让欧阳海感到激动不已。④小说引用的革命歌曲和英雄故事中的警句,都增添了其语言上的通俗性,突出了小说的豪迈雄浑之气,让读者充分体会到英雄欧阳海成长过程中的革命激情和文化语境。

《欧阳海之歌》的语言多是夹叙夹议,充满了革命激情和诗性智慧,体现了革命

---

① 金敬迈:《欧阳海之歌》,北京:解放军文艺出版社1966年4月第2版,第283页。
② 金敬迈:《欧阳海之歌》,北京:解放军文艺出版社1966年4月第2版,第248页。
③ 金敬迈:《欧阳海之歌》,北京:解放军文艺出版社1966年4月第2版,第355页。
④ 金敬迈:《欧阳海之歌》,北京:解放军文艺出版社1966年4月第2版,第365页。

浪漫主义精神。金敬迈说:"整篇小说是诗意的,虽然我不会写诗,但我是用诗歌的感情、用诗歌的愤怒和抒情在写,我在抒发自己内心真实的情感。"①激情诗意最浓烈明显的就是结尾对欧阳海牺牲之前"最后四秒钟"的描写。在雷霆万钧之际,欧阳海冲上去推开战马之前,作者浓墨重彩地对欧阳海的心理、视觉、听觉和言语进行想象:"这冲上去的一瞬间,欧阳海可能想了些什么?短短的一瞬间,也许他想起了他二十三年的一生……在这短短的一瞬间,欧阳海可能看见了什么?迎着扑将过来的列车,也许他看见了一条英雄的大路……在这短短的一瞬间,欧阳海可能听到了些什么呢?隆隆的火车声中,也许他听到了毛主席的教诲。十多年来党的培养、教育,五年来部队首长的谆谆告诫,亲人的嘱托,英雄们的誓言,都在他耳边回响起来了。……在这短短的一瞬间,欧阳海可能说了些什么?……"②这"四秒钟"特写用了近两千字,是金敬迈颇为得意的段落,曾经因江青反对而被迫删去,拨乱反正以来,新版的《欧阳海之歌》均予以恢复。这华彩的"四秒钟"描写,也曾让无数读者感动、背诵或者沉思。从修辞来看,一连串的排比句子大大增强了小说语言的宏大气势,一系列的幻觉描写浓缩了欧阳海成长之路重要的思想资源和精神动力。郭小东说:"小说'最后四秒钟'的革命抒情,是那个时代最为激越的'诗与远方'的体现,其中所迸发出的激情及大义,是后世许多文学作品难以望其项背的。"③

当年李希凡以小说结尾欧阳海冲上铁路时的"四秒钟"描写为例,认为那"四秒钟"描写属于游离人物特定情景的并不真实的激情倾诉,却又震撼人心、富有诗意,"是作者表达革命豪情和英雄人物壮烈行动达到的一个高峰,它有助于了解这部小说的构思。因为这'想'、'看'、'听'、'说'所展示的内容,虽然以作者憧憬的形式出现在我们面前,实际上却分明是欧阳海所走过的英雄道路的诗意概况,同时也是作者对自己创造这个光辉英雄形象的艺术方法的抒情的阐发"④。李希凡敏锐地发现小说语言的激情和诗意这一重要特色,及其与人物形象与作者创造热情之间的联系,认为《欧阳海之歌》具有高度的艺术概括能力,栩栩如生地刻画了一代新人的革命豪情,满足了人们的审美期待。"如果说雷锋日记、王杰日记,用事实说明了毛泽东思想培育共产主义新人的精神威力,那么,《欧阳海之歌》就是这种精神威力在艺术上的第一次丰满的体现。"⑤《欧阳海之歌》虽然比不上英雄日记和报告文学的真实性,

---

① 金敬迈(口述)、申霞艳(采访整理):《〈欧阳海之歌〉是被写成这样的》,《文艺争鸣》2019年第4期。
② 金敬迈:《欧阳海之歌》,北京:解放军文艺出版社1966年4月第2版,第439—441页。
③ 郭小东:《革命年代的"诗与远方"——怀念作家金敬迈》,《南方日报》2020年3月28日。
④ 李希凡:《社会主义时代精神的最强音》,《文艺报》(月刊)1966年第1期。
⑤ 李希凡:《社会主义时代精神的最强音》,《文艺报》(月刊)1966年第1期。

但确有更强的文学性,因而具有更强的艺术感染力和说服力。

三、现实主义·浪漫主义·戏剧化

《欧阳海之歌》出版后好评如潮,体现了革命现实主义与革命浪漫主义相结合这一特征也得到文艺界公认。郭沫若曾明确指出《欧阳海之歌》是这种结合的优秀之作。"小说写的都是真人真事,但是有所加工,有所集中和概括;加进去的东西也都是在现实生活中体验过的事物,并非凭空捏造。这是现实主义,但又是革命的现实主义,不是邵荃麟同志所提倡的'现实主义深化'和'写中间人物'(按照他那个主张,必定要取消和反对革命,排斥写英雄人物)。是否有革命的浪漫主义的成分? 当然有。英雄形象、革命激情,就是充分的浪漫主义。它轰轰烈烈,而不是冷冷清清。它勇猛精进,而又实事求是。这就是革命的浪漫主义。从写作手法而言,这部作品不是拘泥于某时某地的'小真实',而是将现实生活加以集中、概括、提炼和美化。所谓美化,就是有根据的夸大,就是按照生活本质揭示出生活发展的必然。"①郭沫若还细致分析了小说中锦上添花式和雪中送炭式这两种"美化"的形式。

小说中的美化还有"提纯"式的手法,为了把欧阳海刻画成了一心为革命、一切为革命,毫不利己、专门利人的英雄形象,故意回避了其爱情生活。小说在"家乡行"一章写到欧阳海发觉自己与女方傅春芝两家的父母已经在讨论彩礼了,但他不满意女方父亲热衷于个人发家致富而走资本主义道路,对父母没跟他商量就包办婚姻也不情愿,于是当面顶撞了准岳父,随后写了一封信寄去勉励女方进步,并未与傅春芝见面。不过,欧阳海实际上是有婚恋生活的,他已经与农村姑娘李某领证,当年冬天即将举办婚礼。②小说对欧阳海婚恋生活的处理方式,似乎隐含了阶级情与男女情之间的冲突,突出了欧阳海无私纯粹的一面,也超前地为"文革"时期文艺作品淡化爱情描写作了示范。

《欧阳海之歌》存在有戏剧化倾向,比如较多地使用夸张、巧合和对白来刻画人物。郭沫若曾经谈到小说有戏剧化特征:"《欧阳海之歌》的作者在技巧上也是过硬的。他曾经做过演员,写过剧本,在艺术修养上有一定的积累,因此他能很自然地把某些戏剧创作上的表现手法吸收在他的小说创作中。"③但郭沫若并未说明是哪些戏剧创作中的表现手法,而且认为《欧阳海之歌》"非常政治化,但一点也不公式化;调子很高昂,但一点也不浮夸"。但是,众所周知"程式化""夸张"是戏剧创作常见的表

---

① 郭沫若:《毛泽东时代的英雄史诗》,《文艺报》(月刊)1966年第4期。
② 春江:《李春花:我就是英雄欧阳海的恋人》,《老同志之友》2011年第1期。
③ 郭沫若:《毛泽东时代的英雄史诗》,《文艺报》(月刊)1966年第4期。

现手法。《欧阳海之歌》通过扛木头、刨泥巴、买毛选、捡茶籽、砍柴挑水、救人救火等故事反复突出欧阳海的不怕苦、不怕死的英雄品质,显然是一系列程式化、集中化的复数叙述;其他战士和首长在欧阳海的成长过程中也形成一种"众星捧月"式的戏剧效果。洪子诚曾说:1950 至 1970 年代的"语言的败坏"有个过程,"文革"中达到顶点,这主要表现在两方面,一是词语与事物、现实之间的关系严重脱节,矫饰夸张,而是严重的套语化、公式化,"文革"时期的书刊成年累月地重复着"激昂的陈词滥调"。① "1963 年之后,中国当代各种文艺形式非常明显地出现'戏剧化'倾向,小说、诗歌、散文、绘画都向戏剧靠拢,表现为小说故事情节的戏剧冲突结构、人物语言的台词化、诗歌传播的舞台化等。这和那个时期的政治着力于构造一个对立、冲突(阶级斗争)的世界有直接关系。"② 最能体现《欧阳海之歌》语言的浮夸,其实就是那"最后四秒钟"的描写。洪子诚认为:夸张的政治感伤文笔,与新旧社会的对比,毛泽东思想在当代英雄成长过程中的决定性意义,主人公为达到灵魂纯洁的"自虐"色彩的思想净化过程等因素,都切合当时的"时代潮流"而受到超乎想象的赞扬。③

对欧阳海形象的加工也存在过度夸张的现象,比如在"与人为善"一节通过身边战士的视角对欧阳海进行评论:"咱们班长是真没说的!他就像那上足了发条的钟摆似的,永远也不知道疲倦,永远也不知道休息。为了搞好七班,他花了多少心思啊!干活的时候,有一百斤的担子他不挑九十斤的;有空就找同志们个别谈心,征求对班里工作的意见;大家休息了,他还总在忙着,不是学习毛主席著作,就是整理笔记;就连同志们的衣服鞋子脏了,他都要抢过去替你洗净晾干。星期天,别人都出去玩玩,他又照例到伙房去帮厨。……"④ 欧阳海如同一架"永动机",如同自动手表,而且还会总给自己上紧思想上的发条。小说中像这些突破生理极限,同时也突破公私界限以及人与人之间正常关系的举动,欧阳海还有很多,这足以说明小说在塑造欧阳海形象时存在夸大其词问题。鲁迅说《三国演义》存在"显刘备之长厚而似伪、状诸葛之多智而近妖"⑤ 的浮夸问题,比较来看,《欧阳海之歌》的确把欧阳海刻画成了一个"超人",品德完美得不可思议。

《欧阳海之歌》作为革命年代的畅销书,得到政治界与文艺界许多领导人的高度肯定,同时成为许多 1950 年代出生的作家少年时代喜欢的读物⑥,但在后革命年代

---

① 洪子诚:《访谈与对话》,北京:北京大学出版社 2021 年版,第 17—18 页。
② 洪子诚:《访谈与对话》,北京:北京大学出版社 2021 年版,第 107 页。
③ 洪子诚:《中国当代文学史》(修订版),北京:北京大学出版社 2007 年版,第 174 页。
④ 金敬迈:《欧阳海之歌》,北京:解放军文艺出版社 1966 年 4 月第 2 版,第 347 页。
⑤ 鲁迅:《鲁迅全集》第九卷,北京:人民文学出版社 2005 年版,第 135 页。
⑥ 莫言、王安忆、铁凝、范小青、秦文君等都曾在少年时代阅读过《欧阳海之歌》,并有深刻的阅读记忆。

里，其艺术成就遭到学界不同程度的否定。1978年，海外出版的第一部中国当代文学史著《中国当代文学史稿》认为《欧阳海之歌》"不能建筑在复杂丰富的生活基础上面，也就显得空洞乏味"。① 1980年，郭志刚认为小说"存在错误路线干扰的明显痕迹"，同时肯定了其对英雄成长过程的生动描写。②

孟繁华认为：《欧阳海之歌》的成功，也是修辞和叙事的成功，当欧阳海毫无个人欲望和意识时，他终于达到了"成了英雄反而不知道"的境界；当他必须失去或者放弃个人的日常生活时，他存在的全部意义都包容在"示范"和"楷模"的命名之中。但是小说修辞直露，省略了必要的含蓄和暗示，使它不具有艺术作品的品格。③ 董健等人主编的《中国当代文学史新稿》认为欧阳海形象集斗争与忠顺于一身的"革命超人形象"应答了"文革"的政治要求，"小说艺术上粗糙"，在"文革"初期的小说领域具有"样板"的意味。④ 而在陈思和主编的《中国当代文学史教程》和朱栋霖主编的《中国现代文学史》等一些影响较大的文学史教材中，《欧阳海之歌》皆被弃置不谈，体现出新的审美原则在"重写文学史"过程中的崛起与坚持。

---

① 林曼叔、海枫、程海：《中国当代文学史稿（1949—1965大陆部分）》，巴黎第七大学东亚出版中心1978年版，第161—162页。
② 郭志刚：《中国当代文学史初稿》，北京：人民文学出版社1980年版，第129页。
③ 孟繁华：《〈欧阳海之歌〉的修辞》，《创作评谭》1998年第2期。本文主要内容收入孟繁华、程光炜著《中国当代文学发展史》第六章"红色文学的繁荣"，北京：人民文学出版社2004年版，第114—117页。
④ 董健、丁帆、王彬彬主编：《中国当代文学史新稿》第3版，北京：北京师范大学出版社2011年版，第183—184页。

第十四章　诗歌的兴盛

　　广东文艺界一直走在国内文艺界的前沿，1949年以来，广东新诗创作发展蓬勃。随着时代发展和文艺路线的不断变化，文艺界始终紧随潮流，在新诗创作的道路上不断前进。广东地区涌现出许多优秀的作家作品，其创作领域，从粤北到海南，从山区到海边，从工农业到科技战线……无不从诗歌中得到体现。不少诗人历经岁月淘沙，在新诗史上留下浓墨重彩的一笔。1963年，陈残云选取广东地区十六位诗人的部分短诗作品编为合集《粤海新诗》，歌颂我国在三面红旗光辉照耀下的深刻变化和崭新面貌，表现诗人们的政治热情和艺术特点。十六位诗人包括抗日战争以前就开始创作的老诗人欧外鸥、侯甸、芦荻，也包括在党的直接教育和培养下成长起来的十三位年青诗人。他们从各个方面、多种题材中体现出广东地区新诗的创作水平。

　　不少诗人在军旅诗歌的道路上开辟了新的天地。张永枚归国后一直在南方部队从事专业创作，以表现边防战士生活为主要内容，许多作品也涉及改革之中的农民生活变迁，题材丰富。韩笑的军旅题材诗歌则是同时期南方戍边战士的代表。此外，还有柯原、章明、张化声等人，虽然都以军旅诗歌为主，但风格各异。

　　军旅诗人外，韦丘、岑桑、关振东、梵扬等人的诗歌，描绘珠江三角洲的自然景物与发展变化，展现南方特色生活和多彩斗争风貌。值得注意的还有农民诗人、方言诗歌的创作，如李昌松、吴阿六、庄群等。

　　在山歌创作上，粤地多民族的境况也造就了民间文化的多元繁荣，也使得广东山歌体系庞大复杂。总的来看，广东山歌表现为内容丰富、语言独特、表演形式独特等特征。特别是客家山歌的创新发展——新客家山歌，又称为"新山歌"。此外，瑶族民歌（山歌）、阳江山歌、儋州山歌、畲族山歌、黎族山歌、壮族山歌等，都是广东山歌发展史上绚烂多彩的一笔。

　　广东地区在民歌创作和收集方面有较为良好的基础，因此成为"大跃进"民歌创作的重要地域。《作品》杂志开设了"大跃进民歌选"栏目，选登当时的民歌创作，范围一度扩大到"红军歌谣""革命歌谣""志愿军战士歌谣""海陆丰歌谣"等。

　　1958年12月起由广东人民出版社相继出版系列作品《广东民歌选》，在广泛收集全省民歌创作的基础上，较为全面地反映了特定时期的民歌创作情况，主要内容包括歌唱农业"大跃进"、歌唱人民公社、歌唱美好生活、歌唱大丰收、歌颂领导者和劳动者、革命歌谣等。但由于政治先行，创作主体主要是大量文化程度较低的农民和工人，作品质量难以保证，多数民歌语言不顺，逻辑不通，艺术水平普遍不高。

第一节 政治与现实诗歌

一、陈残云编：《粤海新诗》

陈残云（1914—2002），笔名准风月客，广东广州人。三十年代开始文学创作，作品题材涵盖诗歌、小说、散文、戏剧，是广东文学史上极其重要的作家之一。陈残云的诗歌创作主要集中在抗战时期。新中国成立后，新诗创作减少了，但他仍然十分关注新诗运动和年青一代诗人的成长。1963年，陈残云选取广东地区十六位诗人的部分短诗作品编为合集《粤海新诗》，这些诗歌的共同主题是：歌颂我国在三面红旗光辉照耀下的深刻变化和崭新面貌，表现诗人们的政治热情和艺术特点。这十六位诗人包括抗日战争以前就开始创作的老诗人欧外鸥、侯甸、芦荻，也包括在党的直接教育和培养下成长起来的十三位年青诗人。他们透过宽广的生活画面和多种多样的题材，尽情表达自己热爱祖国、热爱人民、热爱社会主义的情怀。虽然诗歌主题比较集中在讴歌社会政治形势方面，但它们也体现出广东地区新诗的创作水平。

欧外鸥侯甸和芦荻在抗战之前就开始进行创作，三十多年中作品数量丰富，他们敏锐地捕捉到新中国成立后的时代气息，在作品的风格、题材上都有独特体现。

欧外鸥，原名李宗大，字绳武，曾用笔名李浅野、鸥外欧，广东东莞虎门镇人。欧外鸥自1930年起开始发表作品，三十年代担任《诗场》《中国诗坛》等刊物编委，主编《诗群众》月刊。广州沦陷前夕赴香港，从事刊物印刷工作。香港沦陷后到桂林，参与编辑《诗》月刊和大地出版社的工作，期间出版诗集《欧外鸥诗集》，收录其三四十年代的作品。1953年起历任中华书局广州编辑室总编辑、中国作协委员和广东作协委员。代表作品还有《欧外鸥之诗》，儿童诗集《再见吧，好朋友》《书包说的话》等。《粤海新诗》共收录他的十一首诗歌，为多歌颂社会主义建设之作。

《万绿丛中点点红》直接表现广州本土风光和特色，也是惯于写政治讽刺诗、爱情诗的欧外鸥五十年代在创作方面的一大改变。新中国的成立使社会的发展和人们的生活发生日新月异的变化，诗人也在新的社会环境中产生新的感知，不由地写下这篇赞美诗，摒弃他以往锐利的诗风，又选择广州城市的地标、街景进行诗意化的描写，没有过度矫饰的情感,清新质朴,免于五十年代赞扬山川伟业的流俗。《不老之城》这首短诗用平凡的语言,展现了广州的独特魅力:花城、革命和英雄之城、事业之城,千年古韵和今朝市景相交其中,是一座不老的希望之城。

面对处于社会主义建设新时期的中国,诗人的自豪之情难以抑制,自然也加入到了颂歌的队伍当中,代表作品《祖国颂(二题)》《我们的土地散发着芳香》描绘社会主义新农村建设场景,《在祖国的青空》参观自制喷气式歼击机表演有感,在诗中高呼"我骄傲/我自豪""我虽然不是驾驶员/可是我的心已飞到青空上"[①]。六十年代诗人有过一段海南访问之旅,这期间以见闻为对象创作了不少诗歌,《海南颂(五题)》是诗人走访国营兴隆华侨农场和那大、通什等地,看到在党的领导下,老一辈华侨远离离乱,过上安定的生活,农村青年奋力建设海南岛,建设新农村的图景,不惜笔力为党和年青劳动者唱赞歌。其中《宝葫芦》歌颂南渡江上的大型水利工程松涛水库"说不尽,松涛好/光明幸福的源泉/装在葫芦肚/是党把它/带给海南岛"[②],《五指山头话旧》则用过去五指山区"一头牛/换一口针/一只鹿/换一两盐"的黑暗过去,与现今黎族兄弟翻身做主人的事实做对比,体现农民当家作主的喜悦之情。

侯甸,曾名侯镇球、方绥,广西苍梧州梧县林水镇社学村人。1936年8月加入中国共产党,1949年10月随军解放广州,直至1966年都在此工作,历任广东省人民政府办公厅秘书处长、副主任,中共广东省委员会副秘书长,广东省人委副秘书长兼交际处长,广东省文化局局长,任职期间致力于推动文化事业的发展。侯甸20世纪30年代起开始创作,是新中国成立后中国作家协会首届成员之一,作品涉及诗歌、散文、短文、报告文学,也曾写过粤剧,在新诗方面有很高造诣。《粤海新诗》中收录其15首诗歌,这些诗歌尤其显示出一名共产党员的自我修养,对新中国成立的自豪,对和平的向往和鼓舞世界人民为反抗压迫与自由而战的激情。同时,他善于从较为宏大的视角切入诗歌,展现光辉历史和岁月变革。如《广州公社——万代不灭的长虹》是为纪念广州公社二十七周年所作,作为一名共产党员,他曾奋力投入战斗反抗外来侵略者。广州是一座英雄的城市,1927年党领导广州起义划下党史上浓墨重彩的一笔,革命者的伟大精神鼓舞了后来者。身处此地,侯甸也有感于心,遂写下这首纪念诗。全诗共有三个部分,细致描述了党为带领人民推翻两座大山,打响了起义的枪声,紧接着追忆起义军为建立"工农苏维埃"政权的艰难过程和英勇事迹,最终以高歌颂扬"伟大的先驱者,/为祖国种下了硕果长林"。《谒烈士陵园》同样通过追忆革命过往,缅怀广州起义中牺牲的烈士,赞扬他们为革命事业献身的铮铮铁骨。此外

[①] 陈残云编:《粤海新诗》,广州:广东人民出版社1963年版,第3页。
[②] 陈残云编:《粤海新诗》,广州:广东人民出版社1963年版,第14页。

《光辉的劳动、豪迈的拓荒》《工地田间的新乐章》描写蒸蒸日上的社会主义建设。

朝鲜战争后,美国派遣第七舰队驶入台湾海峡,阻碍我国解放台湾。1958年侵略黎巴嫩,制造中东事件,同时也威胁了远东局势。尤其是台湾问题。侯甸对时代大事保持着高度敏锐的察觉力,他蔑视美国势力侵入中东,干涉他国内政的卑鄙行为,立即创作了《把冲锋枪擦的更亮》这首诗,以亲切的口吻寄语黎巴嫩"阿拉伯的好兄弟",鼓励他们不畏强权政治,"管他夏蒙还是谢哈布,/要紧的是紧握自己的武器",号召他们奋起反抗民族压迫。同时他也时刻保持着军人的警惕和战斗精神,创作如《时刻准备好战斗》《迎接战斗》等情绪激昂的作品,"垂死的敌人已经变成疯狗,/海盗爬上了阿拉伯人的田园,/还妄想向远东伸出的魔手"①。他还将希望寄于新一代:"新中国里诞生的孩子,/红领巾都在肩头飘荡。/毛泽东时代教养大的青年,/手中都紧握着真理的枪。"②鼓励他们在时代中施展自己的抱负,追逐真理的正义,捍卫胜利的果实。《台湾在炮声里听到鸡鸣》作于1958年国庆节,彼时为防止美帝国主义势力渗入远东,威胁祖国统一大业,党中央决定炮轰金门。他呼唤"岛屿同大陆又骨肉的亲情",并警告敌人不要妄想干涉中国内政,"中国人民天不怕地不怕,/说得出做得到,/甚至摘月捞星。/多少次警告了,/容忍终有限度,/难道我们能让海盗长久横行"。③

1949年后侯甸担任对外文化交流会长,关注国际局势,爱好和平,也作《从富士山的长夜唱出黎明》《怀寄秋田雨雀老人》《送M、K回国》《榆林港——地拉那》等诗篇表达此愿景。

芦荻,即陈芦荻,原名陈培迪,广东南海县人。芦荻青年时期开始从事诗歌创作,1935年起开始在《红豆》《国民日报·东南西北》等报刊发表新诗,1937年毕业于中山大学社会学系,曾先后在南宁、桂林、广州、香港等地任教,此后又担任《广西日报》《南明晚报》编辑。三十年代起芦荻以诗歌作为武器,积极参与抗日救亡宣传活动,新旧诗词都有涉及,大多直抒胸臆,气势磅礴。

1949年以后,芦荻调任广州市军管会文艺处群众文艺编导组长。又于1953年后调入广东作家协会进行专业创作,1956年加入中国作家协会。从战争的炮火走进和平的新天地,诗人更是以崭新的面貌、澎湃的诗情、纯真的赤子之心唱诵祖国山河。如1957年出版的《海南颂》从途中、老根据地、椰树的故乡、海边景象、黎苗族生活图景五个方面,展现了海南人民的革命奋斗事迹和幸福生活,也表现了当地独特的自然风光和民族风情。特别是海南的革命史使诗人产生共鸣,如《桄榔》《榆林港边》《女

---

① 陈残云编:《粤海新诗》,广州:广东人民出版社1963年版,第43页。
② 陈残云编:《粤海新诗》,广州:广东人民出版社1963年版,第42页。
③ 陈残云编:《粤海新诗》,广州:广东人民出版社1963年版,第38页。

炊事班长》等,依然能读出他心中的澎湃。此外,《瑶山行(二题)》《虎门短章(三题)》《南海渔歌(三题)》都是诗人旅途当中诗意勃发所留佳作,贴合当地历史、地域、文化特色。

诗人在不少作品中还着意塑造新社会的建设者形象,如《打下了第一根桩》《老船长》《工地上的新家》的建设湛江港的工人,为他们的奋斗事例呐喊呐喊,体现出一种战斗情怀。

除了在新时代绽放光彩的老诗人创作外。还有一批在战火中成长、从战场上走下来的诗人,朝鲜战场开辟了他们的诗歌舞台。与此同时,这些激昂铿锵的诗歌也鼓舞守卫在南疆的战士以诗歌抒发守卫祖国山河的豪情,展现戍边战士独特的内心世界。一北一南,两相呼应,

尽管战争结束,抗美援朝主题随之瓦解,但军旅题材奠定了这些北归战士日后诗歌创作的基础,不少诗人在军旅诗歌的道路上开辟了新的天地。其中,张永枚是最具代表性的一位,他凭借抗美援朝时期的一首《骑马挎枪走天下》扬名。归国后,他一直在南方部队从事专业创作,以表现海边防战士生活为主要内容,不少作品也涉及改革之中的农民生活变迁,题材丰富。相比较于他的战地诗歌,这些诗歌的基调明快许多。

《将军柳》写的是红军在老苏区播撒革命种子的故事,这首诗歌饱含诗人的创作深情,十八岁成为一名军人以来,走南闯北,聆听过、经历过、见证过许多可歌可泣的故事。从过去的浴血奋战,到如今社会的改天换地,眼见农村新人,"诗的纤维在脑海中串联起一幅幅图画,融入诗人对往昔的追思和今日的观察,《将军柳》的故事飘然而来"[①]。但诗人并不满足于平铺直叙,而是运用自己的巧思,使之在同类题材中脱颖而出。全诗以"柳枝"作为线索,揭露旧社会的黑暗,早年白匪侵犯村庄,将军骑马挎枪平息匪乱,还"翻身下马"搭救了一个"父被杀,母遭害/眼泪流满面"的"黄毛小丫头",并把她抱到马鞍上又哄又逗,"摘下柳枝伪装圈,戴上她的头"。这一动作赋予了柳枝特别的含义,作家在这里顺理成章地扩大自己的构思,柳枝圈不仅是安慰小女孩的工具,更成为她心中革命热情的种子:"柳枝伪装圈/翠生生,绿油油/她把杨柳枝/插在这村头。""将军柳"于是得名,年年岁岁激励着小女孩的成长。"想念老红军,/村头来看柳,/见柳如见人,/话儿耳边留。""战斗困难时,/村头来看柳,/身上添了万斤力,/奋勇去战斗……"[②]柳树成荫之时,小女孩也长成了为人民服务的公社队长。将军柳无疑是小女孩心中不断指引她奋进前行的光芒,更连通了两代革命者

[①] 张永枚:《醉心于生活,醉心于诗艺》,收录于《花地:1983合订本》,广州市《花地》文学杂志编辑部出版,第54页。

[②] 陈残云编:《粤海新诗》,广州:广东人民出版社1963年版,第100页。

的创造祖国美好未来的心愿,结尾老将军回村看柳,再遇昔日的黄毛小丫头,已经成为人民公社女队长,体现了革命者们前赴后继,深沉的战斗感情。

《乡音》《望海》《望儿石》等作品塑造了坚毅镇守在祖国南方的海防战士形象,这些诗歌有些基调轻快,有些流淌着淡淡的思乡愁绪。如诗人登广州羊山有感,创作《望海》这一首短诗,这首诗并不借助他善于编排的情节,而是选取刹那间的感受,写战士登高远望之所见,"刺刀挨着浓云,/太阳和我平行",山海尽收眼底,变成"点点帆影,/几只飞鹰,/一眼望尽",几句话极尽烘托、渲染之意,将战士豪放洒脱的气魄显露无遗,叫人不禁赞扬他们开阔的胸襟和坚韧的品格。《乡音》则写出铁骨战士月下思乡的淡淡悲伤。诗人用"船靠渔港,/月悬天上"营造了寂静冷清的氛围,在这环境下,不知何处响起了竹笛声,勾起海防战士的思乡之愁。笛声中"送来北国的风",散发出北国的"春麦香",战士终于忍不住感叹"此曲啊,/只应故乡有",一腔思念似乎就要倾泻而出,却在下一刻以克制地笔调道出"乡音伴我守海疆",升华诗歌内涵。

五六十年代在意识形态的主导下,张永枚也有不少应制之作。如《欢乐曲》是诗人在和平年代唱的一首生活牧歌,迎合了当时诗坛上的"颂歌"潮流。开篇即唱道:"我亲爱的祖国,/唱不完的欢乐歌,/在这曲子里,/也有士兵的欢乐。"[①]六十年代在《我们都是革命人》中号召祖国儿女举犁拿枪参与革命,发出"革命定要革到底,/我们同做英雄的人!"的豪言,还有《天不怕》赞扬人民公社化运动"靠天吃饭成过去,/人不怕天天怕咱!/老天低头我站起来,/比天高来比天大!/人民公社天不怕!"[②]相比之下,这些诗歌缺少了以往情节上和情感上的精彩之处,但把握了时代主流,在节奏韵律上仍有所长。

相比之下,韩笑的军旅题材诗歌则是同时期南方戍边战士的代表。韩笑,原名国贤,吉林省吉林市人。1941年,在《吉林新闻》副刊《松江浪》上发表诗歌《深秋之夜》,从此走上文学创作的道路。1946年就读于东北大学,之后参加中国人民解放军,历任吉林军区报社记者、解放军12兵团《部队生活画刊》主编,主要写通讯和报告文学。1951年加入中国共产党,1953年调至中南军区(广州军区)政治部。次年加入中国作家协会广州分会,1956年加入中国作家协会。1967年任广州军区政治部文化部副部长。1949—1963年间先后出版十多本诗集,诗歌创作取材广泛,涉及农村、渔家、部队等生活领域。韩笑是一名典型的军旅诗人,在部队的培养下成长,他自觉跟群众站在一起,用战士的目光发现生活,所以他的诗歌密切配合现实斗争,以战士的感情去爱去憎,在创作中努

---

① 陈残云编:《粤海新诗》,广州:广东人民出版社1963年版,第96页。
② 陈残云编:《粤海新诗》,广州:广东人民出版社1963年版,第107页。

力向古典诗歌和民歌学习,反映部队生活的诗写得真挚自然。①

韩笑追求深情、新意、巧妙的诗歌风格,善于运用节奏跳跃而铿锵有力的短句来表现南国军营生活,尤其是展现部队训练。1965年起他领导广州部队海上文化工作队,跋山涉水,将革命文化传送至南海诸岛,积累了许多创作素材。特别是这一首《摄影师来到岛上》,描写摄影师到岛上给战士们拍照,着重表现一位新兵面对镜头憧憬好奇又紧张无措的动作,"他正一正帽子,又摸一摸领章,说腰带扎得不紧,又嫌皮鞋擦的不亮"②,而这新兵却也有身为战士的自豪:"他要照一个全身,还要突出手中的枪;要照上营房和花园,还要衬一点海洋。""他要题一行小字:'永远守卫边疆。'"③短短几个细节描写,道出战士生活的环境和工作,他还要把照片分别寄给父母和心爱的姑娘,体现守边战士的可爱可敬、忠厚淳朴。

韩笑曾说:"我童年爱上诗歌,就爱上祖国的名山大川。参加革命后,对祖国的山川草木更是充满特殊的感情。"④山水诗是体现他创作风格的重要类型,1961—1962年他多次因公到桂林出差,创作了一批反映桂林山水的作品,如《登明月峰》《瑶山行》《晨登独秀峰》《画山九马》《泗渡漓江》等。然而在诗人眼里,山水俊秀之余,更有豪壮之美,是战士英姿。也如千古骚客登高望远,抒发豪情壮言,如《登明月峰》《晨登独秀峰》,诗人清晨登独秀峰,想象阅兵壮阔之举:"看江山云集,队列千重,青峦举剑戟,风帆旗帜红,绿烟滚滚水匆匆,如闻请缨声!"⑤气势磅礴,祖国山水俨然百万神兵,只待一声令下检阅雄姿。明月峰上,诗人宛如"脚踏白云,/汗洒漓江",尽览桂林风光。紧接着又巧妙捕捉到"一只粉蝶,/落我枪口上",形成强烈又新奇的对比。诗人于是追问"啊!蝴蝶呀/蝴蝶!/莫非你/偏爱硝烟,胜似花香?!"⑥正是秀美山水与英雄之姿态的相互映衬,透过诗人独特的"战士的眼睛"表达出来,意境非凡。如果说山水姿色透过诗人之眼展现不一样的情境,那么在《画山九马》中,诗人笔下的山水,也是体现将帅胸襟的"战士之诗"。战士的英姿简直与景物自然相融,通过塑造一个骑马挂帅的将军形象,用将军与马的特殊情谊:将军站在船头辨认:"是哪一匹陪他/冲锋陷阵?/是哪一匹陪他/走遍天涯?"而胜利归来在江边饮水的马儿"也仿佛认出了/久别的主人/一个个/正仰首长嘶:/将军啊/来吧!/我们都在这儿/待命出发!"⑦表现激昂的战斗情绪,恰是军人的特殊审美。

---

① 北京语言学院《中国文学家辞典》委员会编:《中国文学家辞典·现代第一分册》,第569页。
② 陈残云编:《粤海新诗》,广州:广东人民出版社1963年版,第64页。
③ 陈残云编:《粤海新诗》,广州:广东人民出版社1963年版,第65页。
④ 韩笑:《南国旅伴》后记,广州:花城出版社1984年版。
⑤ 陈残云编:《粤海新诗》,广州:广东人民出版社1963年版,第74页。
⑥ 陈残云编:《粤海新诗》,广州:广东人民出版社1963年版,第79页。
⑦ 陈残云编:《粤海新诗》,广州:广东人民出版社1963年版,第77—78页。

二十世纪五十年代初期韩笑创作的颂歌作品如《春天交响曲》描写了第一个五年计划期间祖国发生的惊天动地的变化,矿产钢铁产量丰富,机器、马达高速运转,火车和工厂纷纷涌现,公路的扩大铺设,生产总值不断提升,人民安居乐业,共同为美好的新生活打拼,诗人自然而然地要为和平和发展高歌,为领导人民走向富足生活的党和领袖高歌。《小毛驴儿撒欢儿跑》则描绘合作社运动下,人民辛勤劳作的画面。但诗人不正面书写劳动场面,而是通过小毛驴撒欢的脚步,青绿茂密的麦苗,急切劳作的犁刀表现这一时期生产生活的稳步发展。结尾更是用小姑娘追着车后面叫:"合作社的大车回来了!忘没忘我的小书包?"反映人民翻身做主人的新面貌。1958年韩笑担任深圳边防部队营副指导员,创作街头诗集《红旗之歌》,反映当时轰轰烈烈的"大跃进"运动。

此外,还有章明、张化声、柯原等人,虽然都以军旅诗歌为主,但风格各异。

章明,原名章益民,江西南昌人。1949年7月加入中国人民解放军,1950年开始发表作品,1953年后调职中南军区(后为广州军区)政治部文艺创作室,一直在从事文艺工作,写过诗歌、歌剧、曲艺、小说。代表作品有诗集《椰树翩翩》《三支赞歌》,长篇小说《海上特遣队》,中短篇小说集《隔海的想念》,歌剧集《出发之前》,曲艺集《不可抵挡》等,其主要成就在诗歌上,由于长期在部队工作、生活,经常出入海边部队和渔村,熟悉战士和渔民的日常,诗人以此为题材创作了大量作品,热情洋溢地颂扬他们的生活。对于章明,较为人熟知的是八十年代他以《令人气闷的"朦胧"》,提出了"朦胧诗"的概念,反对晦涩难解的诗歌创作,这也是他自己的创作主张。章明追求清新刚健的诗风,讲求诗歌的艺术美、韵律美和民族风格,因此不少作品如《瞄星星》《跳木马》凭借昂扬欢快的节奏被改编成歌曲,广为流传。

张化声,曾用名张华盛,笔名红苗、吴采、彤迅源、肖云等,南京人(原籍贵州省水城县)。从小在四川读书,1949年在重庆参加解放军,参与过湘西剿匪和抗美援朝,有作品如《走向决战场》。他长期在部队从事宣传、文化工作,著有诗集《踏遍山乡》《同饮一江水》、长篇叙事诗《红旗的儿子》、小说集《他正在成长》,此外还有剧本创作。回国后生活在中越边境农村,创作《红波曲》《走亲家》《战友》等表现中越人民之间的深厚情谊的作品。此外大部分作品表现社会主义建设时期的生产图景,特别是少数民族积极参与人民公社化运动,如《十万大军夜垦》《缩影》等。

柯原,原名章恒寿,天津人,笔名路苇、夏季等。1946年开始发表作品,1949年参军,几十年军旅生涯中创作了不少军旅诗,著有诗集《进军号》《露营去》《椰寨歌》《浪花岛》等。他先后多次到访过海南岛、西沙群岛、万山群岛等,因此南疆的边防战士也是他诗歌创作中的主要对象。柯原注重在景物渲染中表现士兵形象和部队生活,追求景与人的和谐。《邮戳》是诗人的代表作之一,用邮戳切入海防战士的生活,这个看似平凡的事物在西沙群岛上确实难以找寻。诗人在诗中温情说道:"小小的邮戳上印着多少东西:/看吧!美丽的海鸥,洁白的珊瑚花,/西沙人海洋版的壮志雄心,/邮务员闪光的青春年华……"①一枚邮戳承载战士的乡愁、对祖国的热爱和时代的变迁,一时之间在海军中广为流传,是海防战士的心灵之声。而《告别》《雷达兵》《战士颂歌》,塑造了特点鲜明的战士形象,表扬他们勇往直前的战斗精神。还有作品如《椰寨歌》,描摹了海岛椰树成荫,尽享椰汁、美酒、竹筒饭和海棠果,又有椰胡鼻箫做伴,体现岛民生活闲适欢乐,亦赞颂了祖国南部的秀丽风光。《摘红豆》更如一首悠扬的田园歌曲,虽然描绘的是年轻的姑娘采摘红豆的情景,但诗中暗含战士的形象:"满把红豆寄北京,/为表姑娘志气高,/要学红豆千日红,/不学杜鹃花易雕。"②有巾帼不让须眉之势。

军旅诗人外,其他作家眼中的新中国也有独特光彩。韦丘,原名黎思强,笔名辛远茶、白江生等,广东清新人。初中时辍学参加抗日战争,1939年在国民党军队内做地下工作,开始发表诗作和剧评。1955年任中南军区文工团创作员,同年转业到作协广东分会,曾任《作品》杂志编辑、编辑部主任、副主编,作协广东分会副秘书长,中国作家协会广东分会副主席,代表作品包括诗集《红花集》《青春和爱情的故事》《万水千山总是情》、独幕剧《回家》等。

韦丘的诗歌情感真挚,始终能够在时代、社会的变革漩涡中透析生活。他拒绝简单描绘生活表象,作不痛不痒的廉价颂歌,而是能够灵敏地抓住生活所感进行快吟,并追求将自然形态的感情通过技巧转变成艺术情感,力求让作品,更有深度和力度。如《秋旅二题》之《瀑》即见到山中飞瀑所感,立即将生活积累和创作灵感融合。这首诗中,诗人有意向中国古典诗词靠拢,取古典诗词之"神"补新诗之"形",并加以民歌"外壳",既表现了激流而下的气势景观,又巧妙落脚于"就算粉身碎骨,/也像珍珠宝玉,/向阳飞溅。/瑰丽雄奇非素愿,/只为灌溉平川万顷田"③。歌颂高尚的革命奉献精神,是一次较好的尝试,在诗人看来与当时家喻户晓的南音《沙田夜话》具有同等重要的地位。尽管在今天看来,这首诗歌还是表现出技法处理上的稚嫩,但也表明诗人勇于探索的态度。

除了《瀑》,在《秋》《远望青山一片火》等其他作品中看到诗人对创作孜孜不倦的追求,特别是从古典诗词和民歌中汲取养分,而且始终尝试开拓题材和诗歌的表现手法。《远望青山一片火》浓缩了民歌精华,宛如一曲山歌贯耳,头尾完整,以"远望

---

① 陈残云编:《粤海新诗》,广州:广东人民出版社1963年版,第229页。
② 陈残云编:《粤海新诗》,广州:广东人民出版社1963年版,第221—222页。
③ 陈残云编:《粤海新诗》,广州:广东人民出版社1963年版,第135—136页。

青山一片火，/映山红里人唱歌。/歌声起,锄头落,/一把红霞撒对坡。"①引入,又安排阿哥阿妹的对唱,节奏明丽轻快,意境柔美,自然展现阿哥阿妹的情谊,富有浪漫气息。从这些作品中不难看出,表现农村的新变化是诗人创作的一大宗旨,他的切入点在农民身上,通过农民的生产劳动和丰收的欢声笑语来体现变化。如《喜雨篇(三题)》更以《夜降喜雨》《雨后黎明》《雨后天晴》三题描绘一幅连贯的公社生产图景。每题各具特色,特别是《雨后黎明》,视角由大到小,设置了一个"我"追着农民去垦殖,在滑泥的道路上"一跤摔在垄沟底,惹起声声笑语:'同志你来的迟！'"而"我"的心理活动也恰反应年轻劳动者的活泼憨厚。随后又通过"我"的双眼见证农民的辛勤和雨过天晴后一片丰收情景。

1959年国庆前后,韦丘和李昌松等文艺界代表随广东省观众代表团赴北京观礼,受到了毛泽东、周恩来等中央领导人的接见,《车上抒怀》《花的海洋》《欢乐的夜》《首都夜色》这几首诗将他出行前的兴奋、旅程的震撼,所见和经历带来的激动凝于纸上,基调昂扬,旋律明快。虽是颂歌,但正是他要求创作不落入应颂俗套的实践表现。

岑桑,原名岑汝养,笔名谷夫、端木桥等,广东顺德人。1946起就读于中山大学社会学系,同年以"岑桑"为笔名在宁州《建国日报》副刊《国风》发表第一首诗《死歌》,在校期间创作过大量诗歌并在进步报刊上发表。1950年参加工作,历任广州市影剧场公司副总经理,广州文化出版社编辑部副主任,广东人民出版社文艺编辑室副主任及主任、副总编辑、社长兼总编辑。1962年加入中国作家协会,创作大量题材丰富的散文、杂文、诗歌、儿童文学和报告文学,代表作品有散文集《当你还是一朵花》《在大海那边》,诗集《眼睛和橄榄》等。

政治抒情诗往往被"工具论"支配,岑桑虽然也有《唱给母亲的歌》之类的应颂之歌,多少有"假大空"的特点。但他大部分的政治抒情诗都能不落俗套,抓住具体的事件并以真挚的感情娓娓道来。他尤其擅长写国际题材的政治抒情诗,因受到抗美援朝战争的震撼,痛恨美帝国主义,反抗压迫。从此也着力写帝国主义、殖民主义和腐朽主义生活方式为抨击和讽刺的对象。② 如写给非洲《读了一段非洲史》为非洲人民充满苦难和血泪的殖民史唱出悲壮的挽歌,诗人控诉所谓的"文明"开拓者。用触目惊心的语句揭示殖民者视人命如草芥的罪恶行为:"一面风帆之下就是一个牢

---

① 陈残云编:《粤海新诗》,广州:广东人民出版社1963年版,第132页。
② 岑桑:《甘苦寸心知——文学生涯四十年》,《岑桑自选集》,广州:广东人民出版社2015年版,第199页。

笼,/拥塞着家禽和牲口般的奴隶;/一面风帆之下是一句棺材,/这就是"文明"开拓者缔造的天地。"①殖民者沿途扔掉黑人尸体,如同扔掉吃剩的面包屑,美洲大陆的繁茂建立在黑人的累累白骨和殷殷鲜血之上,殖民者的罪证永存在大西洋的巨浪里。在《我认得你们的手》中,诗人进一步描绘非洲人民开垦美洲大陆时遭到的虐待,通过"皮鞭抽打过,/铁钉穿透过,/炽烈的铁条烧烙过,/鹤嘴锄的木柄把掌心磨烂过……"②的黑人的手控诉罪恶的黑奴贸易,黑人奴隶受到的非人压迫,他们的手"只有伤痕永不脱落,/好比是古老的文字,/镂刻在黑色的岩石上,/永远印刻着:苦难、残酷、仇恨……"以热切的口吻呼唤非洲兄弟们举起伤痕累累的手,"向荒诞的旧世界宣战"。③

长篇叙事诗《迦贝》讲述了黑河边年轻牧民迦贝被叛匪抓进山里虐待,挖去他的双眼,让他失去光明。"迦贝再也看不见日月星辰了!/迦贝再也看不到心爱的姑娘了!"声声血泪,两句一节,像牧民拉出的悠扬的曲子,轻轻诉说他的悲伤,最后共产党人给他疗伤,清除叛匪。全诗没有波澜的情感和壮阔的场面,仅通过一个小人物的经历,昭示着黑暗席卷、黑暗祛除、光明到来。拨动心弦。此外,还有《不是幻想的故事》《致古巴》《给小尼柯》,用滚烫的感情,雄辩的议论反对帝国主义霸权,呼唤和平。

关振东,原名关硕英,笔名江南月、石央,广东阳江人。1949年冬参加革命,此后长期从事新闻出版工作,《南方周末》首任主编。1955年12月在《作品》发表第一首诗《在新的铁道上》,从此与文学结缘,创作过大量诗歌、小说、散文、杂文、报告文学等。1959年加入广东作协,曾任广东省文联委员、广东作协理事、广东作协分会诗歌组副组长。著有诗集《万岁,我的共和国》《流霞》《五岭笙歌》,小说散文集《春风吹又生》,传记文学《何贤传》《情满关山——关山月传》等。陈残云曾评价他"带着喜悦的心情,衷心赞美新的农村",他通过大量的农村题材,如大沙田这个经常出现的地景,生动描绘珠江三角洲的自然景物,展现南方特色生活和多彩风貌,这些诗歌十分能展现他"文革"以前的创作风格。

《大沙田的早晨》描写广州东湖清晨之景,鸡鸣、蛙叫、雨声、清风汇集,呼唤晨光,于无形间营造清新幽美的氛围,"一阵晓风飘过,/飞来缕缕歌声。/走,春光就在前面,/田野早已黎明"④,又在这美妙的氛围中,打造"地上辙痕条条""小艇展翅飞翔,/机车航行在雾海上,/社员和雾撒肥料,/姑娘带露插秧苗"⑤,一派生机勃勃的景

---

① 陈残云编:《粤海新诗》,广州:广东人民出版社1963年版,第162页。
② 陈残云编:《粤海新诗》,广州:广东人民出版社1963年版,第158页。
③ 陈残云编:《粤海新诗》,广州:广东人民出版社1963年版,第159页。
④ 陈残云编:《粤海新诗》,广州:广东人民出版社1963年版,第276页。
⑤ 陈残云编:《粤海新诗》,广州:广东人民出版社1963年版,第276页。

象,诗人宛如一位画家,用笔尖展现新生活的美好图景,带给读者欢乐。《沙田路》描写沙田路景,蕉影、柳条道出葱葱路影,展现欢乐场面。诗人精确抓住具有代表意义的景物进行描绘,"铁牛夜夜吼通宵,/排灌站日日泛春潮""二月桃花三月柳,/一船肥料,一艇秧苗,/万顷沙田处处歌""九月鲜虾十月鲤,银镰在金海里闪耀"①,意境生动活泼,画面中没有人的影子,却处处体现出他们勤劳的身影,"年轻人的笑脸,/比云美,比花俏",叫人忍不住与他一起欢快高歌,共同建设社会主义新农村。他也毫不吝惜笔墨描绘岭南农村的山川秀色,如《雷公潭》描绘雷公潭水库。开篇描绘雷公潭原有的地形样貌,戏称潭里有苍龙,"旱天打瞌睡,/暴雨抖威风""谷中擂大鼓,/平原滚山洪",表明此处地势凹陷,易发洪涝灾害。"平地一声雷吼,/开山炮响隆隆",将它改造成水库,加造水利设施,苍龙飞去,是人类合理改造自然的典型案例。即使是《水乡月夜》《进城》描写城市街景的作品,在诗人笔下也别有一番风味。

他还塑造了形形色色的劳动者形象,他们都是建设社会主义的好帮手,用自己的汗水和勤劳,追逐自己的美好生活,也为祖国事业贡献自己的力量,如《强风将来的夜晚》里向海而生,搏击风浪的渔民;《一辆绿色脚踏车》里风雨无阻,传送幸福的邮递员;《流溪河之夜》里兢兢业业,坚守岗位的水利工人;《守林人》里无声奉献,守护山河的守林员;《春茶》中的活泼灵动的采茶姑娘;《夜茫茫》披星戴月,守护和平的巡逻兵。诗人完全摒弃了新诗含蓄、朦胧的要求,高声表达对这些人的赞美、敬畏之情。

在如火如荼的社会主义建设时期,梵杨迎来了诗歌创作的高峰,他的作品主要有两部分:一是写珠江三角洲的发展和变化,二是描绘山区瑶寨的生活和斗争,其中反映瑶族生活的作品占比极大。② 梵杨在粤北瑶寨生活近十年,有深切的体会,能够从各种体裁、角度切入。尤其喜欢透过今昔对比,体现崭新的生活。如《瑶山小景》以一名身居瑶乡的工作者的亲切口吻带领读者领略社会主义改造下的瑶乡新风貌,"山窝里叠叠层层的是新房子,/银花花的是油茶,红的是瓦""一层层梯田一层层金""山洼里丰收的歌声阵阵起呵",展现瑶乡独特的地景。在一片新气象中他不禁感叹"谁想到过去这云海中的穷山洼,/如今仙山似的遍地财宝满山花!"自然流露对社会主义建设的钦佩和对瑶乡工作者们辛勤建设新农村的赞美。《山乡晨曲》更是巧用语言构成轻快的调子,讲述瑶家姑娘回乡所见的新景色,不仅云霞绕崖,桃红映柳绿,更有稻秧遍耕田,牛羊遍地走,简直是"离家上学三年整,/荒山野岭改容颜"这些变化更加激励人民建设美丽家乡。作品吸收了瑶家民歌精髓,节奏明快,置身于山林之中,有山歌的韵味。《重逢》则体现工作者与瑶家兄弟的深厚情谊,透过一个深入瑶

---

① 陈残云编:《粤海新诗》,广州:广东人民出版社1963年版,第292页。
② 李天平:《描绘岭南苗寨第一人——评梵杨》,《广东民族学院学报》1997年第3期。

寨工作的"我"的视角,从"当年我进瑶山沟"忆起,想到与瑶家的"你"初相遇,塑造了一个爱唱山歌,天真可爱又羞涩的瑶族儿童形象。与十年后摇身一变,自信开朗,热情地带领同志参观新瑶乡的村支书作对比,"我"情不自禁地说:"呵,瑶山的新面貌,/从你身上全看透",融自然景色和民族风情于一炉,想象丰富,感情真挚。而这种独特的描写和感受则来源于"在旧社会孤儿院受过磨难,带着翻身的笑意,在崇山峻岭中和瑶族兄弟说旧谈新"。

另一部分以珠江、水边为地景的作品大多赞扬人民公社运动带来的新变化,也感受到人民努力奋斗创造新世界和新生活的激情,并用独到的目光展现人民追求幸福的身姿,赞扬歌颂他们的辛勤。如《渔港》写渔港小村的生活图景,午后宁静的渔村里,渔民出海捕鱼,孩子们上学堂,渔家少女说笑着编渔网,又有鲜花、海浪、彩蝶、白云映衬少女动听的渔歌,多美的渔村,都是因为公社带来的福祉,让"幸福和喜悦,/闪耀在渔人的眼睛上"。《好姑嫂》表现的是渔家女民兵的英姿,在天黑浪高的夜晚守卫海港。诗人巧妙设计了女民兵与两个强盗对峙,形象描绘了双方搏斗的激烈艰险场景,最终女民兵"左手挟着匪徒,/右手攀住海礁,/一步跨上海岸",赞扬了她们巾帼不让须眉的气概。此外,《离歌》《老猎户》透露出保家卫国的豪情,是少有的抒情诗,音节响亮,韵律自然,形象丰富。

解放初期重视农民的再教育,也培养出一批从田间地头走出的农民诗人,揭阳农民李昌松就是其中的代表。

李昌松1950年土改时发表第一篇诗作《农民泪》,1954年出版诗集《萌芽集》,这是解放后广东的第一本农民诗集,也由此带动了业余诗人创作的积极性,推动农村文化建设,1955年加入广东作协。其创作多反映被压迫人民翻身解放的通俗诗歌,自言要"把农民的血和泪,写上白纸告青天"[1]真切倾诉旧社会农民的痛苦,更要"歌颂新社会,写亿万担幸福诗",由衷赞美在党领导下逐渐美好的新农村。李昌松幼时家里贫穷,只上过几年私塾。1950年春揭阳解放,李昌松才开始学习写作,不久后便在《团结报》上发表处女作《农民泪》,并得到好评,由此激发了诗歌创作的热情。《农民泪》是一首方言长诗,李昌松用潮汕方言娓娓讲述了地主不仅压迫农民,迫使他们背负难以承受的劳役,更克扣工钱粮食,致使农民饥饿患病,几欲自杀的经历,更写到地主和农民"贫无寸铁,富有千金。地主享福,酒肉三餐,农民无食,嫁孍卖田"[2]的悬殊差距,形成强烈的反差对比,以血泪控诉地主的残忍无道,并在结尾号召农民"封建要打倒,团结一齐来!"这首诗采用四字一句的结构,吸收民歌传统,读起来节奏分

---

[1] 王云昌:《歌声飞遍潮汕界——记农民诗人李昌松》,收于《榕城文史·第5辑》,第110页。
[2] 陈残云编:《粤海新诗》,广州:广东人民出版社1963年版,第127—128页。

明,朗朗上口。但这时诗人的创作手法还比较稚嫩,在诗歌的结构和技法上仍有不足。李昌松学习写作长达三年,在此后的创作中,选材、技法上都有明显进步。《粤海新诗》中更多选取的是他歌颂新社会的作品。

1956年,李昌松随华南代表团赴北京参加全国文学艺术工作者代表会议时,曾受到毛主席的接见并与他握手。他因此怀着激动的心情,写下了《我和毛主席握了手》这首热情高昂的诗歌,抒发自己内心的喜悦自豪,这首诗也让李昌松扬名诗坛。还有出席全国青年文学创作者会议时所作的《可爱的春天》,高唱祖国幸福歌。

1963年李昌松到广东电白参加文化干部会议时,看到当地的渔民新村一片繁荣景象,不禁产生美好诗情,计划要写一篇叙事诗《归来》。《归来》开头二句"一轮红日浮南海,/万点白帆趁东风"描绘了一幅充满诗意的壮丽景象,预示这故事将在这美丽的景色下展开。诗人巧妙塑造了一位南洋归来的老侨翁,回乡看见故乡的崭新面貌,欣喜之余不经回想到旧社会所受的种种苦难,正是因为故乡"浪卷田畴屋腾空,/水咸村苦地不绿,/风起沙飞天迷蒙"①,渔民无容身之处,他们才被迫远渡重洋谋求生路。道出了潮汕地区下南洋潮的心酸过往,唤起潮汕儿女的共同情感。而今故乡千变万化"眼见银楼一座座,/春联花朵相映红"过去的记忆和现实的光景相碰撞,萌生出悲喜相交的微妙情感。中途更是设计老侨翁和老妇相认的场景,让离乡的苦楚、回乡的喜悦、相见的激动之情达到高潮,结尾以"昔悲今喜未诉说,/楼前拥满小孩童;/邻居闻讯来贺喜,/乐坏老妇老侨翁"的大团圆结局,表达喜悦之情。诗人在创作中还有意融合了古诗和对联的技巧,让诗歌呈现整齐的韵律和章法,结构层次鲜明。

另一方面,为了给广大农民提供更好的文化和学习环境,提倡文化和新闻为大众服务,开办《粤中农民报》(初为《粤中人民报》),是当时农民喜闻乐见的报纸。报社采编人员之一的丁明是当时《粤中人民报》的一名记者,后担任《粤西农民报》开平记者站站长,长期从事新闻编辑工作,撰写过不少通讯,力求行文通俗化,让农民看得明白,为当时农村文化的发展做出贡献。在新诗方面丁明亦有作为,他十七岁开始写诗,最初因透露出小资产阶级情调而被批评。经过关镇东的鼓舞和支持,他的第一首诗发表于《粤西农民报》,此后有许多作品发表于《诗刊》《作品》《萌芽》等报刊。他的诗歌大都以农民和工人为对象,取材于他工作接触到的事例,如《金田水库》《引鉴工地诗抄》《原始森林里的故事》《寄水》等,以热情的姿态歌颂各地的生产合作化运动或讴歌社会主义建设。他最著名的是讽刺诗《西方艺文志》,通过图画、舞蹈、音乐、雕塑、戏剧、电影、电视等形式嘲笑资本主义社会的"文明"丑态,给读者留下深刻

① 陈残云编:《粤海新诗》,广州:广东人民出版社1963年版,第123页。

印象。

还有部分虽不是土生土长的岭南作家,但南疆的生活和工作经历、风土人情带给他们不同以往的体验,开拓了他们的创作。

沈仁康,江苏常州人。1953年开始发表作品,1958年出版第一部诗集《秋天的白桦林》,1961年底调广东省作家协会,并扎根于此,开始进行专业创作。先后任广东省作家协会《作品》副主编,中共开平市、花都市市委常委,广东省文学院副院长,广东省文联历届委员,广东省作家协会历届理事。既写小说、散文,也写诗歌,代表作品有诗集《延安道上》《南疆风》,散文集《彩贝与山桃花》《杏花雨》,长篇小说《记忆里的一片落叶》,中短篇小说集《爱情圆舞曲》,诗歌评论《抒情的构思》等。

沈仁康对诗歌创作有独到见解,主张诗歌创作应追求创新,不落俗套。讲究诗味和巧思,要言之有物,给人以智慧和美的感受。因此他的诗歌语言精练、以形象见长。诗人走遍祖国南北,积累了丰富见识和各地生活经验,能够截取具有当地特色的素材进行创作,贴近生活,如《再加一把柴禾》,以六十年代在海南岛的生活见闻写成,节奏分明,气势充足,表现来自天南地北的垦荒队员在祖国南方开拓疆土,建设新事业的豪情壮志;《龙门水》在山西河津见奔腾的黄河水慨叹;《夺麦之夜》见证胶东农民抢收麦子的壮观场面。沈仁康的诗风豪迈洒脱,能把寻常的事物写出战斗的激情和紧迫感,结尾能与现实相结合,寄予希望,颂扬如火如荼的社会主义建设。他妙用单字、词语,营造非凡的气势,如《纤夫谣》数度倾泻而出的"走!""呵呵,走!"宛如纤夫的口号,是他们"走遍千水源/汉水脚下流;/踏破万重山"的力量来源。《夺麦之夜》"暴风,来吧!骤雨,不怕!"迸发出"欲与天公试比高"的豪情。在《秦岭公路》中诗人更是妙用古今作对比,"古来征战多少回,战马啸啸断去路",至今二三月里"狂风刮起乱石飞",五六月里"雷击电闪昏天地",衬托秦岭地带地势复杂,环境恶劣。但这些都难不倒开山劈岭的工人阶级,"我们"成功征服了自然,建造秦岭公路,诗人自豪放声:"没有路,开出路,/社会主义新道路;/叫他千年陈古,/历史从头起数!"

李士非,原名李连杰,江苏丰县人。1949年进入开封中原大学学习,1950年南下广东,一直从事编辑和诗歌工作。1951年开始发表作品,1959年加入中国作家协会广东分会,曾任广东作协分会第三届副主席。代表作品有诗集《北大荒之恋》《俄罗斯行吟》《南中国之恋》《金海岸之歌》、长诗《向秀丽》《逍遥游》、散文集《当今奇女子》等。李士非以诗风朴素、生活气息浓郁称著,如《上山小唱(三题)》以选取进山路上、小河边、镰刀几个寻常情景事物作描写对象,代表农村社员到来、奋斗和离去的过程,没有华美的词藻,也不穿插曲折的事例,在平铺直叙中流露出社员多年如一日的辛勤劳作。诗人乐于塑造三面红旗引导下工农阶级建造新社会新农村的奋斗形象,如《天河》《赠木麻黄》等,以今昔对比衬托取得的丰硕成果。又如《第一座茅棚》通过一座历经风雨的茅棚,见证了拓荒者从无到有的激情岁月,诗人在结尾照例点明所有的成就都要归功于党的带领:"若问是谁住在这里?/请听农场工人的歌声:/我们亲爱的党委会,/就在这茅棚里扎营。"①李士非的诗歌结构整齐,多用四句一节,以叙事为主,情感平实,在结尾表达自己的真挚情感。但这一时期诗人的作品局限于迎合时事,题材上缺乏开拓,难免落入俗套。

二、其他新诗创作

广东文艺界一直走在国内文艺界的前沿,1949年以来,广东新诗创作发展蓬勃。随着时代发展和文艺路线的不断变化,文艺界始终紧随潮流,在新诗创作的道路上不断前进。三十年来,广东地区涌现出许多优秀的作家作品,每一个历史时期,每一个生活领域,从粤北到海南,从山区到海边,从工农业到科技战线……无不从诗歌中得到体现。② 不少诗人历经岁月淘沙,在新诗史上留下浓墨重彩的一笔。

易征,笔名楚天舒,湖南汉寿人。1949年参加中国人民解放军,一直在广东工作,曾任粤中区党委干校、中共广东省委、广东人民出版社干部、《花城》编辑部主任、《旅伴》编辑部主任、广东省文联委员、中国作家协会广东分会理事。易征从1950年开始发表作品,1979年加入中国作家协会。著有短篇小说集《南海渔家》,诗集《南国诗情》,评论集《诗的艺术》《红豆集》《文艺茶话》《通讯工作漫谈》《文学絮语》等。易征谙熟诗歌理论和技巧,擅于构建诗歌内部逻辑,并且运用纯熟的手法体现其中的辩证逻辑,如《东耳房》是易征为纪念毛泽东同志主办农民运动讲习所五十周年所作,具有革命纪念意义。诗人运用以小见大的手法,让东耳房承载沉重的力量,是革命事业的摇篮:"东耳房——/无产者大军从这里云集、出征;/东耳房——/升起了东方欲晓的曙光!"③而毛泽东同志就在这东耳房里日夜奋斗,带领中国无产阶级的革命队伍不断前进。"一盏明灯到天亮"抒发了诗人对伟人为革命事业默默奉献的敬重。同时,这首诗也带有鲜明的时代意义,开篇提及的"英雄花瓣"是广州市的市花,诗人借此也赞扬了千万为革命事业献身的英雄们,情感和思想达到默契结合,巧妙地将心中的敬畏之情和壮阔辉煌的革命事业糅合,意境全开,既具有思想高度又具有时代意义。

西彤,原名吴锡彤,笔名栖桐、曦虹、严炽、丹谷等,广西恭城人。1947年始发表

---

① 陈残云编:《粤海新诗》,广州:广东人民出版社1963年版,第303页。
② 中国作家协会广东分会编:《广东新诗选1949—1979》,广州:广东人民出版社1979年版,前言。
③ 中国作家协会广东分会编:《广东新诗选1947—1979》,广州:广东人民出版社1979年版,第44—45页。

作品,1949年参加中国人民解放军,同年随军南下,长期在广东工作,历任部队专业创作员、中国作家协会广东分会理事、《作品》月刊副主编、《华夏诗报》主编。著有诗集《心灵的彩翼》《春的魅力》《痴情的追求》《爱泉》《西彤诗选》《昨夜风雨》《西彤短诗选》,剧本《千流归大海》,儿歌集《三只蝴蝶》,报告文学、歌词、散文诗合集等10余种。1979年加入中国作家协会。西彤常以特区新貌、花城英姿或侨乡之情为主题,力图融入人民的实际生活中,表现时代变化和发展,军旅生活也让他的诗作充盈着一种力量。同时,西彤毕业于上海声乐研究所,也是著名的歌词作家,这也使其诗歌具备节奏和音律方面的特点,如《燃烧的纪念》纪念鸦片战争一百五十周年,开首便说:"第一发炮弹便卡了壳,/至今仍留在炮膛中……"奠定激愤的基调,紧接着又以三个铿锵有力的断句制造停顿,通过音节表现历史的沉重,结尾处诗人又以高亢的情绪唱道:"六月的燃烧,/燃烧的六月;/重铸我民族魂,/重治我炎黄血。/这一页燃烧的历史啊。/——日月同辉。/熊熊不灭!"[1]气势磅礴,能以强烈的节奏表达炽烈的情感。

欧阳翎,广东连州市人。中共党员。1949年开始发表作品,1953年毕业于华南人民文艺学院。历任《作品》编辑、组长、副主编,中国作家协会广东分会副秘书长、秘书长、主席团成员。有诗集《上弦月集》,组诗《瑶山风情》《岭南山中》等。欧阳翎追求在细节中想象和描摹景象,力图在诗歌中体现生活美、意境美和音律美。在欧阳翎看来,美就藏在自然、生活中,让诗歌中情感和景物两相和谐,才能表达独特的生命体验。而且他特别强调从中国诗歌传统中汲取创作养分,他说道:"只要你是中国诗人,就不能忘掉中国的传统、中国的语言、中国的读者,以及中国的审美观。"他从中国历代诗作精品中领悟到"声、情、状、意"俱佳的美学原则和价值。[2] 如《茶店》一诗从时间维度入手,写到各个历史时期茶店的变迁,但无论时代如何变换,茶店对于劳动者而言都有一种特殊的意义。而从茶店中又可以看到历史的流变,时代的变化,同时也隐含了对未来的憧憬与展望,多重含义都通过对过路者的活动细节来体现,从构思到立意,再到主题都充满新意。

陈忠干,祖籍海南文昌,1931年出生于越南西贡,中共党员。1950年参加解放军海军,历任司务长、保密员、上海警备区文化干事、广东省体委宣传处副处长、广东《现代人报》常务副社长、党支部书记、广州市作家协会理事、国际华文诗人笔会理事、广东归侨作家联谊会理事。1954年开始从事业余文学创作,著有诗集《远远一片帆》《大江钓月》《牧歌没有家》《红珊瑚集》《南国情思》。他曾以作家兼记者的身份访问法国、奥地利等国家,也留下不少诗作,结集为《澳洲诗旅》《新加坡行吟》《西飞

---

[1] 温远辉、何光顺、林馥娜:《珠江诗派·广东百年珠江诗派诗人作品选析》,广州:广东旅游出版社2018年版,第185—187页。
[2] 郑心伶:《初读欧阳翎》,《协堂小集》,广州:新世纪出版社1995年版,第138页。

的窗口》,此外还有故事集《容志行故事集》,电影文学剧本《元帅与士兵》等。诗歌《圈圈》获海南省诗歌一等奖。陈忠干早期的创作以展现革命者的艰苦朴素,积极奋斗的个人品质为主,如《革命装》《门板铺》等,表现革命者不怕穿旧衣裳,睡门板,一心一意只为人民群众服务贡献的高尚品格。此外,海南岛是陈忠干的故乡,海岛风物、人文情景也都是他笔下的创作材料,甚至在旅居国外时,也会因见到故乡的事物而触动诗情。陈忠干的创作不断丰富扩大,但热情、积极、乐观的态度始终是他诗歌的一大特点。

西中扬,笔名西子,河南固始人,中共党员。幼读私塾,直接考入中学,未结业即参加鄂豫皖军区工作,历任师、团各职。离休前为广州军区纪委副主任,现任广东散文诗学会名誉会长。1951年始发表叙事长诗,与人合写歌剧《便衣队》,1958年加入中国作家协会广东分会,先后出版《浪花》《玫瑰色的梦》《西子情结》《人生感悟录》《人,最美好的风景》《情债》《世界抒情名诗导读》《情爱小语》《西中扬短诗选》《五好花》等集。西中扬的诗歌具有鲜明的时代特色和厚重的历史感,还带有浓郁的中国风味,追求言简意深的创作,融情趣、意象、哲理于一炉。他还善于从生活中寻找诗意,认为生活本身就包括无限乐趣,诗歌创作能从中截取许多有益元素,可以借此挖掘时代情绪、人生内涵和生活底蕴。西中扬也是一位典型的军旅诗人,生活经历和从军经历,使表现这些内容的作品成就最高,军旅诗中常将个人和国家民族的命运交融,自然迸发出动人的火花,包括部分怀人诗作如《悼念罗荣桓元帅》《凝视老帅画卷》等,都体现了这些特点。此外,西中扬还有一些以知识分子和民族生活历史为题材的作品,相比之下稍逊色于军旅诗歌。①

莫少云,广西桂林人,中共党员。毕业于桂林师专语文科。1962年应征入伍,历任连队文书、《战士报》《解放军画报》编辑、广州军区创作员、广东花城出版社编辑室主任、《花城丛刊》副主任、《随笔》副主编、中国作家协会会员、广东省散文诗学会副会长。创作丰富,涉及各种体裁,代表作有诗集《火热的连队》《彩色的小雨》《爱的情思》《千般情缘》《妙龄时光》《寂寞滋味》《禅味人生》《卿卿细语》《人生在世》《莫少云短诗选》10部;长篇小说《金陵残影》《心意彷徨》《儒将传奇》《桃花美梦》《黄花惊梦》《烟花情梦》《打工仔外传》7部;长篇传记文学《建业千秋》《陈安邦传》《天马横空而过》《一个检察官的正直人生》《十年的故事》5部;散文诗集《已经过去》《素心》;散文集《特区,有这么一间小屋》。莫少云早期的《演习》《地下城》等诗歌,虽是时代的产物,但也体现了诗人在构思、叙述方面的巧思。在此后的创作中,莫少云讲

---

① 杨放辉、杨艳雄、冯云等主编:《中国当代诗家诗话辞典》,太原:北岳文艺出版社1992年版,第55页。

究以情入诗,诗歌以情为上,情到真时才写诗,否则即便是再美的辞藻也无益。因此诗人从中国古典诗歌,如《诗经》《离骚》等作品中体会到诗与情相互融合的重要意味,也是后来促使诗人创作爱情诗的原因之一。

蔡宗周,江西金溪人,中共党员。1962年应征入伍,历任广州军区战士、班长、团通讯报道员,广州铁路局广州车辆段政治处干事、局报道科科员、报社编辑、政治部办公室秘书,广州铁路局老干处副科长、科长、副处长、处长、政工师,中国铁路文协第一届理事,广州市文联第四、五届委员,广州市作家协会理事,广东散文诗学会副会长,中外散文诗研究会理事,1992年加入中国作家协会。著有诗集《绿色的旋律》《大地琴弦》(合作)、《红珊瑚》(合作)、《微笑的城》、《相思梦》、《人生旋律》、《迷人的远方》、《品尝岁月》、《绿风》,散文诗集《五彩的花束》《丝路花雨》《特区风景线》《二重奏》,散文集《感悟山水》《都市闲话》等。蔡宗周1967年开始发表作品,几十年来醉心于诗歌创作,主要从日常生活和工作中选取诗歌创作的题材。他曾在铁路局工作,有不少描写铁路建设工作的诗歌,如《运输小曲》《大瑶山的眼睛》等。由于长期处在建设工程前线,他的诗歌都有动人心魄的力量,同时也注重韵律,写出来的诗歌朗朗上口。

阮章竞,诗人、画家,曾用名洪荒,广东香山县沙溪区象角村人(今广东中山市沙溪镇象角村),中共党员。1937年后历任游击队指导员,八路军太行山剧团团长,太行文联戏剧部长,中共华北局宣传部文艺处处长、副秘书长,中国作家协会党组成员,青年作家工作委员会主任,北京市文联副主席,北京市作家协会主席、名誉主席,全国第五届政协委员,北京市第七、八、九届人大代表,北京市第七届人大代常委,全国文联第一届候补理事、第四届委员。阮章竞1935年开始发表作品,涉猎广泛,著有长篇小说《霜天》《白丹红》,话剧剧本《未熟的庄稼》《糠菜夫妻》《在时代的列车上》,歌舞剧剧本《民族的光荣》,话报剧本《茂林事变》,歌剧剧本《比赛》《赤叶河》,诗集《霓虹集》《迎春桔颂》《勘探者之歌》《四月的哈瓦那》《阮章竞诗选》《漫漫幽林路》《边关明月胡杨泪》《夏雨秋风录》《三百里西江路》,纪实文学《赵亨德》《五阴山虎郝福堂》等,1949年加入中国作家协会。叙事诗《圈套》获冀鲁豫边区诗歌特等奖,童话诗《金色的海螺》获中国第一届儿童文学一等奖。阮章竞长期活跃于文艺阵线,是一位具有丰富经验和卓越成就的老作家。在诗歌创作方面,他善于吸取民歌和古典诗歌的语言和创作手法,使句子生动鲜活,具有地域特色。叙事诗最能代表他的水平,其1949年创作长篇叙事诗《漳河水》以来,将中国现代叙事诗推向了又一个高峰。此后诗人不断在叙事诗领域进行探索,童话诗《金色的海螺》、长诗《白云鄂博交响曲》都是十分优秀的作品。

罗沙,原名罗光泽,笔名星子、施弥、梦周、何时开等,江西省赣县吉埠镇瑶村人。

1946年5月考入广州文化大学肄业二年,1949年9月在长沙参加中国人民解放军,先后任记者、文艺创作员和文艺助理员等。1963年转业到珠江电影制片厂文学部任剧本编辑。1972年任广东人民出版社文艺编辑室副主任。1984年加入中国作家协会,后任广东省作家协会理事。罗沙参加工作以来,一直从事文艺行政和编辑工作,坚持业余文艺创作,尝试过诗歌、散文、小品、戏剧、演唱等多种文学样式,尤其对叙事诗的研究有独到之处,之后逐步转入小叙事诗理论的探讨和创作,追求有人有事有情有景。代表作品有诗集《海峡情思》《东方女性》《叙事诗10首》,抒情诗集《紫丁香》《旅美小诗》和诗论集《我与叙事诗》等。

陈残云,广东广州人,三四十年代活跃于中国诗坛,抗战结束后在香港教书。《千秋万代放光芒》是陈残云献给新中国的第一首诗篇,1950年他率领"香港各界回穗劳军团"回到广州,路上所见新中国一派新气象,"劳军团"所到之处,军民莫不热气腾腾,喜气洋洋,也燃烧了陈残云的情感,他由衷出发对毛主席和中国共产党的敬重,遂以《千秋万代放光芒》表达心中喜悦激动之情:"天上高挂着不落的太阳/人间闪耀着灿烂的红光/毛主席呵,您开辟的革命航道,/千秋万代放光芒。"[①]此后,陈残云的工作重心主要在剧本创作方面,诗歌创作大大减少,但仍有部分优秀的作品,如《农村短曲(六题)》《写在农村黑板报上的小诗》《深圳河畔》《珠江之夜》《深圳车站及其他》等作品,展现了珠江流域的自然风物、生活百态。其中《农村短曲》中的《红旗之二》,从"海的那边,九龙半岛"特殊的视角歌颂正如火如荼进行的农村合作化运动;《山地》则用质朴的语言写出了农民的心声,巧妙地将个人利益和国家利益联系在一起。

黄宁婴,广东台山人。1932年开始写新诗,1936年与陈残云等出版《今日诗歌》。同年参与发起组织广州诗坛社,出版《广州诗坛》杂志,并组织诗场社,出版《诗场》。抗战后,广州诗坛社改名中国诗坛社,他自始至终一直是这个团体及刊物的组织者和负责人。1949年后,历任东江纵队独立教导营教务处副主任,华南文艺学院文学部部长,广州市文化局戏剧科科长,广州市戏曲改进委员会副主任,广东粤剧院副院长。1952年加入中国作家协会,1954年加入中国共产党,著有诗集《九月的太阳》《荔枝红》《民主短简》《溃退》《迎人民的春天》《黄宁婴诗选》《西门楼上》等。和陈残云一样,黄宁婴是中国新诗史上不可忽视的重要存在,三四十年代动荡黑暗的时局让他的诗作常带有忧郁伤感的色调。同时,现实的冲击又让他不得不将手中的笔化为武器,以尖锐的政治讽刺诗揭露和抨击当局的荒谬政策,因此他的诗中常包含问题的哲理。1949年以后,为服务于文学发展的需要,他与陈残云共同转向戏剧创作,

---

① 何楚熊:《陈残云评传》,上海:上海文艺出版社2003年版,第319页。

合作剧本《粤海忠魂》，并著有论文集《怎样改进粤剧》，无暇投入新诗的创作。尽管他曾尝试在繁忙的剧改工作之外进行一些诗歌创作，如计划写一篇表现土改的长篇叙事诗，但仅写了《西门楼下》就没有时间延续下去，此外也仅留下如《亲人的礼品》《最好的时光》等少量作品，受到新中国的一片欣欣向荣气氛的感染，他的诗歌褪去了以往的辛辣，以明快、温和的笔调代之，诗风细腻凝练，有深沉的意境，表达了对新时代最美好的祝愿。

抗战以前，韩北屏就已经是一个进步诗人，创作和发表了许多具有进步意义的诗歌，并逐渐形成了独特的诗风——通过自然细腻的情感抒发给读者带来思考。韩北屏1950年从香港回到广州，在诗歌创作上有诗集《人民之歌》《和平的长城》《夜鼓》等。回广州后，为了更好地从事创作，他曾走访多地，与当地人交流，深入生活，深受祖国名山大川的震撼，激发了他的诗情。这时期的诗歌创作，诗人常以饱满的情绪，强劲的笔触，热情奔放地歌颂新社会、新生活和新见闻，相关作品主要收录在诗集《和平的长城》中。如《珠江组诗》中通过七首短诗，既写了珠江、白云山等广州的独特地标，又表达了广州人民英勇奋战，保卫家国的豪情。诗人的足迹几乎遍布大半个中国，除了广东风物，还有《登西安大雁塔》《过嘉峪关》《克拉玛依之月》等佳篇。此外还有部分作品，是诗人经过苦难回到祖国大陆后，心怀对党和领袖带领人民建设新社会的感激之情创作的赞颂之作，主要有《为社会主义歌唱》《迈步走向新的生活》等。

1961年，韩北屏加入中国作家协会，在担任中国作家协会对外联络委员会副主任兼秘书长期间，接触到许多国际题材，或是出访国外，根据见闻，写下大量反映各国人民战斗生活的诗歌，这些作品大多收录在诗集《夜鼓·海外吟》中，表达了对广大人民勇于反抗压迫，进行革命斗争的支持和赞美。最具有代表性的是《夜鼓》一首，诗人选择了非洲最常见，又能表达情感的"鼓"作为描写对象。通过"我"在夜色笼罩的"旷地"漫步之所见所闻，充分动用感官，渲染紧张急迫的气氛。又近乎夸张地连续运用十几个比喻，表现出鼓声像"独白""哭诉""举臂高呼""暴雨骤风"等多种状态，而这种种变化只为以声衬情，随着鼓声的变化，迸发出诗人的高歌："非洲之鼓啊非洲之鼓，/曾经为祖先的光荣而敲，/曾经为反抗奴役而敲，/曾经为屈辱的生活而敲；/现在为自由独立而敲。/敲吧，非洲之鼓！/悲愤的声音极度深沉，/欢乐的声音响遏云霄。"又如《谢赠刀》，通过亲切的对话形式，描绘中非兄弟赠刀的场面，传达两国对战争压迫的厌恶，对和平自由的向往，表现了非洲人民的雄姿和中非人民间的深厚友谊。

值得注意的还有农民诗人、方言诗歌的创作，代表作者有：吴阿六、庄群、程汉灏、谢中然、李成、陈火夜、曾庆雍、刘作钊、刘祥深等。吴阿六创作的潮汕方言诗歌《池湖怎有田》最为典型,该诗发表于1952年《工农兵》第八期,以土地为题材,控诉了旧社会"恶霸狼虎相勾结,池湖人民泪汪汪"的悲惨生活,抒发了广大翻身农民作为国家主人的深厚阶级感情。特别运用了潮汕方言和传统歌谣的表现手法,注重音律,偶句押韵,富有节奏感,曾获广东省群众创作诗歌一等奖。① 古巷农民陈火夜的《饥荒草》、曾庆雍的《五老姆看乡政府》等,都以真挚的情感和朴实的语言表现出农民在党带领下当家做主的感激和赞扬。尽管农民诗人的创作总体上成就不高,但也反映了1949年以后我省对于农民再教育、知识入乡问题的关注,这些诗歌最初通过乡村的黑板报、墙报、广播等形式传播,展现农村文化蓬勃发展的势态。

1949年到改革开放初三十年来,广东省新诗的创作呈现繁荣景象,作家们都争相把自己对新中国、新社会的一腔热情诉诸纸上。广东文艺界也十分关注对作家的培养,鼓励作家积极投入创作。1979年由广东人民出版社出版的《广东新诗选1949—1979》收录了我省三十年来近百位诗人在新诗创作方面的优秀作品,既包括前述诸位成就斐然的作家,此外更注意到许多新的时代下成长起来的年轻诗人的创作,是我省新诗创作蓬勃发展的最好见证。

随着时代的发展和学术的不断推进,近年来亦有不少学者从不同角度关注广东新诗的创作发展历程。他们认为以珠江为代表的河流孕育出具有地域特色的珠江文明,也奠定了广东人的文化基因。珠江文化覆盖的区域,必定对文学活动产生深刻影响。珠江文化象征着一种南方精神推进了人们从地域角度理解和探究文学创作,由此提出了"珠江诗派"的概念,将有史以来活跃于珠江及其相关流域的诗人诗作纳入其中,也为这些优秀作家作品的保留和传承提供了一种新的思路。

第二节　地方山歌和"大跃进"民歌

一、地方山歌

岭南三大民系,即广府民系、客家民系、潮汕民系,构成了广东地区经济文化社会的主要形态。三大民系发源、文化、语言、习俗各不相同,形成一个多文化的聚集地,相应的有粤方言、客方言和潮汕方言,自然形成不同的民间艺术形式。同时,粤地多民族的境况也造就了民间文化的多元繁荣,使得广东山歌体系庞大复杂。仅从地域

---

① 《潮州市文化志》1989年版,第113页。

上划分,可有粤北山歌、粤东山歌、粤西山歌;以类别划分则有客家山歌、儋县山歌、雷州山歌、高州山歌;以民族划分又有汉族、瑶族、畲族、壮族、黎族山歌等。山歌是人们在户外劳动时为抒发情感即兴演唱的歌曲,俗称"山野之歌",①是中华民歌的基本体裁。千百年来,乐和人的劳动融合在一起,山歌作为劳动人民的口头文学,反映了特殊地域环境下的风土人情、文化内涵,具有极强的实用功能,寄托了劳动人民美好的愿望和理想,具有相当程度的艺术特色,凝聚了劳动人民的精神、智慧精髓。始终是民族文化的重要组成部分。

广东山歌虽然多种多样,但总的来看,表现为以下特征:

1. 内容丰富

山歌来源于日常生活,即兴而来,用以表达状态情绪的口头语言艺术,凝结了粤地千百年以来的语言文化精髓,在内容上丰富多彩。总的来看,广东山歌包括婚丧嫁娶、生活习俗、宗教信仰、农耕经验、生产教化、男女情事、商贾贸易等,如大鹏山歌中的军事内容、客家情歌。山歌之中也融合了民族民俗文化,除了是一种民间的娱乐方式,更具有传播、传承、纪念意义。祖先崇拜和神灵祭祀也是重要的组成成分,如乳源瑶族山歌、粤西连滩山歌等。新山歌的内容中尤其加入了对中华人民共和国成立以来,日新月异的社会发展和如火如荼的生产建设的歌颂和赞扬。山歌走出大山,与都市接轨,与新社会相融合,是这一时代山歌的巨大创新。

2. 语言独特

包括少数民族的语言、文化,特殊的语言形式和文化内涵,如客家山歌、瑶族山歌。方言山歌更容易沟通和传承,如大鹏山歌、粤语山歌、潮汕山歌,融合了地区语言的特色,在语音、语法上都有不同。总的来说,歌词有谐音、叠音、拟声、双声、叠韵、平仄、押韵、字调、语调、重音、轻声、停顿等。② 修辞丰富,能够广泛运用比喻、排比、对偶、顶针、反问等修辞手法。由于粤地方言保留了许多古汉语的成分,因此在山歌的创作中也很大程度上继承了传统的"赋、比、兴"手法,成为研究方言、文化传承的重点对象。

3. 表演形式多样

情景交融,即兴演唱。山歌产生于劳动人民的田间地头,均是就地取材。往往是在耕耘时为了表达心情的创作,因此表演形式上通常具有一定的随意性,一般有独唱、对唱、群唱、劳动号子、一领众合等形式。同时,山歌又成为许多地区的一项重要的娱乐活动或艺术形式,特别是与某些地区的祝神文化相结合时,山歌的表演形式即

---

① 张利珍:《客家音乐教程》,广州:暨南大学出版社 2019 年版,第 4 页。
② 曲海洋:《山歌·广东省传统民间音乐》,广州:华南理工大学出版社 2019 年版,第 117 页。

有一定程度上的规范,如客家山歌的山歌号子、白莲口山歌中男先女后的对唱形式、用于朝拜祖先的乳源瑶族山歌,甚至是后来为了广泛宣传和传播而形成的新山歌、山歌剧等,都体现了山歌在表演形式上的丰富。

具体而言,有以下几类具有代表性的创作:

客家山歌是广东民歌中流传地区最广的歌种,也是最具有代表性的山歌之一。客家山歌以客方言为依据,直接继承了《诗经》"赋比兴"的传统,吸取唐诗和竹枝词的优秀成分,但客家民系分布甚广,在迁移、发展的过程中也汲取了南方各地民族、民歌的精华。并受到各地文化、声调、发音等方式的影响,因此旋律上多有不同,甚至同一区域内,也有不同唱腔。从地域上划分,可有:粤东色彩区、粤东东江调、粤北色彩区、广州色彩区、粤西沿海色彩区等。① 在此基础上,客家山歌的种类也多种多样,如粤东山歌以梅州客家为中心,其中松口山歌是较有特色且正宗的一支。此外还有兴宁山歌、五华山歌、蕉岭山歌、大埔山歌、丰顺山歌、陆丰山歌、揭西山歌、河源山歌、粤东沿海地区山歌等的划分;粤北客家山歌则有新丰山歌、曲江山歌、始兴山歌和英德山歌等;粤中地区客家山歌指广州周边的花县(今广州市花都区)、从化等地流行的山歌调式;此外,粤西的客家地区,由于地理位置的影响,更多地吸收了中原文化中乐府、歌行、诗赋等内容,又与粤东山歌有密切渊源,还不同程度受到沿海地区"渔歌"的影响,自成一体。从格式上看,客家山歌一般四句一首,讲究韵律,还要有抑扬顿挫的节奏感。客家山歌旋律多样,格式上相对统一,通常是七言四句,一、二、四句末字押韵。② 传统的客家山歌均由客家口语组成,人皆可歌,为了适应日常理解和传唱的需要,基本上不会出现生僻词语。

值得注意的是客家山歌的创新发展——新中国成立后流传至今或当代创作的新客家山歌③,又称为"新山歌"。这一类客家山歌多从旧社会的压迫出发,书写劳动人民翻身做主人的喜悦和对中国共产党、社会主义制度的歌颂和赞美。如"社会主义幸福多,男女老少唱赞歌;党的恩情唱不尽,千年万载记心窝。"随着社会的发展,民族融合进一步推进和城市化的进一步扩大,客家山歌根据时代发展的需要也实现了由内到外的推陈出新,内容更加广泛,贴近都市生活。黄火兴的山歌《世代高唱幸福歌》《共产党恩情长》等一度在群众队伍中广泛流传。还有如一系列的"土改山歌"中唱道:"见到土改同志来,农民心似春花开,牵手牵脚来相问,如同见了亲爷嬢④,几多酸苦讲出来。""山上无树变荒山,河里无水变沙滩;如果不是共产党,偃⑤兜样得有身

---

① 陈菊芬:《天籁回响·广东客家山歌》,广州:花城出版社2008年版,第127页。
② 黄火兴:《谈谈客家山歌》,广州:广东人民出版社1979年版,第8页。
③ 张利珍:《客家音乐教程》,广州:暨南大学出版社2019年版,第7页。
④ 客家方言,意为"母亲"。
⑤ 客家方言,意为"我"。

翻。"新山歌一定程度上保留了方言特色,也为了达到宣传作用做出了一定口语化改变。又如《处处工棚处处家》中唱道人民公社生产队建设新社会的盛况,"去年开辟盘山圳哎""今年兴建水电站"是山歌和社会现实结合的典型。

不仅是客家山歌,为了跟上时代脚步,这一时期的广东山歌为了反映社会现实、生产建设、生活新变等都进行了不同程度的改革。为了贯彻群众路线,实现文艺大众化,更好地推行中央的政策方针,山歌一度成为宣传工具。随着地方山歌的不断传承和发展,山歌也由最初的口头文学逐渐发展为体系化、艺术化、具有审美价值的形式,从内容到形式上创新,出现了搬到台面上的山歌剧,如陈扬民创作的《榕树头下·互助增产故事山歌》(1954,华南人民出版社)、《李桂妹和陈阿良》(1955,南方通俗出版社)、《幸福的社员》(1955,南方通俗出版社)和改编的《梁山伯与祝英台》(1957,广东人民出版社)、《陈三与五娘》(1957,广东人民出版社)、刘集华创作的《小锅走南庄》(1965,广东人民出版社)等,这些作品的内容基本上是歌颂党的方针政策、社会主义事业的蓬勃发展、伟大的领袖和领导者、劳动者,起到相当程度的宣传和战斗作用。为了争取"农村阵地",巩固革命统一战线,加强与群众的联系,之后也为了与生产革命和经济建设相结合,1974年起广东人民出版社编辑的面向广大农民群众的系列杂志《农村文化室》开设"民歌亭""小舞台"专栏,不定期刊载山歌、山歌剧的创作。如1974年第一集何帆创作的《山歌三首》、第五集《贫下中农是支柱》《山村来了新社员》《高峡平湖创奇迹》、1975年第八集《山村女民兵》《宁江移河工地战歌》、1976年第二集《细读毛泽东诗篇》《文化大革命好》等。这一时期也鼓励群众的创作,涌现许多以生产宣传队为单位创作的山歌(剧),如丰顺县文艺宣传队创作组的《修风箱》《清江激流》、龙川县铁场公社业余文艺创作组的《好保管》、大埔县银江公社业余文艺创作的《深山学师》等,体现了特定时期民间艺术和社会意识形态的高度结合,一定程度上也保留、传承、发扬了山歌的优良传统,让山歌走进视野,推动了山歌内部的改革和创新。同时也引起人们对民间艺术的保护和传承意识,涌现出一批优秀的山歌传承人,如卢月英、刘永荣、汤明哲等。

瑶族是个能歌善舞的民族,分居在广东、广西、湖南、湖南、贵州等地的偏僻山区,尤以广西境内最多。截至1978年,瑶族共有一百二十四万人,其中广东地区瑶民占百分之六,[1]基数虽然不大,但由于瑶族内部支系繁多,遍布各地,且受到当地文化的影响,又形成各具风格特色的群落,故而瑶族民歌(山歌)也是广东地方山歌中不可忽略的一个重要类别。一般来说有"排瑶""平地瑶""过山瑶"三种。广东境内的瑶民主要是居住在桂湘粤边界、桂粤边界的山区,又有以广东北部的连南瑶族自治县为

---

[1] 中国艺术研究所:《瑶族民歌》,北京:文化艺术出版社1987年版,第1页。

主要聚居中心的"排瑶"。广东排瑶山歌涵盖社会生活的方方面面,包括男女恋爱、婚丧嫁娶、请神祭祀、庆祝节日、劳动和待客等,甚至连日常生活都能用歌曲来表达。因此排瑶民歌种类众多,一般根据歌唱的场合来选择不同类型,主要有男子在歌堂节中集体唱奏的"歌当精(歌堂歌)"、排瑶史诗性歌曲"古精(古歌)"、情歌"央祖精(行路歌)""索祖精(出路歌)""噢莎腰精(串姑娘歌)""格洛当精(谈婚调)"、劳动曲"姆苗精(打猎歌)""漏凉精(伐木歌)"、风俗歌"扬门嘚"等。① 1949年以后顺应社会发展潮流,排瑶民歌内容也做出一些创新,优秀的民间歌手,如盘马了四、唐买些大不釜,用山歌唱出了瑶家儿女对共产党领导下反抗压迫,家乡改天换地的欢喜,代表作有《共产党来了天大亮》"放声唱起歌(罗),唱歌先唱共产党。共产党来了天大亮,瑶民翻身出火坑。共产党的恩情比山高,我们千代万世记心上"②等。此外还有《赛过开天盘古王》《今日有了毛主席》等,都是紧贴时代的新民歌创作,表达了瑶民翻身做主人的喜悦和感激之情。

阳江山歌起源于春秋战国时期,是阳江民歌的一种,最初作为原始的祭祀礼仪的一个部分。如今的阳江山歌包含了唐诗、宋词、元曲的有机成分,阳江山歌形式多样,有长歌、短歌、长短句之分,可说可唱,常常说唱结合。阳江山歌的主要调类有驶牛调、花笺调、吟诗调、木鱼调等。演唱形式除了即兴作曲自娱自乐外,往往还会搭配"跳禾楼""打堂煤""跳花枝"等表演形式。③ 内容主要涉及男女婚恋、生活劳作、礼仪习俗等,还有儿歌,一般根据内容和场合来选用不同的调式。常用比喻、夸张、双关等手法灵活演绎。阳江山歌、渔歌和儿歌统称为"阳江民歌",阳江民歌创作活跃,通常是口头文学,往往无文字记载,目前最早的文字资料可追溯至民国33年《两阳民国日报》中有心玄收集的十几首儿歌。1949年以后,受到文学艺术群众化、大众化观念的影响,阳江地区有组织地成立和建设一些民歌社团,一度引起群众创作高潮。群众普遍以民歌形式赞颂、追捧"三面红旗",但持续时间不长,作品质量不佳,传世作品不多,具有代表性的有1956年由关崇经演唱的《懒婆娘》。阳江山歌在六七十年代曾遭到禁止和破坏,虽然七十年代有短暂的回春期,但群众性的山歌创作和演唱始终未能形成规模。1974年阳江山歌曾进行一系列的唱腔改革,但未得到群众接受,保留传统精髓的阳江山歌在1976年后由群众自发恢复。

值得注意的还有"儋州山歌",又被称为儋州(今海南省儋州市)调声、儋州民歌。儋州山歌是文化迁徙、融合的产物,自秦汉始,两广及福建地区人民流入儋州,受当地

---

① 何芸:《略论广东连南瑶族(排瑶)民歌》,收于中国艺术研究院应约研究所《音乐学文集》1994年版,第362—367页。
② 广东省连南瑶族自治县文化局编:《连南瑶族民歌》1983年版,第1页。
③ 冯峥:《阳江民俗文史》,阳江:新新图书有限公司1997年版,第131页。

黎族语言和其他语言的影响而逐渐形成的一种新的艺术形式。儋州山歌多采用七言四句的格律形式，并以儋州方言格律押韵，种类上有五湖调、狄青调、叙事调、雅星调、状文调、长短句、西南唱腔、北岸唱腔等，除"雅星调"外，通常没有专门的音乐曲调，歌唱者们根据具体情况化用调式。[1] 内容上主要有爱情歌、生活歌、景物歌、叙事歌、儋州山歌、山歌小故事等，可以独唱，可以对唱。儋州山歌创作十分贴近生活，至今仍是当地群众的一种重要的音乐活动。1949年后，儋州山歌中的"政治"成分明显增加，紧随国家建设事业的发展，内容多是歌颂共产党、歌颂领袖、时事唱诵、宣传政策、歌唱美好新生活等，代表作有《双槌打鼓闹洋洋》《有了救星共产党》《参加独立队伍》《妇女翻身歌》《我造机器你产粮》等。

此外，还有今天依然生活在潮汕地区如凤凰、凤南、归湖、文祠、意溪等地的极少数畲族同胞创作的畲族山歌，海南岛五指山区的黎族山歌，粤西粤北的罗定、信宜、连山、廉江等地的壮族山歌等，都是广东山歌绚烂多彩的一笔。

二、"大跃进"民歌

1958年在中国诗歌史上有划时代的意义，4月14日《人民日报》发表了大规模收集民歌的社论，鼓励"能够生动反映我国人民生产建设中波澜壮阔的气势，表现劳动群众高涨的社会主义热情，表达群众建设社会主义高尚志向和豪迈气魄"的民歌创作，全国掀起了民歌创作的高潮[2]，旋即出现了"普遍繁荣的，盛况空前的图景"。诗人徐迟写道："到处成了诗海，中国成了诗的国家……各地出版的油印和铅印的诗集、诗选和诗歌刊物，不可计数。诗写在街头上，刻在石碑上，贴在车间、工地和高炉上。诗传单在全国飞舞。"[3]七月起，《人民日报》连续28天刊载民歌创作，《中国青年报》《文汇报》《解放日报》《新华日报》以及各地报刊都积极响应号召，推出"新国风""采风录""民歌选"等专栏。同时上海市率先出版了"大跃进"民歌集《上海民歌选》，进一步推动了全国各地的创作。

广东具有收集民歌的先天优势，多民族多文化的人文地理环境推动民间文学艺术蓬勃发展，并且1926年毛泽东在广东举办全国农民运动讲习所，曾为学院制定三十六项下乡调查题目，其中包括收集民歌一项，曾收集到各省民歌数千条，成果颇

---

[1] 罗晓海：《儋州调声文化研究》，长沙：湖南大学出版社2019年版，第48页。
[2] 谢冕、孙玉石、洪子诚等：《百年中国新诗史略——〈中国新诗总系〉导言篇》，北京：北京大学出版社2010年版，第182页。
[3] 徐迟：《一九五八年诗选》，《诗刊》1959年第4期。

丰。① 因此广东地区在民歌创作和收集方面有较为良好的基础,自然成为大跃进民歌创作的重要地域。广东《作品》就曾开设过"大跃进民歌选"栏目,选登当时的民歌创作,范围一度扩大到"红军歌谣""革命歌谣""志愿军战士歌谣""海陆丰歌谣"等。为了全面反映广东地区活跃高涨的群众创作热情,中南局第一书记陶铸带头主持编辑《广东民歌》,并向省内各地征集作品。据统计,自1958年响应民歌创作的号召以来,几个月时间内湛江专区创作达到1.5亿,汕头专区揭阳县有1000多万,②这在当时热火朝天的创作高潮中只是九牛一毛。

1958年12月起由广东人民出版社相继出版的系列作品《广东民歌选》,在广泛收集全省民歌创作的基础上,较为全面地反映了特定时期的民歌创作情况,主要内容包括歌唱农业"大跃进"、歌唱人民公社、歌唱美好生活、歌唱大丰收、歌颂领导者和劳动者、革命歌谣等。

几乎各个市县都出版过大跃进民歌集,较为突出的有汕头专区(今广东省汕头市)的《汕头大跃进民歌选集》(1958,汕头专区工农业生产评比展览会编)、《工农就是活神仙:大跃进民歌》(1958,广东人民出版社)、《万人欢呼迎公社》(1958,广东人民出版社)、《潮汕歌谣集》(1958,广东人民出版社)、揭阳县(今广东省揭阳市)的《揭阳民歌》(1958,广东人民出版社)、《民歌》(1958,揭阳县民歌编委会编选)、潮安县(今广东省汕头市潮安区)的《众口歌声动乾坤》(1958,广东人民出版社)、四会县(今广东省四会市)的《跃进号角响四方》(1958,广东人民出版社)、湛江市的《要把荒山变宝山》(1958,广东人民出版社)等。此后仍有《广东歌谣》(1959,人民文学出版社),马风、洪潮重编《潮州歌谣选》(1982,汕头文联民间文艺研究会),陈亿琇、陈放选编《潮州民歌新集》(1985,香港南粤出版社),王云昌、孙淑彦《潮汕歌谣选注》(1987,揭阳民间文学研究会)等作品集中收录部分大跃进民歌。

新民歌运动的范围遍布全国各地,甚至渗透到了少数民族地区,如流传于海南岛中部黎族聚落的民歌唱到:"春风吹来百花开,山歌不唱不自在,跃进歌声传四海,革命人民乐心怀。鸡啼一遍又一遍,社员个个欠起身,跨脚出门走茵茵。鸡啼三巡要起床,哥起犁田妹插秧,一犁三耙哥细做,妹插禾苗行对行。科学六号良种子,分蘖立强成熟迟,轻手浅插五条四,每株最好五六枝。万物生长在地上,土字当头要重视。深翻改土精细作,每亩能收千斤粮。"③还有"旧日苦楚算不清,黎家油灯点不明。如今来了共产党,装上红灯通夜明""万道霞光满天红,英雄花开靠东风;黎家翻身靠那

---

① 谢保杰:《1958年新民歌运动的历史描述》,《中国现代文学研究丛刊》2005年第1期。
② 杨柳主编:《60年前的民歌热》,《羊城后视镜》,广州:花城出版社2017年版,第127页。
③ 王文华:《中华人民共和国成立以来的黎族音乐文化》,《黎族音乐史》,海口:南海出版公司2001年版,第20版。

个？全靠恩人毛泽东"。① 这一时期地方山歌也将"大跃进"作为创作题材,如郭峰《农业纲要定实现》、陈衣谷《千军万马》《高潮再高潮》等。②

从大量的大跃进民歌作品中可以看到,劳动是这类创作的直接素材,歌词中直接反映了人民群众和劳动的关系,正如《劳动越好歌越多》中唱道:"生产跃进新事多,出条新事编条歌;歌唱本从劳动起,劳动越好歌越多。"反映出当时工农民歌创作的活跃程度,歌颂劳动者们为社会主义事业献身的伟大精神。反过来又能鼓舞劳动者的热情和干劲。新民歌更是文艺大众化的一种实践,工人、农民成为创作主体,在生产车间、田间地头的即兴创作,表达了工农兵朴素的热情和对美好生活的向往。如不少人唱道:"要高山尽地头,把荒山变树丛。乡村变成城市,幸福乐融融。电灯电话满天挂,汽车电船处处通。机器翻田来生产,播种收割也不用人工。"③开一代诗风,一定程度上可以视作劳动群众的智慧和艺术结晶。

同时也必须认识到,大跃进民歌是革命浪漫主义先行的规模化、模式化创作,虽然能够为"大跃进"生产运动起到很好的宣传作用,但由于创作主体包含大量文化程度不高的农民、工人,作品质量难以保证,更有许多作品语言不顺、逻辑不通。而且这类民歌的创作本身是生产"跃进"的一部分,一味追求产量,甚至出现广东番禺县(今广州市番禺区)举行丰收庆典,农民把民歌一担一担挑到广场上,汇成"诗海"这样的荒谬行为,④过度消耗题材,使得原本的许多题材失去了真实感,颂歌沦为虚假廉价的假话、空话,大大损伤了作品的生命力。如民歌《劲头要十足》:"种蔗要三零一六,种稻要产千斤谷。"就地方创作而言,为了适应宣传的需要,许多创作尤其是方言地区的创作必须做出相当程度上的修改,往往破坏了歌谣的文化内涵和艺术规律,对于传统民间艺术的发展是无益的。

---

① 郑力乔、高泽强等:《海南民族历史文化暨黎文创制6周年文集》,北京:光明日报出版社2020年版,第63页。
② 广东人民出版社编:《广东民歌选·第1辑·歌唱农业大跃进》,广州:广东人民出版社1958年版。
③ 广东人民出版社编:《广东民歌选》,广州:广东人民出版社1958年版,第3页。
④ 薛冰:《风从民间来》,济南:山东画报出版社2009年版,第103页。

第十五章　散文和报告文学

　　在前一阶段的文艺工作中出现了激进、"左"倾、政治化等问题,给全国的文艺创作带来了一系列不良影响。于是从1961年6月到1962年8月,中共中央召开了三次重要的文艺工作会议——全国文艺工作座谈会和故事片创作会议,话剧、歌剧、儿童剧创作座谈会,农村题材短篇小说创作座谈会,从而对文艺思想与政策进行调整。1961年6月19日,周恩来总理在文艺工作座谈会和故事片创作会议上发表重要讲话,阐述艺术民主、解放思想、物质生产与精神生产、阶级斗争与统一战线、为谁服务、文艺规律、遗产和创造以及文艺领导等问题。同时,他还批评了当时文艺工作中的"左"的思想,阐明了党的文艺工作方针。1962年4月30日,中共中央批转中宣部定稿《关于当前文学艺术工作若干问题的意见(草案)》(简称"文艺八条"),对贯彻执行"百花齐放""百家争鸣"方针、正确开展文艺批评、批判地继承民族遗产和吸收外国文化、改进领导作风和加强文艺团结、文艺理论的继承与创新、文艺题材与艺术性拓展、知识分子属性等问题进行了政策调整,并由文化部党组、文联党组下令全国有关单位贯彻执行。在这样的政治形势下,广东散文创作情况回暖,一些作家继续本着现实主义和真实性的原则进行创作,对于当时的中国社会、环境进行了客观的描写,也不避讳在社会主义新中国发展过程中出现的一系列失误,希望通过问题的提出引发有关部门和领导的重视、改进。在文艺政策有所矫正的背景下,一些作家继续创作反映社会、文艺、思想等问题的杂文,代表性作品有黄耕耘的《张与弛》《高尔基这封信告诉了我们什么?》《史笔》《"千万不要忘记它是艺术"及其它》《破水瓢的启示》、秦牧的《蛇与庄家》《巡堤者的眼睛》《衰老》《李逵和李鬼》、张汉青的杂文集《挑灯记》、欧阳山的《横眉和俯首》等。但是在这一时期,政治氛围变化莫测,这也给文艺创作带来了很多限制。1961年1月30日,毛泽东在七千人大会上发表重要讲话,指出整个社会主义阶段存在着阶级和阶级斗争,这种阶级斗争是长期的、复杂的,有时甚至是很激烈的,因此专政工具不能削弱,还应当加强。1962年9月24日,中共八届十中全会在北京举行。毛泽东在会上作了关于阶级、形势、矛盾和党内团结问题的讲话,提出阶级斗争必须年年讲、月月讲、天天讲,提出了"千万不要忘记阶级斗争"的号召。在这种政治思潮的影响下,一些作家努力将散文创作与政治思潮结合起来,写作了一批颂歌主题的散文,如杨应彬的《山颂》《水的赞歌》《爱竹》《说梅》《红旗》、欧阳山的《红陵旭日赞》、林遐的《撑渡阿婷》、周敏的《花期》、贺青的《种子赞》、贺郎的《仙鞭赞》、容希英的《碉楼》、黄向青的《椰风海韵》、黄廷杰的《潮汕巾帼赋》等。在这些作品之外,还有一些作家创作了一些反映人们日常生活、纵论古今文化现象、颂扬社会主义建设成就的散文,如秦牧的《花城》《土地》《海滩拾贝》《英雄交响曲》《古董》《面包和盐》《岛国芳菲》《北京鸭和牛蛙》《欧洲的风雪和阴霾》《游乌兰巴托博物馆》《访蒙古古都遗迹》《潮汐和船》、黄秋耘的《富于电力的季节》等,丰富了这一时期文坛上的散文内容。

第一节　杂文及其他散文

得益于20世纪50年代中期的"双百方针"和1960年代初国家文艺政策的调整,广东的杂文创作得以延续。尽管后来政治氛围逐渐趋紧,留给杂文的写作空间不断缩小,但在1961至1976年之间,还是有一些作家进行了杂文的写作。不过与20世纪50年代中期相比,这些作家的杂文明显收敛了情感的抒发和观点的表达,由之前的嬉笑怒骂皆成文章逐渐向着理性化、温和化的方向发展,折射出时代氛围的变化给予作家心理带来的微妙变化。在黄秋耘的《张与弛》《高尔基这封信告诉了我们什么?》《史笔》《"千万不要忘记它是艺术"及其它》《破水瓢的启示》、秦牧的《蛇与庄家》《巡堤者的眼睛》《衰老》《李逵和李鬼》、张汉青的杂文集《挑灯记》、欧阳山的《横眉和俯首》等作品中,作家以生活中的常见现象或事物、文化典故谈起,在娓娓道来的文字中进行话题的拓展和升华,从中得出具有较广适应范围的判断。这些作品涉及的话题范围十分广泛,而篇幅短小,思想具有锋芒,具有思辨性和艺术感染力。

黄秋耘在杂文《张与弛》中讨论了文学艺术创作中张与弛的关系,认为作品如果只是一股劲儿的快和紧,从头到尾都是最强音,这样的作品也就单调乏味了。由此作家提出,与作品主线和主题看似没有多少关系的闲笔也应得到重视:"有些同志不大懂得一张一弛、相间相成的道理,常常主张把作品中、文章中一些乍看起来似乎与主线、主题并无直接关联而其实与主线、主题颇有些内在联系的所谓'闲笔浪墨'大笔勾销。他们这样做,似乎是为了艺术的完整性,实际上倒往往破坏了艺术的完整性。'牡丹虽好,还仗绿叶扶持。'不妨设想一下,假如把绿叶全都去掉,只剩下一朵光秃秃的牡丹花,那还有什么好看呢?"为了让文章对于"弛"的观点不致与当时鼓足干劲、力争上游的时代精神冲突,黄秋耘还特意辩证性地分析了张与弛相调剂的目的是更好地保持革命干劲:"当然,在鼓足干劲、力争上游的前提下,我们提倡张与弛相调剂,劳与逸相结合,这并不是为松劲思想大开方便之门,而是为了更有效、更持久地保持革命干劲,为了使艺术家和作家们工作得更好,收获得更多。弛一下,正是为了更好的张。这个道理是非常明白的。"在《高尔基这封信告诉了我们什么?》中,黄秋耘针对当时流行的题材决定论提出了不同看法,认为作品的思想性并不等于艺术性,过于强调思想性而忽视艺术性并不算成就很高的作品:"高尔基说得很对,有些作品的历史意义和教育意义超过了它们的艺术意义;不言而喻,也有些作品的艺术意义会超过了它们的历史意义和教育意义。我们力求'革命的政治内容和尽可能完美的艺术形式的统一',但同时应当承认,这两者并不是常常都能够统一的,固然有思想性和艺术性都很高的作品,但是在通常的情况底下,特别是就青年作者的作品来说,这两者之间总难免有些距离。把思想性和艺术性等同起来,说有了思想性就有了艺术性,或者有了艺术性就有了思想性,都是不符合文学创作的实际情况的。像《恰巴耶夫》和《叛乱》这样的作品,在政治上当然很富于革命性和战斗性,可是它们的艺术形式却不很完整。"在《史笔》中,黄秋耘借司马迁在《史记》中秉持的坚持原则、忠于历史的精神,认为文艺作品应该对客观存在做符合实际的描写,忠实地记录下时代的面貌:"'史笔'的最大特点就是'实录'。所谓'实录',就是要'不虚美,不隐恶',按照历史事实的真实情况直录下来。这种严格地忠实于客观存在的写作历史的态度,在今天看来似乎很平常,是起码的要求,但在封建专制的残酷压迫之下,却是十分难能可贵,只有敢于'舍生取义'的历史家才能做到这样。"在他看来,"史笔"还应该显现出作家的情感、立场和态度,这样才能将价值观念传达给读者:"当然,所谓'史笔',还不仅仅限于忠实地记录下来大量的历史事件,写出了各式各样的历史人物,而更重要的是,作者要表明他对那些事件和人物的态度,寓褒贬、别善恶于叙事之中,这就是所谓'一字之褒,荣于华衮,一字之贬,严于斧钺'的春秋笔法。"黄秋耘在这一时期的杂文虽然以文艺领域内的问题作为讨论对象,而较少涉及社会领域内的现象,但这并未削弱其杂文的思想力度,而是在讨论文艺问题的过程中传达出作家对于当时文化观念与意识形态的抵制及反思。

秦牧在这一时期创作了不少杂文,它们涉及的范围非常广泛,作家往往在家长里短、谈天说地之间纵论古今,由此而衍生出要讨论的话题。由于秦牧学识广博,文史兼修,因此其杂文作品洋溢着鲜明的文化气息。秦牧的杂文《蛇与庄家》讲述了一个故事:潮汕一次水灾过后,田鼠由于失去了天敌蛇,繁殖迅速,田园因为鼠患严重而失收。于是老农买了蛇放到田里,重新建立蛇对田鼠的制约关系,这样田园就又得到好收成了。作家由此而讨论事物间的复杂联系,认为那些从表面看待事物、简单化考虑各种关系的做法常常容易误事:"正因为世界上存在着把蛇放到田里,庄稼竟然获得丰收;'逢母必留',养猪事业反而比较落后这一类的事情,说明'博学切问,所以广知''孤莫孤于自恃'这一类道理的宝贵。说明人要实事求是地掌握事物的变化,不仅要努力掌握前人的科学经验,努力从实践中补充新知;而且,尤其重要的,是要调查研究,要倾听群众的话。那种以为'万物皆备于我',把群众的话当做耳边风的人,是没有不吃亏的。因为他们实际上连最起码的常识也没有。"《巡堤者的眼睛》一文从洪水期间巡堤者善于发现巨堤中的细小裂痕,防患于未然,进而讨论掌握规律与注意细节之间的关系:"从这些事例中,我想我们很可以吸取一点滋养:必须注意大体,但也必须注意事理的小裂缝。'不踬于山而踬于垤。'这些被乱真的事物围护着的小裂缝像一个个'垤'(小土堆)似的,是很容易使人摔倒的。但是,注意这类事情的'苗头',小心翼翼,用力地一揪,那一株异样的苗头有时下面却连着一个惊人的大萝卜。我想,掌握这点道理,不但在巡视堤防、检验产品、欣赏艺术等场合时常用得上,就是对于知人论世,恐怕也不无好处。审察事理的小裂缝,其实也就是'观微知著'的道理。"但这并不意味着掌握规律与发现细节就是矛盾的,恰恰相反,只有掌握了规律之后人们才能够更好地发现矛头的苗头:"按理说,世间只有能够掌握规律的人,不可能有对于任何事情的发展细节都未卜先知的人。因为事物的内部矛盾,未曾发展到一定程度,在还没显露的时候,是难以觉察的。但是当矛盾已经发展到一定程度,已经露出'苗头'了,具有科学头脑的人却很可以从一点苗头推知它的全部。一只母鸡将下蛋未下蛋的时候,脸就红了;一壶热水将滚未滚的时候,就冒汽了;'月晕而风,础润而雨。'可不都是这样的道理吗!"《李逵和李鬼》一文首先讲述了《水浒传》中黑旋风李逵遭遇李鬼拦路抢劫,后者居然还自称黑旋风李逵,结果被真李逵教训了一顿。秦牧由此想到:"如果这个李鬼的本领好得很,它就根本不必去冒充李逵,不必'手里拿着两把板斧,把黑墨捺在脸上'去装腔作势了。凡假冒人家的,必定是逊人一筹,甚至是逊人十筹。"作家联系到当时国际社会上,资本主义国家宣传的同情和支持民族解放运动、反对殖民主义等口号,认为帝国主义为形势所迫,也开始假扮李逵进行表演:"时势变了,东风压倒西风,于是假李逵的活剧,就在国际舞台上连台演出了;帝国主义也在连声喊和平、喊进步,尖着嗓子宣称同情民族解放运动和反对殖民主义了。好一副狼外婆低声下气地敲门的姿态!帝国主义的这种活剧从是非观点看来,真是可恨可恶;但是从历史发展观点看来,却又是可笑可喜的。"秦牧的杂文善于将古今各类典故融于文中,他对于时代、社会、文化问题有着清醒的认识和思考,但他不是用金刚怒目式的方式表达观点,而是用和善动人的姿态谈古论今,夹叙夹议,层层演进,最后在事实、根据、分析的基础上得出结论。

  同样在这一时期,广东文学界也出现了颂歌散文,作家们怀着对于新中国的热烈拥护、对于革命领袖的由衷爱戴和对于社会主义社会的满腔炽情,通过文学的方式来传达浓烈的情感。杨应彬的《爱竹》《说梅》《红旗》、欧阳山的《红陵旭日赞》、林遐的

《撑渡阿婷》、周敏的《花期》、贺青的《种子赞》、贺郎的《仙鞭赞》、容希英的《碉楼》、黄向青的《椰风海韵》、黄廷杰的《潮汕巾帼赋》、杨奇的《罗浮礼赞》《春花灿熳白云山》以及《南岭新松——上山下乡知识青年散文集》等是其中的代表。杨应彬的《爱竹》介绍了自己对于竹子的认识和喜爱,但作家也发现竹子在日常生活中经常被船夫、搬夫当作工具使用,并没有超凡脱俗的气质。后来作家参加革命,一次在清理敌人据点的过程中,战士们用竹子做成攻城的云梯,最后顺利地消灭了敌人。直到这时,作家才真正意识到竹子的独特贡献,即让自己变成云梯,为受苦的人翻身作出贡献:"竹子呵!它之所以长得修长高飘,难道是为了让船夫们用肩头顶着它,去承受船栽和逆流的重负么?它之所以要长得坚韧有力,难道是为了让搬夫们被压成弯弯的一把弓么?它之所以要长得空心而有节,难道是为了显示自己有什么玄妙的性格么?都不是。这时我想到,它似乎只是为了让自己变成云梯,使受苦的人,能够在关键性的时刻,迅速登上敌人的炮楼,把复仇的手榴弹倾倒到敌人的头上去。"在作者眼里,竹子从一般的生活工具,演变成了与人民共同承担历史使命的战士:"竹子,过去同苦难的人民一起肩着沉重的负担,而今天却支撑着、载负着革命的人民去出色地完成新的历史使命。我对竹子的一段特殊感情,就这样加深了。"在《禾苗篇》中,作家从广东农民对于禾苗的认识入手,介绍了自然气候对于广东禾苗生产带来的影响。广东人民为了培育良种禾苗煞费苦心,但是收成并不高。直到新中国成立之后,社会主义新神农们继承了老农们的育种经验,培育了一批优质高产抗灾的禾苗:"神话中的神农并不存在,现实生活中的神农却有的是。前面说到的禾苗生长的一般规律,就是这一批神农总结出来的;在特殊情况下禾苗的特殊生长规律,也是他们发现的;所有的优良品种,都是他们培育的。这些人,在过去既要与自然做斗争,又要与压迫者做斗争。经过多少痛苦的岁月,才给我们留下这些宝贵的遗产。现在,我们的社会主义新神农已经成长起来,正在用老神农从前不敢梦想的规模和速度,发展老神农们过去用血汗和泪水浇灌的事业。为了抗击早造成熟时刮来的台风,已经有了'矮脚南特'、'广场矮'和各种名称古怪的'矮'字号品种,几年来,大面积推广的结果,收到了良效。为了抗击晚造灌浆期的寒露风,一些新的良种也已开始培育出来。普通禾苗每穗只有百把粒,现在已试育出了'千粒穗'、'双千粒穗'。普通谷粒每斤约二万粒,现在已经试育了'万粒斤'。……这些在老神农们也当作神话的新鲜事儿,现在已经由新神农们揭开了它的第一页。"杨奇的《罗浮礼赞》通过对于罗浮山景物和革命历史的描写,写出了在社会主义新时代祖国山河焕发出来的魅力:"傍晚,我们告别朝元洞,返回冲虚观附近的招待所去。沿途举目远望,晚霞披满罗浮群峰,一钩新月又已挂在天边。深入高山绝岭采药的长宁公社社员,带着丰收的喜悦信步下山了。华首台升起一缕炊烟,那是罗浮林场的养蜂人在准备晚餐……呵,美丽的景色,幸福的人间！我们不禁纵情歌唱，赞美这座雄伟的红色的名山——我们党的儿女曾经在此战斗过的罗浮山！"杨奇的《春花灿熳白云山》也是以对白云山自然景物和历史的叙述为基础，升华为对于新中国壮丽景色的自豪感："在'天南第一峰'的石牌坊旁边，一座两层高的大茶亭建得相当美观。这里的山峰就是元朝羊城八景之一'白云晚望'的地方。我们登山远眺，广州远接碧天，近压绿野；珠江像一条银练，伸向黄埔海港；千里江山，尽入眼底。这使我们很自然地想起伟大祖国的光荣历史，想起这个岭南都会已经历了2800多个春天；我们升起五星红旗的16个春天，还不够它的零头数字，然而，只有这16个年头，才开始了长年不谢的春天！如今，白云山上山下，到处都在奏响社会主义春天交响乐；朋友，你怎能不为它付出加倍的劳动呢！"由日常生活中的事物出发，经过对该事物在新旧社会的对照描写，抒发对于社会主义建设成就的高度肯定，是这一时期散文的常见写作思路。

从1962至1976年，广东散文创作仍然取得了一些成果，一些作家在国家文艺政策调整时期坚持用杂文反映问题，表达作家对于社会、文化问题的思考。但是受制于政治运动和文化政策的限制，这一阶段的散文创作受到的干扰因素较多，作家们对于无处不在的政治压力心有余悸，散文作品的思想力度和表现范围都有所削弱。

第二节 报告文学：回顾革命历史，歌唱新的生活

这一阶段的报告文学创作的主要实绩，是对于革命斗争历史的书写和对于社会主义建设成就的肯定。与同时期的小说、散文创作相似，对中国共产党领导的人民民主革命的历史进程进行追溯，从历史规律角度确认新中国建立的历史必然性，成为作家们普遍追求的写作宗旨，这是该阶段文学创作的一个重要命题，因此对革命斗争年代往事的追述、对英雄人物传奇事迹的描摹是许多报告文学不约而同的目标。同时，社会主义新人新风尚的确认等就成为作家着力的重点。新中国建立之后，中国的社会发展取得了什么成就，人民的生活是否得到了改善，群众的思想文化素质得到了怎样的提升，成了许多读者关注的问题，这也成了报告文学作家们力图用文学作品进行回答的重要内容。

该阶段的报告文学大致可以分为作家个人创作和群众集体写作两种类型。随着1950年代政治形势的发展，群众写作运动逐渐得到发展。群众写作运动是一种起源于根据地时期的一种群众教育和文化动员模式，其突出特征为将高度个人化的写作和理性思考，转化为一种普及性和大众化的群众集体构思及写作。1962年至1976年的报告文学出现了作家个人创作与群众集体写作同时发展的局面。一方面，是人

民群众被大规模动员起来、提高思想认识后,形成的对于革命历史、社会建设领域的创作热情,他们的优势在于可以汇合集体智慧,以更喜闻乐见的叙事、淳朴地道的语言直接切入革命斗争和社会生活,具有源源不断的民间智慧和生活经验。广东四史编辑小组的《翻身不忘血泪仇》,中南五史选编小组《警卫在毛主席身边》《冰消春暖》,吴川县文艺创作组的《白沙举旗人》,潮阳县革委会创作组林经明、李德展的《战天斗地的人们》等是这一时期的代表作品。但是群众集体写作的报告文学精品佳作不多,更多起到的是营造氛围、推进热潮的作用,这既与群众集体写作中经常出现的众口难调、旁枝斜逸以及缺乏文学审美力等密切相关,又与文学创作强调个人独特感受、艺术个性、语言风格有着内在关联。"1956年,因毛泽东提出'百花齐放、百家争鸣'方针并大力号召实行,出现了刘宾雁的与'歌颂'相违背的'艺术特写'。同这之前多由有经验的作家如沙汀、柳青、秦兆阳、黄谷柳等所写作的以记叙人物为主的'特写'一样,也广义地被视为'报告文学';但它却以自己的独特追求,很快就被视为反面事物。于是有1957年'反右'中的厄运;虽然遭此厄运的非仅报告文学一'家',但加上1958年'大跃进'所导致的来自另一个侧面的打击,报告文学创作不得不跌入建国后的第一个低谷并历时数年。然后,是从1960年到1964年的持续达数年之久的大力提倡(1958年就有《文艺报》发表专论《大搞报告文学》的提倡,但并未奏效),从发表文章和专论,到组织专门性的座谈会,到纷纷开辟专门性的园地,到积极出版专门性的选集,热潮再次掀起。而此时,'群众写作'因其'天然'的弱点和不足,已对于用报告文学这一体裁形式担负特定的时代责任,力所不逮;并且它本身也因还有其他的时代因素,转移到了也许更适合它的传记文学领域。于是,顺理成章地,在多方面因素的共同作用下,报告文学领域里的'作家创作',一改50年代前期并未在实际上唱主角的旧貌,成为这一时期报告文学创作的主力军,并因此促成了比50年代前期有实质性进步的报告文学又一次丰收和繁荣的景象。"①

在作家个人创作这一方面,1962年至1976年发表出版了大量的报告文学作品,陈残云的《回天有力——记寮步公社克服困难消灭灾痕》,阿涛的报告文学集《银河纪事》,胡南的《林成》,黄向青的《椰风海韵》,樊伟民、程贤章和谭日超的《金色的月塘》,曹和章的《土地的真正主人》,石岭的《不怕远征难》,甘少聪和梅若玫的《贫农本色》,郑文贤的《珍珠姐妹》,杨开勤和杨昭科的《风云图》,陈秉汉的《"海上列车"》,余松岩的《"死牛"复活的故事》,曦虹和椰歌的《踏遍青山》,武思雯的《胶园老兵》,伊始的《"三十六洞"》,辛琮的《独臂英雄王铁柱》,刘旭琼的《一代向阳苗》,于阳和方遒的《战台风》,陵洪的《英雄树花开红似火》,凌柏翎的《金色的道路》,齐世

---

① 田中阳、赵树勤主编:《中国当代文学史》,长沙:湖南师范大学出版社1998年版,第193—194页。

煊《养猪姑娘》《团结坝》,吴徐海的《"红管家"》,邢晓湖的《铁牛欢叫迎新春》,剑斌的《伏"虎"记》,何纯的《红湖激起千重浪》,于阳的《战斗在万泉河上》,黄甘牛的《虎穴锄奸》,龙奇的《堡垒户》,岑国田的《飞盘跨海送亲人》,屈江的《鹰飞瑶山》,青野的《送药的故事》,随景和钟声的《广州南站的黎明》,陈苇新的《黄埔怒涛》,秦凌的《韩江龙舟阵》,南戈的《西江潮》,冯雯的《烈火丹心》,白闪的《箩嫂》,林农歌的《英雄小民兵》,远之和阿婴的《风展红旗迎大军》,符竞的《五指山上奥娃队》,许兴的《激战五峰山》,柏逻的《洪伯》,奋永的《牛市的战斗》,振华和罗秋的《接电台》,文政的《铁道勇士》,曾斌的《桄榔炮》,徐戈的《海峡勇士》,钟宁的《洪二婶的水果店》,陈定雄的《天涯海角歼穷寇》,奇青的《椰林深处护军粮》,杜文的《夫妻渡》,张英的《虎口救亲人》,詹炎的《三月三》等。这些报告文学作品中,革命历史题材和社会主义建设题材占了压倒性优势,作家们通过塑造各类具有典型性格和时代内涵的任务,来追述革命历史年代的艰苦斗争,彰显军民一家鱼水情的深厚情谊,讴歌社会主义现代化建设中涌现出来的新人物、新事迹。这些报告文学作品富于革命浪漫主义色彩,作家们运用朴素自然、具有时代感的语言,讲述了在敌我斗争年代和新中国建设中出现的英雄人物、先进人物,形成了感情饱满、基调明快的叙事风格。当然也应该看到,由于"左"倾思潮的不断蔓延,政治观念对于报告文学的影响逐渐深入,这一阶段的报告文学中大量出现直接引用或间接阐述政治话语、展现阶级阵营斗争等问题,加上一些写作者多从主流意识形态出发,缺乏对于作品思想深度和艺术技巧的挖掘,不少作品只能算是革命斗争的速写与社会生活的素描。

  1962年至1976年的广东报告文学虽然数量不少,但内容却较为单调,可以划分为革命战争回忆和社会主义建设两个类型。在革命战争回忆方面,出现了黄甘牛的《虎穴锄奸》、龙奇的《堡垒户》、岑国田的《飞盘跨海送亲人》、屈江的《鹰飞瑶山》、青野的《送药的故事》、随景和钟声的《广州南站的黎明》、陈苇新的《黄埔怒涛》、秦凌的《韩江龙舟阵》、南戈的《西江潮》、冯雯的《烈火丹心》、白闪的《箩嫂》、林农歌的《英雄小民兵》、远之和阿婴的《风展红旗迎大军》、符竞的《五指山上奥娃队》、许兴的《激战五峰山》、柏逻的《洪伯》、奋永的《牛市的战斗》、振华和罗秋的《接电台》、文政的《铁道勇士》、曾斌的《桄榔炮》、徐戈的《海峡勇士》、钟宁的《洪二婶的水果店》、陈定雄的《天涯海角歼穷寇》、奇青的《椰林深处护军粮》、杜文的《夫妻渡》、张英的《虎口救亲人》、詹炎的《三月三》等一批作品。作家们结合自己亲身经历或考察、了解到的革命历史,以曲折动人的故事,讲述了广东各地(含海南岛)的中国共产党人和革命群众在艰苦年代里进行的艰苦卓绝的斗争,展现了中国革命赢得人民支持并最终取得胜利的历史横截面场景。黄甘牛的《虎穴锄奸》讲述了1947年广东华县拔安镇发生的橙民村民兵队长叶武扬假装被俘,深入虎穴,将敌人一举捣毁的传奇经历。叶武扬是民兵队队长,智勇双全,枪法精准,国民党县政府悬赏大洋五千捉拿,但他毫不畏惧,依然在集市上神出鬼没。叶武扬与党支书老凌商议,决定利用敌人悬赏捉拿的机会,假装将其送往华县县城,端掉县保安中队队部。叶武扬和民兵们沉着冷静,回答得体,骗过了门口的哨兵。伪保安中队长陈生财和保长"蛇头疔"生性多疑,不敢打开横椥放人进去,民兵队的老李他们假意生气,扬言将叶武扬直接交给华县团座。陈生财慌了神,命令将驻地的横椥打开,民兵队员借机攻入,消灭了这股武装:"这场直捣匪巢的战斗,从打响到结束,只花了十多分钟,一共打死打伤敌人四十三名,俘虏匪军八十多,缴获轻机三挺,步枪一百多支,弹药十余箱。叶武扬带领着三十五人的民兵小分队,押解着俘虏,扛着胜利品,唱着豪迈的战歌,去迎接新的战斗。"岑国田的《飞盘跨海送亲人》讲述了海南党组织派遣琼崖纵队高参谋长渡海到雷州半岛参与渡海作战计划的经过,展现了人民解放军遭遇敌人封锁、盘查过程中的勇敢机智,最后顺利地将情报和人员送到了解放区。1950年初,解放军兵锋已至雷州半岛,正在进行海上大练兵,准备以帆船突破蒋介石鼓吹的"伯陵防线",横渡琼州海峡,解放当时还属于广东省辖地的海南岛。民兵副队长马炳胜爷俩承担了护送高参谋长前往高州的任务,他们首先贿赂了负责马文港一带防务的匪团长赖德义,弄到了出海证;然后假借去临高新盈港买盐的理由,登船出海。但不幸的是,马炳胜一行在海上遇到了国民党巡逻艇进行搜查,并要将人员全部带走。情况危急的关头,马炳胜、高参谋长他们早有预谋,将装了炸弹的"椰雷"扔给敌匪,将他们炸得血肉横飞。马炳胜、高参谋长乘机发起进攻,消灭了巡逻艇上的国民党反动派。高参谋长及时地送出了海南岛党组织的情报,为渡海作战指明了方向:"听!'哒哒滴哒哒',一阵阵嘹亮的军号声响了,三颗红色信号弹腾空而起,歌声、口号声响彻海空。"青野的《送药的故事》讲述了红梅岗的女民兵班长春嫂巧妙利用时机,将药品送给游击队的故事。陈苇新的《黄埔怒涛》讲述了广州解放前国民党反动派拟在撤退前炸毁桥梁、破坏电厂、毁掉港口、劫持船只,黄埔港工人护卫队副队长、美罗号驾驶员梁华率领队员们沉着应对,将船只驶入莲花山水域,活捉敌首史龟年及"金牙老鼠"胡同等。这一类报告文学强调表现人民群众在中国共产党领导下打倒国民党反动派,赢得革命胜利的过程,充满着强烈的英雄主义色彩和豪迈激越的叙述激情,这类报告文学节奏轻快,叙事有悬念,传达了革命必定走向胜利的信念。

在表现社会主义建设方面,出现了陈残云的《回天有力——记寮步公社克服困难消灭灾痕》,阿涛的报告文学集《银河纪事》,胡南的《林成》,黄向青的《椰风海韵》,樊伟民、程贤章和谭日超的《金色的月塘》,曹和章的《土地的真正主人》,甘少聪和梅若玫的《贫农本色》,郑文贤的《珍珠姐妹》,杨开勤和杨昭科的《风云图》,陈秉汉的《"海上列车"》,余松岩的《"死牛"复活的故事》,曦虹和椰歌的《踏遍青山》,武思雯的《胶园老兵》,伊始的《"三十六洞"》,辛琮的《独臂英雄王铁柱》,刘旭琼的《一代向阳苗》,于阳和方遒的《战台风》,陵洪的《英雄树花开红似火》,凌柏翎的《金色的道路》,齐世煊《养猪姑娘》《团结坝》,吴徐海的《"红管家"》,邢晓湖的《铁牛欢叫迎新春》等作品。这些报告文学作品反映了大规模、有组织的社会主义建设在这一阶段所取得的成就,它们与革命历史题材作品相较,显得更贴近生活和民众日常,情节虽然缺少了波澜壮阔的传奇色彩,却以读者熟稔的生活、习惯的语言、贴近的时代取胜,作品的情感内涵更为丰富。进入1962年以后,由于面临新的社会与时代环境,作家们从生活上、思想上、艺术上都在不断进行调整,因此对于当时出现的一些政治观念也就不断加以吸收,融合到作品中,努力使作品表现出符合主流意识形态要求的思想旨趣。齐世煊的《养猪姑娘》描写了广州部队生产建设兵团某部十四连的饲养员、知识青年陈洁瑜立足本职工作,不断接受思想洗礼逐渐成长为一名共产党员的经过。刚刚进入生产建设兵团的陈洁瑜一开始被安排赶牛车,她内心非常激动:"这回往牛车上一坐,鞭子一甩,当个'牛车司机',知识分子的架子,不就甩掉一大半啦!"不过理论上知道了知识分子应该接受改造,但当她需要踩着牛粪牵牛出来时,内心还是颇有抵触。后来陈洁瑜通过学习毛主席的教导、聆听老工人洪姨讲述苦难家史,终于明白了:"没有尝过黄连的苦,就不知道菠萝的甜;不彻底改造旧思想,就接不好革命的班。"于是在连队开始发展养猪事业的时候,陈洁瑜主动要求当了连队第一个饲养员。当时一头猪患了气喘病,以前人们面对这类情况只有宰杀处理或抛弃,指导员鼓励陈洁瑜到人民群众中去学习经验。陈洁瑜偶遇英徐公社龙㘭大队养猪场的饲养员老贫农徐康伯,他将自己养猪和治猪病的经验全部告诉了陈洁瑜,治疗猪气喘病需要"雷公狗"。"雷公狗"是一种四脚蛇,样子吓人,陈洁瑜以前去广州动物园时就害怕蛇,但是在徐康伯、董存瑞、黄继光、欧阳海等榜样的鼓舞下,她鼓起勇气钻进了灌木丛,用脚踩住了"雷公狗"。知识青年的好老师、贴心人洪姨主动关心陈洁瑜为猪治病,还送来了一大捆治猪病的草药。陈洁瑜为了更好治疗猪气喘病,按照徐康伯所传授的经验,剪掉了自己的一头长发,用头发烧灰煮韭菜制成汤药。陈洁瑜为了给箩里的小猪喂食,"她先尝了尝汤匙里的食物,又轻轻地吹了几口气,才小心翼翼地喂进了小猪的嘴里"。经过陈洁瑜的努力,十四连一年时间里将饲养的猪从7头变成了100多头,形势大好。随之而来的问题是,生猪多了,饲料来源成了问题。陈洁瑜和新来的知识青年小杨挨家串户地到家属小厨房收泔水,到食堂菜地捡烂菜叶,将猪放出去吃野草再上山割野草回来,迅速地补充了饲料不足。为了给生猪更多的食物,一个初冬的下午,陈洁瑜到三十里外的合溪村采摘野生的水浮莲运回来繁殖和做发酵饲料。水浮莲在一个一人多深的河湾里,要把它捞上来,就得下水。于是"她双脚扑打着冰冷的河水,两手推着一蓬蓬的水浮莲,游向岸边,再上岸把水浮莲捞上牛车。

游累了,她就用双手攀着岸边的树枝休息一会儿,又继续战斗。等到把水浮莲装满一牛车时,小陈的嘴唇已经冻得发紫了……"经过陈洁瑜和战友的辛勤付出,连队的养猪事业得到了大发展,满足了部队的日常食用需要,而她自己也光荣地加入了中国共产党。陈洁瑜在同战友交流时,说出了努力养猪的内在动力:"我们是响应毛主席号召来接受贫下中农再教育的,千万不能辜负毛主席他老人家的期望!这是反修防修,保证社会主义祖国永不变色的大事呵!只要我们热爱自己的工作岗位,踏踏实实地做好本职工作,更好地支援世界革命,使地球上像洪姨那样的劳动人民都不再受苦,那么,咱们的工作该多么有意义啊!"

辛琮的《独臂英雄王铁柱》讲述了退伍军人王铁柱扎根海南岛种橡胶、身残志坚无私奉献的先进事迹。1960年秋天,一个由复员军人组成的爆破班在海南岛凤门岭进行开山爆破。一次爆破过程中,有两个哑炮没响,老张要去排除,爆破班副班长王铁柱命令老张站住,由他自己去排险。不幸的是,王铁柱刚跑出去几步,脚下一滑,摔倒在地,而他手里的雷管触地爆炸了。王铁柱左手臂伤情恶化,医院不得不做了切除手术。手术之后,王铁柱想到自己响应毛主席号召来发展祖国的橡胶事业,现在手臂残废了,该如何继续革命事业?他回忆起在旧社会,爹娘因贫寒被迫成了长工,他自己也给地主放牛。一年腊月,地主强迫王铁柱在冰窟里抓了一上午鱼,后来还嫌鱼不够而破口大骂。在新旧社会的强烈对比中,王铁柱决心一只手也要种橡胶,绝不因伤残下战场。他从山上砍下几根树桩,竖在门外反复练习,最终在老队长和同志们的帮助下,掌握了单手割胶的好刀法,还学会了单手磨胶、收胶,成为第一代橡胶工人。不仅如此,为了能为社会主义现代化建设贡献更多的力量,王铁柱在做好割胶工作的同时,还主动参加各类生产劳动。为了开荒,他拿起斧头和木料,制作了一个自己使用起来得心应手的"开山锄"。王铁柱带领着一班一边割胶,一边培育高产片,二期还建立了一块苗圃进行试验:"每天上午,他跟大伙一起收完胶,便扛着锄头跑进林段,挖施肥坑,筑保水梯田,还利用一切休息时间,披星戴月,到处积肥,经常忙得顾不上吃饭。这样,他一连干了两个多月,给每一棵树都施下了千斤优质肥料。"当橡胶林因为干旱而缺水,王铁柱努力寻找水源,和同志们挑灯夜战,挑水灌溉。经过王铁柱和同志们的艰苦努力,凤门岭的橡胶迎来了大丰收。1971年的国庆节,王铁柱专门穿上军装,别上毛主席像,在凤门岭山顶举行了一个人的升旗仪式:"十月一日早晨,太阳刚刚升起的时候,王铁柱割完早胶,迎着朝阳,登上了凤门岭最高处,极目遥望太阳升起的地方。这时,他仿佛又站在天安门广场的观礼台上,仿佛又看见毛主席神采奕奕地迈着稳健的步子,从天安门城楼上走过来啦!他心潮起伏,激情满怀,那一双浓眉下面的眼角上挂着两三颗晶莹的泪珠。"武思雯的《胶园老兵》、伊始的《"三十六洞"》、于阳和方道的《战台风》、吴徐海的《"红管家"》等报告文学,也选择了社会主义建设中各行各业涌现出的先进人物作为对象,以此展现新中国现代化建设所取得的成绩,以及社会主义新人所具有的崇高革命理想信念。

  这一时期的报告文学在表现手法上普遍注重典型人物的塑造、典型环境的刻画,以此来表达鲜明的时代主题。这一阶段,作家们自觉地对源自生活的材料进行概括加工、艺术创造,从而使报告文学主题鲜明、特征突出。典型化最常见的手法包括塑造典型人物、典型环境、典型情节、典型场景、典型细节等,其中最为常见的是典型人物的刻画和典型环境的塑造。报告文学作家们希望通过对于典型性格、典型环境等的追求,揭示出特定历史背景下的社会本质,在鲜明的个性特征和深刻的阶级属性中,完成对于历史时代的书写。很多报告文学作家对于典型化理论运用娴熟,他们通过特征鲜明的人物形象、对比强烈的环境背景、具有深意的语言动作细节等方面的刻画,使得作品展现特质鲜明的属性。在龙奇的《堡垒户》中,作家描写了在解放战争时期,珠江游击队第二中队队长李志坚负伤藏于白石村,何婶与国民党反动派斗智斗勇,安全地掩护了同志的安全的故事。这部报告文学刻画了甘松之这个反动特务的典型形象,他是国民党侦缉处的密探,为人阴险狡诈。当甘松之在街上发现何婶有药用的棉花时,对其行为产生了怀疑。为了接近何婶,甘松之假扮一副贫困潦倒的样子前去拜访亲戚。何婶对于十年不见的甘松之的突然到来心存警惕,在观察他的言语和行动中更增加了怀疑。为此,何婶让儿子水生盯紧了甘松之,不给他留出作恶的机会。为了显示出甘松之的狡猾,报告文学中对于他进入茅房、用竹枝到粪坑中检查有无药棉的行为进行了典型化处理:"他发现甘松之不拉屎,也不屙尿,只是勾着头,拿条竹枝,在粪坑里搅来搅去。甘松之上厕所到底搞什么鬼?原来昨天第一次交锋,他狼狈败下阵来,十分懊丧,所以今天决计从追查药棉、纱布的下落着手。他觉得这些东西是他亲眼看到何婶买回来的,用过后,总要留下一些蛛丝马迹。所以一清早,他从翻看垃圾开始活动,当一一失望后,便蹲到厕所里来了。"何婶识破了甘松之的诡计,和表面是伪乡长的地下党员合计,擒拿了甘松之。在这篇报告文学里,甘松之的阴险狡诈在假意探亲、厕所搅屎等典型环境、行为中得到了鲜明的展现。在秦凌的《韩江龙舟阵》中,作家讲述了大埔县高坡地区民兵与蒋匪保安团团副魏世渊的较量,最后成功地阻止了敌人外逃台湾的计划。作品中描写了潮汕地区一年一度的划龙舟景象,刻画出了一幅典型的岭南民俗场景:"九条龙船摆开阵势,排成一个人字,象穿云破雾的雁群,逆着滚滚江水,剪开滔滔浪涛,冲了上来。龙船上挂着红、黄、蓝、绿、紫五彩三角旗,一长串的鞭炮,从竿顶上拖下来,'砰砰嘭嘭'燃响着,冒起一缕缕白烟。为首那艘龙舟,最不寻常,船上划桨的八个大汉,一边七个,一边一个,八个船桨划得轻快有力,龙舟矫如游龙,逆水破浪疾驰。"典型环境的描写,为这部具有岭南地理和文化民俗色彩的报告文学赋予了别样的色彩。

值得注意的是,由于政治观念对于作家创作的限制,这一阶段的报告文学渗透了较多的政治概念,一些作品的"左"倾观念还比较突出,一定程度上影响了作品的真实性与客观性;同时,一些报告文学的写作者只是业余作家,在艺术手法的运用、语言表达的个性化等方面还较为稚嫩。

第十六章 秦　牧

秦牧(1919—1992),男,广东澄海人,原名林觉夫,著名作家、编辑,在散文界享有盛誉,与杨朔并称为"南秦北杨"。秦牧于1938年开始在广州报刊上发表作品,1941年参加中华全国文艺界抗敌协会,1945年加入中国民主同盟,曾任民盟中央机关刊物《再生》编委、中国劳动协会机关刊《中国工人》编辑。新中国成立后,秦牧一直在广东工作,担任过中山大学讲师、广东省文教厅科长、中华书局广州编辑室主任、中国作家协会广东分会副主席、《羊城晚报》副总编辑、博罗县革委会副主任等职,并被选为历届广东省人民代表大会代表。新中国成立后,秦牧的创作热情高涨,先后出版杂文集《秦牧杂文》(1947)、文论集《世界文学欣赏初步》(1948)、中篇小说《洪秀全》(1949)、中篇小说《贱货》(1948)、短篇小说集《珍茜姑娘》(1950)、话剧《北京的祝福》(1951)、中篇小说《黄金海岸》(1955)、散文集《思想小品》(1956)、儿童文学集《回国》(1956)、报告文学《复员军人杜美宗》(1956)、儿童文学集《在化装晚会上》(1957)、儿童文学集《蜜蜂和地球》(1957)、散文集《贝壳集》(1958)、散文集《星下集》(1958)、散文集《花城》(1961)、文论集《艺海拾贝》(1962)、散文集《潮汐和船》(1964)、儿童文学集《巨手》(1979)、散文集《长河浪花集》(1978)、散文集《长街灯语》(1979)、散文集《花蜜和蜂刺》(1980)、散文集《晴窗晨笔》(1981)、长篇小说《愤怒的海》(1982)、散文集《北京漫笔》(1982)、文论集《语林采英》(1983)、散文集《秋林红果》(1983)、散文集《翡翠路》(1984)、散文集《塞上风情》(1985)、小说集《盛宴前的疯子演说》(1987)、散文集《大洋两岸集》(1987)、散文集《华族与龙》(1989)、散文集《潮汐和船》(1994)等系列作品。在"文革"中,秦牧遭受迫害,被关押、批斗。1976年后,秦牧复出文坛继续文学创作,参加新版《鲁迅全集》注释审订工作,还担任了中国作家协会理事、全国文联委员、广东省文联副主席和执行主席、中国作协广东分会副主席、《作品》杂志主编、暨南大学中文系主任、中国当代文学研究会副会长等职务。1992年10月14日,秦牧因突发心脏病逝世,享年73岁。

第一节　秦牧散文的言近旨远、丰富知识与思想锋芒

　　1938年,秦牧到广州参加抗日救亡宣传活动后就开始在广州报刊上发表作品。1941年后,秦牧在《大公报》《野草》等报刊上发表系列文章,并开始使用"秦牧"的笔名。秦牧用此笔名,意思是要推翻苛秦式的专制统治,在它的废墟上建设起田园牧歌式的崭新生活,这个笔名体现了他对于专制、腐败统治的憎恶,追求光明、理想的新生活。1947年,上海开明书店出版了《秦牧杂文》,这是秦牧的第一部正式出版的作品,也是他的第一部散文集。《秦牧杂文》共分为两辑,一共收录了25篇杂文、历史小品。在20世纪40年代的散文作品中,秦牧以人道主义作为思想武器,通过冷峻讽刺、强烈批判、含泪幽默的方式,控诉了旧社会中存在的黑暗、腐败、愚昧,将反思的矛头指向了封建主义文化与压迫人的阶级制度,力图通过杂文的写作唤醒民众的抗争意识和对于光明的追求。"秦牧善于从现实生活的普通事物中,发现有价值的东西,绘声绘色地描写出来。然后又进一步从这些生活知识中,开掘出令人思索的东西。这就使作品有了时代特色和长久的生命力。从艺术上看,秦牧的这一类散文娓娓而谈,生动形象;从格调上看,比较清新畅达,吸引人。"[①]在《"谢本师"》中,秦牧看到了中国文人存在的一种宿命循环论思想,即由青年时期的意气风发到中年时的庸庸碌碌,再到老年时的难得糊涂,年龄的增长对于人生具有可怕的影响。而秦牧一针见血地指出,问题根源不在于年老可怕,而是思想和欲望:"在中国这样激荡的社会中,我们固然见过不少未老先衰的二三十岁的老人,可也见到鹤发童颜的七八十岁的青年,与其说年龄可怕,毋宁说思想可怕,利欲可怕!"在《豪猪的哲学》中,秦牧通过外国童话中豪猪保持一定距离才能获得安全距离、集体御寒的故事,讽刺了中国社会中礼仪的虚伪和人性的复杂:"屡次使我忆起豪猪的一些人事,正是使那丑陋的动物能够盘踞在我脑中的原因,我住过不少的亭子间,屡次看到一些邻居们在厨房里谈得融洽异常,样子似乎是金石之交,但有时为了几根火柴,一调羹油的逋欠,却又常常有些口交之争,当他们争吵时我以为这一趟彼此的友谊定然完蛋了!谁知不然,以后仍旧在厨房谈得融洽异常,仍旧像是金石之交,也仍旧有些以几根火柴或一调羹油为导火索的争执。"不仅如此,秦牧更进一步在社会中生活中寻找类似豪猪的人,却发现没有真正如豪猪般的人,强势的人或懦弱者都喜欢以豪猪式的语言发表意见,但他们与豪猪之间保持彼此平等的本质有着巨大差异:"真正像一只刺不到人也不被人所刺的

[①] 高建平:《秦牧散文纵横谈》,《教学与进修》1981年第4期。

豪猪的人,在社会上有几个?喝血鬼们有时喝饱了血,他会这样宣言:'你不侵犯我,我就侵犯你,要么,彼此利用。'看样子他很像豪猪了,其实他是喝血鬼。孱弱者有时为掩饰自己的懦弱,也会说:'这个社会总是你利用我,我利用你嘿!遭遇些麻烦是免不了的。'看样子他也很像一只豪猪以平等地位置于同类群中了!实际不然,他并没有刺,其实他是孱弱的松鼠。这样一想,我又觉得人类社会之同于豪猪社会者几希了?"在《秦牧杂文》中,作家展现了他丰富渊博的知识、联想取譬的思维方式、幽默风趣的形象刻画、犀利深刻的思想锋芒,这些写作特点在随后的散文创作中得到了延续和拓展。

秦牧的文学创作涉及散文、小说、诗歌、报告文学、儿童文学等领域,尤其以散文创作闻名文坛,其散文名篇《土地》《花城》《古战场春晓》《社稷坛抒情》《菱角的喜剧》等曾入选中学语文课本,影响了几代读者。中华人民共和国建立后到"文革"结束前,秦牧一共出版了5部散文集,分别是《思想小品》(1956)、《贝壳集》(1958)、《星下集》(1958)、《花城》(1961)和《潮汐和船》(1964)。秦牧的散文以文化趣味见长,被视为20世纪五六十年代文化散文的代表作家。1978年及之后,秦牧陆续出版了一批产生了广泛影响的散文集,如《长河浪花集》《长街灯语》《花蜜和蜂刺》《北京漫笔》《翡翠路》《塞上风情》《大洋两岸集》《潮汐和船》等。其散文内容广泛,从天文地理、历史典故、文化演变到时事政治、生活小事、文学艺术,他在广泛涉猎的基础上对材料进行选择和思考,在娓娓道来的丰富的知识性叙述中表达独到的见解。在秦牧看来,"如果没有丰富广泛的知识,就不可能有丰富的联想。一块石子投到一个小池子里,它所能引起的涟漪范围是很小的,但是投到一个大池子里,它所出现的反应范围就要大得多了。……丰富的知识所以重要,不仅在于它可以帮助作者说明道理,而且这些材料还能够满足读者的知识欲,使人们在阅读的时候获得新鲜感"[①]。同时,秦牧的散文注重结构的精巧与审美表达,他将散文作品视为如戏剧、音乐一样具有高低起伏状态的艺术品,讲究语言文字的精确与情感的拿捏,从而使作品具有鲜明的节奏感。秦牧认为:"一篇作品里面,总应该有它的核心的强烈的部分。正像一出戏剧有它的高潮,一阕音乐有它的旋律紧张处一样。如果从头到尾,都像沉闷的泥河似的,流水不快不缓,毫无突出之处,就不会动人。从前有些画家,画人像眼睛时要留待精神最好的时候才下笔,有些刺绣者,把绣眼睛的技艺当做'家传之秘'。绣线粗细和颜色都有特别的考究。这些,也说明了文章的'画龙点睛'之处,必须特别强烈或格外细腻。这种要求,并不是为技巧而技巧,它正是为了最好地描述事物和表达思

[①] 秦牧:《思想和感情的火花》,《秦牧全集》(第1卷),广州:广东教育出版社2007年版,第561页。

想,使作者在打进人们心灵的时候获得最大的效果。"①另外,秦牧的散文十分重视思想价值的传达,他将思想认识的深度与高度视为散文创作的灵魂,其他各种写作技巧均服务于思想价值。秦牧的散文无论是歌颂新中国的成就与英雄人物,还是鞭挞封建文化观念、官僚主义作风,抑或对于事物进行文化追溯、对于自然景观进行描摹,都将最终指向与思想价值建立密切关联。"新中国精神与新中国文学是相辅相成的,二者之间存在一种互动关系,共同影响并限定了不同时期的文化观念与精神走向。这种互动不仅集中反映出一个时代有一个时代之文学的文学史观,表现出文学反映时代与现实的一般规律,同时也在深层次上传承了中国古代文论中'文以载道'的创作理念和传统。"②秦牧对于社会主义建设的讴歌、对于旧文化的反思、对于现实问题的批判,都不是以短兵相接的方式直白地表达,而是通过谈天说地、纵古论今的方式引入话题,在古今中外的文化知识、人物故事的讲述中抒发人生感受,寄寓个人情感立场,在文化介绍、审美熏陶中启发人们对于各类现象的深入思考。

秦牧散文继承了"五四"闲话体散文自由、恬淡的特点,又融会了国外散文的叙事性、画面感,以思想情感作为主线串联起各种材料,创造出了一种兼顾了叙事、抒情、议论等各种表现方式的文体。他的散文不拘一格,构思奇妙,思维活跃,使看似普通的事物以譬喻等方式处理后具有了深厚的文化意味和厚重情感。陈剑晖从20世纪中国散文发展历程角度考察秦牧散文的价值,对其给予了高度评价:"从20世纪30年代中后期至70年代,五四的'言志'传统包括30年代林语堂'闲聊趣谈论',统统被'载道'之声所淹没。这时候,秦牧另辟蹊径,竟然在大一统思维模式之外斜枝旁逸,借助散文这种文体大谈知识和趣味。其实,秦牧的本意是想通过生动有趣的知识传播,来表达他与众不同的个人思考,以及温和地、略带幽默与善意的批判。假如我们回到中国古代散文的'大传统'和五四散文的'小传统',将秦牧的这种创作与周作人的'言志'主张和林语堂的'闲适论'联系起来,我们会发现:秦牧在散文中大量融入知识与趣味,其实是作者在特定时代采用的一种隐曲委婉的'言志'。"③秦牧的散文将思想性、知识性、艺术性融会于一体,在对明清小品文、现代杂文传统方法的继承基础上,广泛吸收马克思主义的方法论与认识论,将叙事与议论进行紧密结合,在纵横捭阖、深入浅出中传达个人观点,从而使严肃的话题、抽象的道理得以用生动的故事、浅显的语言传达出来。秦牧散文内容广博,思想厚重,观点深刻,是新中国成立后前二十七年最重要的散文家之一。

---

① 秦牧:《思想和感情的火花》,《秦牧全集》(第1卷),广州:广东教育出版社2007年版,第563页。
② 蒋述卓、李石:《新中国精神与文学经典的生成》,《中国社会科学》2021年第2期。
③ 陈剑晖:《重读秦牧兼论文艺创作的辩证法问题》,《粤港澳大湾区文学评论》2021年第5期。

新中国建立后,秦牧的思想得到了更大的发展。他自觉地用马克思主义的世界观和方法论看待历史、社会和人生,在分析各类复杂问题时坚持使用唯物辩证法,在散文创作中兼顾政治性和艺术性的统一。在秦牧看来:"必须不断提高政治水平和思想水平,也就是说,不断提高自己马克思列宁主义的水平,坚决站在共产主义战士的立场、党的立场上,才能够有敏锐的眼光去发现一切应该歌颂或者应该鞭策的事物,才能够有一具'思想的天秤'去精确地权衡一切事物的轻重。技巧是受思想支配的,完全和思想无关的技巧并不存在。一篇文章的剪裁、布局、用词遣句……虽然牵连到生活知识、词汇积累、写作技巧等方面的问题,但是它毕竟都是受思想认识的支配的。一个作者在思想上认为无足轻重的部分,即使他有许多的生活知识和词汇来表现它,他也不会再花费这样的笔墨。"[1]中国共产党领导全国各族人民推翻了帝国主义、封建主义、买办资产阶级的统治,真正地实现了中华民族的独立,建立了社会主义性质的新中国。这一历史转折激励着秦牧,他用充满激情的笔触热烈的讴歌中国共产党和她领导下的社会主义新中国,将她与历史上压迫人民的制度进行比较,全面肯定了新中国发生的翻天覆地的巨大变化。在《不朽》《快快乐乐的人》《长者》《桃和苹果的故事》《时间的征服者》《一阕〈东方红〉》《血绘的〈二十四孝图〉》《塔的崩溃》《社稷坛抒情》《原始公社的影子》《星下》《狼的乳汁》《青春的火焰》《池塘春晓》等系列散文中,秦牧从日常生活中的具体事物入手,通过对比的方式揭示了新中国成立前后人们的思想观念、社会生活、工作精神等方面发生的深刻变化,热情地讴歌了中国共产党领导的新民主主义革命和社会主义现代化建设,认为这是人类历史上空前的思想改进和社会进步。在《不朽》中,秦牧反思了历史上不同人对于不朽的理解和追求,认为只有将个人的生命投入为人类解放伟大事业中去,才能够获得真正的不朽:"人类社会中真正的不朽,应该是那些以他们的力量,贡献给人民事业的人;千百代的人都要踏着他们的脚迹前进,千百代的人都要沐浴着他们的光辉。这样的人,不需要坟墓,不需要碑石,老实说,甚至不需要留下传记,留下名字,然而他们是不朽的。因为,在他们死亡之后,他们努力的方向,仍将有亿万的人接踵而来;他们用血汗灌溉着的事业,仍将有无数的人继续把它发扬光大。当我们站在无名英雄纪念碑下的时候,我们怎能不衷心地纪念这一切先驱的人们!"在《桃和苹果的故事》中,秦牧借历史上的"二桃杀三士"和古希腊的"倾轧的苹果"的故事,发现在中国历史上统治集团内部、农民领袖之间出现过很多次的纷争,最后导致农民起义事业遭受重大损失。秦牧分析了新中国成立之后出现的巨大变化,坚信历史上的那些权力斗争在社会主义中国与社会主义阵营中不可能发生,因为人民具有了监督领导、政府和国家的

---

[1] 秦牧:《思想和感情的火花》,《秦牧全集》(第1卷),广州:广东教育出版社2007年版,第561页。

权利:"现实一次次地教训了这些人,人民阵营绝对没有什么'不详的桃子'和'倾轧的苹果'。人民的国家政权内部,人民阵营的国与国之间,团结得像一个人一样。民主的生活使每一个人都有权利监督公众的事物,也使每一个人都要接受群众的监督。因而在历史上层出不穷的'倾轧的苹果'的故事,在人民民主阵营内部,尤其是这一阵营有决策权力的高级机构里面,已经完全没有了上演的可能。那类的活剧在新社会是不可想象的。"这些散文立意新颖,爱憎分明,感情浓烈,借助人们日常生活中常见的事物入手,在新旧对比中剖析事理,将道理阐释得透彻辩证,追求着思想的进步与对于民众的启迪。

作为一名有着强烈的社会责任感与批判精神的知识分子,秦牧的散文在新中国成立后并未放弃对于各类丑恶现象的批判。如果说在1956年出版的散文集《思想小品》中,秦牧还主要以歌颂新中国、表现社会主义社会的崭新面貌为主要内容的话,那么到了散文集《贝壳集》(1958)时秦牧散文的内容则显得更为沉稳而富于思辨。"贯穿和体现于秦牧全部创作的另一基本思想,是辩证唯物的哲学观、美学观、文艺观。在他的作品里,对社会生活和事物的分析,对事物的艺术表现和艺术形象的创造,常表现出这样的特点,即:把握事物的两面性或二重性,事物的复杂性和独特性。"[1]《贝壳集》的主要篇章创作于1956年,党和国家提出发展文学艺术和科学技术的"百花齐放,百家争鸣"方针,倡导艺术上不同形式和风格的自由发展,这促使秦牧对中国的社会与文化问题进行了更为周密、冷静的观察与思考。对于这部散文集,秦牧曾说:"我很爱看小文章和写小文章,因为一滴水里面,往往也有它复杂的境界。而且这一滴水总是来自海洋的。解放以来我写得不多,集子里这些文章,主要是在一九五六年,就是党大力贯彻'百花齐放,百家争鸣'方针的时期里写成的。"[2]《贝壳集》中的许多文章不再单纯地进行歌颂或批判,而是对社会生活、思想价值、文化习俗等方面出现的问题进行辩证考察,在有理有据、占有史料的基础上,秦牧提出了自己对于社会主义建设的一系列看法。在《复杂》中,秦牧从自然界存在的不同自然现象、动物生活出发,提出了应该辩证性看待世界上一切事物的基本原则:"事物的这种复杂性,启示我们:'实事求是'、'因时制宜'、'因地制宜'、'一把钥匙开一把锁'这些格言是如何的珍贵。这真是金子一样的格言,接受先哲的这些教训(这是他们用汗和血换来的),我们将一生受用不尽。事物的这种复杂性,启示我们:为什么绝对化、简单化、片面性、表面性的认识,是经不起考验的。教条主义和经验主义总是要碰壁的。"在《鱼兽的命运》中,秦牧通过动物界中的鲳鱼、乌贼、熊、狼等动物因自身

---

[1] 黄伟宗:《秦牧创作的民族文化意识特征》,《学术研究》1991年第1期。
[2] 秦牧:《〈贝壳集〉后记》,《秦牧全集》(第1卷),广州:广东教育出版社2007年版,第331页。

主观原因导致的悲剧事例,得出了主观主义有危害的判断:"鱼兽们不能正确地认识客观事物的实际,充其量不过祸及一身。因为它们不会拟计划,订制度,立章程,搞运动。而人却是会搞这一套的,如果他所根据和掌握的不是事物的客观规律,而是主观一套,那他就正像旧时代的讣文所写的:'侍奉无状,不自陨灭,祸延……'延给谁呢?当然是群众了。讲来讲去,有一种我们很容易从娘胎里带到坟墓里去的东西,现在到处在反它,而它的潜势力仍然异常惊人的东西是非切切实实来反不可的。它的丑恶的名字就叫做:'主观主义'!"在《运动国手的启示》《思想战场备忘录》等作品中,秦牧则对骄傲与自卑、人们易受善于伪装事物的诱惑等现象进行了探讨。

秦牧在用散文反映新中国建设成就、反思社会生活与思想文化问题复杂性的同时,仍然保留着创作犀利杂文的习惯。他做过一个比喻,认为:"祖国的文艺园地应该像是大花圃,这里面除了牡丹、桃、李,还应该有牵牛、凤仙,我希望自己能够年年不断种出一两株牵牛、凤仙来,那就好了。"①在颂歌写作占据主流话语的状态下,秦牧仍然坚持通过杂文创作反映这一时期复杂的社会环境。在《论威风》《病家》《闭上一只眼睛的猫头鹰》《蝴蝶》《小事情与大悲剧》等系列散文中,秦牧对于新中国成立后社会生活中出现的各类问题,如官僚主义、等级观念、个人主义、猫头鹰哲学等问题进行了尖锐的批判与反思。在《论威风》中,秦牧以现实生活中官僚向人民群众扎架子、摆威风的事情,分析了产生这种情况的思想根源在于剥削阶级思想的残留:"有一些人,平时好好的,但一和个'长'字沾上了边,戏就多了。他不再能够和人们友爱诚恳地相处,而是走路、说话、举止……都非另外摆出一个款儿不可。这一来,他自己辛苦,别人看了更辛苦。追溯源流,这和剥削阶级在人们精神生活上的影响是分不开的。"在《人和鞋子》中,秦牧以生活中人和鞋子的关系入手,在讲述了鞋子适应人、人调整鞋子的常识后,指出许多工作制度、办法、规章却走上了将人异化的道路:"在实际生活里,却竟然有人完全不睬这些道理,他们穿着紧鞋子,像古代的缠脚妇女穿弓鞋一样,弄得走路摇摇摆摆,却自许为'遵守制度'。许多工作的制度、办法、规章,作用本来和鞋子很相像,是为了帮助我们把工作做得更好。但正像鞋子有时会不很合脚,必须垫一块皮或者放松鞋带一样,这些东西并不是完全不许可有灵活性的。可是,现实生活里却竟然有不少人以人的身份,却像物质遵守物理和化学的定律一样,来遵守这些制度、办法、规章。"秦牧的不少散文具有强烈的文化意识、历史时空感,他将古今中外的各种材料信手拈来,在多时空跨度中展现了散文的动态美与信息容量。"秦牧的散文更多地继承了传统小品的优点,同时依托自己娴熟的杂文创作优势,海阔纵横,收放自如,把叙事与议论紧密结合为一体,把深奥的知识和抽象的道

---

① 秦牧:《〈贝壳集〉后记》,《秦牧全集》(第1卷),广州:广东教育出版社2007年版,第331页。

理,用浅显的语言讲述出来,引人入胜,类似百科全书式的'小品散文'的确让人耳目一新。"①作家认为:"在'直诉胸臆'和倾泻感情的时候,如果一个作家回避表现自己,就不可能写出精彩动人的文字,也不可能给人任何亲切的感受。因为他只能讲一般的道理,用一般的语言,而不敢写出具有个性的见解,具有独特风格的语言。而没有独特风格的文学作品又往往是缺乏生命力的。"②在《释龟蛇》《北斗》《谈牛》《土地》《中国人与龙》《煮海、移山的神话》等作品中,秦牧从一些事物、概念入手,对其进行了历史考察和文化探索,展现了中国文化、观念在历史长河中的种种面貌。这些散文文化容量巨大,内容覆盖古今中外,在看似闲散的笔触中回顾了人类文明的发展历史。在《释龟蛇》中,秦牧针对中国古代何以将龟与蛇并列进行了文化资料的爬梳,在分析了各家观点之后,找到了一个合理的解释:"在这些神话里面,蛇和龟,都是能够对水起决定作用的巨灵。真像是'风从虎、云从龙'似的,水,是由蛇和龟来操纵的。大禹因为得到了蛇和龟的帮助,因此才治得了洪水。神话自然十分荒诞无稽,然而它产生的历史社会根源,却是十分现实的。这些神话是古代民族对于自己先民所崇奉的图腾,关于自己著名先人的传说,以及洪水、战争等等故事在长时期中杂糅粘合,错综变化而成的。"在《谈北京药材铺》中,秦牧细数了北京药材铺对于中国文化事业的重要贡献——殷墟甲骨文、周口店"北京人"化石、"广西巨猿"牙齿的发现等都与药材铺密切相关。由此,作家发现了北京药材铺的独特情调:"配药谨慎与否,事关人命,怎能够'急急如律令'那么地搞?一定得从容不迫,才能够做到不出差错。"在这个基础上,秦牧提出了自己的感悟:"我不相信在忙乱的状况中可以生长思想家,可以有计划地编出好读物,可以使医疗不生事故! 在这方面,北京药材铺,这些曾经对中国的文化事业有过巨大贡献的地方,恐怕仍大有值得我们学习之处吧!"有学者指出:"寓思想于闲话趣谈之中,是秦牧'言志'散文最为突出的特征。他采用五四散文惯用的'絮语'方式,论古谈今,庙堂民间,连类比喻,海阔天空地谈历史、说人物、讲故事、品典故,同时还介绍花草名胜,以及各种奇闻逸事,看上去事无巨细,林林总总,用笔自由散漫。实际上,秦牧的每一篇散文都有内在的线索和逻辑。"③秦牧的散文具有鲜明的中国民族色彩,他将中国的历史与现在、文学与文化、民族与地域、传统与革新等诸多维度熔为一炉,形成了文化意味浓郁、信息密度很大的散文作品。有学者从知识性、趣味性和思想性三个维度,指出了秦牧散文的特色:"作者鉴于服从

---

① 唐欻瑜:《当代文学主潮中的散文颂歌典范——刘白羽、杨朔、秦牧散文模式成因及影响探微》,《时代文学(下半月)》2009年第10期。
② 秦牧:《海阔天空的散文领域》,《秦牧全集》(第1卷),广州:广东教育出版社2007年版,第571页。
③ 陈剑晖:《重读秦牧兼论文艺创作的辩证法问题》,《粤港澳大湾区文学评论》2021年第5期。

'三性'的目的和要求,他对思想性的理解往往不像某些人那样狭隘。由于他认为一滴露水在太阳照耀下也可以闪耀着无穷无尽的光彩,因而他很少亦步亦趋地去紧跟形势或机械地配合某个时期的'中心任务',而是尽可能按照生活丰富多彩的本来面目,力求在题材、主题、体裁、表现手法上都做到多样化。而在作品的具体处理上,又喜欢把思想'埋藏'得更隐蔽些,往往借助于历史变迁的咏叹和辩证唯物主义思想的寄托,着重于帮助读者从新生活中发现新道理,并通过各种各样的艺术阐发,教给人们一种符合于党的路线,符合于时代要求和符合于共产主义理想的思想道德。因而他的散文更易于为读者自觉接受,或者说在不知不觉中接受。"①

在20世纪五六十年代的中国文坛上,秦牧的散文以富于知识性而著称。他在散文创作中吸收了闲话体散文和抒情体散文的优势,将闲话体散文擅长议论与抒情体散文的擅长叙事的功能加以强化,形成了一种融汇了叙事、抒情、议论于一体的新散文文体。洪子诚认为,秦牧的散文"在语言、叙述方式上,可见到杂感与随笔的调和。文章有着清晰的观念框架和论证的逻辑线索。用来支持这些观念的,是有关的历史记载、见闻、传说等材料的串联、组织"②。秦牧散文善于将各类文化典故、历史轶事、神话传说、各地见闻、科学知识等熔于一炉,用内在的思想脉络加以串联,使之服从于要讨论的核心观点,看似较为自由、松散,实则具有内在的思想骨骼。在《社稷坛抒情》《古战场春晓》《血绘的〈二十四孝图〉》《煮海、移山的神话》等系列散文中,秦牧将其散文的知识性特点发挥得淋漓尽致。"他五十年来的全部创作尤其是在大至天文地理,小至花鸟虫鱼的谈天说地式的杂文和散文创作中,简直无不是以文化观念和方式对其艺术对象进行把握的。面包和盐、每人都有的手、菱角、大象、猕猴桃、仙人掌、贝壳、榕树等事物,从清代的'八旗子弟'、北京和广州的春节、中国的圣诞节、茶馆、筵席、菜式等社会现象,从天坛、社稷坛、东陵、茂陵、三元里、红场等历史古迹,从青海土家族人家到塔尔寺前的浴佛节等兄弟民族和各种宗教习俗,从欧洲的风雪和阴霾、哈瓦那的华侨纪念碑、新加坡与乌兰巴托的异国风情……无不在繁花满眼、遍地珍珠的景象中,表现出民族和国度的文化及其方式的差异,开拓了'旅游文化'、'风俗文化'、'饮食文化'等等新的文化领域,并且以其正确的、革命的、科学的思想和生动深刻的艺术表现,对提高民族的文化素质和文化观念的自以为是很有积极而深远的意义。"③作家于1961年参观了广州北郊的三元里抗英斗争烈士纪念碑,创作了名篇《古战场春晓》。这篇散文追忆了1841年广州人民在第一次鸦片战争期间抗击英国侵略者的历史,秦牧不仅用生动的笔调勾勒了三元里村的现状,而且用充满文

---

① 黄汉忠、戈凡:《论秦牧散文的艺术风格》,《文学评论》1981年第1期。
② 洪子诚:《中国当代文学史(修订版)》,北京:北京大学出版社2007年版,第139页。
③ 黄伟宗:《秦牧创作的民族文化意识特征》,《学术研究》1991年第1期。

化意味的篇章揭示了英国殖民者入侵中国的深层次原因,即资本主义大生产导致的对于海外市场的迫切渴望:"英国在几个世纪之间发展成为当年的头号侵略者。它用在国内圈地养羊的办法迫使大批农民流离失所;用'流荡罪'把破产农民投进监狱和驱进工厂;掠夺印度、非洲、澳洲等殖民地的原料来大办工业。用对'偷'一条围巾的劳动人民也处以死刑的严刑峻法来建立它的生产秩序;然后又挟着大宗鸦片和纺织品来撞毁我们这个东方古国的大门。"历代对于英国在第一次鸦片战争期间入侵中国的原因多有分析,而秦牧通过对于这段历史原因的生动阐释,不仅帮助读者理解了历史事件背后的经济、社会因素,而且还让散文创作具有了浓郁的文化意味,增强了作品的艺术感染力。《社稷坛抒情》描写了作家对于北京中山公园社稷坛的认识,着力表达了中国劳动人民千百年来对于自然之谜的不懈探索。在说到烧制陶器这项工作的重要性时,秦牧以中国哲学中的五行观念的形成与烧制陶器的关系进行了说明:"烧制陶器这件事使人类向文明跨前一大步,在埃及,在希腊,都由此产生了神祇用泥土造人的神话。在中国,却大大发扬了'五行'的观念。根据木、火、金、水、土五种东西彼此的作用,又产生了五行相克相生的理论。根据这几种东西的颜色:树木是苍翠的,火光是红艳艳的,金属是亮晶晶的,深深的水潭是黝黑的,中原的泥土是黄色的。于是青、赤、白、黑、黄五种颜色就被拿来配木、火、金、水、土,成为颜色上的五行了。"作家以深入浅出的语言解释了五行观念与陶器的关系,既推动了故事的发展,又丰富了散文的文化意味。

秦牧在散文创作时喜欢通过联想,将要表现的对象与有某种类似特点的人、事、物建立关联,通过比喻说明来强化读者对于本体的理解,这种方法就是譬喻。秦牧的散文审美意识鲜明,语言绚丽多彩,这与他擅长将抽象的知识、深刻的哲理、饱满的感情通过譬喻的方式进行传达息息相关,从而赋予其作品以清新隽永的艺术魅力。秦牧自己曾说:"有许多本来是文绉绉的古老的语言,一直活着活着,而且随着群众文化水平的提高,它还将继续成为我们的口语。如'守株待兔''朝秦暮楚''兔死狐悲''一丘之貉'之类就是。为什么这些古老语言不会死亡呢?因为它们是很好的譬喻,在评论某件事物的时候,有时常常用得到它。一用到它时,就颇可以状物传神。在我们的言谈里,原始少不了譬喻的。"[1]秦牧读书广泛,学识渊博,思想深邃,又有着饱经世故后对于社会、人生、人性的深刻的理解,因此在写作时可以无拘无束地联想,在本体与喻体之间自由穿梭,捕捉到二者的神似之处。由于有了譬喻的使用,秦牧的散文极少出现语言晦涩、形象干瘪的篇章,即便是一些思想观念受当时政治观念影响

---

[1] 秦牧:《思想和感情的火花》,《秦牧全集》(第1卷),广州:广东教育出版社2007年版,第556—557页。

较深的散文,其譬喻仍然多有成绩。"秦牧散文的魅力就体现在这里了:新奇的比喻、智慧的警句,使他对事理的阐发不致于抽象和直露,而融合着'自我'真情实感的言说又使他避免了一般议论文常有的干枯——当作家敞开自己的胸怀,真挚、热切地向你倾诉着他对生活深切的体会和独特感受的时候,你会深深地引起感情的共鸣,会不由自主地被带进'一种感情微醺的境界。'"①在《塔的崩溃》这篇文章里,作家从中国神话传说中,如"白蛇与许仙"故事中的雷峰塔、《封神榜》中的托塔李天王李靖等,联想起塔是封建统治势力的象征:"上面说塔常常使人想起是封建势力的象征,不只因为从中国古代神话故事中使人发生这样的联想,而且也由于封建社会的结构也着实很像一座塔的缘故,顶上的塔尖是帝王,中层是许多士大夫、大地主,再下是小地主,再下就是辗转呻吟的广大的农民。"在此基础上,秦牧提醒民众注意新中国建立后隐形的塔依然存在,需要警惕、敲碎各种封建主义的塔的遗物:"我们今后还必须敲碎各种的封建主义的遗物,像男尊女卑、官僚主义、人的等级观念、宿命论思想等等。这些东西,虽然因为古塔的崩溃而严重地碰损了,但还不是已经变成粉末,我们还时时可以看到它阻挡着我们前进的道路。"在《古代的莲子》一文中,秦牧则通过报纸上一则花边新闻说在东北地层下发现几粒休眠了最少几百年的古代莲子,经过苏联植物学家的培养有一粒已经生长出莲叶来。作家由此展开联想:"一粒古代莲子发了芽!它使我想到成群在旧社会中默默无闻的人在新社会大吐光华。它使我想到在成长中的事情有排山倒海的力量。它也使我想起坚毅不拔的英雄人物。啊!这是饶有意义的事件:一粒酣睡了几个世纪的莲子发了芽!"

在秦牧的散文作品中,杂文是其中重要的组成部分。杂文是一种可以直接、迅速反映社会生活、思想观念的文艺性论文,它以辛辣的观点表达、短小隽永的语言风格和充满诗性的感染力而引人注目。通常在剧烈的社会斗争和思想交锋中,杂文会将其偏重说理的特点发挥到极致。但若将战斗利器作为杂文的本质属性则显然背离了一个基本事实,即杂文首先是一种文艺性的文体。秦牧在谈到杂文写作时,曾这样概括杂文特点:"比较偏重于说理的杂文,何以仍然成其为文学作品呢?那原因,我想,在于它和一切文学创作,同样的具备了文学的特点,它是形象的,同时,又是灌注了作者的感情的。这种形象性和感情的特征,使它具备了文学的艺术魅力。只要拿杂文和一般社会科学论文一比较,它的这种特征就显露出来了。它常常活灵活现地描述事物,而不是抽象地说理或是平铺直叙地举举例。它又常常从字里行间露出作者的性格(这是那个作者倾注他的感情亲切地谈话的缘故)。正是由于具备这些特点,杂文才成其为文学。有一些标明为杂文的文章'杂文味道'不够,其原因,经常在于作

---

① 黄景忠:《秦牧散文的文体特征》,《海南师范学院学报(社会科学版)》2005年第1期。

者对于形象和抒情这些特点注意不够所致。所谓'杂文味道'不多,其实也就是'文学味道'缺乏的缘故。"①不难发现,缜密的议论与文艺的审美是杂文不可或缺的特点,一旦缺失了任何一点,杂文都将丧失其文体的魅力。

秦牧的杂文作品既注重议论的严密性,在大量史料或现象材料的基础上,以不可辩驳的证据和敏锐的观点揭示出问题的本质,又注重杂文味道的表达,将自己多年来的文学底蕴和文化趣味加以呈现,从而使杂文兼顾了说理性与审美性。秦牧是一位具有强烈时代使命感的作家,当时代的车轮驶入社会主义后,他对于处在历史转型关头的时代给予了炽热的情感。"秦牧作品所体现或所张扬的真诚、胆识、真理、正义、时代精神、人民意识、爱国情愫、辩证思想、集体主义和共产主义信念等等,统统都与他那崇高而博大的人格密切相关。"②对于社会主义的坚定信仰与现实生活中的敏锐发现经常发生冲突,这使得秦牧的散文在讴歌社会主义、展现新中国的巨大成就的同时,也继续坚持着鞭挞没落的阶级、剥削的思想、腐朽的文化,这使得他的散文视野更为宽阔,情感更为饱满,观点更为深沉。秦牧在这一时期的杂文不仅没有遮蔽自身的批判锋芒和思想个性,而且还着力突出个性,形成自己的独到发现。秦牧是一个有着共产主义信念的作家,新旧时代的对比使他执着地追求马克思主义普遍真理与中国实践的结合。"写现实肯定有触犯现实禁忌的可能,要冒直面现实的某些风险。因此,这些作家更愿意躲在个人的生活世界中幻想,对现实视而不见。……更多作家回避现实的原因则是不愿意写。这主要缘于他们的文学观。他们的文学目的是追求纯粹的思想和审美,因此,他们以为,过多的关注和书写现实,采用现实主义艺术手法,会对他们的文学追求造成一定的阻碍。"③秦牧有着对于真理的热烈追求,对于现实生活与思想文化领域内的丑陋事物深恶痛绝,在革命的凛然之气中表达着自己的深思熟虑。在《〈增广贤文〉与〈处世哲学〉》中,秦牧对中国古代社会流传下来的这两部讲为人处世哲学的著作进行了内容上的分析,在温情脉脉的伦理观念表象中触摸到了隐藏得极深的本质:"旧社会的处世书籍,讲的无非是怎样去适应社会秩序。它们也或者零零碎碎讲了些世道艰难的话,但并不是去分析人们的痛苦产生的根源,作出根本改变社会制度的结论,而是在适应旧社会秩序的前提下,讲些怎样做人,怎样'保生全身'、安稳过日的道理。不用说,那一套处世方法,当然是切合反动统治阶级需要的了。因此,不管这些写书的是什么人,是落魄文人也好,是什么穷小子也好,他们的书实际上都成为维护反动统治的思想的鸦片。"在《病家》中,秦牧对那些揣着公

---

① 秦牧:《思想和感情的火花》,《秦牧全集》(第1卷),广州:广东教育出版社2007年版,第554—555页。
② 游焜炳:《秦牧的人格与文格》,《开放时代》1991年第1期。
③ 贺仲明:《现实主义、现实书写与本土意识》,《人文杂志》2017年第4期。

费医疗证没病也往医院跑的人进行了把脉:"长期私有制社会对人们精神的影响就是这样可怕的。一张公费医疗证到手就老是想着上医院和吃补药,和那些捧着个肚子在床上呻吟的暴食者在精神上是有它的共通之处的。"作家开出的药方则是集体主义,希望以此矫正个人主义的病症:"集体主义,不但在社会学上,就是在医学上也是一剂奇药。一个人勤勤恳恳、坦坦荡荡地过日子,精神开朗了,病也会少些。而患得患失,栖栖惶惶的人却恰得其反,对于上面那一类病家,在连年药石乱投,群医束手之后,奉劝他们不妨试一试这剂灵药。"

  秦牧的杂文并不都是严肃的批评文章,他也有不少对于社会生活、思想观念领域内进步、积极现象的肯定。针对不少人认为杂文主要是骂人、讽刺功用的认识,秦牧提出了不同的观点:"一种文学形式怎么会具备一种一定的内容呢?这种形式可以表现这种内容,也可以表现另一种内容,可以使它具备某一种格调,也可以使它具备另一种格调。问题在于:怎样来掌握和运用它。杂文可以用来批判,也可以用来颂扬,更可以用来分析事物。怎么能够说一个篮子,一定只能用来装鱼,而不能拿来装蔬菜,装瓜果呢?仅仅因为这个篮子过去经常用来装鱼,就认为它一定非长期装鱼不可,这是一种极其可笑的错误观念。"①为此,他积极运用杂文分析社会主义现代化建设中出现的各类新情况,肯定人们推陈出新、勇于思考、艰苦奋斗的精神。在《背诵的复活》中,秦牧积极肯定了各国儿童热情背诵本民族文学经典的现象,认为在背诵的行为中体现了对于民族文化的热爱:"因为把背诵看做是读死书的理由是不值一驳的。毫无了解地背诵课文自然是读死书,然而在深刻理解的基础上进行的背诵却是大大的读活书,理由刚才已经说过了。一个爱国主义者是应该热爱和努力掌握自己祖国的语文的,学生的重理轻文的观念应该彻底纠正。以为语文容易学习,自然科学才不好懂的人,到头来往往学懂了自然科学,却不能用祖国文字写一篇通顺的文章,这种悲剧是很不少的。"在《现身这里的严肃精神》中,秦牧对当时党中央提出的"百花齐放,百家争鸣"方针进行了肯定,将争鸣看作是对于复杂世界进行深入把握的一个途径:"客观世界既然是这样复杂的一个世界,应该怎样来发掘一切学术界的潜力来加以钻研呢?应该怎样发扬独立思考,克服把认识过程简单化的一切错误呢?应该怎样使教条主义碰壁,权威崇拜崩溃呢?应该怎样使马克思列宁主义的思想更光亮、更强烈地照到人们的思想深处呢?提倡在文学艺术工作和科学研究工作中有独立思考的自由,有辩论的自由,有创作和批评的自由,有发表自己的意见、坚持自己的意见和保留自己的意见的自由的'百花齐放,百家争鸣'的方针,就给我们开拓了

---

① 秦牧:《思想和感情的火花》,《秦牧全集》(第1卷),广州:广东教育出版社2007年版,第555—556页。

一条宽广的大道。"在《民族统一语的热爱》《谈礼节》《真挚的声音》《精炼》《宣扬友爱的民族传说》《青春的火焰》《在大自然面前》等文章中，秦牧都以热烈的态度肯定了社会主义建设中出现的积极因素。秦牧的杂文创作虽然材料众多，涉及面广，但并不杂乱，原因在于作家在创作中确立了一个中心点，其他材料、观点均围绕中心点展开。他在创作谈中指出："杂文里面的'杂材料'，也是紧紧围绕着一个中心的。它们从各个角度来说明那个中心。如果那些材料的出现，和'中心'无关，那就是拉杂拼凑。如果它们是紧紧围绕着一个中心的，那它们在说明这个'中心'上，就很有价值：可以使中心格外突出，使人获得新鲜、强烈的印象。"①

第二节 《艺海拾贝》与秦牧的文学理论

《艺海拾贝》是秦牧的一部文论集，最早由上海文艺出版社1962年出版，1978年重版。这本书中，秦牧从作家艺术家的生活积累、思想观念、艺术修养、艺术风格等角度探讨了文学艺术的创作方法，涉及文艺理论上的许多重要问题。《艺海拾贝》由许多独立成篇的文章组成，不同篇目之间都有内在联系，从而构成了较为系统的文学理论阐述。《艺海拾贝》文风活泼，作者通过对具体事物的记叙、描写、比喻、议论，表达了其对文艺问题的理解，在知识性、科学性和趣味性的内容中，深入浅出地讨论文学理论问题。1981年，秦牧回顾了这部文论集出版之后受到的欢迎："《艺海拾贝》出版后受到读者相当程度的欢迎，数年之间，印刷了好几次，除上海外，新疆也印了一版。总计起来，销行了约莫十万册，和我原来预期的状况差不多。还有好些大、中学校，把它作为学生补充的学习教材。"1978年，《艺海拾贝》在上海文艺出版社增订再版："它在上海文艺出版社印刷了两次，一共四十万册；浙江租了纸型，也印行了三万册。它们都迅速售罄。……现在，上海文艺出版社决定在一九八一年再印行十万册，如果连同从前海内外印刷的一起统计在内，那么，它的总印数就将近是七十万册了。"对于这部文论集为何能够受到读者的喜爱，秦牧有过这样的分析："它说明为读者所实际需要的东西是压不死的；而以饶有风趣，通俗生动的文笔来介绍文学理论知识，确为广大读者所欢迎。实际上本书所阐释的道理，并没有多少深奥之处。这种状况说明，以较为活泼的文笔，通过形象和故事，介绍自然科学、社会科学、哲学、艺术各方面的理论知识，都着实大有可为。"

---

① 秦牧：《思想和感情的火花》，《秦牧全集》（第1卷），广州：广东教育出版社2007年版，第557—558页。

寓理论于闲话趣谈之中,应该是这部文论集的生动概括。《艺海拾贝》虽侧重谈论文学艺术创作方法与理论,但是该书文笔老道,风格活泼,极富文采,将文艺理论寓于谈天说地之间。秦牧对于理论文章通常欠缺审美愉悦的问题有着清醒的认识,在这部著作的《跋》中他写道:"理论上的问题,由于概括了、抽象了,当它不和具体的事例密切结合在一起的时候,往往容易变得枯燥,有时甚至还容易流于偏颇,有一些关于美学理论的文字,就时常存在这个缺点。这一类文章,有些由于不很注意笔调的优美和行文的情趣,结果使大量渴望掌握这种知识的读者望而却步;美学,也好像变成十分艰深的东西了。"理论与审美,在秦牧看来并不存在不然的冲突,理论文章同样也可以写得很美,只是需要注意文字的提炼和行文的趣味。新中国成立之后,经过多次社会运动和思想改造,文学与政治的关系被捆绑在一起,文学的审美属性、娱乐属性被隔离了。而秦牧则对文学艺术的审美娱乐价值有着深刻的认识。在《艺术力量和文笔情趣》中,秦牧鲜明地提出了文学应该有知识性和审美性:"文学不但应该以崇高的先进的思想在我们的时代,也就是以共产主义思想教育人、影响人,概括集中地描绘生活的真实,也还有给人以丰富知识和美的享受作用。"秦牧强调文学艺术所具有的遣兴作用,这既有着其自身的创作经验,同时也有他对于极"左"思潮泛滥时文学观念的一种深刻反思。文学是一种审美的艺术表现形式,文学性和情感性、消遣性天然地融合在一起。新中国成立之后的前二十七年,政治与文学的关系问题曾长期困扰作家创作,文学作品的审美、遣兴价值经常被视为"资产阶级文学趣味"的特征。秦牧经历了这一动荡的历史阶段,因此特别强调了文学作品中审美价值的巨大作用,所以在写作《艺海拾贝》时努力寓理论于闲话趣谈之中,即"把自己所了解的一些文学表现手法的道理,通过谈天说地,漫话随笔的方式写成一本比较有趣的文艺理论书籍,以帮助初涉猎文学领域的读者掌握这方面的知识。"(《新版前记》)《艺海拾贝》中的文章通常通过一些具体事物的描述,进而引出深层的文艺问题,尽管开口很小,却深入到了理论的内核。这部文论集中的文章,如《鲜花百态和艺术风格》《"果王"的美号》《菊花与金鱼》《核心》《鹦鹉与蝴蝶鸟》《并蒂莲的美感》《惠能和尚的偈语》《鲜荔枝和干荔枝》《虾趣》《最后的晚餐》《茅台、花雕瓶子》等,往往通过一个童话故事谈到群众创作的价值,或者通过一幅世界名画的构图进而讨论文学作品细部与整体的辩证关系,抑或通过剪影技术深入到描绘事物应捕捉对象本质特征等。秦牧善于通过形象生动的故事讲述,将晦涩的理论和抽象的思想通过生动形象的故事得以呈现。在《核心》这篇文章中,秦牧从"世界万物,看来都各有它的核心"说起,通过细胞、鸡蛋、鸵鸟蛋、果子、地球、太阳系等物体的"核",说到文学作品的核心——思想:"由于思想、生活、技巧虽彼此密切关联但又有其相对的独立性,常有一些人有重此轻彼的不良倾向。不重视思想的统帅作用,固然很不对,重视思想、生活而完全藐视技巧,也不对;重视技巧而忽视思想、生活,更简直可以叫作荒唐。在我们探索深入斗争生活,提高艺术技巧等问题的时候,让我们先来强调思想的核心作用、统帅作用吧。离开了这个前提,我们就很容易走入歧途。"秦牧非常擅长捕捉人物丰富多彩的瞬间,通过比喻、幽默、口语、叠句、神话、寓言等途径,使这部文论集兴味盎然,雅俗共赏。正是这种思想观念和文笔情趣上的成功,使得趣味性与哲理性、知识性在《艺海拾贝》中得到了很好融合。秦牧十分重视思想观念的作用,认为作家应该努力使自己成为无产阶级的革命战士,深入群众的斗争生活,以正确的政治思想作为作品的灵魂。秦牧认为生活知识如同一个个具体的珍珠,如果作家缺乏思想主线,那么生活知识的珠子就无法串联。秦牧既十分强调作家要像海绵一样去吸收广泛的生活知识,又十分重视作家的艺术技巧,认为仅仅看重思想和生活而忽视技巧,将不可能创作出真正优秀的作品。秦牧将艺术创造中的各个要素放在辩证关系的位置上,从而避免了简单化和绝对化观念对于文学创作的束缚。

在《艺海拾贝》中,秦牧向人们展示了他对于辩证主义美学观念的理解。在《辩证规律在艺术上的运用》一文中,秦牧认为思想、生活知识、艺术技巧这些要素之间各有相对独立性,同时又紧密联系。按照"客观事物既然是辩证的,就要运用辩证的艺术手段才能相应地反映它"的唯物主义反映论的基本原理,秦牧围绕着作家"应该自觉地在艺术创造上掌握运用辩证规律"的核心观点,对其中的各种问题进行了广泛理解。作者认为只有当思想、生活、技巧三者之间的对立统一关系达到深入水平,可以水乳交融之时,才能产生真正的艺术。秦牧认为生活知识可以区分为直接知识与间接知识,它们之间互相联系、互相促进,直接知识应该被作家置于最重要的地位,但同时又不可忽视间接知识。在此基础上,作家讨论了艺术真实和生活真实、新鲜口语和书面语、细腻和粗犷以及一般和特殊等四对事物之间的关系,将抑与扬、雅与俗、平与奇、巧与拙、虚与实、细部与整体、有体与无体、单纯与丰富、师承与变革、意笔与工笔、绘形与传神等放在矛盾统一的视野下进行审视,提出了作家必须掌握多方面的艺术手段和不同的笔墨,才可以实现随心所欲的艺术效果。《艺海拾贝》中的不少篇章都谈到了辩证法因素对于文艺创作的影响,如《粗犷和与细腻》《放纵与控制》《毒物和药》等等,显示了秦牧对于文艺辩证法思想的深入思考及在不同阶段的结晶。在《毒物和药》中,作家从一些被公认为毒物的东西,一旦到了良医的手里却可以变成灵丹妙药,从而对毒物与药之间的辩证关系进行了讨论。秦牧认为:"对某些人是险阻道路的事情,对某些人却可以是阳关大道。这,怎能不使人想起良医化毒物为妙药的事迹呢?由于医生水平的高低,医疗对象及其病况的不同,用药剂量的轻重,决定了毒物能否转化为妙药。这样说,自然不是讲艺术工作没有什么根本规律。如果因此认为思想、生活和技巧都不重要,那自然荒唐透顶。否认这些根本的东西,等于疯子以为揪住自己的头发向上提，自己就能飞了起来。但，'大体则有，定体则无。'一个作家，越是能够具备那些根本条件，他的直接的生活经验越丰富，知识越渊博，他在艺术园地里就越是能够纵横驰骋，越不会去'画地为牢'。"在《粗犷与细腻》中，作家偶然翻阅齐白石的画册，发现里面的植物用意笔、草虫用工笔，粗犷和细腻的笔墨结合在一起相得益彰，由此他得到文艺创作上的启示："从这么一种重要的表现手法，我想到：艺术要求强烈，因此概括则要求粗放，刻画则要求细腻。惟有如此，才能够干净利落而又形象饱满。事物是辩证的，因此，用来反映事物的艺术方法也应该是辩证的。简要概括和精雕细琢都要求我们不惜功夫，有时在简要概括上所用的劲也许比精雕细琢还大些。技巧问题归根到底离不开思想水平和生活积累，因为这些东西不足，还谈什么'由博返约'的概括凝练和神态栩栩的细腻加工呢！"

秦牧高度重视文学作品的审美属性，认为美不应该是神秘的东西，而是社会劳动实践的产物。在他看来，没有"功参造化""巧夺天工"的人类劳动，"菊花还不是一种野外平平常常、貌不惊人的小花？金鱼还不是一种平平常常、只配被人作为普通看馔的鲫鱼？"由于人们将劳动贯注到菊花和金鱼上，依照自身的美学理想进行选择，才使菊花和金鱼变成了今天人们所熟知的模样。在《艺海拾贝》中，秦牧用日常生活和创作活动的常见事实，引导读者寻找美、发现美、呈现美，从而生动鲜活地表现出了美的本质和形态。作者认为，美感必须以一定的思想内容为基础，一旦离开了思想之美，艺术之美也就成了空谈。在《并蒂莲的美感》中，作家指出："离开了思想的美，就没有艺术的美。一切艺术所以能够感动人，只是因为被感动的人从这种艺术里面引起某种程度的思想上的共鸣。没有这种共鸣，是谈不上感动的。因此，这一阶级的艺术可以使这一阶级的人感动得如醉如痴，但对于同时代保持另一阶级观点的人来说，却可以完全不发生作用。"为了说明艺术之美和思想之美的关系，作者以并蒂莲和血吸虫为例，在通俗易懂的对照中说明了思想在审美过程中的重要作用："由于古往今来，不少赞颂男女纯洁坚贞爱情的艺术作品感动了人们，那些被人用来形容男女爱情的动物和植物，就多少给人一种美感了。这些东西就是比翼鸟、连理枝、并蒂莲、双飞蝶之类。我们看到一枝并蒂莲、看到一对鸳鸯鸟，就会引起一阵美感。这固然是过去的艺术作品多少给我们一些影响的缘故；另一方面，却也是由于这些东西，本身对人就是无害有益的。它们在人们生活中具有某种价值，使用或者欣赏的价值。这才使得人们的美感有所附丽。但是，如果以为如影随形、双双不离的东西就一定能引起人们关于纯洁坚贞爱情的联想，就一定能够引起一些美感，那就大错特错了。除了上面提到的那些东西之外，大自然中形影不离的生物多得很。例如，那使病人肚皮膨胀、骨瘦如柴的血吸虫，是小小的长仅一厘米左右的小虫，它们寄生在人体里的时候，雄虫一生都抱着雌虫过活。它们形影不离比较鸳鸯鸟、双飞蝶之类，都要有过之而无不及。但请问,有谁提到它们时,会产生什么美感呢!"秦牧从日常生活中的具体对象入手进行观察、体验、分析,在实践基础上探索人们的综合审美活动。自然这并不意味着秦牧只是从日常生活中发现、提炼美,事实上他是积极吸收经典理论的指导,从马克思主义经典著作和古今中外文学艺术的美学思想中吸取辩证方法的营养,将美与丑、美与真善、真善美与假恶丑放到对立统一的规律中进行探讨。这样的知识结构和认识方法,让秦牧的美学思想既有正确的理论引导,又有着坚实的实践基础,从而避免陷入经验主义的误区。

秦牧对于艺术美的追求,建立在真善的基础上,认为一切美都应以真和善为基础,否则就失去了美的价值。在《三十年的笔迹和足印》中,作家认为:"所谓'美',就是艺术要有强烈的艺术特征,通过艺术手段表现生活,看了一般能够给人以艺术的美感。"他特别强调真是美的前提,没有真和善,美就失去了基础。秦牧认为,"所谓'真',就是要阐发生活的本质,要本着现实主义的态度写作,反对弄虚作假,反对粉饰太平,反对掩盖矛盾,反对诓诓骗骗"。他提出了艺术的真善美是生活的真善美的集中反映这一文艺创作的基本原则,指出:"艺术的真实和生活的真实有'似'的一面,艺术的真实是以生活的真实为唯一源泉的。"同时作家在《辩证规律在艺术创造上的运用》中指出:"艺术的真实和生活的真实也有它'不似'之处,这种不似好比在反映同一事物时油画和摄影的不似,蜜糖和花中甜液的不似。更高、更强烈、更集中,也可以说是一种'不似'。"在《镜子》中,秦牧认为文艺创作对于生活的表现不应只用简单的一块平光玻璃,而应当"由许许多多部件,各式各样镜片组成的复合镜子",以此来反映生活的丰富和复杂。秦牧认为对于具有实质美的事物,应该通过各式各样的形式来表现,可以是华丽或朴素的形式。基于此,秦牧在《茅台·花雕瓶子》《两只青蛙》《南国盆景》《蒙古马的雕塑》等系列文章中,既大力提倡茅台、花雕瓶子那样有着深厚出色的内容的朴素的美,又肯定荷叶状烟灰缸上的小青蛙那样的装饰美。在新中国建立初期,在民众的文学艺术修养有待提高、政治文化氛围浓厚的时代背景下,秦牧在很多文章中都在探讨美的本质和底蕴,他在对什么是美、如何理解美、怎样发现美的问题中传达了其美学理想。秦牧具有自觉的辩证意识,他既重视美的探讨,也不回避丑的存在,他在美与丑的对立统一中看待生活中的各类现象,赞扬美的同时也对丑进行批评。由于秦牧具有辩证审美的自觉意识,在对日常生活的美丑观照中直抵文学艺术的理论高度。

秦牧重视文学艺术技巧的研究。在他看来,作家既要有无产阶级的文艺思想,又要有表达艺术审美的技巧和修养。在《艺海拾贝·跋》中,秦牧指出:"为了进一步提高无产阶级文艺的思想、艺术感染力,技巧问题是决不能等闲视之的。……因为以为谈论文艺、思想、生活问题应该大谈特谈,谈技巧则只宜'聊备一格',否则就有些不妙,持有这样观点的也许还是颇有人在。"秦牧认为要繁荣社会主义文艺,切实提高作品质量,那么培养年轻的作者的创作技巧就是应有之义。秦牧非常重视生活知识与文学创作的关系。秦牧在做好本职工作的同时,长期从事业余创作,由于条件限制无法长期深入到乡村、工厂和部队,因此他努力通过多接触生活而积累自己的经验。秦牧认为生活经验是个人生活知识的积累,而知识的获得则可以通过直接经验和间接经验两个方面来进行。在《鲜荔枝和干荔枝》中,他强调感性知识的重要性,认为"对创作者来说,不充分掌握'亲知'知识,必然不能活灵活现,细腻生动地描绘事物。对批评者来说,没有相当程度的'亲知'知识,也不免于用'一般'的观念来代替'这一个',难于对具体事物进行分析"。同时,在《知识之网》中秦牧也高度重视理性知识的积累,认为它具有和生活知识同样重要的价值:"不博览泛读,不接受历史上无数的人的生活经验,知识无论如何也是不会丰富的。"在《散文、小品、杂文的写作问题》中,他更进一步指出:"如果没有闻知,不读书,就不能广泛的吸收前人和一切人的知识。没有知识,不深入生活,很多东西就不懂。"为了获得更为丰富的理性知识,秦牧认为作家应该张开知识之网,像蜘蛛一样善于摄取,像蜜蜂一样善于博采。

秦牧的《艺海拾贝》具有鲜明的个性特点和独到见解,他在文章中综合运用了譬喻、联想、幽默等表现手法,文学创作中的细节描写、博物学的视野、切中肯綮的议论等,都赋予这部文论集以鲜明的艺术色彩和强烈的个性特质。正如秦牧在《"邯郸学步"》中所言:"艺术应当给人强烈的新鲜感,离开了'个性'、'独特风格'一类东西,这种新鲜味儿就要大大地打个折扣。"从《艺海拾贝》中秦牧展现的文学理论修养和审美趣味而言,他已经将自己多年积累的创作经验和艺术素养、生活知识、文化积淀、个性特质等融会贯通,形成了雅俗共赏、淳朴自然、风趣幽默的文论风格。或许正是因为这样,《艺海拾贝》自出版以来才得到了来自学术界、读书界的高度肯定。

第三节 秦牧的儿童文学及其他

秦牧长期在文学领域内勤奋耕耘,将个人生活、时代感悟、历史思考与中国社会的发展紧密地结合在一起,创作出了许多充满时代色彩、形式多样、生动感人的文学作品。秦牧以散文创作闻名海内外,但他同时在小说、戏剧、童话、报告文学、诗歌等领域也成果斐然。

1951年,秦牧创作出版了独幕剧集《北京的祝福》,其中收录了《黑狱之冬》《离婚》《北京的祝福》《溜之大吉》四个剧本。1963年,秦牧在《作品》的第11至12期发表了独幕剧《焚烧的十字架》。秦牧的话剧作品虽然不多,但却给读者留下了鲜明印象。这些话剧作品围绕国民党反动派在新中国成立前夕的重庆进行大屠杀为背景，客观记载了国民党反动官员在第二次国共战争临近结束时仓皇逃窜、狼狈不堪的情景，热烈歌颂了中国共产党领导的新民主主义革命，深情赞颂了革命志士们不怕牺牲勇于奋斗的献身精神，歌颂了新时代的新人物及其新思想、新道德、新风尚；同时，作品还讴歌了中国人民抗美援朝战争的英勇牺牲，刻画了知识分子的精神成长，赞颂了美国黑人反抗种族歧视的抗争意识。

从1949年开始，秦牧也陆续出版了一批长篇、中短篇小说集，主要有中篇小说《洪秀全》(1949)、短篇小说集《珍茜姑娘》(1950)、中篇小说《贱货》(1948)、中篇小说《黄金海岸》(1955)、长篇小说《愤怒的海》(1982)、中短篇小说选集《盛宴前的疯子演说》(1987)等。秦牧的小说具有鲜明的现实主义色彩，他通过对中国近现代历史进程中横断面的截取，来展现劳动人民在不同历史时期的遭遇，以此来反映时代剧变中的人民生活面貌。1955年，中篇小说《黄金海岸》出版。这部作品通过现实主义的手法，展现了19世纪末到20世纪50年代之间的华侨劳工的坎坷经历及其抗争。1898年以来，西方进入垄断资本主义时期，迫切需要大量劳动力来从事工业生产，用以攫取更多的剩余价值，而华侨劳工迫于生计而在海外经历了颠沛流离、饱受欺凌的生活。同时，秦牧还通过主人公的遭遇，控诉了旧中国的黑暗腐朽、近现代资本主义的罪恶，讴歌了华侨劳工的故土情怀和爱国主义精神。20世纪60年代初，秦牧将其访问古巴期间所见所感撰写为长篇小说《愤怒的海》。这部作品以19世纪的中国和古巴为背景，当时清廷政治腐败，列国入侵，加上天灾人祸，许多民众为了生存，主动或被拐前往海外谋生。《愤怒的海》生动地描绘了19世纪的中国和海外的风貌，真实地记录了华侨的战斗生活情景。小说《情书》则通过代书先生代写侨批的情景，反映出早期华侨劳工海外谋生的艰辛与国内亲人的不易。作品中的樟林妇女王氏因丈夫亚荣出洋谋生，只能独自一人操持家务、照顾一家老小，日子过得非常艰难。亚荣离家三个月，却只来过一次信。王氏惦记丈夫，于是请代书先生给丈夫写信。王氏絮絮叨叨地讲了独自一人照顾老小的艰难生活，对丈夫充满了思念，也有一些抱怨，但她的讲述却被代书先生简化成寥寥数语，并用一句"两地平安"结束了王氏的辛酸讲述："亚荣夫君爱鉴：一日不见，如隔三秋，家中大小平安，阿妈大儿虽有小病，尚幸托天之佑，已渐告痊，贱妾自知孝顺婆婆，夫君可释锦念。耕事妾自知打理，在外小心为要，有钱望多寄家用，现在乡中不靖，君仍宜在外谋为。贱妾素知自爱，乡下强徒虽思非礼，贱妾矢志坚贞，恪守妇道，但蜚短流长，夫君万勿听信谣言，在外一切珍重为要。两地平安。妻王氏敛衽。"

秦牧在儿童文学领域也创作、出版了一批作品，包括《回国》(1956)、《在化妆晚会上》(1957)、《蜜蜂和地球》(1957)、《巨手》(1979)等。秦牧的儿童文学作品以正确的思想性、丰富的知识性、浓厚的趣味性启迪读者,形成了自己独特的风格。在儿童文学集《巨手》的后记中,秦牧表达了自己对于儿童文学创作的认识:"现在的小朋友,将来要担当共产主义事业接班人的重任","没有健康的体魄、高尚的道德、丰富的知识和高强的本领行吗?不行!"在他看来,儿童文学绝不是用妖魔鬼怪故事恐吓孩子,或用神话故事蒙骗儿童,而是通过委婉动人的故事、平等亲切的语言引导少年儿童,帮助他们正确理解世界和生活现象、人生问题,从而培养他们的世界观、价值观和人生观。秦牧在儿童文学作品中,始终用亲切、生动的故事,将生活现象、做人道理、人生经验、学习体会等熔铸其中,从而赋予作品以积极、深刻的意义。秦牧的儿童文学作品常常与价值观念、思想认识紧密结合,从而赋予其作品以科学价值、文化价值。他的一些儿童文学作品从生物科学角度介绍生物习性与生活环境的关系、环境和教育对人类的价值、人类身体中的返祖现象,如《小花猪的奶妈》《狼孩》《耳朵之谜》等;一些儿童文学作品从个人与集体的关系、爱国主义与国际主义精神、人生观和幸福观、社会公德心等角度进行切入,如《蜜蜂和地球》《回国》《松鼠》《野鸭子和家鸭子》《莹莹的眼睛》等;还有一些儿童文学作品则是从性格与精神、意志力、创造力、选择的顺序、不同行为的结果等角度进行讲述,如《在化妆晚会上》《莲子宝宝》《一场古代的赛马》《人和兽的两个故事》等。秦牧的儿童文学作品不是从猎奇、刺激的角度立意,也不是为了吸引读者而天花乱坠,而是将严肃的人生课题、生活经验与人生阅历融入其中,用丰富的知识性、语言的趣味性、故事的曲折性来吸引小读者,使他们在畅快的阅读中受到潜移默化的教育。

由于少年儿童正处在完全认识社会现象和自然现象之前的阶段,他们的知识、阅历、经验等都不足以让他们独立认识复杂的现象,处在无知或一知半解的状态,他们的智力、思维等还在逐渐发展的过程之中,因此少年儿童们对于文学作品有着属于其年龄阶段的特性。少年儿童们对于世界万事万物有着强烈的好奇心,他们渴望无拘无束的生活,在幻想的天地里自由地翱翔,因此如何通过儿童文学作品帮助他们形成正确的世界观、价值观和人生观就显得格外重要。少年儿童对于现实世界的认识是现实主义的,但是在理解现实世界、应对现实世界时却又时时充满着幻想,对于世界有着一种浪漫主义的美好想象。由于孩子们的知识结构尚不完善,还没有形成对于世界的理性认识,因此在成长中、生活中、学习中经常会有着各种看似古怪的问题。他们对于现实世界的认识与成年人存在巨大偏差,但对于成长中的孩子们而言却恰恰展现了其不甘平庸、努力探索、积极思考的精神。于是儿童文学作家进行创作时,便必不可少地需要解答孩子们的疑问,并且是通过文学语言加以形象地传达,在曲折、动人的故事中进行价值观念的传达。秦牧在创作儿童文学时,将丰富的文化知识、健全的人格、天真的童真都呈现在作品中,既用哲学家的思想看待孩子们的行为,又用诗人的浪漫意识平等对待，同时还用文学家的丰富知识进行引导，从而使得其作品形成了知识丰富、童心烂漫、想象奇特等特点。秦牧在创作儿童文学作品时，仿佛自己也置身其中，"好像自己也变成一个小人儿，骑着小蜜蜂去拜访一朵朵鲜花，或者躲在一朵大菌底下避雨，浏览了平生从未见过的美丽景象一般有趣"(《巨手》后记)。秦牧通过儿童文学作品向孩子们介绍许多学科的文化知识，将植物学、动物学、历史学、社会学、文化学、民俗学等不同学科的知识，在散文作品中以优美动人的文字娓娓道来。通过《深山小猴》，孩子们不仅可以了解热带树林中的棕榈、野芭蕉、榕树、橡树等各种植物，而且可以看到老虎、豹子、豪猪、大蛇、苍鹰、小熊、穿山甲、猴子、山貛、大蛇等："在那里，老虎吃着小熊，苍鹰捕着小鸟，啄木鸟啄着树皮里的甲虫，蚂蚁又在吃着各种动物的尸体，而穿山甲呢，这没有牙齿，只有长舌头的丑东西，又跌跌撞撞到处寻找蚂蚁来吃。"在这样一段看似轻描淡写的内容中，动物世界的食物链条和弱肉强食的丛林法则就在儿童文学作品中得到了呈现。在《在中国的大地上》中，秦牧借爷爷对孙女爱丹介绍中国人民对于大地的热爱，揭示了中国人民的爱国主义精神："旧时代，当人们离乡背井到外洋谋生的时候，有些人就把一撮泥土包起来，藏在贴身的衣袋里漂洋过海，因为他们舍不得离开自己的祖国呵！当受到外国侵略的时候，每一寸土地，都是要鲜血来保卫的！历史上，有时外族入侵，人们没有守住土地，地方沦陷了，有的人临死，也立下遗嘱，没有面目见祖先了。还有这么一个故事呢，一个华侨少女要回祖国，在轮船上却害了重病，眼看不行了，再也不能踏上祖国的大地了，病重时也强撑着身子，要同伴们搀扶她走上甲板，从轮船上遥望一下祖国的海岸线，然后死去。这是和她一道回国的青年人事后亲口告诉我的。我自然不认识那少女，但听了这个故事，那夜，我却连吃了两颗'眠尔通'才能入睡。祖国的海岸线，你要是带着深厚的感情去看它，也和莽莽苍苍的大地一样，好看极啦。"在秦牧的笔下，无论是动物世界的生存竞争还是中国人民对于祖国的热爱，都在娓娓道来的故事讲述中得到呈现。如果作家没有丰富的多学科知识，没有深厚的生活经验，没有自觉的爱国意识，是很难在精彩的故事讲述中完成价值观念的建构的。

秦牧在儿童文学作品中善于把握事物发展变化的内在规律，引导孩子们在阅读过程中形成善于思考的习惯。《狼孩》讲述了一个女婴被狼叼到山林里，在与母狼七年的共同生活中逐渐成长，但也因此形成了狼的生活习性。后来女孩回到了人类社会，却始终难以真正融入其中。秦牧由此启发小读者们思考："民族有优劣吗？人有天生的本领吗？"随着故事的讲述，作家最后得出结论："一切的民族，一切的人，受着怎样的教养就会形成怎样的样子，把一切长得最聪明的小孩带到狼洞去，他也将成为狼一样的野物！从原始部落中把一个平常的孩子带到文明的社会中来，他也可以被培养成科学家、哲学家，啊，啊，人从小所受的教育是多么的重要啊！"英国和美国的一些港口规定不准渔民们捕捉八英寸以下的小龙虾,这个消息引起了龙虾群体的争论。于是一部分龙虾便研究如何结伙而游,避开渔网,不吞香饵,从而躲过渔民们的捕捞;但是另外一些胆小的龙虾却选择了另外一条道路,他们努力让自己终生不发育,从而使得身体永远处在八英寸以下,以适合人类制定的捕捞规则。最后的结果是,胆小的龙虾通过锻炼,碰得遍体鳞伤,终于让自己终身不发育,身材一直在八英寸以下;胆子大一些的龙虾,则通过锻炼发育得健壮活泼,身长一尺以上,不断冒险遨游于海洋。但那些畸形、胆小的龙虾看见海洋中活跃的龙虾阵时,却突然翘起触须骄傲地嚷道:"你们,你们为什么不尊重法律呢?为什么连一点儿自制的本领都没有呢?唉,真是一个自取灭亡的悲剧!"而在《野鸭与家鸭》中,作家通过家鸭、野鸭关于幸福的争论,揭示了生活环境、社会地位对于人们的根本性制约:"过什么生活,就会讲一套什么样的道理。"秦牧将社会生活中的科学发现、生物规律、社会现象等,在生动有趣而又具有思辨性的故事中逐一展开,让小孩子们在阅读故事的过程中理解社会生活的多样性、人性的复杂性,理解各类事物发展变化的内在规律,为他们的思想成长和知识增长打下基础。

  秦牧的作品具有鲜明的价值立场,他坚持在作品中传达明确的是非善恶观念。由于少年儿童的思想认识尚不成熟,他们在阅读儿童文学作品时,迫切需要作家在价值观念上进行必要的引导。如果儿童文学作家缺乏明确的善恶、是非观念的表达,那么就有可能让孩子们在理解作品的过程中产生情感上的困惑和思想认识上的迷惘。秦牧非常主张在儿童文学作品中传达讽喻意义,他以生动的形象和精辟的对话,教育孩子们明辨是非,分清善恶,追求正义,鞭挞丑陋,以便确立健康的价值观念。在《变色蜥蜴》中,作家写一个烂眼老人怎样被变色蜥蜴的伪装欺骗,后来他在明眼睛老人的帮助下设下圈套最终将蜥蜴打死。秦牧在作品的结尾处写道:"大蜥蜴变换皮肤颜色的本领着实不差,但贪婪掠夺的行为终究还是使它逃脱不了应得的下场。"在《蜜蜂与苍蝇》中,作家描绘了一只在花丛间忙碌工作的蜜蜂与一只金苍蝇之间的对话。金苍蝇虽然在粪坑里讨生活,却十分注意自己的仪表,嘲讽蜜蜂号称努力工作却从来没有洗过脸。蜜蜂回头看见发表议论的是金苍蝇,没有理睬,继续采花粉。金苍蝇在蜜蜂面前继续整理自己的衣裳,并且发表自己的高见:"一只昆虫为什么不吃粪呢?偏偏标榜酿蜜,要能酿出几吨几吨的蜜也就算了!可是不然,你们一只蜜蜂一生最多只能酿一茶匙的蜜,一茶匙!"蜜蜂对于金苍蝇的高谈阔论不屑一顾,只是简单地回答了一句:"金苍蝇先生!请继续吃你的粪去吧!我没有工夫听你的话的。"金苍蝇听了蜜蜂的话,摇着头叹息,一副悲天悯人的样子,飞回了它的大公馆——粪坑里去了。在《骆驼骨》中,作家怀着沉痛的心情描写了骆驼的不幸,对那些沽名钓誉、见利动心者的行为表达了愤怒,启发孩子们思考一个重要的话题,即人们应该用什么办法去取得荣誉？对于人类的伴侣，我们又应该怎样对待它们？秦牧的儿童文学流露出对于孩子们的真挚感情，他用曲折动人的故事向他们传递着真善美，让他们在鲜明的善恶、对错、美丑对照中形成自己的判断。

秦牧的儿童文学作品曾荣获第七届冰心儿童图书奖、全国第三届优秀少儿读物奖，在少年儿童中广为流传，其作品影响至今不衰。秦牧知识渊博，见解深刻，善于在生动细腻、曲折动人的儿童文学叙事中追求感人的艺术力量，同时他的儿童作品充满思辨色彩和鲜明的道德意识，帮助孩子们形成了对于世界和社会的初步认识。

第十七章　梁信的剧作

梁信是新中国前三十年间具有全国影响的电影剧作家。其电影文学剧本代表作《红色娘子军》创作出版于二十世纪五十年代末,至今影响力与话题性持续不减。

梁信(1926—2017),原名郭良信,曾用笔名金城、文也凡。出生于吉林省扶余县,祖籍山东省,编剧、作家,毕业于中南部队艺术学院。1950年创作了第一篇作品独幕剧《勇敢与机智》。1953年1月调到中南军区从事专业创作。先后创作并出版《红色娘子军》《碧海丹心》《特殊任务》《从奴隶到将军》《赤壁大战》等电影文学剧本,《南海战歌》(合作)等话剧剧本,《龙虎风云记》等小说。作品集有《梁信电影剧作选》、《梁信作品选粹》、《梁信文选》(七卷本)等。其中,《红色娘子军》获第一届百花奖最佳影片、亚非电影节的"万隆奖"以及捷克斯洛伐克卡罗维·发利最佳编剧奖等。《从奴隶到将军》1983年获第一届中国人民解放军文艺奖、广东省鲁迅文艺奖。

作为部队培养成长的作家,战争、军事一直是梁信创作的主要题材。他曾多次说过自己的生活经历:从1945年冬志愿参军到1953年初任"创作员"期间对行伍生活的熟悉体验,"近七年的时间我没离开战场,用双脚走了九个省"。在从北到南横跨中国的过程里,在"战争时期的师宣传队""五花八门"的工作经历中,"我接触了敌、我、男女老幼各式各样的人……在我的脑子里留下了形形色色的各种人物原型"。[①]

从整体上看,从20世纪50年代末到"文革"结束是梁信最有影响力的创作时期,也可以称之为前期创作,这一阶段创作的电影文学剧本主要有三部,即《红色娘子军》《碧海丹心》《特殊任务》。其中,《红色娘子军》是具有全国广泛影响的作品。它反映了中国妇女所受的压迫,她们的反抗与成长。《碧海丹心》表现人民解放军渡海作战,通过木船打兵舰解放海南岛的战史奇迹,歌颂了战士的机智勇敢和军民鱼水情。《特殊任务》描写革命者和海岛渔民在抗日战争后期,团结一致,痛击穷途末路的日本帝国主义。

梁信的上述作品,是当时电影文学剧本的最高成就代表,特别体现出对民族化的追求。"梁信维护并提倡本国电影的民族化,认为每个民族都应该有跟其他民族不

[①] 梁信:《自传》,《梁信电影剧作选》,上海:上海文艺出版社1980年版。

同的电影艺术:具有民族性的电影,才是真正世界性的电影;只有多种多样的民族化电影,才能使世界影坛发出奇光异彩。"①他的创作过程,就是一个探索电影民族化道路的过程。他说过:"中国大多数人喜欢听一个完整的故事,特别是农民。"还说:"所谓有头有尾,叙述清楚,层次分明,就是讲究起承转合。"

梁信电影剧本的开头,通常是富有特色的。表现在善于通过布景、道具、服装、音响效果和灯光,迅速把人物、时间、地点交代清楚,而且善于把人物、时间、地点这三者融合在一起,即把时代气氛、地方色彩反映到人物性格之中,通过人物的行动,自然而然地向观众作了交代。为了达到应有的视觉效果,梁信努力挖掘并充分发挥电影艺术的长处,如画面的创造和连贯性的掌握。

在时代规约下,梁信的电影文学剧本也存在着一定的局限。尹鸿在《新中国电影史》所判定的新中国初期电影通病,同样适用于梁信该时期的创作:"更注重叙事的故事性,即使是表现人也是在故事的叙述中表现人,而表现人也主要局限于表现人的曲折多变的命运,叙事仍旧重视传奇性,注重表现离奇曲折的情节,而忽视表现人的内心世界。""许多影片擅长表现新旧社会两重天的对比,意识形态的倾向性很鲜明。人物被分成好与坏、革命与反革命、忠与奸等二元模式。"②

"文革"结束后,梁信还创作了以《从奴隶到将军》为代表的电影文学作品。在新的时代环境中,梁信较好地克服了之前的局限,获得了新的、更高的文学成就。

第一节 《红色娘子军》

一、故事概述

1958年,"在大跃进的锣鼓声中",梁信到海南岛体验生活。在海岛,他"接触到构成吴琼花的第三个因素",即一位娘子军烈士的事迹,由此合成了一位女战士的形象。在结合海南军区所编写《琼崖纵队军史》等资料后,写出了《琼岛英雄花》初稿,第二年发表,在拍摄电影时改名《红色娘子军》。剧本一共七章,完整地讲述并塑造了吴琼花从一个女奴,在党的感召、引导下,逐步成长为坚定勇敢的革命战士的过程。

剧本讲述了1930年,海南岛五指山区,在一支红军领导下,由劳动妇女组成的革

---

① 张仲春:《试论梁信的电影创作》,《中山大学学报》1981年第2期。
② 尹鸿、凌燕:《新中国电影史:1949—2000》,长沙:湖南美术出版社2000年版,第26页。

命武装队伍——红色娘子军成立前夜,椰林寨大土豪南霸天的女奴吴琼花又一次试图逃跑,路遇化装成华侨富商携巨款返乡建宗祠的红军干部洪常青和通信员小庞。洪常青来到南府,在刑房内目睹了吴琼花被抓回后,受尽折磨却不屈不挠。南霸天为扩充势力,极力拉拢"手眼通天的贵人"洪常青,大摆筵席款待。洪常青乘机找借口带走了吴琼花。

经洪常青指引,复仇心切的吴琼花与半路相遇的另一位受难姐妹红莲一起,赶到了娘子军成立仪式现场并要求参军。在娘子军党代表洪常青批准下,吴琼花开启了革命成长之路。在进行侦察任务时,她违反侦察纪律开枪打伤了南霸天,受到严厉批评和处分,在洪常青教育下,吴琼花认识并深刻检讨了错误行为。

红军决定摧毁南霸天势力,洪常青带着吴琼花一行先进入南府,当天晚上红军里应外合占领椰林寨,活捉了南霸天。不料,南霸天伺机逃脱,吴琼花在追捕中受了重伤。不久,南霸天纠集国民党军队卷土重来,红军主力被迫撤离椰林寨。洪常青率领娘子军和赤卫队执行掩护任务,完成阻击后,洪随即负伤被捕,慷慨就义。吴琼花率娘子军再度解放椰林寨,枪决南霸天。胜利后,吴琼花继任娘子军党代表,带领扩充壮大的娘子军队伍踏上新的征程。

《红色娘子军》电影剧本发表并改编成电影公映后,备受瞩目,成为红色电影代表作品之一。作品之所以能够跨越时间的汰选,最重要的原因离不开"吴琼花"的成长叙事,它除了反映当时处于底层的广大劳苦大众所受的压迫、累计的仇恨以及对民族安危的深切体会,并进一步表明只有当个人的利益融入集体,融入党和国家,才能最终战胜敌人从而彰显自我价值,作品由此充分体现了社会主义现实主义美学价值的诉求。

作为历史时期与主流意识形态保持同步的革命历史题材代表作品,《红色娘子军》除了有着该题材的写作共性,其突出的文学意义,在于塑造的人物形象和故事发生的地域。换句话说,与其他受高度统一意识形态规范要求而创作的革命历史题材文艺作品相比,《红色娘子军》具有的独特优势表现在两个方面:首先,"在当时的革命战争题材文艺创作中,男性是这场话语运动的绝对主角,而女性的身影却寥寥无几",在以男性话语为主导的"革命主题"叙事世界里,作品根据革命历史所塑造的、以吴琼花为代表的红色娘子军女性英雄群像,以及她们的革命战争传奇叙事可谓绝无仅有。其次,"以革命斗争为题材的文艺作品中,大多的革命故事都发生在冰天雪地的中国北方,而中国的南方(尤其是海南岛),却成了创作者们集体遗忘的角落"[1]。作者梁信对"海南岛"这一当时较为稀缺的南国地域的文学表现,因此具有填补人物形象与地域创作空白的

---

[1] 陈超:《〈红色娘子军〉的改编与叙事变迁——兼论其女性形象的嬗变》,《文艺争鸣》2010年第3期。

文学意义。

二、"吴琼花"：英雄的成长

《红色娘子军》的经典性，首先在于成功塑造了"吴琼花"这一海南岛上"红色娘子军"代表人物形象。吴琼花与红色娘子军因其革命武装力量里绝无仅有的性别特征，在新中国革命历史题材文学和电影创作里独树一帜。而除了吴琼花，剧中围绕吴琼花而塑造的洪常青、南霸天、符红莲等人物形象，也因其特定功用与性格特征，进入了当代文学/电影的经典人物长廊。

吴琼花出场时，是深受椰林寨大地主南霸天压迫和摧残的、完全没有人身自由的女奴。为摆脱困境，报杀父之仇，她一心想逃出虎口。但一次次逃跑，又一次次被抓回。在严刑拷打下，她毫不屈服。这时的吴琼花，是一个勇敢、倔强、泼辣，对压迫者怀着刻骨仇恨的女奴。在遇到红军干部洪常青之前，她的个人反抗，带着很大程度的自发性和盲目性。作者着力表现的，正是这种个体反抗的无力和绝望，她必须借助外部更强大的力量。

在装扮成华侨巨商的洪常青搭救下，吴琼花得以逃离南府，获得自由。并在洪指引下，携同另一位底层女性符红莲来到苏区根据地，参加了娘子军连，拿起枪杆获得武装，对抗南霸天等地方武装势力。在剧情推进里，由于吴琼花最初是带着"咽不下当奴才的那口怨气"和狭隘的复仇心理参军入伍的，缺乏一个革命战士应有的政治觉悟和基本素养，所以在与符红莲一起执行侦察任务时，偶遇南霸天，吴为报私仇，冲动开枪，违反了纪律。归队后受到批评惩罚，在娘子军党代表洪常青的教育帮助下，她认识并反省自己所犯的错误，懂得战士应以革命利益为重，要时刻严守纪律。但那种单打独干的个人英雄主义思想，至此并没有完全消除。因而在攻打椰林寨、追击南霸天的战斗中负伤出院后，她又向洪常青提出要独自化装进城，趁赶庙会的机会拿下南霸天的人头。洪因势利导，通过地图的大小比例教育她要正确理解和认识个体和集体的关系。吴琼花豁然开朗，认识到："要把旧社会烧掉，就得紧紧依靠集体，依靠整个阶级！"

此后，她再也不为报个人的冤仇而盲动。思想觉悟的提高和实际斗争的考验，使吴琼花在战火中加入了中国共产党，成为一名无产阶级先锋战士，在人生道路上进入新的阶段。剧本高潮时，在洪常青不幸壮烈牺牲、娘子军处境极其困难的情况下挺身而出，率领娘子军坚持作战，并配合主力部队打退了国民党武装力量，解放椰林寨，枪杀了血债累累的南霸天。剧本至此到达尾声：在现实斗争中成熟起来的吴琼花，接替洪常青担任了娘子军连党代表，成为率领广大妇女翻身求解放的带头人。

20世纪50年代以来,为了将"中国革命(建设)无比丰富的经验"通过一个人物的经历、态度及思想感情展现出来①,新中国戏剧影视作品在人物塑造方面开始形成独特的创作规律,开始围绕塑造"社会主义新人"这一目标展开。

《红色娘子军》通过为吴琼花为代表的红色娘子军女革命者群体造像,展现了革命解放并塑造女性的作用。其叙事重点放在革命女性个体的成长经历上,由此参与并推动了新中国社会主义现实主义叙事规范的生成与发展,其最为突出的意义,一个是"革命新人"的塑造,一个是"女性"的性别身份。

早在新中国成立以前,中国电影便有着通过性别话语来表现和构建国家历史的经验,主要表现为电影中的"现代女性"形象和主题,一直与现代性、资本主义压迫、国民的体质与精神等重要主题紧密联系。

1949年以后,电影界在促进社会主义国家建构上,沿用了常见的性别政治隐喻,受左翼文学/文化的影响和普及教育的需要,性别话语往往被简化与通俗化,并进一步纳入阶级斗争和民族解放的宏大话语之中。其具体表现为:"女性代表被压迫的受害者,男性则扮演着革命力量。"承担这一性别功能策略的代表人物形象,除了《白毛女》中贫农的女儿的喜儿,就是《红色娘子军》里失去人身权利的女奴吴琼花。

梁信在阐述人物创作心得时曾提到:"描写群像不能很好地表现英雄,只有通过一个代表人物,才能写出英雄的群像。"他在塑造电影女主人公时不仅参照了冯增敏等人的革命经验,而且通过与不同女革命者的接触后发现:她们都在革命中丰富了人生经历,主宰了个人命运。吴琼花形象的丰富多样性,是梁信"杂取种种人合成的","我在生活中曾遇到许多苦大仇深的妇女,其中有三位给我极深刻的印象。一位是丫头出身,十几次死而复生的战士;一位是传奇式的女英雄;一位是复仇心很强的童养媳。我对这一类具有奴隶命运而反抗精神强烈的女同志进行过深入细致的观察研究,发现她们身上有着大致相同的倔强性格。经过多年揣摩,一个具有鲜明倔强性格的人物吴琼花就'合成'出来了"。

因为女性对于痛苦和幸福都有着更加细致的体验,她们在中国几千年的封建社会中处于最底层,对于她们的幸福和解放的礼赞无疑证明了社会主义的优越性。新中国对妇女的解放和妇女地位的提高原本就是意识形态优越性的一大证明。正是通过这种"人—鬼"转换的叙事,控诉了旧社会对女性生命的践踏,歌颂了新社会使女性生命再生。从"翻身"主题看,就受压迫者而言,妇女解放和阶级解放在目标指向上具有趋同性。由于女性受压迫最深吃苦最多,所以要突出阶级解放的政治主题和

---

① 陈荒煤:《创造无愧于时代的新英雄人物》,见陈荒煤:《攀登集》,北京:中国电影出版社1986年版,第53页。

对比新、旧社会两重天,最有代表意义和典型价值的莫过于妇女的翻身经历。

在中国共产党的理解中,女性命运的改变总是与阶级斗争相联系,女性的解放也是以阶级压迫的推翻为前提的:"妇女解放就是要伴着劳动解放进行的,只有无产阶级得到了政权,妇女们才能得到真正的解放。"①因此,以梁信、谢晋为代表的电影创作者同时借鉴了阶级斗争和妇女解放的话语表达方式,用形象化、可视化的艺术手段创建了"压迫—解放"二元对立的叙事结构。② 在这个意义上,电影剧本讲述的是一位普通女性如何在中国共产党的教育和引导下成长为革命战士的故事,即"一个主角,两条线索中三级跳,三级跳就是:女奴—女战士—共产主义先锋战士"③。《红色娘子军》正是这样通过女革命者命运的变化故事,印证着革命的合法性与必然性。

而且无论是从意识形态效果考虑还是从影片的可视性来考虑,成长中的主人公起点愈是低,愈是能体现革命的感召力和包容性,妇女、儿童、农奴、长工成为最佳人选,妇女之中那些原本在家中地位很低的家庭妇女,尤其是吴琼花这种毫无人身自由的女性奴隶的成长,更引导读者自觉地将自己共情为待改造者和可改造者。

梁信把吴琼花由自发反抗走向自觉革命的成长过程作为贯穿全剧的主要情节线,并在紧张动人的情节展开中,真切细腻地描绘了她在各个不同阶段的思想面貌和性格特征,从而既使故事情节引人入胜,又使人物形象丰满传神。特别是作者充分发挥了电影剧作在设置情节时不受时间、空间限制的特性,有目的地利用戏剧式的巧合来组织情节,使之为塑造人物形象服务。如在剧本开头,琼花盲目逃跑,路遇装扮成华侨巨商的洪常青;当琼花被南府家丁抓回关入"刑房"时,洪常青也被当作阶下囚与之共处一室。这时,他才有可能接近琼花,了解其遭遇与志向。当南霸天为了拉拢、利用他这位财大气粗的"巨商",把他尊为上宾时,琼花再次出逃又被抓回;南霸天决定把琼花卖掉,洪常青正好利用"座上客"的身份救出了她。这种充满戏剧悬念的情节编织,对于深化人物关系,表现人物独特的命运和个性,均起了积极、有效的作用。

此外,《红色娘子军》通过视觉性很强的动作来具体体现吴琼花的性格特征,充分体现了梁信对电影文学剧本文体特征的准确把握运用。作者为她安排了"跑"这样一个贯穿动作:她怀着报仇雪恨的决心,一次又一次逃跑,却一次又一次被抓回、遭毒打。但她宁死不屈,狠狠地说:"跑!……看不住就跑!……跑!"由此,吴琼花刚

---

① 中华全国妇女联合会妇女运动历史研究室编:《中国共产党第二次全国代表大会关于妇女运动的决议》,收入《中国妇女运动历史资料(1921—1927)》,北京:人民出版社1986年版。
② 王小蕾:《革命的想象:〈红色娘子军〉中女革命者形象叙事规范的生成及更新(1956—1976)》,《妇女研究论丛》2019年第3期。
③ 《红色娘子军:从剧本到影片》,北京:中国电影出版社1962年版,第216页。

烈、倔强、勇敢、坚韧的性格立刻就凸现出来。当她要求参军时,连长要她说明一下动机,"她用打抖的手'咔'的一声,扯开衣领,露出一排排血肉模糊的鞭伤,'就为了这个,造反报仇！杀那些当官的,吃人的大肚子！'"爆发性的动作、铿锵的话语和强烈的复仇感情互为表里,炽炽如火。同时,剧作家还通过琼花前后动作的对比,来表现她思想上的变化。如她第一次奉命侦察时,路遇南霸天,因抑制不住复仇的情感而擅自开枪,违反了纪律。第二次攻打椰林寨时,她又奉命潜入南霸天的卧室,面对酣睡的仇人,琼花本可以轻而易举地置他于死地,然而,她咬紧牙关,从全局利益出发,自觉严守革命纪律。吴琼花思想上的成熟和提高,就在这种鲜明对比中显示出来。

当然,吴琼花的成长是同党代表洪常青的引导和帮助,红莲、连长等阶级姐妹的配合与鼓励分不开的。剧作家对人物关系的妥善把握和细致描绘,渲染了同一阶级的人性美和人情美。为了说明革命如何帮助、引导吴琼花等女性摆脱受压迫命运、克服身上的弱点进而走上成熟成长道路,梁信通过设置一个虚构的男革命引导者形象来发挥这一关键作用。作品既要使读者/观众感受到英雄人物身上的正气,也清晰表现他们成长之初,作为普通人身上所残留的弱点,这些弱点尽管最终得到克服,但倘若不加修饰地表现出来,显然不太符合当时国家意识形态的文艺创作要求。为了解决这一问题,作者们"往往采用政委+草莽英雄的形式,政委形象虽然平面化,但在主要英雄的成长和转变过程中往往起直接作用"①。《红色娘子军》与主要英雄吴琼花搭配的智慧型英雄形象洪常青,是一个起着引导、帮助主要英雄成长、担任英雄精神之父角色的党军干部。该形象不仅承担着"指路"和"哺育英雄"的功能,更作为革命政党的代言人,是宣告女主角正式成为革命者的身份角色:"从现在开始,你已经不是一个普通的战士,你已经是一个无产阶级先锋战士。"而作品结尾,"党代表"由英勇牺牲的洪常青到在斗争中成熟的吴琼花的更替,宣告了英雄人物塑造任务的完成。

《红色娘子军》在展示人物之间情感时,采用了对细节的呈现和象征物的重复运用等艺术手法,有利于烘托气氛和突出人物性格,给读者留下深刻印象。剧本开头处吴琼花的"跑"、"被抓"、再"跑"、再"抓"多次重复的行为,极浓缩地呈现她不屈不挠的坚硬个性。"刮骨"一幕,把《三国演义》里关羽刮骨疗毒的壮举,借用到吴琼花在缺乏麻药情况下治疗枪伤,突出表现了人物的强大忍耐力和过人的坚韧。"四枚银毫子"这一道具的多次出现,也对人物性格和情节发展增色许多。第一次,当洪常青把吴琼花搭救出南府,在分界岭分手时,他拿出四枚银毫子给琼花,琼花怀着由衷的感激,珍重地在胸前擦擦手,小心接过那四枚银毫子。在这里,四枚银毫子真切地传达了洪常青对吴琼花深厚的同情与友爱,使备受欺压的女奴第一次感受到了人间的

---

① 尹鸿、凌燕:《新中国电影史:1949—2000》,长沙:湖南美术出版社2002年版,第31页。

温暖。第二次,当吴琼花违反纪律蹲禁闭时,她和红莲谈论着洪常青,不由自主"从口袋里摸出银毫子数着",敬佩之情油然而生。第三次是在战斗激烈的火线上,当洪常青告诉琼花,党总支已经批准了她的入党申请时,琼花从四枚银毫子中捡出一枚留作纪念,其余三枚作为第一次的党费交给了常青。第四次是在洪常青英勇就义以后,琼花从他半埋在战场沙土中的旧皮包里,找到了她的入党志愿书和三枚银毫子,于是她把它们放在山石上,再加上自己保存的一枚,庄严而虔诚地举行了入党宣誓。这时候银毫子已成为洪常青的人格乃至革命精神的象征。人去物在,睹物思人,吴琼花内心的情感得到了形象而鲜明的具体体现。

三、"娘子军"与"海南岛"

吴琼花这一女性英雄人物的成功塑造,与红色娘子军的历史和特务连群像的烘托密不可分。她从自发的仇恨到成为党代表的成熟过程,揭示了作为个体的革命者只有通过融入革命集体这一途径,才能在有组织的战斗和生活经验中,克服自身精神与身体机能上的弱点,养成团结协作的精神,这样她们才能为革命集体做出应有的贡献,展现女性在革命斗争中的战斗力,在锻炼中成长,展现出革命改变和造就女性的作用。

在现实历史中,中国工农红军第二独立师女子军特务连很快就退出了琼崖革命武装斗争,但二十多年后,当中国共产党领导的革命在全国范围内取得胜利并进行着全方位的社会改造后,海岛上被湮没已久的女性革命者历史事迹被重新发掘和讲述,她们的形象也引起文艺创作者的注意并进行了文艺叙事实践。"当时我考虑海南岛是老革命根据地……在其悠久的历史中有许多可歌可泣的英雄事迹,过去由于受客观条件的限制,并没有很好宣传";实际上"在中国工农红军的历史上,女指挥员女英雄是很多的,可是作为成建制的完整的女兵战斗连队过去还很少听说过",应当通过文学形象对这个女革命者群体加以宣传。[1] 这一后来被创作者赋名"红色娘子军"的女革命者群像,由于革命者的"女性"性别特征、"海南岛"革命区域和革命经验的特殊性等因素,承载了人们对革命历史的浪漫想象,对革命行为合法性的认识与界定:在中国共产党的领导和指挥下,她们站在革命斗争的前列,英勇地和敌人战斗。"虽然这支红色娘子军仅存在一年多,但她们那艰苦卓绝的斗争事迹,却永远是我国妇女的光荣和骄傲,永远是我军历史上光辉的一页。"[2]

---

[1] 刘文韶:《采写报告文学〈红色娘子军〉的回忆》,《中共党史资料》2004 年第 2 期。
[2] 刘文韶:《红色娘子军》,《解放军文艺》1957 年第 8 期。

站在更大的主题和背景来看,梁信等创作者把这支红色娘子军定位为解放军的代表,作为妇女解放的代表。这个代表,既是海南岛这一地方的,也是全国的,它连接了地方特殊性与全国/全军普遍性。海南的这支女兵连队是在中国共产党领导下的革命的娘子军,而红色正是用来表示中国革命的颜色。因此,"红色娘子军"的命名,不仅显示了女兵战斗连队的革命性质和革命精神,也显示了中国工农红军中女兵的威力,更揭示了海岛乃至中国妇女的觉醒。《红色娘子军》的故事说明:琼崖女性革命斗争的历史,是中国无产阶级革命和妇女运动历史的缩影,而后者,则是前者的扩展与深化。

　　"红色娘子军"的故事被发掘并进行艺术展现后,女子军特务连曾被周恩来誉为榜样。在全国民兵大会上,曾任女子军特务连第二任连长的冯增敏还获得过毛泽东亲自赠予的一支自动步枪。[1]"党和国家领导人之所以对这个女革命者群体备加推崇,显然是由于这种对女革命者群体的形象叙事策略与他们对女性解放的理解存在某些契合之处。"[2]

　　身份、区域和革命经验的特殊性,使"红色娘子军"的形象在1956—1976年这个特殊的年代承载了文艺创作者们对无产阶级革命的文化想象,并根据不同的时代特征和文艺创作规律生成了相应的叙事规范。这个将"革命的浪漫想象"和"现实的政治话语"相结合的进程不仅使红色娘子军形象的政治寓意更加突出,而且将革命历史和时代特征紧密结合,从而在性别和阶级两个叙述角度之间形成了渗透和转换的关系。诞生于20世纪50年代中后期的报告文学《红色娘子军》与创作于50年代末、60年代初的同名琼剧、电影尽管同样展现了革命造就女性的作用,不过二者在塑造人物、展现历史时却存在不同的侧重:前者力图通过群像塑造挖掘这个女革命者群体身上的团结协作精神和集体主义英雄气质;后者意在通过女性在革命中的个体成长经历确证革命的合法性与必然性。

　　女子军特务连的形象之所以能成为联结无产阶级革命历史的想象符号,是因为其在海南岛这一特定区域展现了革命造就女性的作用。特殊的地域是女子军特务连形象呈现出吸引力的重要因素。在海南岛这样一个远离中国革命武装斗争中心的南国边陲,居然存在过一支军事历史上极为罕见的女性建制队伍,这既是一个具有强烈反差性的现象,也给这个女革命者群体的形象赋予传奇的色彩,容易引起关注并给读者留下深刻的印象。

---

[1] 王时香:《我和女子军特务连》,见中共琼海市委党史研究室编:《红色娘子军史(内部资料)》2002年版,第82页。
[2] 王小蕾:《革命的想象:〈红色娘子军〉中女革命者形象叙事规范的生成及更新(1956—1976)》,《妇女研究论丛》2019年第3期。

这个女革命者群体的地域色彩和性别身份对观众也具有一定吸引力,特别是阶级斗争意识在人们头脑中消解时,性别身份便成为维系不同主体对这个"红色娘子军"形象认同的重要因素。①

四、特殊时代的印记

有当代文学史如是评论《红色娘子军》在内的电影文学剧本:"在剧本文学性的追求上,尤其在人物形象塑造和语言的提炼上,都有一定的成就,因而得到了当时观众的喜爱。"但是,这些作品也是"非个人性"的主流意识形态表述,无一例外地被高度政治化了。②

诞生于二十世纪五六十年代之交特殊政治文化背景下的电影剧本《红色娘子军》,与同时期大多数文学作品一样,其塑造的人物和叙述的情节,均难脱"符号化""模式化"的窠臼。娘子军虽以女性身份著称,表面上,创作者看重并且一再强调这一性别特征,但实际上,女革命者却在强烈阶级斗争和政治语境下被"去女性化"和"中性化"了。表现在叙述过程和实际中,其阶级身份、政治身份和战士身份远远大于并压制了性别身份。有学者指出:"细细品读作品,会发现她们只是作为一个个符号存在于文学作品之中,是阶级、政治的符号,是男性界定的符号。"③

在政治化的语境下,电影《红色娘子军》主人公吴琼花被描写为一名反抗封建专制、反抗阶级敌人的"英雄",是普通女性在党的正确引导下觉醒与成长的故事,这个故事遵循了一条从"妇女—战士—党员"三个层面的成长之路。开始,吴琼花是处于社会最低层中毫无人身自由的女奴,父母皆被南霸天迫害致死,"苦大仇深"的身世背景,使她成为旧中国受压迫受奴役的劳动妇女的典型,致使吴琼花的成长之路也就具备了某种典型性和代表性。但加入娘子军成为革命战士的吴为急于报一己之仇而犯了军纪,受到了处分,这表明仅仅成为一名战士也还是远远不够的;于是经过短暂的迷茫和悉心的学习和战争考验,吴琼花逐步走向成熟,在影片临近结束时,她被批准入党,洪常青在宣布时说:"从现在开始,你已经不是一个普通的战士,你已经是一个无产阶级先锋战士。"至此,英雄"吴琼花"的形象塑造就宣告完成了。这种完成

---

① 王小蕾:《革命的想象:〈红色娘子军〉中女革命者形象叙事规范的生成及更新(1956—1976)》,《妇女研究论丛》2019年第3期。
② 董健、丁帆、王彬彬主编:《中国当代文学史新稿(第3版)》,北京:北京师范大学出版社2017年版,第137页。
③ 范玲娜:《作为符号的女性——论"样板戏"中革命女性的异化》,《长江师范学院学报》2004年第4期。

"使代表中国穷苦大众的'吴琼花'这个革命女性形象,在'以阶级斗争为纲'的政治背景下,既满足了主流意识的要求,又契合了民众的某种期待"①。在这里,吴琼花"作为一个历史表象,并非指称着一个性别,而是以'万丈深的苦井'中'压在最底层'的阶级身份指称着被党所拯救的全体'受苦人'——人民"②。而"人民"是中性的,是没有具体性别指向的。在《红色娘子军》这类关于女性成长为英雄、成长为战士的文艺作品中,"女性只是一种符号,女性的成长只是一种理念的显现,一种理想状态的可能性表征"。这种女性的觉醒与成长叙述一旦被纳入主流意识形态,其结果必然是无论女性还是男性,对阶级敌人和旧制度的反抗都共同指向一个民族的梦想。在表述这种梦想的宏大叙事里,"个人意识被抛入集体合唱和时代情绪之中,性别意识也在宏大叙事中淡去和消隐"③。

通常情况下,革命历史题材创作的叙述焦点,是通过革命者同"敌人"你死我活激烈较量过程的展示,来表现女英雄参加革命的必然性、全心全意投入的革命热情、竭尽全力战胜敌人的"革命"意志。正如电影《红色娘子军》"军歌"所唱的:"向前进,向前进,战士的责任重,妇女的冤仇深……"然而这些以女性"革命"为叙述主体的文学文本,却长期忽视女性自己的生命感受与体验,作品简化或者干脆省略这些女性在革命主题之外的爱情、婚姻和家庭生活。除此之外,"红色娘子军"对"女性革命"的叙述都没有触及"女子军特务连"解散之后,女战士们复归家庭、社会后的真实处境,她们年轻时打过土豪,斗过地主,镇压过反革命,人到中年却被当成"地主"和"反革命"镇压④,这些都被排除在"女子军特务连"的叙述之外,在很长一段时间里成为历史叙述的空白乃至禁忌。⑤

在吴琼花及娘子军的性格特征之外,洪常青、南霸天等人物形象身上所体现的时代共性和"阶级属性",远大于个体属性。作为这一阶段艺术创作的理论信条,"典型性是阶级性的集中体现"⑥决定了人物形象塑造"只要按照各自阶级属性强化突出了

---

① 陈超:《〈红色娘子军〉的改编与叙事变迁——兼论其女性形象的嬗变》,《文艺争鸣》2010 年第 3 期。
② 胡牧:《中国十七年电影英雄人物形象的符号学意义——以电影〈红色娘子军〉等为例》,《长江师范学院学报》2009 年第 2 期。
③ 胡牧:《中国十七年电影英雄人物形象的符号学意义——以电影〈红色娘子军〉等为例》,《长江师范学院学报》2009 年第 2 期。
④ 李高兰:《红色娘子军几位连级干部的坎坷人生》,《老年人》2000 年第 12 期。
⑤ 罗长青:《"红色娘子军"形象塑造中的女性叙述》,《宁夏大学学报(人文社会科学版)》2010 年第 9 期。
⑥ 丁学雷:《中国无产阶级的光辉典型》,《人民日报》1970 年 5 月 8 日。

'类'的基本特点,也就具备了所谓'典型意义'"①。因此人物形象往往作为某一类人物的代表,更多地展现出共性,而压抑或者缺乏个性,体现人物特定个性的情节遭受搁置。在意识形态规定下,人物形象的塑造首要进行好人与坏人明确区分、泾渭分明的阶级阵营划分,在这种截然对立的选择之中,人的诸多自然性征被过滤掉了。革命新人共同特征是纯正的阶级血统、鲜明的阶级意识、坚定的革命信念、冷静的工作态度、身先士卒的革命干劲和深刻的政治洞察力,但缺乏与自我性格的多个侧面搏斗而带来的复合多重的情感景观。

就这一点而言,梁信在《红色娘子军》里,对吴琼花成长过程里因为"冤仇深"所导致的冲动、莽撞等性格弱点的揭示,相对于同时代其他更为"完美""成熟"的英雄形象来说,显得难能可贵,这也赋予人物形象超越时空的性格魅力。而作为成熟党性代表者、革命新人引导者的党代表洪常青,因为缺乏个性化的表现,相形之下显得单薄、平面,与同一时代的同类形象并无二致。与之相似的,还有"南霸天"等一众反面人物。为了强化观众对女性身为受压迫者的印象,创作者抽空了琐碎的生活细节和复杂的历史原因,塑造了南霸天这一个被丑化的男性角色成为压迫者的代表。对反面人物的丑化与简化,以及对红莲、连长等配角的塑造上,同样没有超越时代所规约的共性。人物形象按照阶级成分塑造的本质共性,压倒了个性的挖掘与表现。

这些人物塑造上的局限,同样反映在作品的戏剧式结构上,这一时期的主流文艺创作,追求结构完整、线性发展的故事情节。"对于叙事来说,革命必然是艰辛的,其中的艰难险阻往往就成为叙事的障碍,导致成长—叙事过程一波三折,而革命已然胜利的现实性又使得影片的结尾必然是胜利,因此这种革命的叙事与中国的传统美学在大的框架上具有同构性。"②

而没有将重点放在个体的"人"上,人物内心世界没有充分揭示,所以,反面人物脸谱化、英雄人物神圣化成为创作通弊。创作主题局限于表达侵略与反侵略、正义与非正义的对立,局限于非此即彼二元对立价值判断,其结果是革命历史题材尤其是战争题材文艺创作往往回避直面人生世相的直接体验,缺乏从日常生活和战争中获取人生认知,缺乏超越性的终极关怀,"很少触及人物内心复杂世界及情感,很少表现革命战士人性的立体性和表现反面人物精神世界的多重性,很少表现战争所带来的创伤"③,探讨战争所隐含和带来的个体人性分裂和历史困境也就无从谈起了。

---

① 李祥林:《政治意念和女性意识的双重变奏——对"样板戏"女角塑造的检讨反思》,《四川戏剧》1998年第4期。
② 尹鸿、凌燕:《新中国电影史:1949—2000》,长沙:湖南美术出版社2002年版,第29页。
③ 尹鸿、凌燕:《新中国电影史:1949—2000》,长沙:湖南美术出版社2002年版,第44页。

第二节 其他剧作和电影文学

在《琼岛英雄花》（后改名《红色娘子军》）之后，梁信先后创作了《碧海丹心》《特殊人物》《从奴隶到将军》等电影文学剧本，这些剧本都讲述了革命战争年代，军民联合起来"以弱胜强"的英雄成长故事。前两个剧本都有发动群众、依靠群众、战胜敌人的剧情线索，表现和颂扬了"军民一家亲"的主题。

《碧海丹心》再现解放军解放海南岛渡海战役的过程，在这场"以木船打军舰"战役中，重点表现了革命队伍对渔民群众的发动，以及参战战士因地制宜，克服困难的勇敢机智。

1949年冬，我人民解放军乘胜追击国民党残匪，第四野战军某部钢铁第一连，在连长肖丁带领下，追到了雷州半岛的最南端。可是，惯于逃窜的国民党残余部队，已逃往琼州海峡的彼岸——海南岛。为了追歼残敌，早日解放海南岛三百万人民，必须渡海作战，但是，唯一的渡海工具木船，也被敌人炸得精光。一天，肖丁意外地发现五只渔船，求战心切，他动用了这些船，而忽视了群众纪律。丁司令——肖丁的养父，前来检查工作，严厉而又亲切地批评教育了肖丁，肖丁立即把船还给了船主，并且积极主动地搞好群众关系。用木船渡海作战行不行？海上究竟是什么滋味？肖丁都没有把握，他决心尝试尝试。晚上，他和二班长随房东金大义和他女儿金小妹出海捕鱼，结果受不住海上的颠簸，晕船呕吐。但是，他也从中想到了克服晕船的办法，全连战士应该先在陆地上打个底——进行旱练。当地渔民见大军纪律严明，秋毫无犯，顽强地练兵，有誓死解放海南的决心和一心一意为人民的精神，深为感动的他们把所藏的渔船全部献出，还表示要为解放海南岛的战斗贡献力量。一个夜晚，全连进行第一次海上演习，二号船与敌舰相遇。肖丁指挥的一号船为了掩护二号船返航，主动把敌人火力吸引过来，被敌舰炮火击伤。敌人企图俘虏这只解放军木船，拖往海南岛。正当敌人投出缆绳，舰长向他的蒋总统发电报捷时，木船上投出了无数手榴弹、炸药包，步兵武器发挥了威力，打得敌人措手不及，这艘一千七百多吨的庞大军舰砍断缆绳仓皇而逃。通过这次海战，说明决定战争胜负的是人，而不是武器，木船打兵舰虽然很困难，但，是可以打的。我军指战员就在这种思想武装下，在做了积极准备之后，于1950年4月16日，从雷州半岛南端启渡，对盘踞在海南岛的国民党军队发起总攻，钢一连担任了护航任务。担任一号船舵手教练的小妹，与战士们一起经历过多次风险，得到了战斗锻炼，觉悟也有了显著的提高，并且深深地爱上了肖丁。她要求在发起总攻时参加战斗，被肖丁拒绝。不料在渡海中途，小妹从木船底舱出来，当时战斗已经打响,肖丁无奈,只得请示上级,让小妹一同参加了战斗。木船队与敌舰相遇,在海上展开了木船打兵舰的殊死战斗,我军护航队分散包围了敌舰,死死缠住了敌舰泰华号。一号船伤亡很大,肖丁命令同志们离船,肖丁和二班长堆起满船炸药,乘夜色和海上烟雾,绕到敌旗舰后尾,冲向敌人。一声巨响,敌舰炸毁,二班长也献出了宝贵的生命。就在敌舰前来营救旗舰之际,我主力船队争取到了时间,胜利渡海,登上了海南岛,在海战史上创造了光辉的一页。

在《特殊任务》中,梁信继续讲述海岛与战争的故事。这一次,故事发生在抗战胜利前夕,海南岛附属小岛槟榔岛上,青年革命者高恒发动岛上渔民,在险境里与槟榔岛日军周旋,破坏日军在岛上抢修机场计划,成功完成了"特殊任务"。与其他剧作表现国内战争相比,《特殊任务》是梁信罕见的反映对外敌作战的作品。

1945年,海南附近海域。夜幕中,一只小船在驶向槟榔岛途中被日军巡逻艇发现并遭受攻击,小船上琼崖游击总队吴特派员中弹牺牲,同船的年轻战友高恒、田力驾船躲进乱礁岛,生死不明。当夜,接到报告的槟榔岛日军司令佐藤下令在全岛范围对幸存的两位革命者进行搜捕。在共产党员亚雄接应下,高恒、田力躲过了搜查,隐入岛上山洞。高恒临危受命,接替特派员开展工作,在槟榔岛重新点燃革命火种。佐藤没有抓到游击队员,便下令把岛上的全部青壮男性抓去当劳工,修建战时军用机场。面对不利形势,高恒通过渔女阿娇、邝阿婆等积极分子,创造性地把岛上的妇女组织起来,并与劳工队的亚雄取得了联系。为了更好掌握敌情,田力冒着生命危险打入机场,混进了劳工队。亚雄和田力除了在机场组织劳工群众,教育争取台籍日兵小林,摸清日军抢建军用机场的战略阴谋,及时把情报送给了高恒。根据敌情,高恒主持制定了七天以后的起义计划,并得到了游击总队党委的批准。

作为一部以节奏紧凑、气氛紧张见长的电影剧本,《特殊任务》剧情在各种悬念中有序推进。比如正在积极准备起义工作过程中,高恒等人突然发觉敌人行动出现异常。他不顾个人安危,在邝阿婆掩护下,只身到台籍日军翻译官方通泽家,通过争取方通泽得知敌人三日内修好机场并枪毙全部劳工的新计划。紧急关头,高恒决定改变计划提前起义。被派去请示琼崖游击总队党委的阿娇在归途中遇敌,身受重伤,当她把总队党委同意提前起义的书面答复交给高恒时,已经奄奄一息。起义最终提前举行,高恒率领暴动队袭击卫队长室,打响了起义第一枪。暴动队里应外合,配合悄然登岛的大部队炸毁了机场,攻占敌司令部,击毙了佐藤,解放了槟榔岛,圆满完成了"特殊任务"。为迎接"抗战"最后胜利,高恒等人告别槟榔岛,随大部队继续挺进敌占区,扫荡日寇残敌。

《特殊任务》之后,一直到"文革"结束前,梁信受到冲击,停止了文学创作。"文革"一结束,他随即重新执笔,创作了《从奴隶到将军》这一具有全国影响力的电影文学剧本,宣告了"新时期"文艺的回暖与归来:"经过1977年、1978年的调整,1979年中国影坛掀起了一次创作高潮。这一年,在拨乱反正、思想解放的推动下,以向建国30周年献礼为契机,出现了《从奴隶到将军》《苦恼人的笑》《曙光》《啊,摇篮》等一批影片,这标志着新时期电影终于结束徘徊,进入迅速发展的历史新时期。"①

《从奴隶到将军》采用了人物传记式写法,通过主人公从彝族奴隶"小箩筐"成长、奋斗到将军"罗霄"的传奇性经历。故事以罗炳辉将军的一生传奇经历为主要生活依据,又融合了其他老一辈无产阶级革命家的战斗经历,在银幕上创造了罗霄将军这一动人的艺术形象。

民国初年,军阀混战,彝族奴隶娃子小箩筐新婚当天,新娘被奴隶主强行抢走。小箩筐拼死反抗未果,逃亡跑到滇军当了马夫。十年后,他在讨袁护国战争中立下赫赫战功。提升副连长后,改名萧罗,娶女奴索玛为妻,奴隶的身份使他的婚礼备受冷落。之后他参加了北伐战争,大革命失败后他奉命剿共,此时的他陷入困惑之中。在红军政委郝军的启发下,他率部投诚,改名罗霄,任红军师长。由于红军内部出现极"左"思潮,率直的罗霄加以抵制,被当时的领导人撤销职务,降为马夫。遵义会议以后,他被恢复职务,带领部队北上抗日。在延安,他送大儿子罗干参军去了前线,罗干牺牲后他又送次女和小儿子到了前线,连年的征战和满身的伤病最终使罗霄全身瘫痪。

某种程度上,这既是一个英雄"成长"故事,也是一个现代革命版的"官逼民反,逼上梁山"故事。剧本除了表现这个从被压迫到反抗的奴隶走上革命道路的"必然性",同时通过底层个人命运的浮沉来展现现代中国波澜壮阔、曲折向前的革命历史进程。剧本在时代背景中刻画人物,以人物反映时代。也就是说,创作者将罗霄将军的成长过程和时代的进程紧密结合起来,既刻画了人物,也再现了中国从旧民主主义到新民主主义波澜壮阔的历史变迁。

剧本所刻画时代的特点是旧中国社会制度和秩序正在瓦解,社会矛盾急遽激化,局势动荡不安,底层民众生活艰辛,新的革命风起云涌。罗霄从一个没有人权、社会地位低下的奴隶娃子成长为战功赫赫的将军,见证并参与了民国社会风云变化过程。剧本独具匠心地选择典型事件以展现时代、刻画人物,剧中所描绘的主要事件有:小箩筐(少年罗霄)的婚姻悲剧,借此展现众多凉山彝族奴隶娃子乃至普通民众苦难深重的悲惨命运;在他的青年时期,罗霄先后参加了讨袁和北伐战斗,这是民国初年国内有较大影响的军事斗争,也是一代人革命经验的宝贵积累;后来投奔共产党,参加工农红军,是该时代革命者所跨出的关键一步;之后参加抗日战争、解放战争,这两场

---

① 尹鸿、凌燕:《新中国电影史:1949—2000》,长沙:湖南美术出版社2002年版,第105页。

关系到中华民族前途与命运的斗争是考验每一个革命者的试金石。写一个身经百战革命者的一生,不可能做到面面俱到,因为不利于人物塑造。梁信酝酿已久,对历年积累掌握的丰富素材进行大胆的取舍,题材表现上也各有侧重,详略有别。比如在表现罗霄两次婚姻和两任妻子时,作者更突出主人公历经磨难后,自己做主选择的第二次婚姻。相比之下,第一段短暂的婚姻,主要是作为阶级压迫的引子,与其他革命历史题材写作没有明显区别。在刻画主人公投奔共产党的一节,作者花了相当长的篇幅进行渲染、铺垫。剧本在情节选择和篇幅安排上详略得当,展现了梁信驾驭跨较长历史时段复杂题材的能力。

在主要英雄人物塑造上,《从奴隶到将军》也表现出与其他主流革命英雄题材电影文学剧本的不同,梁信没有把主人公塑造为一个全知全能的高大上英雄形象。在刻画罗霄这一人物时,尽管有着主题框架的限制,但梁信所采用的纵贯人物一生的表现手法,在英雄人物塑造上并没有囿于常规,而是以超越普通阶级概念的悲悯情怀,赋予了主体人物发自心灵深处的悲剧感与无力感。在阶级对立和革命道路必然性的大框架下,作者努力营造一种超越人物形象的历史背景和罪恶势力,笼罩甚至支配着人物自身行动的主动性和力量。置身其中的主人公,抱着病体,始终坚持在辗转各地、在枪林弹雨中苦苦思索着未来与出路,思考着革命与解放的意义。

历史地看,梁信在《从奴隶到将军》这一剧本中,刻画出了罗霄这一人物形象的真实性与独特性。真实性即作者展现出了罗霄的思想和性格发展的逻辑性与连续性,同时还表现出客观历史事件对人物命运的制约性。罗霄参加讨袁护国军之初,他冲锋陷阵,敢于"玩命",但并不知这场斗争的真正意义;他看到军阀们腰缠万贯,当兵的尸骨成山,恨得他骂娘:"拿兵血去盖房子,房子着火;买地,大水冲掉;讨女人,养孩子,没屁眼儿。"他目睹现实社会的种种黑暗与乱象,然而并没有掌握阶级划分与对立的理论,无从掌握历史的根源。只有在参加了工农红军,加入了共产党以后他才慢慢认识并掌握为民众求生存、求解放的道理,坚定了自己所选择道路的正确性。这一切支撑了他在任何时候,即使是遭罢斥,甚至被贬为马夫的时候,也没有失去继续革命的信心。历经多年战争与党内路线斗争的磨难和考验,主人公一路成长,思想素质逐步提高,作战艺术、指挥艺术也日渐成熟。剧本也写到新四军挺进江北,面对十倍于己之敌的严峻形势,罗霄冷静而艺术地与战友分析战况,论证以少胜多的道理的情景,突显了他所具备的睿智与勇敢。剧本对罗霄成长过程的描写,重点突出,情节生动,清晰而又合理。

所谓独特性,是指罗霄性格、个性的刻画。个性源自其独特的经历,主要表现为勇敢、倔强与机智。比如在讨袁军攻城,敌人推倒云梯,讨袁军纷纷从云梯上跌落之际,罗霄举枪射击,一枪一个,射击的本领乃至姿势,既显示他身怀绝技本领高超,更表现了他嫉恶如仇的性格与杀敌干脆利落的行动。此外,作者选择了富有说服力的细节,来表现罗霄对穷人、对部下、对战友的强烈爱心。如他与索玛的爱情,一开始仅仅是出于对奴隶感同身受的同情心,慢慢才发展成为有着共同理想和追求的真挚爱情。对待弱势群体的情感,集中体现在与伙夫老李头的关系上。老李头被国民党遣散,无家可归,罗霄毅然将其收留,并当着妻子的面说:"告诉他,我这儿就是他的家,从今后,他就是你我的老人……"类似的情感与行动,发生在罗霄身上,极大地丰富了人物性格,使得人物形象变得可感而真实起来。

因此,我们说剧本超越了简单的、模式化的英雄"成长"故事。剧本不再像《红色娘子军》《碧海丹心》一样,而是延续了《特殊任务》的方式,没有安排主人公在一个更"高级"、更"成熟""稳重"的政治引路人引导和帮助下,克服所有成长和前进中的障碍。尽管作者刻画了郝军作为罗霄参加革命引路人。但应该指出的是,这个人物远不及罗长青与丁司令,由于没有置身剧情的矛盾之中,郝军的个性不够鲜明,只是作为创作者意欲表达的正确思想的某种代表存在,对于罗霄形象的塑造作用并不显著。作者更侧重表现人物在实际生活里的摸爬滚打,拥有一定的思维能力和行动主体性,也因此拥有部分自主性与独立性。

本剧围绕着罗霄还刻画了许多相关人物。比较突出的形象还有罗霄的爱人索玛、郑义和耿大刀等。索玛与罗霄的爱情线,对于刻画两个人美好的内心世界是有益的。出身相似的索玛,给予了罗霄最大限度的理解与支持,两人的爱情在苦难中凝聚,在战斗中成长,具有超越一般人的深沉。郑义和耿大刀这两个人物也是剧中刻画得比较生动的。郑义有强烈的正义感,不问政治为主子卖命,最后被遣散,成为"路倒"而死;耿大刀作为一个下级军官,与罗霄一同出生入死。与罗霄不同,他缺少主动的学习,有着浓厚的江湖义气烙印。这两个人物对罗霄的形象塑造起着映衬与烘托作用。

在运用电影表现手法上,剧本《从奴隶到将军》也代表了梁信所达到的新水平。它重点突出,脉络清楚,叙述流畅,画面镜头感极强,比如第六章第七幕:

盛夏。

板车放在渡河船上。他坐在椅子上,只穿衬衣,望着滚滚波涛,那波涛上展示他心中的一幅壮丽的大进军图。

进军图占满银幕。①

这一电影镜头所呈现的画面应该是:下肢瘫痪的罗霄坐在渡河船上,双眼注视着

---

① 《梁信文选 卷四》,广州:广州出版社 2006 年版,第 130 页。

滔滔河水,这时,河面滚滚浪花上一幅大进军图闪现——他脑中所谋划的又一场大规模战役方案宣告成熟。

这是剧本对罗霄人物形象刻画倒计时的一笔,也是极具电影化的一笔。"它是典型的形体动作、表情动作和其他电影表现手段综合运用的好例子。"①这一笔将人物的性格极大地发展并提高了人物形象与品格。

剧本的不足之处是反面人物戏份不足而且人物塑造经常较为模式化,以及写路线之争时,缺乏更深入的分析和反思。作为罗霄对立面的反动人物黄大阔,形象塑造显得单薄粗糙,特别是后半部分交代不足。黄大阔作为恶势力的代表,如能充分展现其复杂与狡猾,写出其从气焰嚣张到失败、灭亡的原因和过程,对于罗霄形象的塑造应该是有利的。

在写党内路线斗争时,作者语焉不详一笔带过,没有将人物恰当地放置其中,影响了性格复杂性的表现和刻画的力度。另一方面,没有客观揭示错误路线给革命、给军事斗争所带来的损失。这种缺乏应有的批判反思态度,导致作品整体上无法超越伤痕文学的范畴。这种思想上的局限,与剧本创作时正处于思想解放运动初起阶段有关。但是,《从奴隶到将军》作为新时期第一部有全国影响的系统、全面地塑造老一辈无产阶级军事家、革命家形象的电影剧本,其开创意义仍是不可低估的。

在战场上,英雄罗霄除了奋勇杀敌,运筹帷幄之外,也有纠结,有彷徨,有意义追问。种种都使得人物形象更加立体、丰富。诚如下面一段对影片的叙述所言:

> 该片把战争作为手段,来反映主宰战争命运的人,将个人情感、个性元素注入正面主人公形象之中,表明中国电影对人物塑造的理解已经走出了对所谓"典型环境中的典型人物"的机械化理解。新时期中国电影创作进入了高潮。②

---

① 张仲春:《试论梁信的电影创作》,《中山大学学报》1981年第2期。
② 尹鸿、凌燕:《新中国电影史:1949—2000》,长沙:湖南美术出版社2002年版,第105页。

第十八章 文学评论的多元繁荣

1961年3月15日至23日,在广州小岛招待所召开了中央工作会议。会议由毛泽东主持,各中共中央局书记,各省、市、自治区党委书记参加会议,这是公社化以来中央同志第一次坐下来一起讨论和解决农业问题。1961年6月19日,周恩来在北京新侨饭店发表了《在文艺工作座谈会和故事片创作会议上的讲话》,他批评了一些违反艺术规律的现象,反复强调遵循和掌握艺术规律的重要性。1962年1月11日至2月7日,扩大的中央工作会议在北京举行,又称七千人大会。这次大会的主要目的是总结经验,统一认识,加强党内的民主集中制,以便进一步纠正"大跃进"以来工作中的错误,切实贯彻调整国民经济的方针。1962年2月17日,周恩来在紫光阁发表了《对在京的话剧、歌剧、儿童剧作家的讲话》,动员全党落实中央工作会议的精神,纠正"大跃进""反右倾"的错误,坚决贯彻以调整为中心的"八字方针",健全党的民主集中制,解决文艺界存在的问题。这一系列会议的召开,遏制了愈演愈烈的"左"倾风潮,批评了文艺战线上存在的不良现象,重新强调应尊重文艺创作的规律,促进了文艺创作与文学评论的发展。但是这一些会议及其形成的决议,在随后更大的政治风潮和批判运动中很快便成为一纸空文,极"左"思潮在政治力量的推动下在全国蔓延开来。这一时期的文学理论家、批评家们一方面不断受到政治运动的影响,其理论与评论往往裹挟了大量的政治观念,马克思主义成为文艺理论与评论者唯一的合法武器;另一方面,他们又在政治思想的束缚下,努力保持文学评论的真善美的价值,调和意识形态与文学审美之间的矛盾。黄秋耘、楼栖、陈则光、吴宏聪等学者历经艰险,坚持学习,努力耕耘,在广东文学史上写下了沉重而可贵的一笔。

第一节 黄秋耘的文论

黄秋耘出生于一个中产阶级家庭,受到了良好的家庭和学校教育,对中国古典文学与西方文学非常热爱。在他的成长过程中,除中国古典诗词和散文外,西方的一些经典作家如莎士比亚、狄更斯、罗曼·罗兰、雨果、托尔斯泰、契诃夫等都对他有着直接影响。中国古典文学形塑了黄秋耘的诗人气质和理想主义精神,而西方文学中的人道主义和民主自由思想则使其对现实社会中的苦难充满了同情。在抗日战争期间,黄秋云参加了党的地下工作,这段经历对他的为人、为文有重大影响,不仅确立了革命精神和共产主义理想,而且锻炼了他的坚韧克己的性格特征。黄秋耘是一位洋溢着诗人气质、充满理想精神的作家、评论家,他力图通过文学创作反映社会现实,以一种温和而坚毅的态度面对现实苦难。黄秋耘的著作包括历史小说、散文集、报告文学集、文论集等,是在广东文坛具有重要影响的作家之一,本书第十章专节介绍过他的历史小说创作。

黄秋耘的文学评论作品主要有《苔花集》(1957)、《古今集》(1962)、《琐读与断想》(1980)、《黄秋耘文学评论选》(1983)等。作为一名参加革命工作的老战士、从事文学创作的老作家,黄秋耘的文学评论同时体现了他作为战士的气魄和作为作家的品格,其中包含着大量的历史信息和文学思想。作为一名革命战士和关注民生疾苦的作家,黄秋耘始终关注现实生活,注重文学对于生活的再现和作用。黄秋耘认为:"一个真正的艺术家必须勇于干预生活。所谓干预生活,就是既要肯定生活,也要批判生活。肯定有利于人民的东西,批判不利于人民的东西。肯定时要有饱满的热情,批判时要有坚定的信心和冷静的头脑。这两者本来是相辅而行的。"[①]在他看来,干预生活具有多种多样的形式,既可以是文学作品,也可以是文学评论。黄秋耘的文学评论以对现实生活的关注为底色,始终坚持从人民性、历史性、时代性维度评价作品,将作家对于现实生活的反映和干预作为追求目标。黄秋耘在文学评论中十分注意文学作品的社会价值,认为一部优秀的当代文学作品应该反映生活、干预生活,这既是作家对于自身历史使命感的承担,又是社会各界对于评论家作用的期待。黄秋耘对于文学评论的干预生活作用的强调,与当时中国文艺界的思想转变有着直接关系。20世纪50年代中前期,文艺界先后发起了对电影《武训传》的批判、对胡适资产阶级唯心主义思想的批判、对胡风文艺思想的批判,这些运动批判了封建主义和资产阶级文化的影响,教育了广大知识分子,使毛泽东《在延安文艺座谈会上的讲话》在文艺界得到了加快落实,文学创作、文学评论与政治的关系更加紧密。黄秋耘干预生活的文学评论观点也是对于革命现实主义的继承与发展。革命现实主义主张在文学作品中塑造典型环境中的典型人物形象,而黄秋耘通过文学评论发扬其干预生活的作用,正是对于革命现实主义要求作家作品应该客观反映现实、发挥作品社会功能等观念的继承。但是他在文学评论中拓展了文学干预生活的方式,文学既可以通过波澜壮阔的历史场景、政治事件展现生活,也可以通过日常生活中的琐事、细节

[①] 黄秋耘:《黄秋耘文集》(第2卷),广州:花城出版社1999年版,第34页。

表现生活。黄秋耘旗帜鲜明地表达了自己对于文学干预生活作用的认同,但是文学干预生活不能仅仅是赞美生活,还应该勇于揭示现实生活中存在的问题,以引起党和政府的注意和改进:"比方我们在电影中所看到的农业生产合作社,几乎个个都是牛羊满谷,五谷丰登;每家农户的餐桌上都摆满了鱼肉,几乎把桌面都压得塌下来;每个农村姑娘都穿上了崭新的花布衣裳,甚至还披上了彩花头巾。其实这样的图景和我们一般农民的生活水平还是有相当距离的,并不能真实地反映出今天农村生活斗争的复杂情况和存在于农民生活中的困难和问题。"①不难发现,黄秋耘具有相当的理论自觉性,他在创作实践中发展了革命现实主义理论,丰富了文学对于现实生活反作用的形式,展现了一位文学评论家对于文学作品真实性、复杂性的自觉追求。

黄秋耘的文学评论自觉地将阶级性和艺术性进行结合。作为一名革命战士、一位共产党员,黄秋耘始终坚持从阶级性的立场出发考虑文学问题,但他并不仅仅局限于此。"黄秋耘有坚定的政治信仰,崇高的政治理想,但他不是一个政治家。或者可以说,他在气质上很像是军人和诗人的结合。作为军人,他坚强、冷静、克制;作为诗人,他敏感、多情、优柔而容易偏激。作为一个老战士,他有胜利者的豪情,创业者的责任感,作为一个艺术家,他有太多的理想主义色彩和人道主义感情。"②对于他而言,文学作品从本质上是一种审美的意识形态,它是一种以口语或文字作为媒介来表达创作者对于客观世界和主观认识的一种方式。在黄秋耘看来:"社会主义的朝霞是光辉灿烂的,只要是头脑正常的人,决不会把一点黯淡当作满天阴霾。问题只在于我们抱着什么态度,站在什么立场去理解、去写。只要我们抱着拥护社会主义制度的态度,站在无产阶级的立场去理解、去写生活中的困难和痛苦,我们就不会灰心丧气,更不会幸灾乐祸。我们揭露了生活中的困难和痛苦,正为的是引起疗救的注意,为的是要克服它们、消灭它们,为的是教育人民群众怎样去对付它们,那又有什么不可以呢?"③文学是一种审美意识形态,这就意味着所有的文学作品都源自特定历史时期、社会阶段的作家创作,因此它不可避免地会承载着一个社会中的某种意识形态的因素。但是文学作品中的意识形态并非直接的说教或口号,它既具有意识形态的观念属性,又具有审美的形而上性质,是这两者的有机而复杂的结合。黄秋耘始终坚持从阶级性、人民性的角度看待文学艺术作品,将文艺视为给予人民以精神支持、擦亮心灵之窗的重要途径:"假如艺术不能把真理的火种传播于人间,假如艺术不能为人类的现在和未来而战斗,假如艺术不能拂拭去人们心灵上的锈迹和灰尘,假如艺术不能给予人民以支援和裨益,这样的艺术就毫无价值,也毫无意义。这是我在二十多年前

---

① 黄秋耘:《黄秋耘文集》(第2卷),广州:花城出版社1999年版,第32—33页。
② 宋遂良:《"血泪文章战士心"——黄秋耘论》,《当代作家评论》1985年第2期。
③ 黄秋耘:《黄秋耘文集》(第2卷),广州:花城出版社1999年版,第34页。

第一次读到鲁迅先生的作品时所得到的信念。二十多年来,这样的信念在我底心中与日俱增。我越来越强烈地感到:缺少对人民命运的深切关心,缺少对生活的高度热情,缺少'己饥己溺、民胞物与'的人道主义精神,缺少'死守真理、以拒庸愚'的大勇主义精神,就没有崇高的人格,也没有真正的艺术,剩下来只不过是美丽的谎言和空虚的偶像。失去了同生活同人民的联系,失去了'注视着世界的真面目,并且爱世界'的心,就势必陷入于一种冷淡麻木、无所作为的卑下的精神状态中去,这对于一个艺术家来说,不仅是精神的危机,而且是致命的痼疾。"①在讨论中国作家写作时经常表现出对于农村和城市劳动者生活的陌生,黄秋耘认为根本原因在于知识分子群体缺乏对于劳动群众的真正认识,应该主动进行自我改造、深入到群众中去,这样才能真正熟悉中国社会和人民:"没有一个阶层比中国的知识分子更加孤独,他们不仅和其他的阶层互相隔绝起来,更坏的是即使在同一阶层的个别分子之间,也彼此拼命建筑着高不可逾的墙壁,彼此尽可能在自己身上覆盖着各种掩蔽的外衣。除了自己之外,他们不想了解任何人,也不想为任何人所了解。甚至有时对自己都不想了解。不错,由于对农村和城市劳动者的生活很隔膜,对全般社会现象不了解,大多数作家不得不在知识分子群中去找寻他们的人物,去分析这些模特儿的性格,去观察记录这些模特儿的特征,然而这种工作比之从沉沉暮霭中去撷取霞彩还要艰辛,即使作家们所绘写的人物都是他们自己最熟悉的伴侣,然而关于他们的一切,你所知道的仍是那么稀少,致使你不能不把自己的性格特征,移植到他们的身上。结果,好些以知识分子为主人翁的作品都变成作家全部的或部分的自我表现,也往往只有这一类自供式的作品获得较大的成功。"②应该注意的是,黄秋耘虽然站在阶级性、人民性的立场看待文学现象,但是这并不意味着他放弃了对于文学的审美追求。在他看来,审美是人类掌握世界的一种特殊方式,是人与世界、作家与环境形成的一种非功利的、形象的和情感的关系状态,它以艺术化的方式展现了作家对于生活的理解。"他始终处在面对人生、时代的前沿,所写的作品,贯穿着人道主义的理想:从人出发,关心社会,关心现实,不甘于灵魂的平庸或沉沦,以火焰般燃烧的热情和所具有的智慧,一方面不断与自己内心因袭的腐朽观念作斗争,一方面奋力抗拒不把人当人的外部世界,为人类寻找出路。"③文学具有审美的意识形态属性,是指文学与现实社会生活保持着密切的思想关联,但它并不是突兀地、孤立地存在于作品的表层,而是渗透在文学作品的艺术形象中。在文学作品中,艺术性和阶级性并非简单相加,而是在审美表现过程中,阶级性与审美体验相互渗透,融为一体。

---

① 黄秋耘:《黄秋耘文集》(第2卷),广州:花城出版社1999年版,第41页。
② 黄秋耘:《黄秋耘文集》(第2卷),广州:花城出版社1999年版,第4页。
③ 海帆:《背负着精神的十字架——〈黄秋耘文集〉读后》,《出版广角》2000年第3期。

黄秋耘的文学评论追求艺术性，他的评论文章经由审美性的语言形成相当的感染力和共情力。文学评论家要让自己的写作具有诗性，既需要勤奋、有学识，又需要有天分、感悟。黄秋耘将散文家的细腻笔触、优美语言和敏锐感悟融入理性的文学评论，使个人的直觉、感性与论证、阐释过程紧密结合，从而使得其文学评论兼具了可读性与说理性、理论性与艺术性。黄秋耘的文学评论无论讨论何种题材的作品，都注重捕捉审美感悟，并将其用凝练、传神的语言加以呈现，在情感的传达、道德的冲击中触动读者。黄秋耘的文学评论重视直觉和顿悟，他善于捕捉刹那间的个人思绪和情感浮想，用具体细致的形象刻画、情感氛围的渲染进行定格。"这一段话，特点是'万不要忘记它是艺术。它之所以是工具，就因为它是艺术的缘故。'这两句话，十分重要。在我们看来，文艺当然是一种工具，是进行阶级斗争的工具，也是教育人民群众的工具，可是它必须按照自己的特点来服务于阶级斗争，来教育人民群众；也就是说，它必须具有打动人心的艺术感染力量，才能充分发挥它的战斗作用和教育作用。缺乏艺术感染力的作品，就如同徒具形式而没有锋芒的斧子一样，是派不上什么用场的。鲁迅先生在这里能就近取譬地劝告革命的文艺工作者们，既然要运用文艺这一工具去做革命工作，去进行战斗，就必须先利其器，必须注意艺术技巧的提高。不管政治方向是否对头，单纯追求艺术形式的完美，自然是危险的；只求政治内容没有错误，根本不讲究艺性，违反艺术规律，忽视艺术特点，也无法很好地完成任务。"①在讨论"典型环境中的典型性格"时，黄秋耘在肯定文学作品应表现出特定时代的本质特征的基础上，强调文学创作中的细节的重要，认为细节的真实才成就了典型环境与典型性格，努力追求文学作品中的阶级性与艺术性的统一："为什么几乎所有的古典艺术大师们都这样讲究细节的真实呢？这和艺术的特性有关。正如黑格尔所说：'艺术的特性就在于把客观存在(事物)所显现的作为真实的东西来了解和表现。'这就是说，文艺作品总是要把现实生活在艺术上再现出来，把一个个活生生的人物在艺术上创造出来，使读者和观众有如临其境、如闻其声、如见其人的感觉，从而通过这种美感的享受来领受教育。乡下人看戏，先问演得像不像，才论演得好不好，这是有道理的。假如根本演得不像，吕布不像吕布，张飞不像张飞，曹操不像曹操，孔明不像孔明，这些人物就无法在观众的眼前火起来，更谈不到什么'典型环境中的典型性格'了。"②

作为一名作家型文学评论家，黄秋耘十分重视阅读文学作品的体验和感受，他强调个体印象对于认识作家作品所具有的价值。印象式批评是文学作品评论中一种常见的形式，印象式批评侧重传达批评家从作品中获得的所思所感，并以此为基础生发

---

① 黄秋耘：《黄秋耘文集》(第2卷)，广州：花城出版社1999年版，第86页。
② 黄秋耘：《黄秋耘文集》(第2卷)，广州：花城出版社1999年版，第91页。

出对于作品价值与艺术的探讨。印象批评推崇评论家的主体创造性和个性色彩,它强调批评过程中评论家的印象和直觉,并将这种感受以具有浓郁审美特征的文字呈现出来。黄秋耘自幼熟读中国古典诗词,后来又长期从事文学创作,培养了敏锐的感悟能力和对于文学作品的顿悟,因而形成了以优美感性的文字来阐述作家作品的风格。"中国的文学传统批评是用直觉体悟的方式,倚重灵眼灵手去把握作家作品的艺术神采。黄秋耘对古典诗论、文论,对《文心雕龙》《一瓢诗话》《人间词话》等作品都有专门的研究,因此他的批评文章偏重审美感受、印象品评而充满着感情色彩,也就可以理解了。"①在《关于张洁作品的断想》中,黄秋耘就坦言:"这篇文字记录下来的,只限于一些直觉的、粗浅的印象,一些片段的、零碎的感想,而不是什么系统的科学的论证和分析。"这虽然是自谦之言,却也准确地概括了其印象式批评的基本特点,即对于直觉的、片段的感受。黄秋耘在这篇文章中没有对张洁的作品进行正式地、全面地分析,而是将阅读过程中形成的一些看法加以归纳,讨论自己从作品中生发的对人生、文艺的看法,并引申出自己的深层思考:"什么时候,人们才有可能按照自己的理想和意愿去安排自己的生活呢?"印象式批评没有严密的逻辑推理,它往往以灵光乍现的感悟,引导读者对于作品作某个方向的思考。印象式批评看似较为随意,实则饱含着评论家的情感体验、人生经验、文学修养、生命智慧、价值观念,并且以娓娓道来的文字形象地加以呈现。在《读茹志鹃几篇新作有感》中,黄秋耘对于评论界有人以茹志鹃作品规避阶级斗争、不属于重大题材为由而提出批评时,为作家进行了富于激情的辩护:"我倒宁愿沐浴在这些小小的浪花中洗涤净自己的心灵,而对那时时刻刻都装腔作势地咆哮着的大海总是有点反感。这也许是由于我的感情过于'纤细'而神经又过于'脆弱'吧!"黄秋耘以"沐浴"在"小小的浪花"的意象,反驳了"装腔作势地咆哮着的大海",凸显了日常生活题材所具有的独特价值。在《浅谈艺术风格》中,黄秋耘在对比中概括了一些作家所具有的写作特点:"通过《三里湾》和别的作品,我们完全可以鲜明而具体地感触到作家赵树理的独特的艺术风格——那种像我国北方农村人民一样深厚、明朗、乐观而质朴的风格。通过《山乡巨变》,我们同样可以清晰地辨识出作家周立波的独具特点的风格——那种像南方的农村田园一样明快、幽美而纤丽的风格。同样以北方农村的斗争生活作为描绘对象,但是作家梁斌在《红旗谱》当中所显示出来的浑厚、浓烈而深沉的风格,又是那样迥异于作家柳青在他的作品中所显示出来的那种踏实、谨严的风格。同样是以社会主义工业建设为题材的作品,但我们毫不迟疑地便可以辨认出:这是作家艾芜的作品,它们的委婉有致、细致生动的笔调使我们想起工笔画;那是作家杜鹏程的作品,它们的强烈明快、

---

① 张绰:《论黄秋耘文学评论的感情色彩》,《学术研究》1992年第3期。

黑白分明的笔触,又使我们想起刀锋劲道的木刻画。刘白羽的作品都有高亢激昂的音调,有如雄伟的战歌;而孙犁的作品则又是那样秀雅自然,宛若情感充沛的抒情诗。假如读者有兴趣的话,不妨找刘白羽的《火光照红海洋》《从富拉尔基到齐齐哈尔》和孙犁的《山地回忆》(这些作品均载《建国十年文学创作选·散文特写集》,中国青年出版社出版)等作品对照起来细细玩味一番,一定会发现这两位作家不同的艺术风格各具特色:前者有如烈火狂敬,磅礴豪雄,体现着一种阳刚之美;后者有如光风霁月,洒落宜人,体现着一种柔和之美。此外,如李准的扎实平易,王愿坚的朴素简洁,王汶石的峭拔隽永,茹志鹃的俊逸清新,林斤澜的工巧灵妙……也都能自成一体,各有千秋。可以说,我们有许多作家,已经能够通过各自的艺术特色,显示出鲜明的艺术风格。"①黄秋耘通过地理、环境、色彩、节奏等要素的差异,为不同的作家进行了恰如其分的概括,充分展示出印象式批评给读者留下的深刻烙印。

　　黄秋耘的文学评论追求敢于直面坚硬的现实、勇于批评有违常识的言行,他在对于真相的发掘、对于社会责任的承担中将批评家的良知、勇气体现得淋漓尽致。黄秋耘在《犬儒的刺》中指出:"文艺批评,总是要比眼力的。我们要有学问,要有修养,要有真知灼见,要有独立思考能力,但,更重要的,是要有坚持真理的勇气,要有正道直言的特操,要有实事求是的精神。假如大家都成了'不敢有主见'的莫尔恰林,那么,这学问,这修养,这真知灼见,这独立思考能力,又中什么用?不错,做'事后马克思'是最'安全'不过的。但'我们需要有更多的'事前'马克思',哪怕是百分之一的'事前马克思'也比百分之百的'事后马克思'强得多。要不然,也就用不着提出百家争鸣、百花齐放的方针了。"②黄秋耘追求文学评论的首创精神,努力在评论作品中表达自己独到的发现,将个人的独特贡献视为文艺工作者的首要任务:"'文贵己出',这的确是一句至理名言。真正的艺术永远是发现。'第一个用花来比拟美貌的女人的是天才,第二个是庸才,第三个是傻子。'第四个呢,恐怕是可怜的'应声虫'了。要想不做'人云亦云'的'应声虫',首先要深入生活,丰富自己,充实自己,同时也要养成独立观察、独立思考的习惯,对各式各样的事情,不妨多看看,多想想,应该自有主张,不可随声附和。不必看到一点、想到一点就写,要真正'有感而发',切忌'无病呻吟';写下来也不必急于排成铅字,不妨搁一个时间,再看,再想,再修改。自然,写不出来的时候,更没有'硬'写的必要。"③黄秋耘是一位对革命事业、文学创作怀着高度政治责任感的作家、批评家,他坚持文学评论家的专业精神、道德良知和批评勇气,正视现实生活中的各类矛盾和不同困难,敢于批评文艺界存在的诸多不正常现象。

---

① 黄秋耘:《黄秋耘文集》(第2卷),广州:花城出版社1999年版,第71—72页。
② 黄秋耘:《黄秋耘文集》(第2卷),广州:花城出版社1999年版,第53—54页。
③ 黄秋耘:《黄秋耘文集》(第2卷),广州:花城出版社1999年版,第17页。

在《从'四平八稳'谈起》中,黄秋耘对于文艺评论中存在着的谨小慎微的现象进行了分析,认为文艺界中存在的无数的清规戒律导致了批评家的思想顾忌:"在文艺工作者中间,也存在着数不尽的清规戒律,无穷的思想顾虑,妨碍了大家坦怀相对,恳切地、毫无保留地进行批评与自我批评。据说文艺批评工作者有三条不成文的清规戒律:宁谈古人不谈今人,宁谈死人不谈活人,宁谈外国人不谈中国人。这三条清规戒律的思想根源是很清楚的。一个人,要是把注意力过分集中在个人的得失和恩怨上面,自然就不免畏首畏尾,很难敢于直言不讳,抒发自己的意见。批评么,怕得罪了人,今天我批评了张三,说不定明天张三就会来回敬我一下子,倒不如彼此包涵,得过且过。表扬么,又怕会引起第三者的嫉妒,说我们互相标榜,闹宗派,搞小集团。文坛多风波,安全第一,而安全之道,又莫过于'四平八稳',甚至'闭口不谈'。这样下去,人人都向'乡愿'看齐,棱角磨光,锐气脱尽,那又还有什么文艺批评可言呢?"①在《不要在人民的疾苦面前闭上眼睛》中,黄秋耘对于文艺工作者粉饰太平、无视社会现实中的困难和问题深恶痛绝:"我们文艺作品的主要任务应该是歌颂伟大的社会主义建设,鼓舞人民前进,这一点是无可怀疑的。可是,有些艺术家却仅仅满足于表面的歌颂和空虚的赞美,而掩饰着我们的斗争和成长的困难,这样的歌颂自然显示不出我们人民艰苦奋斗的革命精神,因而也就显得软弱无力,不能感动读者。"②在黄秋耘看来,要想真正解决文学评论中存在的这些问题,最关键的是让艺术家有干预生活的勇气,将是否有利于人民作为做事的出发点:"只要是常常深入到生活中去的人,谁都会看到人民群众还有这样或那样的困难和痛苦。今天在我们的土地上,还有灾荒,还有饥馑,还有传染病在流行,还有官僚主义在肆虐,还有各种各样不愉快的事情和不合理的现象。作为一个有高度政治责任感的艺术家,是不应该在现实生活面前,在人民的困难和痛苦面前心安理得地保持缄默的。如果一个艺术家没有勇气去积极地参与解决人民生活中关键性的问题,没有勇气去正视现实生活中的困难和痛苦,他还算得是什么艺术家呢?"③基于这种富于良知和批评勇气的推动,黄秋耘在分析、评价作品时能够忠于内心世界和阅读体验,实事求是,坚持评论家的专业水准。即便是面对当代著名作家作品,黄秋耘也能实事求是地提出独特见解,敢于直言不讳地提出批评意见。《花城》是秦牧的散文代表作之一,出版后得到了评论界的好评。但黄秋耘在肯定这部作品注重文采美、知识丰富之外,也指出了其创作的不足之处:"有个别篇章还稍嫌浮浅一些,也有个别篇章还稍嫌单薄一些,有些文章爆发着思想和感情的火花,提出了很好的见解,但可惜还未能做到鞭辟入里的程度。总的说来,酣畅淋

---

① 黄秋耘:《黄秋耘文集》(第2卷),广州:花城出版社1999年版,第19页。
② 黄秋耘:《黄秋耘文集》(第2卷),广州:花城出版社1999年版,第32页。
③ 黄秋耘:《黄秋耘文集》(第2卷),广州:花城出版社1999年版,第34页。

漓有余,可是在思想的高度和深度上,则作者似乎还有作进一步努力的余地。"黄秋耘对于《花城》进行了高度概括和精辟评价,其判断有理有据,贴近秦牧散文的实际情况。

王蒙曾如此评价黄秋耘:"秋耘是老革命,曾经从事过艰苦卓绝的秘密工作,然而文人的气质、书生的理想主义,在这种背景下的人道主义在严峻的现实面前显得是多么无奈!他碰到的挫折大概也不少吧?但他也坚定地说过:'在我历练诸多之后,我承认,革命的过程与我想象的有很大出入,但是,如果回到当年的情况,我仍然会毫不犹豫地选择革命。'"[①]黄秋耘的文学评论展现了他作为一位革命战士、一位共产党员、一位老作家的精神品格,战士的气魄与知识分子的良知使他成为一个痛苦的人道主义者、执着的理想主义者。黄秋耘的评论注重表现对文学作品的直观印象,用饱蘸情感体验与批评激情的语言,传达一位革命战士对于文学审美属性的独到领悟。他的文学评论充满批评的勇气,敢于揭示文艺领域内的各种问题,始终坚持批评的专业精神和道德良知,这使其文学评论具有超越时代语境的恒久价值。

第二节　楼栖等人的文论

楼栖(1912—1997),原名邹冠群、灌芹,用过楼西、香菲、寒光、黄芦、白茉等笔名,广东省梅州市梅县石坑镇人,民盟成员、中共党员。"九·一八"事变之后,楼栖就开始在广州等地的报刊上发表散文、小说、诗歌等作品。在中山大学文学院社会系读书期间,受到中共地下组织的影响和教育,从事革命文艺创作出版活动,和进步同学蒲特、杜埃合作编辑了革命文艺刊物《南风》《天王星》。1933年参加广州文化总同盟领导的读书会,和凌伯骥等合作出版了中国左翼文化总同盟广州分盟的进步刊物《新路线》。凌伯骥被捕后,楼栖受株连也被拘留,半年后获释。1936年,参加广州艺术工作者协会,签名参加《广州艺术工作者协会成立宣言》。1937年毕业于中山大学文学院社会系,旋即投身于革命文艺运动和教学活动,抗战时期曾参加中华全国文艺界抗敌协会香港分会、桂林分会;历任香港华南中学高中部教员、《广西日报》国际新闻编辑、广西工业作家协会分会工作站主任、香港达德学院文哲系教授、广州市军管会文教接管委员会新闻出版处杂志组长。1950年,调入中山大学中文系从事文艺理论教学,历任中山大学教授、中文系副主任、中山大学学报主编、广东省文学艺术界联合会委员、中国作家协会广东分会第一、二、三届理事及第三届副主席等职。1957

[①] 王蒙:《忧郁的黄秋耘》,《新文学史料》2002年第1期。

年被派往民主德国柏林洪堡大学东方学院讲授中国现代文学。楼栖长期从事文艺创作、报刊编辑、大学教学和学术研究，著作丰富。在文学创作方面，楼栖出版了散文集《窗》、杂文集《反刍集》《柏林啊，柏林》《楼栖自选集》《楼栖作品选萃》、中篇小说集《枫树林村第一朵花》、长诗《鸳鸯子》等；在学术研究方面，他的主要成就表现在郭沫若研究领域，出版了文学评论专著《论郭沫若的诗》（上海文艺出版社1959年版）。《论郭沫若的诗》是新中国郭沫若研究史上的第一本学术专著，在当时产生了很大的影响。这部著作全面评价了郭沫若在20世纪50年代之前的诗歌，讨论了郭沫若诗歌中的泛神论思想及艺术贡献，也指出了其作品的历史局限。楼栖还担任了广东现代革命作家研究学会顾问、文科教材《文学概论》编委，20世纪60年代初他与蔡仪等教授主编的《文学概论》长期被用作高等院校中文系教材，影响广泛。此外，楼栖还写了不少文艺评论文章，如《政治和艺术的统一》《怎样批判，怎样继承》《英雄形象多彩多姿》《生活·艺术·思想》《漫谈细节的真实》《〈他乡明月〉照灵魂》《典型化和脸谱化》等，为中国文艺理论的发展作出了贡献。1997年6月，楼栖在广州病逝，终年86岁。

楼栖的文学评论尊重客观事实，重视文学作品的审美意义，努力在评论中追求人文价值的表达。作为一名长期从事革命文艺工作的中共党员，楼栖坚持运用无产阶级的文艺观，同时又以人道主义观念和审美意义、感情体验进行融合，在文学评论中追求思想道德、现实意义与美学原则的统一。《论郭沫若的诗》运用马列主义观点审视郭沫若解放前的诗歌创作，探讨了诗歌作品所折射的时代精神问题，是新中国成立后国内第一部研究郭沫若诗歌创作和思想艺术的著作。楼栖在这部著作中尊重历史事实，不因时代环境与主观好恶而改变态度，始终坚持着文学评论的求真、求美、求善的准则。郭沫若在谈到自己的诗歌创作时，曾认为在《女神》之后他就不再是诗人了，此后他所写的一些"诗歌"更像是分行的散文或韵文。对于郭沫若的作家自述，楼栖并没有简单地认同。楼栖肯定了郭沫若作为奠定中国现代诗歌实绩的诗人的重要地位，同时通过对早期史料的发掘、多方引证、系统阐述，反驳了郭沫若评价自己在《女神》之后就不是诗人的言论。在楼栖看来，郭沫若在《女神》之后写作一些类似分行散文或韵文的诗歌作品，是由多种原因造成的，最重要的是此时作家的文学道路和思想观念逐渐发生了转变，郭沫若对中国社会和现实生活的认识有所不同。在此基础上，楼栖探讨了郭沫若诗歌中的泛神论因素及其进步意义，从另一个层面证明了郭沫若在《女神》之后对文艺的理解既有正确性，也有着相当的片面性。郭沫若的文艺观念有一个转变的过程，他在《女神》之后逐渐从泛神论思想走向阶级论、从个性主义走向集体主义，这种思想上的渐进也导致了他文艺思想观念的变化，这就解释了郭沫若在1926年后提出文艺在形式上是现实主义的、在内容上是社会主义的原因。楼栖尊重作家作品的历史性,他不以作家的观点为准绳,而是通过文本分析和时代背景考察,通过充分挖掘文学史料、多方论证,从而得出了符合历史实际情况的结论。在《政治和艺术的统一》中,楼栖对于当时流行的革命文艺作品中图解政治观念、艺术表现力薄弱等问题,认为这是由于创作者没有正确理解生活、思想和艺术的关系,艺术需要生动地反映生活和思想,才能将抽象的思想具象化地进行传达。一旦创作者有了思想禁忌,不敢触碰现实复杂的生活,那么就必然只能按照政策图解生活,或者直接规避矛盾:"反映复杂生活的艺术形象往往也是复杂的,你可以从不同角度去理解。有些比较复杂的人民内部矛盾,有时的确不容易处理。某些同志觉得没有把握,没有信心,因而有意回避,不敢碰它,而选取另一条比较轻便的道路。或者不敢揭露矛盾,内容四平八稳;或者按照政策图解生活,人物很简单,情节不生动。说理多,行动少,对话多,生活少。形象不鲜明,观点很突出;但它往往不能给人留下什么印象。幕落了,戏完了,曲终人不见,再也没有发人深思的东西。有人认为,这样的戏是'政治上的成功,艺术上的失败'。问题恐怕没有那么简单。一出戏正如一篇文艺作品一样,他包含三种元素:生活、思想和艺术。生活赋给他以血肉,思想赋给他以灵魂,艺术赋给他以形象。这三种元素在一出好戏里融化成浑然的一体。如果把他分成内容和形式两部分,那么,生活、思想是内容,艺术表现性是形式。革命文艺作品要求'政治和艺术的统一,内容和形式的统一,革命的政治内容和尽可能完美的艺术形式的统一'(《在延安文艺座谈会上的讲话》)。真正的艺术品是一个有血肉、有灵魂的完整形象。政治内容如果不体现在丰满的生活血肉里,具体说来,如果生活内容显得空虚,矛盾没有充分揭露,人物性格不够突出;那么,政治内容必然显得苍白无力,革命思想也缺乏动人的光彩。革命文艺的政治性是以反映斗争生活的真实性和具体性为血肉的。没有斗争生活的真实性和具体性,就不可能充分表现革命文艺的政治性。架空的政治性只是公式、概念,没有感染人的力量。"[1]尽管当时流行的革命文艺作品政治痕迹过于明显,楼栖却并不停留在对作品进行政治正确上的肯定,而是以是否表现了真实生活、是否具有感染人的力量、人物性格是否突出、矛盾揭露是否充分等作为判断的标准,事实上维护了文学作品的真实性和审美性。楼栖在对文学作品进行评论的过程中,不以自身喜好作为标准,而是尊重历史,努力钩沉史料,多方论证,得出令人信服的结论。

楼栖的文学批评注重将作家创作与现实生活关联起来,将作品内容与生活素材、生活积累、生活气息等进行对照,从而揭示出文学作品对于现实生活的表现是否到位。楼栖认为,作家创作都是建立在对于现实生活的观察、体验和思考上,在这个基

---

[1] 楼栖:《政治和艺术的统一》,《学术研究》1966年第2期。

础上才能进行艺术加工和典型刻画:"提炼生活素材,不仅要有丰富的生活积累,还要有正确的立场观点和生动优美的艺术表演。而思想和艺术的提炼,也要有深厚的生活基础。那些塑造得比较成功的英雄形象,他们的性格行为,道德品质,都是从生活斗争中闪耀出来的光彩。人物的语言风度、声音笑貌,在表演过程中焕发的生活气息越强烈,典型意义越突出,形象就越能使人感到亲切可信,艺术感染力量也就越深刻。一出戏的成功演出,总是对生活素材千锤百炼的结果。"①尽管20世纪60年代文艺战线上的"左"倾思潮越来越强,楼栖仍然坚持将文艺作品放在现实生活坐标中进行观照,以此来评价一部作品是否表现了生活的复杂性和深刻性。对于那些图解政治概念、缺乏艺术感染力的文艺作品,楼栖认为造成这种问题的根源还是在于创作者缺乏足够的生活基础和对于生活的深刻理解:"某些英雄形象塑造得还不够丰满,或者还不够完美,是由许多因素造成的,但其中最基本的因素却是生活基础不够深厚。因为生活是文学艺术的唯一源泉,生活素材如果掌握得不丰富,艺术对生活的集中概括就会失去充分依据,更难达到典型化的高度。编导是这样,表演也是这样。某些剧本不能认为没有生活基础,但提炼得不够,艺术加工不够,人物性格不够突出,矛盾冲突没有充分展开,使得一些优秀演员无从施展他的才能。"②

楼栖既是作家,又是文学批评家,这样的经历赋予了他敏锐的文学鉴赏力,使他在进行文学批评时具有一般评论者所缺乏的感悟能力。但是,楼栖并不停留在对于文学作品的鉴赏层面上,而是努力使其批评上升到科学、理性的层次。换言之,他不仅追求在文学批评中展现作家作品中的情感体验与审美愉悦,而且努力用作品的感性叙述中反映出来的思想认识和社会问题,从而使其文学批评成为科学的判断。楼栖认为,应该区分文学鉴赏和文学批评:"一般说来,对文学作品的批评总要以鉴赏为前提。没有真正的鉴赏,就不可能进行真正的批评。批评在鉴赏的基础上进行,然而鉴赏却不能代替批评,鉴赏往往夹杂着个人的偏爱,带有一定的主观片面性;批评要作出科学的判断,要正确掌握客观标准。因此鉴赏与批评之间,事实上往往存在着一定的矛盾,怎样克服这个矛盾,却不是一件容易的事情。"③楼栖认为文学批评面对的是以语言文字呈现出来的作品,艺术价值越高的作品,其呈现出来的思想就越复杂,因此批评家应努力掏出对文学作品进行鉴赏的感性层面,努力在表面现象之中发现内在的思想和价值观念:"从来的批评家对同一篇作品的评价,往往有所不同,有时得出的结论甚至完全相反。评价过去的文学作品,也有相似的情况。批评标准不同的评论,不用说了,即使原则上都同意某种批评标准的评论家,例如今天的批评工

---

① 楼栖:《英雄形象多彩多姿》,《学术研究》1965年Z1期。
② 楼栖:《英雄形象多彩多姿》,《学术研究》1965年Z1期。
③ 楼栖:《怎样批判,怎样继承》,《中山大学学报(社会科学)》1963年第3期。

作者,都是同意政治标准第一、艺术标准第二的,对文学遗产都承认要吸取精华、扬弃糟粕,要批判继承的;但在实践上仍然有很大的距离,不同的评论之间往往有距离很远的结论。艺术性越高的作品越具有艺术魅力,越容易使人感到沉迷,在鉴赏时容易迷失方向,因而错把糟粕当作精华,批评时就自然谈不上掌握客观标准了。"①

楼栖的文学批评自觉地站在历史的、阶级的基础上,对文学思想与文学审美关系进行辩证思考,从而准确地把握住无产阶级文学的评价标准。在他看来,无产阶级是一切优秀文化传统的合法继承人,理应继承过去文学史上的所有优秀文学遗产,而要实现这个目标则需要始终坚持历史观点和阶级观点的对立统一:"怎样批判和怎样继承,却是一个十分复杂的问题,既要有历史观点,又要有阶级观点;既要肯定它在历史上的进步作用,又要指出它在今天的消极作用;既要掌握政治标准,又要掌握艺术标准。这些问题,复杂交织,关系微妙,往往不容易分清。特别是碰到具体作品的问题比较复杂时,往往令人茫无所措,很难下手。"②在面对传统文化遗产时,人们都知道应该取其精华去其糟粕,但是如何来区分精华和糟粕则是一个复杂的问题,需要根据实际情况进行判断:"问题的复杂性在于作品的精华往往混杂着糟粕,或者历史上的精华,今天可能变成糟粕,或者既是精华,又是糟粕。在什么条件下是精华,在什么条件下是糟粕,问题不仅十分复杂,而且关系十分微妙,值得我们认真的研究和探讨。"③在楼栖看来,要真正区分精华和糟粕,就必须始终坚持继承与批判的统一、历史观点与阶级观点的统一,从而全面地把握历史文化遗产的价值:"要是问题处理得不合理,不是把精华当糟粕,就是把糟粕当精华;不是批判时忘了继承,就是继承时忘了批判;不是记起阶级观点而忘了历史观点,就是记起历史观点而忘了阶级观点,或者甚至既忘了阶级观点又忘了历史观点。其结果是批判与继承的脱节。我们对文学遗产既不能采取虚无主义的态度,也不能采取投降主义的态度,要从批判中去继承,从继承中去批判。这一问题的正确解决,对社会主义文学的发展具有很重要的意义。"④楼栖是一位知识丰富、视野开阔的文学评论家,他以丰富的创作经验为基础,强调文学作品与现实生活的血肉关联,在文学评论中尊重文学属性,追求文学思想价值和审美判断,自觉地将历史观点和阶级观点进行统一,从而对作家作品和文学现象做出尽可能全面、客观的评价。

陈则光(1917—1992),原名陈朗秋,笔名陈虹、鲜名,湖南南县人,文学史家、文学评论家。陈则光1939年毕业于湖南省立临时中学师范部,同年考入设在云南澂江

---

① 楼栖:《怎样批判,怎样继承》,《中山大学学报(社会科学)》1963年第3期。
② 楼栖:《怎样批判,怎样继承》,《中山大学学报(社会科学)》1963年第3期。
③ 楼栖:《怎样批判,怎样继承》,《中山大学学报(社会科学)》1963年第3期。
④ 楼栖:《怎样批判,怎样继承》,《中山大学学报(社会科学)》1963年第3期。

的中山大学师范学院,1940年转学于重庆中央大学师范学院国文系。陈则光在学生时代发表过诗歌、小说和杂文。大学毕业后,陈则光先后在国民党中央干校国文科、湖南大学中文系和湖南省立音乐专科学校讲授中国文学史。1951年由杨树达教授推荐调入中山大学中文系,担任讲师、副教授、教授,长期从事中国现代文学史、中国近代文学、鲁迅研究、文艺习作等课程的教学工作。陈则光出版专著《中国近代文学史》,被认为具有填补空白的意义,结束了中国近代文学无史的局面:"陈则光教授致力于研究中国近代文学多年,他的新著《中国近代文学史》(上册)(中山大学出版社)填补了中国近代文学研究中的空白,刚一问世,便受到学术界的重视。"①陈平原在评价此书时,认为:"先生治学,一贯以'平实'取胜。从没有惊世骇俗的高论,可有理可据,立论大都站得住脚。已出版的《中国近代文学史》上册,颇能体现先生这一治学特点。'绪论'一章是根据五十年代末的《中国近代文学的社会基础及其特征》一文改写的,还是强调社会—文化—文学三者的互动,但具体的论述更为翔实可信。先生不以理论思辨见长,大的框架没有多少突破,具体的论述则新意迭现。对桐城派的中兴,以及对弹词在晚清文坛的意义,先生都有自己独特的见解。尤其是关于十九世纪下半叶小说的研究,更见先生的功力。大的研究思路仍是沿袭鲁迅的《中国小说史略》,用狭邪小说、侠义小说和谴责小说来把握小说界革命前的中国文坛。可描述每一种小说类型的演进时,先生都特别注意文学思潮与具体作品的历史联系。而突出西湖散人之《万花楼》开始体现'侠义小说与公案小说合流的倾向',或者将蒙古族作家尹湛纳希的《一层楼》和满族作家文康的《儿女英雄传》,作为近代少数民族作家'对《红楼梦》反响的两种趋向',更是'道人所未道'。"②同时,他先后发表《中国近代文学的社会基础及其特征》《鲁迅先生在广州》《阿Q的典型形象及其历史意义》《一曲感人肺腑的哀歌——读巴金的中篇小说〈寒夜〉》《论典型的社会性》《再论典型的社会性》《论鲁迅的进化论思想》《论历史讽喻剧〈赛金花〉》《瞿秋白的文学功绩》《鸦片战争与近代反帝爱国文学》《鲁迅论诗》等论文近200篇,其中《论典型的社会性》《再论典型的社会性》两篇文章曾在1962年引起学术界、文艺界热烈的争论,推动了文艺界关于典型问题的深入讨论。姚文元给陈则光扣上了"超阶级的'代表'"、"否定人物的阶级性"以及"矛头是指向无产阶级英雄人物"等罪名。在"文革"中,陈则光受到"四人帮"迫害。粉碎"四人帮"后,陈则光为学术界的拨乱反正做了许多工作。他在《文学评论》发表的《论历史讽喻剧〈赛金花〉》《一曲感人肺腑的哀歌——读巴金的中篇小说〈寒夜〉》,最早给这两部有争议的作品以公正评价。除

---

① 吴定宇:《老牛拓荒喜新获,近代文学终有史——读陈则光〈中国近代文学史〉(上册)》,《学术研究》1988年第1期。
② 陈平原:《此声真合静中听——怀念陈则光先生》,《中国现代文学研究丛刊》1992年第4期。

学术论著外,陈则光还以朗秋、陈虹等笔名发表过不少散文、杂文、诗歌作品。

  陈则光的文学评论坚持唯物的、科学的、合乎人民要求的批评标准、批评态度和批评方法。20世纪50年代后,毛泽东《在延安文艺座谈会上的讲话》作为国内文艺工作的指导方针在各地得到落实,政治标准第一、艺术标准第二的观念得到贯彻。陈则光细读毛泽东《在延安文艺座谈会上的讲话》中的文艺思想,认为文艺固然需要表现政治观念,但这并不意味着需要以艺术性的损耗为代价。在他看来,文艺创作是以作品的感染力打动人心的,因此无论作家想要表达何种政治意识,都必须遵循文艺创作的艺术性原则:"文艺不是政治宣言,不是哲学讲义,不是科学论文,它是通过艺术形象来反映作者的政治理想、阶级意识和生活态度的。即使所写的是尖端的题材,重大的主题,人物全是工农兵,立场观点百分之百的正确,并不能说它就是合乎标准了。还要看表达得好不好,动不动人,有没有感染力,这就关系于作者艺术技巧的高下。如果两部作品是同样的题材、主题、人物,立场观点也没有什么差异,欲品评它们的优劣,艺术形式和艺术技巧则成为决定性的因素。那末要确定文艺作品的整个价值,除政治标准以外,艺术标准也是不容忽视的。政治性是作品的主宰和灵魂,艺术性是作品的躯壳和仪态,两者不可分割、偏废。毛主席说:'缺乏艺术性的艺术品,无论政治上怎样进步,也是没有力量的。因此我们既反对政治观点错误的艺术品,也反对只有正确的政治观点而没有艺术力量的所谓"标语口号式"的倾向。我们应该进行文艺问题上的两条战线斗争。'这话深中我国批评的弊害,很值得我们深思。批评家以为政治标准第一,艺术标准第二,便怕谈艺术技巧,或者有意无意地轻视艺术技巧,那是不对的。批评家评论任何作品,只是分析它的思想内容、人物形象,而不去分析它表达思想内容的艺术形式,塑造人物形象的艺术技巧,指出其得失,只算是尽了职责的一半。"①由此,陈则光对当时文艺作品漠视艺术审美特质、一味追求政治思想表达从而导致作品缺乏感染力的问题进行了反思,认为公式化毛病的根源是缺乏对于文艺作品艺术性的追求:"艺术技巧和艺术形式是构成艺术品的主要成分之一,我们应该重视它,文艺的政治内容和主题思想,不是抽象的说教,是体现在具体的艺术形象之中的。批评家分析艺术作品,假如只取政治标准,而不兼顾艺术标准便漠视了文艺的特性,不足以分别表明作品的艺术成就和独特风格,有产生一般化、公式化毛病的危险。苏联的拉普派就犯过这样的错误,他们轻视艺术的特性,结果使文艺变成了说教的框框,我国早期的革命文学作家和批评家因受拉普派的影响,也犯过同样的错误,

---

 ① 陈则光:《正确地掌握文艺批评武器,促进社会主义文艺事业的进一步繁荣——纪念〈在延安文艺座谈会上的讲话〉发表20周年》,《中山大学学报(社会科学)》1962年第2期。

这是我们应该引以为戒的。"①但是，陈则光并没有对文艺作品的艺术性进行夸张性肯定，而是用辩证思维方式看待文艺作品的内容与形式、思想与艺术之间的关系，认为应该努力将政治思想与艺术追求结合起来，才能够创作出无愧于时代的文艺佳作："但是我们不是唯美主义者、形式主义者，不问作品究竟宣扬什么，一味迷恋于色彩的斑斓，声音的嘹亮，情节的奇诡，布局的飘忽，相反的，'内容愈反动而愈带艺术性，就愈能毒害人民，就愈应该排斥。'任何高超的艺术技巧和美妙的艺术形式，只有当它表现进步的政治内容，才显得可贵。马克思把'除了光滑的形式之外，再没有别的什么了'的诗人称为末流诗人，列宁以托洛茨基为例，认为'发光的东西不一定都是金子，托洛茨基底词句虽有许多光彩和响亮声音，可是没有丝毫内容。'那算得什么呢？鲁迅说：'如果内容的充实，不与技巧并进，是很容易陷入徒然玩弄技巧的深坑里去的。马克思列宁主义者历来反对徒具形式没有内容，或以玩弄技巧来掩盖内容贫乏的任何作品。在文学艺术领域内，政治与艺术，内容与形式，无论什么时候，都是相辅相成，两者并重的。任何艺术形式、艺术技巧也不能不受作者世界观的约制，瞿秋白与'第三种人'辩论时就指出过：'单有革命的目的的意识是不能够写革命的文学的，还必须有艺术的力量。然而运用艺术的力量，又必须要有一定的宇宙观和社会观。'毫无疑义，政治与艺术之间，内容与形式之间，有着一种必然的联系，两者俱备，才能构成文艺作品的整体，纯艺术的东西，实际上是不存在的。因此毛主席的结论是：'我们的要求则是政治和艺术的统一，内容和形式的统一，革命的政治内容和尽可能完美的艺术形式的统一。'这便是我们的文艺创作所强调的原则，也是我们的文艺批评必须遵循的准绳。"②尽管在20世纪50年代中期文艺界三次批判运动的开展之后，文艺批评将政治标准放到了首位，但是陈则光在使用政治标准之外，还坚持用艺术标准评价作品，这在当时是难能可贵的。

陈则光的文艺批评具有很强的思辨性，他不对作家作品进行一维化的评价，而是努力将其放在特定的历史时代背景中进行考察，以便给予恰当的定位。在对待传统文学遗产时，陈则光反对将其进行归类，而是看到了文学遗产中思想观念的复杂性，很难对它们进行简单化处理。在他看来："为了继承传统，如果把所有的文学遗产，不分青红皂白地全盘肯定，加以吸收、利用，那也是错误的。因为任何古代作家，包括最杰出的，都要受到阶级的和历史的限制，不可能真正站在人民的立场来反映当时的生活和斗争。任何古典文学作品，包括最优秀的，都是所属时代的政治经济在观念形

---

① 陈则光：《正确地掌握文艺批评武器，促进社会主义文艺事业的进一步繁荣——纪念〈在延安文艺座谈会上的讲话〉发表20周年》，《中山大学学报（社会科学）》1962年第2期。
② 陈则光：《正确地掌握文艺批评武器，促进社会主义文艺事业的进一步繁荣——纪念〈在延安文艺座谈会上的讲话〉发表20周年》，《中山大学学报（社会科学）》1962年第2期。

态上的反映,不可能与我们的时代精神和美学理想没有距离。因此,对待文学遗产,并不是一件简单的事情,可以随手拿来,便能受用。而是要经过认真的研究,科学的分析,严肃的批判,然后才能谈得到继承,否则便有中毒的危险。"①他反对不加区分地继承文学遗产,主张进行认真研究和科学分析,在此基础上进行严肃批判,才能真正获得文学遗产中的养分。陈则光认为,文学遗产中的精华与糟粕常常混合在一起,很难进行轻易区分,因此不宜作笼统继承,而应该始终保持批判的意识:"什么是糟粕?凡属含有封建性,买办性,帝国主义和殖民主义思想毒素的东西,不论其艺术技巧如何,都应该视为糟粕。什么是精华?凡属以完美的艺术形式,表现了高度的人民性,强烈的爱国主义思想,鲜明的时代精神,或比较进步的政治倾向和思想倾向的东西,都应该承认它是精华。就整个遗产来说,有糟粕,有精华,这是必然的。就一个作家或一部作品来说,有积极的因素,又有消极的因素;有精彩的部分,又有腐朽的部分;有进步的一面,又有落后的,甚至反动的一面,也是常有的事。即使是一首小诗,一阕小曲,也不乏瑕瑜互见的例子。这就表明,在文学遗产中,精华与糟粕,往往杂然并陈。我们既不能作抽象的笼统的否定,也不能作抽象的笼统的肯定,我们吸取的是精华啊!把糟粕有意无意地搬过来,只会造成社会主义文学事业的损失,给广大青年读者带来不良影响,从而为文艺战线上的修正主义思潮开辟市场,助长它的泛滥,其后果是不堪设想的。"②虽然当时的批评家普遍接受了阶级分析的方法,但陈则光在评价作家作品时始终坚持历史唯物主义的态度,将具体作家还原到他们所属的历史时期,进行经济、政治、社会、文化等多方面的考察,从而准确地定位作家作品在文学发展历史中的作用。虽然单纯的阶级分析方法会遮蔽文学作品的其他内涵,但是陈则光多维度阐释文学的方法则尽可能地减小了意识形态对于文学价值的影响。陈则光认为:"所谓人民性,爱国主义思想,现实主义精神,和浪漫主义精神,在各个不同的时代,有各个不同的历史内容。一定要把具体的作家作品提到它们所属的时代,进行经济、政治、社会、文化等多方面的考察研究,特别是要进行阶级分析,没有正确的阶级分析,也就不能正确地辨别它们对待人民的态度如何,在历史上有无进步意义。阶级分析,是探讨文学遗产奥秘的一把最有效的钥匙。然而也不能因为某些作家受到相类似的阶级局限和历史局限,对他们的作品一视同仁。文学史上许多作家、诗人对于农民起义,都是不可谅解的,如罗贯中之于'黄巾',韦庄之于黄巢,陆次云之于李自成,金和之于太平天国,余万春之于梁山泊,林纾之于义和团,都是反对和仇视的。可是罗贯中的《三国演义》,韦庄的《秦妇吟》,陆次云的《园园传》,金和的《秋

---

① 陈则光:《非批判不足以继承》,《中山大学学报(社会科学)》1963年第3期。
② 陈则光:《非批判不足以继承》,《中山大学学报(社会科学)》1963年第3期。

吟馆诗抄》,余万春的《荡寇志》,林纾的《京华碧血录》,在总的评价上,它们就应该有很大的差异了。以《三国演义》和《荡寇志》为例,前者是大家公认的精华之一,后者也是大家公认的糟粕之尤。文学现象是复杂的,绝对不能简单化,阶级分析要深入细致,洞察幽微,结论才可能准确。"①

　　陈则光在这一时期的文学评论虽然受到了当时政治环境的影响,留下了时代的烙印,但他始终坚持从文学历史现场出发,将文学作品置于时代语境中进行全方位分析,深化了对于作家作品的认识;同时,他坚持从政治与艺术、内容与形式两个方面评价文学作品,是对文学作品审美属性的坚持,在政治教条还很顽固的时代,展现出了可贵的批评的人格和勇气。而在"文革"结束之后,陈则光的文学批评得到了重新展现的机会,《论历史讽喻剧〈赛金花〉》《一曲感人肺腑的哀歌——读巴金的中篇小说〈寒夜〉》《阿Q的典型形象及其历史意义》《瞿秋白的文学功绩》《鸦片战争与近代反帝爱国文学》等论文发表后,引起了同代人的关注。时至今日,陈则光在文学批评中的许多观点仍然振聋发聩。

　　吴宏聪(1918—2011),广东省梅州市蕉岭人,教育家、现代文学研究家,中国共产党党员。吴宏聪1918年出生于南洋荷属雅加达,其父早年前往南洋荷属地(今印尼)谋生,其叔父吴伟康是著名的同盟会员、辛亥革命元老,曾任印尼华文报纸《天声日报》社长、蕉岭县参议会参议长。吴宏聪幼年时父亲去世,与母亲一起返回祖国,在蕉岭度过少年时代,接受初、中等教育。1938年至1942年,吴宏聪在国立西南联合大学文学院中文系学习;1943年1月至1946年5月,任国立西南联合大学文学院助教;1949年10月任广州军事接管委员会中山大学接管小组联络员,后任中山大学中文系副教授、教授,曾担任中文系主任。

　　1938年考入国立西南联合大学国文系,对于吴宏聪后来的文学评论具有深远影响。在西南联大求学及留校工作期间,尽管当时物质匮乏,但他有着自己的精神追求。西南联大的教学传统是"宽容对待学生,鼓励学术自由,提倡学术民主",吴宏聪在那里上过朱自清、罗常培、胡适、杨振声、陈寅恪、刘文典、闻一多、王力、唐兰、郑天挺、余冠英、陈梦家等著名学者的课,杨振声、王力、沈从文、闻一多对吴宏聪影响最大。正是这一批知名学者,引导吴宏聪打好治学基础,并身体力行地引导他树立了一种严谨的学风和民主的学术精神。吴宏聪的文学研究主要集中在四个方面:一是中国文学史研究及主编的史著。吴宏聪与范伯群主编了全国高等教育自学考试教材《中国现代文学史》与《中国现当代文学作品选读》,在很长时间内产生了广泛影响;撰写发表了《抗战文艺在中国现代文学史上的地位》《20世纪中国新文学传统的几种

---

① 陈则光:《非批判不足以继承》,《中山大学学报(社会科学)》1963年第3期。

形态》《建社会主义初级阶段文化的理论框架》等讨论文学史形态、阶段、内容的文章。二是对于丘逢甲资料的整理与研究。吴宏聪是丘逢甲研究专家,担任了丘逢甲研究会会长,主编出版了两辑《丘逢甲研究》,策划了国学古籍整理"十五"规划项目《丘逢甲集》并担任编辑委员会主任,促成了《丘逢甲集》的编修工作,发表了《试论丘逢甲的爱国思想——纪念丘逢甲诞生一百二十周年》等文章。三是对鲁迅的研究。吴宏聪对鲁迅的革命精神、鲁迅文本的细读、鲁迅的文学批评观等方面进行了深入探讨,发表了《〈狂人日记〉和〈阿Q正传〉在中国启蒙文学中的历史地位》《学习鲁迅反潮流的革命精神——纪念鲁迅逝世三十七周年》等文章。四是对闻一多等作家作品的研究。吴宏聪对丁其在国立西南联合大学的老师闻一多、沈从文以及徐志摩、戴望舒、曹禺等作家进行了研究,并结合作家创作历程与文化观念进行了重新探讨,如《沈从文的乡土情结——读〈边城〉和〈长河〉》《认同与融合:闻一多的文化观》《闻一多的爱国主义诗歌与〈八教授颂〉》等。

吴宏聪性情温和,思想开放,能够同时吸收不同学者的研究长处,取长补短,视野开阔,看待文学现象与作家作品持论温和。他在国立西南联合大学读书时,得到了陈寅恪、闻一多、刘文典等学术大师的直接影响和熏陶,善于从文化角度思考问题,理解文学所包容的情感诉求、政治观念、时代背景、时空印记等。在纪念鲁迅逝世37周年时,吴宏聪以反潮流的革命精神重新诠释鲁迅,将其在五四运动后至20世纪30年代与复古派、资产阶级自由派的斗争都纳入到"反潮流"的视域下进行审视:"我们回顾'五四'运动以后几年间,鲁迅对'学衡派'、'甲寅派'、'现代评论派'以及形形色色的提倡'尊孔读经'的'国粹'家们的战斗,就可以知道鲁迅是怎样继承'五四'运动的科学和民主精神,捍卫'五四'反帝反封建的传统,表现了大无畏的反潮流精神。他把斗争锋芒指向'尊孔崇经'的封建复古主义者和他们的后台——帝国主义和军阀,指斥他们'是"现在"的屠杀者了,杀了"现在"也便杀了"将来"'。"①吴宏聪的文学评论注重将作家作品置于时代环境中考察,留意作家生长经历、思想转变对于作品内容及其观念传达所具有的影响。他不是将作家的思想看作是猛然成熟的定性结果,而是将其视为作家在人生道路上不断发展变化的动态过程。由于有了这种动态眼光,吴宏聪在分析作品中的思想观念时,才能从对字句的把玩上升到知人论世的层面,发现影响作家思想的关键性因素。在分析"五四"时期鲁迅的思想观念时,吴宏聪认为那时的鲁迅虽然还没有自觉的共产主义思想,但是已经开始接受共产主义思想,因而获得了思想的启迪,这就与"五四"前的鲁迅有了重要的思想差异:"我觉得

---

① 吴宏聪:《学习鲁迅反潮流的革命精神——纪念鲁迅逝世三十七周年》,《中山大学学报(哲学社会科学版)》1973年第2期。

有一个观点是片面的,那就是谈到'五四'时期的鲁迅,只强调他当时还不是共产主义者,只强调鲁迅'五四前的思想,进化论和个性主义是他的基本',没有注意他当时已开始接受共产主义思想影响,没有注意萌芽状态的共产主义思想正是他世界观中主导因素,也没有注意'五四'后鲁迅的思想发展。这就无异把'五四'后的鲁迅和'五四'前的鲁迅思想看作完全一样,把一个作家和时代的关系割裂开来了。从鲁迅发表'文化偏至论'的1907年算起,到'五四'运动,他经历了辛亥革命、十月革命和暴风骤雨的1919年,他的思想正经历着从一个阶级到另一个阶级的深刻变化,尽管'五四'运动后他还没有完全摆脱进化论与个性主义的影响,甚至在1925年前后写的文章仍有时不免流露出某些悲观失望的情绪,但从'五四'时期他的作品中已十分清楚地看出他的思想上具有'五四'前中国知识分子还不曾有过的革命民主主义的特色了。"①

吴宏聪注意批判性地吸收古代优秀传统文化,认为学者在从事学术研究时应注重推陈出新。而要实现推陈出新,批判和继承的关系需要处理好,否则仅仅继承并不是真正的创新:"如何批判继承文学遗产,真正做到吸取精华,剔除糟粕,牵涉的问题就很复杂,而且也有争论。有的同志认为如果我们能够运用历史唯物主义观点和阶级分析的方法来研究古典文学就可以推陈出新。我认为这种说法有正确的一面,也有值得研究的地方。因为对文学遗产来说,有一个古为今用的问题。科学的说明事物真相,还它本来面目,原是十分重要的,但不等于出新。社会主义文艺同过去优秀文学遗产有其继承关系,但继承和借鉴决不可以代替自己的创造。批判是为了继承,而继承又为了创新,我认为不正确解决遗产的批判和继承,就不可能体现推陈出新。"②这一时期,吴宏聪的文学评论自然受到主流意识形态的影响,不可避免地会从阶级立场出发评价作家作品,尽管如此,他的文学评论依然闪烁着对于作家创作的敏锐感悟和文学判断。在谈到徐志摩的诗歌时,吴宏聪从整体上进行了判断:"他的诗歌,长短均有,最值得注意的是这几类:一类是对于资产阶级生活的赞美,对于令人心醉的爱情的咏叹;一类是那追求幻灭后的悲伤和那浅薄的人道主义的说教;另一类便是那具有强烈的政治色彩和鲜明的阶级倾向的宣传鼓动了。"③在此基础上,他对徐志摩诗歌创作的早期和后期的差别有着十分精到的把握:"徐志摩早期写的诗歌,有些是用乐观的调子来渲染的。那时,他对生活并没有丧失信心,诗歌里往往流露出一

---

① 吴宏聪:《论革命的现实主义和革命的浪漫主义相结合及争论的几个问题》,《中山大学学报(社会科学)》1959年第Z1期。
② 吴宏聪:《推陈出新的精神必须在文学教学中体现出来》,《学术研究》1964年第2期。
③ 吴宏聪:《资产阶级诗歌的堕落——评徐志摩的诗》,《中山大学学报(社会科学)》1963年第Z1期。

股对个人幸福生活的渴望,使人感到他对个人美好东西的爱恋,哪怕是一瞥、一瞬,都显得一往情深,无限珍重。《沙扬娜拉》小诗里所表现的就是这种燕语呢喃,不胜依依的情意。不过,像这一类的诗歌,在徐志摩的诗中也不很多,在他生活的后期,他对现实生活流入怀疑的颓废,甚至像《再别康桥》那样缅怀已往,流连光景的诗也不多见了。"①吴宏聪的文学评论将政治意识、生命体验熔于一炉。"作者是闻一多、沈从文的学生,交往甚多,关系甚密。作者生于1918年,也可以说和曹禺、黄谷柳、戴望舒、徐志摩、鲁迅等是同时代人,和丘逢甲则同为广东蕉岭人,具有地域学缘关系。因此,作者与其评论的对象之间感情不是隔膜的,特别是对前者,有时他无法采取冷静超然的旁观态度,而是融入自己的主观感情与生命体验。"②他的文学评论既有坚定的政治意识,又有充沛的感情、艺术的评判、生命的感悟,努力追求着一种主体与客体、政治与艺术、创作与人生的相融境界。

在1962到1976年这一阶段,随着"左"倾文艺思潮愈演愈烈,很多文艺理论工作者在这一时期的文章都不可避免地打上了鲜明的政治烙印。他们将毛泽东的讲话与文章作为最高标准,用阶级论、人民性来衡量所有作品,因而造成了这一时期许多评论观点雷同、政治口号突出、艺术审美阙如等问题。值得留意的是,这一时期出现了一些从事文艺评论的集体,如中山大学中文系鲁迅文艺小组、中山大学中文系《水浒》评论组、中山大学中文系现代文学组、广东师院中文系《水浒》评论组等,对当时与政治关系较为密切的作家作品进行批评。由于这些文学评论普遍存在套用政治概念进行强制阐释,未能在思想观念、艺术价值等方面提出新见,最后逐渐湮没在时间的长河中。

---

① 吴宏聪:《资产阶级诗歌的堕落——评徐志摩的诗》,《中山大学学报(社会科学)》1963年第Z1期。
② 古大勇:《评吴宏聪教授的〈吴宏聪自选集〉》,《中山大学学报论丛》2007年第12期。

第十九章　艰难时代的文学生存

"文化大革命"十年即1966年5月至1976年10月期间,是文坛荒芜的阶段。广东文坛遭受了严重冲击,文艺工作者遭受持续多年的政治迫害,文艺界一片肃杀凋零。

1972年《广东文艺》复刊,先后出版新创作的诗歌、散文、中短篇小说、独幕话剧以及极少数长篇小说。但由于时代严格限制和创作原则影响,作品多写所谓"无产阶级革命派与走资派"或"两条路线"的斗争。

诗歌是"文革"期间最常见的或者最泛滥的文学体裁。大多数是工农兵作者为配合当时的政治运动的作品集,在诗歌形式、修辞和抒情技巧上也陈陈相因,乏善可陈。张永枚书写中越西沙海战的诗报告《西沙之战》,具有一定创新意义。作为一种新闻与文学嫁接的文体格式的诗报告,它采用了诗赋比兴的语言,采用罗列句式,比喻形容的修辞,将一场海上战斗从头到尾进行全景式的描述。在人物塑造上遵循"三突出"原则,带有明显的政治权力运作的痕迹。凭借这一作品,张永枚成为"文革"期间全国性的著名诗人。

"文革"时期的小说创作,以中短篇小说为主,数量可观,但由于创作门槛较长篇小说低,作者往往是工农兵创作员或"三结合"创作组集体创作,因此艺术上较为粗糙和薄弱。1979年10月,中国作家协会广东分会编选的《1949—1979广东中、短篇小说选 第三集(七十年代)》收1972至1979年间广东省公开发表、出版的短篇小说33篇,这些短篇小说,很大程度上代表了"文革"时期广东小说的创作视野、水平与特点,以及诸多创作局限。

此外,"文革"时期其他小说创作有南哨的《牛田洋》、廖振的《石头娃子》《送盐》、程贤章的《樟田河》等,集体创作的《牛田洋》,因为写了人定胜天的主题,又是集体的作品,具有全国性的影响,但却难以摆脱创作上的教条与僵化。廖振的作品多以战争题材为主,为读者塑造出许多血肉丰满的人物形象。

"文革"期间,由于创作环境和创作队伍等原因,广东话剧创作较为凋零,期间的创作,以"独幕剧"为主。1972年,广东省话剧团集体创作了独幕话剧《来参观的人》,受到观众的好评与热捧。与此同时,电影文学创作则一片荒芜。

第一节　萧条的文学时代

"文化大革命"十年即1966年5月至1976年10月期间,是文坛荒芜的阶段。广东文坛和全国其他省份一样,都遭受了严重冲击,包括文艺界领导被"夺权",各级文艺单位被砸烂或者撤销,文艺工作者被遣送至"干校"进行劳动改造;随后是开展批判"文艺黑线"人物、"三名三高"人物;1974年前后,文化部掀起了批判晋剧《三上桃峰》、批判"无标题音乐"和批判"黑画";1975年掀起"批邓、反击右倾翻案风"。在一系列运动中,文艺工作者常常被横加种种莫须有的罪名,遭到打击、批判和迫害,被迫停笔。这种祸害持续多年,使得文艺界处于"严冬季节",一片肃杀凋零。

"文革"前五年尤甚,除了全国性的八个"革命样板戏",就是一些红卫兵小报所传播的群众性"造反歌谣"泛滥。1971年起,陆续恢复少量文学书籍的出版与文学刊物的复刊,少量地方剧团重建。"1971年5月,《广西文艺》改名为《革命文艺》试复刊,不定期出版。这是'文革'期间第一份复刊的文学刊物。随后,各地的文学刊物也陆续复刊,如《北京新文艺》《广东文艺》《天津文艺》等。"[①]先后出版新创作的诗歌、散文、中短篇小说、独幕话剧以及极少数长篇小说。但由于时代严格限制和创作原则的影响,作品多写所谓"无产阶级革命派与走资派"或"两条路线"的斗争。

1966年5月16日,中共中央发出《中国共产党中央委员会的通知》(史称"五一六通知")后,"文化大革命"全面展开。"文化大革命"工作组立即进驻各个文艺单位。作协等文艺工作者纷纷从"四清"驻地返回广州,接受审查批判。5月,广东各大报刊展开对欧阳山的批判。6月7日,广东两大报公开批判秦牧的《艺海拾贝》。其后,在学术界开展对所谓"反动学术权威"的批判,在文艺界中批判"文艺黑线"人物、"三名三高"人物,致使许多有才能、有成就的作家、艺术家遭到长达数年的打击和迫害。

1968年12月,在响应"广大干部下放劳动"声中,广东省文艺战线全体人员被派到英德茶场去劳动,在接受"清理阶级队伍"的同时"接受再教育",之后再加上数年的"斗私批修"。原作协广东分会等大部分文艺单位都被"砸烂",仅一小部分单位由于宣传的需要,重新组建新队伍。

1972年2月,广东省文艺创作室成立,在创作室下设立文学、戏剧、音乐、美术等组,并从英德茶场省"五·七"文艺干校,调回陈残云等16人回到广州参加文学组工作;同年秋天,这些作家又被派下乡"接受再教育"。之后,一批作家、艺术家被派往

---

① 张闳:《乌托邦文学狂欢 1966—1976》,广州:广东教育出版社2009年版,第115页。

农村进行社会主义路线教育运动,在文艺岗位上的要开展"批林批孔"运动、"批邓、反击右倾翻案风"运动;在文艺领域内要进行批判晋剧《三上桃峰》、批判"黑画"等。"在整个'文化大革命'的过程中,'四人帮'实行文化专制,对文化艺术事业是一场严重的灾难,文学创作基本停顿下来,只是在省文艺创作室成立后的1973年1月才开始正式出版《广东文艺》杂志,刊发一些文艺作品。"比如,1974年4月发表张永枚的《西沙之战》,出版了杜峻的《志气歌》,苏晨的《流水集》,梵杨的《映山红》等,1976年出版程贤章的长篇小说《樟田河》。"在这10年中,广东的文学创作遇到了'严寒的冬天',处于萎缩、凋谢时期,好的文学作品凤毛麟角,寥寥可数。"①

一、话　剧

在话剧界,1966年5月中共中央发布"五一六通知"后的10年间,广东全省的话剧团领导被打倒,业务骨干被批斗,全体人员被下放"五·七干校"劳动,所有话剧团体被解散。在"生在茶山(干校所在地),死在茶山,埋在茶山"的极"左"口号的压制下,话剧被称作"死了的话剧"。直至1969年年初,广东省革命委员会政工组文艺办公室才宣布成立全省唯一的专业话剧"新队伍"——广东话剧团。该团由原广东话剧团、珠影演员剧团、羊城话剧团各抽小部分人员,加上分配来的戏剧学院毕业生组成,陆续编演符合"文化大革命"的指导思想的《还我珍宝岛》《进仓之前》《铁臂》《铁兵》等活报剧、独幕剧和大型话剧《南方油城》等。后来创作的《来参观的人》《槟榔山下》《渔家新歌》,连同《进仓之前》4个独幕剧,曾在广州公演及省内巡演100多场。《来参观的人》尤其受到欢迎,许多观众认可其为一出有一定生活基础、能表现炼钢工人精神风貌、具备喜剧风格特点、导表演的体裁感较强的独幕剧,曾赴京、津、沪、浙、桂等10多个省、市、自治区演出,并由多家刊物、出版社多次发表和出版。1973年广东话剧团开始用粤语方言演出《诚婶》《小保管上任》《永不停摆》等独幕剧。1974年后公演了从外省移植的大型话剧《边疆新苗》《风华正茂》《山村新人》《万水千山》等。尽管看似如此热闹,当时多数独幕剧的创作,都只是体现当时"上级指示"必须表现"无产阶级反对资产阶级的思想斗争"的"试验创作"而已。1975年后,创作形势愈显逼仄,创作空间越发狭窄,广东话剧创作迫于形势,部分作品只能表现所谓"无产阶级专政下的继续革命""同党内走资本主义道路当权派斗争"的唯政治内容,如《航线》《疾风劲草》《风雷激》等。

---

① 广东省地方志编撰委员会编:《广东省志·文化艺术志》,广州:广东人民出版社2001年版,第231页。

1975年,广州市文化局决定组建广州话剧团,除了调回原羊城话剧团部分人员之外,还从外地外单位调进一些有经验的艺术人才,并招收青年话剧学员进行培训。广州之外,广东省还重建了汕头、佛山、肇庆3个话剧团,在"文化大革命"中或称文工团,或改组为文艺宣传队、歌舞剧队,主要以小型多样的文艺形式,宣传"文化大革命"各个阶段的中心任务,当中也编演了《师傅》《挂牌》《良种》等在当时产生一定影响的独幕剧。①

二、电　影

　　在"文化大革命"的10年中,由于"文艺黑线专政论"的影响,"广东电影发行放映事业遭到严重破坏,电影发行放映单位一度处于无片放映的境地"②。一大批"文革"前拍摄的国产影片被封存,新中国成立后十七年在广东发行过的一千多部中外影片以及数千部纪录片、科教片、美术片被禁止发行;有的影片宣传品被"红卫兵"以"破四旧、铲除封资修毒草"为名,在沙面广东省公司办公楼对面球场进行烧毁。中央文革小组还下令要广东省公司将库存拷贝运往北京废旧物资回收公司集中转交有色金属冶炼厂销毁提银。上述政策制定者的倒行逆施,把电影业推上消亡的道路。全省各级电影发行放映机构被解体,队伍被打散,停工"闹革命",绝大多数的干部被下放"干校"或农村劳动,"接受再教育";大批专业人员被当成"牛鬼蛇神""黑帮""走资派",遭受打击摧残,以致全省电影发行工作陷于混乱和瘫痪的状态。群众在电影观赏方面的文化生活陷入极端单调、枯竭的境地,电影几乎形成不了市场。

　　"文革"期间,与其他省市情况相似,广东全省发行的新片只有8部"样板戏"和少量国产故事片、外国译制片。比如1967年仅发行国产片6部、外国片2部;1968年发行国产片2部、外国片1部;1969年发行国产片4部、外国片2部。这三年是1949年后广东电影发行史上发行影片最少的三年。新影片太少,复映片又只有《南征北战》《地道战》《地雷战》等三部战争电影,翻来覆去多次复映的情况下,加上"只算政治账,不算经济账"的"左"倾政策规约无视市场规律,电影发行放映行业原有的各项规章制度全被破坏废弃,电影发行放映工作一片混乱,供片无计划,不讲经济核算,致使全省大部分地、市、县的电影发行放映企业连年亏损,全省电影放映单位经济长久

---

①　广东省地方志编撰委员会编:《广东省志·文化艺术志》,广州:广东人民出版社2001年版,第312页。

②　广东省地方志编撰委员会编:《广东省志·文化艺术志》,广州:广东人民出版社2001年版,第449页。

陷入极其艰难的困境。①

1976年10月以后，广东省电影发行放映事业得以解除十年间各种政治政策的禁锢束缚，在"文革"期间遭受封存的中外影片陆续恢复发行，受到观众热烈欢迎，电影市场再度繁荣，全省电影发行放映市场重新步入正轨。

第二节　张永枚《西沙之战》及其他诗歌

诗歌作为抒情性作品，可谓"文革"期间最常见的或者最泛滥的文学体裁。特别是1972年到1975年，全国各出版社出版的诗集多达数百种。其中，"大多数是工农兵作者为配合当时的政治运动的作品集，如《文化革命颂》《批林批孔战歌》《我们是毛主席的红卫兵》等"②。单篇诗歌作品则数量更多。诗风受"大跃进"期间新民歌运动的影响，多表现为直白、生硬，几乎都显示出一种"战斗的风格"。内容上难以脱离对伟大领袖，对"文化大革命"伟大胜利，对工农兵在各条战线上成就的歌颂，以及对林彪、孔子及其他一切阶级敌人予以夸张的仇恨和怒斥。在诗歌形式、修辞和抒情技巧上也陈陈相因，乏善可陈。

张永枚的诗报告《西沙之战》对此现象有一定改变。张永枚是20世纪50年代就活跃在广东（包括海南岛），影响逐渐扩大至全国的著名军旅作家，也是少数"文革"期间仍然葆有创作权利的诗人之一，在"文革"期间著有诗集《螺号》（1972年增补版）、《人民的儿子》（1973）、《椰岛少年》（1975）等。其中，最有影响的是1974年创作的诗报告《西沙之战》。这首诗"一九七四年三月十日完稿于北京"，1974年3月15日、16日分别在《光明日报》《人民日报》上全文刊登，随后被全国多家报纸先后转载，人民文学出版社及多家地方出版社发行单行本，中央人民广播电台朗诵播发，影响之大，轰动全国。

这首诗报告的产生，有着具体的时代和历史背景，即1974年发生在南海海域的"西沙之战"。1974年2月19日，中国海军南海舰队一部与南越海军舰队在南海西沙附近海域遭遇并发生交火，"西沙之战"爆发。经过短暂而激烈的海战，双方各有损失。至次日，以中国海军攻克三座被南越军队占据的海岛而告结束。这场小规模海战，却在当时中国激起了强烈的政治波澜和文艺创作热潮：一场发生在南部水域中

---

① 广东省地方志编撰委员会编：《广东省志·文化艺术志》，广州：广东人民出版社2001年版，第445页。

② 参见纪戈：《诗歌来自斗争，斗争需要诗歌》，《人民文学》1976年第2期。

的对外战斗,击退了外敌,保卫了海岛和渔民。其特殊性在于,在处理这次海战报道的时候,官方第一次让文学走到了新闻报道的前面,甚至回避了直接的新闻报道,而选择小说家浩然和诗人张永枚这两位作家访问战后的海岛,随后进行命题文学创作的方式,以诗报告《西沙之战》和小说《西沙儿女》对事件进行了符合当时官方立场的表现和传播。据浩然多年后回忆当时情形:

> 过了几天,西沙海战结束了。有一天深夜两点,吴德把我带到钓鱼台。江青拿着已写好的信读给我们听,大意是打仗胜利了,我现在很忙,离不开家,特派作家浩然、诗人张永枚、新华社记者蒋豪纪代表我慰问前线军民。①

很显然,诗报告《西沙之战》是一次"政治任务"式的写作,是政治宣传催生和推动的产物,是一种精心营造的新文学体裁。所谓"诗报告",即用诗歌的形式对事件和人物进行写实兼抒情的描绘,其融合了诗歌和报告文学两种文体的特质。有人将这种较少见的写作形式归为报告文学,综合张永枚的创作特性和创作历史,应该将其界定为具有报告文学特质的叙事长诗。

相应地,由于写作任务的规定,决定它必须用文学的形式,来报道和表现南海战事胜利这一新闻事件。因此,诗报告也是一种新闻与文学嫁接的文体格式,即所谓的内容是新闻事件,是"真实的",其表现、描绘笔法则是"文学的"。所以我们看到,这篇诗报告基本上是按照"文学+新闻"的格式写就的。它采用了诗赋比兴的语言,采用罗列句式,比喻形容的修辞,将一场海上战斗从头到尾进行全景式的描述。其描述既是简洁的,又不乏细节描写。在这种革命现实主义基础之上,作者加上了革命浪漫主义表现手法,营造一种幻化的诗情,对战火中的西沙群岛做了一种语调轻快的形塑和转述,迎合了人们对边陲海岛的美好想象。在这样的美好想象之前,在东风最终压倒西风的战争逻辑中,即使是不无残酷的战斗也因为必胜信念而不会被刻意描绘,战争暴力得到最大程度的冲淡或者柔化。

《西沙之战》由"序诗"和"美丽富饶的西沙""渔民与敌周旋""海战奇观""国旗飘扬在西沙群岛"等四节组成,叙述了西沙之战的全过程,塑造了海军舰长、解放军战士和爱国渔民的英雄形象。其中,第三部分"海战奇观"占了最多篇幅,是作者最为着重表现的内容。

《西沙之战》"是在革命样板戏的创作经验愈来愈放射出它的光辉的情况下产生的"②。其对战争和人物的刻画表现,与"文革"期间流行的主流战争叙事并无二致。在发表后被誉为"是诗歌创作中学习革命样板戏创作经验的范例","这是一篇反侵

---

① 陈徒手:《浩然:艳阳天中的阴影》,《读书》1999年第5期。
② 马怀忠:《光辉战史 英雄诗篇——读〈西沙之战〉》,《破与立》1974年第3期。

略战争的壮丽史诗,是一曲无产阶级英雄人物的热情颂歌。它生动地反映了西沙自卫反击战的战斗情景,表达了中国军民捍卫祖国神圣领土的钢铁意志和敢于斗争、敢于胜利的英雄气概,歌颂了毛主席无产阶级革命路线的伟大胜利"①。

《西沙之战》还以"三突出"原则塑造了社会主义英雄人物。在正面人物里,突出渔民阿沙老船长、海军钟海舰长和新战士李阿春三个主要正面人物形象,在三个人里,作者最想突出的自然是率领海军军舰获得西沙海战胜利、根正苗红的湖南人钟海,他出现在最重要的战场,指挥了最英勇的舰队,取得了最辉煌的战果。"《西沙之战》满腔热情地歌颂了无产阶级英雄人物,充分运用了烘托、陪衬等艺术手段,突出主要英雄人物。作品围绕着钟海等英雄人物,还描写了其他正面人物,描写了广大解放军战士和民兵,写出了英雄人物和革命群众的血肉关系,绘出了一幅波澜壮阔的人民战争画卷。"②

在人物关系上,《西沙之战》采用了流行的"敌我二元对立"模式,正、反两个人物阵营关系清晰、界限分明,形成强烈对照,也导致人物性格、行为上的特点归属:"《西沙之战》特别突出了英雄人物和敌人誓不两立、决战到底的英雄气概和斗争精神。……在他们身上,看不到丝毫的软弱、退让和妥协的影子。"作品在人物关系上的简单化、一刀切,造成的后果就是其刻画表现的战争,也必然相应地被简单化,战争的性质、战争的进程等统统简单化。诗歌所表现的战争,沦为"东风压倒西风""一切反动派都是纸老虎"的证明工具,杜绝了对战争本身及战争中的具体人物行为,做进一步探索努力的可能性,更缺乏对战争这种极端暴力行为进行必要的反思。

除了《西沙之战》,张永枚是"文革"期间少有的保持创作热情和动力,还有更重要的创作发表、出版权利的创作者。1972年9月,张永枚在人民文学出版社出版了增订版的诗集《螺号》,原诗集最初在1963年5月出版,"这次再版,又由作者作了一些修改,对原有作品抽掉了一部分,并增补了三十几首新作品。现在全书共六十四首短诗"。诗集中,《转战陕北》《征途上》《火花闪闪》《尝草》《铜锣声声》和《幸福时刻》创作于1970到1972年间,诗歌多为叙事诗,表现领袖过往革命生涯高光时刻,亲切接见战士的幸福场景,或战士日常刻苦拉练学习英姿,或军民深厚鱼水情。叙事多避开民众现实生活场景,通过典型环境里特定正面人物的特定典型行为表现塑造,完成革命光明主题的颂扬。在创作主题、诗歌语言、意象运用等表现手法方面,均在时代局限里,缺乏独创性突破。

---

① 浩歌:《碧海映丹心 壮歌颂英雄——读张永枚同志的诗报告〈西沙之战〉》,《安徽师范大学学报(哲学社会科学版)》1974年第2期。

② 浩歌:《碧海映丹心 壮歌颂英雄——读张永枚同志的诗报告〈西沙之战〉》,《安徽师范大学学报(哲学社会科学版)》1974年第2期。

1973年底，人民文学出版社出版了张永枚"献给青年战友们"的叙事长诗《人民的儿子》，该书的"内容说明"介绍："这部叙事长诗通过对中国人民志愿军战士杨胜涛，在党的教育和培养下的成长过程的描写，表现了他的高度阶级斗争、路线斗争觉悟和无产阶级国际主义精神，塑造了一代新人的英雄形象。作品也热情歌颂了中朝两国人民在共同抗击美帝国主义侵略的斗争中，用鲜血凝成的战斗友谊。"该长诗共三十五章，采用韵文和散文相结合的表现形式，讲述了湖南贫家少年杨胜涛在黑暗的旧社会中先后遭受失学、出走并沦为地位低下的瓷器铺学徒，历经苦难，终于熬到抗战胜利后，加入了解放军的故事。在军队里，他刻苦训练本领，响应号召参加了朝鲜战争，在战场上英勇杀敌，经受了残酷的战争淬炼，成功入党，成长为一名久经考验的、大无畏的"人民的儿子"。在停战后顺利回国，参加社会主义建设。

这一个"正能量"的英雄成长故事，用诗歌加散文的形式表现，故事结构、情节线索和人物形象塑造等方面均没有脱离时代的风格。《人民的儿子》在结构、立场上单一，人物形象塑造扁平，缺少变化，片面强调二元对立等时代写作局限，这同样适用于评价张永枚"文革"期间的诗歌创作状况。在一个主题先行和严重限定，写作条条框框遍布的时代里，拥有"写作自由"且为当时官方所认可的极少数合法作家（诗人），也只能交出来这样的作业了。

第三节　小说与"革命小戏"

一、小说创作概貌

"文革"时期的小说创作，以中短篇小说为主，数量可观，但由于创作门槛较长篇小说低，作者往往是工农兵创作员或"三结合"创作组集体创作，因此艺术上较为粗糙和薄弱。只有极少数作家能够出版个人小说作品集，"多数短篇小说是以集体作品集的方式出版。较有代表性的作品集有上海人民出版社出版的《序曲》、《上海短篇小说选》、知青短篇小说集《农场的春天》，黑龙江生产建设部队政治部编短篇小说集《边疆的主人》等，广东人民出版社出版的《峥嵘岁月——上山下乡知识青年短篇小说选》"[①]。此外，文学期刊的复刊和创刊，为短篇小说在数量上的增长提供了条件。其中，对"文革"后期广东省中短篇小说影响较大的事件，就是1972年《广东文

---

① 张闳：《乌托邦文学狂欢1966—1976》，广州：广东教育出版社2009年版，第130页。

艺》的复刊。

1979年10月,中国作家协会广东分会编选了三册的《1949—1979广东中、短篇小说选》,这套小说选按年代分五十年代、六十年代和七十年代共三册,在每册扉页"编者的话"里对于作品编选有以下说明:

> 去年春天,中国作家协会广东分会恢复活动后不久,就决定编选建国以来我省的小说、散文创作集,用这套选集推倒林彪、"四人帮"的所谓"文艺黑线专政论"和"空白论",并作为本会庆祝中华人民共和国诞生三十周年的一份献礼。
>
> 截至今年二月止,共编选了老、中、青作者的中、短篇小说三集,散文、特写一集。这些作品,用不同的形式和风格,从各个方面表现了解放以来我省广大人民群众在毛泽东思想照耀下、在三大革命运动中焕发的精神面貌;反映了我省社会主义文学事业的繁荣、兴旺;显示了我省文学队伍的发展和壮大。①

其中,《1949—1979广东中、短篇小说选 第三集(七十年代)》收1972至1979年间广东省公开发表、出版的短篇小说33篇,其中,1972至1976年共收录16篇,大多刊发在1972年复刊的《广东文艺》杂志上。这些短篇小说,很大程度上代表了"文革"时期广东小说的创作视野、水平与特点,当然,还有诸多时代创作局限。

从题材内容说,该时期的广东中短篇小说,大多选取乡村、山区或者军队题材。值得一提的是陈庆祥的短篇小说《考试》,小说刻画了发生在考场和晒谷场上的一场"红与专的较量"。刚从"师训班毕业回来"的"我",替代原班主任监考"初二班的机电科考试"。这是一个红专结合出色的优秀班级:"班主任老师叫邓仲贤,听说他抓政治教学抓得很紧,学生的思想觉悟和知识质量都不错,他教的这个班年年被评为先进班。"而在考场的众多学生里,"我"留意到"学校里学雷锋积极分子陈伟恒……学习十分刻苦用功,各科的成绩都很好"。

在紧张的考试中途,突然乌云密布,这时,出现了留在考场继续考试还是中断考试,出去帮农民收谷的矛盾。"我"由于没有经验,正在纠结为难:

> "去不去帮贫下中农收谷,这是一场更大的考试!"陈伟恒用一种不寻常的语调高声说。
>
> 是呀,难道能眼睁睁地看着贫下中农几万斤谷被大雨淋湿吗?这该怎么办呢?去,还是不去?我犹豫了。

---

① 中国作家协会广东分会编:《1949—1979广东中、短篇小说选 第三集(七十年代)》,广州:广东人民出版社1979年版。

隆隆的雷声更响了。"同学们,去!"陈伟恒不等我回答,向全班同学猛一挥手,几十个学生霍地离开座位,箭一般地冲向晒场。①

于是,"我"也不得不随之跟在学生身后去抢收晒谷。成功抢收后,"晒谷员紧紧地握着我的手说:'谢谢你带学生出来帮我们收谷!'我的脸一下子红了,是我带学生,还是学生带我?""我"于是受到了教育,这一则"红"先于"专"的文学论证,任务也随之完成。

林松阳的小说《台风到来之前》,重点刻画塑造了二十三四岁、"几年前上岛下海的知识青年"副船长燕儿这一女英雄形象。小说场景设定为台风来袭前,出海捕捞的"南海零壹叁号"机帆船因为台风到来不得不提前归航,在返航途中对兄弟省份渔船施行无私救援。小说的主题任务,是赞颂无私的无产阶级兄弟情。

概括说,这一期间短篇小说的题材非常狭窄,基本上只是作为现实特定政治事件的记录。在文艺创作"要及时表现文化大革命",要"充分揭示无产阶级文化大革命的本质"的要求下,大多小说直接写"文革"运动本身:"涉及各个阶级的重要事件,如红卫兵运动、夺权斗争、工人宣传队占领上层建筑进驻学校,歌颂革命样板戏,工厂农村的两条路线斗争,知识青年上山下乡,工农兵学员进大学,反走资派的斗争,以及1976年的天安门'反革命事件'等等。"②

但是,作为广东地方小说创作,这一时期的广东中、短篇小说创作,也表现了粤、琼地区特有的民族与习俗,如主要聚居在海南的黎族,生活在粤西北山区的瑶族,如江泉的小说《婚礼》,刻画了莎瑶妹角二丽妹和阿贵哥房二龙生这一对瑶族青年,在老队长帮助下,虽"曲折"但最终甜蜜的"唱情歌"与"争先进"故事。

"以小说形式反映岭南少数民族(主要有黎族、瑶族)生活的,可谓凤毛麟角,而它们又是构成岭南民族特色和地方色彩不可缺少的一面。建国以来,运用小说形式描写瑶家风情的,梵杨是其中之一。从这一点上说,评说梵杨的小说创作,是别有一番意义的。"梵杨的瑶族题材小说,具有人物的民族性格和传奇色彩的结合,如《映山红》里公社党委书记秀娌萍,阿妈被瑶长丢进石洞处死了,身为孤女的她烧了家屋,逃上飞鹰岩。三年后,在工作队追踪匪迹途中,偶然被发现于石洞中,工作队将她收留。她却又偷了工作队的菜刀去砍杀瑶长,反被瑶长捕获并借以诬陷工作队……这种人物经历的传奇色彩,是建筑在民族生活基础上的。"瑶山错综复杂的阶级矛盾,民族山乡出神入化的自然条件,人物性格的粗犷,气质的剽悍,都提供了诱发传奇色

---

① 中国作家协会广东分会编:《1949—1979广东中、短篇小说选第三集(七十年代)》,广州:广东人民出版社1979年版,第134页。
② 张闳:《乌托邦文学狂欢1966—1976》,广州:广东教育出版社2009年版,第131页。

彩的动因。"①

《映山红》中的秀娌萍由逃难孤女逐渐成长为社会主义新人,是一个焕发着民族特色的瑶族女性形象。瑶山民主改革时,她发动群众同以盘山蚣为首的反动派作斗争。在社会主义建设中,为了改变瑶山贫穷落后的面貌,秀娌萍勤奋好学,不但学会了开拖拉机,而且还学会了电工。当了公社党委书记后,她主动到艰苦地区工作,带领瑶山群众干实事,为瑶山发展做贡献,无疑就是那漫山遍野中绚烂夺目的"映山红"。作品精彩再现了瑶家人生活的变迁,使读者了解到瑶山地区人民的风俗民情。其中,梵杨在小说里批判了瑶族"投掷石洞"的野蛮习俗。旧社会地主阶级虽然具有复杂性,但小说突出的是杀人如麻的恶霸地主形象,以强调阶级斗争的必然性。

《映山红》的语言雅俗兼备。诗化语言丰富,其中夹杂着通俗的瑶家歌谣和地方方言。梵杨在小说中融入大量诗化语言,比如开篇通过景物描写引出主人公秀娌萍。"三月的瑶山,真似浮停在蓝天底下的一簇彩云。在这万花丛中,最惹人注目的,是那飞鹰崖上的映山红。每当太阳东升,金光泻溢于苍山之上,红霞流荡在碧水之间,它就像熊熊的野火,在峭拔的崖头上辉耀着。看见它,我就想起一个瑶家姐妹,她叫秀娌萍。秀娌萍是瑶语杜鹃花的意思,山里人叫杜鹃花做映山红。"②"汽车在铺满金光的大路上,绕过飞鹰崖,开上前面的山峰,向霞光万道的东方飞去;而在阳光普照的山岭上,四处是盛开的映山红,野火一样燃烧着,把春光烂漫的山野,映得一片通红。"③其次,小说多次征引瑶家歌谣和地方方言,极具特色。比如:"解放前流行着两句歌谣:有女不要嫁茶沟,米当珍珠水当油。"④"又是那个老阿妈说:'不要只看远山宝,丢掉门前灵芝草。'"⑤这些紧贴群众的日常生活语言,读来倍感亲切。

不过整体来说,无论是少数民族生活习俗的表现,还是广东方言的运用,由于其都是为小说的政治主题所决定和服务的,归根到底,这种表现和运用的本质,都只是作为"文革"小说政治性的点缀和装饰而已。

二、几部重要作品与"革命小戏"

(一)《牛田洋》

1972年2月,上海人民出版社出版小说《牛田洋》,作者署名"南哨",实际上是广

---

① 郭小东:《瑶家风情画——梵杨小说简评》,见《诸神的合唱》,广州:花城出版社1989年版。
② 梵杨:《映山红》,《广东文艺》1972年第5期。
③ 梵杨:《映山红》,《广东文艺》1972年第5期。
④ 梵杨:《映山红》,《广东文艺》1972年第5期。
⑤ 梵杨:《映山红》,《广东文艺》1972年第5期。

州军区的一个写作组。小说描写二十世纪六十年代初解放军某部指战员忠实执行毛泽东"五·七"指示,在汕头市西部内海滩涂围海造田和进行阶级斗争的故事。小说扉页"内容摘要"写道:

> 作品热情地歌颂了在祖国南海前线围垦牛田洋、执行战备生产任务的解放军某部这个英雄集体,反映了他们的火热的斗争生活,通过艺术的提炼、概括、集中和再创造,着力刻画了师政委赵志海、指导员陈大忠等叱咤风云、英勇无畏、刻苦学习、善于分析的英雄形象。①

除了着力塑造英雄形象外,小说还刻画了专署副专员谢文和在思想观念和工作态度上从机械、教条到认识错误、虚心改进的进步。此外,小说还书写了在革命路线指引和革命群众配合下,军民同潜藏进革命队伍的特务陶才等敌对势力勇敢斗争并大获全胜的故事。

《牛田洋》的故事完全按照阶级斗争和路线斗争的思路展开。以师政委赵志海为代表的牛田洋解放军指战员和地委书记徐自强为代表的地方党组织之间的斗争,"其斗争的焦点是要不要响应《五·七指示》进行'围海造田'。"②叙述上经常出现作者简单粗暴的插入议论,比如对"机械化问题""精神代替物质问题""天才论"等问题上,议论游离于情节本身,让故事不忍卒读。由于存在"描写阶级斗争方面"等先天缺陷,小说里几乎所有事件都可以看作是对"文革"政治斗争格局的"文学"解说。而且,小说充斥着"文革"时期的政治语言,某种意义上是"文革"的"政治教科书"。

在"文革"特殊背景下,《牛田洋》在全国产生了较大社会影响。与同时期的另一部作品《虹南作战史》一起,"堪称'阴谋文学'的'双璧'"③,是"文革"主流长篇小说的典型。

(二)廖振《石头娃子》《送盐》

廖振的作品多以战争题材为主,为读者塑造出许多血肉丰满的极具震撼力的人物形象。《石头娃子》分十个部分,简要描绘了红军烈士后代黄连生,在党的教育下,在斗争中锻炼成长的故事。黄连生解放前夕生长在广东省的山区,他善于用弹弓打害鸟,人们叫他作"石头娃子"。他对国民党反动派和地主恶霸的统治非常愤恨,敢于同伪保长刘来福顶撞;热切盼望山上的共产党游击队快点打来改天换地。游击队

---

① 南哨:《牛田洋》,上海:上海人民出版社1972年版。
② 高建平主编:《当代中国文艺理论研究(1949—2019)》上卷,北京:中国社会科学出版社2019年版,第144页。
③ 高建平主编:《当代中国文艺理论研究(1949—2019)》上卷,北京:中国社会科学出版社2019年版,第144页。

罗队长和他妈妈李英娘用他爸爸的光辉事迹对他进行教育。在攻打杨桃坑的战斗中,连生冲锋在前,负伤不退,用标枪刺中刘来福,将他活捉。家乡解放后,连生参加了游击队,继续为人民的解放事业而战斗。小说中着重描写了连生的英勇无畏,与对革命的无限热情。面对保长刘来福的走狗,连生丝毫不畏惧屈服,用出色的本事让刘来福及其手下避逃。在战斗中更是冲锋在前,展现了少年革命者的力量。在面对游击队老罗时,他热情赤忱,把仅有的两只斑鸠留给同志吃,言谈举止中更充满了对游击队、共产党的信任。1973年,小说由广东人民出版社出版,共发行十二万册。后由辽宁和广东两地分别改编成连环画,各发行了四十三万册和二十万册,影响了一代全国青少年。

《送盐》写在国民党围剿粤东游击队时期,面对敌人严密的封锁和监控,陈山妹一家祖孙三代想方设法送粮盐上山的故事。在各家都有敌人监视的情况下,陈山妹的阿婆廖伯姆第一次送盐被哨兵发现,导致送盐失败。陈山妹的母亲趁割草时,将装有盐的空心棍留下,被多疑的敌人发现后逮捕逼供,第二次送盐也失败。陈山妹接连遭受打击,却没有消沉,在暗哨海祥伯的帮助下,用白衣吸盐水做成盐衣,联合村中的小伙伴,趁廖伯姆头七上坟之时第三次送盐,危急关头,游击队李白、丘福前来接应,成功将盐衣送上山。游击队最终成功解放赤石村,解救出被关押的村民。《送盐》展现了军民之间互帮互助的深厚情谊,与革命者百折不挠的斗志。为了送盐,陈山妹祖孙三代前仆后继,村民省下自己的食盐,支援游击队,这种精神让"扁鼻子"深感畏惧。廖振在小说中热情讴歌无畏的革命精神,塑造了以陈山妹为代表的机智勇敢、不断成长的少年形象,体现了共产党生生不息、薪火相传的革命力量。

(三)程贤章《樟田河》

1976年,作家程贤章创作出版了第一部长篇小说《樟田河》,这部小说除了烙上"文革"时代的明显标记,还先后引起过正反两面的激烈评价与争论,对作者"差点酿成一场灭顶之灾"。作为一部描写普及大寨县期间阶级斗争与生产斗争关系的文学作品,《樟田河》的叙事结构并不复杂。作品中的主人翁杨志刚是一位刚恢复工作的县委书记,为抓典型和解剖"麻雀",来到莲花山下的莲塘大队蹲点,并且迅速投入了改造"樟田河"的斗争。在是否改造和怎样改造樟田河的问题上,以莲塘大队党支部书记张载为代表的"尖刀派"与以公社书记刘秉义为首的"弓箭派"展开了激烈斗争。随着斗争逐渐深入,潜藏的阶级敌人吴玩德、黄喜财、沈洪贵等先后跳出来搞破坏,在斗争的关键时刻,暴雨、山洪等自然灾害也不期而至。然而,在广大群众奋力支持下,经验丰富的老一辈革命者与充满朝气的革命接班人团结一致,率领广大群众最终夺取改造自然、改造社会,以及改造人的精神世界三个方面的重大胜利:"在一大群恋恋不舍的乡亲们的目送下,县委书记深情地遥望了一会白浪滔滔的樟田河,踏上了新的征途。"

有人认为,虽然创作难以摆脱"文革"时代的诸多弊端,但《樟田河》在叙事方面,尤其在人物塑造过程中,还是难得地保留了属于自己的独特"韵味",其原因和具体表现"首先在于作者在叙事过程中多次穿插回忆而构成的浮悬结构产生出的效果,其次则在于文本在叙事过程中经常出现的断裂或者说欲言又止的状态。浮悬结构使现实中的生活和活动呈现出某种诗意,而文本在叙事过程中的经常性断裂,则在一定程度上打断了极'左'思潮意识形态话语的连贯性,为想象和情感的飞扬打开一扇扇窗口"①。

尽管如此,论者还是指出了《樟田河》这一作品的不足:"在《樟田河》中,我们看到由于斗争哲学的影响,作品中内容与形式的关系是很不平衡的,上半部分内容与形式的关系还基本一致,在后半部分则变成基本断裂。这种断裂在作家那里也许是无意识的,或者说是无可奈何的,但在读者方面,由于这种断裂,极'左'的意识形态对文学的影响就暴露出来了"。

《樟田河》的创作,是"文革"期间,广东小说创作尤其是长篇小说创作的尾声,它在立场观点和艺术性上,蕴含了诸多"旧"的因素,与此同时,作品也体现了程贤章的创作潜力与难能可贵的个人艺术探索。

(四)《来参观的人》与"革命小戏"

"文革"期间,由于创作环境和创作队伍等原因,广东话剧创作较为凋零,这期间的创作,以"独幕剧"为主。虽然"文革"前许多广东话剧作品也被禁演,但由于话剧是一种有利于意识形态宣传的艺术形式,因而一些为了政治目的创作的话剧获得登台机会。20世纪70年代初,广东话剧团成为广东创作剧目最多的专业戏剧团体。活报剧《我爱珍宝岛》、独幕剧《进仓之前》、大型话剧《航线》等,都是按照"文革"的指导思想,沿用"样板戏"套路进行创作的。"阶级斗争"是戏剧的核心,只不过把时间放在当时,"革命派"战胜"走资派"成为矛盾的焦点。

1972年,广东省话剧团"集体创作"了独幕话剧《来参观的人》,受到当时观众的好评与热捧。话剧讲述了南方钢铁厂炼钢车间青年炉长赵辉,在成绩面前产生了骄傲自满情绪。这时外厂有人来参观他们的快速炼钢,赵辉为了顾全荣誉,先是不愿让转炉吃"粗米",生怕影响快速;接着勉强吃"粗米",不虚心吸取上一班的好经验。眼

---

① 王杰:《聆听被压抑的声音》,见林焕平、黄永东、黄剑雄主编:《程贤章作品评论集》,桂林:广西师范大学出版社1996年版。

看炉毁钢废的事故就要发生,在"顶班劳动"的干部周全和师傅李阿根的帮助下,排除事故,炼出了优质钢,创出了新经验。赵辉认识并改正了错误,这才发觉帮自己攻下难关的周全,就是"来参观的人"。

作为独幕剧,《来参观的人》在戏剧结构上并没有脱离当时惯用的戏剧模式:通过构筑一个生产战线上发生的矛盾冲突,犯错误的人经过主要正面人物和革命群众联合的教育,错误得到及时的纠正,犯错误的同志受到了教育,矛盾最终得到解决。

另一个署名"广州市轻工业局业余文艺宣传队 霍之键执笔"的独幕剧《永不停摆》,同样讲述了发生在钟表生产销售环节的一个小矛盾冲突,结局也是错误得到发现并改正。

两部独幕剧一同收录于广东人民出版社1972—1973年出版的"革命小戏选"系列册子"第5册"里,该系列还收录了《跃进道上》(革命小戏选1)、《永远革命》(革命小戏选3)、《新风赞》(革命小戏选4)、《师傅》(革命小戏选10)、《小足球队员》(革命小戏选11)、《出航之前》(革命小戏选12)等,体裁上包含了独幕话剧、独幕粤剧、独幕汉剧、采茶戏、花朝戏、山歌剧、小话剧、小潮剧、小歌剧、小琼剧、对口剧、快板剧、小戏曲等等多种形式,篇幅短小。这一时期,广东人民出版社还出版有"广东省戏剧改革工作室"编的《小戏选》、"广州市群众艺术馆"编的《过塘鱼 青山常在 珠江河畔不夜天》等"文革"期间创作的"小剧"选本,"政治性"远大于"文学性"是这些剧本的最主要和最明显特征。

敢为人先唱大风

——《广东文学通史》后记

2020年5月28日上午9时,广东省作协在广东文学艺术中心23楼召开《广东文学通史》编撰工作务虚会。省作协党组书记张培忠,省作协主席蒋述卓,中山大学中文系主任彭玉平,中山大学中文系教授林岗、谢有顺,华南师范大学中文系教授陈剑晖,暨南大学中文系教授贺仲明,广州大学文学院教授纪德君等出席会议。

我在主持时指出,为什么要编撰《广东文学通史》,主要基于三方面因素的考虑:从古代到当代,广东还没有一部贯通的文学史,着手编撰此书,是事业的需要、时代的需要;助力粤港澳人文湾区建设,满足学术界新期待,是工作的需要;建设广东文学馆,提供理论支撑,是展陈的需要。

怎么来编撰这部文学通史,指导思想、起止时间、编多少本、由谁来编、什么时候完成,需要多少经费,以及其他相关问题等,在务虚会上,大家围绕上述问题展开热烈讨论,畅所欲言,集思广益。

讨论的结果,决定由我和蒋述卓主席担任总主编,负责谋划、统筹、推进通史的编撰工作。初步考虑编撰五卷,包括古代一卷(清代以前)、近代一卷、现代一卷、当代前三十年一卷、后四十年一卷。

我在小结时强调,通史的编撰要以习近平新时代中国特色社会主义思想为指导,站位要高,要有新的史料的发现、新的观念的阐释、新的体系的构建,要成为一部集大成、标志性的成果;编撰要精,标准、体例、作者都要从严要求,要提出新的框架,形成新的理论,突出当代意识、全球意识和精品意识;推进要准,要摸清家底,分步进行,倒排工期,三年完成。

务虚会既务虚,又务实,颇有成效。此时新冠疫情正炽,正常工作、生活秩序受到严重影响,启动通史编撰工作并非合适时机,更大的难题在于无经费、无团队、无史料,如何开始这项浩大的工程?我们认为,文学通史撰写,事关全省文学事业大局,有条件要上,没有条件,创造条件也要上。

当务之急是解决没有经费的问题。疫情期间,财政紧缩开支,强调要过紧日子乃至苦日子,正常开支尚且要有所压缩,更遑论新增项目。无米下锅,计将安出?遂翻箱倒柜,努力挖潜,得悉香港知名实业家、全国政协原副主席霍英东先生曾于1996年慷慨捐资500万元用于支持广东省作家协会办公大楼筹建,后因省政府资金到位,仅使用部分经费用于购置设备和修缮;其后省作协曾致函征得家属同意,拟将捐赠剩余资金用于设立"英东文学奖",又因审批原因未能实施,存有港币400多万元由省作协保管至今。省作协遂致函霍英东先生二儿子、香港霍英东集团行政总裁霍震寰先生,协商启用霍英东先生捐助的资金,用于编纂出版《广东文学通史》,并每年推出《广东文学蓝皮书》,以填补广东文学史研究之空白,助力粤港澳大湾区人文建设。霍震寰先生随即复函表示支持,并肯定出版计划"既传承书香,亦惠泽后学,不仅能起到探源溯流,勾勒古今,阐幽发微之效,更有助今后地方文学事业之编修及发展,可谓意义非凡,贡献殊深"。

经费落实后,各项工作遂紧锣密鼓地开展起来。成立编委会,聘请学术顾问,确定总主编、执行主编、分卷主编,并委托分卷主编物色撰写人员,要求撰写人员原则上需由副教授及以上人员担任。

经过一年多的筹备,2021年7月21日,《广东文学通史》编撰工作会议在岭南文学空间举行。编撰团队全体人员出席,大家就该项文学工程的价值和意义、框架和体例、规范和要求进行深入讨论。以这次会议为标志,《广东文学通史》编撰工作正式全面启动。为保质保量完成广东史上第一部贯通的文学史撰写,会议强调:一是要坚持提高站位,切实增强撰写《广东文学通史》的责任感、使命感和荣誉感。盛世修史,在中华民族伟大复兴进程中编写这样一部通史,是时代的产物,也是广东文学发展的当下必须要做的一件事情,这是责任、使命,也是荣誉。二是要坚持正确史观,以习近平新时代中国特色社会主义思想,特别是习近平总书记关于文艺工作的重要论述指导通史的编撰工作。习近平新时代中国特色社会主义思想是21世纪马克思主义、当代马克思主义,它涉及治国、治党、治军,内政、外交、国防,思想深邃,内容丰富,博大精深,是全面建设中国特色社会主义的根本遵循和行动指南,也是指导文学创作和文学研究的强大思想和理论武器,我们要掌握这个武器,以此统率通史编撰工作,做到纲举目张。同时,要求撰写人员重温经典作家关于无产阶级文艺思想的重要论述,做到融会贯通。三是要坚持守正创新,努力构建富有岭南文化特色的中国文学话语和叙事体系。习近平总书记在2021年5月31日召开的十九届中央政治局第三十次集体学习会上指出,要加快构建中国话语和叙事体系,用中国理论阐述中国实践,用中国实践升华中国理论。撰写团队要有雄心和能力,坚持把马克思主义的基本原理同中国文学特别是广东文学的实际相结合,同中国优秀传统文化包括优秀的岭南文化相结合。积极学习、借鉴人类文明一切有益成果,包括先进的西方文论,为我所用,推陈出新,固本开新,守正创新,积极构建具有岭南文化特色的中国文学话语和叙事体系,使《广东文学通史》耳目一新、独树一帜,以厚重而又灵动的学术品格呈现于中国文学史著之林。四是要坚持对标最优最好,打造风格统一的有信息含量、有思想容量、有情感力量的通史力作。《广东文学通史》的规模是五卷200多万字,每卷的撰稿专家4人,加上总主编、执行主编、分卷主编,共20多人。专家各有所长,风格各异。但作为一部高质量的文学通史,要建立起一种机制,努力做到质量均衡、风格趋同。特别要体现共识,体现创新,体现政治性、学术性、科学性、独创性。五是要坚持倒排工期,挂图作战,按时保质保量完成《广东文学通史》编撰任务。按照计划,2022年10月拿出初稿,2023年5月正式出版。以此时间节点制定任务书、时间表、路线图,稳扎稳打、有章有法、有板有眼地推进,做到如期实现,务求全胜。

2021年8月20日,我在岭南文学空间主持召开《广东文学通史》顾问、主编工作会议,并代表省作协与各分卷主编签订撰写协议。会议强调:一是要贯穿一条红线。坚持以习近平新时代中国特色社会主义思想,特别是习近平总书记关于文艺工作的重要论述作为一条红线贯穿全书,并以此指导编撰工作;二是要构建一套话语体系,致力于打造融通中外、富有岭南特色的文学话语和叙事体系;三是要形成一套工作机制,确定每个月召开一次推进会,汇报前期工作,明确下一步任务,群策群力、扎实有效地推进编撰工作。

2021年9月30日,《广东文学通史》编委会工作会议在岭南文学空间召开。会议原则通过《广东文学通史》各卷提纲,明确要求各卷团队以此为依据抓紧开展撰写工作,并要求统筹好六种关系,即全国地位与地方影响的关系、统一体例与各卷侧重的关系、"史"与"论"的关系、"点"与"面"的关系、"里"与"外"的关系,以及政治立场与文学成就的关系,推动编撰工作顺利进行。

为使撰稿老师在搜集材料、开展研究、撰写稿件时有所遵循,总主编委托执行主编研究提出通史的编写体例、入史标准、结构类型,供各位撰稿老师参考。其中对入史作家作了明确规定:广东籍并长期在广东生活和工作的作家及其作品、长期居住广东的非广东籍作家及其作品(当代一般5年以上)、古代北方流贬到广东的作家诗人及其作品;入史的作家诗人,一般应有文集或专著问世,并在全国或全省有较大影响等。其他情形的则强调在地性,比如,唐朝文学家韩愈被贬潮州写的《祭鳄鱼文》、宋朝文学家苏轼应邀撰写的《潮州韩文公庙碑》,均属于广东作家作品;离开了广东,创作的也非广东题材,就不能算是广东作家作品。

岭南自古虽谓镺舌蛮荒之地,却也最早得风气之先。其文学与大漠西北迥然有异,也极大区别于江南水乡。广东文学的脉络如何,特质如何,在全国大局上处于什么位置,这更是通史必须明确和把握的重大问题。为此,总主编、执行主编、分卷主编在2022年4月29日,又专门召开了一次务虚会,就广东的文化逻辑、文学逻辑、理论逻辑，进行了一次深入的探讨，初步厘清了广东文学从受容到包容到交融的发展历程、从边地到腹地到前沿的进取精神、从雄直之风到慷慨豪迈到勇于斗争的革命谱系、从海洋性到商业性到市民性的文学品格。这些品质是广东文学区别于别的地方的文学所独具的鲜明特色，必须尽量贯彻到通史各卷的撰写中。比如"海洋性"的特质，从唐朝诗人张九龄诗歌《望月怀远》的"海上生明月，天涯共此时"到当代作家杜埃长篇小说《风雨太平洋》等，无论是题材选择、主题呈现，还是艺术塑造，都一以贯之地彰显了这一基于地缘优势而格外丰厚的文学资源。又比如，革命谱系中的广东左联作家，在现当代革命文学中占有突出地位，其中"左联五烈士"之一的冯铿，是广东潮州人，牺牲时只有23岁，却创作了大量作品；左联成立时七常委之一洪灵菲，也是广东潮州人，他创作出版了包括长篇小说"《流亡》三部曲"在内的大量文学作品，总计200多万字，是无产阶级革命文学草创时期的优秀作品和重要收获。这些作品大部分散佚在外，撰稿老师在寻找文献、抢救文献、消化文献的过程，就是集腋成裘、提炼史观、形成评价的过程。其中洪灵菲的作品，写革命的流亡涉及潮人出国留洋，行文中经过不同的地方，伴随潮汕话、粤语、英文、南洋话，多种语言杂糅与异国风情形成的国际视野和革命叙事，便构成了近现代以来广东文学兼容并包的创作特色和开眼看世界的文学自信。

近两年，编撰团队共召开13次会议，凝聚共识，讨论提纲，切磋写法。在学术顾问的指导下、在编委会的支持下，编撰团队全力以赴、攻坚克难、夜以继日，终于按照规定时间完稿，并在分卷主编、执行主编、总主编三轮统稿后，将齐、清、定的全稿于今年二月底送人民文学出版社出版。

现将有关架构说明如下：

学术顾问：

陈春声　中山大学党委书记、中国史学会副会长、教育部历史学科教学指导委员会主任委员

黄天骥　中山大学中文系教授、中国古代戏曲学会会长

刘斯奋　著名作家、茅盾文学奖获得者、广东省文艺终身成就奖获得者

陈永正　中山大学中文系教授

总主编：

张培忠　广东省作家协会党组书记、专职副主席，中国报告文学学会副会长

蒋述卓　广东省作家协会主席、暨南大学教授、中国文艺理论学会副会长

执行主编：

彭玉平　中山大学中文系主任、教授，教育部长江学者特聘教授，《中山大学学报》主编，中国词学会副会长

林　岗　中山大学中文系教授、广东文艺批评家协会主席

陈剑晖　华南师范大学文科二级教授、广州大学资深特聘教授

现将撰稿情况说明如下：

总　序：林　岗

第一卷：主编　彭玉平

　　　　撰写　彭玉平

　　　　　　　徐新韵（星海音乐学院人文社科部副教授）

　　　　　　　史洪权（中山大学中文系副教授）

　　　　　　　李婵娟（佛山科学技术学院中文系主任、教授）

　　　　　　　翁筱曼（华南师范大学文学院副教授）

第二卷：主编　纪德君（广州大学岭南文化艺术研究院执行院长、中国俗文学学会副会长）

　　　　撰写　纪德君

　　　　　　　闵定庆（华南师范大学文学院教授）

　　　　　　　耿淑艳（广州大学人文学院副教授）

　　　　　　　周丹杰（广东技术师范大学图书馆馆员）

第三卷：主编　陈　希（中山大学中文系教授）

　　　　撰写　陈　希

　　　　　　　刘卫国（中山大学中文系教授）

　　　　　　　徐燕琳（华南农业大学人文学院教授、岭南文化与艺术研究中心主任）

　　　　　　　吴晓佳（中山大学中文系副教授）

　　　　　　　叶　紫（广州华联学院心理咨询中心主任、副教授）

　　　　　　　冯倾城（澳门中华诗词学会理事长，撰写第三卷旧体诗词章节）

第四卷：主编　贺仲明（广东省作协兼职副主席、暨南大学文学院教授、中国现代文学研究会副会长）

　　　　撰写　贺仲明

　　　　　　　龙其林（上海交通大学长聘副教授）

　　　　　　　杜　昆（嘉应学院副教授）

　　　　　　　黄　勇（暨南大学文学院副教授）

第五卷：主编　陈剑晖

撰写　陈剑晖
　　　　刘茉琳(广东技术师范学院文传学院副院长、副教授)
　　　　黄雪敏(华南师范大学城市文化学院副教授)
　　　　程　露(广州新华学院中文系副教授)
　　　　杨汤琛(广东外语外贸大学文学院教授,撰写第五卷诗歌章节)
　　　　马　忠(广东省清远市文艺批评家协会副主席,撰写第五卷儿童文学章节)
　　　　刘海涛(岭南师范学院文学院教授,撰写第五卷小小说章节)
　　　　申霞艳(暨南大学文学院教授,撰写第五卷邓一光章节)

后　记：张培忠

　　美国著名诗人卡尔·桑德堡曾说过："任何事情开始时都是梦。"撰写广东史上第一部文学通史,曾经是一个遥远的梦想。如今梦想成真,可谓文学界、学术界一大盛事。在整个撰写过程中,省委宣传部给予高度重视和大力支持,学术顾问陈春声书记、黄天骥教授、刘斯奋老师、陈永正教授给予悉心指导、把关定向,总主编张培忠、蒋述卓和执行主编彭玉平、陈剑晖、林岗以及各分卷主编彭玉平、纪德君、陈希、贺仲明、陈剑晖统筹谋划、沟通协调、提出规范、督促落实,林岗老师自告奋勇承担撰写总序的艰巨任务,编委会登高望远、咨询指导,撰写团队知难而进,迎难而上,把不可能变为可能,工作团队陈昆、周西篱、林世宾、邱海军、杨璐临等事无巨细,不厌其烦,保障有力,人民文学出版社臧永清社长、李红强总编辑、责任编辑付如初主任等,积极配合,严格把关,加班加点,精编精印,确保高效率、高质量完成出版任务。尤为令人感佩的是,香港霍英东集团行政总裁霍震寰先生大力支持并慨然同意将霍英东先生生前捐助的资金用于通史的编撰出版工作,确保通史的编纂出版工作得以顺利推进。谨此代表省作协和编委会,对参与和支持通史编纂出版工作的单位和个人表示崇高的敬意和衷心的感谢!

　　今年是广东省作家协会成立70周年。值此丰收之时和喜庆之日,通史的出版,可谓正当其时,意义重大。元宵节过后,通史执行主编、第一卷主编彭玉平教授发来其刚刚完稿的第一卷绪论,并附感赋一首。正如阅读其他各卷文稿一样,我迫不及待地先睹为快。其感赋如下：

撰《广东文学通史》第一卷绪论感赋
　　　　粤文一卷费思量,唐宋明清气渐扬。
　　　　百越古风深底蕴,融通南北自堂堂。

　　彭玉平教授是学术大家和诗词名家。再三阅读其第一卷绪论和感赋,受到感染

和触发,我也附骥拟古风草成一首,不拘格律,达意而已。诗云:

读彭公一卷绪论有感

彭公积厚自雕龙,化繁为简意葱茏。
追寇入巢溯源流,别具只眼识诸公。
山林皋壤时空换,涓滴巨澜赖有容。
系出一脉雄直气,敢为人先唱大风。

　　就其对事业的虔敬精神,以及对学术的穷理尽性,这首古风小诗虽因彭玉平教授缘情而发,其实也是为全体撰写团队诸君而作。由于任务繁重,时间紧迫,本通史是在"三无"状况下创造条件破空而出,加上撰写团队受到学术视野和各种因素的限制,特别是本人才疏学浅,通史疏漏不妥甚至谬误之处在所难免,敬祈学界方家和广大读者批评指正,并将宝贵意见反馈给我们,以便适当时候加以修订,俾使通史日臻完善,嘉惠学林。

张培忠
2023 年 4 月 2 日于广州